文脉中国 小说库
wenmaizhongguo xiaoshuoku

U0661957

摇摇晃晃的青春

信章旗 著

中国文联出版社

图书在版编目（CIP）数据

摇摇晃晃的青春 ／ 信章旗著 . －－北京：中国文联
出版社，2018.6（2023.3 重印）
ISBN 978 － 7 － 5190 － 3749 － 9

Ⅰ.①摇… Ⅱ.①信… Ⅲ.①长篇小说—中国—当代
Ⅳ.①I247.5

中国版本图书馆 CIP 数据核字（2018）第 142266 号

著　者　信章旗
责任编辑　李　民
责任校对　李海慧
装帧设计　中联华文

出版发行　中国文联出版社有限公司
地　　址　北京市朝阳区农展馆南里 10 号　　　　邮编　100125
电　　话　010 － 85923025（发行部）　　　　85923091（总编室）
经　　销　全国新华书店等
印　　刷　三河市华东印刷有限公司

开　　本　710 毫米×1000 毫米　　1/16
印　　张　25.5
字　　数　488 千字
版　　次　2023 年 3 月第 1 版第 2 次印刷
定　　价　95.00 元

内容提要

　　这是一部描写青春罅隙的现实主义作品，记述了一群花季少年的喜怒哀乐爱恨情仇！

　　青春是一颗划破天宇的流星——短暂而绚丽。正当他们着手奏响青春的凯歌，谋划唱响青春的旋律，却一不留神步入了青春的雨季。当青春期遇上更年期，会上演怎样的好戏？当学习茫然，高考失利，家庭变故，理想受阻，意外发生，身世成谜，故事的主人公张鹰等人的青春之路将如何走下去？

　　张鹰、李嘉齐、顾吉哲三个率真的男孩与张冬梅、王红霞、李红芳三个纯美的女孩，在进入雷江市第三中学就读时，被命运巧妙地安排在同一张棋盘里。他（她）们一起成长，一起较量，一起目睹了藏在彼此青春里的秘密，被命运操控在股掌之中。

　　他们是女生眼中的篮球王子，是老师眼中的刺头青年；她们是男生眼里的校花学霸，是老师眼中的学习标杆。他（她）们在高考的独木桥上挣扎，他（她）们在人生的十字路口徘徊。

　　家庭的分崩，亲人的冷漠，校园的紧张，教育的苛刻，让情窦初开的他（她）们沉沦在感情的沼泽。一场场懵懂的爱恋，一次次角色的转换，他（她）们的情感神经被触痛，他（她）们的伤口被撒盐。

　　张鹰沦为杀父凶手。李嘉齐、王红霞、张冬梅等为了"哥们义气"故意包庇、毁坏证据，沦为张鹰的帮凶，由此步入了人生的雨季。

　　然而，他（她）们在叛逆中成长，在堕落中挣扎，在错失的阳光中寻求光明，最终脱蛹成蝶，雨后见到了彩虹……

目 录

第一章　篮球惹祸

2005年4月，是雷江大平原草长莺飞的季节。

漫天飞舞的柳絮，述说着春天的童话。风把它带到空中，又把它吹到江面上、地面上、街道上、课堂上。风儿吹着柳絮奔跑，柳絮嬉戏着，追逐着，变成了棉团，棉团不断地翻滚、嬉闹，东一堆儿，西一团儿，朦胧在街道上，像一层薄薄的霜，汇聚成一个浪漫的世界。

雷江市第三中学校园里朗朗的读书声，在这样浪漫的世界中，成为更加亮丽的风景。

"叮铃铃……"清脆的下课铃声在同学们的期盼中骤然响起。

初中二年级六班班主任周理论立即下达了下课的"命令"，随即习惯地夹起课本，大步流星地离开了教室。

女生们叽叽喳喳，男生们你推我打，教室里的气氛顿时活跃起来。

紧挨着后门口的两个高个子男生周岩和孟祥岳，迅速离开座位，紧跟在周理论的身后，他俩的步速和步幅紧跟周理论的节奏，始终不想超越。他俩边嬉笑边用手比画着，与周理论比试着身体的高低。

周理论听着身后的嬉笑，觉察到身后的动作，疑惑地回头看了周岩和孟祥岳一眼。他俩迅速地躲过周理论犀利的目光，停止了手上的动作，诡秘地牵了牵对方的手，彼此闪电般交换了一下眼神，随即一起兴冲冲地跑起来。他俩超过周理论，与走在前面的其他班级的大个子男生擦肩而过，急速地向着楼下的篮球场跑去。

张鹰利落地掏出暗藏在课桌之中的篮球，熟练地掌握在双手之中，起身后退了一步，冷不丁地喊了一声："顾吉哲——接球！"

张鹰的喊叫声淹没了教室内的嘈杂，大家的目光齐刷刷地落在他的身上。

"不要……"顾吉哲闻声转过身来，望着迎面而来的篮球，脑海中立刻浮现出往日与它"亲近"的情景，右手下意识地在空中一划拉，随即头向一侧躲了躲。

"嗖……"比顾吉哲的脑袋大了许多的篮球以极快的速度向他袭来，不偏不倚，重重地击打在他的脸上。篮球打到顾吉哲脸上后跳了几下，滑落在地上，沿着地面向着张鹰站着的地方滚去，最后慢悠悠地停在了那里。

顾吉哲的面部最凸出的地方遭到了严重的撞击，头部一阵一阵钻心般疼痛。

"啊……"顾吉哲尖叫了一声，惊呆了班里的女生。

顾吉哲下意识地用手捂住鼻子，殷红的鲜血顷刻间沾满了手掌，顺着指缝流淌而下，滴落到地板上。他瞅了一眼地板上的血迹，小声地嘟囔："又流血了，疼死我了。"

李嘉齐看着眼前的情景，用手指指了指如同蜡像一般的张鹰，无言地走到顾吉哲的身旁，伸手扶住了他的肩膀，低声安慰着顾吉哲。

张冬梅和李红芳默默地点点头，向着李嘉齐投去微笑而钦佩的目光。

张鹰的面部肌肉抽搐了几下，用轻蔑的目光瞅了一眼顾吉哲，习惯地看着顾吉哲的动作，暗暗地讥笑顾吉哲的木讷，没有吭声，也没有上前救助的表示，随即把目光移向窗外的篮球场。

周岩在飞身抢篮板，孟祥岳紧随其后疯狂地追赶。他们尽情而畅快地玩耍着，心中的得意和满足溢于言表。他们放肆地吼叫着，下意识地夸张投篮动作，挑逗并吸引着向这边奔走的男生女生。

顾吉哲在李嘉齐的搀扶下，低头弯腰大步流星地离开了教室，直奔洗漱间而去。

张鹰被窗外篮球场上的情景撩拨得心里痒痒的，他恨不得马上冲过去与周岩、孟祥岳一比高低。然而，顾吉哲处理伤情还没有回来，表面上冷冰冰的他，内心深处却暗藏着愧疚与牵挂。

【02

时间一分一秒地过去，分分秒秒不断影响着顾吉哲的情绪。上课的时间快要到了，下楼玩耍的同学们纷纷向着各自的教室奔去。

教学楼楼道里的地面上留下了斑斑血迹，给过往的同学们带来了"血腥"的气息。他们迷茫地瞅着地面，拓展自己的想象，不由得泛起惊慌和忧虑。有的大呼小叫，有的胡言乱语。

李嘉齐用力拧开水龙头。

顾吉哲习惯地用右手撩着自来水，冲洗着不断流血的鼻子，冲刷着心中的耻辱。他的眼圈周围逐渐地潮湿起来，不知道是泪水还是自来水。

李嘉齐站在顾吉哲的旁边，用最柔和的语言安慰他，以平息他因流血不止而逐渐愤怒起来的情绪。

初二六班的教室里非常安静，同学们等待着顾吉哲归来。

顾吉哲不断地撩拨着自来水，反复观察着它的颜色。他望着手心里逐渐变得清澈透明的自来水，终于舒缓了一口气，说："没事了，我们回教室吧！谢谢你嘉齐！"

"对我还客气什么？你若真的没事了，我们就回去吧！"

"没事了，我们回去吧！"

李嘉齐觉得自己做了一件伟大的善事，像凯旋的英雄一样昂首阔步地走在顾吉哲的前面。

可是，顾吉哲的双脚刚踏进教室，觉得鼻腔里又有东西流了出来。顾吉哲下意识地用右手在人中和上嘴唇处抹了抹，随即拿在眼前一看："哎呀——怎么这么长时间还流血不止呀？张鹰——你的眼睛瞎了呀？你看不见呀？流死我啦！——救命啊！"

"咋呼什么呀！这点血就能把你流死啊？狗熊样，胆小鬼！"张鹰看见本想过去安慰几句，听见顾吉哲一喊叫，突然十分气恼，挖苦道，"跟'三八'们一个德行，真给咱男子汉们丢脸！"张鹰乜斜了顾吉哲一眼，继续站在原处，转身向着窗外的篮球场望去。

一只苍蝇在顾吉哲的眼前飞舞着，在他的两腮处起起落落。

顾吉哲觉得两腮有些发痒，便用那只沾血的大手在脸上划拉起来，驱赶着那只讨厌的家伙。

"我还以为是只小老虎呢，原来是只大花猫啊！"张鹰的目光突然从窗外的篮球场转移到顾吉哲的脸上，提高了嗓门儿，戏谑地说。

张鹰的叫喊声打破了教室里的宁静，立刻传来课桌和板凳移动发出的稀里哗啦的响声，同学们纷纷站起来，回头向着身后张望。

此刻，顾吉哲万众瞩目，"非同凡响"。女生的目光中，充满着惊讶与关心；男生的目光里，充满着嘲讽与挑衅。

顾吉哲的脸被鼻血"造就"出一幅江山多娇图——嘴巴和鼻翼间宛如晚霞中起伏的山峦。同学们发现这一"奇观"后，都忍不住哈哈大笑起来。

顾吉哲瞬间成了同学们捉弄的小丑。他觉得自己猛然间变成了一只怪兽，被一群猎人追赶着。他想立刻逃遁，手脚却不听使唤，木讷地伫立在教室的后门口。

李嘉齐看着顾吉哲窘迫的样子，觉得啼笑皆非，面部表情由尴尬变得复杂起来。他从裤兜里掏出一团卫生纸，走到顾吉哲前面，揪出两块卷成纸卷，塞进顾吉哲的鼻孔，再用剩下的卫生纸擦了擦顾吉哲那花里胡哨的脸。

教室里洋溢着笑声和唏嘘声。

李嘉齐慢慢地离开顾吉哲走向自己的座位，不时回过头去看一眼顾吉哲。

顾吉哲鼻孔里塞紧的纸卷逐渐地被渗透的鲜血染红，暴露在鼻孔外面的部分明显地分成了红白两段，像一个十足的小丑。

李嘉齐不由"扑哧"一声笑了起来。

张冬梅和李红芳不约而同地把目光转移到李嘉齐身上。

李嘉齐的脸上像被灼伤了一样，火辣辣的红到了耳根。他觉得张冬梅和李红芳是在鄙视他的伪装，他的心中顿生慌乱，感到手足无措。他不由得避开了她们的目光，心不在焉地向身后的凳子坐了下去。

张鹰疾步走到李嘉齐的身后，恶作剧地把凳子拉倒了。

李嘉齐的身体落空倒地，脊背重重地砸在翘起的凳子腿上："哎呦呦！……"

"哈哈哈！……"

李嘉齐龇牙咧嘴地站起身来，下意识地用右手按摩着腰部，看着同学们放纵地大笑，他的脑袋猛地大了一圈儿。他环顾着幸灾乐祸的同学们，强压着心中的不满。他下意识地看了一眼身后张鹰那副自鸣得意的嘴脸，尴尬和愤怒瞬间涌上心头。他克制着自己的情绪，默默地扶起凳子，坐在了那里。

【03

顾吉哲被此起彼伏的笑声搞得晕头转向，不知所措。他仰起下巴，尽力不让鼻血再流出来，眼睛望着天花板，小心翼翼地向前挪动着脚步。

顾吉哲被脚前的篮球拌了个趔趄，他低头看了一眼，顿时把对张鹰的不满转移到篮球上，忿忿地说："都是他妈的你害我！"他不由得做出一个夸张的动作，想狠狠地踢它一脚出出气。就在这时，一个高大魁梧的身影突然出现在教室的后门口。

"不好，老班来了！"张冬梅调皮而甜润的声音传到同学们的耳朵里。

稀里哗啦—七八十个凳子瞬间发生了位移，恢复着秩序。女生们像羔羊一样安静地坐在自己的座位上，男生们边移动着板凳边回头窥视。

"老班来干什么？难道有人打了我的小报告？"张鹰的脑海里闪过一连串的疑问，心紧张得怦怦直跳，忙把身体转过去，缩手缩脚地向着自己的座位挪动着脚步。

"李嘉齐——王红霞让我通知你马上到俱乐部去，她说召集文艺委员们开个会，研究一下'五四'汇演的事儿！真倒霉！本来我想打会儿篮球，却被她碰上抓了个正着。"

李嘉齐听见有人喊他的名字，回头看了一眼，一见来人便嬉笑着迎了过去，边走边调侃说："原来是你小子啊，我们还以为是老班呢！你干嘛蹑手蹑脚装神弄鬼地吓唬我们？你看看你看看，你看把我们鹰哥吓成啥样子了？"他在说话间扭头瞟了张鹰一眼，故意挑衅地提高了嗓门儿："没事儿鹰哥，是八班的哥们儿王东宁，他不是老班，你不用害怕！"他又把目光转向了王东宁，用右手指着张鹰说："对了，我给你介绍一下，他就是我们六班的大球星、女生眼里的篮球王子——张鹰，我们都称呼他鹰哥。"他讨好地看了张鹰一眼，"是吧，鹰哥？"

"莺歌，还燕舞呢！"王东宁的耳朵里早被张鹰的名字磨出了茧子，却一直不知道张鹰长着怎样的面孔。不知何故，他从心底抵触张鹰这个名字，更讨厌张鹰那狂傲不羁的眼神。他瞅了张鹰一眼，又往前走了几步，用脚尖儿接触了一下篮球，扬起下巴，瞅着张鹰："哎——大球星，在这里能打半场啊还是能打全场呀？不会是只看着过瘾或者是糊弄漂亮妹妹吧！莺歌，你让它燕舞一下！"

王东宁边说边向后门口的方向走去。他走出后门口后回头张望了李嘉齐一眼："别磨蹭了，马上就要上课了！"

"放心走吧你，我马上就过去。"李嘉齐在课桌上拿了一个笔记本，快速地向前门口走去。

张鹰望着王东宁逐渐消失的背影，瞅着地上的篮球，一股莫名的恼怒涌上心头："我看着过瘾——我故弄玄虚——去你妈的！"张鹰飞起一脚，把篮球踢到了门外。

"咕咚，哗啦！"

"什么声音？"张鹰边自言自语边向门外跑去。

"叮铃铃……"上课铃声响了起来。

周岩气喘吁吁地从楼道的东侧拼命地向着教室这边跑来，与跑步离开教室的李嘉齐几乎撞了个满怀。

孟祥岳紧跟在周岩的身后，看到眼前的情景，情不自禁地笑个不停。

李嘉齐转身向楼道的西侧跑去。他边跑边回头看了一眼，他看到张鹰正在接受班主任周理论的严厉训斥。

张鹰手足无措，面红耳赤。

周理论突然用手指向李嘉齐，咆哮："站住，都上课了你到哪里去？"

还没等李嘉齐回答，周理论又把矛头指向周岩和孟祥岳，厉声说道："还有你们两个，都贴着墙根儿给我站好了！"

"哦……班主任，文艺部长让我去开会。"李嘉齐停下脚步，看着班主任突然变得陌生的脸（鼻梁上的眼镜没了，缺少了往日的亲切感），听着班主任呼哧呼哧地喘着粗气，心中顿生恐惧。他怯生生地回答着班主任的问话，瞅了瞅班主任脚边水杯的残骸、眼镜的碎片和散乱的教案，看了看张鹰那低头认罪的样子，心想："张鹰你完了，你又惹祸了！"

周岩和孟祥岳规规矩矩地站在了那里。

"张鹰——你把那边的篮球捡过来，双手举过头顶，和周岩、孟祥岳他们两个站在一起，没有我的命令不许把手放下来，听见了吗？千万别给我要小聪明，否则后果很严重。竟敢在教室里踢篮球，竟敢打坏我的水杯和眼镜，你看我课后怎么收拾你！李嘉齐——你老老实实去开会，开完后马上回来上课。"

"是！"李嘉齐飞身跑去。

周理论捡起地上的教案和眼镜框，走进教室。

张鹰双手举着篮球，乖乖地和周岩、孟祥岳站在一起，小声地嘟囔："可恶的老班，真欠扁！"

【04

雷江市第三中学的俱乐部里，各班的文艺委员踊跃发言，气氛异常活跃。

宣传部长王红霞作了精彩的总结，会议一直持续到上午第四节课上课后才结束。

李嘉齐满怀喜悦的心情，悄悄地从后门走进教室。

周岩和孟祥岳蔫头耷拉耳地坐在那里，呆若木鸡。

地理老师杨帅口若悬河，激情地讲述："同学们，走近黄山，天下无山。啊！……"

李嘉齐感觉胃里像吃了梅子一样，酸溜溜的。他想："大名鼎鼎的黄山，谁人不知哪个不晓啊，让瞎子去摸摸也能说出个一二三来。你充其量算个教地理的，还'啊呀啊'的玩抒情呢！真是个情种！"可是，他万万没有想到，竟把"真是个情种！"大声地说了出来。他的出现和言谈，一下子吸引了杨帅老师和同学们的眼球。

"你叽咕什么？你怎么不打报告就进来了？打完报告再进来！"杨帅老师突然一脸的严肃。

"乐极生悲，自找没趣，真丢面子！"李嘉齐用只能自己听到的声音嘟囔着，他虽不情愿，却又不得不走出教室。

李嘉齐站在门外踟蹰了一会儿，终于鼓起勇气，喊了一声："报告！"

"进来！"

李嘉齐垂头丧气地向着自己的座位走去。他边走边乜斜了张鹰的座位一眼。张鹰的座位空着。一种莫名其妙的牵挂在他的心中油然而生。他坐在自己的座位上，佯装老实地听讲。同学们游离的目光，又专注地回到了讲台上。

杨帅老师的嗓门儿提高了几个分贝。黄山便成了同学们心驰神往的圣地。特别是那些容貌姣好、穿戴时髦的女生，一个个按捺不住内心的激动，交头接耳。

李嘉齐琢磨着"五四"活动的安排，眼前闪现出几个校花的影子，骚动的心开了小差儿……

一架低空飞行的飞机从空中掠过，那轰鸣的声音让他一下子回过神儿来。

教室里只剩下了他一个人。他站起身来望着窗外，那些穿红戴绿、活泼可爱的女生，有的步行，有的推着自行车前行，她们一个个仰望着天空，显得兴奋而激动。那些步行的男生，你追我赶嬉戏打闹；那些骑自行车的男生，大大咧咧见缝插针。他们对头顶上空的飞机似乎没有任何反应。

"真是阴盛阳衰，悲哀啊中国！男生本应是关心飞机，却对女生产生了兴趣！可怜的孩子们，我拿什么来拯救你们！"李嘉齐庸人自扰地感叹着，自我解嘲地向楼下跑去。

李嘉齐走在同学们之间，夹裹在人流里，两眼四处观望，极力搜寻着张鹰的身影。然而，黑压压的脑袋让他难以找到目标。他不停地埋怨："张鹰你能飞到哪里去？早晨，我们在校门口相遇，你信誓旦旦地对我说，'放学后与我结伴回家，能失江山不失约会！'可是，你却连个招呼都不打就逃之夭夭了，这可不像你的作风啊，难道你被老班叫到办公室挨整去了？"

"李嘉齐——等等我！"

他回过头去，发现了张鹰那充满忧郁的眼神儿以及比平常"胖"了许多的脸庞。他的心"咯噎"一下子提到了嗓子眼："张鹰你怎么了？你真的被老班修理了？"他转过身来，逆人流而上，和迎面前行的同学们摩肩擦背。同学们对他的"横冲直撞"愤怒不已。但是，他毫无顾忌。

张鹰的脸上，清楚地留下了被周理论抽打过的痕迹。一层晶莹的东西在他的眼眶里晃动着。

"嘉齐，我恨老班！"

"告他去！"

"算了吧！"

"咱们才上初二，还有一年多才能毕业呢，难道你就这么一直忍下去吗？"

"这里不是说话的地方，旁边有眼睛，小心汉奸！"张鹰眼眶里那层晶莹的东西聚集在一起，沿着眼角滑落下去，像两根游丝串起了两腮凸起的指痕。他强装出一副笑容。

"你哭了？"

"没有。我的眼泪是笑出来的。你没看到我的笑容吗？"

"看到了，我们一起走吧！"

巨大的铁栅门把接孩子的家长们挡在了外面。他们只能透过那一条条的缝隙来寻找自己的孩子。孩子们则沿着铁栅门上特设的小侧门鱼贯而出，再通过衣服穿着和交通工具等特征来寻找自己的家长。当然，那些在家里不受宠爱的孩子，那些因大人做生意或工作忙碌而无人顾及的孩子，那些家庭情况复杂、无人问津的孩子，就只能自己回家了。

张鹰的父亲和继母在外地做生意，已经有一个多月没有回家了。他和父亲之间的矛盾很深，对继母更是恨之又恨。

李嘉齐的爸爸正在办理一桩大案，母亲正忙着教研攻关。就这样，李嘉齐和张鹰成了少人管的孩子。他们惺惺相惜，成了最好的朋友。

李嘉齐走在前面，为张鹰作掩护。

张鹰藏在李嘉齐的身后，故意低着头颅。

他们挤在人群中"艰难"地前行努力地为张鹰挽回面子，同时也为周理论掩盖着"罪行"。

"嘉齐，今天中午我请你吃饭！"张鹰一走出学校的大门口，就拽住了李嘉齐的胳膊。

"别了，你到我家去吃吧！"李嘉齐虚情假意地说，"我奶奶做的饭可好吃啦！"

"不不不，不去你家，你就这么难请吗？"此刻，张鹰的眼神里充满着哀求。

"好吧好吧，去你家去你家！不过，我得先去话吧给我奶奶打个电话，不然她老人家会担心我的。"

"你去吧嘉齐，我到那边去等你。"

李嘉齐走出话吧的时候，见张鹰站在自选店的门口。

张鹰一手拎着两瓶啤酒，一手拎着熏鸡和香肠，笑盈盈地向他走来。

"喂——鹰哥——老班没把你怎么样吧？"

张鹰听到身后有人喊他，立刻停住了脚步。

顾吉哲气喘吁吁地从学校里跑出来，跑到了张鹰的身边，说："你被老班叫到办公室后我就一直为你担忧，放学之后我迅速跑到老班办公室的门口去偷听，听到了里面的动静，知道你在里面挨整。我本想等你出来后安慰安慰你，我的肚子却突然疼了起来，于是，我跑进了厕所。可是，当我从厕所里出来之时，正看见老班离开自己的办公室……"

李嘉齐凑到他俩的身边，用手指着顾吉哲的脑袋调侃地说："顾吉哲啊顾吉哲，简直让我无语，你是上坡掉链子，关键的时刻拉稀！"

张鹰伸手把李嘉齐伸出的手指按了下去，惭愧地说："嘉齐，咱不这么刻薄行吗？顾吉哲是个好兄弟，明明是我故意把他的鼻子整破了，可他不但不记恨不记仇，而且还为我的好歹担忧，这样的好兄弟你到哪里去找啊！"他边说边攥住顾吉哲的手，"兄弟，今天哥把你的鼻子弄破了，实在对不起你，你跟着我们一起走，让哥请请你，你一定要给哥一个给你赔罪的机会。"

"小事一桩，何罪之有啊？"顾吉哲受宠若惊，但又宣言不讳地说，"看样子，你俩早就约好了，我就不去充当电灯泡了！"

"顾吉哲，没想到你小子的心还挺细的，可是鹰哥叫你去你就得去，别磨磨叽叽的像个娘们儿似的！"李嘉齐伸出胳膊搂住了顾吉哲的脖子，说，"别看我们有时让你出个洋相甚至让你丢个小丑，可是我们从来就没有拿你当过外人！走，我们边走边说，我来告诉我和鹰哥之间'相约'的事儿！"

第二章　别墅结义

【01

清晨。李嘉齐在离他家不远的十字路口处徘徊，看着过往的车辆，他焦躁不安，件件往事浮现在眼前。

那是 2004 年的 9 月，李嘉齐的爸爸从部队转业，辗转千里，从祖国的边陲来到雷江市。他别无选择，告别了母校的老师和同学，与妈妈一起跟随爸爸来到了雷江市。这里的一切，让他感到新奇而陌生。一望无垠的大平原，气势恢宏的雷江大桥，蛙声遐迩的国家级湿地，处处让他感到新奇。陌生的面孔，陌生的方言，陌生的环境，择校的艰难，让他感到孤独而无助。他爸爸求亲告友，费了九牛二虎之力，他才转学到雷江市第三中学初中二年级六班插班就读。与此同时，他爸爸用自己的转业费，加上东借西凑的八万块钱，买下了一个四合院。从此，他爸爸把他奶奶从农村老家接到雷江市，家人团聚，其乐融融，他在得到父母关爱的同时，也得到了奶奶的百般宠爱。他养成了衣来伸手饭来张口的坏习惯，变得自私狭隘。在这个"拼爹"的社会里，他爸爸（担任公安局刑警队队长之后）利用手中的特权，经常用警车接送他上学，这不仅满足了他的虚荣心，而且成了他向同学们炫耀的资本。

可是，最近半个多月以来，一桩绑架杀人大案，让他爸爸忙得不可开交。他爸爸昼夜奋战在办案第一线，上学的交通工具成了他每天的难题。

上早课的时间越来越近了，他站在路口左顾右盼，一直不见的士出现。他非常沮丧，提心吊胆，生怕迟到被老师罚站。

此时此刻，王红霞坐在身为副市长的爸爸的专用公车上，她时而望着车窗外的高楼大厦品头论足，时而与她爸爸的专用司机有说有笑。

他（她）俩怀着不同的心情，在李嘉齐等车的路口相遇。

王红霞急忙让司机停车，随即落下车窗玻璃，招呼李嘉齐上车。

李嘉齐欣然同意。可是面对副市长的千金、男生眼里的校花与学霸，李嘉齐深知彼此之间的落差，他强烈地感觉到了自己与王红霞之间那种无法逾越的距离。

一路上，他搜肠刮肚却找不到与她共同的话题，他的心中忐忑不安，在为中午放学回家的交通工具而犯难。

轿车到达学校门口，刹车，停稳。李嘉齐和王红霞刚从后车门的两侧相继下了车，张鹰就迎面走来。张鹰看了看李嘉齐得意扬扬的面孔，瞅了瞅王红霞灿若桃花的双颊，羡慕与嫉妒陡然而生，一股酸溜溜的滋味顷刻间涌上心头，他的脸上立刻堆满了坏笑，迅速把李嘉齐拽到一旁，阴阳怪气地说："我的乖乖，你与她同来同往，相随相依，艳福不浅呀你！光天化日之下，你竟敢招惹我们的校花学霸，你是兔子枕着狗睡觉——胆大不要命呀你！别怪我对你泼冷水，你跟她根本不般配，你赶快醒醒吧，千万不要有非分之心啊！"

"鹰哥，你我都是小小的年纪，可你的心怎么这么脏啊？"李嘉恼怒地说，"我好端端的却被你想歪了！"

"我只是开个玩笑，你何必去当真啊？我的意思是说，你不能见色忘友！为了证明你的不二之心，放学以后你就别再坐她的轿车回家了。你要是拿我张鹰当哥们儿的话，今天中午就到我的家中聚一聚，我要好吃好喝招待你，还有秘密告诉你！"

李嘉齐犹豫了一下，随即点头应许。

李嘉齐、张鹰、顾吉哲肩并肩沿着站前街往前走。他们走到前面的十字路口，向左拐步入了胜利路。他们的右边是"网人公社"，左边是"金海岸歌舞厅"，又继续往前走了不足二百米进入了一条宽敞的步行街。街道两旁，垂柳依依，槐花飘香，冬青吐绿，小鸟飞唱。两排高耸的西式楼房古典而现代，穿着华丽的俊男靓女，迈着方步，悠闲自得，神气十足。

李嘉齐的家在这条步行街的另一端，距离这里大约三公里。虽然他与张鹰生活在同一座城市，但是，他居住的小区的境况和这里无法相比，就像一条直线的两头，一头连接着富裕与文明，而另一头连接着贫穷与落后。

顾吉哲在亲戚家暂住，寄人篱下，依靠单亲妈妈常年打工挣来的微薄收入供他上学，生活十分拮据。

李嘉齐和顾吉哲的双脚一踏入这片领域，顿感进入了富人小区。

张鹰的脸上被周理论抽打过的指痕逐渐变得模糊，气色逐渐恢复了正常。他的心情也逐渐好转起来。他在李嘉齐和顾吉哲的前面带路，左拐右拐，脚步突然慢下来，他用手一指，一幢豪华别墅映入了眼帘。李嘉齐和顾吉哲定睛一看：门楼高大庄严，围墙低，大门坚实厚重，楼顶错落有序。院子里，两棵硕大的桃树结满了果子。就在李嘉齐和顾吉哲惊羡之时，张鹰停下了脚步，站在了大门前。张鹰把两只手里的东西合并在一只手里，腾出一只手来，掏出钥匙插入侧门的锁孔。

一扇小门被张鹰打开，一条牛犊般大的藏獒汪汪地叫着，扑过来。

"哎哟！——"李嘉齐吓得声音都变了，慌忙躲到张鹰的身后，拽住了他的衣角。

顾吉哲吓得差点尿了裤子，情不自禁地将身体藏在了李嘉齐的身后。

"站住李逵，窝里去！"张鹰怒斥着藏獒。

藏獒顺从地停止了叫声，摇头摆尾地向着角落的铁笼子里走去。

"李逵？这是你给它起的名字吗？"李嘉齐松开张鹰的衣角，望着乖乖地钻进铁笼子里的藏獒

"呵呵……有意思，是《水浒传》中的李逵吧？"顾吉哲从李嘉齐的身后走到前面，一副恭维的样子。

张鹰说："它勇猛无比，忠肝义胆，不亚于梁山好汉李逵。"他说着，紧走了几步，关紧铁笼子的门，关上插销，回头看着李嘉齐和顾吉哲说，"李逵是何等的忠义啊，你们知道吗？想当年，宋江让李逵喝了毒酒，毒发之时，李逵却对宋江说，我活着愿做大哥的侍从，死后甘当大哥的小鬼！"

李嘉齐和顾吉哲默默地点点头，跟在张鹰的身后，穿过门洞，走过宽敞的大院子，来到别墅楼前。张鹰把防盗门打开后，又打开里面的铝合金门，随即把李嘉齐和顾吉哲带进了客厅。

李嘉齐和顾吉哲环顾着这间足有五十平方米而且装修豪华的客厅以及厅内的摆设，看着富丽堂皇的灯饰，瞅着昂首屹立的大背投，全功能的影碟机，高档的木质地板，德国进口的真皮沙发，都觉得十分惊奇，异口同声地说："鹰哥，这是你的家啊！"

"没错，这就是我的家呀！怎么了，哪里觉得不对劲了，你们以为跟着我私闯民宅了吗？"张鹰指了指那崭新的真皮沙发，"你俩坐下歇会儿吧，我去准备饭菜。"他边说边走进了厨房。

顾吉哲坐了一下沙发随即站了起来，仔细打量着客厅里的摆设，对李嘉齐说："你见过这样的民宅吗？"

"我没见过，可我觉得有些不对劲！"李嘉齐故意卖起关子。

"你觉得哪里不对劲了？"

"呵呵……我觉得自己像刘姥姥走进了大观园。"

"彼此彼此。哦，对了嘉齐，刚才我看见院子里长了两棵大桃树，这不由得让我想起了'桃园三结义'，我再去看看，这两棵桃树长得非同一般。"他边说边走出了客厅。

李嘉齐独自坐在松软觅人的真皮沙发上，双手不停地触摸着仿古式红木茶几，望着墙角处鱼缸中畅游的金鱼，瞅着将近占满北墙的巨型书架中的书籍，看着楼

梯口处叫不上名来的名贵盆景，不由得想起自己居住的四合院，想起鲁迅的《从百草园到三味书屋》。那散发着墨香排列整齐的藏书，紧紧地吸引了他。

他索性走到书架前，好奇地伸出手，爱惜地触摸着《史记》《西游记》《红楼梦》《水浒传》《三国演义》《封神演义》《西厢记》《儒林外史》《菜根谭》《山海经》《圣经》《本草纲目》《走下神坛的毛泽东》《康生外传》《属山之谜》《红叶在山那边》《剪剪风》《十日谈》《浮士德》《少年维特之烦恼》等书籍。那些古代的、现代的、文学的、医学的、国内的、国外的名篇巨著，令他目不暇接、心旷神怡。

"当当当！"落地钟声击打着他的耳膜，让他一激灵。他循声望去，只见一人多高的落地钟在楼梯口的右侧伫立着，钟摆不停地有节奏地来回摆动，像猫头鹰眼睛似的两个圆东西在幽幽地发着光，随着钟摆的摆动一眨一眨。他突然觉得客厅里空荡冷落。

"鹰哥——"李嘉齐声音颤抖地喊了一嗓子。

张鹰从厨房里走出来，瞅了李嘉齐一眼，苦笑着说："这些都是我爸用来装门面的东西，除了《水浒传》《三国演义》和《少年维特之烦恼》之外，其余的我根本无暇顾及，没有实际意义。"张鹰边说边走回厨房里。

李嘉齐迟疑了片刻，随即跑进厨房里，看着张鹰，说："就我们仨吃饭，别搞得太复杂，赶快说会儿话。"

张鹰放下正在搅拌的鸡蛋说："别急，再等五分钟就搞定了！"

尽管张鹰这样说，李嘉齐还是待在厨房里不想走，跟在张鹰的身后瞎转悠。他对厨房里的微波炉、抽油烟机、烤箱、豆浆机、消毒柜、整体厨具等感到新奇而陌生，一会儿问西，一会儿问东。

张鹰把菜做好后，一盘盘端进餐厅。餐厅的墙壁上镶嵌着各种时髦餐具和高档水果拼盘图案，处处彰显着高雅的气息。前卫的餐桌上摆放着三只高脚酒杯，三套餐具，三套餐巾和一沓餐巾纸。

【02

顾吉哲站在院子里两棵大桃树之间欣赏了半天，摘了一个青涩的小桃子端详着，自言自语："时间如白驹过隙，总感觉年味儿才飘过去不久，春姑娘刚刚向我们招手，可转眼间已果子满树了。若是满院子盛开着桃花，我和张鹰、李嘉齐也来个桃园三结义，那将是怎样的风景啊？"顾吉哲边琢磨边走进餐厅。

张鹰客气地把李嘉齐和顾吉哲让到里面的藤木椅上。

饥肠辘辘的李嘉齐和顾吉哲，瞅着餐桌上的香椿炒鸡蛋、金针菇拌木耳、烧鸡大拼盘和手掰香肠等，胃口大开。

张鹰打开电冰箱，取出三瓶子啤酒，"啪啪啪"，他动作娴熟地用牙齿将瓶子盖打开，橙色的啤酒瞬间溢了出来。随后，他在李嘉齐和顾吉哲的对面坐下来，满面春风地看着他俩，高兴地说，"机会难得，我们痛痛快快地干它几个！"

"鹰哥，"李嘉齐翘起大拇指，说，"今天我算是开了眼界了，果然名不虚传，你们家的富裕在我们这座城里绝对是一流的，你的厨艺更是了不起！"

顾吉哲立刻迎合着李嘉齐的话说："是啊是啊，这里真让我大开眼界了！"

"瞧你们两个，一唱一和的想捧杀我吗？你们千万别被表面的现象所迷惑，表面上越唬人的东西内里往往越空虚，就像我们小时候吃过的棉花糖。有个成语叫'华而不实'，我生活在这座别墅楼里对这个成语的理解太深刻了。再说了，我这吃饭的本事叫什么能耐啊？我知道自己身上的毛病多，你们只是奉承我罢了。"

"既然鹰哥这么说，那我就不客气了，你知道我们为什么光奉承你吗？因为在我们的眼里你太强势了，你那狂傲不羁、颐指气使的臭脾气有时只能让我们说些违心的话，你知道同学们在私下里怎么议论你吗？他们骂你是少爷羔子。"李嘉齐收回翘起的大拇指，把餐巾套在脖子上，也斜了面带尴尬的顾吉哲一眼，"在这方面，顾吉哲最有发言权！"

张鹰的脸色阴沉下来。

顾吉哲给李嘉齐递眼色，示意他嘴下留情。

李嘉齐拿起筷子夹了一块香椿炒鸡蛋看了看，立刻把话锋一转，说："鹰哥这厨艺还真行，你啥时候学会的这本领？"

"鼓捣吃算什么本领，你要是用心做一定比我还行！"

"鹰哥，你不了解我，我实在太懒惰了。从今天起，我一定向你学习，也学会自食其力！"

顾吉哲点头称是。

"嘉齐，吉哲，你们都了解我，我这个人的毛病的确很多，别人一说我的短处我立刻就会变脸失色。但是，我胸口的伤疤你们是看不到的，你们只知其一不知其二啊！"张鹰拿起酒瓶子，一脸无奈地说，"你们以为我愿意鼓捣这些破玩意儿吗？我是不得已而为之，我是自己养活自己呀！"

"鹰哥，你这是说些什么话呀，我怎么越听越糊涂啊！"李嘉齐一脸的迷茫。

"是啊鹰哥，咱们这酒还没喝呢你就醉了？"顾吉哲打趣地说。

张鹰把盛满酒的酒杯放在李嘉齐和顾吉哲的面前，接着给自己的酒杯斟满了酒，随即端起酒杯，说："嘉齐，吉哲，我十三岁抽烟，十四岁喝酒，在喝酒抽烟这方面我最有发言权，来一把酒杯端起来，感情深一口闷！"

"对不起鹰哥，我不会喝酒。"李嘉齐面红耳赤地解释。

"对不起鹰哥，我也不会喝酒。"顾吉哲进一步解释说，"我妈最讨厌喝酒的男人！"

"哪有男人不喝酒的道理？你们两个刚才不是说过要向我学习吗？怎么转眼就不认账了！"

"鹰哥，到6月7日我才满十五周岁，现在我还算不上真正的男人。刚才我是说过向你学习的话，可我是想向你学习生活的本领，至于喝酒嘛，我真的不行。"李嘉齐摆弄着面前的酒杯，看着张鹰。

"有什么会喝不会喝的，这比学习容易多了。别敬酒不吃吃罚酒啊，我对你们两个可是给足了面子了，你们见我对谁这样好过？"张鹰面红耳赤地说，"你们两个在我面前，还装什么呀？"

顾吉哲发现张鹰将要翻脸，便不再争辩，态度暧昧起来。

"那……我喝一口试试行了吗？鹰哥！"李嘉齐不敢再固执下去了，乜斜了顾吉哲一眼。

顾吉哲没有言语，直接端起了酒杯。

"这不就得了嘛，来——咱们哥仁干它一个！"张鹰的脸色开始阴转晴。

"鹰哥，我记得你对我说过，你父亲是做大买卖的，一年能赚好几百万哪！按照你的家庭条件，雇个保姆算不上奢侈吧，还干吗自己做饭遭罪受啊！"李嘉齐故意岔开话题，拖延喝酒时间。

"别打岔，把酒干了再说话！我不会把你当哑巴卖了。"张鹰霸道地说，"磨磨叽叽的不像话，给我爷们儿点儿行吗！"

"行行行，咱也爷们儿一回！"李嘉齐硬着头皮喝了一口，感觉苦丝丝、酸溜溜的。他真想把喝到嘴里的啤酒吐出来，但怕惹不起张鹰，心一横咽了下去。

"呵呵呵……这还差不多！"张鹰瞅了瞅李嘉齐手里的酒杯中剩余的啤酒，嘴角上洋溢着微笑，说，"够意思！"

顾吉哲见状，硬着头皮举杯就喝，大口吞咽，眼泪直流。

李嘉齐手握酒杯，故意鼓着腮帮子，半天没有说话。此刻，他的眼泪被刺激出来，他为了面子，假装若无其事地瞪着眼珠子，把杯子里剩余的啤酒喝干了。

张鹰更不示弱，端起酒杯一饮而尽。他惬意地放下酒杯，抓过酒瓶子再次斟满了酒。然后，他拿起筷子想夹口菜吃，突然想起了什么，瞅了顾吉哲一眼，又把筷子揭下了。

顾吉哲以为张鹰在督促他，二话没说就把杯中的啤酒喝干了。

"鹰哥，有话尽管说。"李嘉齐看着张鹰的表情，猜测着他的心事。

"我听说王红霞组织各班级的文艺委员开会，是关于'五四'活动的安排对吧？"张鹰把目光转向李嘉齐，犹豫了一下，说，"究竟怎么安排的呀？对我们两个不保密吧？"

"这是哪里的话呀鹰哥，有什么可保密的。即使我想保密，王红霞也不会瞒着鹰哥你呀！"李嘉齐一脸坏笑，说，"上午是篮球对抗赛，下午是文艺汇演。篮球对抗赛还是按惯例，六班对八班。文艺汇演邀请学生家长参加，让我当节目主持人！"

"呵呵……我的那乖乖！"张鹰兴奋得摩拳擦掌，说，"终于盼来了篮球对抗赛，终于可以痛痛快快地过把瘾了。"他突然觉得有些失态，停止了动作，说，"对了，八班的那个叫王东宁的小子跟你铁不铁？"

"只是一般关系，怎么了鹰哥？"李嘉齐的眉目中表现出异常的关心。

"其实也没什么，我就是觉得那小子挺傲的，我和他一见面就感到不投缘分。"张鹰边说边用手摆弄着酒杯。

"嗯，那小子对你是不大尊敬！"顾吉哲插言说。

"我告诉你们，他对我不是简单的尊敬不尊敬的问题。说句不好听的话，那小子太牛了。上午，他用轻蔑的眼神看着我，用挑衅的话语刺激我，害得我失去了理智。我一时冲动，一个大飞脚把篮球踢到老班身上，打坏了老班的水杯和眼镜。真倒霉，老班说他那个水杯是一百二十块钱买的，眼镜是水晶石的，少说也值六七百。老班让我照价赔偿。我的那乖乖，这得需要八九百块钱哪。不是我吹大话，赔他这些小钱对我来说算不了什么，只是老班的惩罚和报复让我感到了从未有过的耻辱和愤怒。可恶可恶太可恶，他不仅罚我站了整整一节课，还狠狠地捆了我四记耳光！"

张鹰下意识地摸了摸两腮，仿佛摸到了周理论留在他脸上的指痕。他抬头望了望天花板，眼泪在眼眶里打转转。

"别难过鹰哥，这点算不了什么。我知道你性格刚强，一定会为自己抚慰疗伤！"李嘉齐真诚地安慰着张鹰。

"嗯！"张鹰点了点头，泪水顺着面颊流了下来。

李嘉齐和顾吉哲在同一时刻每人拽了两张餐巾纸，同时递过去，异口同声地说："把眼泪擦擦！"

"谢谢嘉齐，谢谢吉哲。"张鹰先后接过李嘉齐和顾吉哲递过来的餐巾纸，边擦眼泪边说，"别看我在人前狂傲不羁，还经常搞些恶作剧，其实我这心里头挺苦的。我是用强大的外表掩饰着内心的脆弱，我在用恶作剧宣泄着心中的苦闷。我就像这别墅一样，外强中干。"

餐桌前出现了短暂的沉默。李嘉齐和顾吉哲交换了一下眼色，迅速调动起脑海中的词汇，说："鹰哥，你别这样说！像你家这样的大别墅，不仅是财富的象征，更是身份的体现，你是身在福中不知福，相比之下我们还有法儿活吗？

我俩敢和你打赌,在我们全校同学当中,有你家这样的大别墅的不会再有第二个!"

"你小子真会说话,嘴上像抹了蜜似的。可是,这些话让我闹心你知道吗?"张鹰的嘴角上挂了一丝苦笑,埋怨着李嘉齐。

"你有什么可闹心的?"李嘉齐瞟了张鹰一眼,说,"对了,我有句话憋在心里,可一直没有说出来的勇气。"

张鹰瞥了李嘉齐一眼,说:"在座的都是好兄弟,有话尽管说,用不着吞吞吐吐的。"

"我想问你,这么大个别墅平时就你一个人住吗?你爸妈把你自己搁在家里放心吗?"

"嘉齐,先不提这个,先陪我喝酒。"张鹰沉默了一下,略加思索地说,"我俩先碰一个!"

"鹰哥,我真的不会喝酒,我不能再喝了,你就别为难我了。再说了,下午我们还得去上学。我们要是迟到了,老班又得体罚我们了。"

"嘉齐,别光说这些扫兴的话,我自裁一个行了吧?"张鹰边说边端起酒杯一饮而尽,随即用餐巾纸擦了擦淌在嘴巴子上的啤酒,说,"你要是觉得我够哥们儿的话,我们两个再干它一个。"张鹰给自己的酒杯斟满酒后随即端起了酒杯,瞅了李嘉齐一眼,说,"来——干!——"

"干就干!可是,我喝了这一杯真的不能再喝了。"李嘉齐觉得已经没有了选择的余地,他觉得再僵持下去,一定会惹张鹰翻脸的。

"啥一杯不一杯的,你喝干了再说行不行?"张鹰见李嘉齐喝干了,又顺手拿起一瓶子啤酒,不管李嘉齐如何阻拦,他硬是又给李嘉齐的酒杯斟满了酒。随即,他又给自己的酒杯斟满了酒。

"吃菜吃菜,吉哲吃菜!你看见了吧嘉齐,总共就这三瓶子啤酒,瓶子里还有,我不会让你喝多的!"张鹰摆弄着手里的酒瓶子,有意识地让李嘉齐看着剩余的酒。

"不就买了两瓶酒吗,什么时候又变出一瓶子来!"顾吉哲心里嘀咕,"张鹰这小子花花肠子多,今天非被他灌趴下不可。"

"既然这样,那我就再敬你一个!"李嘉齐对张鹰的话语信以为真,不仅放松了警惕,而且反客为主,主动与张鹰碰杯,痛快地喝了个酒杯见底。

李嘉齐瞅着餐桌底下那三个空酒瓶子,心里总算松了一口气,说:"鹰哥,不瞒你说,我爸爸经常接受别人的宴请,自称是'酒精'考验的干部,我表面上讨厌他挖苦他,可我打心眼儿里羡慕他。我原以为爸爸在搞腐败、图享受,没想到喝酒比喝药还难受!"

"嘉齐,你不要过早地下结论。我告诉你,酒可是个好东西。"张鹰站起身来,伸手拍了拍李嘉齐的肩膀，说，"你还不知道酒的妙用！"

张鹰离开餐桌，在厨房的吊橱里拎过几瓶子蓝带，说："嘉齐，吉哲，刚才我们喝的是青岛纯生，来——换换口味儿，让你俩再尝尝这个！"

"你刚才说就三瓶子啤酒，怎么又弄出这么多来？"李嘉齐惊讶地看着张鹰的眼睛。

张鹰的眼睛里充满着善意和真诚。"啪啪啪"，张鹰用牙齿把瓶子盖儿叼开，先后在李嘉齐和顾吉哲的面前各放了一瓶，而后把第三瓶子攥在手里，望了望天花板，略有所思地说："嘉齐，吉哲，你们可曾想过，在这座大别墅里却住着一个孤苦伶仃的人吗？"

李嘉齐和顾吉哲不约而同地把目光对准了张鹰，都疑惑地瞪大了眼睛。

"你俩干吗这样看着我，我脸上开花了？我说酒话梦话了？我没有。很显然，我是这座别墅的主人，从我的嘴里说出这样的话来，你俩肯定会持怀疑的态度，但我真的不是跟你俩整故事，也不会与你俩绕弯子，明说了吧，那个孤苦伶仃的人就是我！我的内心好苦闷哪！"张鹰的泪水滴落在胸前，随即一声长叹。

李嘉齐和顾吉哲迅速拿起餐巾纸递给张鹰，张鹰冲着他俩摆摆手，说："不用了。嘉齐，吉哲，今天我的情绪有些失控，让你俩看到了一个和平时大相径庭的张鹰！"

"鹰哥，这样的你让我们感到更加亲近，你有什么苦闷就说出来吧，压在心里会生病的。"顾吉哲给自己的酒杯里斟满了酒，随即一饮而尽，一边用纸巾擦拭着嘴巴子上的啤酒一边动情地说，"同是天涯沦落人。我父亲死得早，我母亲常年有病，我无依无靠再无亲人，别看有时候你故意戏弄我，但我知道你有情有义，我打心里把你当成了我的亲哥哥。"

李嘉齐效仿着顾吉哲，也自斟自饮了一杯啤酒，一边打着酒嗝一边声情并茂地说："鹰哥，虽然我受父母的疼爱、奶奶的宠爱，但我在家里是棵独苗，你若不嫌弃，从今天起我就是你的亲兄弟！"

"好，太好了。既然二位兄弟这样看得起我，那我就不藏着掖着了，我有一个提议，事关我们三个的将来。我提议之前，我先讲一个老掉了牙的故事。话说东汉末年，朝政腐败，再加上连年灾荒，人民生活非常困苦。刘备有意拯救百姓，张飞、关羽又愿与刘备共同干一番事业。三人情投意合，选定张飞庄后一桃园，此时正值桃花盛开，景色美丽，张飞准备了青牛白马作为祭品，焚香礼拜，宣誓完毕，三个人按年岁认了兄弟。刘备年长做了大哥，关羽第二，张飞最小做了弟弟。这便是《三国演义》中著名的桃园三结义。"

"鹰哥，我知道你的提议是什么了！刚才我特意欣赏了你家院子里的两棵大桃树，我们是不谋而合！"顾吉哲得意地说。

张鹰冲着顾吉哲摆了一个手势，说："别急兄弟，等我把话说完。现在是太平盛世，处处歌舞升平，课本上的知识告诉我们，改革开放三十多年，广大农民是最大的受益者，我们用不着像刘关张那样去拯救百姓，但是，我们有着共同的篮球梦想，与人们发生冲突已很平常，对付强者，一个人身单力薄，因此，我提议，我们来一个别墅三结义。虽然我们不是同姓同宗，但从现在起，我们就是亲兄弟，我们以酒为盟，让桃树作证，拜把子成兄弟。你俩若同意我的提议，就各自扫除门前雪，否则的话就算我白说。别勉强，爽快些！"

"哎呀……我肚子疼！昨天晚上，我没把被子盖好，可能着凉了。对不起鹰哥，我得去一趟厕所！"顾吉哲边说边站起身来，疾步走到了餐厅外。

张鹰迅速离开餐桌，走在顾吉哲的前面，用手指了指卫生间的房门说："哦，我想起来了，来之前你已说过，在学校你就闹肚子跑厕所，实在不行就去拿点药吃！你去吧，我和嘉齐接着喝，肚子疼厉害了就喊我！"

【03

张鹰转身回到了餐厅。

李嘉齐谈兴正浓。"鹰哥，既然你把话说到这个份上，我就给哥表个态，我也不是薄情寡义之人。只要哥你高兴，今天别说是喝酒了，就是喝敌敌畏，我也乐意奉陪！"李嘉齐抓起酒瓶子，说，"鹰哥，我先干为敬！"随即，他嘴对瓶子喝了起来。

"好兄弟！"张鹰一边翘起大拇指夸奖李嘉齐，一边拿起酒瓶子，仰起脖子，三下五除二也把啤酒喝干了。

李嘉齐边喝边停顿，终于看到瓶子底了，激动地说："鹰哥，你还记得吗？我转学报到那天，与你在篮球场上相见，从那天起我就觉得我俩特别投缘。别看我经常挖苦你，其实我一直崇拜你！"

落地钟声有节奏地响起来，回荡在空荡的客厅里，穿过餐厅的门口，击打着李嘉齐那颗忐忑不安的心。

"哈哈哈……真过瘾！不管它，资本家的丧钟让它敲去吧！"张鹰冷笑道。

"资本家？"李嘉齐不解地反问。

"没错，按照过去的衡量标准，我爸爸就是个资本家，他甚至比资本家还要资本家！"

张鹰边说边弯下腰，数了数餐桌底下横七竖八的空酒瓶子，说："兄弟，我们也给自己放回假，你就别竖着耳朵听那破玩意儿叫唤了！"他猛地一起身，餐桌被顶翻，盘子、酒杯和碗筷统统砸向地板，狼藉一片。

这突如其来的场面把张鹰惊呆了。

"汪汪汪！"磕盘子碰碗的声响惊动了院子里的藏美，它不停地叫唤起来。

"鹰哥，我们酒足饭饱了，可你的爱犬还饿着肚子呢！你听听，它在给我们提抗议了！"李嘉齐故意调侃说。

"没想到你小子还挺幽默，那我们就把这些残羹剩菜给它吃好了。"张鹰边说边拿来簸箕和箸帚。

李嘉齐急忙帮着张鹰收拾残局。

藏美挑肥拣瘦地吃着簸箕里的鸡肉和剩菜，向张鹰讨好地摇头摆尾。

张鹰瞅了一眼跟在身后的李嘉齐，说："对不起兄弟，顾吉哲还没回来我就把饭局给搅黄了。"

"顾……吉哲，他……干什么去了？鹰……哥，你……见外了不是，我都……喝高了，我……们上学去吧！"李嘉齐打着酒嗝，舌头有些僵直了。

"顾吉哲拉稀去了。兄弟，你别逗了，上学去？你去看看几点了？"

李嘉齐一看落地钟，不由得惊叫起来，带着哭腔说："哎呀……都快三点了，这可怎么办哪？我从来都没有旷过课呀！要是让我妈知道了，她非得气出病来不可呀！"

"管它三七二十一，今天下午我们不去上学了，我领着你参观参观这座资本家的小洋楼，让你感受一下富人的生活。最主要的是，我有秘密告诉你呢！"

"不去就不去，整天钻到书本里去无聊至极！"李嘉齐心不由己地张鹰怂恿着。

顾吉哲用双手捂着肚子，弯着腰从厕所里走了出来，瞅了张鹰一眼，说："鹰哥，我肚子痛得厉害，酒我不喝了，饭我也不吃了，我们赶快去举行个仪式吧，完事儿后我必须拿药去！"

"呵呵呵……酒和菜都让鹰哥给报销了，你就是想喝想吃也没有了。走——我们拜把子去！"

"稍等片刻，"张鹰在客厅里茶几的抽屉里拿出一盒大中华牌香烟和一个打火机，他从烟盒里取出三支香烟，首先放进自己嘴里一支，然后分给顾吉哲和李嘉齐每人一支，"吸烟能管肚子疼你们信不信？不管你们信不信，也不管你们以前会不会吸烟，从今天开始，我们就烟酒不分家了。"他用打火机点燃了自己嘴中的香烟，边吞云吐雾边点燃了顾吉哲和李嘉齐的香烟。

兄弟情的绑架，猎奇心的驱使，让顾吉哲和李嘉齐不可抗拒地喝了人生中的第一口酒，吸了有生以来的第一口烟。

万事开头难，一发不可收。

酒水在他们的肚子里闹鬼，烟雾在他们的头顶上方缭绕。这迷魂的酒水，这勾魂的烟雾，把他们一步步引向人生的歧途。

张鹰叼着香烟走进储藏间，麻利地拿出三支高香，走到顾吉哲的身边说："我知道你和我们两个是同岁，你是几月里出生的啊？"

"我是七月十八日生人，怎么了鹰哥？"顾吉哲用手背擦了擦被香烟熏出来的眼泪，皱着眉头问道。

"没怎么，既然我们拜把子，我们就要分出兄弟哥哥来。我的生日是六月六日，李嘉齐是6月7日，你是7月18日，那我就是大哥，嘉齐老二，你就是小弟了。走，我们拜把子去！"

他们一起走到院子里，来到两棵大桃树前面的中间位置停下来，他们的站立点与那两棵大桃树彼此之间的距离均等，成等边三角形状。张鹰向前迈了一步，跪在地上，顾吉哲和李嘉齐跪在张鹰的身后，分别在左右。

张鹰回头看了顾吉哲和李嘉齐一眼说："我先点上香，一会儿我说什么你俩就跟着我说什么，我们一个头磕到地上就是一辈子的弟兄，一定情要专、心要诚！听到了吗？"

李嘉齐和顾吉哲齐声说："听到了！"

张鹰点燃了高香，脑海中出现了电影、电视剧中焚香祷告的镜头，他模仿着剧中人的做法把燃着的高香举过头顶，高声领诵："苍天在上，桃树作证，从现在起，我们就是异姓兄弟，有福同享，有难同当，不求同年同月同日生，但求同年同月同日死！"

李嘉齐和顾吉哲齐声跟诵，喊声震天。

他仁的结拜仪式刚进行完毕，顾吉哲又喊起了肚子疼。他扔掉了手里的烟屁股，难为情地瞅着张鹰和李嘉齐说："大哥，二哥，吸烟不顶用！我得去拿点药才行，我先行一步了！"

"我们和你一块儿去吧！"张鹰说。

"你自己去能行吗？"李嘉齐问。

"不用了，我自己能行。"顾吉哲边说边向大门外走去。

李嘉齐和张鹰目送顾吉哲离开后，他们立刻上了二楼。

张鹰掏出钥匙，打开门锁，推开屋门，回头瞅了李嘉齐一眼，把身体一闪，说："进去看看吧，这是我的卧室。"

李嘉齐站在门口愣了愣，情不自禁地看了看张鹰手中的钥匙，疑惑地盯着张鹰的眼睛，说："你的卧室怎么还锁着？"

"那个女人每次回来，都会趁我不在的时候乱翻我的东西，我不情愿让她知道我的隐私，所以我一离开家门就锁住我卧室的门。"

"哪个女人？你在说你妈吗？"

"要是我妈还健在的话，我就不会成这个样子了。"

"你妈是怎么不在的？"

"别着急问，我会告诉你的。"

"我俩家庭出身不同，生活环境不同。你虽然大我一天，但你的自我保护意识比我强一百倍！我的东西在家里随便扔随便放，爸爸妈妈和奶奶对我的东西随便拿随便动。"

"呵呵呵……别说这么多了，快进去看看吧！"

"哦，我明白了，你这是在宣扬个性！"

"我在宣扬个性？好好好，我在宣扬个性行了吗？"张鹰见李嘉齐面红耳赤，酒嗝不间断地打着，便不和他计较与争辩了，继续说，"瞧瞧吧，喜欢的话我就把这个房间让给你住。"

"少拿空话贿赂我！"李嘉齐的目光被挂在墙上的网兜吸引过去，手舞足蹈地说，"哇塞，意大利篮球！"

"没想到你还挺识货！我还以为你是个乡巴佬儿呢！"张鹰虽在开玩笑，但明显在挑衅李嘉齐。

"你以为这些年的英语我白学了呀？上面的大写英文字母都撑破眼皮了。居高临下，狗眼看人低！"李嘉齐仰脸看着张鹰的脸色。

"竟敢出言不逊，小心我扁你。不过，这居高临下嘛你倒说得不无道理，我觉得这种高高在上的滋味儿倒蛮不错的。可是，你只有超过了我的个头，你才能有居高临下的资本。兄弟，别不服气，你哥我现在什么都比你强！"

"狂傲，狗改不了吃屎！老毛病又犯了不是？"李嘉齐的心像被蝎子蜇了一样难受，他小声嘟囔，"什么把兄弟？狗屁！这人哪肩膀头不一般齐就不能称兄道弟，怪不得我爸爸经常说，穷不攀富，富不傍官！"张鹰那种轻蔑的口吻，让李嘉齐的自尊心受到了严重伤害，把不满挂在了脸上。

"不是狗改不了吃屎，是狗到天边都吃屎，虎到天边都吃肉！我才知道，你的脾气也不小。其实，哥在和你开玩笑。刚才喝酒的时候我不是说过了嘛，我这个人就像我这别墅一样，外强中干。生活在你的世界里永远也没有我的感觉，房子不是家。这栋房子，倒让我感受到了世态的炎凉，人情的冷暖。好房子我是有T，可是我的家没了，我哪里能比得上你啊！"张鹰瞅着李嘉齐，一顿冷言冷语。

"鹰哥，我生活在贫民窟里，本来就自感低人一等，你的话给了我迎头一击，让我想歪了，对不起！"李嘉齐慌忙作着解释。

"没事儿，你以为哥是小心眼儿啊！快过来兄弟，你看看这个。"

"姚明、泰森。哎——鹰哥，你怎么把姚明和这黑小子挂在一起啦？"李嘉齐走过去，用手触摸着墙上的宣传画像，说，"说正经的，你究竟喜欢他俩当中的谁呀？"

"我说过你对你哥并不了解，你只知其一不知其二。在篮球方面我崇拜姚明，要说拳击嘛还非这黑小子泰森莫属！"张鹰拍了拍李嘉齐的右肩，说，"走——跟哥到隔壁的屋子里去看看。"

张鹰推开隔壁房间的屋门，径直走进屋里。

"呦！——跑步机、拉力器、杠铃、哑铃、沙袋、拳击手套……真是大开眼界，太给力了！"李嘉齐回身给了张鹰的肩膀一拳，说，"这是你的健身房吧！"

"Yes！"张鹰兴奋得用右手的拇指和中指配合着，冲着李嘉齐打了个响儿，做了个鬼脸儿。

"你就把牛抡起来转悠着吹吧！不要紧，我希望你悠着点儿别噎死！"

"哈哈哈……这就是物质决定精神，你得红眼儿病了吧？你就咒我吧！我真的噎死了谁还请你喝酒抽烟啊！"

"我可不敢咒你，呵呵呵……再说了，我咒你也没有用啊！祸害渣滓活万年啊！"

"瞧瞧你，又在拐着弯儿损我！行了，别闹了。走——跟着我到那边的房间里去看看。"张鹰打了李嘉齐的胳膊一拳，"别恋恋不舍的啦，走！今后有的是时间，只要你跟我待在一起，你想怎么玩就怎么玩！"

第三章　房中秘密

【01

顾吉哲刚走出张鹰的别墅楼几百米，就接二连三地放了几个响屁，他觉得肚子不疼了，身体越来越舒服。他往回里走了几步，想去告诉张鹰和李嘉齐让他们放心，但转念一想：我这不是自作多情吗？人家有什么不放心的，人家若是真的不放心早就陪我一起去看病拿药了。干脆，他们聊他们的天，我去上我的学！于是，顾吉哲快步向着雷江市第三中学奔去……

李嘉齐站在张鹰家的别墅楼的健身房里愣了半天，把里面的健身器材统统地看了一遍，依依不舍地跟着张鹰去了别的房间。

"嘉齐，这是我爸妈的房间，快过来看看！"张鹰推开最里边卧室的房门，回头向着李嘉齐招手。

"这……刚才你对我说过，你不在家的时候你总是把你的卧室的房门锁着，像防贼一样防着你的爸妈，而你爸妈不在家的时候你却领着外人擅自进入他们的房间，这样做太不够意思了！"李嘉齐直接了当地揭了张鹰的短处。

"就你小子斯文，我可没有拿着你当外人。没事的，我们不动他们的东西，只是让你瞧瞧他们的结婚纪念照而已！"张鹰真诚地邀请李嘉齐。

"那好吧！"李嘉齐随着张鹰的脚步跟了进去。他下意识地环顾了室内的装修和物品。浅粉色的墙壁上挂着橘黄色的壁灯，墙壁经过了精心的打理和粉饰，色调温暖而浪漫。屋顶造型独特，吊灯充满梦幻。富有创意而别致的窗幔，增添了卧室的情调。窗纱迷人，窗帘养眼。日本产的高档席梦思，英国产的皇家花地毯。落地灯放置在床头的右前方，触摸开关，功能前卫。床头柜上的电话座机豪华富丽。整个卧室高雅、简洁。

随后，李嘉齐跟随张鹰的目光停留在床头上方的巨幅照片上。照片上的女人，亭亭玉立，长裙依依，黑发飘逸，装扮艳丽，五官清秀，幸福洋溢，青春焕发，雍容华贵。

照片上的男人，魁梧高大，挺拔屹立，精神抖擞，西装革履，目光炯炯，充满自信，剑眉高挑，人中蓄须。

他们依偎在一起，眸子中放射出幸福而甜蜜的光芒。

"这就是你爸妈的结婚纪念照啊？"李嘉齐用惊羡的目光打量着照片上的俊男靓女，赞美地说，"酷毙了！"

"没错，帅呆了！"张鹰的瞳孔里闪着光亮，"年轻，漂亮，大方，自信。哎……嘉齐，你从我爸妈的气质上能看出这些来吗？"

"嗯！气质？你说对了，他们的确很有气质！"

"实话告诉你嘉齐，我爸妈可不是一般的人物。我爸是高级工程师，学的是冶金专业，年轻时留学日本，他的身体里流动着我爷爷的血。我爷爷更不是凡夫俗子，他老人家曾经是清华大学的教授。我妈是资本家的女儿，属于大家闺秀，她和我爸在日本留学时是同学。"

"是吗？我说呢，你爸爸怎么留了个讨厌的日本胡子？"李嘉齐听得目瞪口呆，答非所问。

"嘉齐，你说什么？"

"哦，没说什么！"

"不过，这都是过去的事情了，不值得炫耀。"张鹰的目光突然黯淡下来，停顿了半晌，说，"走，到我的书房去看看。"张鹰拉着李嘉齐走出了他爸妈的卧室。

"呵呵呵……书房斋！"李嘉齐觉得酒劲儿下去了许多，半开玩笑半认真地说，"鹰哥，我算服了你了，你不吹大的就玩儿洋的，弄个事就这么邪乎，在家里有个看书学习的地方不就得了？还美其名曰'书房斋'，有意思，快让我过去瞧瞧，感受感受这洋玩意儿！"

"嘉齐，咱不崇洋媚外行不行？我告诉你，'书房斋'这名字可不是洋玩意儿，是我们的老祖宗命名的，别不懂装懂行不行？"

"瞧瞧你，还老和尚念书一本正经！我不就是顺嘴儿说错了一句话嘛，你还非得纠正纠正！"李嘉齐跟着张鹰边走边嘟囔，"不就是这几间房吗？书房斋在哪里啊？"

"啰嗦！你小子一点也沉不住气。"张鹰走到与健身房的房门对着的那个门前停下来，说，"别急，等我找出钥匙打开房门你就明白了。"

"这到底是不是你家呀？怎么这门上到处都上锁啊？"

"少见多怪了不是！明说了吧，在我眼里，这些都是摆设而已，我自己很少到这里面去。"张鹰取下挂在腰带上的一串钥匙挑选了半晌，接着说，"今天，我本想让你小子长长见识开开眼界，没想到惹了你这么多屁臭气！"张鹰找出其中的一把钥匙插入锁孔，鼓捣了半晌，那把锁却没有反应。他又换了一把钥匙，边开锁边埋怨说："全都让你小子给搅和乱了！"

门开了。李嘉齐站在门口仔细地看了看，情不自禁地嘟囔："这就是你的'书房斋'呀？神神秘秘的，有牌子吗？"

"一点都沉不住气，你小子成不了大事！"张鹰收起钥匙，转过身来，仰脸看着门口的上方。

李嘉齐贴着张鹰的身体走过去，转过身来，沿着张鹰目视的方向望过去，惊讶地说："曜！还真是哎——'书房斋'，这是谁起的名字谁写的牌匾呀？"李嘉齐望着那苍劲有力的金色大字和朱砂红色的印记，接着说，"这牌匾墨底金字，用料考究，古色古调，有年头了吧？"

"小屁孩儿，你怎么懂得这个？"张鹰摸了摸李嘉齐的脑门，戏谑地说，"我以为这里面装的全是豆腐脑儿呢！"

"哼，狗眼看人低！"李嘉齐乜斜了张鹰一眼。

"我叫你狗眼看人低，我叫你狗眼看人低！"张鹰双手抓挠起李嘉齐的胳肢窝。

李嘉齐奋起反击，以其人之道还治其人之身。

"哈哈哈……"

"哈哈哈……"

他俩会心而放肆地开着玩笑，无拘无束地开怀大笑，让这座冷清的别墅热闹起来。

"好了好了，不闹了！"李嘉齐笑得上气不接下气。

"不闹可以，你必须答应我，管住你那张破嘴，别再占便宜了。"张鹰停止了动作，继续虚张声势。

"好好好！我答应你，我再也不占你的便宜了。"李嘉齐趁张鹰罢手的瞬间，以迅雷不及掩耳之势伸出双手，猛地推了张鹰一把。

"哎呀，咕—"张鹰措手不及，一下子摔了个仰面朝天。张鹰顺势躺在地上，闭上眼睛，不动弹了。

"起来，别给我装死啊！"李嘉齐觉得自己闹得过分了，恐怕误伤了张鹰，边说边去抓张鹰的胳膊。

"过来吧你！"张鹰突然睁开眼睛，猛地伸出左手，瞬间抓住李嘉齐的手腕，一下子把他拽到怀里。

他们拥抱着翻身打滚儿，肆无忌惮地打闹在一起。

张鹰边笑边说："我好多年没有这样高兴过了。"他笑着笑着突然痛哭起来，一下子把李嘉齐搞蒙了。

李嘉齐不解地问张鹰："你哭什么？你的大别墅这么阔气，你的家庭条件这么优越，你还有什么不如意的事啊？"

张鹰把李嘉齐推到一边，坐起身来，擦了擦眼泪，说："嘉齐呀，我有一肚子的苦水没处倒哇！一些话憋在我的心里好多年了，今天就让我借着酒劲一吐为快吧！兄弟，房子不是家呀，它再坚固再庞大，一旦失去了家的温馨还有什么用啊！现在这个社会，和我同病相怜的人多了去了。你别看张冬梅、王红霞、李红芳她们整天叽叽喳喳有说有笑的，其实她们和我一样生活得一点儿也不幸福，一点儿也不快乐。虽然我和她们在小学毕业后才相识，但上初中以来我们一直都在同一个班级，我们就像铁哥们儿一样，我知道她们的许多秘密。她们和我一样，都有满肚子的委屈，你听我慢慢地道来……"

【02

顾吉哲走到学校大门口的时候正赶上课间休息，他撒谎骗过门卫之后，径直来到操场，混进玩耍的同学之中。上课铃声响后，他若无其事地走进教室，坐到了自己的座位上。

此刻，张鹰家的书房斋中悄然无声。

李嘉齐注视着张鹰的眼睛，用手背替张鹰擦拭着脸上的泪水。

张鹰，这个平常像小老虎一样生猛的少年，此刻却像一只受伤的病猫。

李嘉齐拍打着张鹰因哭泣而抖动的肩膀，铭记着他不寻常的经历和他的心灵所经历的创伤。

张鹰在十三岁那年，最爱做的一件事就是用砖头砸碎纠缠他父亲的那个"狐狸精"家的窗玻璃，想以此敲山震虎，吓退"狐狸精"。

"狐狸精"的家是一栋商住二层小楼，一层用于经营服装，二层用于居住。即使在戗黑的夜里，张鹰也会准确无误地将砖头砸向"狐狸精"家二层楼的窗玻璃，随着"哗啦"一声巨响，玻璃在瞬间被击碎，尖锐的声音在寂静的夜里产生了出人预料的恐怖效果。张鹰会在"狐狸精"尖叫之前，飞快地逃进漆黑的角落，拼命地捂住自己的嘴巴，害怕自己情不自禁的笑声暴露了自己的位置。

每次，那个穿着睡衣的"狐狸精"，都会急忙打开一楼的卷帘门，蓬头散发地站在她家门市的门口，掐腰大骂："哪个缺了八辈子德的小崽子吃饱了撑的没事做，三更半夜的来砸老娘家的窗玻璃不让老娘过，真他娘的缺德带冒烟儿生了孩子没屁眼儿……"

随着"狐狸精"此起彼伏的叫骂声，居住在她家门市周围的人家的灯光就会相继亮起来。

然后，张鹰躲在黑暗的角落里开始数灯：一盏，两盏，三盏……几乎一条街的人家的灯都亮了。有人出来寻问，有人出来抱怨，也有人与"狐狸精"当面调侃，说长道短。

张鹰窃窃暗喜，心想："整条街的谩骂和声讨应该够她受的了，暂且点到为止吧！"随即，张鹰就趁乱扬长而去。

张鹰计算过，他在三个月的时间内用砖头将"狐狸精"家的窗玻璃砸碎过十五次，"狐狸精"有十次出来骂街，基本上每次都是站在"丽人服装店"的门口双手掐腰、破口大骂，污言秽语不堪入耳。张鹰真希望自己的父亲会看到她那丑陋的嘴脸。可是，张鹰害怕被父亲撞见，他每次都是在认为父亲不在"狐狸精"的门市上才敢去这样做的。虽然在夜晚，她那么狼狈不堪，但张鹰知道她在白天的时候还是像模像样的。她很会化妆，时常把自己打扮得像"狐狸精"那样又美又媚。

他记得在一个礼拜天的上午，他和顾吉哲在大街上闲逛。突然，那个"狐狸精"迎面走来。他就指给顾吉哲，边打量边说："你瞧瞧，就是这个贱女人和我爸爸不清不白。"

那一刻，顾吉哲站在那里不肯挪动脚步，他被她的妖媚吸引住了。

其余五次，在张鹰砸碎"狐狸精"家窗玻璃的时候，她没有出来骂街，张鹰估计是因为他爸爸在她的门市里，猜想他们在那里颠鸾倒凤干那苟合之事。哪怕张鹰一晚上两次用砖头去砸她家门市的窗玻璃，他也没有听见她吭一声。张鹰在心里骂道："骚货，狐狸精，总有一天遭报应。"

但在那一刻，张鹰总是担心爸爸会无法忍受他的"无理取闹"而跑出来打他个鼻青脸肿。事实上，张鹰对他的爸爸既恨又怕。他每次砸了"狐狸精"家的窗玻璃后，都会飞快地逃跑，藏在门市对面那两幢门市楼的缝隙之中，用冷峻的目光偷偷地观察着"狐狸精"家里的动静。

但是，张鹰不得不承认，"狐狸精"的确长得年轻貌美，她不仅漂亮，而且又浪又妖，就像在电视剧《封神榜》里看到的苏妲己一样狐媚风骚。她丰乳肥臀，媚眼如钩。只要她斜眉侧目地朝着男人一笑，那个男人的魂魄就会被她勾了去。张鹰一直怀疑她就是狐狸精变的，不然，她不会勾搭上他的爸爸，不然，她不会害得他的妈妈跳楼自杀。

张鹰说，他本来有一个幸福美满的家，可是，由于鸠占鹊巢，他的家支离破碎、名存实亡。张鹰的妈妈死后，那个"狐狸精"就成了他的继母。张鹰锁紧卧室门的原因是为了对抗"狐狸精"。他生身父母的那张结婚照挂在那样的位置，是他和父亲对抗的结果。

张鹰经常用那种极其冷峻的目光看周围的人。特别是当他故意用篮球砸破顾吉哲的鼻子后，就善于用这样的眼神看人。顾吉哲经常被张鹰看得浑身发毛，他经常说张鹰的双目凛厉，充满着杀气。可是，张鹰喜欢顾吉哲这样说他，他觉得被人这么一说，就似乎被赋予了某种力量。那个时刻，他觉得自己很强大，会有足够的勇气征服一切。

【03

张冬梅、王红霞、李红芳这三个女孩曾经一起就读于同一所小学，她们单纯幼稚，互帮互学，情同姐妹。然而，命运之神的安排，又把她们推向同一所初中，走进了同一个教室。

张鹰和张冬梅、王红霞、李红芳在小学毕业那年的暑假里就相遇相识，上初一时又分到了一个班里，他对她们的情况比李嘉齐知道的要多得多。

2003 年 9 月 1 日，是新生报到的日子。

张冬梅一走进教室，就自愿选择在距离讲台最近的位置坐下来。她的这一举动，让在座的同学们匪夷所思。因为那样的位置完全在授课老师的视野内，听课的同学若有点"风吹草动"就会被授课老师捉个现行，所以没有人愿意在"老虎"的嘴巴子上蹭痒痒。若不是老师的强行安排，一般的同学是不情愿选择的。而张冬梅，这个血管里天生流淌着叛逆之血的女孩，喜欢挑战和刺激，敢于标新立异，敢于做别人不敢做的事。

那天，李红芳一走进教室，径直朝着张冬梅走过去，瞅着她身边的座位问，这里有人了吗？

张冬梅惊喜地看了李红芳一眼，兴奋地说："这座位非你莫属。"随即，她拉住了李红芳的手。

李红芳趁势坐在那里，激动地搂了搂张冬梅的脖子。

张冬梅问李红芳："教室里那么多的空位置，你为什么偏要选择坐在我的身旁。"

李红芳神秘地说："明知故问。在小学里你就是我崇拜的偶像，你绚丽夺目、学习刻苦、成绩优秀、人见人爱，如果跟你在一起，我就是月亮跟着太阳走——一定会沾光，一定会红起来的。"

"我晕，偶像，呕吐的对象吧？"张冬梅嘴里这么嘟嚷，可她的心里却暗自欢喜，她说，"我是七月里生人，有着水仙花的性格，是个自恋狂。我就爱听别人夸我有个性，说我漂亮。"

李红芳瞅了张冬梅一眼，鬼魅地一笑，说："呵呵呵……别忘了，我们可是同年同月同日出生的，不过，我可不是自恋狂。"

王红霞来的迟了一些，无可选择地坐在了张冬梅和李红芳的后排空位上。

张鹰坐在接近最后排的位置,眼球却被前面的张冬梅、李红芳、王红霞所吸引。

第一学期的课程全面展开。不久,张冬梅,李红芳,王红霞就初露锋芒,很快就成了雷江市第三中学的"三朵校花"——三朵带刺的玫瑰。各科任课老师欣赏着她们、表扬着她们,同学们仰慕着她们、敬重着她们,特别是那些女生,每个人的眼睛里都流露出羡慕与妒忌——那是因为,她们不仅长得相貌出众,而且学习成绩脱颖而出。她们恃宠生娇,恃才傲物,桀骜叛逆,难以驯服。她们几乎从来不与班上其他的同学接触,她们的骨子里头透出来的傲气,漠视一切,目空一切,天马行空,我行我素。

对学校的纪律约束和学习之外的任何事情,全凭她们的嗜好选择,她们愿意做或者不愿意做全由她们自己说了算,谁也拿她们没有办法,老师如此,家长如此,同学们更是如此。无论她们在学校的行为多么不符合规定和要求,由于她们的学习成绩总是年级前十名,因此,做为学生,只要没有犯原则性的错误,没有做出特别出格的举动,就没有人想惩罚她们。

张冬梅在这"三朵校花"之中最没有背景,她爸爸是一个靠搞皮毛生意暴发起来的进城农民。她除了在学习方面有点无师自通的天分外,其他方面的反应总要比李红芳和王红霞迟半拍。她喜欢"集体攻关",不喜欢独立思考。她时常和李红芳、王红霞在一起,遇到自己不知道或者不理解的事情总会懵头懵脑地冒出一句:"这是啥意思?"于是,李红芳、王红霞就会开她的玩笑,一起戏谑她是"土鳖"。

在雷江市,取笑那些有钱但没有文化的农民为"土鳖"。

张冬梅受到李红芳和王红霞的奚落并不生气,她觉得自己本来就是暴发户的女儿。她爸爸读到小学二年级就因家庭贫困辍学了。张冬梅经常听她奶奶念叨,她爸爸是靠吃山芋蛋子、高粱团子长大的。她爸爸都三十岁了还打着光棍。在万般无奈的情况下,张冬梅的奶奶四处托媒人,让张冬梅刚成年的姑姑给她的爸爸转(三家的男孩与三家的女孩交叉换亲)了一门亲事。张冬梅的爷爷借遍了全村的老少爷们,才勉强给她爸爸凑够了娶亲的费用。起初,张冬梅的爸爸很感谢自己的父母,生活得很知足、很发奋。现在,她家的富裕生活是她爸爸吃了很多的苦才换来的。按理说,她应该感恩她的爸爸。然而,张冬梅一直觉得她爸爸是个忘本的人。家里穷的时候,她爸爸的眼里只有钱,成了暴发户以后,她爸爸的眼里就只有女人了。她经常情不自禁地痛恨爸爸!

李红芳的爸爸李明福是一家玻璃钢公司的总经理兼董事长,大财团的女儿非同凡响,她出入校门有奥迪牌小轿车接送,像千金小姐一样金贵。

王红霞就更有来头了,她爸爸王继明是主管文教卫生的副市长,在学校里,老师见了王红霞都要低头哈腰地跟她打招呼,她却不理不睬不买账,经常目空无人与老师擦肩而过。她的骄傲自大让不少年轻教师在私下里大发不满。

　　张冬梅喜欢李红芳和王红霞，并不是因为她们的家庭条件优越，而是因为在茫茫人海里闻到了与自己相同的气息。

　　张冬梅、王红霞和李红芳是同年同月同日出生的孩子。2004 年 7 月 8 日中午，她们相聚在一起，共同祝贺十四岁生日。在王红霞的提议下，她们"约法三章"：第一，在校外以姐妹相称有事统一行动，在校内同出同入不搞独立独行；第二，在学习上优势互补，在生活上互相帮助，在感情上不争风吃醋；第三，向名牌大学冲刺，向上流社会进军，有福同享，有难同当。在王红霞的提议下，她们磕头跪拜，姐妹联盟。尽管她们是同年同月同日出生，但王红霞自称大姐大，李红芳排序第二，张冬梅是小妹。按照她们事前的商定，由李红芳出面邀请了张鹰，让张鹰用他爸爸的照相机给她们拍下了"生日纪念"合影，让张鹰为她们做了一次"历史"的见证。可是，不知张鹰是什么样的心理在作祟，他在洗照片的过程中偷偷多洗了一张，窃为己有。

　　正当李嘉齐听得入神的时候，张鹰突然把话题一转，说："嘉齐，稍等，你在这里别动，我去去就回。"张鹰边说边走到一楼客厅，从书架上取下了《少年维特之烦恼》，快步向楼上走去，边走边在手拿的书本中翻找"东西"。

　　李嘉齐把脑袋探到书房斋的门外，迫不及待地向楼梯口张望。

　　张鹰快步走到他的跟前，从《少年维特之烦恼》中找出一张照片，在李嘉齐的面前晃了晃。

　　李嘉齐瞥了一眼，冷不防地把照片抢了过去，目不转睛地盯着照片诘问："鹰哥，你真色，我们学校里就这三朵校花，你都想占为己有啊？"

　　照片上是三个稚气未脱的女孩，扎着清一色的马尾辫儿。有所不同的是，张冬梅的脸色面如白玉，眼睛里似乎有些忧伤，表情有些严肃，粉嘟嘟的小嘴巴欲言又止、含蓄地紧抿着。王红霞的脸色面若桃花，目光中流露着自信与大方，稚气中带着傲气，大小适中的嘴巴端端正正，微露的牙齿陶瓷般光亮，薄薄的嘴唇棱角分明、色泽红润、性感迷人。李红芳的脸色白皙圆润，大大的眼睛又黑又亮放射着光芒，面带娇羞，厚实的嘴唇迎合着胖脸，嘴角弯弯微微上翘，一副似笑非笑的模样。

　　"嗨……鹰哥，你说过你非常了解她们，那就请你给我介绍一下她们各自的脾气秉性和各自的过去好吗？"李嘉齐对她仁都感到好奇，很想探究她们的过去以及她们之间的秘密。

　　张鹰趁李嘉齐不注意，把他手中的照片夺了回去，目光停留在她们的脸上。片刻，他继续讲述她们之间的故事。

　　李红芳与张冬梅、王红霞的性格有些差异，在她们三个人之中最贤淑最文静最内敛，是个比较保守的女孩。从初中一年级到现在，从未见她穿过裙子。张冬梅无意中透露过李红芳不爱穿裙子的秘密。李红芳总说自己个子不高，腿粗臀大，穿上裙子像个冬瓜。

张冬梅有一块自己绣的图案的手帕，图案是几朵出水青莲，几只蜻蜓在赏莲戏水。她时常把它系在手腕上，那朵洁白的莲花宛若初生，娇艳欲滴。她是个努力遗忘过去的女孩儿，因为过去像荆棘一样时常刺痛着她的心。

王红霞是她们三人当中个子最高、身材最好的一个。她十四岁时就发育得很成熟，不像她那个年龄的女孩，要么瘦得像豆芽，要么胖得像水桶。你看张冬梅，瘦不拉叽的，就是典型的豆芽型，该凸出的地方不凸，该凹下去的地方凹，只有一张天使般的脸蛋。你再看李红芳，上下一般粗，活脱脱一个水桶。王红霞真是个例外，身条好，她唯一的缺点就是头发太黄，进了篮球队后，剪了头发，天天穿着运动服，活动量又大，就像个黄毛小子。

李嘉齐听着张鹰的讲述，和自己印象中的她们相对比，觉得张鹰说的出入过大，情不自禁地摇头嘲笑，说："哈哈哈……那个啥，你就编故事吧！"

张鹰瞅了李嘉齐一眼，用食指指了指照片上的王红霞，稍微停顿了一下接着说："当然了，现在的王红霞长发飘飘乌黑发亮，成了我们学校的文艺部长，不再像假小子一样留恋篮球了。张冬梅和李红芳也都出落得有点女人味儿了，真是女大十八变啊！"

"呵呵呵……鹰哥，不这么粗俗行不行啊？人家可都是女孩儿家家，女人女人的难听死了。"李嘉齐趁其不备又把照片夺了回去，目光在她们的身上游离。

张鹰对李嘉齐的举动并未做出反应，继续说："她们三个，最沉默、最隐忍的是张冬梅。她的沉默和隐忍除了跟她天生的性格有关，还来自于她家庭的影响。我和她可以称得上'难兄难弟'，她和我的情况惊人的相似，我们都有着不可触摸的伤痛。她爸爸自从有了钱，在外面就有了'狐狸精'。自从她爸爸有了'狐狸精'以后，就像变了一个人，总和她的妈妈吵架打闹，她无数次见过爸爸的拳头像暴风骤雨一样落在妈妈的身上。她那柔弱怯懦的妈妈只会不停地哭泣。那样的岁月，噩梦一样伴随着她的成长。她越来越沉默、隐忍，越来越反叛，从内心里看不起自己的妈妈。甚至在见到自己的妈妈流泪的时候，会嗤之以鼻，会恶言相向。最终，她的妈妈不堪受辱，丧失了生活的信心，服用了大量的安眠药，离开了这个世界。这对她妈来说是一种解脱，然而，她开始憎恨她的妈妈，憎恨她的妈妈不负责任地抛弃了她。"

"张冬梅的爸爸所能给她的，不过是一幢装修得富丽堂皇的二层小别墅，还有每个月交到患有老年痴呆症的奶奶以及保姆手中的一沓钞票。那个看似温暖实则冰冷的'牢笼'，令她经常产生厌恶，经常产生逃离的冲动。"

张冬梅自从她的妈妈离世以后，从来不轻易哭泣，她认为哭泣是软弱无能的表现，当它们过于泛滥，不仅唤不来同情与救赎，反而会把自己淹灭。也就是从那时起，她不再搭理她的爸爸。她对男人的认识开始扭曲，男人留给她的印象就是粗暴、恶俗、虚伪、残酷、不负责任。

所以，她常常在放学之后，直接跟着接李红芳的轿车回家。她很喜欢李红芳的家人，特别是李红芳的爸爸李明福，他待人很和气，给人温暖和温存。他的出现，让张冬梅对男人的看法有所改变。李红芳的爸爸年轻时英俊潇洒，人至中年仍气宇轩昂。而她的妈妈虽然年轻时漂亮，但中年人老珠黄。尽管在外人的眼里，李红芳的父母在一起时很不般配，可是，她的爸爸和她的妈妈之间好得仍像蜜月中的小夫妻一样。有一次，李红芳的爸爸亲自开车送她上学，李红芳刚下了车，她的爸爸落下前车窗玻璃满面笑容的和她摆手告别，紧挨在她爸爸的身旁，坐在副驾驶座上的妈妈，却像少女一样撒起娇来。巧合的是，这一幕被打此路过的我撞了个正着，她妈妈的脸上羞涩的表情一直保留在我的脑海里。

李嘉齐闭目听着，听得十分专注，脑海中想象着故事中的一幕幕。

张鹰瞅着李嘉齐可爱的样子，故意调侃说："你在听催眠曲啊，怎么睡着了？你若不想听的话我就不费唾沫了。"

李嘉齐睁开眼睛，看着张鹰得意的表情，央求道："我知道你的唾沫值钱，大功臣，快讲吧，我在洗耳恭听呢！"

张鹰接着说："我很羡慕李红芳，羡慕得有些嫉妒。我时常问自己，为什么我的妈妈没有李红芳妈妈那样有福气？为什么我的爸爸不像李红芳的爸爸那样拥有一颗不变的初心？"

张鹰说到这里情绪有些激动，两眼都是泪水。

李嘉齐急忙从裤兜里掏出几张纸巾，劝道："鹰哥，我知道你的心里有苦水，可是，你不是常说男人有泪不轻弹吗？"

【04

窗外起风了。

在摇曳的桃树枝丫间，发出摩擦的声响。

气流冲击着窗玻璃，发出震颤的声音。

李嘉齐心潮起伏，不知怎样才能为张鹰分担苦难。

张鹰的思路有些混乱，他接过李嘉齐递来的纸巾，擦了擦泪水，说："对不起嘉齐，我讲不下去了！"

"没关系，我们之间有的是时间，你整理一下心绪再讲不迟！"

片刻，张鹰控制住了自己的情绪，继续说："嘉齐，你没来的时候，我和张冬梅、王红霞和李红芳都是最要好的哥们儿，我们是无话不谈的朋友。有关她们之间的私密，基本上我都知道。"

李红芳有一个和谐的大家庭，她家的楼房一共有三层。一楼是她的姥姥和奶奶居住，二楼是她的爸妈和弟弟居住，三楼是她独自居住和学习的地方。可是，自从李红芳上初中以来，张冬梅就时常挤在了她的卧室里。张冬梅最喜欢的就是躺在李红芳那张又宽敞又柔软的床上。那是她们最私密的个人空间，她们经常在一起说悄悄话。她们也和我们一样，经常谈论起生理上的事情。张冬梅到了十四岁身上还没来初潮，而李红芳已经来了快一年了。张冬梅为身上不见初潮而担忧，李红芳却为自己过早的丰满而害羞。藏在她那 T 恤衫下的乳房呼之欲出，就像两只惴惴不安的小兔子，时常让她心惊肉跳。为此，她甚至用布条一层一层的把它们裹起来。

从某种意义上说，我和她们一样，没有"遗精"的时候很羡慕人家，自己"遗精"了又害怕得要命。嘉齐，不知道你有没有这样的感受。

李嘉齐一脸的怪笑，笑而不答。

张鹰拍了他的肩膀一巴掌，说："你小子真坏，你那点小秘密瞒不了我。你还不如人家女同胞们爽快，张冬梅在私下里对我说过，她很羡慕像李红芳那样脸蛋俊俏身材丰满的女孩子。她说，那样的女孩子将来是所向无敌的。我相信她说的话，没有哪个女孩子是不爱美的，除非她是白痴。然而，李红芳在初一下学期开始表现得古怪起来，她仿佛藏着一个天大的秘密。她经常魂不守舍，学习成绩开始下降。有的同学私下里议论，说她恋爱了。"

张鹰略有所思，停顿了一下接着说："那时，我还没有想过谈恋爱的事情。可是，大人们都说现在的孩子早熟。我承认。然而，我的早熟只体现在某一方面，比如，我从小就会安排自己的生活，再比如，我看到花枝招展的年轻女人就会小心地避开，特别是像跟着我爸爸那样的'狐狸精'，我一看见就觉得心口堵得慌，唯恐避之不及。其实，上小学六年级时就有很多同学开始恋爱了。因为那时年龄太小，恋爱还是很隐秘的事情，谁也不敢拿来张扬。在这方面，我的反应特别迟钝，某同学和某同学谈恋爱，我总是最后一个知道的。可是，在读初一那年寒假前的一个礼拜天，我从张冬梅那里知道了李红芳的秘密。"

李嘉齐情不自禁地问道："什么秘密呀鹰哥？"

张鹰瞅了李嘉齐一眼，笑着说："一讲情爱之事，你就猴急猴急的，你学坏了可别怪我啊！"

"我再坏也赶不上你坏，少废话，快快讲来！切记，不许言过其实，不许自吹自擂。"李嘉齐幽默地说，"外面起风了，当心风大了闪了舌头。"

张鹰继续说："我记得是个周五的上午，张冬梅趁着课间操结束，同学们混乱之机塞给了我一张纸条。我躲到没人的地方一看，上面写道：'我和李红芳闹别扭了，我的心里很烦乱，礼拜天上午九点你在大大棒超市门前等我，我有话和你说。'我看过张冬梅写给我的纸条之后，心里很矛盾。我想，同学们谁都知道她和李红芳好得跟一个人似的，有的同学说她们穿一条裤腿还嫌肥呢！她不会成心拿我开涮吧？思前想后，我最终还是没能抵住她的相约。

"张冬梅告诉我，那天她在李红芳家里做数学，正在为一个难题犯愁的时候，李红芳的姥姥有事把李红芳叫到了一楼。张冬梅由于缺乏独立攻关的耐心，烦躁得从书房走进了李红芳的卧室，顺势靠在床上叠好的被子上，动了动放在被子上面的枕头，却在无意间发现了一个软皮日记本。张冬梅随意地翻了翻，里面除了她和王红霞的名字之外，居然还多了一个男生的名字。那里面有一段话，张冬梅背诵给我听：大课间，我和张冬梅、王红霞站在楼梯口，他在距离我们不远的地方转身看着我们笑，挺拔的个头，明亮的双眸，露出一排陶瓷般的牙齿，我觉得他就像一轮太阳，那种温暖明媚让我突然产生了一种上前抱他的冲动……

"当时，我的心里直犯嘀咕，李红芳日记里的那个他是谁呀？我怎么觉得张冬梅的表情有些古怪，描述的那个男生有些像我呀！我正想鼓足勇气问她，突然被她的话打断了。

"张冬梅继续对我说，她不知道李红芳什么时候回到了自己的卧室。李红芳看到张冬梅偷看她的日记后，顿时惊慌失措，继而恼羞成怒，气得脸红脖子粗，冷不丁地扑向张冬梅，抢走了日记本。

"张冬梅比李红芳更生气，她一骨碌爬起来，站在地上急得跺脚拍掌，掐着腰和李红芳吵了起来：'好哇，你见色忘友，居然私藏着秘密！我不理睬你了。'张冬梅十分气恼，准确地讲她十分恐慌。她弄不清缘由，突然间产生了被李红芳抛弃的失落感。她害怕失去李红芳，那种慌乱发自心底，让她束手无策。

"张冬梅赌气扭头就走。李红芳追在后面大声地喊着她的名字。张冬梅看到了李红芳的姥姥、奶奶疑惑的眼神，听到了李红芳家的铁门在她身后碰撞的声响。

"就为这屁大的事，张冬梅一礼拜没有搭理李红芳。王红霞看到他们之间关系疏远，问了张冬梅好几遍：'你是不是跟李红芳闹别扭了？'张冬梅总是噘着嘴巴回答：'她觉得她是谁的谁呀？犯不上跟她闹别扭，再说了，我也没那闲工夫。'

"最后还是李红芳在课堂上给张冬梅递纸条，求张冬梅原谅，并一再承诺以后她的秘密一定会与张冬梅分享。张冬梅终于眉开眼笑了。

就这样，她们很快消除了隔阂，立刻又好成了一个人。关于李红芳日记里的那个他，一时成了我心中的谜团，也成了我又一个不可触摸的伤痛。"

"嗨……几点了鹰哥？我有些口渴，想弄点水喝。"张鹰谈兴正浓，却被李嘉齐打断了。

第四章　去向不明

2005 年 4 月的最后一个星期四，雷江市的天气异常闷热，下午四时左右南风刮起，天边的云快速密集，正在酝酿着一场大雨。

雷江市第三中学二年级六班，数学老师王平耐心地引导同学们复习圆周率。

周岩和孟祥岳毫无兴趣，伏案大睡，鼾声此起彼伏。同学们受其感染，有的昏昏欲睡，有的似睡非睡，有的竭尽全力和瞌睡虫较劲，最终战胜了瞌睡虫打起了精神，有的被瞌睡虫征服，最终成了瞌睡虫的俘虏。

在这样的课堂氛围中听课，满嘴酒气的顾吉哲更是心不在焉，他在内心深处庆幸着自己："谢天谢地，我虽然迟到了一节课，但是没人发现我！阿弥陀佛！"

张冬梅不时地回头张望张鹰和李嘉齐一直空着的座位，焦急万分。"我为什么会有如此强烈的不安？为什么会有一种牵肠挂肚的思念？为什么会有一种从未有过的失落？"张冬梅在心里责问自己，"这是因为我在履行班长职责的缘故吗？往常也有同学旷课，我只是履职尽责地记下他们的名字报告给班主任，或者在班主任那里得到另外一种答案，然后完事大吉，照常听课无误。可是现在，我不仅不忍心把张鹰和李嘉齐缺课的情况报告给班主任，而且还迫切希望在班主任那里得知他们缺课的缘由。我这是着了什么魔？"张冬梅隐隐感到，一种莫名其妙的惆怅和纠结袭上心头。

自从上午张鹰、周岩和孟祥岳被班主任罚站那一时刻起，张冬梅就一直为张鹰的处境担心。从上午第四节课到现在，张鹰一直去向不明，她觉得像丢了宝贝一样忐忑不安。李嘉齐的突然消失，更让张冬梅增添了几分惦念。一场"篮球风波"让同学们看到了"血腥"的场面，一次"踢球闹剧"让同学们感受到了班主任周理论的威严。张鹰被罚站，是因为他受到了李嘉齐和王东宁的"刺激"而制造了"恶作剧"。张鹰、王东宁和李嘉齐，他们正处在青春叛逆期，他们个个逞强好胜，他们处事时常偏激，他们是否会再生摩擦？他们是否会再生分歧？张冬梅说不清楚究竟是为张鹰而担心，还是为李嘉齐而担心。

按着六班以往的惯例，若同学们有事儿不能到校学习，必须请假，这是一条铁的纪律。请假的程序和方法有两种：一种是学生提出书面申请，班长上报班主任审批；另一种是学生家长直接向班主任请假，班主任准假后再通知班长，这样做的目的是让班长协助班主任对学生进行管理，以严格班级纪律。

然而，此时此刻，李嘉齐和张鹰正沉浸在"酒后忘我"的兴奋中，完全把学校的规章制度置之脑后。

张冬梅如坐针毡，心绪不宁，东张西望，失去主张。

"张冬梅同学——请你把圆周率的前十七位数背诵一遍！"

"张冬梅同学……"

"哎！——到！——啊！……"

数学老师王平连续喊着张冬梅的名字。张冬梅如梦方醒，匆忙地答应了几声，随即支支吾吾起来。她站在那里，眼睛里空空洞洞，失魂落魄地望着王平老师。

"哈哈哈……"

张冬梅扭捏的姿态和失常的"表演"惹得同学们哄堂大笑，集结号似的笑声赶跑了钻进同学们身体里的瞌睡虫。

孟祥岳刚在梦里打完了篮球全场，正为梦中那个得意的"大灌篮"乐呢！他在睡梦中听到了同学们的笑声，以为同学们为他的"大灌篮"而喝彩！他懵头懵脑地瞪着大眼珠子，看了看讲台上的王平老师，又环顾了一下同学们的表情，才知道自己大梦初醒。他瞅了瞅枕着书本仍在抱头大睡的周岩，急忙用左手敲了敲周岩的手背。

"我靠——干吗呀孟祥岳，离我远点儿，你打手犯规了知道吗？"周岩大喊大叫，又惹得同学们哄堂大笑。此刻，周岩也正做着打篮球的美梦，在梦中，他正高高起跳双手扣篮呢！

"有什么好笑的同学们？他们很好笑吗同学们？张冬梅同学坐下吧！"

王平老师的话刚落地，张冬梅羞涩地坐下了。

"周岩——孟祥岳——你们两个给我站起来！自从我上了讲台你们两个就开睡，都快半节课了还在说梦话，一点儿自觉性都没有！想睡觉回你们的家里睡去！"王平老师的嗓门儿很高，情绪很激动。

周岩和孟祥岳彼此望了一眼，不情愿地站了起来。

"同学们，大家都瞧瞧他们两个，他们两个都老大不小的了，站起来都一人多高了……"王平边说边用手指敲击着讲台。

周岩和孟祥岳不约而同地瞅了王平老师一眼，玩世不恭的目光中夹杂着几分仇怨。

"你们横什么呀横？横你们也不敢跟蝎子对腚！你们两个拍着自己的胸脯想

想，你们的父母供养你们上学容易嘛！上课睡觉，下课胡闹！你们的班主任周杰伦老师曾经说过……"王平老师突然意识到了自己的口误，忍不住自嘲地笑出声来。

"哈哈哈……站起来一人多高，难道他俩不是人吗？和蝎子对腱，谁敢呀？班主任周杰伦……我们学校有那么牛的老师吗？"同学们大眼瞪小眼，窃窃私语交头接耳，一个个捧腹大笑。同学们都看出了端倪，王平老师走神了。

"这个这个……错了错了，不是周杰伦老师，是周理论老师。他经常和我谈起周岩和孟祥岳他们两个的情况，让我特意关照他们两个。当然了，我也是奉了他们父母的旨意！可是……"

周岩和孟祥岳不约而同地瞅了王平老师一眼，目光中充满了不满。

"你们干吗这么看我，我冤枉你们了？"王平老师咽了一口唾沫，提高了嗓门说："让我看哪，你们是一个眼的貌子——瞎欢（罐）。我知道这样说你们，你们不愿意听，可是，这么说你们已经给你们留足了情面了。不服气的话，你们就把圆周率的前十七位数背给我和同学们听听啊！你们两个是一块儿背呀，还是一个一个来呀？"

"前十七位数……王老师不会是搞错了吧？我们上小学的时候只学习了三位数，上初一的时候只学习到六位数……"同学们喊喊喳喳，嘟嘟囔囔。

孟祥岳和周岩面面相觑，抓耳挠腮。

"行了行了，你们两个坐下吧！圆周率的前十七位数我的确还没有讲过，我也就不为难你们了！同学们，今天的课堂纪律令我非常不满意，睡觉的睡觉，打瞌睡的打瞌睡，说梦话的说梦话，走神的走神。我这课还有法儿上嘛？好了，既然现在大家都来了精神，题外话就不多说了，我想借此机会给同学们讲一个故事！"

同学们听王平老师说要讲故事，教室里顿时变得鸦雀无声，个个洗耳恭听。

"据说，过去有一座山，山上有一座庙，庙里住着一个方丈和九个和尚，他们除了念经诵佛就研究圆周率。方丈要求他的弟子们，必须记住圆周率的前十七位数，否则，就罚他们天天下山打柴。这是十七位数字是——"王平老师说到这里，拿起粉笔在黑板上写下了3.141592653589793。

同学们见状，有的用心数着，有的掰着手指头数着。

"没错吧同学们！"王平清了清嗓子，"是十七位数吧？"

"是……"同学们异口同声回答。

"好——可是方丈的那九个弟子背了九九八十一天，一个背过的也没有。这可把方丈气坏了。于是，他就按规定罚他们每天下山去砍三担柴。其中的八个和尚不愿接受惩罚，又各自下了一番功夫，但其结果仅靠死记硬背怎么也背不会，他们只好自认每天下山去砍三担柴。其中的一个和尚干脆就不背了，反而每天一大早就跑到山顶上偷偷地去喝酒，每天一壶，晚上喝完了就下山躲起来。这天，方丈正巧遇上了他，见他酒气熏天，气更不打一处来，立刻就问他背记圆周率的情况。没想到，这个和尚竟毫不犹豫地回答：'方丈，我背过了。'方丈不解地说：'你背一遍让我听听。'那和尚笑嘻嘻地用僵直生硬的大舌头念叨起来：'山巅一寺一壶酒，尔乐苦煞吾，杀不死，尔乐尔！'"

王平老师故意装出一副醉态，摇头晃脑地背诵了这首"歪诗"，又拿起粉笔把它写在了黑板上，得意扬扬地向同学们发问："同学们记住了吗？"

"记住了！"同学们默读着王平老师背诵的歪诗。

"好！——同学们，学习要讲究方法，尤其是数学，更不能死记硬背。这堂课的目的并不是非让同学们背圆周率的前十七位数，而是要求大家必须有一个开拓的视野和不拘一格的学风！"

"报告！——"张冬梅腾地一下子站起来，说，"王老师，张鹰和李嘉齐同学今天下午都没有来上课，不知道他们是无故旷课还是另有其因，我必须马上向班主任报告情况！"

【02

周理论正在伏案批改同学们的语文作业，一本本字迹潦草、无法看懂的"天书"，搅得他头昏脑涨、心烦意乱。

他把如小山的作业本往写字台上一堆，直起腰来，从兜里摸出一根石家庄牌儿香烟叼在嘴里，拉开抽屉，找出一个外表精美的打火机。

"啪嚓——"，打火机喷出足有七厘米高的火焰，让他始料不及，差一点儿燎着他的眉毛和发梢。周理论急忙把脑袋往左边歪了歪，把手里的打火机向右边摆了摆，然后回头把火焰吹灭了。

"华而不实，净些个好看不中用的东西！"他嘟囔着，伸出大手，气急败坏地把那堆作业本划拉了满地。"这就是我教的学生们——新世纪的革命接班人啊？瞧瞧这帮小青年，看穿戴，女生前卫男生时尚；看长相，男生英俊女生漂亮；看气质，女生高雅男生刚强；看做事，男生泼辣女生大方；看玩耍，男生勇敢女生开朗。可是，这字儿怎么都写成这副熊样？像屎壳郎爬的一样！"

"班主任，您这是在和谁着急啊？怎么老师也会骂人哪！"张冬梅推门走进来，有些疑惑地看着周理论。

"哦……是张冬梅同学啊！你……怎么不敲门就进来了？有事儿吗？"周理论被张冬梅当面揭了短，有些慌乱，脸一下子红到了耳根儿。

"班主任，刚才我在门外既打报告又敲门的折腾了半天了，可我光听见您说话就是不见您开门，我因有急事向您报告，所以就推门进来了。"

周理论双手背在身后交叉着，右手的食指和中指仍夹着那根儿没有点燃的香烟。他侧身瞅了张冬梅一眼，恼怒地把那根香烟揉搓碎了。他在办公室里来回踱着方步，一脚踩在一个作业本上。他抬起脚来，上面留下了清晰的脚印。他拿起作业本，定睛一看，发现在姓名的一栏里写着"张鹰"两个字。

张冬梅看着周理论的动作，瞅着他脸上的表情，努力地寻找说话的时机。

周理论翻开张鹰的作业本，眉宇间拧结的疙瘩慢慢地舒展开来，自言自语："漂亮、清秀、端庄、有体，点、横、撇、捺，插笔有力，收笔自然，好小子，我接这个班来已经一个多月了，这小子还是第一次交作业。可是，没想到他能把作业完成得这样好！坏了，上午我捆了他四记耳光，还让他赔我水杯和眼镜，当时我看到他的眼神里隐藏着什么东西，但碍于面子没有和他沟通，他不会一时想不开出什么意外吧？我当时在气头上，不仅被他的狂傲逼得下了手，而且出手还很重！这小子，是个心服口不服的主儿，铁嘴钢牙木舌头，死要面子活受罪！"

"报告！"张冬梅善于察言观色，她听着周理论自言自语的内容，看着周理论由严肃变温和的表情，觉得说话的时机已经成熟。

"在办公室了就别再喊报告了，冬梅同学，你有什么事情就说吧！"周理论把张鹰的作业本放到写字台上，回身去捡地上的那些作业本。

张冬梅帮着他收拾完作业本，接着说："班主任，李嘉齐没来上课，张鹰去向不明，他们的家长向您请假了吗？"

"你说什么？张鹰去向不明！真是怕什么来什么！不久前，我们市刚发生了一起绑架杀人大案，据说被绑架的那个人就是张鹰的奶奶。李嘉齐的父亲正在办理这起震惊全市的棘手案子。虽然张鹰桀骜不驯，李嘉齐对他唯命是从，但他们从来都没有旷过课呀！这都上完了两节课了你才来打报告，你早干吗去了？倘若他们真的失踪了，谁为他们的失踪负责呀？快……帮我把咱们班的同学家庭通讯录找出来，找出张鹰和李嘉齐他们的家长联系电话，一定要抓紧时间给他们的家长取得联系。"周理论担心绑架的事情在张鹰的身上重演，他更担心张鹰的"失踪"与他给予的那几记耳光有关，他的心里不由得一阵慌乱。

【03

在张鹰的别墅里，放置在他爸妈卧室里的华丽座机，突然间响起了急促的铃声。

然而，此时此刻，李嘉齐正在忘情地拿着张冬梅、李红芳和王红霞的照片对张鹰进行质疑和发问，而张鹰别无选择地进行辩解和回答。张鹰嘴上吃了亏，就向李嘉齐施展"武力"……他们躺在地板上，随心所欲地打闹嬉笑，肆无忌惮地满地打滚儿，对此起彼伏的电话铃声丝毫没有察觉。

他们纵情地大闹、大笑，笑得眼泪流了出来，笑得肚子疼了起来；笑得浑身没了力气。他们闹够了，笑够了，闭上眼睛躺在地板上小憩。

太阳转到了西北的方向，光线从后窗的玻璃上射进屋里，在李嘉齐的眼皮上跳动着，照得他的心里痒痒的。他猛地睁开眼睛，下意识地瞅了一眼挂在北墙上的一幅轴画，突然发现它晃动起来，情不自禁地呼喊："哎呀——不好了——地震哪！快起来鹰哥！"

"啪嚓！"就在他呼喊张鹰的瞬间，那幅轴画从墙上掉了下来，砸在地板上。

张鹰一骨碌爬起来，惊慌失措地看了看天花板上的吊灯，没发现什么动静，他的心里马上平静下来，瞅着躺在地板上发懵的李嘉齐，故意嚷起来："地震了……快跑呀！"

李嘉齐像被蝎子蜇着一样，一跃而起，撒腿就跑。

张鹰瞅着李嘉齐的窘态，哈哈大笑。

李嘉齐发现张鹰站在原地未动，知道张鹰在故意耍弄他，便急忙收住了脚步。他转身走到那幅蜷缩的轴画跟前，正想弯腰把它捡起来，张鹰突然喊了一嗓子："别动！"随即他又转换成和蔼的口吻，"我来吧！"

李嘉齐不解地瞅着张鹰紧张的模样，情不自禁地问道："到底怎么了鹰哥？"

"对不起，是我借题发挥，故弄玄虚，吓坏了你。其实，不是闹地震，是我没把这幅轴画挂牢靠，那边的玻璃窗又开着，估计是一阵风把它吹落了地。"张鹰顺手抓住轴画的一头，哧啦哧啦地卷了起来。

"别着急收起来呀鹰哥，让我看看再说！"

"算了吧兄弟，没什么好看的，其实这幅轴画一直被我反挂在墙上，别让它破坏了我们的兴致！"

李嘉齐发现这好像触动了张鹰心灵深处的某个开关，泄露了他埋藏的某种秘密又瞬间被他封存起来。他眼看着张鹰把那幅轴画丢在了贴东墙放置的沙发与墙壁间隔的角落里，不好意思再去取。

张鹰一屁股坐在沙发上，回头看了看头顶上方的画像。

李嘉齐的目光随着张鹰移动的目光移动着，忽然瞅见他的头顶上方的明星画像，突然觉得眼前一亮，不由得呼喊起来："曜——周杰伦！"

"嘉齐，你也喜欢周杰伦呀？"

"喜欢？我何止是喜欢啊鹰哥？周杰伦就是我的偶像。我崇拜他，我崇拜得五体投地！"

"那在你的心里，你觉得我和周杰伦谁更偶像一些呀？刚才我们喝酒的时候，你不是说一直都在崇拜我吗？"

"是啊是啊，我是一直崇拜你的，我没有撒谎啊！不过，你是我篮球方面的崇拜者，周杰伦是我唱歌方面的崇拜者！周杰伦是我的偶像，鹰哥你是我呕吐的对象呀！哈哈哈……"

"你小子，说着说着就不着调了。让我看呀，你是陈水……"

"什么陈水、新水的？你在说什么鸟语呀？"

"真是少见多怪。我说你是说台湾的陈水——欠扁哪！"

"呵呵呵……鹰哥，跟着你长学问了！经典，真经典！"

"嘉齐，你崇拜周杰伦我不反对，因为我也崇拜他！可是，你究竟了解他多少呀？你光知道他的歌曲唱得很优美，很动听，其实他在作曲、作词、导演、编剧诸多方面样样都出类拔萃，特别是他打篮球打得也相当出色！后面的这些，你还不知道吧？"

"看来，周杰伦的粉丝多如牛毛啊，光我们学校估计就有一个加强连！"

"光我们学校啊，粉丝的队伍不可能有这么强大，但至少有一个加强排！对T，听说你唱起歌来嗓音极像周杰伦，以前五四青年节你还纱绷子擦屁股——露一小手！"

"我靠……鹰哥是小鸡吃瓦炸——满肚子词（瓷）儿啊！"

"哈哈哈……"

"哈哈哈……"

"嘉齐，看来我俩是半斤对八两不分上下，李金斗弹棉花——遇上知音了。"张鹰一下子离开沙发站起来，说："兄弟，既然咱哥俩这么投缘，我就让你见见真家伙！"

张鹰边说边疾步走过去，推开了屏风的侧门。

李嘉齐受宠若惊地跟了进去。

【04

在周理论的办公室中，张冬梅手足无措，无所适从，手持着电话听筒发愣。

"张冬梅，张鹰家的座机电话无人接听，你赶快拨打李嘉齐家里的座机电话呀！咱不能在一棵树上吊死啊！你发什么愣呀？"

"班主任，李嘉齐的家里没有电话座机。"

"怎么会这样？"

周理论急得有些抓狂，额头上直冒冷汗，一个劲儿地冲着张冬梅叫喊："你赶快找出张鹰和李嘉齐父母的联系电话呀，就是挖地三尺也要找到他们，不然的话我就完啦！"

李嘉齐一走进屏风的侧门，就被里面的情景惊得目瞪口呆。墙壁的南面、西面和北面，从地面到房顶是一个巨大的"门"字形书架，书架上密密麻麻、整齐地排放着形状、大小和装订规格均不相同的各类书籍。这些书籍，绝大部分是精装的文学和史料书，少部分是工具书。放在一楼客厅里的那些书籍和这里的比起来，简直是冰山一角。西南方向的墙角处进行了特殊处理，是一个以内墙角直线上等距的点为圆心，以五十厘米为半径，层层分开、平行排列的约占四分之一圆的若干个扇面构成的文具架。在每个扇面上放着不同的文具。有的放着毛笔，有的放着钢笔，有的放着笔筒，有的放着书枕，有的放着香墨。在最上面的一层里放着一尊龙凤砚。被"门"字书架包围的空间内，放置着一个高档的老板桌和一把高档真皮升降旋转老板椅。坐在老板椅上，一眼就能看到紧贴屏风放置的钢琴和一个漂亮的架子。架子上放置着手风琴，吉他，二胡，葫芦丝，单弦，手鼓等乐器。

李嘉齐目不暇接地看着这些书籍和乐器，感到眼花缭乱，不由自主地说："哎——鹰哥，这里为什么叫书房斋啊？依我看哪，应该叫'文——艺室'！"他刻意地拉长了"文"和"艺"之间的间隔，狡黠地看着张鹰。

"胡言乱语，你懂个屁！"张鹰突然一脸的严肃。

"怎么了鹰哥？我说错话了吗？你怎么说变脸就变脸哪？我真不明白，你怎么翻脸比翻书还快？"李嘉齐卖弄不成，反受其辱，觉得心里七上八下。

"对不起兄弟，我的话说重了！"张鹰沉思了片刻，表情复杂起来，他说，"我爷爷的父亲，也就是我老爷爷，是清朝末年皇上钦点的探花。我老爷爷毕生嗜好收藏书画，视书为宝，爱画如命，他居住的房子大都用于收藏书画了，因此被大学士赠予'书房斋'的牌匾。我爷爷继承了我老爷爷的遗志，把这块牌匾和那些藏书当成了传家宝。可是，在一个夜黑风高的夜晚，一群恶人闯入我爷爷的家中，把我老爷爷传下来的藏书掠走了半数之多，把我老爷爷传下来的古画几乎洗劫一空，只剩下刚才落在地上的那副《九牛图》。我爷爷与那群恶人展开了殊死搏斗，终于保住了这块牌匾和这些藏书。然而，我爷爷为此付出了生命的代价。"

一串泪水从张鹰的两腮滑落下来，打湿了胸前的衣襟。

李嘉齐愕然地看着张鹰的脸色，不知所措。

"嘉齐兄弟，刚才我们喝酒的时候我就跟你说过，我这个人就像我们家的房子一样，空得很，外强中干。其实，我爷爷用生命保留下来的书籍远不止这些。不瞒你说，我爸爸对我老爷爷传下来的书籍并非如获至宝，而是采取了表里不一的做法。表面上，他对我说，这些书籍是你爷爷用生命保留下来的，我们不仅要珍惜，而且要一代一代地传下去。可是，暗地里，他却瞒着我妈和我把那些最珍贵的书籍卖给了文物贩子，卖书所得的那些钱大都给了他的小三。为此，泄露了机密，引狼入室，祸事频发。所以现在，我拿这些书籍根本不当宝贝。因此，我才把这些文艺器材和这些书籍胡乱堆放在了一起！"

"嗯——祸事！"李嘉齐随口应答着，对张鹰的这些话这个耳朵听那个耳朵冒，思绪仍停留在那块写着"书房斋"的牌匾上，眼睛直勾勾地盯着文具架上的龙凤砚。第六感觉告诉他，张鹰还隐藏着许多秘密。

"哎——"张鹰伸出右手，在李嘉齐的眼前晃了晃，"你眼睛瞪得像鱼眼似的，傻了吧唧地琢磨什么？你没听见我在说什么吗？"

"哦！"李嘉齐一下子回过神儿来，难为情地笑了笑，回答："在听，在听！"

"走哇，我们下楼吧！"

"下楼？"

"对呀！"

"客随主便！"

"不好意思，我的心情不好！"

李嘉齐和张鹰一前一后走出了书房斋。

张鹰打量了李嘉齐一眼，然后又习惯地锁上了房门。

张鹰走在前面低头不语。

李嘉齐一时找不到说话的头绪。

他俩沿着楼梯，一步一步地向楼下走去。

第五章　查找行踪

【01

太阳俯视着雷江大平原，转眼间降落到与雷江市第三中学的教学大楼相同的高度，在西山墙上藏起了笑脸。

天空中，大片大片的云聚集在一起。

教室里的光线明显黯淡下来。

第三节课的下课铃声响了。

张冬梅左手拿着同学家庭通讯录，右肩和耳朵夹着电话听筒，歪着脑袋，乜斜着同学家庭通讯录，半倚半站在写字台旁，右手一遍又一遍地拨打着张鹰家里的电话号码，电话那端始终传来"嘟嘟……"的回声。

周理论注视着张冬梅的动作与表情，心中惴惴不安。

"我拨打张鹰家里的座机 N 次了，一直没人接听，估计他没在家中！"张冬梅焦急而无奈地嘟囔，"班主任，怎么办哪？"

周理论的脸上立刻显示出紧张的表情，自言自语："这小子，是故意跟我们捉迷藏还是一时想不开？李嘉齐为什么也没来？他们会不会在一起？难道张鹰因为家里有钱而遭遇了不测？难道李嘉齐因为他爸爸破案而与人结下了梁子遭人报复了？"

周理论的心一点点地提到了嗓子眼，他想："都怪我狭隘不理智，动手打了张鹰还不说，还逼着他赔我的眼镜和水杯。"他急不可耐地催促张冬梅，"你找到张鹰和李嘉齐家长的联系电话了吗？赶快打呀！"

张冬梅不由得回头看了周理论一眼，发现他那两只大耳朵上戴着个眼镜框，使他本来就凹陷的眼珠子更显得深凹下去。张冬梅觉得很滑稽，一时没能按捺住自己的情绪，"噗嗤"一声笑起来。

"笑笑笑，我这里都急得火上房了你还有心思笑，你觉得班主任很可笑是吗？"周理论心烦意乱地高声怒斥着张冬梅，把自己内心的不良情绪发泄了出来。

"哦……班主任，我不是那个意思，我是觉得你的眼镜既然没有眼镜片了，再戴着它就是画蛇添足，让人感到很不舒服！"

"嗨！原来你是在笑这个呀！没关系，没关系！我错怪了你。上午，我的眼镜被张鹰用篮球撞坏后，我一直忙忙碌碌，到现在还没能抽出时间配上它。这么多年了，耳朵和鼻子都适应了这个东西，离了它反而感到挺别扭。所以，尽管眼镜片没了，但是我还得暂且用着这个已经没有了实际价值的东西。我是戴眼镜戴习惯了。列宁同志说过，习惯的东西最可怕呀！我倒是真怕自己体罚打骂学生也会成为一种习惯呀！"周理论对自己的行为感到内疚和自责。

"班主任，你瞧瞧，张鹰和李嘉齐的家长联系电话一栏里都空着，没有登记号码。可是，在李嘉齐的家长联系电话一栏的旁边有两个用铅笔书写的移动电话号码，不知道是谁的？"

周理论用左手从张冬梅的手里夺过同学家庭通讯录仔细地看了看，用右手"啪"的一拍脑门，恍然大悟地说："哎呀——我想起来了，这两个电话号码呀，一个是张鹰他父亲的，另一个是李嘉齐他父亲的。就是上次开家长会的时候我问了他们的联系电话，当时事情繁多又都急需去处理，我就暂且记在了这里。可是，究竟哪个是张鹰父亲的，哪个是李嘉齐父亲的，现在我实在想不起来了。这样吧，冬梅，你就分别拨打一下吧！"

张冬梅凑过身去，只瞅了一眼就记住了那两个电话号码。她利落地拿起了电话听筒，"139……"她一边嘟囔着一边按着座机上的阿拉伯数字，座机中传来"你拨打的电话已关机"的提示音和"嘟嘟"的响声。

张冬梅愣了愣神，瞅了瞅周理论的表情，说："刚拨的那个电话已关机。您先别着急，我再拨打那个号码试一试……"

"今天的事情怎么这么麻烦？没事儿冬梅同学，我不着急，慢慢来！"周理论在嘴上鼓励着张冬梅，可他心里的火苗子一个劲儿地往上蹿。他想："如果到放学的时候仍然联系不上李嘉齐和张鹰的家长，这件事儿我就不能继续自己扛，我必须上报学校的领导，一起想想招。否则的话，李嘉齐和张鹰若是有个三长两短，我就得吃不了的包子——兜着走！"

"班主任……这个电话打通了，还是您过来说吧！"张冬梅的脸上终于露出了微笑。

【02

张鹰心事重重，目光呆滞，凭感觉一步一个台阶的向楼下走去。当他距离一楼的地面还有两个台阶的时候，他的右脚忽然踩空。他没有任何提防，地向前面蹿去，幸亏他身强体壮平衡能力强，才没有跌倒受伤。

"没事儿吧鹰哥？"李嘉齐反应敏捷，快速地跑到张鹰的前面，伸手扶住了他的肩膀，观察着他的脸色，关切地说，"你在想什么呀？一定要当心哪！"

他们彼此对视着。

"放心吧嘉齐，我不会有事儿的！"张鹰的眼睛里空空洞洞，下意识地挺了挺胸。

李嘉齐迟疑地松开了双手，仍然注视着张鹰。

张鹰稍微稳定了一下情绪，无精打采地走到一楼主卧的门口，停住了脚步："嘉齐，跟我一块儿进来吧，这是我奶奶的卧室。"他边说边抓住房门的把手，一拧一推，门开了。

卧室里收拾得一尘不染，一床、一桌、一椅有序地摆放着。单人床上只罩着一个床罩，上面没有放被褥，好像好久没有人住过。桌子好像特制的，大约与床头同高，取代了床头柜的位置，好像在迎合某人的生活习惯。桌面上一个文质彬彬、慈祥恬静的老奶奶的照片镶嵌在高级镜框里，靠墙摆放着。老人家热情地微笑着，用关爱的目光看着他们。

李嘉齐在张鹰推开屋门的瞬间就把屋内的情况看了个一目了然："鹰哥，桌子上摆放的是你奶奶的照片吧？"他边说边把身体往前靠了靠。

"嗯！"张鹰在门口停留了片刻，快速地走到桌子前面，双手捧过奶奶的照片，紧紧地抱在怀里，泪水像泉涌一样夺眶而出，碎玉一样滴落在镜框上，失声痛哭，"奶奶呀……"

张鹰泣不成声地望着李嘉齐，哭诉："我奶奶死得好惨哪……"他边哭边用袖管擦拭着镜框上的泪水，咬牙切齿地说，"那……帮惨无人道的绑匪，我恨不得把他们千刀万剐……"

"鹰哥……你千万别激动，有话慢慢说。"李嘉齐小心翼翼地搜出他抱在怀里的奶奶的照片，轻轻地放在原来的位置，回想着刚才张鹰说过的"祸事不断"，突然恍然大悟，急忙劝慰着张鹰，"鹰哥，别难过，我俩到客厅里去说行吗？"

"嗯！"张鹰用手背抹了抹眼泪，点了点头，"嘉齐，你没听说过咱市近期发生的绑架杀人案吗？那个被绑架的人就是我奶奶，由于我爸爸报了案，那些灭绝人性的绑匪就撕了票，我可怜的奶奶就这样永远地离开了我。"

"嗨……不好意思鹰哥，我孤陋寡闻，只听我爸爸说过办理着一桩绑架案，但我丝毫不了解案情。"李嘉齐随口回答着张鹰的问话，一种从未有过的慌乱和紧张从他的心头滑过；一种从未有过的不安和恐惧从他的脑海中闪现。他在急速地回忆着在楼上看过的"书房斋"牌匾和那只道不清"身世"的龙凤砚；他在急速地回忆着午饭前独自坐在客厅里时的那种感受；他在急速地回忆着张鹰说到藏葵的另一个名字叫"钟尴"时的那种反应；他在急速地回忆着张鹰说他怕鬼时的那种表情；一种不祥的感觉包围着他脆弱的神经，他一刻也不愿意在这座别墅里停留。

"走哇！"张鹰发现李嘉齐傻愣愣地站在那里，眼神里充满着犹豫和恐惧，反而催促了他一句。

他俩坐在客厅里的沙发上。

客厅里的光线暗淡下来。

落地钟一声声地响起来，声音在客厅里回荡着，声声撞击着他们的耳膜。

李嘉齐焦躁地揉搓着双手，自言自语："这会儿早就放学了，不知道班主任知道我旷课了吗？也不知道我妈妈和我奶奶一天没有见到我都急成啥样子了？"他的双脚不知所措地在地板上来回划拉，扭头看着张鹰说，"鹰哥，天都黑下来了，你的心里究竟还藏着什么秘密呀？赶快告诉我吧！"

【03

张大鹏与他的后妻宫会生刚下榻在上海洲际大酒店，公文包里的手机铃就响了。他急忙打开公文包，掏出手机，看了看显示屏，上面显示着来自家乡的电话号码，立刻按下了接听键。

"喂……您是哪位？"电话那端吞吞吐吐地发问。

"您要找谁？"张大鹏不耐烦地反问。

"对不起先生，由于我的粗心把留存的两个电话号码弄混了，我是李嘉齐和张鹰同学的班主任周理论，我在找他们的家长……不知您是李嘉齐的父亲还是……"

"您说什么？别着急周老师，我是张鹰的父亲张大鹏，请问您有事儿吗？"

"是……我有事儿张先生，而且事情有些棘手，如果您方便的话请您马上到学校来一趟，越快越好！"

"马上？是现在吗？"

"是的！"

"可是，我刚到上海呀，晚上还要参加一个重要的宴会，有一笔非常重要的生意要谈啊！"

"嗯……张鹰的母亲在哪里？你若脱不开身的话，让她来学校一趟也行！"

"张鹰出事了吗？十万火急吗？他的母亲……他的母亲已经不在了。不过，他的继母和我在一起，要不让她回去？"

"哦……不好意思张先生，我真的不知道他的母亲不在了。这件事不是十万火急，但是也十分着急，让他的继母来恐怕不行。事情的经过是这样的……"周理论把张鹰用篮球撞破顾吉哲的鼻子，撞毁他的眼镜及水杯的事情讲述了一遍，但他故意隐瞒了体罚张鹰、掌掴耳光等情节。

"周老师，张鹰弄破了人家的鼻子我会给人家赔礼道歉、登门看望，弄毁了您的眼镜和水杯我会照价赔偿。可是，我想问一下，张鹰现在怎么样？他在学校吗？他对人家和您的态度如何？"张大鹏的态度和蔼可亲，急不可耐地打断了周理论的话茬儿。

"喂……张先生，其他的都是小事，关键是我们现在见不着张鹰。确切地说，张鹰去向不明，我们和他失联了。进一步说，我们是担心他失踪啊！所以，最好你亲自回来一趟，万一他发生了意外和不测我们可担不起这个责！"周理论话一落地随即挂断了电话。

张大鹏的心里一团乱麻，一脸的不悦。但他觉得应该安慰一下周理论，拜托他再费心找找张鹰，故而又把电话打了回去。

"老张，怎么了？你那宝贝儿子又给你惹祸了？"宫会生凑到张大鹏的跟前，察看着他的脸色。

"怎么了？你说我那宝贝儿子怎么了？我遭到报应了。自从我俩黏糊在了一起，倒霉的事情就一桩接着一桩。先是张鹰他妈患了抑郁症自杀了，后是张鹰的妹妹出了车祸夭折了，紧接着张鹰他奶奶又被绑匪绑架杀害了，现在张鹰又不见了。看来，这厄运我算撵不走了。会生，会生，你经常骄傲你的名字起得好，你总是安慰我说你会给我生一大帮孩子，你说咱有能力养活他们，不怕孩子多！可是，你都跟着我好几年了，你的肚子就是鼓不起来。你夜夜缠着我，我从不放空炮，就是一头骡子也该有动静了吧？"张大鹏的嗓音突然大了起来。

"孩子惹是生非的是可气，孩子不见了是让人担心，可是，你也不能有气就往我的身上撒呀！你说的这些话多难听啊！像一个有身份的人说的话吗？要怪应该怪你那不争气的儿子。这两年多的时间，我们为了他少挣了多少钱，我有过怨言吗？再说了，难道你这个做父亲的除了挣钱就没有教育孩子的责任了嘛！"宫会生不甘示弱，拍手打掌的和张大鹏争吵起来。

"喂……张先生……"周理论听着电话那端男女的吵闹，知道张鹰的父亲和继母在为张鹰闹矛盾。

"别嚷了……"张大鹏瞪了宫会生一眼。

"喂……张先生，我没有嚷啊！"

"哦……对不起周老师，我没有说你嚷，请讲！"

"呵呵……没关系。张先生，情况是这样的，张鹰今天下午没来上学，我让他的班长打你家的电话一直没人接听。另外，李嘉齐也没有到校，我们与他的父母也联系不上。我们怀疑他俩在一起……"

宫会生继续在张大鹏的身旁发脾气，絮絮叨叨。

"你就别嚷嚷了姑奶奶！张鹰惹是生非不说，现在又无故旷课，这小子是在不学好啊！"张大鹏把嗓音提高了许多。

"喂……张先生，别着急啊！您别误会，我没有别的意思，我就是担心张鹰他们有个意外闪失什么的，眼镜和水杯赔不赔的倒没什么！你们一时来不了的话，我们就继续查找他的下落。就这样吧，有事再联系！"周理论放下了电话听筒，长长地出了一口气。

"怪不得整天不做好梦！"张大鹏听着手机里的忙音，不由得骂出一句脏话。

"还说呢，孩子身上的坏毛病不都是跟着你学的吗？出口脏话，伸手打人！都这把年纪了，还是有身份的人，说话做事都应该收敛着点儿。说吧，怎么办？我们需要不需要马上回去？"宫会生半愠半怒地数落着张大鹏，注视着他的眼睛。

张大鹏低头沉思，半晌不语。

"我在问你呢，你倒说话呀！"

"会生，我们别闹了。我一想起母亲和赵阿姨被绑匪杀害的事我就闹心，你说我们张鹰不会遭到不测吧？这个孩子，他和奶奶的感情那么笃深，就是舍不得离开那座房子。这孩子，脾气真够古怪的！可是，我们能有什么办法啊？你说说，钱挣多少叫够啊！张鹰找不着了，我还有心思做生意吗？会生，这笔生意黄了就黄了，我们立即返程吧！"

宫会生知道自己的身份，万一张鹰有个闪失她担当不起。她望着张大鹏焦虑的眼神，无奈地点了点头。

【04

张鹰打开了客厅里的吊灯，柔和的光线洒在他和李嘉齐的脸上。

室内顿时亮如白昼。

窗外是一片黑暗的世界。

李嘉齐局促不安地坐在沙发上，眼睛不时地瞟瞟窗外，恐怕有什么东西突然闯进来。

藏美听到了院墙外的动静，不时地发出叫声。

李嘉齐突然觉得，有藏美在壮胆助威，心里踏实了许多。

张鹰那张棱角分明的脸被光线包装得非常英俊。他瞅着窗外的黑暗，欲言又止。

"鹰哥，反正天也黑了，去上学完全不可能了，有什么话你就尽管说吧！"李嘉齐的心里很矛盾，一是为自己耽误了功课而惋惜；二是为老师和奶奶找不到自己会着急而担心。但在张鹰面前，他只能唯命是从。

张鹰离开沙发，走到厨房里，拿过来两罐露露，递给李嘉齐一罐，叹了一口气，随即坐到沙发上。

"兄弟，不瞒你讲，就我家目前的经济条件而言，我是不应该再待在第三中学上学了，我应该去大城市就读贵族学校。可是，我舍不了这里呀！因为，只有在这里我才能感受到我妈、妹妹和我奶奶的存在……"张鹰放下手中的露露，擦了擦眼泪，瞅了瞅李嘉齐手中的露露，接着说，"兄弟，今后这里也是你的家，别客气，喝吧！"

"你就甭管我了，我这会儿没心情。"李嘉齐望着张鹰难过的样子，鼻子好像被什么东西猛击了一下，酸酸的，眼泪不听使唤地流了出来，"鹰哥，事情既然都过去了，你就别老沉浸在其中不能自拔了。你要尽快地忘记那些伤痛，忘记那些令人郁闷的事情；你要尽快地从痛苦中解脱出来，积极乐观地迎接美好的未来！你要是整天生活在悲观和虚幻的世界里，压抑自己，悲观消极，你会患上抑郁症的。"李嘉齐虽然不清楚张鹰妹妹的死因，但他不愿揭开张鹰记忆的伤疤。

"不错，话是这么说。可是，这些事情搁在谁的身上也承受不了啊！那年，妹妹才五岁，天真可爱，却被酒鬼的车轮夺去了生命。奶奶已是年逾八旬的人丁，愣是被绑匪捆了三天三夜，水米未进，最终被那帮丧尽天良的禽兽用胶带缠住嘴巴和鼻子，愣是把奶奶活活地憋死了，实在是太残忍了。"张鹰抬头看了看李嘉齐的表情，接着说，"还有在我家做保姆的赵阿姨，绑匪捆在她手上的绳子自己脱落了，但那帮禽兽以为赵阿姨想挣脱逃跑，便在她的胳膊和大腿根部扎了七刀。公安干警赶到现场时，躺在血泊之中的赵阿姨样子惨不忍睹。赵阿姨拼尽全力，向警察说出绑匪骨干的基本特征和被绑架的经过之后就断了气。赵阿姨死不瞑目啊！"张鹰泣不成声，泪流满面。

李嘉齐掏出衣兜里的手绢递给他，他却摇了摇头，摆了摆手。"你就让我哭吧，我好久没有痛痛快快地哭过了。我在同学们和老师们面前，天天装出一副无忧无虑的样子，故意流露出一种狂傲的眼神，逢场作戏地弄出一副笑脸，唯恐被同学们骂我孱弱无能。特别是到了篮球场上，我勇猛顽强，奋勇拼杀，下手凶狠，所向披靡，故意让同学们怕我三分。其实，那是我心灵空虚外强中干的表现，那是我在寻机发泄啊！"他不停地打着手势，激动地冒出了鼻涕泡来。他和李嘉齐的眼神发生了碰撞，尴尬万分，迅速用手背擦了擦，随即跑到了洗手间。

就在张鹰离开的瞬间，李嘉齐的心里陡然生出一阵慌乱。他望着楼梯口处的黑暗，仿佛觉得一个古怪的东西正在那里冲着他探头探脑。他狂跳的心似乎卡在了喉咙上，觉得自己快要窒息了，他瑟瑟发抖。

张鹰用毛巾边擦脸边走了过来，步履慌乱，紧张地说："嘉齐，我忽然觉得脖子后面刮冷风，你也害怕了吗？"

"我……没有！"李嘉齐的牙巴骨打着哆嗦。

"你冷啊？"

"我……没事儿，不……冷！"

"嘉齐，我奶奶和赵阿姨被绑架的时候你刚来到这里才几个月，这座城市的一切对你来说都很陌生，所以，虽然发生了这种骇人听闻的事情，而你却一无所知，这不足为奇，我不会怪你。可是，这件事，在这座小城里妇孺皆知，一时搞得人心惶惶。由于没有可靠的线索，那帮禽兽一直逍遥法外。最近，我市再次发生绑架杀人案，市井传闻，这两股绑匪似乎有所牵连，目前，你爸爸带领刑侦队正在侦查这起案件，希望尽快铲除绑匪，一网打尽。自从我家发生那次浩劫之后，我爸爸多次劝我跟他去石家庄或者到北京去上学，都被我拒绝了。个中缘由我已经告诉了你，我想留在这里，以慰藉我妈、奶奶和我妹妹的亡灵。除此之外，就是跟我爸爸和那个狐狸精唱对台戏。他们让我上东，我偏要去西；他们让我打狗，我偏要骂鸡。我爸拗不过我，就想给我雇个保姆照顾我的生活，可是，不知根不知底的咱不敢请，人家知情的谁又敢来呀？所以，我一直自己守着这幢大别墅。"张鹰打开了手中露露，瞅了李嘉齐一眼，说，"嘉齐，给你这个，把你那个递给我！"

李嘉齐顺手打开了手中的露露，若有所思地说："不用了鹰哥。哎——对了鹰哥，那帮禽兽究竟为了什么绑架你奶奶和赵阿姨啊？"

"这……"张鹰沉思了片刻，目光中充满着疑惑，"我们家有钱，有的是钱，在我们这个地方我爸爸是远近闻名的财主。可是，他们的目标好像不仅仅是为了钱！"

"那究竟是为了什么呀？"

"估计是冲着我家'书房斋'中的那块牌匾，龙凤砚和那幅古画来的。据我爸爸回忆说，他卖书的时候，让的哥来过我家帮过忙，那个人知道我家的一些情况。可是，后来警察找到了那个的哥排除了他作案的可能。据那个的哥交代，有可能他在和其他的哥聊天的时候无意中说走了嘴，才给不法之徒带来了可乘之机。"

"哎——这件事儿怎么这么复杂呀？"

"这回你知道那'书房斋'的牌子为什么在里屋中挂着了吧？那是后来才挪进去的。"

"李嘉齐——"

"汪汪汪——"

院墙外面的呼喊声和藏獒的叫声混杂在了一起，李嘉齐隐约听到有人在喊他的名字。

"嗨！鹰哥，好像有人在喊我。"

"嗯，我也似乎听到了。走，我们一齐去瞧瞧！"

【05

张大鹏驾驶着宝马轿车费了九牛二虎之力才出了市区，当宝马车即将到达高速路口的时候，他突然踩了刹车，选了个临时停车地段把宝马车停了下来，回头向后排座上看了一眼，说："会生，要不你再往咱家里打个电话，看看张鹰回家了吗？这会儿他要是待在家里咱就不回去了，至于学校老师那边，等咱回去后再去负荆请罪！"

"好！"宫会生从坤包里取出手机，拨通了家中的电话。

"嘟……嘟……"

电话那端的蜂音拉得很长，张大鹏屏住呼吸听着，期待着张鹰接电话。

手机中低沉的铃声回荡在车内狭窄的空间，撞击着每一个紧张的空气分子，撞击着张大鹏和宫会生紧张的心，在黑暗中显得是那样的漫长。

张大鹏觉得心脏好像被一只无形的大手攥得越来越紧，紧得无法跳动，又似乎被另一只大手一点儿一点儿的往喉咙外面拉扯，一点儿一点儿的把他的心脏掏空。

"老张，电话还是没人接听，那小子到现在还没有回家，都这么晚了他能跑到哪里去野呀？他会不会……"

"闭上你那乌鸦嘴，看看车门关好了吗？"张大鹏没等宫会生把话说完就启动了宝马车的发动机。

宝马车飞快地驶入了京沪高速公路……

"嘉齐，你瞧瞧，满大街连个人毛都没有，哪里有人喊你呀！一惊一乍的，想回家了吧？"张鹰在大门外巡视了半天，没发现任何动静，开始埋怨李嘉齐。

"刚才冥冥之中听见有人在喊我的名字，这会儿却什么动静也没有了，奇怪了！鹰哥，你掰着脚趾头想想，我能糊弄你吗？我对你的忠诚上帝知道，不信你去问问上帝！"

"你小子，想叫我去见上帝啊？你就咒我吧你！"

"嗨……鹰哥，我可不是那个意思。哎——你听听，又有人喊我的名字啦，不过，声音离这里好像越来越远了，你仔细听听！"

"收破烂儿的……收破烂儿的来啦……"

"哈哈哈……简直笑死我了，你来听听嘉齐，那分明是一个收破烂的在吆喝。不过，那个人有点儿大舌头，'破烂儿的'和'李嘉齐'的发音差不多。"

"原来是个臭要饭儿的，白谁了我一回。"

"你是骡子它娘——嘛（马）耳朵啊？不是臭要饭儿的，是收破烂儿的。"

"说什么你都较真儿，收破烂儿的不就是臭要饭儿的啊？我不聋，我听清了——收破烂儿的——收破烂儿的来啦……"

"真烦人，神经病啊你？叫唤什么叫唤，都把我的耳朵吵聋了！哎一停停停！你说天都这么黑了，那个收破烂儿的还能收到什么呀，是贼下院子来踩点儿的吧？"

"哎——鹰哥，倒不是没有这个可能。你仔细地想想，刚才我俩刚出大门的时候，一个推着自行车的人在门口的西南角闪了一下，急忙骑上自行车沿着这墙角跑到那边去了。我觉得那个人鬼鬼祟祟的不地道，正想给你说呢却被你的话给打断了！"

"哎……什么年头哇？这日子过得提心吊胆的！"

"闭嘴！你小子可不能说共产党的坏话啊！我这住在贫民窟的还在感谢共产党呢！你这住洋房的倒埋怨起'年头'来了。对了，你家里哪里来那么多钱呀？"

"别瞎扯了，我莫名其妙的有点害怕。嘉齐，今晚你就别回去了，给我做个伴儿行吗？"

"打什么岔呀，我在问你，你家里哪里来的这么多钱？"

"你患上红眼儿病了啊？告诉你吧，其实我爸爸并没有把卖古董的钱都养了女人，他还开办了实体呢！他的有限责任公司在全国同类公司中排名第二，资产过亿呢！"

"哈哈哈……吹破天，但愿别惹来塌天大祸！我赶快到小别墅里去躲躲！"

"哼……贫民窟里出刁民。看在刁民的面子上，我们回去再说话！"

【06

周理论的心里一直在犯嘀咕："张鹰究竟是逃课还是在怄气？究竟是失联还是失踪？要是弄不出个所以然我就把他老爸从千里之外的上海弄回来，耽误了人家发财，人家不仅说我冒失不懂人情世故，说不定还会找我算账啊！况且，我掴了人家儿子四记耳光，万一真的较起真儿来，我能逃脱掉干系吗？不行，我必须再往张鹰的家里打一次电话，确认他不在家之后，在二十四小时之内乖乖地等着他的爸妈回来，再想应对之策。如果超过了二十四小时，既找不到张鹰，又得不到李嘉齐的消息，那我再通知校长和警方，到那时是接受校纪处分还是接受法律追究，只有听天由命了。如果张鹰已回到了家里，那我就立刻打电话通知他的父亲和继母，澄清误会，劝告他们暂且不要离开上海，再说个赔礼道歉的话就万事大吉了！对，就这样做……"他瞅了张冬梅一眼，"冬梅同学，你辛苦了。但是，就目前而言，张鹰和李嘉齐究竟是失联还是失踪我们还说不清，所以，这件事一定要暂且保密，如果让校长知道了，我定拿你是问。"

张冬梅诚惶诚恐，心绪不宁地离开了周理论的办公室。

周理论望着张冬梅离去的背影，拿起了电话听筒……

张鹰家客厅里的座机铃声再次响了起来。

张鹰和李嘉齐向着张鹰家的大门口走来。

藏美不停地嚎叫着，它的嚎叫声淹没了电话铃声。

"好像有人打电话啊，你听见电话铃响了吗？"张鹰边走边问李嘉齐。

"我听听……"李嘉齐向前跨了几步，把耳朵贴到大门上，"没想到鹰哥的耳朵比藏美的耳朵还好使，我真的听到了电话铃声。鹰哥，你快去接电话呀，看看是谁打过来的？看是找你的还是找我的？"

"你小子借机想逃啊，反正不是找你的。"张鹰推开大门，向着客厅里跑去。

"电话铃声不响了，也不知道究竟是谁打进来的？都怪那个狐狸精！"张鹰嘟嘟囔囔，悻悻地坐在沙发上。

"都怪她？干嘛怪人家？别把屎盆子都扣在人家身上啊！况且，好歹人家也成了你的继母，你就认了吧！"灯光下，李嘉齐看着张鹰激动的样子，劝慰着他。

"你是不知道，那个狐狸精对我太抠门儿了，你看我家楼上楼下客厅卧室的电话机都很华贵是吧？可是，那每月几块钱的来电显示费她就是舍不得花，弄得每次打过来的电话我都弄不清是谁打来的，时常搞得我蒙头蒙脑。这些破话机也都是徒有其表。我一提安装来电显示的事儿，那个狐狸精就说，'你一天到晚的在学校，又没有商务洽谈活动，除了我们谁还会给你打电话呀，要那来电显示干嘛用啊？几块钱就不是钱了？几块钱也不能白白浪费了。'你听听，安个来电显示叫浪费，她那上万元的金银首饰还有这耗资几百万元的大别墅就不叫浪费啦，什么观念呀？"张鹰越说越激动。

"行了行了，老虎不在家猴子称霸王，想埋怨你就埋怨吧！"李嘉齐挨着张鹰在沙发上坐下来，接着说，"你这么婆婆妈妈、唠唠叨叨的有什么用啊？如果你真的觉得不方便，你就少喝两瓶子啤酒省下钱来自己安上来电显示不就得了。"说话间，李嘉齐拽了张鹰一把。

"得了得了，你是不知道那个狐狸精，我都长这么大了她还一直把我当成小孩子，什么事情她都全权包办，我要是违背了她的意愿呀她就闹起来没完，凶起来像个母老虎！"

"咱不说这个了鹰哥，给你说件高兴的事，听你的，今晚我就住在这里不走了。不过……你先往那边挪挪鹰哥，我往家里打个电话，不然我奶奶会不放心的。"

"你的家不是在贫民窟吗，怎么也安装电话了？你怎么总是你奶奶你奶奶的，你怎么不打电话告诉你爸你妈呀？你奶奶是你家的老佛爷啊？"

"嗨……我怎么听你说的这些话这么别扭啊？我的家在贫民窟就不能安装电话了？告诉你吧，我家这个电话是昨天下午刚安装的，是我爸爸的一个朋友为答谢我爸爸帮他开了一家洗浴中心自愿掏钱给我们家安上的。虽然我奶奶是我们家的老佛爷，虽然我妈是我们家的知识分子，但是我老爸在我们家里可是有功之臣。所以，你可不能不尊重我爸爸啊！对了，我不是告诉你了吗，我爸爸正在办理着一桩大案，他们有纪律，办案必须关掉平时使用的手机，换上内部卡，切断与外部及家人的一切联系，防止泄密。我妈在师范学校正在搞课题攻关，好几天都顾不上回家了。再说了，我家不是穷吗，我妈还没钱装备手机、BP机呢！别见笑，有钱咱还住在贫民窟啊，有钱咱也买大别墅啦！"

"瞧你这点出息，打个电话猴急猴急的！你别挤我呀，我先离开你再过来打不行吗？"张鹰站了起来，嘴角挂满了笑意，"不对，我不能低估你的能力，人不可貌相，海水不可斗量，你小小的年纪竟然想买大别墅，你小子的野心还不小啊！"

"哇嚓！"李嘉齐放下电话听筒，高兴得差点蹦起来，兴高采烈地说，"你少废话，还是我奶奶伟大，她老人家竟然答应我留在这里了。今天晚上，我们俩要痛痛快快地疯一把！"

第六章　父子反目

【01

　　张大鹏驾驶着宝马车在高速公路上疾驰，他用力踩住油门，眼睛盯着前面的车况路况，见机会就超车，恨不得插上翅膀飞回家去。

　　"老张，你已不是年轻人了，能不能慢点儿啊？我坐你的车总觉得提心吊胆的。别为了你那宝贝儿子，让我们两个有个闪失行吗？"一路上，这句话被宫会生说了无数遍。现在，她又开始小声地唠叨。

　　"后娘就是后娘，不是你身上掉下来的肉无论如何也贴不到你的身上。我这里都快急疯了，你还有心思说这样的话。要是这个车能飞，我保证不让它奔跑。你就给我等着吧，等我再多挣一些钱我一定买个直升飞机开开，看你敢坐不敢坐，到时候非吓死你不可！哎——张鹰这个不是人养活的兔崽子，我若是见了他非得把他揍烂了弄扁了不可！"

　　"好好开你的车吧，净说些不着边际的大话和狠话，有什么用啊？他不是人养活的？这是你的心里话吗？瞧你这口是心非的样子，你的前妻在你的心目中的位置是何等的重要啊？我的眼睛还没有瞎，我算什么，我充其量算你生活中的味精，根本不能拿来当饭吃。只不过，你的前妻没了，你才让我取而代之。我这后娘怎么了？小三儿的骂名我至今还背在身上呢！其实，在我的心里，我一点儿也没有排斥过张鹰，相反，我想通过自己的努力得到张鹰的认可。所以，你和孩子生气我不反对，你训斥体罚孩子我也不反对，可你动不动就把我给捎进去拿我当垫背让我实在受不了！这些年你变了，变得匪气、霸道、粗俗，在你的身上哪里还能看到高级工程师的影子，你简直就是一个财大气粗的土豪！"

　　"行了行了，自从下海经商这些年，除了花钱不发愁，我就没有一件不发愁的事儿。张鹰这小子真是够呛，就算你磨破了嘴皮子他就是认自己那个理儿，就算你说下天来他也不买你的账！"

　　"专心开你的车，说话不要紧，别回头看我，前边夜黑车多，出个事不值得。"宫会生转移了话题，提醒张大鹏。

"没事儿，别对我一百个不放心，这条道我是轻车熟路。"张大鹏又回头看了宫会生一眼。

"你还是回头和我说话，不用做亲子鉴定就知道张鹰这小子准是你的种，你们的言谈举止就像是一个模子刻的，一模一样。你想想，他一条道跑到黑的脾气还不是随你吗？当年，我们相遇，你说非我不娶，可你是有妇之夫，我是大龄剩女。我说今生今世我们只做兄妹不做夫妻，可你死缠烂打坚决不同意。我闭门不见你，你就写情诗塞到我家的门缝里。虽然过了几个春秋，但你写给我的情诗仍然让我铭记在心头——相遇在初秋，嫩果挂枝头，花朵不知谁偷走，心中酸溜溜；红烛为谁点燃，无权去探究；错过了春季，再错过初秋，空活到白头；美貌倾城倾国，一笑解千愁；闭门不见客，门外等一宿；天外有天楼外楼，对酒当歌思悠悠；对月一杯酒，酒窝含着羞；牵手黄昏后，有暗香盈袖；青山常在人易老，何不共厮守！"

夜深了，行驶在高速公路上的车辆减少了许多。张大鹏沉默不语，被宫会生带回到过去。

宝马车极速前行，发出与地面接触的摩擦声。

"老张，你困了？你在听吗？"

"我没困，我在听！时间若永远停留在那时那刻那该多好哇，可人生全由命，半点不由己。你接着说吧！"

"渐渐的，我对你的甜言蜜语失去了免疫力；渐渐的，我变成了你情感的俘虏。可是，你背叛了你的妻子，我违背了社会的道德。我们被千夫所指，我们被世人的唾沫淹没。我家老爷子坚决反对我俩在一起，气得大病一场，张鹰他妈为此得了抑郁症，最终搭上了性命。而你为了自己所谓的幸福，这些你全然不顾，初衷不改，最终把我娶进了家门。你决定了的事情，就是八头牛也休想把你拉回来！老张啊老张，我虽然是张鹰的继母，但是我知道，张鹰这孩子从小到大都是他奶奶一手抚养起来的，他对你的感情连对他奶奶的十分之一都没有。更别说我 T，我在他的心里算哪棵葱哪棵蒜啊？我在他的心里，更多的是仇恨。所以，我劝你，还是消消气，别着急，安全第一。再说了，我们整天忙忙活活的，有时甚至连命都顾不上要了，还不都是为了他吗？"

【02

李嘉齐和张鹰每人干嚼了一袋方便面，喝了两罐露露就算是用过了晚餐。

他俩兴奋地摆弄着"高级影院"，把周杰伦的唱片装进了 DVD，开启，电视荧屏上出现了令李嘉齐和张鹰激动的画面。他俩一人拿着一个麦克风跟着音拍节奏，模仿着周杰伦的声音，放声大唱《不能说的秘密》《千里之外》《阳光宅男》《青花瓷》和《听妈妈的话》。他们一遍又一遍反复唱个不停，他们的情绪相互感染，对周杰伦的崇拜之情陡然剧增。

他们每次把周杰伦唱的《听妈妈的话》听完，他们的心灵都会受到强烈的震撼。李嘉齐爱自己的妈妈，却又反感妈妈的唠叨和包办，他既矛盾又伤感；张鹰爱自己的妈妈，妈妈却抛弃了他独自去了天堂，他充满了思念、幽怨和悲伤。这些，在他们的眸子里充分流露了出来，他们彼此读懂了对方的眼神。在周杰伦的歌声中，他们迷失了自己对妈妈的确切感受，弄不清对妈妈的真实情感，他们的内心深处充满了矛盾。因此，他们在跟唱周杰伦唱的《听妈妈的话》时，竟一时找不着感觉，不知道自己在唱还是在哭。他们跟唱了几遍，心中充满了压抑感。

"我能体会到周杰伦对妈妈的感情，可是，我对得起自己的妈妈吗？我妈妈和许许多多的妈妈一样望子成龙，她是多么渴望我好好学习长大成才啊！我听妈妈的话了吗？"李嘉齐在扪心自问。他觉得没有情绪再继续唱下去，索性在沙发上坐下来。无意之中，他觉得脸上有什么东西在爬，弄得他的心里痒痒的。他下意识地用手背擦了擦，湿湿的，是眼泪。

"嘉齐，干嘛呢？怎么不唱了？嗨——你怎么哭了？"张鹰把电视机调成静音状态，向李嘉齐凑过去，不解地问道，"你被周杰伦的歌声感动了，还是因为别的？"

"我也不明白为什么，反正心里乱糟糟的！你不知道鹰哥，我觉得我很对不起我妈妈。我妈妈是个非常善良不善言辞的人，可我还经常和我妈顶嘴，经常气得我妈哭鼻子。如果我无故旷课和夜不归宿的事儿被我妈妈知道了，她肯定会又生气又难过的大哭一场的。我这么做，完全违背了我妈妈的愿望，我没有听妈妈的话呀！"李嘉齐乜斜了张鹰一眼，接着说，"现在，我一遍又一遍地唱《听妈妈的话》，我这不是纯粹的口是心非吗？我觉得自己太可耻了，我为自己的行为而难过，我能不掉眼泪吗？"

"好了好了，没想到你的心灵也如此脆弱！也别太那个了，反正我们又没做坏事！"张鹰拽过李嘉齐手里的麦克风，安慰他说，"行了行了，搞得我也没有情绪了，不知道此时此刻我的妈妈在天上怎么看我，我们不唱了。"张鹰拿起遥控器切断了家庭影院的电源。

"这会儿几点了？"

"怎么了？还想走啊？"

"不是想走，就是心里不踏实。"

"既来之则安之，有什么不踏实的？你饿了吗？"

"说什么呢你，怎么头上一句脚上一句的？"

"哦，不好意思，我有吃宵夜的习惯，我突然觉得肚子在咕咕地叫呢，你饿了吗？先休息休息，我们去搞点吃的，犒劳一下自己！"

"你属夜猫子的夜里找食吃，成心挑逗我肚子里的馋虫！有什么好吃的？"

"真没主意，你还真的禁不住诱惑。没听大人们说啊，男人没主意受一辈子穷；女人没主意……"

"'守着姓人不说矮话'——这也是大人们说的，你没听说过吧？小毛孩子，什么女人不女人的，污言秽语，一点儿也不文明！"

"你文明，你若是文明的话长大了不娶媳妇不找女人，那才叫能耐！"

"我问你有什么好吃的，你却把话题扯远了！"

"哦，好好好，不说别的了，冰箱里有冻饺子，三鲜馅的。对了，吊橱里还有啤酒，我们两个再一人吹上一瓶儿。今晚，我俩聚在一起十分难得，我有个建议，我们不睡觉了。过会儿，我们吃饱了喝足了，我就领着你到书房斋去学习乐器，你有兴趣吗？"

"这还差不多，下午的时候我就想摸摸钢琴、二胡、手鼓的，却被你用那些漂亮宝贝的照片给搅黄了。"李嘉齐看了张鹰一眼，急不可待地说，"你还傻站着干什么？还不赶快煮饺子去！"

【03

宝马车继续在高速公路上行驶，宫会生的话仍滔滔不绝。

张大鹏忍到了极点，终于不耐烦了，回头冲着宫会生怒吼："行了行了，都絮叨了一道了，别啰嗦了，赶快闭上你的嘴巴，快下高速了，我得专心点儿！真是妇人之心！"

【04

张鹰和李嘉齐吃完了饺子都快凌晨两点了。他们连碗筷都顾不得涮洗就跑到书房斋里。他们忘记了夜深人静，忘记了周围的邻居，兴致勃勃地玩弄起钢琴、手风琴、二胡、吉他、单弦和手鼓等乐器。

张鹰从小受过专业培训，他虽然对乐器算不上精通，但都操作娴熟、运用自如，不论是曲还是调都有板有眼。

李嘉齐除了对二胡的使用还算精通，其余的是一窍不通。

张鹰逐一使用这些乐器一曲曲演奏他熟悉的歌曲，惊得李嘉齐目瞪口呆。当张鹰演奏安东·德沃夏克的《幽默曲》和奥地利作曲家小约翰·施特劳斯的《蓝色多瑙河》时，李嘉齐为张鹰不停地鼓掌，对张鹰佩服得五体投地。

"马屁精，你听得懂吗？"

"我听不懂，我是为你的专注和投入而鼓掌！"

"脸红什么，坦白诚实就是好孩子，不懂就是不懂这没什么！谁也不是天才，你有兴趣的话抽时间我教你！"

"你说的没错。古人云……"

"古人云，知之为知之，不知为不知……"张鹰竟然抢了李嘉齐想说的话。李嘉齐的心里很不舒服，连讽刺带挖苦："卖弄，你觉得什么都比我强是吗？狂妄、自大。别得意，我也给你露一手，让你见识见识，我也不是吃素的！"李嘉齐顺手拿起了二胡，得意地说，"鹰哥——献丑了！"

李嘉齐用二胡演奏的一曲阿炳的《二泉映月》简直让张鹰听傻了眼。

"嗨……让我看看你不会带着随身听吧？这真的是你演奏的？哈哈哈……行啊——小子不简单嘛，都快赶上我了！"

"哈哈哈……人和猪不是一类不能相提并论，凭什么拿我与你相比！"

"你小子就是不吃亏，不老实！"

"你风格高尚，你愿意吃亏啊！"

李嘉齐和张鹰几乎同时放下手里的乐器，摆出架势，凑到一起。李嘉齐瞅着张鹰，张鹰瞅着李嘉齐，像斗鸡一样，从斗嘴发展到动手动脚，接着就叽叽喳喳、嘻嘻哈哈地闹腾起来，对外面的动静丝毫没有觉察。

【05

张鹰家的邻居们被钢琴、吉他、手风琴、单弦、手鼓和二胡演奏发出的声音轮番轰炸得头都大了，一个个无法入睡。特别是他的东邻居，一对年迈的夫妇被《二泉映月》折磨得心绪不安、坐卧不宁。

黑暗中，老妻望着睡在对面床上的老夫说："老伴儿呀，怎么又哼嗨起来了，还哭哭啼啼的，又被噩梦惊醒了睡不着了是吗？先前你被那琴声和鼓声折腾得辗转反侧的哼呀嗨的，我担心你的心脏受不了。其实我的心里也被弄得乱糟糟的。后来我们都适应了。我喊你见你不答应没反应就知道你睡着了。接着，我也迷迷糊糊地睡了。睡着睡着我就被那凄惨的二胡声吵醒了，摸了摸我的耳朵旁和枕头上还有眼泪呢！不知道你为什么也哭哭啼啼的。老伴儿呀，你听听那二胡声多凄惨呀？你是为了这个才在梦里哭醒的吧？"

"知我者妻也！我年轻的时候就被瞎子阿炳的《二泉映月》感动得哭过无数次。那时候的我，虽然没有过与阿炳同样的经历，可我毕竟也是苦大仇深之人。

幸亏毛主席、共产党救了咱的命。所以，咱们的心很容易受到这种曲子的感染。后来改革开放了，日子一天比一天好起来了，这种曲子想听也听不着了。时间长了，慢慢地咱就忘记了难过的滋味儿，忘记了流泪的感受！可是，这二胡是谁拉的？"老夫问老妻。

"弄不清哪来的高人？听声音好像是从咱的西邻居那里发出来的。虽然是邻居，人家住着大别墅，咱住着个鸽子窝。不管他们住着啥玩意儿，这黑更半夜的鼓捣这玩意儿多讨人嫌呀？弄得咱伤心不说，关键是叫咱心惊肉跳的睡不着觉啊！我越琢磨越生气，一点道德观念也没有，不行，我得起来找他去？"

"算了吧，都是街坊邻居的，能从四面八方聚在一起不容易，别让人家以为咱老了老了还事儿包！说不定人家遇上了什么伤心的事了，一时想不开，找个法子发泄发泄！"

"瞧瞧你这个老东西，没别的长处，就是心地善良。什么事情总为别人着想。可是，我这一辈子倒霉就倒在你那心地善良上了。过去，你可怜人家那李家寡妇，发慈悲、出善心，今天救济人家点儿钱花，明天送给人家点东西用，结果让人家对你产生了感情，把你给黏糊上了，遭到你的拒绝后李家寡妇一时想不开想跳井，偏偏又让你遇见去救人家，弄得人家想活活不好、想死死不成，反而告你强奸未遂。尽管由我和了解你的好心人为你作证，没把你关进大牢，你却因此被开除公职、清除出党，落了个人不人鬼不鬼的下场，叫我跟着你让人家在背地儿里戳咱脊梁骨。当然了，我知道你是被冤枉的，可就算你浑身是嘴，跳到黄河你也说不清、洗不白呀！老东西，你揣着明白装糊涂，咱西邻家是个什么家庭，小洋楼里住着个少爷羔子，他的父亲是个亿万富翁，人家花天酒地的什么福不会享啊？人家能遇上什么伤心事靠拉二胡发泄呀？你怎么老了老了不长出息，畏权怕势，不敢惹人家是不是？"

"你这个死老婆子，我看你是老糊涂了，拉拉簸箕驴动弹，风马牛不相及，净千年黑万年白的瞎说八道，这是哪儿对哪儿啊！我看你是诚心找别扭，逼着我给人家干架去是嘛？"

"废话少说，你去还是不去？你不去我去，我要好好地找他们算账去！"老妻嚷嚷着穿上了衣裳。

"你这个人哪到死也改不了自己的破脾气，什么事儿都不能忍、不能让，那个李家寡妇你要是忍忍让让也不会弄到这般天地！"

"放屁！你还想着纳妾呀？老不死的，人老心花！"

老妻打开台灯，光线刺疼了对面床上老夫的眼睛。

"站住！不许去！"老夫望着下了床正往门口方向走去的老妻，怒吼着。

"吱吱——哓当！——"老妻开开屋门，没好气地把门摔上，头也不回地走出卧室，步入客厅。

"回来！"老夫一边叫喊一边穿衣。

客厅的灯亮了。厦子底下的灯亮了。大门口的灯亮了。

老太太颤颤巍巍地走了出去，来到了张鹰家的大门口。

老夫摇摇晃晃地跟在了老妻的身后。

"咣咣咣……"

"汪汪汪……"

老妻使劲地拍打着门扣吊。

藏美不停地叫唤着……

【06

乌云笼罩了整个天空。

夜，是那样的黑。

突然，两束刺眼的灯光由远及近，聚交在张鹰家的大门口，照得董大爷和白阿姨这对老夫妻睁不开眼睛。

一辆宝马轿车停在了门口，轿车上的人完全看清楚了自家门口发生的情况。

车门开了，张大鹏和宫会生从车上走下来，向着自己家的大门口走去。

两束灯光依旧照射着大门口口

老夫妻本来就老眼昏花，被强烈的灯光一照射，眼前一片模糊，对迎面走来的人一点儿也看不清楚。

"是董大爷、白阿姨啊！好久不见，二老还好吗？张大鹏边说边主动向董大爷伸出了手。

董大爷用手背揉了揉眼睛，终于认清了张大鹏的面孔，随即将自己的老手向着张大鹏伸了过去。

张大鹏热情地握住了董大爷的手，关心地问道："半夜三更的急着敲门儿，一定是遇上了着急的事儿吧？"

"快撒手呀张工，你把我的手攥得生疼，没想到你这文化人倒有这么大的手劲儿！"

"哦——对不起董大爷，我不小心把您弄疼了。对了，这黑灯瞎火的，您老和白阿姨究竟有什么事啊？"

"这个这个一你还是先把你的轿车往那边挪挪再说吧，灯光太刺眼了。"白阿姨抢过了话茬儿。

"真不好意思，稍等片刻。"张大鹏转身向那边走去，上了宝马轿车。

宫会生接着追问："到底遇上了什么事儿？"

董大爷含糊其辞地说："其实也没什么……"

"谁知道你们家那个小的在鼓捣什么，一会儿这个响一会儿那个叫的，搞得四邻不安，弄得我们两个老家伙多半宿都没睡觉了……"白阿姨直言快语，直奔主题。

"你胡说什么呀，赶快给我回家吧！"董大爷突然改变了主意。

"本来就是嘛，你还不让说话！咱不说明白了，咱干嘛来了？"白阿姨毫不示弱。

"说什么呀说？"董大爷拽住白阿姨的胳膊就往自己家的方向拉扯。

"快松手吧董大爷，白阿姨有话您就叫她说嘛，干嘛拉拉扯扯的？都这么大年纪了，晃一下子摔一跤那可了不得。"宫会生慌忙打起了圆场。

"对对对，白阿姨您有话尽管说，董大爷您先别着急！"张大鹏把轿车停在了一旁，急忙凑了过来。

"瞧瞧人家两口子，多么通情达理啊！你是个教书的出身，也算个文化人，怎么就像个倔驴似的叫唤不让人家说话呢！"白阿姨推了董大爷一下，接着说，"你不让我说话，我不能当哑巴憋死。你不让我说，我偏要说！"

"岂有此理！这个死老婆子，简直是疯了。你这不是找别扭吗？"

"董大爷，白阿姨有话你就让她说，我们在洗耳恭听！"张大鹏一脸的真诚。

"对，我们洗耳恭听！"宫会生笑着说。

"既然你们两口子都这么真诚，那我就由着她的性子了。"董大爷在黑暗中瞅了瞅张大鹏和宫会生的脸，松开手，对着白阿姨说，"老婆子，人家叫你说那你就赶快说吧！"

"是这么回事儿……"白阿姨把张大鹏的家里有人用音响放最大音量，疯狂地玩钢琴、手风琴、单弦和手鼓，特别是拉二胡搅和得他们老两口睡不着觉的事讲述了一遍。

"哦，您老说的这些事可能是我们家那熊孩子干的，我们对不住您们了。您们二老先回家休息吧，身子骨要紧。请您二老放心，我一定会严格管教我那不争气的儿子的！"张大鹏得知张鹰就在家里没有发生意外终于松了一口气，但随即一腔怒火涌上心头。

张大鹏强压怒火，耐着性子把老夫妻俩送到了家门口，急匆匆地返回来，举起拳头砸自家的大门。

宫会生站到张大鹏的身后，火上浇油，冷嘲热讽："老张啊，瞧瞧你家的小祖宗啊，不仅耽误了我们挣钱，还搅和的四邻不安。幸亏我们平平安安地回来了，万一路上我们车毁人亡，我们冤不冤啊？"

"别嚷嚷了我的姑奶奶，等那个兔崽子开了门让我见了再说，我揍烂他行了吗？"张大鹏几乎咆哮起来。

"行了行了，"宫会生发现张大鹏的火爆脾气真的上来了，随即变了声调，"既然我们大人孩子都没事儿，我们就认万福，我们就算烧高香了，你就消消气吧！"她走上前去，一只手拽住了张大鹏的胳膊，一只手从挎包里摸出了家门的钥匙。

【07

藏美竖起耳朵听着门口的动静，一声不叫地看着张大鹏和宫会生走进大门，在铁笼子里摇头摆尾地举行着欢迎仪式。

一楼的电灯全部关着，黑灯瞎火。二楼的各个房间里灯火通明，亮如白昼。此时，张鹰和李嘉齐正在书房斋里专注地摆弄龙凤砚呢，谁也没有留意外面发生的事情。

"张鹰……"张大鹏一边用手机的夜灯照着脚下的路，一边呼喊着张鹰的名字。他呼喊了好半天，张鹰和李嘉齐才听见院子里的动静。

张鹰和李嘉齐一前一后从楼上走下来，打开一楼客厅的吊灯，不耐烦地问道："哎！谁啊？你们是怎么进来的？"

"你爹！"张大鹏话音未落就把手机投向了张鹰。

张鹰机敏地一闪身，手机击中了李嘉齐的胳膊。"哎哟……"李嘉齐惊叫着躲到一旁。

"老张，你这是干什么呀？"宫会生不知所措。

张大鹏一想起周理论发疯似的打电话找张鹰，一想起自己玩命般的奔波了两千多里地赶回家来找张鹰，一想起东邻居老夫妻因为张鹰的扰乱而无法入眠，黑灯瞎火的找上门来算账，张鹰却像没事人似的留同学在家里闹得乌烟瘴气，张大鹏的肺都要气炸了，他冲着张鹰破口大骂："你逃学旷课，惹是生非，耽误了老子一百万！"

"不就是一百万吗？"张鹰瞅了瞅满脸痛苦与无奈的李嘉齐，顿感颜面尽失，气呼呼地跑进厨房，拎着一把菜刀走了过来，冲着张大鹏吼叫，"给你，用这个，拿手机出气算什么英雄好汉，你把我剁了那才叫真英雄呢！你把我剁了就一了百了了，省的让你少挣钱！"

一道闪电划破了漆黑的夜空，一声炸雷淹没了张鹰的喊声。顷刻间，滂沱大雨从天而降。

"张鹰——你怎么这么狂躁？你竟然和你爸爸动刀？你对你爸爸如此不敬，天理难容！你这样做，迟早会遭到报应！你看到窗外的闪电了吗？你听到窗外的雷声了吗？这是老天爷冲着你来的。"

大风骤然刮起，铜钱般大的雨点击打着窗玻璃，发出巨大的响声。一道道闪电照亮了院子，桃树晃动着魔影，一条条腾空的巨龙张牙舞爪，滚滚雷声把天空炸了个窟窿。张鹰情不自禁地看着窗外，吓得心怦怦跳。

"我知道你一直对我有成见，你觉得我不顺眼可以冲着我来呀，我是后娘无所谓，你爸爸可是你的亲爹呀！我告诉你张鹰，是因为你的班主任发疯似的打电话找你，我和你爸爸才特意从上海赶回来的。你知道吗？你爸爸多次往家里打电话跟你联系就是联系不上，他恐怕你遭到意外，一路上把车开得飞快，他连命都顾不得要了。从下午到现在，我和你爸爸米水未进，可是……"宫会生声嘶力竭地叫喊着，喊着喊着哽咽了，一时说不出话来。她努力克制着自己的情绪，清了清嗓子，接着说，"可是……我的妈呀，我的命怎么会这么苦啊……"她没能够控制住自己的情绪，号啕大哭起来。

也许张鹰害怕将来遭到报应，也许张鹰的心被宫会生的苦口婆心感动，也许张鹰的心被宫会生的号啕所震慑，他准备把菜刀放到厨房去。可是，他刚要转身，张大鹏猛然喊了一嗓子："站住，把刀给我！"张大鹏本来肚皮快被气破了，听宫会生这么一唠叨，这么一哭闹，又一股怒气直冲脑门。他完全失去了理智，伸出右手一把抓住了张鹰持刀的手腕，使劲一用力，张鹰持刀的手便松开了。张大鹏伸出左手，顺势接过切菜刀，然后腾出右手"噼里啪啦"打了张鹰几记耳光，脏话脱口而出："你不是让老子剁了你吗？休想，那样太便宜了你，老子要活活地揍死你！"张大鹏的声音在颤抖，手在颤抖。

"老张啊，这可是你的亲生儿子，你说出这么凶狠的话来多么伤人心哪？你真的下得了手吗？了解你的人知道你是刀子嘴豆腐心，不了解你的人还以为你有多么凶狠呢！"宫会生下意识地瞅了李嘉齐一眼，讨好地说，"都说虎毒不食子，咱这么大老远的跑回来就是为了打他吗？你怎么真的跟孩子一般见识啊？你怎么这么丧失理智呀？"

张大鹏颤抖的手停在了半空中。

从来没有见过这种阵势的李嘉齐，此时已顾不得自己被手机击中右臂的疼痛，哆哆嗦嗦地走过来拉扯张鹰的衣角，央求着说："鹰哥，叔叔和阿姨也怪不容易的，你赶快给他们承认个错误，抓紧时间给他们赔个不是。"李嘉齐又瞅了瞅张大鹏和宫会生，劝解说，"叔叔、阿姨，您们也都消消气，其实鹰哥他……"

李嘉齐打算说出张鹰被班主任掴了四记耳光的事情，张鹰却满脸怒容地看着他，先声夺人："算了吧嘉齐，不要说了，反正我是在我爸爸的拳脚下长大的，也不会在乎老班赏给我的那几记耳光的。"张鹰一见李嘉齐为他求情，觉得太伤自尊太丢面子，忽然红着眼珠子叫喊："打呀！打呀！怎么不打了？反正我奶奶和我妈都不能护着我了，你们的绊脚石都没了，你们高兴了吧？打呀！奶奶啊！妈妈呀！"

张大鹏的右手往高里举了举，又缩了回去。

宫会生气得说不出话来，两眼直勾勾的不知道怎样收拾这样的残局。

"哓当！"张大鹏被张鹰的话点中了要害，忽然想起了母亲，想起了前妻，失手把菜刀掉在地板上，蹲在那里哭天喊地。

张鹰似乎忘记了李嘉齐的存在，他委屈地哭喊着跑进了奶奶的卧室，"唥当"一声，把卧室的门关上，随即插上插销。他打开电灯，对着墙上的整容镜瞧了瞧自己的狼狈相，然后握紧拳头，"啊……啊……咚咚……咚咚……哗啦……"张鹰对着镜子里的自己一顿拳击，自言自语："不争气的东西，打死你也不多。"他歇斯底里地嘲笑着自己。

此刻，李嘉齐、张大鹏和宫会生被击碎的玻璃的落地声和张鹰的呼喊声惊回神来。张大鹏噌地一下子站起来，喷嚏地跑了过去，飞起一脚踹开房门，接着，他们一窝蜂地把张鹰包围起来，七手八脚地察看着张鹰的伤情。

张鹰手背上的肉皮向外翻卷着，鲜血一滴一滴地落在地板上。他噙着泪花，一声不吭。

"老张……你怎么还傻愣着啊？还不赶快把他送到医院去！"宫会生伸出双手去攥张鹰的双手。

张鹰敏感地向旁边躲闪着，怒喊："别动我，我嫌脏……"

"赶快给我汽车钥匙！"张大鹏慌慌张张地冲着宫会生叫喊，"赶快给我汽车钥匙啊！"

"你喊什么呀，钥匙不就在你的腰带上别着嘛？"宫会生没好气儿地说。

"都到这个份儿上了，你们能不能不吵了啊？让我冷静冷静好嘛？我不去医院，丢不起那个人！"张鹰白了爸爸一眼。

"去吧鹰哥，我们还要与八班打篮球对抗赛呢，你的手伤成了这个样子怎么打呀？"

"没事儿嘉齐，过来，我的裤兜里有云南白药，专门治疗外伤的，请你帮我封住伤口。"

第七章　情窦初开

【01

风吹云散，雨过天晴。

阳光透过窗玻璃，洒落在课堂上一张张青春活泼的脸上。

周理论站在讲台上，热情洋溢地发表着演讲。

张鹰笔直地坐着，目视前方，两只受伤的手偷偷地藏在课桌的抽屉里。他瞅了瞅放在讲桌上的高级水杯，望了望周理论隐藏在高级眼镜片后面的眼神，回想着近两天来周理论和他说话的态度和语气，他猜想周理论和他的父亲之间一定有了一种见不得人的交易。他下意识地从鼻腔中"哼"了一声，在内心里对周理论嗤之以鼻。

张鹰突然发出的"怪声"吸引了同学们的注意力，一个个扭头侧目，寻找发源地。周理论在听到"怪声"的同时，感受到了一种可怕的目光。他佯装视而不见，继续发表着演讲。

一眨眼几天过去了，张鹰手背上的伤势逐渐地好转，伤口已经结痂。可是，他心灵的创伤却难以痊愈。

张大鹏和宫会生憋在家里，想尽一切办法接近张鹰，用金钱、食物和甜言蜜语巴结着张鹰。

然而，张鹰一回到家里就沉默不语，他的目光和行为表现出强烈的敌意，他千方百计地找出一切借口和理由，排斥张大鹏和宫会生的善意和善举。

张鹰和张大鹏之间的隔膜越来越深，关系变得越来越紧张。张大鹏无奈地摇头叹息，对张鹰爱惜的温度在无奈中降低。

张鹰和李嘉齐的关系却越来越亲密，从此有了更多的共同话题。他们谈周杰伦、谈姚明、谈理想、谈人生，志同道合，誓言铮铮。李嘉齐练习唱歌与主持，张鹰陪练；张鹰练习弹跳与投篮，李嘉齐跟随。他们互相勉励、相互支持，打发了一个又一个枯燥、单调和无聊的日子，终于迎来了五四青年节，迎来了六班与八班篮球对抗赛激动人心的时刻。

雷江市第三中学，从初中一年级到初中三年级共二十四个班，近两千名师生。此时此刻，全校师生以班为基本单位排列成长队，整齐地坐在篮球场的看台上。

黑压压的人头，各式各样的服装，红旗招展，蓝旗飘扬，场面十分壮观。

六班和八班的同学们都自愿成立了"啦啦队"。

李嘉齐球技欠佳，只能加入到六班的"啦啦队"里。

张冬梅、王红霞、李红芳分别为六班和八班的同学们发放小红旗和小蓝旗，发放冰淇淋和矿泉水，她们谈笑风生，鼓舞着士气。

杨校长从人群里走出来，左手拿着扬声器，站在了篮球场的中央，为同学们期盼的青年节表示祝贺，为校委会举办的篮球赛事致辞，赢得了全校师生一阵又一阵热烈的掌声。杨校长兴奋地挥动着手臂向同学们致意，笑逐颜开、满面春风地走回了原位。

校委会李主任接过杨校长手中的扬声器，站在杨校长刚才站立的位置，首先宣布了开展本次活动的目的和意义，宣布了比赛的规则和纪律。然后，他幽默地说："尽管在初三年级男生中藏龙卧虎；尽管初三年级的男生宝刀不老；也尽管初三年级的男生在摩拳擦掌跃跃欲试，但是，他们面临着中考，学习的任务十分繁重、异常艰巨，时间对他们来说实在是太宝贵了。所以，校委会没有召开学生民主生活会，独断专行了一回，剥夺了他们这次参赛的权利。我代表校委会向初三年级的同学们，尤其是那些篮球王子们表示歉意。这次活动是让那些爱好篮球的初二年级的男生们牛刀初试，一展雄风，从而进一步激发广大师生团结友爱、奋发向上、勇于拼搏、敢争一流的斗志。因此，希望和要求同学们，必须赛出水平、赛出风格；必须坚持友谊第一、比赛第二的原则……"

尽管李主任再三地向初三年级的同学表示歉意，但其中不少男生因不能参赛而有意见闹情绪。有的交头接耳窃窃私语；有的嘟嘟嚷嚷嫌李主任语多话长；有的口出脏话胡言乱语；有的耐不住性子开始起哄，他们恨不得让李主任马上从篮球场上消失。

对于同学们的情绪，李主任心知肚明，但他仍然不慌不忙、面带笑容地继续讲："同学们，五四青年节是大家欢乐的节日，我们不仅不能剥夺同学们的欢乐，而且还要和同学们一起欢乐。下面，我提议，在篮球对抗赛开始之前，每个班级首先唱一首歌曲，班级老师们要与同学们一起唱歌。怎么样？大家若同意我的提议，就一起用力鼓鼓掌！"

"好——我同意李主任的提议，同学们呱唧呱唧！"杨校长接过话茬带头鼓掌。于是，掌声雷动，经久不息。

"团结就是力量——"张冬梅第一个领唱，六班的同学们情绪激昂，大声歌唱。

"团结就是力量——"王红霞（按照校委会的安排负责八班）第二个领唱，

八班的同学们热情高歌。

张鹰站在队员当中，望着张冬梅青春活泼的身影，望着体育老师李猛脑袋上明显的疤痕，突然想起了去年暑假后发生的一件"大事"。

【02

李猛身材高大威猛，精力旺盛，力大无穷，他曾经拿过全市三千米长跑冠军，得过全市拳击大赛第二名。然而，他不遵师德，经常用色眯眯的眼神盯着女生，特别是对那些俊俏漂亮的女生，他会寻找一切机会"单兵教练"，千方百计地对她们"厚爱一层"。倘若哪个女生故意逃避他，倘若哪个女生不领他的情，他就会利用自己的工作便利打击报复，他就会利用体育训练对那个女生进行打击。

张冬梅身材苗条，脸蛋俊秀，生就一幅美人胚子。她第一次上李猛的体育课时，就从他的眼神里看出了轻佻、放荡和淫邪，那束火辣辣的目光在她的身上游来荡去、极具杀伤力。出自女孩子的本能，她对李猛加强了戒备。她编造了肚子疼的理由，请假离开了操场。课后，李猛几次叫张冬梅去他的办公室"了解情况"，都被敏感多疑的张冬梅拒绝了。可是，有关李猛的传闻不时地传到她的耳朵里，她隐约感到李猛总有一天会向她伸出魔爪。

果然，张冬梅的这种担心应验了。

那是刚升初中二年级后的第三次体育课。李猛发现张冬梅的脚上穿着一双乳白色的皮鞋，他像无意间中了万元大奖高兴异常。他以张冬梅蔑视体育老师为由，体罚张冬梅绕着千米长的跑道跑三圈。张冬梅文化功课好，但怵头体育课，她最害怕的就是跑步。在小学六年级的一次百米短跑校赛中，女生们大都十三四秒钟就跑到头了，而张冬梅居然跑了二十秒钟才跑完。那次，张冬梅的短跑成绩得了全校倒数第一名，给同学们留下了深刻的印象。

张冬梅回想着上小学六年级时那次短跑赛的经历，仍心有余悸。为了摆脱李猛的打击报复，张冬梅和李猛据理力争。她说："我承认，上体育课穿皮鞋是妨碍运动，但这不是我的发明，我分明看见在上节体育课中有的女生也穿了高跟皮鞋，而且鞋跟比我穿的鞋跟还高，你为什么不体罚她们？"

李猛咧着一张能塞进茄子的大嘴嘲笑张冬梅："是吗？我可是二点零的眼，我怎么没有发现？"

张冬梅见自己无法和李猛争辩，灵光一现，想故伎重演，她双手捂着肚子，龇牙咧嘴地说："老师，我肚子痛，我跑不下去了。"

李猛轻蔑地笑了笑，说："是吗？我要是没有记错的话，你上一次离开操场的理由也是肚子疼吧？估计没有那么巧合吧？要不我给你时间，你去一下WC，解决了问题回来再继续跑完三千米？"

张冬梅无言以对，为了证实自己的话不是谎言，她必须先去 WC。

"王红霞同学出列，你陪着张冬梅一起去 WC。"李猛早已看出了张冬梅的破绽，想安排一个眼线。

然而，李猛没有料到，张冬梅和王红霞好得穿着一条裤腿都嫌肥，她也斜着王红霞，嘴角上挂满了微笑。

李猛的专横跋扈和张冬梅的从容淡定逃不过同学们的眼睛，在张冬梅的身后留下了惬意的笑声。

张冬梅和王红霞在 WC 里说了五分钟的闲话，然后无奈返回到操场，执行李猛的命令。

一百米，二百米……张冬梅暗暗地鼓励自己。李猛却不停地训斥她："不要偷懒，简直比蜗牛还慢！"

然而，那三千米长跑差点儿要了张冬梅的命。在张冬梅跑到两圈半多一点儿的时候，她的肚子突然痛得厉害。由于她没有吃早餐，体力消耗又过大，造成心慌气短，大脑一时缺血缺氧，当场晕倒在地。

李猛仍以为张冬梅在装病，然而，当他发现张冬梅真的不省人事时慌了手脚，不顾男生的白眼，急忙把张冬梅抱到了医务室。

校医对张冬梅进行急救后，张冬梅慢慢地醒了过来，她发现王红霞和李红芳满脸惊慌地看着自己，感恩之情油然而生。她朝着她们眨眨眼睛，使了个鬼脸，悄悄地说："都怪李猛不长眼，我想就此恶搞他一番。"

王红霞和李红芳如释重负，会心一笑。

李红芳伏在张冬梅的耳朵上说："你身上来倒霉的了。"

张冬梅先是一愣，心情突然变得万分激动而复杂，口中默念："谢天谢地，我再也不用羡慕李红芳了，我终于成熟了。"然而，她竟然做出了截然不同的表演，"哇"的一声哭了起来，不停地叫嚷着肚子痛。

校医了解了张冬梅的真实情况后，随即把李猛推出门外。

李猛丈二的和尚摸不着头脑，他听着张冬梅的哭喊，吓得团团转。

这时，办公室主任闻讯赶来。

张冬梅在办公室主任面前哭天抹泪，一再抗议："李老师心怀叵测，对女生粗暴体罚不计后果，是谁给他的这种权力？我要到文教局告他去！"她向办公室主任字斟句酌地说："今天一上体育课，我就向李老师说明了我肚子痛，可是，他装聋作哑，故意拿我打哈哈。当时，全班的同学都在场，人人都可以为我作证。至于我没有说明我肚子痛的原因，是因为在男老师面前我有女生的隐私权。我们学校有明文规定，女生在例假期间，可以不参加学校组织的体育活动，可以拒绝参加长跑之类的剧烈运动，而李老师居然不顾我的身体状况，野蛮地对我进行体罚，严重地摧残了我的心灵，我强烈要求李老师公开向我赔礼道歉！"

王红霞和李红芳始终站在张冬梅的立场上，为张冬梅帮腔。特别是王红霞，更加咄咄逼人，她一再要求李猛公开向张冬梅赔礼道歉，否则后果自负。王红霞的爸爸可是主管文教的副市长，哪个老师不怕她三分，哪个老师敢不给她面子啊！

李猛自知理短，一时没了主张。

最后，在各方面的压力下，李猛只得向张冬梅赔礼道歉。这件事之后的很长一段时间，李猛的心里一直很窝火。于是，他经常在课余时间跑到篮球场上寻机发泄。一次，他看到举止傲慢的张鹰根本没有把他放在眼里，于是，他寻求发泄的目标鬼使神差地发生了转移，他故意用肘部顶了张鹰的胸口，当场把张鹰顶倒在地。

张鹰面对如此强大的对手，不敢言语，更不敢硬拼，却把仇恨记在了心里。此后不久的一个夜晚，张鹰在校外与李猛巧遇，于是，张鹰用砖头对李猛进行了偷袭……就这样，在李猛的脑袋上留下了永久的疤痕。

【03

人世间的"报应"之说，在张鹰看来有些滑稽。然而，李猛的"不幸"遭遇，似乎为"报应"之说提供了依据。

张冬梅从张鹰那里知道了李猛脑袋上那块疤痕的来历，不由得一阵欢喜。之后，她每次看到李猛，就会情不自禁地想起被李猛体罚的经历。她每当想起被李猛体罚的经历，就会痛恨不已。然而，在痛恨之余，她的心中会泛起一丝甜蜜，因为，那次李猛歪打正着，剧烈的运动让她来了初潮，由此，她成了一个真正的少女。

可是，在这之前，张冬梅就像一个野小子。由于她爸妈的关系长期紧张，致使她缺少家庭的关爱和温暖，经常会感到惆怅和孤单。特别是她妈妈离开这个世界以后，外面女人的"温存"让她爸爸彻底忘记了自身的责任，让她更加感到了孤独和无助。若不是她奶奶的疼爱，她的情形会更加糟糕。可是，不知她是出于对奶奶的可怜还是其他原因，她对奶奶给予的无微不至的关爱产生了厌倦和排斥，她极力寻找属于自己的空间和遮风避雨的港湾。她在紧紧抓住李红芳和王红霞的同时，与社会上的小青年打得火热。

她只要一离开学校，就像长了翅膀似的，她想"飞"到哪里就"飞"到哪里，无拘无束，无所顾忌，谁也管不了她，也没有人想要管她。

她有个大她几岁的堂姐，堂姐有个男朋友叫王国治。王国治的嘴巴上长了一颗黑痣，外号叫黑皮，也有人叫他"亡国痣"。王国治是社会上的小混混，他皮肤黝黑，满脸的疙瘩，但五官端正，轮廓分明，浓眉大眼，皓齿薄唇，一开口就是俏皮话，说起话来口若悬河经常"带把儿"。所以，他在女孩子们的眼里很男人。但不知他是发自内心的照顾张冬梅，还是卤水点豆腐物降一物的缘故，他跟张冬梅说话时从来不带粗，即使他正在跟别人吹胡子瞪眼地骂娘骂祖宗，只要一和张冬梅说话也立刻会变得斯文儒雅起来。那样子，总让张冬梅感动不已。

然而，跟着王国治的小喽啰们可不都像他一样对张冬梅怜香惜玉，有好几个经常打张冬梅的歪主意，结果，都被王国治发现了。王国治用及其恶毒的办法教训那些"恶人"，一个都不放过。他经常骂人放狠话："狗杂种，就凭你长得这副德行，还癞蛤蟆想吃天鹅肉？你知道不知道，张冬梅是我媳妇的堂妹。现在，虽然我王国治和张冬梅的堂姐只是恋人关系，但是，她的堂姐在我的眼里早已是我的媳妇了。我不是故意在你们面前炫耀我的艳福，也不是卖弄我的霸道，我是护花使者必须尽职尽责。张冬梅和她的堂姐一样，有沉鱼落雁之美，羞花闭月之貌。你们要是敢碰她一根汗毛，小心我要了你们的狗命。"

王国治的话还真管用，自从他那番唬人的话说出去之后，他身边的那些狐朋狗友和小喽啰们只要当着他的面"欣赏"张冬梅，谁也不敢超过两秒钟。

可是，王国治不在张冬梅身边的时候，他的那些狐朋狗友和小喽啰们对待张冬梅的态度就会出现例外。

那是八月中旬的一天，天气热得像蒸笼，站在烈日下三分钟就会汗流浃背。在那个暑假中的一天下午，张冬梅毫不忌讳地跟在王国治和她堂姐的身前身后瞎转悠，她在无意间发现了裸脚穿着拖鞋的王国治的左脚的小脚趾是残缺的，那个早已结痂变形的伤口丑陋而狰狞，让人触目惊心。

张冬梅紧张地盯着堂姐的眼睛看了半响，尔后，她把堂姐拽到一旁，悄悄地问："你知道他的小脚趾是怎么残缺的吗？简直让人毛骨悚然。"

"你说这个呀？"张冬梅的堂姐很平淡地也斜了王国治的左脚一眼，扑哧一笑，得意地说，"那是他在追求我时立誓，自己故意用修剪树枝的剪刀剪短的，纯粹的二百五的玩意儿！"

张冬梅在她堂姐的身上、脸上瞅了瞅，欣赏着她那"沉鱼落雁，羞花闭月"的娇容，不仅为堂姐的美丽所折服，更为王国治的"英雄壮举"所折服。

从此，张冬梅特别喜欢听堂姐讲那些带着江湖传奇色彩的爱情故事。比如，哪个男人为了哪个女人勇斗劫匪，英雄救美；又比如，哪个男人为了哪个女人遭人算计，为了女人挨了闷棍或者挨了刀子。她特别想见一见堂姐讲述的故事里的那些女人们，看看她们是不是个个都长得亭亭玉立、丰胸翘臀、脸蛋迷人。她经常想，究竟什么样的女人才惹得男人们为她去赴汤蹈火。

然而，随后发生的一件事让张冬梅刻骨铭心，彻底让她改变了对社会小青年的看法。她做梦也没有想到，在王国治面前俯首帖耳的胖三儿却暗地里打起了她的鬼主意，胖三儿以王国治的名义把她骗到了一片废墟地，图谋不轨。

那天，李嘉齐因为爸爸没有找到合适的学校让他转学受阻，他与爸爸发生了冲突。他心烦意乱，十分狂躁地离开了家门，漫无目的地来到了一片废墟地。就在那里，他不仅与张冬梅奇遇，而且来了个"英雄救美"，他赶跑了胖三儿，救张冬梅于水火，使张冬梅免遭屈辱。

然而，虽然他们对待感情的东西只有潜意识中的一丝朦胧，但是，在他们彼此相见的那个瞬间，爱的火花已经根植于彼此的心里。从此，李嘉齐和张冬梅走进了彼此的视野，对发生在彼此身上的故事也加深了了解。

【04

李红芳在上初中一年级下学期时开始暗恋张鹰，偷偷的把张鹰写在了日记里，进入初二后，李红芳主动"攻击"张鹰，张鹰终于成了她的俘虏。

李嘉齐插班后不久，李红芳和张鹰就好得如胶似漆了。

张鹰每天早晨一到课堂，就会往李红芳课桌的抽屉里塞上一封情书。李红芳在欣喜和感动之余，会把张鹰写给她的情书拿给王红霞和张冬梅一起分享，情书都是一些"我想你呀小乖乖，喜欢你呀小宝贝，思念你呀小可人……"等令人肉麻的话语。

张鹰有一手漂亮的钢笔字，是学校公认的篮球王子。他长得英俊潇洒，说话口齿伶俐，做事霸道张扬，狂傲不羁更显他的雄风与个性，他不仅是男生中的人气王，更是让女孩子心动的那种男生。

有一天，张冬梅问李红芳："你到底喜欢张鹰什么呀？"

李红芳眼睛一眯，眉毛一扬，故意拖着长音，说："我喜欢他玉树临风，相貌堂堂。"

张冬梅嘴上骂李红芳花痴，心里却是羡慕嫉妒恨。此时，一片清纯，没有经历过感情的张冬梅，根本无法展开自己的想象，她的脑海里只有一番风花雪月的猜想。

李红芳很少跟张鹰约会，这个中原因令她苦不堪言，除了繁重的课业让她无暇顾及，就是经常被张冬梅和王红霞包围着，令她难以脱身。况且，张鹰的身边经常有李嘉齐、顾吉哲等人"纠缠"着。所以，他们两个每天都是书信往来，而李红芳并不甘心于此。一到大课间，李红芳就拉着张冬梅和王红霞站在楼梯口的前面，遥望篮球场。张冬梅一开始不明白李红芳的用意，直到有一天活跃在篮球场上的张鹰，在精彩的进球后向着李红芳站着的地方打飞吻、吹口哨时，张冬梅才发现了李红芳因"做贼心虚"而涨红的脸庞。此刻，张冬梅如梦方醒，本以为李红芳每天都拉着她和王红霞到楼梯口那里"小憩"，原来是在偷偷地给篮球场上的张鹰助威啊！

一个很有个性的女生一旦恋爱了，就会变得毫无主见，甚至净冒傻气。李红芳在上课的时候，有时会"扑哧"一声像傻子一样笑开了花，有时会莫名其妙地哭泣，搞得全班同学和老师都向她行注目礼。她的这种表现不仅丢人现眼，更让张冬梅和王红霞"刮目相看"。

李红芳一反常态，她时常被上课老师揪出来，让她面壁思过，让她丑态百出。她却表现出一副无所谓的样子，对老师的态度听之任之。在她看来，为张鹰做任何事情都是开心和值得的。

张冬梅和王红霞一直是学校里男生们关注的对象，但那些男孩子们太嫩太青涩，根本不入她俩的眼。她俩喜欢的是那种充满男人味的男人。张鹰虽然长着健康的皮肤和雪白的牙齿，身材高大威猛，野性十足，在男孩子当中出类拔萃，但在她俩的眼里似乎缺少一种男人的坚硬和刚强的气质。在李嘉齐没有到这个学校插班之前，张冬梅和王红霞对这个学校的男生的认识惊人的一致："缺钙"。

王红霞时常和张冬梅调侃："冬梅，我们对待男生的态度和品位惊人地相似，你说将来我们会不会爱上同一个男人？"

张冬梅不假思索地说："谁跟你相似来着，你那么耀眼悦目活脱脱一个白天鹅，况且家庭条件又那么优越；而我就是一个丑小鸭，而且无任何家庭背景，我们有着不同的选择空间和标准，我们怎么可能会喜欢上同一个男人？在我看来，将来这样的机会基本上为零。如果命运捉弄我们，让我俩真的爱上了同一个男人，只要你喊我一声姐姐，我就会毫不犹豫地成全你们。"

"呵呵……就你精，你明明知道我们是同年同月同日生，却不知道出生时辰，还说不定谁管谁叫姐呢？我才不让你成全呢！况且，我们在十四岁生日那天，我已是你和李红芳公认的大姐，我理应让着你一些。没想到你的态度如此开明，可是，我不能傻傻地等着你赠送啊！这辈子，我可不想欠你的情，到那时，就让我们来一次公平竞争吧！"王红霞满脸的诡秘。

"你有一个当市长的爸爸，我拿什么与你竞争。再说了，为了一个男人你争我夺的，多么伤害姐妹的和气与感情呀，我还不如拱手相让呢！"张冬梅半认真，半开玩笑地回应王红霞。

然而，青春年少的她们，怎知道命运会有怎么样的安排和劫数呢？

张冬梅盲目跟从王国治和堂姐的事从来没有跟李红芳和王红霞说过。可是，小小的雷江市总共才巴掌大的地方，要想出门不碰上熟人实在有些困难。

一天傍晚，王红霞诡秘地把张冬梅叫到一旁，悄悄地凑近她的耳朵，说："冬梅，你不够意思，咱和李红芳说好了要学刘关张三结义的，可你做事独来独往，把我们丢在了一旁。这些日子总也见不到你的影子，你是不是心有所属了？老实交代！不然的话，我就动员李红芳、李嘉齐和张鹰他们，从现在起谁也不搭理你了。"

张冬梅冲着王红霞莞尔一笑，调皮地说："什么心有所属啊，我可没有你们那么早熟，我只不过认识了一个好哥们儿，我可不像你们一样花痴啊！"

"是吗？"王红霞用怀疑的目光瞅了张冬梅一眼，有些坏意地说，"几天前的一个晚上，我坐着爸爸的轿车在平原路上见到三男两女在街上闲逛，其中一个女的特像你，那个女的还看了我一眼，尽管路灯光线昏暗，但车灯很亮，我特意落下车窗玻璃仔细地瞧了瞧，那双眼睛让我感觉那女的就是你。"

张冬梅把眼睛睁得圆圆的，眉飞色舞地说："是吗？真的吗？如果那女的是我，当时让我看到了你，我一定会冲到轿车前，用力拍打车窗玻璃，非得把你弄下车来不可。"

张冬梅说着转过身去，偷偷地乐起来。那晚，王红霞看到的那个女的就是张冬梅。

白天，张冬梅一走进校园，便成了遵守纪律的好学生，学习成绩遥遥领先，担任六班的班长。

然而，每当夜幕来临，张冬梅就跟着王国治他们逛街玩耍。在她堂姐的陪伴下，她每次都表现出一副大大咧咧满不在乎的样子。甚至，她会在大街上学着王国治的样子抽烟，在朦胧的夜色里吐着灰色的烟雾。她偶尔也尝试着说粗话，甚至和王国治他们一样，见到自己看不惯的人，就故意凑上去找茬儿，无事生非地挑衅对方，引起对方的不满与愤怒，对方若情绪失控言语过激，他们便得意忘形地蜂拥而上，把对方狠狠地收拾一顿。她喜欢在那样的放荡中寻求刺激。在张冬梅的潜意识里，有暴力倾向。

可是，张冬梅自从被王国治的"死党"胖三儿"盯上"以后，在李嘉齐的劝导下她很快就脱离了王国治他们，并迅速地向王红霞和李红芳她们靠拢。

【05

平原上的雷江市，春冬季节气候干燥，夏季多雨，秋季细雨常伴随着雾霾。在 2004 年教师节前夕，已经进入白露节气。几天来，天空总是灰蒙蒙的，有时阴云密布，毛毛细雨，冷风徐徐。这种天气，加之为转学所经历的种种磨难和不快，让李嘉齐的心情感到十分抑郁。

李嘉齐是在教师节之后的第五天转学到雷江市第三中学的。那天，雨刚停，天放晴,空气清新,那种清晰明亮让李嘉齐的心情好了起来,视野也豁然开阔起来。

就在李嘉齐报到的那天,王红霞突然被丘比特之箭射中了。

那天早上,李嘉齐的爸爸把他送到了雷江市第三中学的大门口就急忙去办案了。李嘉齐掏出介绍信顺利通过了门卫这一关。可是,传达室的"老板"(那人脸上总是冷冰冰的,人送外号"老板")看了看他手里的介绍信,答应给他联系办公室主任后就把他拒之门外。这样的"礼遇"让李嘉齐虽感意外,但并没有怨气。因为,在这所学校里,几百号老师中没有他的熟人,两千名学生中几乎都是生面孔,传达室的"老板"和他不沾亲不带故,他没有任何理由黏糊人家,也没任何理由埋怨他人,他只好乖乖地站在那里等候。

李嘉齐站在窗外,隔着窗玻璃瞅见"老板"打电话,听见他对着电话听筒高声喊:"哦……张主任,我联系不上教导主任啊?你说怎么办哪?嗯……先叫那个学生等着是吗?"就这样,李嘉齐一直等着,装满书本的背包挎带深深地勒进了他的肉里,他感到肩膀非常酸痛。

下课铃声响了。张冬梅、王红霞和李红芳踩着铃声,相继出现在了教学大楼前的楼梯口。

李嘉齐猛然看到了张冬梅的身影,眼前顿时一亮,似乎找到了一根救命稻草。可是,他还没来得及和张冬梅说话,就听见王红霞大声地说:"咦……你们瞧瞧呀,传达室那里来了个帅哥唉!你看他足蹬白色的运动鞋,身穿蓝色的牛仔裤,个性鲜明的大花格子长袖衫,一头乌黑的齐耳发,特别是那眼神,孤高冷寂,灼灼逼人。他身材不是很高但样子很酷,酷得让人想跟他谈场恋爱。"

王红霞是个喜欢张扬的女孩儿,她总是把喜怒哀乐写在脸上。

李嘉齐抬头看了看王红霞,感觉她毫无掩饰地说笑简直像个愣小子。他又瞅了瞅李红芳和张冬梅。李红芳迎合着王红霞品头论足。而张冬梅对李嘉齐似乎没有任何反应。李嘉齐只好知趣地收回目光,转脸看向大门外。

张冬梅的若无其事完全是伪装出来的,就在她见到李嘉齐的那一刻起,她就感觉眼前的一切都在震颤,头晕目眩。她的心超负荷地狂跳着,她仰视着李嘉齐觉得自己很卑微,卑微得像一粒尘埃。

"天哪,王红霞怎么一眼就看上了李嘉齐?"张冬梅的目光里明显有了醋意。

不知道为什么,李嘉齐偏偏插到了王红霞、张冬梅、李红芳和张鹰他们所在的六班,更不知道为什么,在李嘉齐转学两个月后的一个礼拜天,张鹰竟然领着他与王红霞、张冬梅、李红芳一起去了千顷湿地。

他们站在铁索吊桥上,冷风飕飕地吹着,像鞭子一样抽打着他们的躯体。在这样的冬季,除了他们这群小疯子到那里去发发神经,无病呻吟地吆喝几声,谁会去那种地方瞎折腾?

然而，在李嘉齐看来，那天的空气里洋溢着甜蜜而酸涩的味道，在他的心里荡漾起一股甜蜜而酸涩的忧伤。王红霞和张冬梅她们，就像含苞待放的花朵，慢慢地张开柔软而脆弱的花瓣。

　　就在那天，王红霞凑到张冬梅的身边，磨叽了老半天，最后鼓起勇气红着脸，说："冬梅，你帮我问问李嘉齐，看他愿不愿跟我谈朋友？"

　　张冬梅听了王红霞的话，觉得背后突然遭人一击，心猛地向下一沉，一种美好的念想瞬间消失了。张冬梅愣了半晌，暗暗咬牙点头应许，表现出大义凛然之气。

　　张冬梅不顾自身的心里感受，忍着胸口隐隐的伤痛，傻不拉几地把李嘉齐拉到一旁，直截了当地对他说："李嘉齐，王红霞想和你交朋友，你愿意吗？"

　　李嘉齐故意外翻着嘴唇，露出陶瓷般的牙齿，像只狡黠充满邪气的怪兽。他的瞳孔又黑又大又圆又亮，黑长细密的睫毛环绕在眼白周围，他的眼睛清澈深邃，十分迷人。

　　张冬梅望着李嘉齐的眼睛，瞬间被吸进无底的黑洞。她觉得李嘉齐的眼睛深不见底，像具有强大吸力的漩涡。张冬梅感到，一种强烈的压迫感和晕眩感扑面而来，呼吸变得急促。她努力平静着自己的心情，终于认识到这是她的心脏跳得太快的缘故，她从来没有过这样的感觉。

　　李嘉齐瞅着张冬梅呆若木鸡的表情，听着她怦怦的心跳，他突然笑了。他的笑坏坏的、怪怪的。他没有回答张冬梅提出的问题，只是把手插在裤兜里，晃动着身体，仰头向着灰色的天空，他觉得天空中一群灰色的鸟扑棱棱地拍打着翅膀，鸣叫着从他的头顶上方飞过。其实，那是他疯狂的心跳。

　　与其说张冬梅在李嘉齐那里碰了壁，倒不如说是王红霞在李嘉齐那里吃了闭门羹。当王红霞从张冬梅那里得到了与她渴望的结果大相径庭的那一刻，她的眼泪泉涌般突兀地倾泻下来，晶莹剔透的泪珠滴落在她的胸襟，迅速地在她那红色的上衣上留下了暗红色的印迹，一层一层，晕染开来。

　　这是李嘉齐认识王红霞以来，第一次看见她流眼泪。

　　之前，李嘉齐一直觉得王红霞欢快得像只小鸟，天高任她飞，没心没肺像个愣头青，没有忧愁不懂伤悲。然而，此刻，李嘉齐觉得王红霞不仅像个女生，而且更像弱不禁风的林黛玉。不知道为什么，李嘉齐觉得自己在王红霞的眼泪里快要融化了。

　　张冬梅抱住王红霞，给她温暖与慰藉。王红霞像只受伤的小猫蜷缩在张冬梅的怀里，不停地抽动着双肩。

　　李嘉齐突然觉得非常难过，爱情在他的眼里成了一个张牙舞爪的怪兽，还没等它靠近，就被它伤得七零八落。

　　"冬梅，我一定会把李嘉齐抓在手里的，你要相信我！"王红霞擦干泪水，坚定地说。

王红霞的眸子里闪烁着奇异的光芒，李嘉齐从未见过这样的光芒。

张冬梅有些恐惧，她害怕在这种光芒里挣扎，她担心自己会因此化为灰烬。

第八章 夏日舞台

【01

夏天是富有热情的季节。人生是一场赛跑，人人都在追赶着自己的目标。人生是一个舞台，人人都在表演着自己的角色。莎士比亚说：人生如舞台。人有前台，也有后台。

现在，张鹰、顾吉哲在前台，而李嘉齐、王红霞、张冬梅、李红芳在后台。接下来，他们就是角色转换，再接下来，他们就是一起表演。

"嗨……别发愣了！"李猛用手背击打了张鹰的胳膊一下，把张鹰从往事的回忆中唤醒。张鹰觉得自己像做了一场梦。他揉了揉眼睛，看了看眼前的情景，浑身一激灵。

"同学们，篮球比赛马上就要开始了，我们啦啦队助威的时候到了！同学们，胜利一定属于我们六班，我们一定要有集体荣誉感！同学们，一定要听我的口令，千万不要吝啬自己的掌声和呐喊声！"张冬梅做着"战前动员"，目光却在李嘉齐的脸上流连。

李嘉齐清楚地感觉到了张冬梅火辣辣的目光，迅速将自己的目光转向了篮球场。

六班的张鹰、周岩、孟祥岳、顾吉哲和郭小刚身着红色的运动装，后背上都印着白色的醒目号码。

张鹰身高一米八三，头发高耸并用摩丝固定，胸肌凸出，更显身材高大强壮。他脖子上挂着一个银色的十字架，左手腕套着一条粉红色的腕带，彰显着个性。一双蔑视一切的眼睛看着八班的对手，注定了他们之间有一场厮杀。张鹰带领着身后的队员走到篮球架的三分区停下来，然后一个个伸胳膊踢腿的开始热身。

八班的王东宁、金鹏程、王湛生、胡英俊和宋肖贺腾身着蓝色的运动装，后背上分别印着白色的醒目号码。

王东宁身高一米八五，看上去和张鹰的身高差不多，他一身肌肉，留着毛寸，戴着浅灰色的墨镜，右肘上套着白色的阿迪达斯护肘，充满着神秘和杀气。王东宁带领着身后的队员走到北篮球架的三分区，然后用手势引导他们散开各自热身。他抓起篮球瞅了张鹰一眼，随即用热身显示球技，想给张鹰一个下马威。他一个三分跳投，中！一个递手投，中！又一个转身投，中！

"是不可思议还是出手不凡？"张鹰正在琢磨。

"哗哗哗……"看台上爆发出一阵热烈的掌声。

两个德高望重的体育教师担任裁判，他们用自己的手势引导着大家的情绪，控制着局势，风趣地说："老师们，同学们，请安静，请安静，刚才是八班的王东宁同学在热身，真正的比赛还没有开始！"

王东宁听到裁判的讲话声停止了投篮，把篮球放到地板上，随即招呼其他的队员向着张鹰他们走过来。

张鹰反应敏捷，立刻招呼自己的队员向着王东宁他们走过去。

双方队员相逢在两个篮球场的中间位置，彼此握手拥抱，表示友好。而张鹰与王东宁之间保持着一定的距离，他们各自伸出右手紧紧地攥在一起，表情怪异，注视着对方。他们的大手攥了足足一分钟，显然不是在友好地握手，而是在暗暗地较劲。

张冬梅注视着张鹰的表情，回头看了看李嘉齐的反应，她紧握小红旗的右手有些颤抖。

王红霞瞅了瞅王东宁，觉得墨镜后面一双放光的眼睛正向她这边射过来，她有意识地回避着，无意识地看了张鹰一眼。然而，不知为什么，就在这一瞬间，张鹰的形象定格在王红霞的脑海里，她在不同的角度观察着张鹰，复制和放大着留存在她脑海中的底片。

"我宣布，雷江市第三中学第二十六届五四青年节篮球对抗赛第一场现在开始！"

首先由六班的张鹰跳球并得球。周岩、孟祥岳、顾吉哲和郭小刚各自跑位，张鹰发现了一个空位传给孟祥岳。八班的宋肖贺腾跑过来挤走了孟祥岳。孟祥岳认识宋肖贺腾，他一直嘲笑宋肖贺腾起了个日本人的名字，心想："小日本，看我怎么收拾你！"孟祥岳动作敏捷，只三两下就过了宋肖贺腾。

李嘉齐在看台上看着他们，感到非常欢喜，号召六班的同学们为他们摇旗呐喊、加油助威。

在孟祥岳正想跳投的时候，王东宁跑过来补防。

"嗨呀！——真臭！"李嘉齐不小心喊出声来。

王东宁给孟祥岳来了个铺天盖地的封盖，篮球被盖下来。接着，王东宁左手挡住孟祥岳，右手控制住篮球，一转身，利用身高优势右手用力一推，篮球直至队员金鹏程手中。金鹏程弹跳，空中扣篮。

"漂亮！八班进了第一球，八班进了第一球，先得二分，先得二分。"裁判员嗓音夸张，幽默风趣。

张鹰有些急躁，几次险些犯规。但是，张鹰终于找到了机会，他带球跑到中线处，把篮球传给三分区外的顾吉哲。顾吉哲这次表现超长，他看了一下张鹰的眼色便明白了张鹰的用意。他大胆地带球过人，跑到了篮下佯装投篮，引来了王东宁。顾吉哲在空中停滞的极短瞬间，却把篮球转移给腾空而起的张鹰，一个空中接力，篮球带着风声砸向篮板。

"进了！"裁判员先声夺人。

"哗哗哗……"看台上爆发出热烈的掌声。

"OK！"张冬梅激动地站起来，伸出左手做出胜利的姿势，右手不停地摇晃着小红旗，"加油、加油！张鹰加油！加油张鹰！"她疯狂地喊起来。

"哇塞！"王红霞也为张鹰激动地喊出声来，引起了八班同学们的不满。"长对方的志气，灭自己的威风，奸细！"几个男生冲着王红霞吼叫着。

时间在一分一秒地过去，比赛的分数渐渐地拉开了距离。六班最终以89∶73的成绩赢了八班，取得了第一场比赛的胜利。

裁判员宣布："休息十分钟，请大家不要远离，接下来继续第二场比赛！"

【02

张鹰被友情鼓舞着，尽管挥汗如雨，但心甜如蜜。他自从家中遭遇不幸之后，就对友情产生了深刻的认识和强烈的渴望。在他看来，友情是严冬里的炭火；友情是酷暑里的浓荫；友情是湍流中的踏脚石；友情是雾海里的航标灯；友情是看不见的空气；友情是捉不到的阳光。

六班首战告捷，张冬梅的眸子里流光溢彩。她偷偷地瞅了瞅正在擦汗的张鹰，又回眸望了望李嘉齐，抑制不住内心的欢喜。

李嘉齐摇了摇头，他暗示张冬梅："不要沾沾自喜，还没有到笑的时候。三场比赛刚刚进行了第一场，对方不仅没有使出全力，而且故意露出马脚。兵不厌诈，对方很有可能是想用第一场的失利制造我们思想上的麻痹，以赢得后两场乃至最后的胜利。"

张冬梅立刻收起脸上的笑容，继续观察着篮球场上的动静。

顾吉哲轻轻地拉了张鹰一把，以引起张鹰的注意，然后用手指了指王东宁，说："嗨……鹰哥，一会儿要提防着这小子点儿，这小子的眼神里好像暗藏着杀机。对了，鹰哥，在教室里你用篮球撞破我鼻子的那天，就是这小子到我们班上去惹你生气的！当时他那个牛气，惹得你大发脾气，你飞起一脚就把篮球踢了出去，碰巧撞坏了老班的眼镜和水杯。老班因此打了你几记耳光，你因此逃课'失踪'，弄得满城风雨！鹰哥，是王东宁这小子对不起你！有仇不报非君子，你一定要好好地煞煞他的威风，看看他还敢不敢得瑟！"

"瞧好吧你哪，看我怎么收拾他！"张鹰挤眉弄眼翘鼻子，好像成竹在胸，满脸的傲气。

王东宁弯着腰一边喝着矿泉水，一边和本班的球员们嘀咕着什么。王东宁一脸的从容和淡定，而他身边的球员却发出嘻嘻的笑声。忽然，他把矿泉水的空瓶子扔到一旁，抬眼瞅了瞅张鹰，接着直起身来寻找着王红霞所在的位置，继而冲着李嘉齐打了个招呼，他表现出极强的心理素质。

第二场比赛开始了。

八班获得了跳球权，篮球由王东宁夺得。王东宁带着篮球前闪后躲、干净利落地跑到后半场的三分区，迅速传给已经跑到罚球线的宋肖贺腾。宋肖贺腾敏捷地接过篮球，转身腾跳，空中定格，他准备将篮球投给前边的金鹏程，可是，就在这短短的瞬间，宋肖贺腾突然发现了刚好跑到前半场三分区外的王东宁，于是他调整方向，将篮球向后一抛，被王东宁稳稳地接住。但是，王东宁并没有投篮，而是在空中传给零度三分处的胡英俊，胡英俊空中接力来了个零度三分跳投。

"曜曜！——空心！——"看台上的师生在呐喊。

只听"卿——"的一声，篮球穿过球网。

"漂亮，真漂亮，八班的球进了，八班的球进了，八班先得2分，现在场上的比分是2：0。"裁判员激动地报告着比赛情况。

八班的小蓝旗摇晃起来，尖叫声、口哨声、掌声响成了一片。

王红霞正在走神儿，突然被身边的动静搞蒙了。

张鹰暗骂着，随即吐了一口唾沫，脸色立刻难看起来，他恼怒了。张鹰疯狂地奔跑，终于得到了篮球。他带着篮球过了八班的王湛生，飞快地跑到了三分区外，这时胡英俊又过来补防，他一侧转，正准备上篮，王东宁突然过来封盖，张鹰也不甘示弱，发挥出超人的反应能力，他猛地在空中一转身，背对着王东宁，一个勾手，篮球顺利地进入了球框。

"真棒！"张冬梅为张鹰叫好。

王东宁表现得异常冷静，终于看到了他所期盼的场面。原来，王东宁激怒张鹰的目的就是想让张鹰不留余力地发挥出自己的潜能，他好拥有一个强劲的对手，与他争锋。王东宁因打篮球而全校闻名，成了不折不扣的"留学生"。一年多了，在篮球场上，王东宁还没有遇到强手劲敌。自从那天李嘉齐相告张鹰是六班大球星的那一时刻起，王东宁就把张鹰当作了自己的篮球对手，时刻寻找着与张鹰比拼的机会。

篮球场上，竞争越来越激烈。王东宁抓住与张鹰擦肩而过的一瞬间扔给了张鹰一句话："我们是真正的对手，但我一定会让你败得很惨！"

张鹰气红了脸，立刻回敬王东宁："看谁笑到最后！"

又是八班发球。胡英俊带球，看上去经验不足，招数老套。张鹰叫喊着，怒视着他设防，胡英俊仓皇失措。就在这时，胡英俊突然发现了篮下的王东宁，于是他不顾一切地把篮球传向王东宁，不巧球偏了。张鹰见对方如此勇敢顽强心生慌张，稍一愣神，迎面而来的篮球猛地砸在他的脸上，篮球弹起一米多高，出界了。然而，发球权还是八班。

八班发了球，王东宁一个递手便进了篮筐。

张鹰觉得丢了面子，心中更加恼怒，于是乱了方寸，随即乱了章法。

周岩、孟祥岳、顾吉哲和郭小刚一个个被张鹰的情绪所感染，胡跑乱窜，气喘吁吁，满头大汗。最终，以78∶88的成绩输了第二场。

兵败如山倒。张鹰、周岩、孟祥岳、顾吉哲和郭小刚只有招架之力，不能主动攻击，第三场虽然打得顽强，结果输给了八班。

顾吉哲哭了，悄悄地对张鹰说："鹰哥，我们失败了。"

张鹰怒斥道："不许哭！我们是失败了，但不要将忧伤的泪水写在脸上。失败也是一种收获，生活中最需要的是有一份十足的勇气和一个争先的胆量。"

李嘉齐听着裁判员的总结，看着垂头丧气、无精打采的张冬梅，小声地嘟囔："胜败乃兵家之常事，别计较一时之得失！"李嘉齐见张冬梅没有反应，忘记了身边的同学们，大喊了一声，"嗨……张冬梅，你干吗？"

张冬梅看了看李嘉齐，随即向着王红霞那边望了过去。

王红霞一边把目光投向李嘉齐和张冬梅，一边在偷偷地用手背抹眼泪。

李嘉齐不由得嘟囔："莫名其妙！一向高傲的白雪公主，堂堂的文艺部长，啥时学会了哭鼻子！"

【03

第三中学的大礼堂里座无虚席。李嘉齐的母亲（父亲因参与办案未能前来），张鹰的父亲和继母，王红霞的父母以及张冬梅的奶奶，都与杨校长等校领导坐在了同一排，他们分坐在两侧，中间被校领导隔开。他们彼此遥望着，用眼神进行着交流和沟通，有些拘束和不安。特别是张鹰的继母，尴尬的表情中带着一丝苦笑，因为她对张鹰的行为表现不仅心中没底，而且无法驾驭，担心张鹰随时随地给她制造麻烦。比如，她担心张鹰在全校师生面前突然提出她是继母，突然让她捐资助教，突然让她"同台献艺"等等。总之，张鹰的继母每时每刻都提心吊胆。

李嘉齐穿着晚礼服，打着领结，特意整了个时髦发型，刚登上舞台，后排角落里的男生就吹响了口哨，打起了手响，前排女生注目相望，窃窃私语，小声嘀咕："哇塞，真酷，真派，真酷派！"

王红霞黑发披肩，亭亭玉立，长裙依依，婀娜多姿，往舞台上一站，真是妩媚靓丽，光彩照人。前边的男生一个个看直了眼，后面的男生一个个伸长了脖子往前看，有的干脆站起来向舞台行注目礼。几个女生喊喊喳喳，低声叫骂："花蝴蝶，潘金莲，狐狸精！"

李嘉齐首次主持这样的大型节目，心里像打鼓一样狂跳不已，手持麦克风的那只手手心里沁出了汗水。

王红霞落落大方，从从容容，她向李嘉齐递了个眼色，示意李嘉齐往舞台的中央——她站着的地方靠一靠。

李嘉齐怯生生地挪动着脚步，担心日后同学们风言风语，故意和她保留了一段距离。他抬眼看了看台下黑压压的人群，心中不免一阵慌乱。由于他心生慌乱精力分散，竟然忘记了这次汇演的主题。但是，李嘉齐十分机智，他果断地向着舞台的前沿走去，探出上身回头瞧了瞧头顶上方的布标，心中默念："雷江市第三中学庆五一、迎五四文艺汇演"，随即给自己打起了圆场，乐呵呵地说，"这布标挂得，还真牢靠！"

台下师生和学生家长的目光被李嘉齐的动作牵动着，都以为李嘉齐在检查布标的悬挂情况，丝毫没有看出破绽。

王红霞却笑了，那灿烂的笑容像一把利剑，刺破了李嘉齐的"伪装"。

"上午看篮球赛的时候'痛哭流涕'，现在却'笑里藏刀'，什么人哪？"李嘉齐瞅了王红霞一眼，看了看手表。

王红霞会心地点点头。

于是，李嘉齐向王红霞站立的地方跨了两步，挺胸抬头，目视前方，情绪激昂："尊敬的各位领导，各位来宾！"李嘉齐那富有磁性的嗓音经过麦克风的加工和渲染极具感染力，深深地吸引了台下的观众。

"亲爱的老师们，同学们，"王红霞的声音十分甜美。

"大家下午好！"他俩和声动听，含情脉脉。

观众席上出现了片刻的宁静，继而爆发出热烈的掌声！

【李嘉齐】：当四月的雨季滋润着五月的花蕾时，我们开始吟唱我们的季节。

【王红霞】：当四月的雨季催生着五月的花蕾时，我们开始讴歌我们的青春。

【李嘉齐】：我们用器乐敲击三中的节奏。

【王红霞】：我们用歌声吟唱三中的甜美。

【李嘉齐】：我们用曲艺演绎三中的多彩。

【王红霞】：我们用舞步旋转三中的欢欣。

【李嘉齐】：我们荡起心儿的双桨，欢庆在五月的花海中。

【王红霞】：我们摇响心儿的铃铛，欢聚在五月的月色下。

【合声】：雷江市第三中学庆五一、迎五四文艺汇演现在开始。

【李嘉齐】：首先，让我们以热烈的掌声欢迎雷江市第三中学的杨校长讲话，大家欢迎！

李嘉齐和王红霞带头鼓掌，台下的观众积极响应。

哗哗哗……掌声经久不息。

【04

杨校长站了起来，转过身去寻视着全体师生和学生家长代表，面带微笑，不停地打着手势，示意大家停止掌声。可是，他谦和的态度更加激起了师生们对他的尊敬，掌声更加热烈。

杨校长见状，停止了手势，自然而稳健地走上了舞台的中央。

服务人员立即将立式话筒往杨校长的身前靠了靠，把话筒的高低调整到最佳状态。

杨校长满意地点了点头，打了个手势，而后开始了热情洋溢的讲话。

各位来宾、老师们、同学们：

大家好！在这苗吐新绿、花育新蕾的美好季节里，雷江市第三中学庆五一、迎五四文艺汇演，经过大家的精心准备，终于拉开了帷幕。在此，我代表雷江市第三中学的全体师生表示热烈的祝贺！并向前来参加文艺汇演的各位来宾、各位学生家长表示热烈的欢迎！

近几年来，第三中学坚持以人为本，科研兴校，围绕"让学生成才，让家长放心，让社会满意"的"三让"办学承诺，努力探索、积极借鉴和吸收各种先进的办学经验，增强办学实力，提高办学水平，紧握教育质量生命线，全力打造优质教育品牌，全面推进素质教育，学校的教育教学、教改教研、校园文化建设等各方面都取得了显著成绩，第三中学赢得了广泛的社会赞誉。

今天，举办庆五一、迎五四文艺汇演，又一次奏响了第三中学推进素质教育的凯歌，又一次为全校师生搭建了展示自我的大舞台。校园文化作为一所学校在长期办学过程中所积淀的精神财富，是全体师生的价值观念、道德规范、传统习惯等意识形态的总和。本次开展的文艺汇演活动既是展示学校素质教育成果的盛会，又是集多种形式于一体的综合性的文化大餐。通过这次活动，进一步培养和提高全体师生的艺术素养和审美情趣，丰富师生的文化生活，形成浓厚的校园文化底蕴，构建更加文明的和谐校园。

各位来宾，老师们，同学们，今天是伟大的五四运动八十六周年纪念日，伴随着八十六年的历史征程，我们的国家日益富强，我们的民族日益昌盛。然而，我们每一个中华儿女却无法忘记那具有划时代意义的伟大的五四运动。那是一段激情昂扬的历史，那是一首荡气回肠的战歌，那是打破封建专制和愚昧的呐喊，那是一个民族走向觉醒的宣言。在这段历史的时空里，一群热血的青年儿男，为了国家和民族的兴亡，舍生忘死，浴血奋战。在这段历史的记忆中，无数的仁人志士，高举爱国主义的大旗，扬着民主和科学的风帆，掀起了思想解放的新篇章。当回想这段历史时，我们仿佛听到了那发聋振聩的呐喊；当回眸这段历史时，我们仿佛看到了五四青年追求真理、不畏牺牲的豪迈。今天，我们在这里隆重集会，观看文艺汇演，纪念五四运动八十六周年，就是要通过这种形式号召全校广大团员青年以五四青年为榜样，继承五四光荣传统，弘扬五四精神，在振兴我校、发展我校、壮大民族的征程和挑战中，展现团员青年的风采，肩负起社会和历史的重任。

同学们，你们是祖国建设的接班人，今后面临着更多的机遇和挑战，只有全面提高自身的综合素质，做到德、智、体、美、劳全面发展，才能适应社会的激烈竞争。因此，我希望同学们积极投身到文艺汇演之中去，只要参与过、快乐过、激动过、欢呼过，就有了一份美好的回忆。

我们相信，学校通过文艺汇演的举办，必将使学校的办学方向更加明确，办学特色更加突出，育人环境更加优化，精神面貌更加振奋，学生发展更加全面。

最后，预祝第三中学庆五一、迎五四文艺汇演取得圆满成功！谢谢大家！杨校长面向观众深深地鞠了一躬，然后转身走下舞台。

欢快而热烈的掌声伴随着杨校长的脚步声有节奏地响成了一片，杨校长的脸上洋溢着激动和兴奋。掌声在学校大礼堂里回荡着，同学们的热血在沸腾。

"各位来宾、老师们、同学们，下面由我宣布本次文艺汇演的评委以及评分标准！"王红霞观察着观众的情绪，恰到好处地掌握着火候，大礼堂里终于安静下来。

【05

李嘉齐对舞台上的情况逐渐适应，心情越来越平静。

王红霞反而紧张起来，她仔细地审视着手中的《与会领导名单》，恐怕念错姓名，下意识地控制着语速："各位来宾、老师们、同学们，担任本次文艺汇演的评委有：校务处李主任、教导处郭主任、董主任，办公室张主任，工会肖主席，美术组龚玉良老师，体育组宋晓飞老师。请各位评委各就各位，大家欢迎！"

哗哗哗……

台下又爆发出雷鸣般的掌声。

评委们按顺序逐一从后台出场，面对观众深深鞠躬，然后一一落座。

哗哗哗……

王红霞瞅着观众的表情，把握着每一个细节，见掌声稍一停顿，继续亮起甜美的声音：

【王红霞】：下面，我宣布一下评分标准，第一、舞蹈类：主题明确，富有创意3分；舞姿优美，动作协调整齐4分；服装得体，合题2分；表情自然1分。第二，独唱、合唱类：音调准确，音量放开4分；吐字准确、清晰4分；台风优美，表演自然1分；服装得体，感情丰富1分。第三，相声小品、课本剧类：内容健康，主题鲜明2分；题材新颖，有创意1分；配合默契2分；吐字清晰，咬字正确2分；表演流畅、自然、有感情，能反映时代精神3分。每项总分共10分。

请各位评委认真把握评分标准，力争做到公平、公正，欢迎学生家长和全体师生监督。节目开始。

【李嘉齐】：激越的曲调震颤人心，美丽的舞蹈让人心醉。春光融融的时节，飞旋着的是中华神韵的精髓。让我们在动感的音乐中，一起舞动青春，唱响未来！请欣赏初中一年级二班的同学带来的舞蹈《中华喜迎门》。

在场的学生家长和师生，被舞台上的气氛感染着，不知不觉中就为他们精彩的表演鼓起掌来，同学们的心情感到无比振奋。

杨校长高兴的心情溢于言表，低声与身边的校领导们交换着意见。

各位评委按着评分标准认真地进行着打分，亮分。

【王红霞】：有一个很小的世界，那就是舞台；有一个很大的舞台，那就是世界。她们是初春脱蛹而出的幼蝶，在芳香四溢的舞台上抖动着旋律，神奇的铃鼓来为春的复苏助兴，纯洁美丽的姑娘会把动人的舞姿尽情地展示给观众。请欣赏初中二年级一班的同学带来的新疆舞《吉祥的鼓》。

扣人心弦的舞曲，独具特色的服装，朝气蓬勃的面容，焕发着青春活力的舞步，征服了一个个在场的观众，赢来了一阵阵喝彩，一阵阵掌声……

【李嘉齐】：孩子，生长在战乱时代，愚蠢的战争，蚕食着他那颗幼小的心灵，就让我们去唤醒，就让爱去抚平孩子心中的伤痕。请欣赏初二年级六班的顾吉哲、孟祥岳、周岩和八班的王东宁、宋肖贺腾带来的街舞《斗志》。

他们身着西部牛仔装，戴着西部牛仔帽，穿着西部牛仔靴，伴着有节奏的舞曲，一个个做着滑稽的动作，从后台上场，一登台亮相，就惹得观众捧腹大笑、掌声不断……

【王红霞】：五月，这个骄阳似火的季节，看，这群朝气蓬勃的青年，和着铿锵的锣鼓闪亮登场。因为年轻，他们拥有一颗火热的心，因为年轻，他们憧憬着似水的梦，伴着青春的旋律，他们用赤子之心，表达对祖国、对家乡、对母校的赞美，请欣赏初三年级四班同学带来的节目《自夸》。

他们精湛的表演，真挚的情感，折服了台下的观众。

【王红霞】：在遥远的呼伦贝尔大草原上，奔腾着千匹红棕色的骏马，阳光下，它们是那么俊美。看，它们正斗志昂扬地向我们奔来。听，那是明天的音乐，是希望的声音。下面，请欣赏今天的节目主持人李嘉齐同学和初二年级六班的张鹰同学为大家带来的二胡合奏《万马奔腾》。

李嘉齐接过服务人员递过来的二胡，放下麦克风，下意识地巡视了一下台下的母亲和张鹰的父亲，发现他们的眼神里充满了惊讶和期待。

张鹰带着二胡，神气十足，信心百倍地向舞台走来。

张鹰一步步接近舞台。

王红霞的眸子里放射出异彩，她把兴奋传染给李嘉齐。

李嘉齐莫名其妙地激动起来。

李嘉齐和张鹰配合得十分默契，激昂浑厚的二胡声充斥着每位观众的耳膜，万马奔腾的音乐效果使他们心潮澎湃。

观众们屏住呼吸，仔细认真地聆听。观众席上能听到绣花针落地的声音。

台上一曲终了，片刻之后台下才爆发出热烈的掌声。

张鹰的父亲双眸闪着光亮，脸上洋溢着幸福的微笑。

张鹰的继母不停地用手绢擦拭着脸，不知是擦拭眼泪还是擦拭汗水，她把头埋得很深，恐怕引起旁人的注意。

李嘉齐的母亲不时地瞅瞅张鹰的父亲和继母，不由得跟着大家一齐鼓掌。

李嘉齐在猜想，观众们迟到的掌声，是因为观众们的思绪仍然停留在他和张鹰共同营造的紧张而欢快的气氛里。

【王红霞】：真是太激动人心了。小朋友／你是否有很多问号／为什么／别人在那看漫画／我却在学画画／对着钢琴说话／别人在玩游戏／我却靠在墙壁背我的 ABC／我说我要一架大大的飞机／我却得到一只旧旧录音机／为什么／要听妈妈的话／长大后你就会开始懂得这种话／哼／长大后我开始明白／为什么我跑的比别人快／飞的比别人高／将来大家看的都是我画的漫画／大家唱的都是／我写的歌／妈妈的辛苦／不让你看见／温柔的食谱／在她心里面／有空就多握握她的手／把手牵着一起

梦游……接下来，请继续欣赏，李嘉齐和张鹰同学的合唱：《听妈妈的话》。

李嘉齐和张鹰唱得是那样用心，那样动情，那样专注。李嘉齐极力模仿着周

杰伦的嗓音，出现了意想不到的效果。这首歌唱完了，李嘉齐抬头看了看台下，他发现，他妈妈哭了，张鹰的爸爸哭了，同学们的家长哭了，同学们哭了。老师们被感动了。

张鹰的父亲偷偷地攥住张鹰继母的手，悄悄地说："看来，我并不了解我自己的孩子，我总以为他是一个冷血动物，他是南极的冰，我们纵有再大的热情也融化不了他那颗冰硬的心。其实，孩子的内心世界是柔弱的。他懂得爱，懂得回报；他是有激情，有温暖的。是我们缺乏和孩子之间的沟通啊！"张鹰的继母羞涩的面容上泛起潮红，眼里含着泪水不停地点头。也许，此刻的她为自己过去的所作所为感到后悔，为夺走张鹰的母爱感到羞愧。

张鹰仍沉浸在歌曲所营造的氛围里，他突然想起自己对父亲动切菜刀的场面，想起自己和生前的妈妈拌嘴的场面，在他那忧郁、悲伤的眼神中看到了他对母亲的歉意，对父亲的愧疚。此刻，他仿佛觉得一只苍蝇落在脸上，感到所有观众的目光集中在他的身上，他那颗丑陋的心赤裸裸地暴露给观众，他觉得无地自容，灰溜溜地走下了舞台。

张鹰的反常举动把所有的观众搞懵了，张鹰的父亲和继母更是如坠云里雾里。

李嘉齐了解张鹰，知道他是在自责。然而，李嘉齐仍被张鹰营造的气氛感染着，他极力控制着自己的情绪，继续主持下面的节目。

【李嘉齐】：妈妈我想对您说，话到嘴边又咽下，妈妈我想对您笑，眼里却点点泪花。噢！妈妈，烛光里的妈妈，您的黑发泛起了霜花，噢！妈妈，烛光里的妈妈，您的脸颊印着这多牵挂。噢！妈妈，烛光里的妈妈，您的腰身变得不再挺拔，妈妈，烛光里的妈妈，您的眼睛为何失去了光华，妈妈呀，女儿已长大，不愿意牵您的衣襟走过春秋冬夏，噢！妈妈相信我，女儿自有女儿的报答。下面，请欣赏今天的节目主持人王红霞同学献给大家的独唱，献给妈妈的歌：《烛光里的妈妈》。

王红霞美丽的眼睛注视着台下的观众，深情地唱完了这首歌。

太动听了，太动情了，太感人了，歌声唤醒了每一个人的良知，使每一个人再次感受到了母爱，大家的眼睛湿润了。王红霞的母亲看着平常叽叽喳喳像半疯子一样的孩子原来这么重感情、有出息、懂母爱，她哭了，她笑了。

【王红霞】：曾记得天空中繁星闪，河岸边柳条摆；曾记得手中弹珠散，耳边柔风荡；曾记得原野里春风醉，丛林中桃花笑。纵然人语呢喃，也诉不完人间四月芳菲；即使鸟儿啾鸣，也道不尽天地流光溢彩。花香四溢，沁人心脾。拨倚弦、诉梦语，当浅脚印被枯草叶埋没，故乡的记忆——在那桃花盛开的地方犹在。请欣赏初三年级二班同学的歌伴舞《在那桃花盛开的地方》。

【李嘉齐】：孤独的夜里，有您无声的陪伴；坎坷的路上有您的谆谆教导。

无论何时，我们都不会忘记您的纯真和赤诚；无论何地，我们都不会忘记您的关爱和帮助。请欣赏初一年级五班江小红、李聪同学带来的小品《感恩的心》。

【王红霞】：我们是五月的花海，用青春拥抱未来。

【李嘉齐】：我们是永生的太阳，用生命点燃未来。

【王红霞】：五四的火炬唤起了民族的觉醒。

【李嘉齐】：壮丽的事业激励着我们继往开来。

【王红霞】：各位领导，各位来宾。

【李嘉齐】：老师们，同学们。

【王红霞】：今天属于你，今天属于我。

【李嘉齐】：今天的欢歌笑语留在你我的心里。

【王红霞】：我们用五月的灿烂，照亮三中的今天。

【李嘉齐】：我们用五月的光环，辉映三中美好的明天。

【王红霞】：五月多么灿烂。

【李嘉齐】：五月的三中必将辉煌！

【王红霞】：各位领导、各位来宾，亲爱的老师们、同学们，现在我们的计分人员正在紧张地计分，在这期间，我校初一年级的老师们给大家准备了苏格兰舞蹈，请大家欣赏。

装扮靓丽、落落大方的女老师，风流倜傥、英俊潇洒的男老师，给人一种端庄成熟美的享受，他们一走上舞台，就使大家感到耳目一新，博得了阵阵掌声。

【李嘉齐】：多么欢快的苏格兰舞蹈啊，这是老师们在百忙之中为大家精心准备的精彩的舞蹈，是特意为大家助兴的舞蹈。同学们，让我们把自己最热烈的掌声献给老师们好不好！请大家鼓掌，谢谢老师们！

【王红霞】：经过各位评委和计分老师紧张地工作，本次汇演的获奖名单已经揭晓，下面，有请校务处李主任宣布获奖名单，请大家欢迎！

李主任拿着工作人员递给他的获奖名单，走到麦克风前，声似洪钟地宣布："初中三年级二班的歌伴舞《在那桃花盛开的地方》荣获本次汇演一等奖；初一年级五班江小红、李聪同学合演的小品《感恩的心》，初二年级六班的顾吉哲、孟祥岳、周岩和八班的王东宁、宋肖贺腾同学带来的街舞《斗志》荣获二等奖；初二年级六班的李嘉齐和张鹰同学的二胡演奏《万马奔腾》、合唱《听妈妈的话》，初二年级六班的王红霞同学的独唱《烛光里的妈妈》……荣获三等奖。

【李嘉齐】：让我们再次以热烈的掌声向获奖的班级及同学表示祝贺！老师们、同学们，在五四青年节到来之际，为了表彰先进、树立典型，我校团委举行了 2005 年度"优秀团干部、优秀团员、优秀团支部"评选活动。下面，让我们有请团委冀书记宣布关于表彰奖励 2005 年度"优秀团干部、优秀团员、优秀团支部"的决定，大家欢迎！

【王红霞】：祝贺所有获奖的班级和同学。尊敬的各位领导、各位来宾，亲爱的老师们、同学们，激动人心的时刻终于到来了，让我们以热烈的掌声有请杨校长、张校长、李校长、校务处李主任，教导处郭主任、董主任，办公室张主任，工会肖主席，为文艺汇演获奖的集体和个人颁奖！大家欢迎！

【李嘉齐】：再次将我们的掌声献给获奖的班级和同学们！祝贺你们！

【合】：雷江市第三中学庆五一、迎五四文艺汇演到此结束！

【王红霞】：感谢各位的观看，再见！

【李嘉齐】：再见！

第九章　母子风波

【01

　　生活的海洋并不像雷江平静的江面，随着时间的流动，它时而平静如镜，时而浪花飞溅。

　　李嘉齐坐在沙发上，手里霸着遥控器，怕被妈妈夺了去。他不停地变换着电视画面，一会儿看看篮球比赛；一会儿看看全国节目主持人选拔赛；一会儿看看军旅故事片；一会儿偷偷地看两眼爱情故事片，他反复地变换着电视频道，让那些毫不相干的人物和场景在他的脑海里穿插着。似乎每一个场景他都舍不得放弃，又似乎每一个场景对他毫无关系。其实，他是六神无主，心不在焉，根本就没有心思看电视，或者说他根本就不是在看电视，只是摆弄着玩而已。他无法控制自己的情绪，他觉得心里乱糟糟的。

　　此时此刻，他的妈妈和奶奶正在厨房里演奏着锅碗瓢盆交响曲。然而，他妈妈的耳朵非常好使，她隔着门窗便能在第一时间通过电视音乐和配音的变化判断出电视节目的频繁改变，她能通过电视节目的不断改变判断出李嘉齐内心的浮躁与不安。她的内心也逐渐掀起了波澜，她一会儿走过去瞅瞅电视画面，一会儿走过去瞅瞅李嘉齐那张呆板的脸。

　　李嘉齐的妈妈皱起眉头，表情急躁，高嗓门儿地数落着："嘉齐，我知道你主持节目取得了成功，演出节目获得了好评，因此你就觉得自己有看电视的资本了是吗？哦——我想起来了，今天是五四青年节老师没有留作业，可是，平时你爸爸是怎么要求你的？难道你忘记了吗？你爸爸办案回不了家你就没有规矩了是吗？你欺负妈妈软弱奶奶溺爱你是不是？你不要取得了一点成绩就忘乎所以，就觉得自己了不起。在我们面前，你耷拉着个脑袋板着个脸子给谁看哪？你觉得自己成了大功臣了，像别人欠了你几吊钱似的。其实，我们全家人谁也不欠你，倒是你最近有些做法实在太不像话了。你的班主任已经告诉我了，你奶奶也告诉我了，你不仅白天逃课，而且夜不归宿，你到哪里去鬼混了？你以为我对你的所作所为不知道啊？我只是憋在心里没有说出来而已。我是在给你积攒着，是在给你机会让你自觉改正错误。因为我的工作很忙，所以，对你的照顾有时顾不上！可是，你自己要知道事情的轻重呀！说实在的，你看会儿球赛放松放松也没什么，我是不会和你计较的，因为马上就到你的生日了。可是，你霸着遥控器不撒手，画面一个劲儿地变来变去，一点自觉性也没有，弄得声响还这么大，几乎把我和你奶奶的耳朵震聋了。你这样做，就不觉得烦人呀？再说了，爱情故事片是你这个岁数的小青年儿看的吗？你一边偷偷地瞅着电视，一边贼眉鼠眼地瞅着厨房门口，你以为我不知道哇？分明你是在做贼心虚！你明明知道哪些事情不该做，却偏偏就是管不住你自己！你还经常和我吹嘘，自己已经长成男子汉了。可是，瞧瞧你现在这个样子，你别给男子汉丢人了！"

"啰啰嗦嗦，烦死人了！"李嘉齐极不耐烦地把遥控器往沙发上一摔，愤愤地说，"在学校里参加文艺汇演，评比不讲公道，评委滥用职权，在家里忙里偷闲看会儿电视，这也不能看那也不让看！这年头，有本事的被埋没了，人身自由被限制了，活着真没意思，还不如死了算了！"他气呼呼地走到屋门前，伸手抓住门拉手，回头看了妈妈一眼，接着说，"你不想让我待在家里你早说呀，你以为我愿意待在这个破家里啊？"

"回来——你想往哪里去？你觉得自己长大了翅膀硬了是不是？这会儿你觉得妈妈烦人了，你小的时候怎么总是拽着妈妈的手不撒手，不说妈妈烦人呀？我把你从砖头那么大小拉扯到现在这个样子我容易吗？过去你爸爸在部队，你奶奶的身体不好，他们都顾不了你，我一个人到野地里四处寻找沙土，到街坊邻居家里讨要沙土，一天到晚为你热土换土。你一天拉尿十几次，每次我都把你从湿土挪到干土里，我一天到晚忙得脚后跟不着地。天气热的时候，家里连电扇都没有，我怕你身上长排子，就整夜整夜给你摇蒲扇；寒冬腊月，家里冷得滴水成冰，咱们家却没钱买煤生火，我不仅把你揣在怀里暖你的身体，而且解开裤腰带给你暖脚，我哪一点对不起你呀？幸亏你还没到娶媳妇的年龄，你要是娶了媳妇还不把我赶到一边儿去喝西北风呀？"李嘉齐的妈妈越说越激动，突然哭喊起来。

"嘉齐他妈，你们放着好好的日子不过，吵吵嚷嚷的这是怎么了？"李嘉齐的奶奶手里掂着勺子从厨房里走了出来，气喘吁吁。

"妈——你还没弄清楚是咋回事就开始指责我，是谁放着好好的日子不过了？刚才咱们两个还在背地儿里夸奖嘉齐，说他长大后一定有出息。再说了，咱们今天又是包饺子又是炒菜的不都是为了他呀？谁知道他又中了哪门子的邪，像吃错了药似的。你问问你那宝贝孙子究竟怎么了！"李嘉齐的妈妈一下子把气撒在了婆婆身上。

李嘉齐妈妈的每一句话，都点到了李嘉齐的穴位。

李嘉齐羞臊不已，脸上火辣辣的。刚才，他在看爱情故事的时候，看到了接吻的镜头，他的心跳突然加速，脑海里突然出现了张冬梅的笑靥。他想看又不敢看，下身竟生出一种欲念。"是啊，将来我是要娶媳妇的，娶了媳妇怎么办？"他想到这里，态度缓和下来。可是，他妈妈一着急就是这一套，像是数来宝，数落得他极度厌烦。本来，他在心里对妈妈是充满感激的，可他就是不情愿说出感激的话来，不仅如此，而且话到嘴边完全变了味道，他说："谁叫你们生我养我了？我本来是你们眼里的一丝光辉，在你们愉悦的时候我来到了这个世界上。你们是生了我养了我，可你们还得到了天伦之乐呢！其实，人活着一点儿意思都没有，还不如死了痛快！"

"好你个兔崽子，早知道你长大了会有这样的想法，还不如趁你小的时候就把你掐死！"李嘉齐的妈妈和奶奶异口同声，搞起了婆媳联盟。

李嘉齐发现妈妈和奶奶不约而同的变脸失色，矛头一致地指向了他，他的心里虽然不是滋味，但他不想"孤立无援"，他想为自己申辩。他站在门口犹豫了一会儿，松开门拉手走了回来。他猛地往沙发上一坐，突然觉得被什么东西硌疼了。他抬起屁股一看，发现遥控器横在那里，他满肚子的怨气瞬间发生了转移，他把遥控器抓在手里，"啪"的一声摔到茶几上。

李嘉齐的奶奶被吓得打了个哆嗦，却忍气吞声地嘟囔："这个小祖宗，又在发神经！"

李嘉齐的妈妈咬牙切齿地继续说："真是个败家的玩意儿，你有本事把电视机砸了！刚才你说的没错，是妈妈生你生错了，要知道你长成现在这个样子，你小的时候妈妈就该把你掐死！"

"你掐你掐你掐呀！现在掐死我也为时不晚哪！"李嘉齐火上浇油。

李嘉齐的妈妈手足无措，气得浑身上下打哆嗦。

"嘉齐——兔崽子，真是四六不懂！你妈妈辛辛苦苦把你拉扯这么大，你就不能说句人话吗？你要是把你妈气出毛病来，咱家的日子还有法过吗？小冤家，究竟是哪个惹你不高兴啦？"李嘉齐的奶奶气喘吁吁，上气不接下气。

"高兴……哈哈……高兴！"李嘉齐阴阳怪气地说，"我在学校得奖了，我能不高兴吗？"

【02

"蜜蜂在花丛中忙碌，那是在教我们勤劳；柔和的水滴穿岩石，那是在教我们坚韧；成熟的麦子低垂着头，那是在教我们谦逊；可你仅仅取得了这么一点成绩你就……"李嘉齐的妈妈横眉怒目地看着李嘉齐，痛苦地把到了嘴边上的话语咽了下去。

此刻，李嘉齐发现妈妈的五官都被他气得移了位，他正想给妈妈服软说句好话，奶奶突然说："究竟是哪个让俺嘉齐不高兴了，我去找他去！"

"妈——您就别多管闲事儿了，"李嘉齐的妈妈回头看了看婆婆，更加生气地说，"您老是这么掺和，这孩子还有法儿管吗？"

"你说什么嘉齐他妈？你的意思是怪我多管闲事儿了是吗？好了好了，你愿意闹你就闹吧！本来嘛，孩子都累了一天了，他坐在沙发上看会儿电视休息会儿玩会儿，你就不应该管他。再说了，晚饭咱们还没有做熟呢，他就是自由浪荡会儿也耽误不了学习吗？你这个人哪，也真的够呛，说刮风就刮风，说下雨就下雨，整天一惊一乍的，俺真的受不了！"

"妈——瞧瞧您呀，总是这么宠着他惯着他！他都疯了一天了，他能有什么不高兴的事儿啊？小毛孩子家，遇上点不高兴的事儿就死呀活的！您问问他，他还知道自己姓什么叫什么吗？以前，我让他上东他不敢上西，我叫他打狗他不敢骂鸡，可是现在，他长成啥样子了？你让他上东他偏要上西，你叫他打狗他偏要骂鸡。他实在是越来越不像话了。他不就是主持了一次文艺节目吗，还嫌社会不公平了。是啊，要讲公平的话，一个学校里有好几千号人，不一定就能轮得上他来主持吧？他认为他是谁呀，他认为自己是赵忠祥啊？"

"我不行，你行！你都教了二十年的学了，连个特级教师都没混上，有其母必有其子吗？"李嘉齐不知道自己的心里究竟是怎么想的，突然从嘴里冒出这么一句话来，深深地伤害了妈妈的自尊心。

李嘉齐的妈妈举起颤抖的手，重重地打在了自己的脸上。一下，两下，三下……

李嘉齐的心里非常纠结，本想上前劝阻妈妈，却站在原地未动。

李嘉齐的奶奶吓蒙了，本想上前制止儿媳，手脚却不听使唤，只有唉声叹气。

"嘉齐呀嘉齐，你行你行你真行，你竟然说出这样伤人的话来！都说子不嫌母丑狗不嫌家贫，可是你……你的良心叫狗吃了。什么都别说了，都怪你妈不好，你妈不是好模子，怎么能脱出好坯子。我……"李嘉齐的妈妈气急败坏，眼珠子瞪得很圆，样子十分吓人。她转动着脖子寻找着发泄的目标。她忽然发现了茶几上的遥控器，以迅雷不及掩耳之势一下子把遥控器抓在手里，随即高高地举起来，又以迅雷不及掩耳之势把遥控器重重地摔在地板上。

遥控器四分五裂。

"哎呦娘哎！"李嘉齐的奶奶举起双手捂住耳朵，瞬间又弯腰摸了摸脚面，"嘉齐他妈呀——你这是疯了呀！你想砸死我呀？"

"怎么了奶奶？"李嘉齐像被蝎子蜇着一样，心疼地凑到奶奶的身边，弯下腰去，伸手触摸着奶奶的脚面。

"没弄破吧？嘉齐你仔细地看看你奶奶的脚面。"

"甭管我，死不了。你看看你自己，有像你这么当妈的吗？孩子在学校里得了奖，做大人的就应该鼓励表扬，就应该做点好吃的犒劳犒劳，干嘛动不动的就训斥啊？我寻思着劝你几句就没事儿了，没想到你倒阴天打麻绳——来劲儿了。你也是从他这个岁数走过来的呀，嘉齐他爸爸像他这个岁数比他还调皮呢！可他现在不仅遵纪守法了，而且还当了官儿了，树大自然直嘛！孩子正处在青春叛逆期，难免会做出出格的事来，这道理还是你对我说的呢！你整天教育别人家的孩子，可是，为什么遇上自己的孩子就一点儿耐心也没有了呀？"李嘉齐的奶奶非常生气，特别激动。

"妈——您上了年纪了怕着急冒火的，您可千万别生气弄坏了身子骨啊！作为您的儿媳，我不是不通情达理，我知道您疼的也是我的孩子，假如我不明白这个理儿，我这好几十岁不就白活了吗？可是，妈——我已经到了更年期了，我也控制不住自己的情绪啊！"李嘉齐的妈妈愧疚地劝说着婆婆，两行热泪挂满了两腮。

李嘉齐的心一下子软了下来，温和地说："奶奶，妈……您们都别生气了，都是我的不对！实话告诉您们吧，今天我的心里有些窝火，但无论如何也不该惹您们生气。本来我是不想告诉您们的，可是现在我不得不说了。在这次文艺汇演中，评委大搞营私舞弊，评奖结果极不公正。他们不仅论资排辈儿，还戴着有色眼镜看人，他们对张鹰有成见，故意降低张鹰的名次，让我跟着倒霉。我俩的合唱和二胡合奏，观众的掌声就是最好的答案，可是……"李嘉齐流出了委屈的泪水。

"好了嘉齐，其实妈妈的心里明镜似的，你就别哭了，我们也别闹了！"李嘉齐的妈妈见他落了泪，拿起纸巾急忙走了过去，为他擦去脸上的泪水。

"好了好了，你满嘴是牙的，再哭就让人家笑话了。其实，今天做好吃的犒劳你是你妈妈的主意，她这人哪就是刀子嘴豆腐心！"李嘉齐的奶奶拉着李嘉齐他妈妈的手，抢着给李嘉齐擦眼泪，边擦边说，"别哭了，你爷爷像你这么大的时候，都把我娶进家门了。傻小子，都快到娶媳妇的岁数了，还掉眼泪呀！"

"嘉齐，你说学校对张鹰有成见我不相信，那是你的猜忌与多疑！妈妈没有表扬你是怕你产生骄傲情绪，学校里没有给你们正确的名次也许是领导们的有意安排，他们很可能怕你们故步自封，停滞不前。更主要的是，千万不应该把名次看得过重呀！懂得妈妈的一片苦心了吗？"

"嗯……什么味儿呀？"李嘉齐点点头，突然闻到一股刺鼻的煤气味儿。

"不好，锅里还煮着饺子呢，可能饺子汤沸出来把火整灭了。"奶奶拿着勺子踮着脚后跟就往厨房里跑去。

"妈……还是让我去吧！"李嘉齐的妈妈跑到了婆婆的前边。

"妈……同学们说，孩子的生日是母亲的难日，以后我的生日咱就不过了！"

李嘉齐追在妈妈的身后，讨好地说。

"傻孩子，没想到你还挺孝顺！"李嘉齐的妈妈关上了煤气罐的阀门，从厨房里跑了出来，用右手的食指戳了李嘉齐的脑门一下子，语气柔和起来，嘴角上挂着微笑，说，"还不赶快打开门窗通风换气，你的物理化学怎么学的，傻小子！"

"叮铃铃……"客厅里的电话铃声响了起来。

李嘉齐的奶奶拿起了听筒，不耐烦地说："你找谁呀？……嗯，知道了。"她回头看了一眼，无可奈何地说，"嘉齐……你的同学张鹰找你，快过来接电话！"

"张鹰？哦……知道了奶奶，天天见面还打电话。"李嘉齐边嘟囔边向这边跑过来。

【03

李嘉齐接过奶奶手中的电话听筒，听着张鹰在电话那端的说话声，对着送话器故意提高了嗓门儿："是鹰哥呀，这么晚了打电话有啥事啊？……你问我是不是住在花园村平安胡同？是是是，就在这里住……什么？你让我过五分钟到胡同口去等你？……好好好！一定一定，不见不散！"

"嘉齐——你在哪里学的这么多臭毛病？什么戈雅（一种鱼的俗名）泥鳅的？你怎么流里流气的？"李嘉齐的妈妈端着盘饺子，从厨房里走出来，边走边唠叨。

"嘉齐呀，这么晚了你还要去哪里疯呀？"李嘉齐的奶奶一脸不高兴。

"妈……你怎么老是鸡蛋里挑骨头呀！人家张鹰比我大，我叫人家鹰哥不是在尊重人家吗？尊重他人，是你一直教育我必须做的呀！怎么了，现在改了章程了嘛？——人家张鹰可不是朝廷里的公公李莲英，我能喊人家小英子啊！"李嘉齐诡秘地瞅了奶奶一眼，笑嘻嘻地说，"我就到胡同口待一会儿，奶奶，我不到远处去！"

"兔羔子，怎么变得油嘴滑舌的？你就甭学好！"李嘉齐的妈妈把自己端着的那盘子饺子放到茶几上，似笑非笑地瞅着李嘉齐，半嗔半怒地说，"真拿你没办法，你还不赶快吃，吃饱了好出去野去呀！嘉齐，别整天吃饱了不认大铁勺，你要是真的把我惹烦了，等你爸爸回来了我一定会奏你一本，到时候一定会够你喝一壶的！"

"是啊嘉齐，你可要好好地听你妈妈的话啊，不然的话，你爸爸回来后你又得挨打了。"李嘉齐的奶奶在表面上站在儿媳这边，给儿媳帮腔，实际上是怕自己的孙子挨打，是在帮自己的孙子说话。

"妈——你就会拿我爸爸来压我！奶奶——你什么时候学会了跟我妈妈穿一条裤子了？"李嘉齐非常明白妈妈和奶奶各自的用意，故意拿这样的话语刺激她俩。

"行了行了，赶快吃吧，快别废话了！"李嘉齐的妈妈把筷子递到了李嘉齐的手里。

"你就会一天到晚穷磨牙，兔崽子！"李嘉齐的奶奶用慈祥的目光看着他，脸上老挂着笑容。

"妈妈和奶奶这么关心体贴我，我还有什么不如意的？"李嘉齐扪心自问，突然感到自己很幸福。他抓过妈妈手中的筷子，端起放在茶几上的那盘饺子，站在那里，狼吞虎咽地吃了起来。

"小祖宗，小心烫着！"李嘉齐的奶奶弯着腰，仰着脸，看着他的吃相。

"傻小子，当心，别噎着！"李嘉齐的妈妈急忙跑到厨房里，给他盛了一碗饺子汤。

这时，门外传来了汽车喇叭声。

"张鹰来了，我不吃了，"李嘉齐放下筷子，扭头喊道，"奶奶——妈——你们先吃啊！别等我啦！"话音刚落地，他就夺门而去。

"兔崽子，吃饱了再走！"李嘉齐的奶奶由于声音过高，引起一阵强烈的咳嗽。

"回来……哪里也不能去！"李嘉齐的妈妈追到了院子里，看着已经走远的李嘉齐无奈地说，"哎……一会儿三变脸，真是瞎子害眼没治了。"

李嘉齐早已顾不得这许多，鬼使神差地跑到胡同口，气喘吁吁地瞅着眼前的的士。

张鹰推开后面的车门，把脑袋探到车窗外，催促李嘉齐说："瞅什么瞅，还不赶快上车？快着点儿，都等了你大半天了，怎么磨磨蹭蹭的？"

"哦，上车？去哪里啊？等等，我去给我奶奶和我妈通告一声！"

"咱不出国，你怎么这么娘们儿啊！快点儿啊！"

"往里靠，"李嘉齐稍微迟疑了一下，放弃了刚才的念头，凑到打开的那扇车门前，瞅了张鹰一眼，讨好地说，"我听你的鹰哥，不回家去说了！"李嘉齐的自尊心受到了极大的伤害，脸皮子像着了火，心里一阵闷热。

"哎……这就对了，别软了吧唧的！这样做才算个站着撒尿的爷们儿，我还以为你白长着那玩意儿呢！"张鹰故意奚落着李嘉齐。

李嘉齐上了的士，屁股刚刚坐稳，张鹰就关上了车门。

"开车师傅，到体委篮球场去！"

"去体委篮球场？这么晚了去那里干吗？"黑暗中，李嘉齐疑惑地瞪着张鹰，有些不耐烦地发问。

"少啰嗦，去了你就知道了！"

"一点也不爽快，干什么事都得让别人猜。坦白讲，不论是打篮球，还是吹

· 100 ·

拉弹唱，你样样都比我强，所以，我才像个跟屁虫一样整天屁颠屁颠地跟随着你，崇拜着你！你骄傲一些没关系，可你不能跳蚤蹦到磨房里——冒充大个的驴！"

"少废话，我不稀罕你拍我的马屁，我更不允许你损我让我着急，我正烦着呢！今天我算倒霉透了，明明是我们的名次在前，结果让那帮鸟人故意给了低分，降低了我们的名次。本来我就够窝火的了，我爸爸却火上浇油，他不仅帮着那些评委说话，还批评我功名思想严重。由于话不投机，我又和我爸爸大吵大闹了一场，结果让我饱尝了我爸爸的一顿老拳，还有那个狐狸精的一顿牢骚！这不，他们对我彻底失望了，连夜去了上海。空荡荡的房子，黑灵骏的夜晚，让我感到十分孤寂，我不得已才过来找你！"

"原来是这个样子啊！对了鹰哥，你完全不必烦恼，我觉得伯伯和阿姨对你出于一片好心，他们的离去一定有他们的苦衷，你应该多理解他们才是！"

"对我爸爸多理解一些当然应该，可你千万别替那个狐狸精说话。你小子要是敢幸灾乐祸，我非得揍扁了你不可！"

"狗咬吕洞宾——不识好人心。我怎敢幸灾乐祸呀，我是在笑我们同病相怜啊！刚才，我在家里也挨了一顿训斥！哎……鹰哥，让我们忘掉那些不快吧！你就告诉我，去体委篮球场干什么行吗？"李嘉齐看着窗外，心潮起伏。

窗外，华灯初放，繁星点点。

熟悉的街道建筑在李嘉齐的眼前变得朦胧模糊，他的心里像装满了浆糊。

的士在体委的大门口停下来。"下车吧小伙子们，我的联系电话已经告诉给你们了，"的哥打开车门，车顶上的照明灯亮了，他扭过头来瞅着张鹰说，"过会儿若需要我接送你们，你就给我打电话联系！"

"好的师傅，两个小时以后再联系！"张鹰在自己的脚旁抓起一个网兜，冲着李嘉齐说，"下车嘉齐！"

李嘉齐和张鹰一前一后下了车。他回头瞅了一眼张鹰手中的网兜，发现里面装着一个崭新的篮球，他一下子明白了。

"给你，"张鹰递给的哥十块钱车费，笑着说，"不要票了师傅，接到我的电话一定要来接我们啊！"

"好的！"的哥接过钱去，瞅了瞅，关上车门，打着手势说，"拜拜！"

转眼间，的士消失在夜色中。

"走啊嘉齐，还傻愣着干嘛？我们到球场上疯一把，好好地发泄发泄压抑在胸中的怨气。"张鹰提着网兜在李嘉齐的眼前晃了晃，炫耀地说，"这是上次你在我家看到的那个意大利篮球，我知道你就要过生日了，这是我提前给你准备的生日礼物，到时候，我还要组织咱们那帮铁哥们儿给你祝贺祝贺！"

"谢谢鹰哥！"

李嘉齐和张鹰疯狂地奔跑在篮球场上，早把妈妈和奶奶的叮嘱忘在了脑后。

【04

体委的露天篮球场，被高高的围墙包围着，十几盏射灯固定在围墙上的不同位置，光芒万丈，照射在篮球场上，篮球场上亮如白昼。围墙的四周底部，却是黑乎乎的暗影，像墨染的一样。

天空像一口底部冲上的大锅，笼罩着李嘉齐和张鹰。潮湿的空气中，一点儿风也没有。他俩大汗淋漓地奔跑在篮球场上，汗水顺着两颊在脖颈上流淌，汇集在前胸和后背。上衣被慢慢地湿透，臀部形成了一股暗流，裤裆里湿漉漉的。隔着薄薄的衣服，也能看到里面的水分。

"嘉齐，真爽！"

"是的鹰哥，真痛快！"

"嘉齐，现在整个世界属于我们俩的了，上帝给了我们最大的自由空间，我感受到了最大的满足和快感。"张鹰边带球奔跑边说，"学习？我给谁学习，哈哈哈……让学习见鬼去吧！"

李嘉齐对篮球的打法一窍不通。这是他平生第一次这么长时间奔跑在篮球场上，第一次体会到抢球进球的快感。他的身高和张鹰相差五厘米，球技又有很大的差距，尽管他竭尽全力地奔跑抢夺，但得球投篮的机会却一个个在他的眼前错过。

篮球在张鹰的手上乖乖地进了篮球框，他大笑着蹲下来，笑声却越来越变得无力，最后突然变成了哭腔。

李嘉齐急忙凑过去，伸手抓住张鹰的胳膊，把张鹰拽了起来。李嘉齐猛然发现，张鹰的泪水夺眶而出，与脸上的汗水混合着，像奔腾的小溪。张鹰的面部肌肉收缩震颤，呈现出一种特别痛苦的表情。

"你的身体不舒服吗鹰哥？"李嘉齐瞅了一眼深灰色的天空和四周的围墙，

他的心里突然觉得空荡荡的。他想：是外面的世界抛弃了我们，还是我们抛弃了外面的世界？这是我们自由的空间，还是我们制造的炼狱？我们究竟得到了精神压力的释放，还是尝到了叛逆带来的创伤？我弄不清张鹰是在为气跑了父亲、继母而自责难过，还是因为别的什么？我突然想起了为我担心和忙碌的奶奶和妈妈。李嘉齐的心里惴惴不安，犹豫了一下说，"鹰哥，估计这会儿我妈妈和我奶奶还在等着我吃饭呢，要不……我们回家吧？"

灯光下，李嘉齐瞅着张鹰的面孔，他发现张鹰的脸色有些苍白，关心地说："对了，鹰哥，你也没有吃饭吧？走，你到我家去吃吧！"

张鹰摇了摇头，随即又点了点头。

忽然间，一道闪电划破了天空的黑暗，一条张牙舞爪的巨龙咆哮在他俩的眼前。

"轰隆隆……"一声巨雷在寂静的夜晚炸开。

"呼拉拉……"一股强风从东北方向刮过来。

地上的篮球，被狂风刮得乱滚。

张鹰飞身跑过去，弯腰伸手，抓住篮球，双手捧着它，跑回来，递给李嘉齐。然后，他从篮球架上解下网兜，李嘉齐顺势把篮球装进了网兜。

顷刻间，铜钱般的雨点击打在他们的头上、脸上和身上。雨水冲刷着他们身上的汗水，冲刷着他们心中的惆怅，他们感到了浸透心脾的凉爽。

他们拼命地向大门外奔跑，跑到一个小卖部前停下来。

张鹰擦了擦满脸的雨水，看了看悬挂在小卖部门口上方灯箱上的"话吧"二字，突然想起了给刚才的的哥打电话。他像找到了救命稻草，恨不得一下子跑进小卖部去。

然而，此时此刻，小卖部的门窗紧闭着，里面的人好像听到了外面的脚步声，不知何故，突然关掉了室内和灯箱内的电灯。

黑暗带走了张鹰和李嘉齐心中的希望。

"我们怎么办啊鹰哥？"

"我们到路边去看看？"

他俩跑到公路边，眼看着一辆辆轿车呼啸着从身边驰过，无论他俩怎么打手势，怎么喊叫，甚至是谩骂，没有一辆车肯停下来。他俩像落汤鸡一样守候在路边，坚持了大约一刻钟，心中的希望彻底破灭了。

"嘉齐，这次我爸爸临行前给我撂下了一些狠话。他说，做人一定要懂规矩，守本分，做人不能太任性，不能太自私。我爸爸说，生活已经教育了他，他已经为自己的任性和自私付出了昂贵的代价。人在做，天在看，善恶到头总有报，欠账早晚要清算。嘉齐，实不相瞒，我和我爸爸闹翻的时候我在心里咒骂了他，我的大逆不道触犯了天条，让我遭到了这样的报应！我活该！可是，你……"

"行了鹰哥，我也是活该挨淋，我奶奶和我妈妈都那么疼我，可我就是不买她们的账！"

"嘉齐，外人是靠不住的。这么多车辆从我们的身旁路过，开车的、坐车的人多了去了，可是一个管我们的人都没有，真正疼我们的人还是自己的亲人。现在我们的亲人都不在我们的身边，还是让我们自己疼自己吧！走啊，一块儿到我家去！"

"鹰哥，你爸爸和你后妈都不在家里，你回去与不回去他们都不会着急，可是我奶奶和我妈妈都在家里傻等着我呢！尤其是下雨这会儿，她们一定在为我担心，急得团团转呢！鹰哥，你还是跟我一起到我家去吧？我的家虽然破了点儿，可是我的家人热情啊！"

"你小子，还会给我玩将军这一套，哪个嫌你的家破了？我到你家去还不行吗！"

第十章　生日盛宴

时光如梭，眨眼间到了 6 月。雷江大平原的 6 月，草木茂盛，生机盎然，菖蒲摇曳，粽香弥散，空气中弥漫着艾草的芳香，青青苇叶包裹着那份沉甸甸的忆念。岁月如江水滔滔，涤不尽对诗人屈原的敬慕。

一年一度的高考时间到了，一切为考生让路，雷江市第三中学放假三天。

这可乐坏了李嘉齐、张鹰和顾吉哲，他们心有灵犀，一拍即合，清晨踏着满天的朝霞，夜晚戴着夕阳的余晖，不知疲倦地拼杀在篮球场上。

明天就是李嘉齐的生日。此刻，雷江市特大绑架杀人大案的犯罪嫌疑人相继浮出水面，专案组撒出去的大网正在收紧。为了麻痹犯罪嫌疑人，完全彻底地端掉这一犯罪团伙，为了不打草惊蛇，更好地锁定目标，专案组明修栈道，暗度陈仓，声东击西，佯装无功告返。李嘉齐的爸爸返程时途经大佛寺，特意给李嘉齐买了一对龙凤青铜宝剑。

傍晚，李嘉齐带着篮球，带着一身的疲惫和汗水，皱着眉头，饥肠辘辘地回到了家门口。门灯如常，铮明瓦亮，这是自从李嘉齐有了早出晚归的玩耍习惯之后，妈妈和奶奶为给他照明特意请电工安装的。他走进院子一看，发现院子里和北房屋里也是灯火通明，这让他大吃一惊。他想，若不是家中发生了什么事情，一定是妈妈或者奶奶搭错了神经。在他的心里，奶奶和妈妈太抠门了，每当夜幕降临，他家的院子里总是黑灯瞎火，他家的家里，家人在那间屋子里活动那间屋子里的电灯才舍得亮着。"今天怎么一反常态，难道爸爸回来了。"李嘉齐边琢磨边来到北房的堂屋门前，隔着窗玻璃向里面察看。

李嘉齐的妈妈一边弄菜一边和李嘉齐的爸爸唠叨："别人告诉我，我们嘉齐在外面打起篮球来甭提有多么高兴了，可是，他一进家门就像一摊烂泥，还带着一脑门子官司，就像家里的人欠他几吊钱似的！晚上睡觉前让他洗个脚简直是费了他丈母娘的劲儿了，整天弄得屋里臭烘烘的。夜里喊他起来撒尿，那简直是费了洋劲儿了。有一次，我喊了他两个多小时竟然没喊醒他，我一着急就没再搭理他，结果他一个大小伙子竟然尿了床！你说气人不气人哪？他都老大不小的了，他还以为自己还是三岁五岁的小孩儿啊！"

李嘉齐的爸爸坐在餐桌旁，一边喝着啤酒一边了解着李嘉齐的近况。

李嘉齐的妈妈毫不客气地向李嘉齐的爸爸揭了李嘉齐的短处，说他对篮球的迷恋已经到了误入歧途的程度。

李嘉齐的奶奶在一旁不停地向李嘉齐的妈妈使眼色，提醒她嘴下留情。可是，李嘉齐的奶奶一不留神就把李嘉齐和张鹰冒雨打篮球并留张鹰在家里过夜，而且谈了一夜篮球的事说了出来。

李嘉齐的爸爸虽然还没和李嘉齐见面，但对李嘉齐已经有了成见。

李嘉齐的爸爸、妈妈坐在堂屋里，背面对着屋门口，隔着门上的玻璃看到了李嘉齐的身影。

"你看到了吗嘉齐他爸，你的宝贝儿子又皱着眉头回来了。好长一段时间了，他每天都是这个点儿才回家。"

"行了嘉齐他妈，你就别唯恐天下不乱火上浇油了，嘉齐他爸刚回到家里，屁股还没有坐热呢，你就别给他添堵了。他整天办案就够累的了，你让他好好歇一会儿不行吗！"

"妈——儿子是你的亲儿子，孙子是你的亲孙子，你疼他们两个没有错，我不挑这个理儿，谁叫我是外姓人了？可是，你的儿子是我的丈夫，你的孙子是我的儿子，我也疼他们呀！正因为这样，我才不能眼看着嘉齐长歪了不管呀！妈！平时嘉齐他爸不在家咱想管嘉齐也管不了，现在咱好不容易把嘉齐他爸盼回来了，您又不让说话了，这个熊孩子还有法儿管么？"

"行了妈，够了嘉齐他妈，"李嘉齐的爸爸看了看母亲，瞅了瞅老婆，不耐烦地说，"你们两个都少说两句行不行啊？"

李嘉齐在门外听得不耐烦了，推门就走进了堂屋。

李嘉齐的爸爸一眼就看见了李嘉齐夹在腋下的篮球，气呼呼地问道："书包呢？光知道打篮球了是吧？"

"回来了爸爸，给我带什么好东西来了？"李嘉齐耐着性子看了爸爸一眼，转脸瞅着奶奶和妈妈嘟囔，"天天吵，有劲吗你们？"李嘉齐径直向着自己的卧室走去。

"回来，你小子怎么变得这么冷血呀？嘴里嘟嘟囔囔的，咱爷儿俩这么长时间没见面了，你一句温暖的话都没有，瘪瘪愣愣的，给谁使性子，让谁看脸子啊你？"

李嘉齐停住了脚步，装腔作势地说："爸爸——您老人家别生气啊！我知道你们吵吵嚷嚷的都是为了我，如果除了我这一害，家里就平静安生了，我是个祸害精！"

"你会说句人话吗？"李嘉齐的爸爸把筷子投向李嘉齐，站起来，咆哮道，"爸爸把你看得比你奶奶和你妈妈都重要，特意请假赶回来给你过生日，可是……你是成心找不自在是吗？"

"算了吧嘉齐他爸，明天他就过生日了，你暂且饶了他这一回吧！"李嘉齐的妈妈为李嘉齐求情。

"这样的结果你得意了吧？添柴火的是你，灭火的也是你，好赖人都是你，早干嘛去了，非得弄得不好收拾了才肯罢手。这些日子我一直跟你说，嘉齐快过生日了，他让你生点儿气你就先忍着点儿，有什么不高兴的事等他过了生日再说。树大自然直，慢慢的他就什么都会明白起来的！"李嘉齐的奶奶在指责李嘉齐的妈妈。

"好了好了，谁都别说话了，"李嘉齐的爸爸强忍着，坐了下来，扭头冲着李嘉齐说，"嘉齐，把篮球放下洗洗手，赶快回来坐下，陪着我喝两杯，今天就算生日演习！"

"哈哈哈……爸爸你真逗，我光听说过军事演习，还没听说过生日演习！"李嘉齐转怒为喜，觉得爸爸给他面子，心想："见好就得收，好汉不吃眼前亏！"

"哼……瞧你们爷俩这个甜蜜劲儿！看来我是有理没处说，有冤无处诉了！"妈妈一脸的怒气抛到了九霄云外，脸上堆满了笑容。

"瞧瞧嘉齐他爸爸，比我这当奶奶的都宠惯着孩子，白叫我惹得嘉齐他妈不高兴了，你们这两个兔崽子！"

"妈……快坐下吃饭吧，我们都等着给你敬酒呢！"李嘉齐的妈妈温柔地看着婆婆，声调变得十分和蔼。

【02

6月7日是李嘉齐的生日。

他们一家人起得很早，有说有笑。

"嘉齐呀，你小子挺有福气的，你的生日正赶上高考，你们的教室被占用了，学校好像特意为你放了假，机会真难得呀！"李嘉齐的爸爸把目光从李嘉齐的身上移开，恰与老婆的目光相遇，高兴地说，"嘉齐他妈，我去买点下酒菜和牛肉馅，咱们包饺子吃，你再整几个拿手的菜，让我们爷俩喝点儿小酒喜庆喜庆。对了，我再定个大蛋糕，让咱嘉齐自己许个愿！"李嘉齐的爸爸又瞅了老母亲一眼，提高了嗓门说，"妈，您觉得这样安排行吗？"

"哼……你儿子过生日比你自己结婚都高兴，瞧瞧把你美的！"李嘉齐的妈妈夸张地撇了撇嘴。

"嗨！……嘉齐他妈吃醋了，行行行！你们该干嘛就干嘛去吧！"李嘉齐的奶奶很高兴，眼睛眯成了一条缝。

李嘉齐的爸爸环顾着李嘉齐、老婆与亲娘，激动地说："今天破破例，咱们一家人好好地给嘉齐庆贺庆贺！按照法律规定，男孩儿过了十四周岁就是正儿八经的小青年了，就有资格加入共青团了。而嘉齐到今天为止已满十五周岁了，今后再做出出格的事儿，法律就不会放过他了！"

"呸呸呸，孩子过生日不说点吉利话，说这些丧门话干嘛？"李嘉齐的妈妈拉着长脸看了李嘉齐的爸爸一眼。

"真是的，都好几十岁的人了还四六不懂，怎么嘴上没个把门儿的，你是不是成心咒我们嘉齐呀？你这么长时间不在家，在外面忙糊涂了？"李嘉齐的奶奶满腹牢骚。

"曜……这可伤着你们的宝贝疙瘩，捅着你们的心尖尖了，好像我真的二斤面扔到井里白活了！"李嘉齐的爸爸满脸堆笑，瞅瞅妈妈，看看老婆，再瞧瞧李嘉齐，卖乖地说，"你们落好人，我也不能光落寿人，快把我给嘉齐买来的生日礼物拿出来！"李嘉齐的爸爸把目光定格在老婆的脸上，催促说，"快拿去呀嘉齐他妈！"

"什么礼物啊爸爸，搞得这么神秘？"李嘉齐迫不及待地凑到爸爸身边。

"给你嘉齐！"妈妈把一对龙凤青铜宝剑拿到他的面前。

"快接着，傻小子，这可是你最稀罕的东西！"奶奶在一旁催促，讨好李嘉齐。

李嘉齐接过龙凤宝剑，礼节性地看了看，随即把它们放在了茶几上，脸上流露出不屑一顾的表情。

"怎么了嘉齐，你怎么连个谢字也没有哇，你不喜欢它了？你小时候可是最喜欢舞枪弄棒耍宝剑的。嘉齐你忘了，你小时候看了电视剧白眉大侠，就哭着闹着让我给你买了一把青铜宝剑，随后你就学着白眉大侠的样子，把你妈妈的蓝色围裙系在脖子上当战袍，用棉花搓成长条粘在眉毛上和嘴巴子上化妆成白眉大侠，一天到晚在椅子上和沙发上蹿上蹿下，蹦来蹦去，还真像个侠士！可是，后来你跟着妈妈去部队探亲时竟把我给你买的那把宝剑落在火车上了，为了这事儿，你竟然哭了好几天。"爸爸瞪着疑惑的大眼睛发问，"这才几年的光景啊，你的爱好竟然变了？"

"对不起老爸，我真的不喜欢宝剑了，你能给我买双篮球鞋、买套篮球服吗？"李嘉齐用乞求的声调，目不转睛地盯着爸爸。

李嘉齐的爸爸半天没吭声，面部表情却严肃起来。

"妈……别的我什么也不要了，不买蛋糕也行，不包饺子也行，我只买篮球鞋篮球服，不买篮球，花不了多少钱。求您了，帮我跟我老爸求求情，好吗？"李嘉齐终于被爸爸的目光逼得失去了勇气，只得拽着妈妈的胳膊去央求。

"本来你爸爸对你打篮球就有看法，你却哪壶不开专提哪壶，我可做不了你爸爸的主，我也不敢去央求你爸爸，还是你自己去求你爸爸吧！"李嘉齐的妈妈推开李嘉齐的手，瞧了丈夫一眼，观察着丈夫的态度。

"瞧瞧你们俩，做醋的做醋，做油的做油，省的不是两口子，我们不就是这么一个小东西吗，难为他干嘛？"李嘉齐的奶奶数落着李嘉齐的爸妈，从自己的衣兜里掏出二百块钱，给李嘉齐递了一个眼色说，"拿着嘉齐，这是奶奶的钱，你拿着自己去买吧，你喜欢什么就买什么，他们谁也管不着！"

李嘉齐犹豫了半天，刚想伸手，爸爸突然冲着他怒吼道："你拿钱试试，"随之又把目光转向母亲，有些埋怨地说，"妈……那二百块钱是我孝敬您的，您不能这么宠惯孩子呀！"

"妈——"李嘉齐的妈妈冲着婆婆喊了一声，又转过脸来看着丈夫，打圆场说，"行了嘉齐他爸，你就破一回例吧，别让咱妈心里别扭，你就领着嘉齐到商场上转悠转悠。什么订蛋糕，买下酒菜，弄饺子馅，包饺子，等等，你一律不用管，我和咱妈鼓捣就行了！"

李嘉齐的奶奶瞅了瞅李嘉齐他爸爸的脸色，观察了一下李嘉齐他妈妈的脸色，把伸到李嘉齐眼前的那只攥着钱的手缩了回去，不知所措地说："嘉齐，要不你就听你爸爸的话吧，别让奶奶夹在中间受埋怨。"李嘉齐的奶奶急忙用另一只手拽住了李嘉齐的胳膊，把李嘉齐拉到了一旁，悄悄地冲着他的耳朵说，"对了，刚才你妈妈不是为你求情了吗，那你就求求你爸爸，小孩子家脸皮子别那么薄，说不定你一张嘴求情你爸爸那颗石头一样的心就会软了！也没准儿你爸爸一高兴还会亲自开车拉着你，给你买你想要的其他生日礼物呢！"

奶奶和妈妈的"表演"让李嘉齐的心里更加明白，爸爸才是这个家真正意义上的家长，这个家真正当家做主的还是爸爸。别看奶奶咋咋呼呼的看上去挺凶，别看妈妈唠叨起来爸爸有时一声不吭，可是，只要爸爸在家，家里的大事小情就由爸爸做主。在李嘉齐的记忆中，爸爸和妈妈没少争吵，但爸爸一向是吃软不吃硬。就算妈妈有时理短，但是，只要妈妈跟爸爸说上几句软话，爸爸也会放弃自己的立场。反之，就算妈妈再有理，爸爸也会固执己见吐口唾沫就是个钉。当然，他们都是为了一些鸡毛蒜皮的小事，没有发生过原则的纷争。

其实，李嘉齐的奶奶是完全能够说了算的。李嘉齐的父母对李嘉齐的奶奶十分孝顺，李嘉齐的奶奶因此常在人前表扬儿子和儿媳，常在背地里教育李嘉齐要向父母学习，让他长大后做一个像父母一样懂得孝敬父母尊重长辈的人。但是，李嘉齐的奶奶更了解自己的儿子，她从来不做让自己的儿子因为孝顺而委曲求全的事情。这就更加使得李嘉齐对爸爸产生了敬畏。潜移默化，爸爸在为人处事方面，自然就成了李嘉齐心中的榜样。然而，李嘉齐属于死鸭子嘴硬的那种，尽管在心里承认了自己的错误所在，但在嘴上始终不愿承认自己的过错，不肯说一句软话。可是现在，他一想到自己心中追求的"目标"，就不得不满脸堆笑地对爸爸说："爸爸，您就陪我逛一次商场出一回血吧，等我长大了我一定像您孝顺我奶奶那样孝顺您的！"

"呵呵……傻小子学会了急转弯，变得有出息了，硬脖颈不挺着终于回头了。好……就冲你这一点，爸爸搞一次破例，出一回血！"李嘉齐的爸爸环顾了一下妈妈和老婆，顺情讨好地说，"当然了，我更是看在你奶奶和你妈妈的情分上，你将来多孝顺孝顺她们就什么都有了！"李嘉齐的爸爸又把头转向李嘉齐，笑眯眯地说，"实话告诉你嘉齐，因为爸爸这次办案有功，领导特许我一天的假给你过生日。走，我开车拉着你逛商场去！"

李嘉齐的爸爸陪着李嘉齐转悠了几个商店。李嘉齐挑三拣四，总是找出某种借口拒绝爸爸的"物美价廉"的购物哲学。李嘉齐的爸爸表现出了极大的耐心。李嘉齐软磨硬泡，当众要条件。李嘉齐的爸爸碍于情面，最终妥协，按着李嘉齐的意愿买了一双安踏牌篮球鞋，一套李宁牌篮球服。李嘉齐兴高采烈，送给爸爸几句廉价的甜言蜜语，迫不及待地在商场的更衣室里进行了全副武装，然后心满意足地在整容镜前照了照。李嘉齐把自己换下来的校服和臭鞋塞到了爸爸的手里，得意扬扬地离开了商场。

李嘉齐趾高气扬地走在爸爸的前面，神气十足地出没于人群中。他的爸爸在后面打量着他，目光中流露出幸福和满足，却故意埋怨说："傻小子，光知道臭美！你花了老子半个多月的工资，照你这样花下去，到猴年老子也给你买不起楼哇！"

"才花您这么点儿小钱您就心疼了老爸，今后您用不着为买楼而发愁，等我长大了我才不待在这个破地方呢！"李嘉齐回头看了爸爸一眼，拍着胸脯说，"等我当了球星，成了大款，我就去北京给您买别墅！我要是赶上姚明那样有出息，我们就一块儿搬到美国去定居，我就到洛杉矶给您买楼去！"

"曜……长了个芝麻粒儿高的个子还敢跟姚明比，还想到美国洛杉矶买楼去，野心倒不小啊你，可别光说大话做不成大事将来落个嘴把式！"

"爸爸，您仔细地瞅瞅您的儿子，我去年暑假才一米六八，现在都超过一米七八了，不到一年的时间我就长了十厘米，算得上突飞猛进吧？照此速度发展下去，我长个两米来高估计不成问题！"

"美死你啦臭小子，你身高一米七八了？我怎么觉得你还是这么孩子气呀？"李嘉齐的爸爸左手拎着李嘉齐换下来的鞋子和衣服，紧走了几步，追上了李嘉齐，上下打量着他说，"站住，让老子仔细瞧瞧！"李嘉齐的爸爸和李嘉齐站在一起，伸手手在自己的头顶上和李嘉齐的头顶上比画了比画。他笑了笑，夸赞道，"还别说，转眼的工夫你小子就快撵上老子了。常言说，老子英雄儿好汉，虽然你爸爸算不上什么英雄，但也绝不是孬种！好——爸爸祝愿你，愿你心想事成！但是，一定要记住爸爸的话，千万不能耽误学习！"

"谢谢首长，保证不辜负首长的厚望！"李嘉齐后退了一步，随即立正，学着军人的样子给爸爸打了个敬礼。

"瞧那边……神经病……"周围的行人驻足观望，一个个像看稀罕物一样，把惊奇的目光集中到李嘉齐和他爸爸的身上。

李嘉齐的爸爸发现了人群中异样的目光，听到了人群中品头论足的嘟囔，责怪李嘉齐说："你小子快别闹洋相了，车就在你身后，还不赶快走。"

"遵命！"李嘉齐又想打敬礼，但他把右臂抬起一半又放了下来，心想，"爸爸说的对，高兴也不能出洋相啊！"

李嘉齐的爸爸转身向身后的警车走去，按了一下遥控器，车灯闪了闪，他伸手拉开了左前门。

【03

张鹰带领着顾吉哲和孟祥岳，从一个商店转到另一个商店，满世界地寻找李嘉齐，终于见到了他的身影，满心欢喜。

"嗨——嘉齐，早饭后我们往你家里打电话找你，阿姨说你去逛商场了，于是，我们就前来寻找你，总算找到你了！"张鹰上下打量着李嘉齐，回头看了看顾吉哲和孟祥岳，乐呵呵地说，"这小子，鸟枪换炮啦！"

李嘉齐的爸爸看到张鹰、顾吉哲和孟祥岳围着李嘉齐叙话，随手关上了车门，站在那里等嘉齐。

张鹰下意识地乜斜了李嘉齐的爸爸一眼，看到他身旁的警车，突然紧张起来，冲着李嘉齐低声问："嘉齐，那是谁呀？"

"我老爸！"李嘉齐自豪地说。

李嘉齐的爸爸听到张鹰的问话，便主动凑了过去，习惯性地打量着他。

"爸爸，这是我的同学张鹰、顾吉哲、孟祥岳！"李嘉齐向爸爸一一介绍。

李嘉齐的爸爸微笑着，一一点头。

顾吉哲和孟祥岳瞧了瞧停放在身旁的警车，瞅了瞅李嘉齐他爸爸威严的面容。他俩突然变得拘谨，不敢正视李嘉齐他爸爸的目光。

张鹰拉了李嘉齐一把，对着他耳语了几句，转身微笑着对李嘉齐的爸爸说："叔叔，我们找嘉齐有点事儿，您先回家行吗？"

李嘉齐的爸爸苦笑着，用眼睛望着李嘉齐，征求他的意见。

"爸爸，您先回去吧，我玩一会儿就回家！"

"那……好吧！"李嘉齐的爸爸瞅了张鹰一眼，不情愿地从牙缝里挤出三个字，无奈地拉开车门，上了警车。警车刚向前驶出了几十米他就踩了刹车，落下窗玻璃，探出脑袋高喊："嘉齐，早点回去，你千万别忘了，你奶奶和你妈妈都在家里等着你呢！"

李嘉齐看了看张鹰的眼色，感到无所适从，没有应声。

李嘉齐的爸爸怒从心头起，驾驶着警车离去。

张鹰叫来了一辆的士，车刚停稳他就冲了过去，打开了右后车门。

顾吉哲和孟祥岳观察着张鹰的眼色，一左一右把李嘉齐推上了车。

李嘉齐隔着车窗玻璃看着远去的警车，抑制不住激动的心情，刚想张嘴说话，却被张鹰的大手捂住了嘴巴。随即，张鹰坐在了他的身旁，先声夺人："你想说什么我不知道，可是，我觉得不说为妙，你千万不要扫了哥们儿的兴致！很久以来，我一直以为我的号召力要远远强于你，因此扬扬得意。可是，经过'五四'汇演我才醒悟到，你的主持风格和所唱的歌曲更让同学们着迷。嘉齐，你知道吗？你的铁粉们早已聚集在一起，都在等着给你过生日呢！"

李嘉齐瞠目结舌。刚才，他想说："你们干嘛，想绑架呀？"可是现在，张鹰的一席话让他已经到了嘴边上的话咽到了肚子里。他控制住情绪，反问张鹰："我的铁粉们在等着给我过生日？你别寒碜我了。今天是我的生日不假，可是，这只有你和顾吉哲知道呀！别人是怎么知道的？再说了，我一不是歌星，二不是球星，三不是影星，我怎么会有粉丝啊？你别逗了，今天不是愚人节吧？"

"鹰哥说的没错！"顾吉哲冲着李嘉齐说，"那天鹰哥过生日的时候，那阵势你见了，我喝了多少酒哇？我不仅喝酒多了，嘴上还少了把门儿的，一不小心就说漏了嘴……所以，你今天过生日这件事情就家喻户晓了。嘉齐，你不要有什么疑虑，同学们给你过生日是看得起你！你千万不要对我们说，你的爸爸妈妈和奶奶都在家里等着你，你必须回家去！"

李嘉齐的心里非常矛盾，不知道自己该怒还是该喜，一时沉默无语。

的哥按照张鹰的"指令"急速前行，几分钟过后，在"丰泽园大酒店"门前停了车。

"我们的目的地到了，下车吧弟兄们！"张鹰得意地说。

李嘉齐不知所措，只好走下车。

顾吉哲和孟祥岳一左一右把李嘉齐夹在中间，一人拽着他一只胳膊，恐怕他逃脱。

张鹰与顾吉哲和孟祥岳一起，不由分说就把李嘉齐"挟持"到"丰泽园大酒店"

的 666 号雅间门前。

张鹰用力推开房门。

李嘉齐在门口一亮相，周岩、郭小刚、王东宁、金鹏程、王湛生、胡英俊、宋肖贺腾、张冬梅、王红霞、李红芳等，就呼啦啦来了个全体立正，这突如其来的场面，让李嘉齐有些发蒙。

张鹰冲着大家打了个手势。

大家纷纷落座。

挨门口的座位已被人占满。李嘉齐正在犹豫，张鹰突然攥住了他的手腕，兴奋地说："我来陪你坐雅座，我可是月亮跟着太阳走——沾光啊！"

李嘉齐面红耳赤，欲说无语，身体向着与张鹰相反的方向用力。

"别不好意思啊嘉齐，里面的座位就是给你和鹰哥留着的，快过去吧，我们都等你一个多小时了！"大家七嘴八舌，笑声一片。

"恭敬不如从命！"张鹰先坐下来，顺势拉了李嘉齐一把，用命令的口吻说，"别扭扭捏捏的了！"

李嘉齐怯生生地坐在那里，额头上的汗珠子滴落下来。

张冬梅顺手递给李嘉齐一张纸巾。

就在李嘉齐接过纸巾擦汗的工夫，服务生把一个硕大的蛋糕摆上了餐桌，随即关门离去。

"李嘉齐，今天我们能凑到一起给你过生日，得感谢张鹰同学，这一切都是他策划和安排的。冬梅，快把生日蜡烛拿过来，让李嘉齐同学在烛光下许个愿！"王红霞甜美的声音滋润着每个同学的心田。

生日蜡烛被大家精心地弄成了"心"字。

顾吉哲离开座位，拉上窗帘，按下吊灯的开关。

室内的黑暗瞬间被橘红色的光线所取代。

顾吉哲回到自己的座位上。

大家像魔术师一样，纷纷变出了自己向李嘉齐赠送的生日礼物，几乎同时把礼物放在了餐桌上。

张鹰把一盒特制的火柴递给李嘉齐。李嘉齐取出一根，擦着了，他举着长长的火柴棒，点燃了那组心字蜡烛，点燃了他心中的希望与梦想。

球状的大红色吊灯，橘黄色的烛光，映照着同学们幼稚而纯真的脸庞，温暖着李嘉齐的心房。李嘉齐感受着友情给他的幸福和快乐！他真诚而礼貌地欣赏着同学们送给他的礼物，热泪盈眶地说："谢谢同学们，谢谢大家了！"

"服务员过来一下。"张冬梅冲着门外喊了一声。

穿粉红色旗袍的服务员敲了敲门，微笑着走过来。

“请你把餐桌上的礼品收起来，放到挨墙角的纸箱子里去，快点儿啊！”王红霞早就看穿了张冬梅的心思，抢了张冬梅的话语，得意地笑着。

“好的！”服务员微笑着，拿走了餐桌上的礼品。

“你赶快许个愿吧！”张冬梅对王红霞的表现假装视而不见，在李嘉齐的身旁殷勤地催促着。

“好！”李嘉齐双手合十，心中默念，“我想做周杰伦第二或者姚明第二！祈求老天爷成全！”

“许的什么愿啊李嘉齐，不会急着给我们找个漂亮嫂子吧？”宋肖贺腾冷不丁地喊了一嗓子。

“别胡说小日本，”张鹰有些坏意地说，“今天有我在这里，就算给你找个漂亮嫂子，第一个也轮不到他李嘉齐！呵呵呵……打篮球我可以相让，漂亮美眉我绝不相让！”

“你们再胡说八道我们可就走人了，”王红霞故意噘着小嘴，说，“咱们说好了不开玩笑的，说着说着就没正经的了！”

“哎吆……咱们的校花心虚了！”顾吉哲低声说道。

李嘉齐的脸腾的一下子红了，但又不好意思辩解，迅速岔开话题：“你们想知道我许的愿吗？天机不可泄露，闷死你们！”

“哼，猪鼻子插大葱——装象（相）！”李红芳瞥了李嘉齐一眼，故意轻蔑地说。

“哈哈哈……”欢快的笑声飞到窗外，整个酒店都洋溢着喜庆的气氛。

“我提议，我们一起给李嘉齐同学高唱生日祝福歌，大家同意不同意啊？”张冬梅眉飞色舞。

“同意！”大家齐声说。

“那好，我起头！”王红霞瞅了李嘉齐一眼，唱了起来，“祝你生日快乐……”

“祝你生日，快乐……”大家用掌声伴奏，先用汉语唱了一遍，继而用英语唱了一遍地说。

大家唱得很认真，很投入，很动情。

歌声似水汹涌澎湃。

“谢谢！谢谢！谢谢！”李嘉齐站起身来，变换着方位向大家深深地鞠躬。

“李嘉齐同学太客气太真诚了！瞧他这三个鞠躬，个个都是九十度。呵呵呵……他客气我们可不客气，三个鞠躬全部收下。对了，下一个节目是分蛋糕吧？让我来吧！”张冬梅自告奋勇，先在心里默默地数了数人数，随即拿起切蛋糕的刀具。

“这蛋糕分切得真有水平，不仅每块大小相等，而且每块边沿齐整，冬梅同学技艺精湛，可见台下的功夫非同一般。”王红霞恭维的话语中带着挖苦的味道。

"切得不好，献丑了。李嘉齐——这第一块你必须先拿，今天你可是'猪脚'啊！"张冬梅调皮地莞尔一笑，故意把"主角"说成了"猪脚"。

李嘉齐刚把手伸向蛋糕，王红霞就怪声怪调地说："张冬梅真坏，她说李嘉齐的手是猪脚哎！"

张冬梅双颊绯红，瞅了王红霞一眼，装腔作势地说："你真会添油加醋，哪个说人家的手是猪脚了？哼，唯恐天下不乱。"

王红霞有些醋意地看着张冬梅的眼神，挖苦说："瞧瞧你，这么强的占有欲！光兴你说人家嘉齐，别人说说你就不乐意！"

张冬梅刚想张嘴反击，却被张鹰摆手打断了："等等，今天可是李嘉齐的生日，我们相聚在一起不容易，大声祝福我赞同，不应该猪脚、猫脚的，"张鹰瞅着张冬梅和王红霞，故意把脸色一沉，严肃地说，"从今天起，我们要一个鼻孔出气，我们要一个喉咙发声，我们要不分彼此，要有福同享，有难同当，所以，今天的蛋糕我要亲自拿给嘉齐品尝！"

李嘉齐等人愣愣地看着张鹰那严肃中的得意，那得意中的高傲，那高傲中的冷峻，那冷峻中的热情。没等大家回过神来，忽见张鹰抓起一块奶油捂在了李嘉齐的脸上。突如其来，快如闪电。李嘉齐猝不及防，不知所措，下意识地用手划拉了划拉。李嘉齐把自己弄得面目全非，鼻子上，眼睛上，眉毛上，头发上都是奶油，狼藉一片。

"哈哈哈……"大家一阵开怀大笑。

"对，张鹰同学说的对，有福同享有难同当！"王红霞话音未落，随手抓起一块奶油以极快的速度直奔张鹰而去。

张鹰丝毫没有防备，奶油把他的鼻子、眼睛和嘴巴糊了个严严实实。他顺势一划拉，随即把手上的奶油捂到了顾吉哲的脸上。

"哈哈哈……既然凑到一起了，我们就都享受享受吧！"不知是谁发出了号召。紧接着，稀里哗啦，在座的个个"油头粉面"，无一幸免！

他们疯够了，乐够了，一个个跑到洗手间，等他们返回座位时，服务生已把菜肴、啤酒和饮料摆满了餐桌……

【04

在张鹰为李嘉齐精心组织的生日宴会上，李嘉齐自然成了众人瞩目的焦点，以美好祝愿为借口的种种敬酒辞令让他盛情难却，他来者不拒，全部接受，"理所当然"地喝高了酒。

张鹰自知理亏，不敢面对李嘉齐的父亲。他与顾吉哲一起悄悄地把李嘉齐送进了家门，悄悄地把那个装满生日礼物的纸箱子抬到了大门洞子里，随即，他俩乘坐的士扬长而去。

"都快三点了，怎么这个熊孩子还不回来啊？"

李嘉齐一走进院子，就听见了妈妈的唠叨。他有些愧疚地自言自语："瞧这酒喝得，脑袋都蒙圈了，竟然忘了给爸妈打个电话说一声了，估计他们还在等着我吃午饭呢！"他规规恩超地撞开屋门，只见奶奶和爸爸妈妈都坐在餐桌旁等待着他。

餐桌上摆放着蛋糕和各种美味佳肴。

李嘉齐爸爸面前的烟灰缸里，横七竖八地躺着烟屁股，烟雾缭绕。

"回来了？喝酒了？"李嘉齐的爸爸语调古怪。

"别着急别着急，刚才咱们怎么说的，只要嘉齐平平安安回来就好，有什么好着急的呀？"李嘉齐的妈妈劝解着丈夫，瞅着东倒西歪的儿子，埋怨说，"你也真够呛嘉齐，不回家吃饭就算了，怎么连个招呼也不打呀？"

李嘉齐有些害怕，他担心妈妈的唠叨会把爸爸的炮仗脾气点着。

"嘉齐，我们都等了你好几个钟头了，你怎么才回来呀？快坐下，吃饭吧！"李嘉齐的奶奶一脸的不悦。

李嘉齐打了一个饱嗝，醉眼朦胧地看着奶奶，不满地说："今天可是我的生日，您怎么也不耐烦啊？我从小到大，您可是头一回对我这样的态度。"他环视了一下满脸怒气的父母，立刻把对奶奶的不满转移到父母的身上，"您们都觉得是功臣，好像我欠了您们，真烦死人！"他嘟嚷着，抓住门框，堵在了屋门口。

"瞧你这副德行，好狗不呆在正当阳，喝了多少酒哇？太不像话了。今天要不是你的生日……"李嘉齐的爸爸声音颤抖着，强迫自己把到了嘴边上的话咽了下去。

"有其父必有其子，我这副德行还不是您所赠啊！要不是我的生日怎么了？您还想给我几下子啊？"

"嘉齐——你在外面喝多了酒反倒有理了，有像你这样的吗？"李嘉齐的妈妈厉声说道。

"孩子回来了就算完了，你们干嘛呀？不想吃算了！"李嘉齐的奶奶转身离开了餐桌，坐到了另一边的沙发上。

李嘉齐他妈妈的话语就像导火索，他奶奶的动作就像点燃导火索的火，他爸爸的炮仗脾气终于被点燃了。

"嗖——"李嘉齐的爸爸话音未落，餐桌上的烟灰缸就落在了李嘉齐的身上。十几个烟屁股拍打着李嘉齐的前胸，留下了一道道烟灰痕。

李嘉齐看到刚买的李宁牌篮球服被"毁容"，顿时火冒三丈，放肆地说："你是刑警队队长不假，可我没犯法！有能耐你打死我呀，弄脏我的篮球服干嘛？"
李嘉齐的话，句句像刀子，深深地刺进他爸爸的心窝。

"打死你就打死你！大不了老子去给你偿命！"李嘉齐的爸爸发疯似的跑过
去，"啪啪！"两记耳光落在了李嘉齐的脸上。

"你打死他算了，我叫你们吃！哗啦——"李嘉齐的奶奶像疯了一样从沙发
上蹿过来，伸手就把餐桌掀翻了。

"够了，你们这是给我过生日啊？"李嘉齐哭喊着夺门而出。

李嘉齐的妈妈从他的身后撵上来，眼看就要抓住他的衣裳了，李嘉齐的爸爸
冲着李嘉齐的妈妈怒吼道："你给我站住，不要管他！他若有能耐，就一辈子也
别回来！"

第十一章　仲夏疯狂

【01

天空中，两块巨大的云团相聚相拥，瞬间产生了耀眼的闪电。

一声惊雷震耳发聩，突然下起了瓢泼大雨。

李嘉齐遥望着天空一声叹息，顷刻间淋成了落汤鸡。

刚才，李嘉齐赌气跑出屋门口，他刚跑到院子里就开始后悔，他是多么希望妈妈能在关键时刻拉他一把，劝他别任性离家。可是，爸爸已经急红了眼，妈妈不敢违抗爸爸的意愿，妈妈就在即将抓住他的瞬间选择了放弃，让他步入了进退两难的尴尬境地。

李嘉齐的爸爸望着李嘉齐的背影，瞅着妈妈和妻子愁苦的面容，看着地板上一片狼藉的菜肴和碎盘子碎碗，雷霆大怒："这个小子，真不知道天高地厚，真不知道好歹香臭。他今天过生日，我花了那么多钱给他买篮球鞋和篮球服，你们在家里准备了这么多他爱吃的饭菜，我们忙里忙外的为了什么？我们还不都是想哄他高兴嘛？他倒好，不回家吃饭连个招呼都不打，还在外面喝得醉醺醺的。他吃撑得打饱嗝，咱们饿得肚子咕咕叫。这个白眼狼，他根本就没有把咱们放在心上。他的心里只有他自己，他根本没有顾及咱们的感受！仅仅这些倒也无所谓，他要是虚心地接受批评教育我也能够原谅他。可是，我万万没有想到，他说翻脸就翻脸，闹得比疯狗还要凶。这个狼心狗肺的东西，他滚得越远越好！"李嘉齐的爸爸一边数落着，一边用手抚摸着自己的肚子，自言自语："这个兔崽子，气得我肝疼！"

"吆——嘉齐他爸呀，你千万别着急了，瞧瞧你的手又开始发抖了，你和孩子一般见识划得来吗？嘉齐他爸呀，你血压高，心脏也不好，你要是有个好歹让我怎么活呀！"李嘉齐的妈妈浑身打着哆嗦，不知所措。

李嘉齐的奶奶看了看窗外的天气，冲着李嘉齐的爸爸怒吼："号什么号？外面打雷打闪又下雨的你没听见啊？你的耳朵里塞满驴毛了？出去！你给我出去……你去把我的孙子给我找回来！你有权打你的儿子，我也有权打我的儿子，你有权把你的儿子撵出家门，我也有权把你撵出家门！你不就是个破警察吗你，官不大脾气倒不小，你有什么了不起呀？你在家里耍什么威风逞什么英雄啊？真是儿大不由娘啊！你的心好狠呀！嘉齐他顶多才是个十几岁的孩子，你以为他是流氓地痞阶级敌人呀？难道他不是你亲生的吗，你也真能下去手啊你？两巴掌打下去，两腮全是血印子，你要是把他的耳朵抠聋了怎么办？你爸爸在世的时候他这么打过你吗？我的娘哎……"

李嘉齐在大门口外呆呆地站着，任凭风吹雨打。爸爸的怒骂声，妈妈和奶奶的哭声，不断地充斥着他的耳膜，折磨着他风雨飘摇的心，他真想走回去给爸妈赔个不是，劝爸妈消消气，让奶奶安安心。然而，当他用手触摸着火辣辣生疼的脸时，当他回想起妈妈狠心地转身离去时，他不由得对爸妈产生了怨恨。他踌躇了片刻，随即向胡同口跑去。

局部阵雨，雷停雨息。

李嘉齐漫无目的地走在大街上。徐徐刮起的东南风，不断吹在他浑身是酒气的身上，他的脏腑在闹"四海翻腾云水怒，五洲震荡风雷击"胃里像孙猴子打滚儿——翻天覆地。他头昏脑涨，四肢打晃，一阵阵恶心。他不得不停下脚步，想找个背人的地方呕吐。突然，他发现前面有一棵小榕花树，他觉得那是最好的去处。他规恩着脚步，紧紧地把那棵小榕花树抓住。他蹲下身来，两脚叉开，胃里早已汹涌澎湃，食物和酒水排山倒海般喷射出来……顿时，李嘉齐觉得五脏六腑发生了位移，浑身的血液倒灌进脑子里，头晕目眩，精神恍惚。

此时此刻，步行的、骑自行车的、骑摩托车的、乘坐汽车、路过的行人，把目光停留在他身上。恍惚之间，李嘉齐想："在我们班里，我是最爱面子的人，可是，面子值多少钱一斤？"李嘉齐的浑身上下，每一个细胞都能感觉到那些熟悉的和陌生的惊讶而厌恶的目光，但他已经顾不上那么多了，心想。"看吧！你们尽情地看吧！你们看看我是谁家的孩子。你们仔细地瞧吧！你们认识我吗？认识我的你们可以到我爸爸妈妈奶奶那里去告状，不认识我的你们可以到人多的地方去宣讲，就说一个学生模样的大个子小孩儿喝多了酒，吐在了大街上，是多么丢人现眼哪！你们还可以把我当作反面教材，去教育你们的孩子或者亲朋好友的孩子！"李嘉齐把胃里的东西吐干净了，头脑却清醒了，但不知为什么突然产生了这些杂乱的思绪。

李嘉齐抬头看了一眼，发现在离他身旁这棵榕花树不远的地方还长着一棵这样的榕花树，他立刻离开眼前这个不堪入目、酒气刺鼻的地方，走到那棵榕花树下去乘凉。他望了望天，看了看地，索性躺在那里，闭上眼睛小憩。

"嘉齐——你怎么待在这里？"张鹰骑着摩托车路过，发现李嘉齐之后立刻刹车下了摩托车，推着摩托车来到李嘉齐的身前，关切地说，"赶快起来吧，这地方多脏啊！对了，午饭后我们送你回家的时候你家里的人都在家，怎么这会儿铁将军把门了，你家里的人哪？"

"是鹰哥啊！小弟给你丢人了！"李嘉齐睁开眼睛瞅着张鹰，马上坐了起来，"你去过我家了？我家的大门锁着？你认识我家？你找我干啥？"李嘉齐站起身来，觉得脑袋和胃里都不难受了，体力也基本恢复了，小声嘟囔，"我才不管这么多呢，既然他们都不要我了，我还念顾他们干嘛？"

张鹰看到李嘉齐如此狼狈的样子，既厌恶又自责："瞧瞧你这副熊样儿！喝酒喝傻了？脑袋蒙圈了？都怪我，不该让你喝这么多！你不记得了，那天晚上不是你让我在你家过的夜吗？再说了，刚才也是我把你送到家里去的呀！我找你能有啥事啊！看看你酒后有没有事儿，没事儿的话我们就一起去打篮球。你嘟嘟囔囔念叨些什么呀？"

李嘉齐用力一拍脑门儿，自责地说："你瞧瞧我这记性，看来我是真喝傻了，"他睁了睁仍模糊的眼睛，发现张鹰的摩托车后拴着一个网兜，网兜里放着一个崭新的篮球，用手背擦了擦眼说，"没事儿鹰哥！我没说什么，"他不想把被爸爸扇耳光的事情告诉张鹰，含糊其辞地说，"我陪你去打篮球对吧？没问题，咱去哪里打呀？"

"没事儿就好，跟我走，上摩托，去体委篮球场！"张鹰伸手抓住了李嘉齐的胳膊，不由分说就把李嘉齐拉上了摩托车。

【02

篮球场上，几个少年进行着一场搏杀。

李嘉齐大汗淋漓地奔跑在篮球场上。张鹰新买的篮球让他玩得走火入魔，让他玩得酣畅淋漓。那些熟悉的和不熟悉的伙伴和他玩得火热，彼此之间很快成了要好的朋友。

天空不断变换着颜色，一会儿云吃火，一会儿火烧云，眨眼间晚霞满天。几只大雁在头顶上空欢歌飞翔，它们鸟瞰大地，羽翼和天空混合成一样的颜色。在伙伴们争抢篮球的间隙里，李嘉齐突然仰望着天空小憩，大自然的壮观和美丽刹那间定格在他的眼底，成了他挥之不去的记忆。"如果有人拿起相机搏下快门，或者我能拿起画笔描绘出这个场景该有多好啊！"李嘉齐在琢磨："晚霞中，鸟瞰下，围墙内，树影里，一伙充满青春活力的青少年在篮球场上角逐！"这种画面一定催人奋进，令人羡慕！

"嗖——"篮球夹裹着风声打在了李嘉齐的脸上。"哎吆……"他有些夸张地大叫一声，双手捂住面部，蹲在原地，鼻子一阵发酸，眼睛像被洋葱刺激了一般。

"怎么了嘉齐？伤到了哪里？"张鹰气喘吁吁地跑到李嘉齐的身前，关切地问。其他伙伴也纷纷向他靠拢，个个流露出紧张的表情。

"没事儿，别慌，我和顾吉哲一样，"李嘉齐一下子想起顾吉哲被篮球撞破鼻子的窘态，有些羞涩地说，"我的鼻子被撞破了。"

鼻血顺着指缝流出来，滴落到地上，一滴又一滴，鲜血在地面上扩散着，被鲜血染红的面积在慢慢地增大。"天高任鸟飞，海阔凭鱼跃；近朱者赤，近墨者黑；天上火烧云，地上血淋淋！"李嘉齐陡然间产生了怪怪的风马牛不相及的想法，下意识地用手在脸上划拉了划拉。

"李嘉齐——你的鼻子流血了。你傻乎乎地瞪着眼珠子在干嘛？难道你没有觉察嘛？"一个伙伴从远处找来两块小石子，放在李嘉齐耳朵的上根部按摩。张鹰急忙从裤兜里取出一叠卫生纸，递给李嘉齐，说："快把脸上的血迹擦擦！"

李嘉齐用眼睛的余光看了看张鹰，伸手去接张鹰递过来的卫生纸。突然，一只有力的大手死死地抓住了他的手腕，随即一声怒吼："原来你在这里，我看你还往哪里跑？"紧接着，怒吼声变成了惊叫声，"啊——你怎么弄了个满脸花啊？伤得怎么样啊？你究竟伤到哪里了呀？"

李嘉齐下意识地把自己的那只手往回收了收，可是对方的大手像钳子一样，把他的手腕死死地卡住，他知道挣扎只是徒劳，无奈之下，沿着那只大手的方向瞅了瞅，瞅着爸爸怯生生地说："我被篮球撞破了鼻子，脸上没有受伤。"

当李嘉齐的爸爸得知李嘉齐的脸上没有受伤之后，攥着李嘉齐手腕的那只手突然增加了力量。

李嘉齐大声叫嚷："快撒手啊——你把我弄疼了！"

李嘉齐的爸爸极力控制着自己的情绪，压低嗓门，说："这么热的天气，全家人都在到处找你。我跑遍了自以为你有可能去的所有地方，几乎把雷江市的城里翻了个底朝天。你奶奶和你妈妈都折腾了好几个钟头了，她们的嗓子喊哑了，她们都快急疯了！这些你知道不知道？自作孽，你活该！"

在伙伴们的众目睽睽之下，爸爸的话语严重地伤害了李嘉齐的自尊心。李嘉齐站起身来，在朦胧的光线中仔细地端详着爸爸的面孔，打断了爸爸的话茬，反击道："别告诉我找儿不找我，我看你是幸灾乐祸？"

"我幸灾乐祸？"李嘉齐的爸爸把另一只手高高地举了起来，停在了半空中，小声嘟嚷，"实在是太不像话了！简直是没有王法了。"

李嘉齐揣摩着爸爸此刻的心情，暗暗自语："我是以小人之心度君子之腹，我是狗咬吕洞宾不识好人心。"

"叔叔，别生气了！"张鹰伸手按下了李嘉齐他爸爸高高举起的手。

包围在李嘉齐身旁的玩伴们，目光齐刷刷地集中到这对父子身上。李嘉齐的爸爸身着公安服，威武而庄严，李嘉齐却满脸是血，肮脏不堪。此情此景，就像警察抓住了小偷。

李嘉齐觉得无地自容，恨不得找个地缝钻进去。

李嘉齐的爸爸终于松开了抓着李嘉齐手腕的那只大手。

李嘉齐像泥鳅一样脱了身，他用手里的卫生纸胡乱擦了擦脸，拔腿就跑，边跑边喊："在家里光挨揍，我再也不愿回到那个鬼地方去了！"

"你说什么，家里是个鬼地方？"李嘉齐他爸爸两腮的肌肉抽搐着，面部扭曲了。

此情此景，李嘉齐心知肚明，他爸爸在竭尽全力压制着自己的情绪。

"别跑啊嘉齐，"李嘉齐的爸爸在他的身后追赶着，急得额头上的青筋爆出，无可奈何地说，"你不回家不要紧，只要别摔跤就行！天都快黑了，你晚上住哪里啊？你告诉我总算可以吧，我对你奶奶和你妈好有个交代！"

"我不用你管，你又在用缓兵之计！"李嘉齐不敢放慢脚步，更不敢停下来，恐怕被爸爸抓住当众出丑，哭丧着说，"我到哪里都行，就是不愿意回家，你一定要告诉我奶奶和我妈，我流了不少血，但是一时半会的死不了！"李嘉齐故意挑逗着爸爸敏感而脆弱的神经。

李嘉齐和他的爸爸你跑我赶，像玩猴的一般，引得张鹰和伙伴们一阵哄笑。刺耳的笑声终于让李嘉齐的爸爸失去了继续追赶李嘉齐的勇气，停住脚步叹了口气，说："好了嘉齐，我跑不过你，我不陪你在这里丢人现眼了。"李嘉齐的爸爸语气迟缓而无奈地说，"随你的便吧，我已经尽心尽力了，你将来是好是歹全看你的命了，我的良苦用心你长大了自然就会明白的！"李嘉齐的爸爸扭转过身去，刚想迈步，突然又回过头来补充了一句，"今晚你若真的不回家去住了，千万别忘了给你奶奶和你妈打个电话，一定要把你的住址告诉给她们，免得她们因挂念你而彻夜难眠。我去执行任务，记住，你绝对不能去干傻事，不然后悔晚矣！"

"嗯！"李嘉齐低声答应着爸爸。他望着爸爸疲惫的身躯，突然发现爸爸已不像从前那样矫健了，一股酸楚楚、热乎乎的东西莫名其妙地涌满了眼眶。他转过脸去，偷偷地擦拭着眼泪。然而，当他看到张鹰和玩伴们嘲讽的面孔时，他那颗心突然变得坚硬起来。

夕阳失去了耀眼的光芒，好像压了千吨巨石，慢慢地坠下去。厚厚的云层盘踞在天空，夕阳透过一点点空隙，射出一条条绛紫色的霞彩，宛如沉入大海中的游鱼，偶然翻滚着金色的粼光。

李嘉齐拖着疲惫的身躯走下篮球场，眼前是一片迷茫。爸爸无奈的表情，哀求的目光在他的脑际萦绕，奶奶和妈妈的呼唤在他的耳畔回响。"黄昏到了，我是就此作罢立即回家做一个爸妈和奶奶眼中的乖孩子，还是跟着张鹰回家利用他家的健身房进行体能训练？"李嘉齐的内心深处充满了矛盾，脑海里展开了激烈的斗争。他默默地问自己，"我该怎么办？"

"他们都回家了，你还在琢磨啥？快上摩托呀！"张鹰收拾好篮球，骑上摩托车，停在李嘉齐的面前，催促说，"别磨磨叽叽，是回你家还是到我家去？"张鹰用犀利的目光盯着李嘉齐，挖苦他说："屁大的事儿，犹豫什么呀？倘若你真的不想回你的家就到我家去，我正求之不得哩！你给我做伴，帮我排遣夜晚的孤独，我给你当教练，帮你强化体能训练。我们互相帮助，各得其所，何乐而不为啊！你若有所顾忌，就按刚才你爸爸说的去做，到我家之后你给你妈和你奶奶打个电话说明情况，我再替你打个圆场，怎么样？"

李嘉齐点点头，又摇摇头。

张鹰见李嘉齐态度暧昧，不耐烦地高喊："走哇，上来啊，你的英雄气概哪去了？"

"走！"李嘉齐暗暗地咬紧牙关，跨上了摩托车……

张鹰在厨房里大展厨艺。李嘉齐却在一旁暗暗地叹息，他想："不知道爸妈和奶奶的午饭吃了没有？我这样做对他们来说实在是太残忍了，我辜负了他们对我的一片爱心。可是，说出去的话就像泼出去的水，想收回来谈何容易？我若出尔反尔，张鹰一定伤心，多么伤害友情啊？然而，友情尽管重要，亲情也不能不要啊！"李嘉齐思前想后，暗下决心，"也罢，就让老天来定夺吧！如果晚饭后不刮风不下雨，我就骑张鹰的摩托回家去，否则的话只有听天由命了！"

李嘉齐在张鹰家里刚吃过晚饭，天空中就黑云压顶。

瞬间，狂风大作，藏在角落里的废弃塑料袋滚动着、飞舞着、升腾在铁艺围墙的上空，有的被挂在围墙上沿的尖勾利齿上，发出呼呼啦啦的声响。

藏羹望着眼前的情景，"嗷嗷嗷、汪汪汪"叫个不停。

"嘉齐，我们到外面去看看，藏葵怎么不停地叫唤？"张鹰招呼了李嘉齐一声，见他没有反应，提高了嗓门，说，"聋了你？我让你和我做伴到院子里看看去，藏美叫唤得有点邪乎！"

"哦……走！"李嘉齐从自己的思绪中回过神来，漫不经心地答应着张鹰。

铜钱般的雨点儿噼里啪啦、铺天盖地地砸下来，击打着铁艺围墙上的废弃塑料袋，发出巨大的声响。

李嘉齐和张鹰从屋子里走进院子里，情不自禁地望了望天空。

藏美在铁笼子里发现了他们，嗅了嗅鼻子，摇晃着尾巴，停止了叫声。

"下雨天，留客天，留我不留？"张鹰把李嘉齐拉到客厅，关上屋门，卖关子地说，"嘉齐，还记得老班周理论讲过的那个有关标点符号的笑话吗？"

"什么笑话？"李嘉齐隔着门窗听着外面的风声和雨声，看着那条条雨线在灯光下穿行，心不在焉地反问道。

"你小子，魂不守舍的，又在琢磨啥呀？"张鹰瞪了李嘉齐一眼，自鸣得意地说，"就是那个老掉了牙的'下雨天留客天留我不留'的故事。这段时间以来，你把心思都用在打篮球上了，你还记得它吗？"

"呵呵……"李嘉齐瞅了张鹰一眼，有所感悟地说："你小子是醉翁之意不在酒，想捉弄我是不是？你不会像那家的主人一样，也想说'下雨天留客，天留我不留'吧？"李嘉齐用手背轻轻地击打着张鹰的后背，说，"对了，你小子真是个机灵鬼，什么事也逃不过你的眼睛，看来我的心思又被你看穿了。不过，这回你用不着激将法了。今天是天留人也留，狗撵都不走！既然天意如此，那我就踏踏实实地住下了。"李嘉齐终于为自己的选择找到了最合适的借口和理由，心情一下子平静了许多。

张鹰的心情却不平静了，他双手捣鼓着李嘉齐的胳肢窝，笑着说："你小子竟敢拐着弯儿地骂我，赶快向我认错，说你是小狗！"

"哈哈哈……你是小狗！快住手啊，我好难受啊！……"李嘉齐痒痒得放声大笑，手舞足蹈。尽管他痒痒得难受，但他嘴上不肯服输。

"说你是小狗！不然，我痒痒死你。"张鹰的双手比刚才更用力了。

"好了好了，不闹了，我是小狗！"面对张鹰的强悍，李嘉齐不得不做出让步。

"哎……这就对了，好汉不吃眼前亏嘛！还是嘉齐聪明。"张鹰终于把双手收了回去，说，"好了，你快去给你妈和你奶奶打个电话报个平安，然后我们就到健身房去锻炼。上次你都看见了，里面什么玩意儿都有，只要你刻苦训练，准能提高打篮球的本领，最起码练个好身子骨！"

李嘉齐刚拨通了家里的电话，听筒里就传来妈妈喜忧参半的嗓音："我的小祖宗你还知道有个家呀？我还以为你死在外边了哪！你说什么？今天晚上你不回家了，住在同学家里了，你千万要给我听好了，你若今晚不回家就永远也别回家了。

幸亏你爸爸把你的情况告诉了我和你奶奶，我们才有了心理准备，不然的话……你果然给我们来了这一手！"

李嘉齐抓着电话听筒，手心里潮湿了，嘴对着送话器弱弱地说了一声："这怪不得我呀，是老天爷下雨下的！"

李嘉齐的妈妈在电话那端，嗓音突然提高了几个分贝，着急地说："你说什么？老天爷下雨下的？是老天爷不让你回家了是吗？算了吧嘉齐，这真是天大的笑话，你的瞎话水平真是越来越高级了！哦……你再给我说一遍，天不下雨你就回家了，是吗？那我问你，我和你奶奶心急火燎的到处去找你，你知道吗？你爸爸告诉你了吗？你爸爸找到你的时候是几点哪？你看看现在是几点了？告诉你嘉齐，其实我们一点儿也不糊涂，你要是想回家早就回家了。你的心里还有谁呀？你这个没有半点儿良心的东西，你奶奶多大岁数了你不是不知道，可她因为惦记你、心疼你，到现在已经两顿没有吃东西了，你知道吗？幸亏你口口声声地说你最疼的是你奶奶，我看你是一个十足的白眼儿狼。你自己不想回来还怨老天爷！我问你，这雨是什么时候开始下的？难道张鹰家里和咱家里不是一个老天爷吗？究竟应该怎么做，你自己看着办吧！"李嘉齐的妈妈没有给李嘉齐辩解的机会，气呼呼地把电话挂了。

李嘉齐放下电话听筒，脸色红一阵白一阵的，脸皮子直蹿火，心里忐忑不安。

张鹰守在电话机旁，隐隐约约、断断续续、只言片语地听着李嘉齐的妈妈在电话那端的说话声，揣测着李嘉齐和他妈的通话内容，疑惑地瞪着大眼睛。李嘉齐刚放下电话听筒，张鹰就嚷了起来："怎么了嘉齐，你妈怕你住在我这里不安全有危险？哦，我明白了，你妈是怕你跟着我学坏了是不是？别为难了嘉齐，我出去看看天气，雨停了的话你就骑着我的摩托回家去，我保证不再拦你，我不能这么不知道好歹，我不能让阿姨说我四六不懂！"

"别出去看了，下雨不下雨是老天爷的本事，回家不回家是我自己的事儿，"李嘉齐站起身来，一把抓住正想出去的张鹰的胳膊，解释说，"没事鹰哥，其实我妈是个通情达理之人，她没说什么！"李嘉齐极力掩饰着自己内心的尴尬，最大限度地排遣着心灵深处的矛盾，用手拍打了张鹰的胳膊一下，说，"走——我们到健身房去！"

张鹰迟疑了一下，随即转身向楼上走去。他走在李嘉齐的前面，不时地回头看看李嘉齐的脸色，故意用咳嗽声来缓解自己复杂的心情。

楼道里的声控电子灯亮了起来，照亮了李嘉齐脚下的楼梯。一种难以抑制的冲动鼓动着他，他的脚步几乎飞了起来。他的身体有些失衡，他的肩膀不小心撞上了张鹰的肩膀。但他毫无觉察，他跑到了张鹰的前面。他拧了拧健身房门的球形锁，用力一推门开了。突然，眼前一片黑暗。他摸黑寻找电灯开关，往前走了几步。"咕咚"，一个硕大的物体撞击了他的脑袋，恐惧感于瞬间袭上他的心头并在毛发间迅速蔓延，惊叫道："啊……鹰哥，有人打我！"

"你胡说什么呀？"张鹰急忙从李嘉齐的身后赶上来，有些疑惑地说："别一惊一乍的，我们到家的时候门窗都关得严严实实的，哪来的人呢？"张鹰打开电灯开关，目光在健身房里搜寻着，心中的恐慌不可掩饰地挂在脸上。

悬挂在屋顶上方的沙袋晃动着，李嘉齐终于发现了击打他脑袋的那个"人"，他顿时找到了发泄的目标，"好啊，原来是你在作怪呀！我叫你恶作剧……我揍死你！"李嘉齐歇斯底里地叫喊着，拳头雨点般的落在沙袋上。

张鹰下意识地瞟了李嘉齐一眼，不解地说："嘉齐——你疯了！"

李嘉齐使出全身力气，疯狂地捶打着沙袋。沙袋在半空中晃来荡去，不服气地给他反作用力。他打累了，胳膊酸疼不已，他无法再将拳头打出去，木讷地站在那里。沙袋在惯性的作用下，一下子把他击倒在地。

"嘉齐，没事吧？"张鹰上前把李嘉齐扶起来，安慰他说，"别犯傻，心里不痛快打它也没用啊！你别身在福中不知福了，你有这么多人疼你关心你，而我却像一个没人要的孩子！"张鹰见李嘉齐站稳了，松开手，看了一眼沙袋说："你要是觉得打沙袋过瘾，能解除你心中郁闷的话，那我就替你来打！"

"哼嗨哼嗨……"张鹰对准沙袋，一顿拳打脚踢，讨好地说，"嘉齐，我帮你出气了，心里不憋屈了吧？"

张鹰气喘吁吁，站立不稳，伸手拉了李嘉齐一把。

李嘉齐毫无防备，身体失衡，与张鹰一起倒在了地上。

他俩迅速爬起来，背靠背坐在一起，扭过头去，从不同的角度看着沙袋的晃动。

"鹰哥，你家这么富有你还不知足啊？这些不都是你爸爸送给你的吗？你为什么还说自己是一个没人要的孩子呀？"李嘉齐伸手去攥张鹰的手，而张鹰也伸手去攥李嘉齐的手。他们的手紧紧地攥在一起，一种相互慰藉的感觉温暖着彼此的心。

李嘉齐情不自禁地把张鹰的那只手往自己的身边拽了拽，动情地说："鹰哥，咱们之间还有什么事情需要隐瞒啊？"

"哎……一言难尽呀嘉齐，冰冻三尺非一日之寒，我和我爸爸之间的隔阂实在是太深了。自从我奶奶被坏人绑架杀害之后，我爸爸的心思不仅都花在了那个狐狸精身上，而且还把我当成了不祥之物。那次，他为了查找我的行踪，特意从上海赶回家中，让他即将到手的一大笔生意因此落空。为此，他感到心里憋屈，便寻机找我诉苦，借此发泄，可是，我们话不投机，没说上几句话便各自离去。

为此，那个狐狸精和我爸爸一拍即合，唆使我爸爸像躲避瘟神一样躲着我。他们返回上海一个月后，爸爸才打来电话找我，一张嘴便说，那次在路上他们险些出了车祸。因此，他们更加把我当成了不祥之物。实不相瞒嘉齐，我除了在经济上和物质上还能找到一些自尊和满足，在精神上我谁都不如。在外人眼里，我只是一个暴发户的少爷羔子，过着吃喝玩乐寄生虫一样的生活。其实，我是一个名副其实的精神贫困户，孤独而痛苦。"张鹰的左手在李嘉齐的右手里挣扎了两下没有结果，便抬起右手擦了擦眼泪。

"鹰哥，"李嘉齐松开右手，站起来，转过身，面对着张鹰，双手扶着他的肩膀，仔细端详着他的面容，不安地说，"你哭了！"

张鹰用手指轻轻地拍打着李嘉齐的手背，示意李嘉齐松开双手，他随即站起来，难为情地说："嘉齐，这些年来，我总觉得有块石头压在心里，我经常做噩梦吓醒自己，因为我做了亏心事啊！"

"你在说什么呀鹰哥，我搞不明白！"

"啊……"张鹰对准沙袋，又是一顿猛打，他边打边说："嘉齐，是我害死了我奶奶和赵阿姨呀！……"

灯光照在张鹰的头顶上方，在他的脸上留下了阴暗的光斑。

李嘉齐疑惑地看着张鹰的眼睛，发现一丝愁怨藏在张鹰深潭般的眸子里。他搜肠刮肚地寻找着词汇，劝慰着张鹰："哎！——鹰哥，你完全没有必要自责，祸害你奶奶和赵阿姨的是那帮没有人性的绑匪，你怎能把责任往自己的身上揽啊？"

"嘉齐呀，我实话告诉你吧，这个沉重的十字架快让我窒息了，我不知道我奶奶和赵阿姨含恨九泉之下能否原谅我呀？我奶奶本是大门不出二门不迈的富贵老太太，赵阿姨年轻寡居孑然一身。自从赵阿姨来到了我们家里，对我和我奶奶一直关怀备至。赵阿姨就像我奶奶的亲生女儿一样呵护着她老人家，就像我的妈妈一样照顾我的生活起居。我的家人都把赵阿姨视为亲人，正因如此，赵阿姨就成了绑匪绑架的目标，成了绑匪和我爸爸讨价还价的筹码。其实，我奶奶和赵阿姨命里不该有此劫难，都是因为我玩篮球玩疯了忘记了回家，我奶奶和赵阿姨为我担心出门找我，才给绑匪带来了可乘之机！"张鹰抹掉眼角的泪水，瞅了瞅李嘉齐的面孔，接着说，"我好后悔呀嘉齐，我为什么不按着我奶奶和赵阿姨的要求去做？为什么光贪念玩耍不知道回家，最终让我奶奶和赵阿姨为我付出了生命的代价？我欠她们的实在太多了，然而，我一辈子也没有偿还她们的机会啦！可是，世界上没有后悔药可买你知道吗？我现在后悔还有什么用啊？嘉齐，我记得我曾经对你说过，在我的心里我奶奶和赵阿姨都一直还活着，我妈妈和我妹妹都还活着。所以，我才不肯离开这个家。我爸爸在失去我奶奶的不幸和痛苦中又感到非常庆幸，因为我安然无恙啊！自从我奶奶遭遇不幸之后，我爸爸多次劝我远走高飞，可我一直固守在这里，这也许是造成我和我爸爸之间隔阂的另一个原因！其实，我爸爸一点儿也不理解我，奶奶和赵阿姨的不幸遭遇，让我的内心深处承受着巨大的痛苦与打击。我不按爸爸的意愿去做会伤了爸爸的心，服从了我爸爸的意志就伤了我自己的心。更让我对此留恋的，还有我那死不瞑目的妈妈和我那惨死的妹妹。我觉得只有留在这座房子里，我奶奶的灵魂才会摆脱孤独，我妈妈的灵魂才会摆脱牵挂，我妹妹的灵魂才能得到超度，赵阿姨的灵魂才会得到慰藉。当然，我知道自己的想法和做法是一种病态，可我的内心充满着矛盾，我无法改变自己！你理解我吗嘉齐……"

李嘉齐揣测着张鹰的心思，瞟了他一眼，安慰他说："鹰哥，我非常理解你的一片善心、一片苦心，你是一次被蛇咬十年怕井绳啊！你知道我爸爸执行任务不在家，你担心我奶奶和我妈因为到处找我，从而步你奶奶和赵阿姨的后……"张鹰急忙用手掌捂住了李嘉齐的嘴巴，然而那个"尘"字还是被李嘉齐喊了出来。

"呸、呸、呸！不许你胡说八道，你不能诅咒自己的亲人！"张鹰愤怒地瞪了李嘉齐一眼。

李嘉齐发现了一向骄傲自大的张鹰内心的善良和柔弱，他的心灵被张鹰的行为所感染，心想："鹰哥，什么也甭说了，你那颗重情重义的心我感受到了，我敬重你佩服你！"李嘉齐用双手捂住张鹰的手背，止不住的泪水像断了线的珍珠一样滚落在手上。

李嘉齐没有想到，自己的心灵也是如此脆弱。

落地钟在不停地敲响，他俩的思绪开始滑落。张鹰的手掌离开李嘉齐的嘴巴，盯着他的眼睛说："嘉齐，我们崇拜篮球明星，我们在编织着美梦，可是，我们无法预测未来！我已为此付出了昂贵的代价，我不知是否还会给你带来灾难？"

"鹰哥，说句不该说的话，财富往往让人迷惑，而贫穷常常使人清醒，我们家穷得叮当作响，哪个绑匪也不会打我们家的主意。况且，我爸爸是刑警队队长，除非他们疯了才会往枪口上撞？好了鹰哥，按原计划办，从今天起你就当我的教练，我保证服管。"李嘉齐伸手抓住一副哑铃，立刻做出练习的姿势。

"既然你小子不听洋邪，那我就豁出去了。来……训练开始！"张鹰用拳头击打着李嘉齐的后背，说，"把胳膊伸直了，挺胸抬头！"……

　　暑假彻底解放了李嘉齐，他几乎天天和张鹰在一起。不管骄阳似火，也不管天气闷热，他要么拼杀在篮球场上，要么奋战在健身房里。他苦练打篮球的基本功，不断强化自己的体能。他的四肢越来越发达，思想越来越单纯，从而印证了"四肢发达头脑简单"这句老话。

　　家对李嘉齐来说充其量算作一个饭店，根本算不上旅馆。他在饥饿难耐的时候才会想起自己的家，他在家里狼吞虎咽风卷残云般吃东西的时候，他的妈妈和奶奶才能见到他的身影。无论刮风还是下雨，倘若他妈妈和他奶奶让他在家里待上半天，陪她们聊聊天，说说外面的新鲜事，或者让他在家里睡上一个晚上的觉，那简直就成了一种奢望，更不用说让他帮着做家务，或者参加学习辅导班了。

　　李嘉齐的爸爸一身扑在办案上，偶然回一趟家根本顾不上管他。他妈妈和他奶奶对他的所作所为只能由无奈到默许，由默许到放弃，他很快就成了一个自由浪荡的人。

　　张鹰对李嘉齐的训练非常严格，甚至有些残酷。每天早晨，李嘉齐按照张鹰的设计腿绑沙袋跑步两公里，风雨无阻。白天，李嘉齐按照张鹰制定的打篮球的训练计划进行训练，晚上，他按照张鹰制定的体能训练标准做完一百个俯卧撑。无论多么累，他都咬牙完成。起初，李嘉齐兴致勃勃，尽管身体素质差，不能严格按照标准完成训练任务，但他的态度相当积极的，训练是特别认真刻苦。可是，时间一长，他对这种简单且古板的训练方式感到索然无味，他开始厌恶逐渐消极起来。于是，他趁张鹰不备时，偷偷地放出沙袋里的沙子，有意识地减少跑步的里程，故意降低做俯卧撑的难度，虚报做俯卧撑的个数，甚至在篮球场上出工不出力，疲于应对。

　　李嘉齐所做的这一切，逃不过张鹰的眼睛。张鹰不定期地抽查沙袋的重量，让李嘉齐补上偷偷倒出去的沙子，陪伴他跑完规定的路程。在篮球训练的间隙，张鹰向他讲述叶公好龙的故事，向他讲述周杰伦、姚明、乔丹的奋斗历程，鼓舞他为实现篮球梦想而奋斗的勇气和信心。在他做俯卧撑的时候，张鹰特意想出了防止偷懒的高招。

　　这天晚上，李嘉齐想草草地做完一百个俯卧撑后看会儿电视剧，再去书房斋看会儿闲书，拉拉二胡和手风琴。可是，他刚做好做俯卧撑的准备，就看见张鹰端着一个洗脸盆向他走来。

　　张鹰的双手有些吃力，面部表情充满着神秘。

　　李嘉齐像被老鼠咬了脚趾一样，腾地一下子站起身来。他凝目一望，发现那个洗脸盆里盛满了水，稍有晃动，水就会溢出来。

"鹰哥，你弄这个干吗？"

"少废话，趴在地板上，腰部下塌，两腿挺直……"

李嘉齐按照做俯卧撑的标准伏下了身子，扭头看着张鹰，一种被捉弄的感觉莫名其妙地袭上心头。

"别回头，颈部要挺直，脊椎不能弯曲，对对对，就是这个姿势！"张鹰把那个盛满自来水的洗脸盆慢慢地放在了李嘉齐的脊背上。

"嘉齐注意，一定要按着标准认真做起！好……就这样做！一、二、三……二十八……"

"哗啦！"李嘉齐实在坚持不住了，一头扎在地板上。洗脸盆侧翻，冷水四溢，沿着他的脊梁顺着他的肩膀流向他的脖颈和脑袋，与他全身的汗水掺杂在一起。他浑身一激灵，恼怒地说："干吗哪鹰哥，玩儿猴啊？"此刻，他整个身体都贴在了地板上，洒落在地板上的冷水瞬间把他的背心和裤子湿透了，怒视着张鹰说，"你这不是缺德吗？"

"啪嚓！"李嘉齐从地板上爬起来，满肚子的委屈一下子落到了洗脸盆上，他飞起一脚把洗脸盆踢了出去。

洗脸盆被对面的墙壁弹了回来，残留在里面的冷水全部洒在了地板上。

张鹰一把抓住了李嘉齐的脖子，向上提了提。"狗咬吕洞宾，不识好人心！去——拿簸箕、笤帚和拖布把洒在地板上的水弄干净了！"张鹰怒视着李嘉齐，说，"否则的话我就对你不客气了！自称男子汉大丈夫，却吃不了半点苦，还屎壳郎戴花臭美，想把篮球打出名堂来？呸！什么东西，我瞧不起你！"张鹰的手慢慢地松开了，李嘉齐下意识地伸了伸脖子，随即引起了一阵强烈的咳嗽。

李嘉齐意识到了自己的过错。他想："张鹰的训练方法是损了点儿，但他的出发点是好的，是我错怪了他。"

李嘉齐一声不吭地跑到卫生间，找来了簸箕、笤帚和拖布。

张鹰瞟了李嘉齐一眼，接过簸箕和笤帚。

他俩沉默不语，不一会儿就把地板上的积水清理完了。

"嘉齐，对不起，是我的态度不好，办法的确损了点儿，但我是恨铁不成钢啊！大人们不是经常说'严师出高徒吗'？可是，我对你严格了，你却翻脸不认人了，不想做我的徒弟就算了，我起码还落个清闲哩！"张鹰注视着李嘉齐眼角处咳嗽出来的眼泪，后悔自己刚才对李嘉齐下手太狠了。

"滚滚滚，那边去！我整天鹰哥长鹰哥短地尊敬着你，没想到你脚大得不在鞋里！你怎么养成了这么一个坏脾气？装什么装，虐待狂！跟着你训练算是倒了八辈子霉了。"

"不服啊？不服不要紧，你去把洗脸盆里灌满自来水，按照我对你的办法你把它放在我的脊背上，我来做一百个俯卧撑，要是洗脸盆里的水洒在我的身上，我不仅用舌头舔干净了，我还把咱俩的师徒关系倒过来！"

"遵命！"李嘉齐拿起洗脸盆，边说边到洗手间里去打水。片刻之后，他端着一盆自来水走到张鹰跟前，得意地说："黄河不是尿的，泰山不是垒的，牛皮不是吹的，火车不是推的！鹰哥，你赶快做赶快做！不作不会死，自作孽不可活！"

第十二章　暑期追梦

【01

李嘉齐、张鹰、顾吉哲三个人有共同的爱好和追求，他们情投意合，情深义重，配合默契。他们充分利用暑假苦练打篮球本领。阴雨天，他们在张鹰家中进行体能训练；晴日里，他们在篮球场上拼命厮杀。他们“不怕晒黑，不怕掉肉，不怕受伤，不怕挨揍”。他们的豪言壮语是：“为有牺牲多壮志，敢教日月换新天；为追姚明多努力，将来一定赛乔丹！”

篮球场是他们自由活泼的天堂。孟祥岳、周岩、郭小刚、王东宁、金鹏程、王湛生、胡英俊和宋肖贺腾等和他们一样，经常活跃在篮球场上。

场外，每天都有呐喊助威的观众。

张鹰在篮球场上如鱼得水。此刻，他一个冷不防地转身跳投，上体后仰，动作漂亮，篮球带着杀伤力的旋转在空中划出了一道美丽的弧线，随着那动人心弦的声音发出，李嘉齐的心为之一颤，情不自禁地狂呼：“曜……球进了！爽极了！”

场外的观众激动地吆喝声不绝于耳，掌声一片。

顾吉哲费了九牛二虎之力得到了篮球，他模仿着张鹰的样子带球奔跑，也想来个一鸣惊人，结果却与张鹰截然不同，不仅篮球被别人抢去，而且在奔跑抢夺中被篮球碰破了鼻子。顾吉哲狼狈至极，跑到场外处理伤口。

顾吉哲的伙伴们司空见惯了这种流血现象，一个个自顾打球，对顾吉哲麻木不仁。张鹰更是兴致勃勃地总结着顾吉哲打篮球的特点：“一是抱球不稳，二是过人不狠，三是投篮不准，四是与球接吻。”引来伙伴们阵阵嘲弄的笑声。

李嘉齐琢磨着张鹰对顾吉哲的评价，窃窃自喜，跟随着张鹰在篮球场上“递、收、夺、躲、挪、跑、跳、投”，自认为自己的球技有了突飞猛进的进步，自认为自己的两下子比顾吉哲强得多。然而，他屡屡犯规，时常遭到伙伴们的恶言冷语。

“你的眼睛长到腱沟子里去了，看不见我在那儿啊？”

“瞧瞧你这副德行，怎么老打人家的手哇，没有记性！”

“你往哪里拱啊？瞎驴撞槽！”

"看你的眼神儿，不服气儿是吗？告诉你，就你这三脚猫的功夫，比顾吉哲还差得远哪！"

　　那些对李嘉齐不熟悉的面孔，一个个冷嘲热讽，说话一个比一个难听。李嘉齐心情压抑，责怪自己技不如人，怨恨别人牛哄哄。他丧失信心，中途退场，偷偷地躲在观众群里，暗自神伤。

　　"嘉齐，你躲在这里干吗？是伤着胳膊还是伤着腿了？"张鹰凑过来，关心地问。

　　李嘉齐的眼里噙着泪花，摇了摇头，说："没事鹰哥，我觉得有些疲惫，想休息一会儿再打。"

　　"呵呵……是身体疲惫还是心里疲惫，还是二者兼备？我告诉你嘉齐，男子汉不能这么小家子气，要想出类拔萃，不仅要学会吃苦，而且要学会吃话！我和你有过同样的经历，不要灰心丧气。切记，打篮球的秘诀是，脸皮薄摸不着，脸皮厚玩个够！只有磨厚脸皮，才能学会球技。你什么时候脸皮厚了，或者说什么时候'厚颜无耻'了，你什么时候才到了长球技的时候。心急吃不了热豆腐，失败是成功之母。别灰心，慢慢来！等他们都走了，我再对你单兵教练！"

　　树梢上的知了狂躁地叫着："热死了，热死了，别练了，别练了……"在太阳的炙烤下，它们的叫声有些沙哑。

　　张鹰和李嘉齐奔跑在夏天的篮球场上，观赏着夏天的颜色，体会着夏天的温度，忍受着知了的吵闹。

　　"嘉齐，这么多天过去了，你一直在强化体能训练，你一直在学习打篮球的技巧，可我一直看不到你打篮球的成效。今天这么热的天，我陪你一起流汗，你的球技到底如何？我要检验一下！"张鹰手持篮球，边说边佯装三步上篮，就在他腾空而起的一瞬间，把手中的篮球砸向李嘉齐的脸面！

　　李嘉齐的注意力全部投入到张鹰的投篮上，结果被张鹰投过来的篮球重重地击中了鼻梁。他"哎呦！"一声，说："鹰哥……你为什么毁我！"李嘉齐情不自禁地捂住鼻子，眼泪夺眶而出，责怪道，"有你这么干的吗？"

　　"吼什么吼？你是觉得难受了还是难看了？你都练习快一个月了，怎么连这点意识都没有？你怎么反应得这么迟钝？告诉你，这叫声东击西，这叫兵不厌诈！记住，今后要引以为戒，要知耻而后勇！吃亏上当不要紧，关键是要汲取教训！"张鹰一脸的认真，说话一板一眼，振振有词。

　　"我辛辛苦苦不分白天黑夜地练体能、练篮球，你却像训斥三岁小孩儿一样训斥我，你也太不给我面子了，难道我的进步就被你的三言两语给否定了不成吗？"李嘉齐满肚子的委屈无从说起。他呆若木鸡……

连日来，天空中悬挂着火球一样的太阳，云彩好像被太阳融化了，消失得无影无踪。天热得雷江里的鱼不敢露出水面，鸟儿只敢藏在阴凉处歌唱，天热得蜻蜓只敢贴着树荫处飞，像是怕阳光伤了自己的翅膀。整个雷江市像烧透了的砖窑，使人喘不过气来。一条大黄狗趴在篮球场外的地上，吐出鲜红的舌头纳凉。

李嘉齐、张鹰、顾吉哲等十来个人，汗流浃背地奔跑在篮球场上。张鹰瞅准机会对李嘉齐窃窃私语："伙计你真笨，你的球技还不如顾吉哲的三分之一！"

李嘉齐瞠目结舌，乱了方寸，打篮球完全没了章法，一阵胡跑乱打。他满脸蹿火，两颊红得像太阳。在他的脑海里，翻来覆去就是一句话："我的球技还不如顾吉哲的三分之一！"他也斜了张鹰一眼，心想，"我一定要超过顾吉哲，一定要超过你，我的目标是姚明、乔丹，咱们骑着毛驴看画书——走着瞧！我一定会让你刮目相看！"

从此，李嘉齐练习打篮球更加投入，更加刻苦。张鹰偶然因事不能陪他练习，他就自己跑到篮球场上摔打自己。每次练习投篮或者观摩别人投篮时，他都会提醒自己："切记，三个九十度不能偏，举足投手要稳健。"他严格按照标准和要求，逐渐掌握了动作要领，慢慢学会了三步投篮，他的动作虽不美观，但能"鱼目混珠"。他终于迎来了这一天，他看到了张鹰赞许的目光，听到了张鹰的夸赞："啧啧，三日不见当刮目相看！小伙儿不错，你现在已经超过了顾吉哲！"张鹰窥视了一下李嘉齐的表情，换了一种语气，"别沾沾自喜，我说的不是你的球技，而是你的付出和努力！"

李嘉齐就像当头挨了一棒，脸色一下子阴沉下来："我明白了，其实你的意思是我仍然不如顾吉哲，你是怕伤害我的自尊心，为了鼓励我，才用这样的方式表扬我！"李嘉齐道不出自己的苦辣酸甜，说不出心中的五味杂陈，故意用一种轻蔑的口吻，"请问，顾吉哲练习多长时间了？"

"据我了解，顾吉哲最少练习两年有余了，怎么了，这对你有用吗？"张鹰的口吻强硬得很，他瞧不起李嘉齐轻浮的态度。

李嘉齐从张鹰的表情和语气里读懂了，没有什么客观理由可找，只有严肃认真、一丝不苟、坚持不懈，才能取得骄人的成绩，才能取得满意的效果。

太阳更加毒辣了，别说在篮球场上打球，就是站在篮球场上不动弹都会大汗淋漓。尽管李嘉齐和张鹰的肚子饿得咕咕叫屈，但是，天气的炎热更加激发了他们对篮球的热爱！

"不行，速度太慢！"张鹰吆喝着，对李嘉齐的要求近乎苛刻。

李嘉齐加快了速度，冲刺，三步上篮。可是，他总是体会不到手指拨出篮球的感觉，只是用手掌将篮球抛出去，不带旋转，更甭说弧线了。而且，他这样的上篮方法不准确。

"哎……什么时候才能练好啊？"李嘉齐有些灰心了，他自言自语，偷偷地躲在篮球场外的垂柳下小憩。

树冠像一把巨伞，挡住了他头顶上方热情奔放的太阳。

他望着脚下的大片荫凉，心中不由得感到惬意和满足。然而，由于他内心的激荡引发了全身的燥热，汗水仍在不停地流淌。他下意识地挥动着大手，一股微弱的凉爽气流拂过脸庞。

他瞧着一向自命不凡的张鹰被他冷落在篮球场上，那憨态可掬的样子令他暗暗自喜，一股凉丝丝的风让他心花怒放。

张鹰向着李嘉齐这边张望的目光，游离中带着几分忧伤，拿着篮球的右手有些抖动，复杂的面部表情掩饰着痛苦。

"李嘉齐——是永远扶不上墙去的东西！曜——你把我一个人搁在球场上，自己却躲到大树底下去乘凉。打篮球是个什么差事儿难道你不明白吗？看事容易做事难你应该懂得，万事开头难你更应该懂得。刚才你还大讲特讲永不言败的篮球精神，怎么转眼的工夫就被太阳征服了？说话的巨人，办事的建子。这么点儿苦你就受不了了，你以为太阳只晒你不晒我呀，你当我愿意受这份洋罪啊？我再重复一遍，要想把篮球打出名堂，永不退缩才是，永不服输才行！"张鹰大声吼叫，步伐凌乱，情绪急躁。

"呵呵……哥们儿，真是废寝忘食啊！"一个高大的身躯移动过来，满脸热情，向李嘉齐伸出长满厚茧的右手。

李嘉齐下意识地将自己那只细嫩的右手迎了上去，仰视着对方的脸，难为情地说："宁哥，你可别这么说，不好意思！"当他们把手握紧的那一刻，李嘉齐感到了一种力量、一种真诚。

"嘉齐，你那哥们儿说得对，你千万不要气馁！我是每天必到篮球场的，可我每次来的时候你已经在这里了，而我离开的时候你还没有离开，我曾经被你对篮球的执着感动、鼓舞！"王东宁松开手，拍了拍李嘉齐的肩膀，望着李嘉齐的眼睛，迟疑了一下说，"可是……现在你想打退堂鼓了是吗？其实也没什么，我完全能够理解！因为我也有过这样的阶段，人嘛，大多具有相同的弱点。打篮球的辛苦不是每个人都能承受的，要想把篮球打出名堂，那更不是一件容易的事情。乔丹也好，姚明也罢，成功的人不一定有多么超人的天赋，所不同的是他们都有超人的毅力和勇气，有常人所没有的信念和永不言弃的精神！一时的松懈没有关系，关键是你要坚信自己的选择和追求，继续去打你热爱的篮球吧！切记，一定不能放弃！"

王东宁意味深长的话语让李嘉齐深受鼓舞。李嘉齐心悦诚服，频频点头。他重拾信心，浑身充满了力量。同时，他觉得，王东宁的说服方式要比张鹰那种高高在上的方式容易接受。突然间，他和张鹰之间产生了一种莫名其妙的距离感。

王东宁的目光中显示着说服李嘉齐的快乐与满足，他转身向着张鹰走过去，主动地说："你好哥们儿，自从上次我们打篮球对抗赛那时起，我就发现了你真的不一般，你果真名不虚传，篮球打得的确不错，这段时间你的进步更加明显，我们切磋切磋如何？"

张鹰立刻板起面孔，他想起了王东宁在教室里给他制造的难堪场面和他在打篮球对抗赛时的窘迫，极不耐烦地从牙缝中挤出一句话："对不起，我还没有吃饭，也没有那个心情！"他用冰冷的口气回绝了王东宁的邀请。

"没关系，等你有时间有心情了我们再切磋！我知道，我们之间可能存在着误会，其实我没有别的意思，只想交你这个朋友，因为，你在我们三中也是个响当当的人物！"王东宁声调平和，表情友善，态度诚恳。

"我算什么人物？马屁精！"张鹰厌恶地看了王东宁一眼，把篮球狠狠地砸向李嘉齐，"还愣着干嘛？你到底还打不打？不打滚蛋！"张鹰见李嘉齐对王东宁一脸的友善，有些醋意地吼叫着，脸上阴云密布。

李嘉齐接住篮球，向张鹰走过去，脸上挂满了微笑，说："鹰哥饿着肚子教我，我还有什么理由不打？"他咬了咬嘴唇，小声地嘟囔，"张鹰为了我，王东宁为了我，我也是为了我，真是人人为我，我为我！"

张鹰侧耳仔细地听着，反问道："你说什么？能不能大声点儿？好话不背人，背人没好话！"

"哈哈哈……小心眼，我没说背人的话鹰哥，我是说呀，鹰哥为我甘愿辛苦，我还有什么理由害怕辛苦！"

"少扯淡，别光练嘴皮子上的功夫，接着练习三步上篮，达不到要求甭想去吃饭！"

"Yes！"

王东宁的脸上祥和而平静。他站在篮球场外，观摩着张鹰帮助李嘉齐练习跳投；观摩着李嘉齐三步上篮，表现出真诚、友好和欣赏的态度。

张鹰不时地瞟瞟王东宁，冷酷的脸上彰显着傲气。

李嘉齐边练习边琢磨王东宁和张鹰彼此的心境和感受，一时无法猜透。

"哎……鹰哥，"李嘉齐用试探的口气对张鹰说，"我看王东宁不仅没有一点恶意，而且纯粹是想和你交朋友，你这般冷酷无情，是不是太过分了？上次是他不对，可是已经过去这么长时间了，你何必斤斤计较呢？你应该……"

"你懂个屁！"张鹰把嗓音故意提高，霸道地打断了李嘉齐的话语，"抓紧时间练习你的三步上篮，记住，抓球要稳、过人要狠、进球要准，不然的话，不光让人家封盖吗？"张鹰故意转移话题，眼神有些游离。

李嘉齐被张鹰的话语噎得喘不过气来，一时无法应对，感到十分沮丧。他不想在张鹰这里再碰钉子了，沉默不语，继续进行三步上篮练习……

太阳逐渐地偏西，身影不断地向着东北方向延伸。强大的体能消耗早已耗尽了早餐提供给他们的能量，他们体内仅存的少量脂肪不断地燃烧，顽强地做着化学分解，远远不能适应新陈代谢的需求。李嘉齐因严重的体力透支而身心俱损，一直在他脸上流淌的汗水逐渐干涸，一直在他后背流淌的汗水结晶在背心的外侧，形成了白色的图案。他的眼前一阵发黑，一屁股坐在地上，脑袋向着一侧歪去。

"哎呦呦！——嘉齐这是怎么了？"王东宁迅速地跑过去，急切地问，"没事吧嘉齐？"他蹲下来，拽着李嘉齐的胳膊，瞅着李嘉齐的面色，拿下李嘉齐抱在怀中的篮球，扭头看了看扶着李嘉齐后背的张鹰，"哥们儿，抱紧他，千万别让他站起来，一定要让他先缓一会儿。你等着，我去给他弄点水喝！"

李嘉齐的意识很清楚，王东宁奔跑的身影有些模糊，身后感觉到张鹰对他的支撑，这种友情深深地印在了他的脑海里，他觉得幸福无比，充满了感激。

王东宁把一个拧开的矿泉水瓶口塞进李嘉齐的嘴里，张鹰腾出一只手，和王东宁的手一起慢慢地抬高了瓶子的底部。纯净水的甜润，友情的鼓舞，使李嘉齐突然感到头清目明，心里立刻亮堂了许多，心怀感激地说："谢谢谢谢！太感谢你们了！"李嘉齐慢慢地睁开眼睛，瞅了瞅面前的王东宁，回头看了看身后的张鹰。

"客气个啥？"张鹰把托着矿泉水瓶子的那只手缩了回去，扶住李嘉齐的肩膀，说，"慢慢地起来，看看还黑吗？"

"别急，让他多坐一会儿再说，起猛了对心脏不好！"王东宁仍然与张鹰唱着反调。

张鹰没有答话。

李嘉齐没有主张，保持着沉默。

张鹰挪开了搀扶李嘉齐的手臂，站起身来。

李嘉齐摆了摆手，示意王东宁拿走矿泉水瓶。

王东宁顺势站了起来。

李嘉齐仰视着王东宁，眼神中充满了感激，说："谢谢宁哥，我没事了！"张鹰和王东宁把李嘉齐夹在中间，他俩面面相觑，彼此行了个注目礼。

此时此刻，李嘉齐觉得恰似春风细雨滋润了王东宁和张鹰的心田。

"嘉齐是我的兄弟，谢谢你！"张鹰望着王东宁，眸子里透着真诚。

"我们是师兄师弟，干吗这么客气！我是留级生，可能是你们的师兄……哈哈哈……我可没想占便宜啊！我是属小龙的，实际上就是属长虫的，比不上马呀羊的，哈哈哈……"王东宁又说又笑。

"我是属马的，是吃草的动物，不爱吃肉，估计对长虫之类的构不成威胁，呵呵……"在张鹰那张冷傲的脸上，终于看到了一丝笑容。

"我也是属马的，但和鹰哥比起来，我这匹马小了一点点！我也是食草的动物，对长虫之类的更构不成威胁了，哈哈哈……"李嘉齐觉得体力恢复得差不多了，一下子站了起来，随即向左侧跨出一步，他的站立点与王东宁和张鹰的站立点均等，把他们的站立点连接起来构成了一个等边三角形。

他们彼此环顾着说笑，气氛一下子融洽起来。

"哥们儿，我建议你们吃点东西再来练习，我有点事急需处理，就先行一步了。"王东宁大大方方移动开脚步，转身离去。

"我们是该喂脑袋去了。"张鹰瞅了瞅王东宁的背影，看了看李嘉齐的面部表情，说，"你接连好几天都没有回家了，你妈和你奶奶还不知道急成啥样子呢！"

李嘉齐点点头。

"上车！"张鹰发动了摩托车，招呼李嘉齐跨上了摩托车。

【03

天空中一丝风也没有。

摩托车发动机燃烧的尾气，在李嘉齐的身后滞留。

李嘉齐闻着刺鼻的气息，突然想起了一句歇后语，于是调侃张鹰，说："鹰哥是被窝里放屁——能文（闻）能武（捂）！我和顾吉哲都十分佩服。"

张鹰却像个闷葫芦，一声不吭。他驾驶着摩托车，像狗拉的爬犁，忽快忽慢，摇摇晃晃，弄得李嘉齐晕头转向。

李嘉齐瞅着张鹰无精打采的背影，感受着摩托车此起彼伏的晃动，心中突然一阵惊悚。他担心会发生意外，害怕自己从摩托车上摔下来，不由得伸出双手，死死地抓住了张鹰的背心。

"你干吗，想勒死我呀？"

"曤——你终于开了尊口了，如此看来，'逼得哑巴说了话'这句话一点儿都不假！鹰哥，你怎么了这么郁闷？当心前面的车辆和行人！"

"哎……其实也没什么，只是担心你的家人误解我！这些日子以来，我们要么泡在篮球场上，要么四处闲逛，虽然没做过伤天害理的事情，但你妈和你奶奶恐怕不会这么猜想。我知道，我没有给她们留下好印象，说不定她们会认为你跟我在一起厮混，会干出一些见不得人的勾当！"

"任由我妈和我奶奶随便去猜想吧，反正她们已经听不进我的任何解释了！

特别是我妈，任何解释在她面前都是瞎子点灯——起不到任何作用。我承认，我有焦虑多疑的毛病，可是我妈时常把我往坏里去想，我三六九的被冤枉！当然，我妈也有被我冤枉的时候。鹰哥你知道吗，我妈每次都会说我'好心当成驴肝肺，狗咬吕洞宾不识好人心！'其实，我和我妈之间缺乏了解、存在代沟，尽管我妈的观点有时很主观，但我也无法找出反驳的理由？"

"行了嘉齐，别啰唆了，你还是管住自己的嘴巴吧，没人把你当哑巴给卖了。实话告诉你嘉齐，刚才我郁闷的另外一个原因，是我突然想起了我的爸妈。最近几天，我每晚都会做梦，每晚的梦里都有我已故的妈妈的音容。我妈对我痴迷篮球非常不满，对我放松学习深表遗憾，对我的前途充满了担忧，她那慈祥的目光里充满了伤感。我的东邻居对我讲，前几天，我爸爸因想念我心切于百忙之中抽空回家看我，因为四处找我没有找到，急得火上房……在我的潜意识里，我和我爸爸之间有心灵感应，可是不知道为什么，我们一见面就会引发'战争'，时常搞得鸡飞狗跳、水火不容！"

"这是什么时候的事了，鹰哥？"李嘉齐插话道。

"哦……就是那天，我骑着摩托车驮着你去玩耍，路过你家的胡同口时，突然发现摩托车的后胎没气了。我们下车检查，发现气门芯烂了。于是，我们就到你家找了气门芯，找了气管子打了气儿。可是，当你再次乘坐我的摩托车行驶出你的家门时，却遭到了你妈妈的坚决阻拦。我不知道天高地厚，主动帮助你向你妈妈去求情，不仅惹得你妈妈一脸的不高兴，而且让我看到了你妈妈隐藏在眼镜片背后仇视的目光。我不由得打了个寒颤，觉得自己就是千古罪人。无奈之下，我悻悻回家。我刚进家门，东邻居那个老爷爷就把我爸爸突然回家找我的情况告诉了我。老爷爷说，那天我爸爸是含着眼泪走的，看样子，我爸爸伤心极了。老爷爷的话让我百感交集，我的泪水无法控制，我对自己痛恨不已。我想象着我爸爸牵肠挂肚的样子，回想着梦中妈妈对我的嘱托，我发誓痛改前非，活出一个全新的自我。可是，一到篮球场上，我就什么都忘了。这会儿饥饿了，我的头脑反而清醒了。我非常理解你的妈妈，她对你又何尝不是牵肠挂肚呀！自从我们拜了把子成了好朋友，你妈妈就整天为见不到你的踪影而担忧！怨恨你，埋怨我，是人之常情！因此，她发牢骚，我们就洗耳恭听。"

"好了鹰哥，你对我的关心我心知肚明，我妈和我奶奶早晚会理解你的。对了，有一件事我不明白，王东宁在我们学校是个留级生，篮球方面也是个很牛的人物，刚才你对他冷嘲热讽，他的心里怎么会那么平静呀？"李嘉齐突然转了话题。

"嘉齐，我已经对你说过，我刚学打篮球那会儿天天给人家当猴儿耍，被人家呼来唤去帮着人家拣球还乐此不疲！因为球技不如人，被人家讽刺挖苦那是家常便饭，那种难堪的场面你没有见过，更甭说你亲自去体验了。我以为，王东宁肯定经历了我所经历的一切，所以他学会了克制，懂得了忍受，对了，就是克制和忍受！嘉齐，你明白了吗？"张鹰回头看了李嘉齐一眼。

李嘉齐恍然大悟，他想："张鹰在篮球场上之所以对自己'不近人情'，是因为刻意锻炼自己的忍耐力、磨炼自己的承受力。张鹰表面上对自己冷嘲热讽，内心却埋藏着深厚的关爱之情。"李嘉齐突然责怪起自己的小肚鸡肠，对张鹰的误会顿时抛到了九霄云外。

"嘉齐，怎么哑巴了？马上就到你家的胡同口了，快准备下车吧！哎——你瞧瞧，在你家的大门口站着两个人，东张西望的好像在寻找什么！哎呀——那是你奶奶和你妈妈，估计她们正在盼着你回家呢！嘉齐呀，我们真的太不像话了！"

李嘉齐忐忑不安地点了点头，看着妈妈和奶奶焦急的神情，他愧疚的泪水滴落在胸前。此时此刻，他的双腿像灌满了铅，喉咙里像塞了棉花团，他步履蹒跚，欲喊无声，迈着沉重的脚步，心里像打翻了五味瓶。

第十三章　开学挨整

【01

　　整整一个暑期的时光，被李嘉齐消耗在了篮球场上。明天就到了开学的时间，他突然想起了各科老师留下的海量的暑假作业。他在凌乱的卧室里翻出背包，拿出一摞厚厚的油印片子和数十张试卷问答，望着《家长通知书》中"家长意见"一栏，脑袋"嗡"的一声发出爆裂般的剧痛，意识一片空白，半晌才回过神来！他仰天长叹息，硬着头皮去找到妈妈，想让妈妈在"家长意见"一栏里签上字。他的话刚一出口，妈妈就雷霆大怒。这一导火索，让妈妈长期积聚在心的愤懑如火山爆发，势不可当。他无可选择地迎接着妈妈的暴风骤雨，而妈妈直到嗓子变得沙哑才善罢甘休。

　　李嘉齐自知理亏，任由妈妈数落，默不作声。可是，不知为什么，当妈妈终止了训斥，心情逐渐变得平和的时候，他却烦躁起来，这种烦躁来得突兀。也许是因为妈妈的话语戳到了他的痛处；也许是因为他没有完成作业而担心受到老师们的惩罚和同学们的讥笑。他和妈妈讲了一通歪歪理，想以此缓解自己的情绪。可是，他万万没有想到，妈妈被他彻底地激怒了，妈妈带着沙哑的嗓音狂吼起来："你简直就是胡搅蛮缠，你简直就是疯狗一般，你简直就是不可理喻，你简直就是一个没用的东西！"

　　李嘉齐自知理亏，理屈词穷，但他拿出张鹰惯用的"看家本领"，跑到自己的房间里，"嘭"的一声关上屋门，插上插销。他气呼呼地来回踱步，两眼搜寻着发泄目标。最终，倒霉的床头被他锁定，他攥起拳头对它一顿猛打。

　　"咚咚咚"

　　"哓哓哓……"

　　"开门，嘉齐……"妈妈一边呼喊一边敲打着门板。

　　李嘉齐隔着门板，想象着妈妈焦急的样子。

　　"快开门小祖宗……"奶奶焦急地呼喊。

半晌，李嘉齐打开屋门，一眼就看见妈妈泪流满面，无奈地摇头叹息。

奶奶颤抖着血管突出的老手，把手帕递给妈妈，浑浊的眸子里一片茫然。

李嘉齐的心里十分内疚，却假装若无其事。

妈妈的眼睛紧紧地盯着他的双手，发现他安然无恙时，那颗悬着的心才落了地，紧锁的眉头才舒展开来。

屋子里紧张的气氛，逐渐地变得缓和起来。

李嘉齐终于发现了妈妈的最脆弱的地方，就此给妈妈提要求要条件。

他生日时爸爸给他买的安踏牌篮球鞋，在他的蹂躏下早已痛苦地裂开了大嘴，曾经崭新的李宁牌篮球服早已颜色褪尽。他曾经三番五次地向妈妈提出购买篮球鞋、篮球服的要求，都遭到了妈妈的坚决反对和果断拒绝。没想到，这次他的话音刚落地，妈妈就答应了。但他看得出来，妈妈虽不情愿但又无可奈何。妈妈颤抖着双手，从衣橱中折叠的衣服中拿出二百元钱交给了他。他明白，妈妈这样做，已经做了最大的努力。妈妈一直认为，是那双篮球鞋和那套篮球服让他迷恋上了篮球，因为迷恋篮球而影响了学习，耽误了暑假作业。再者，家里经济拮据，钱必须用在刀刃上，就是再迁就他，也不能无原则的满足一个不学习之人的"无理要求"。

李嘉齐的臭脚很不争气，一天到晚的疯长，转眼间必须穿四十五号的篮球鞋才不受委屈。他手里攥着妈妈"恩赐"的二百元钱，不敢奢望名牌特优，只能买那些廉价的"冒牌货"来蒙骗同学们的眼睛，满足自己的虚荣心。

开学了。学校门前，小商小贩蜂拥而至，各自占领有利地形。小食品，日用品，课外读物琳琅满目。学校门口被各式各样的交通工具堵得水泄不通。家住农村的住校生，带着书包和行李，在家长的陪同下艰难地穿梭在人流和车流的缝隙里，汗流浃背地停留在商贩们的摊位前面，讨价还价购买急需的物品。

李嘉齐穿着新买的篮球鞋、篮球服，背着松垮的书包，神气十足，洒洒脱脱，望着同学们的"狼狈"相自鸣得意。

作业完成了吗？完成了！这样的问答成了同学们之间的"见面礼"。李嘉齐听着同学们之间的问答，心里忐忑不安。同学们眸子里流露出的兴奋和谈笑间的轻松，让他好生羡慕，他那"轻装前进"的自豪感陡然间荡然无存。

根据上学期的考试成绩，结合暑假期间的个人表现、作业完成情况，班主任对升入初中三年级的学生重新进行了分桌。

李嘉齐被"理所当然"地安排到了落后生们"驻扎"的角落里。

陌生的老师，全新的课程，李嘉齐一时无法适应新的环境。上课走神成了家常便饭，课下打篮球成了不变的习惯。他对文化课的学习慢慢地失去了信心，逐渐产生了反感。

摸底考试他在下游，阶段小考他名落孙山。一次又一次的考试失利让他成了班级里的"名人"，他的兴趣彻底转移到打篮球中去了。

【02

9月5日是雷江市第三中学的"校园开放日"，也是同学们的家长集会日。

李嘉齐的爸爸吃过早饭之后，按照李嘉齐昨晚在电话中的安排和要求，驾驶着警车与妻子一齐奔向雷江市第三中学，参加学生家长会。

上午八时左右，李嘉齐的爸妈来到学校门口附近。他们隔着车窗玻璃一眼望去，人山人海，来自全市各地的学生家长纷纷走进校园。几辆从河南、山西远道而来的大巴车早已停靠在了学校门口两侧，耀眼夺目。从大巴车上走下来数百名慕名而来的老师及学生家长，他们要亲身感受和体会雷江市第三中学蜚声遐迩的神话般的教学模式。

李嘉齐的爸爸径直走向李嘉齐所在的教室，李嘉齐的妈妈带着马扎在校园中的操场上边休息边等待。

此时此刻，各个教室里，学生家长络绎不绝。

李嘉齐的爸爸签名之后，走进李嘉齐所在的教室，来到他的座位前，站在他的身旁。

李嘉齐让爸爸坐下来，并提醒爸爸："待会儿要低调些，这里比你有钱有势的有的是。况且，我在升级考试和开学摸底考试中都没有考好，这就注定了我们都失去了话语权。我看出来了，爸爸做好了和班主任赔笑脸的打算！可是，我告诉爸爸，您完全没这种必要！"

教室里人头攒动，拥挤不堪。

李嘉齐的爸爸坐在那张狭窄的椅子上，侧目看着放在李嘉齐身前课桌上的成绩单，注视着李嘉齐最近三次考试的各科成绩和排名，特别用心地记住了李嘉齐的名次：期中考试 649 名，升级考试 786 名，开学摸底考试 937 名。他想："嘉齐的学习成绩分明在直线下降，他为什么还如此轻狂？"

李嘉齐早已知道了自己考试的结果，但在父亲面前佯装认真地看着眼前的成绩单，在"自我评价"一栏里，写下了这样一段话："自己不理想的学习成绩，完全是咎由自取。在客观上是自己痴迷篮球的结果；在主观上是自己对学习的态度不端正，认识不深刻，尤其是刻苦学习的思想不牢固，努力学习的决心总动摇。所以，尽管我和同学们经受了同样的辛苦，却拿不到相同的分数，非常惭愧，非常遗憾。凭借自己的天资和父母提供的资源，我能够进步的空间很大，我有很大的潜力可挖，所以，从这个月起，我要拼上一把。我知道，自己已无路可退了。我父母的岁数越来越大，他们的两鬓已生出了白发。每当想起这些，我的心里就难受极了。我不想说太多的大话空话，实干才是我对老师和父母的最好报答。自认为，我是个有血性有人性的人，应该干一些人事了。"

李嘉齐的爸爸读罢他写在"自我评价"一栏里的那段话，深受感动，眼眶湿润了，动情地说："嘉齐呀，其实你什么都懂啦！今后的路该怎么走，不用我再多说什么了，你自己看着办吧！总之一句话，到了该努力的时候了！"

李嘉齐不停地点头，目不转睛地瞅着爸爸慈祥的面容。

爸爸的眼睛里似乎闪过一些东西，随即在"家长希望要求栏"里写下了一句话："发奋拼搏长志气，排除万难争上游。"爸爸大声地念给他听，"切记，不蒸馒头争口气！"

此刻，李嘉齐安稳得像奶奶喂养的小花猫，心甘情愿地接受了爸爸的教导。

班主任周理论走进了教室。

同学们齐刷刷地站到了教室的过道和后面的空地上。

学生家长纷纷坐在了各自孩子的座位上。

上午九点钟，学生家长会正式开始。

闭路电视里传来初中三年级年级部主任张长发诙谐幽默而又中肯的讲话："拜托在座的各位学生家长，一定要以这次学生家长会为契机，一要转变观念，家长要帮助孩子，提升其学习的努力性；二要理性地看待孩子的成绩，一次成绩好坏代表不了一个学期，差距是暂时的，但不要无所谓，老师再好，也不能代替家长在孩子心目中的形象和位置；三是凡事都要有自己的判断，不要让孩子牵着鼻子走，孩子再大也是孩子；四是要欣赏孩子的独立性，孩子需要有自己独立的生活，要鼓励孩子大胆地去尝试一切；五是要充分认识细节决定成败，每个孩子没有重新选择初中的余地，要培养其良好的学习习惯。"

三十分钟后，班主任周理论针对这次摸底考试中同学们的成绩情况，开始了具体的分析。他说："我首先说明，召开这次学生家长会的目的，是要'端正态度，齐抓共管，说实话，求实效，共同参与，查找不足，齐头并进，继往开来！'"他带着饱满的热情，列举了班上进步最大的、倒退最快的各种类型的学生。

李嘉齐边听边琢磨："进步最快的我榜上无名，倒退最快的我在其中。"

周理论客观地讲解了同学们突出存在的几种不良现象，他说："相当一部分同学固执懒散，没有时间观念；顾此失彼，不能处理好各科的关系，不会十个指头弹钢琴；有的同学心智不够成熟，心胸狭隘，自私偏执；有的同学不尊重父母的劳动，攀比之风盛行，享乐思想严重。常言道，家长的身教胜过老师的言教，因此，我呼吁在座的各位家长，要多关注孩子，真正了解孩子，用正确的方式教育孩子；要培养孩子积极向上、努力奋斗、勇于攀登的精神。"

上午九点五十分，同学们都赶到了操场，进行了"天下第一操"的训练表演。

一面面班旗迎风飘扬，一个个班级歌声嘹亮。

操场上人山人海，同学们口号声声，步伐齐整，英姿飒爽，纪律严明。

李嘉齐的爸妈站在操场外，远远地观望着操场上的"队伍"，寻找着李嘉齐的身影。

学生家长纷纷赶到操场周围，亲身感受那磅礴的气势、火热的激情。对每一位学生家长来说，这场景是冲击，是震撼，是感染，是自己昨日的画面；这学校是希望，是梦想，是未来，是成功的摇篮。

初中三年级的学生列队集合，举行了上学期考试总结表彰大会。

李嘉齐所在的班级队列，处于整个队列的最北面。

李嘉齐的爸爸疾步靠过去，与班主任周理论相遇。他们趁着发奖之际，悄悄地聊了起来。

周理论列举了李嘉齐的许多"不轨"之处。他说："尽管李嘉齐聪明伶俐有潜质，但在上课时他经常走神打瞌睡，学习成绩一败涂地。他爱搞团团伙伙，好讲江湖义气。归根结底，他把功夫用在了打篮球上，学习一直不努力……"

李嘉齐的爸爸听了周理论的一席话，感到很震惊。他当即表示："放心吧，周主任，您说得对，我们不能由着他的性子来，我们必须给他压力，不然他会一败涂地！"

表彰大会按部就班，老师、学生及学生家长代表纷纷发言。

李嘉齐洗耳恭听，深受启发和鼓舞。

李嘉齐的爸爸特意坐在李嘉齐所在的队列旁边，与队列中的李嘉齐保持一条直线。他聆听着每个代表的发言，感受着浓浓的父子情感。

李嘉齐的心情万分复杂，竭力掩饰着面部表情的变化。

李嘉齐的爸爸在想："这样的场景和气氛感染着在座的每一个人，嘉齐应该认识到自己的缺陷和不足，但愿他今后努力学习，提高学习成绩，让我和他妈扬眉吐气！"

表彰大会结束了。李嘉齐的爸妈走到李嘉齐的跟前，拉住他的手，千嘱咐万叮咛："你务必正确处理好打篮球与学习文化课的关系；你务必把学习成绩搞上去……"

李嘉齐望着老爸老妈期待的目光，点头应许。

李嘉齐的爸爸在临行前给他留下一句刻骨铭心的话："我对你的坏毛病坏习惯都可以容忍，但我对你不好好地学习是零容忍。今后怎么办，由你自选！"

【03

9月16日晚上，李嘉齐的爸爸出差回到家中，带着一身的疲惫正准备入睡，却被放在床头上的手机铃声吵醒了。他揉了揉眼睛，顺手拿起手机，电话那端传来冰冷的声音："喂……是李嘉齐的家长吗？近来你的儿子不仅学习成绩在直线下降，而且对老师的劝告置若罔闻、行为轻狂，这不仅反映了他的学习态度有问题，而且反映了他在思想方面不健康，你马上到学校来一趟，我们需要沟通沟通、商量商量！"

"嗯、嗯、嗯，请问您怎么称呼？……好好好，我一会儿就到。"李嘉齐的爸爸挂断了电话，瞅着身旁的妻子小声嘟囔，"瞧瞧我们这苦命，连个囫囵觉都睡不成，嘉齐捅了马蜂窝，伤了老师的感情！"

"这个熊孩子，他当着咱们的面儿说得好好的，怎么咱们一离开他就胡闹起来了？"李嘉齐的妈妈生气地说。

李嘉齐的爸爸瞅着一身疲惫的妻子，边穿衣服边嘟囔："人家周主任亲自打电话让咱们过去一趟，你就别埋怨了！"

华灯初放，一辆警车奔驰在通往雷江市第三中学的街道上。李嘉齐的爸爸手握方向盘，不时地瞅着身旁的妻子。一路上他在想："前几天嘉齐打来电话说，最近班主任周理论没有找过他的麻烦，'小日子'过得还算舒坦。可是，为啥今天周主任突然打电话通知我们去学校呢？莫非他犯了不可饶恕的错误？"

李嘉齐的爸爸在迷惑与猜测中来到了雷江市第三中学的校门口，掏出衣兜里的手机，拨打了周理论的电话。

门卫在接听了周理论的电话"指令"之后，不情愿地给李嘉齐的爸妈放行。就这样，李嘉齐的爸妈在夜晚走进了神圣而又庄严的三中校园。

教室里的灯光亮如白昼，同学们都在上晚自习，在每个教室里，都有一位老师跟班指导。

整座校园死一般的静寂。

李嘉齐的爸妈轻步慢行，走进一号教学楼的二楼楼道，直奔李嘉齐所在的教室。

他们在教室外的楼道里徘徊，借着窗玻璃向教室里张望。他们清楚地看到，叠放在课桌上的书本，堆积得很高很高。家长们眼中的"掌上明珠"，个个趴在桌子上奋笔疾书，人人专心致志。可是，李嘉齐的座位空着，他人去了哪里？他们正在纳闷，突然发现后门口外站着一个女生。李嘉齐的爸爸仔细一看，心中不由得一惊，回头瞅了妻子一眼，脱口而出："是王红霞，我认识她。她怎么会在这里被罚站呢？她可是这个学校的高才生，升学考试中名列班级第一名，全校前十名。在那次家长会上，她的母亲作为学生家长代表领奖状、谈体会、做报告，风光无限。对了，当时我还给她拍照留影，所以，我对她并不陌生！"李嘉齐的爸爸悄悄地对妻子说。

李嘉齐的妈妈下意识地点点头，走到王红霞的跟前，不解地问："孩子，你这第一名的学生也被罚站啊！"

王红霞感到李嘉齐妈妈的话语非常刺耳，严重地伤害了她的自尊心。她烦躁至极，面部肌肉抽搐了几下，想出口反讥，但她迅速控制住了心中升起的烈焰，把到了嘴边的不敬之言咽了下去。

"李嘉齐在哪里？你们的班主任在哪里？你知道吗王红霞？"此刻，李嘉齐的爸爸因找李嘉齐心切，并未在意王红霞的心情和面部表情，连珠炮似的问题接踵而来。

也许李嘉齐的名字让王红霞的心里产生了温暖，聪明的她在极短的时间内猜出了打听李嘉齐和班主任的人是谁。于是，她和颜悦色地对李嘉齐的爸爸说："叔叔，您是李嘉齐的老爸对吗？他在四楼挨整呢！"

"啊！"李嘉齐的爸爸不由得心中一颤，他听李嘉齐说过，四楼有一个专门让违纪的同学"站军姿"的地方。

李嘉齐的妈妈惊讶地瞅着丈夫的脸，问："怎么了？"

"坏了，嘉齐肯定违反校纪了。"李嘉齐爸爸脑门子上的汗珠子顷刻间滚落下来，边自言自语边抓住妻子的胳膊，大步流星地向楼上冲去。

李嘉齐的妈妈患病初愈，身体的虚弱和思想的紧张让她有些招架不住了，她步履沉重举步维艰。李嘉齐的爸爸驾着她，缓步走上了四楼。

空旷的大楼里，没有人走动。微弱的灯光下，李嘉齐正在走廊里贴墙根站着。李嘉齐的爸爸立刻明白了，刚才的猜测得到了验证。

这里是初中三年级年级部，老师们在这些用格框分隔开的大屋子里集中备课和批改作业。

李嘉齐看见爸妈走到自己的面前，站在原地不敢动弹，但他依然一脸的灿烂。然而，他内火旺盛，呼出的口气让爸妈作呕！

"嘉齐，你是不是违反校纪了？"他的爸妈异口同声。

"没有！"李嘉齐坚定地回答。

"放屁！"他的爸爸怒不可遏，质问道，"照你这样说，是你的班主任没事找事啦？"

李嘉齐的妈妈急忙从手提袋里掏出酸奶递给他，关切地说："晚饭还没有吃吧，赶快把它喝了吧！"

"老班就是没事找事，"李嘉齐心中的怨气一下子爆发出来，毫无顾忌地说，"不喝了，不喝了，喝了还得跑厕所，让老班逮住我会罪上加罪的！"

"罪？"李嘉齐的爸爸瞪大了眼珠子，惊讶地看着他，控制着自己的嗓门说，"罪还不至于吧，不要随便给自己扣帽子。一五一十地告诉我，班主任罚你站军姿，究竟是为了什么呀？不管班主任是否有错，你都应该尊重他，班主任就是班主任，可你'老班老班'的称呼人家，这像什么话呀？"

"嗯！"李嘉齐不想撒谎也不敢撒谎，一五一十地对爸妈说，"这段时间以来，我打篮球很少了，班主任对我的表现没有挑剔的了，可他就开始在学习上为难我！这不，昨天考试，而我的学习成绩仍然没有提上去，老班就为这事儿大晚上的把您们叫了来。"

"我刚说过你，你怎么不长记性！什么老班不老班的？看来你和班主任的敌对情绪不小啊！你应该明白，班主任是为了你好才让我们过来齐抓共管的，你要老老实实地从自身查找问题！"李嘉齐的爸爸有些不耐烦了。

"就是，你要老老实实地从自身查找问题！"李嘉齐的妈妈顺着丈夫竖起的杆子往上爬，真是夫唱妇随。

这时，班主任周理论从那边的办公室里走过来，手里拿着一张班级成绩单走到他们面前，没有寒暄，开门见山，直奔主题："李嘉齐这孩子脑瓜聪明，就是不往正道上用，是个机灵鬼。只要一管，他就瞪眼，任课老师对他都有些反感……凭他的聪明，倘若努力，完全可以进入班级前二十名。他最近的成绩总在倒数十名左右徘徊。你们看看他现在的样子，他既不谦虚又不服气，让他自己说说，他的努力在哪里？上课时，他人在曹营心在汉，除了调皮就是捣乱。根据我们掌握的情况，他的心思还在打篮球上。恕我直言，他学习的态度不端正，他的思想有问题。所以，我们不得已才把你们做家长的请了来。我们的目的有两个，一个是让你们亲眼目睹一下你们的孩子在班级的成绩，另一个就是让你们把他带回家让他自己反省反省……"周理论边说边晃了晃手里的班级成绩单。

李嘉齐的爸妈认真仔细地听着周理论的"训话"，频频点头。可是，当听到"带他回家"一词儿时，忙说："不，不，不，让他回家不更影响他的学习了嘛！周主任，您能不能……"

周理论的脑袋摇得像货郎鼓，霸道地把那张班级成绩单塞到李嘉齐他爸爸的手中，转身走回自己的办公室。

李嘉齐的妈妈一声叹息，自言自语："还真有这样的班主任，什么态度啊？"

"我们不着急，接着和嘉齐沟通沟通，反正是晚上的时间。"李嘉齐的爸爸劝慰着妻子，故意把这样的话说给李嘉齐听。

李嘉齐跟着爸妈走到楼道尽头的一个角落里，彼此敞开了心扉。

"嘉齐他妈，嘉齐的秉性我是了解的，他有个性，阳光善良，欢快机灵。因此，我打心里想对他实行宽松教育。我们只要把道理讲清就行，嘉齐他会分清黑白轻重的。其实，我是相信我们儿子的话是真实的，我也反感他的班主任，牛哄哄的。但是，我们都无奈。现在看来，他和班主任的对立情绪很强烈，处理这样的问题，我们一定要劝说我们的嘉齐，让他多从自己的身上查找原因。"李嘉齐他爸爸的话语，像潺潺的小溪静静地流淌，滋润着妻儿的心田。

李嘉齐看着妈妈一副病恹恹的样子心生不安，不停地劝导妈妈要保重身体。

李嘉齐的妈妈突然鼻子一酸，哭泣起来，边哭边说："孩子，妈妈也是老师，理解你班主任的心情，更理解你的心情，妈妈希望你看在妈妈的身体这个样子的份上，你一定给我和你爸爸争口气，一定要把学习成绩搞上去，行吗嘉齐？"

李嘉齐的妈妈哭哭啼啼，这让李嘉齐压抑的情绪更加消极，他的心里痛苦极了，眼泪不由得挂满了两腮。

李嘉齐的爸爸因势利导，趁热打铁说："嘉齐，虽然说男儿有泪不轻弹，可是，你要是觉得自己特别委屈那就哭出来吧！"

李嘉齐看到爸妈的眼里都流出了泪水说："爸……妈……我感到特别压抑啊！我一直在忍，在忍……'忍'是心上的一把刀啊！我的痛苦和煎熬您们知道吗？可是，我这样隐忍无济于事，班主任还是找我的麻烦……是我无能不中用，让爸妈陪我受罪；我不是人，给您们丢人现眼了……可是，您们是无辜的，用不着为我低三下四，就让我跟着您们回家反省接受惩罚吧！"

"儿子，回家反省不是更耽误学习嘛？你只有现在好好地学习，将来才有出息啊！所以，你一定要学会忍辱负重，读完了初中上高中，考上大学就不受这罪了！"李嘉齐的爸爸与他调侃，进一步安慰他。

"爸爸，照您这样说，现在我就只能忍了？"李嘉齐的情绪非常激动。

"不管咋样说，你是不能这样灰溜溜地回家反省的……"李嘉齐的妈妈急忙插话。

李嘉齐的思想开始转弯，但仍强词夺理，振振有词："您们知道吗？回家反省并不可怕！在这所学校里，几乎每天都有回家反省的同学，在我的眼里早已司空见惯。有的同学，忍受不了这样的教学模式，主动申请转学或者辍学。"

"我们可不能走到那一步！你是怎么进的这个学校你应该清楚，我们没有选择的余地！"李嘉齐的妈妈声调急促，嗓门很高地说，"要么我和你爸爸再去找找你的班主任求求情？要么我把你青姨（李嘉齐他妈妈的老同事——赵燕青）叫过来，让她给你的班主任求个情？"

李嘉齐的爸爸用祈求的语气对李嘉齐说："你妈说得对，就让你青姨帮咱去求情吧！"

李嘉齐点点头。

【04

夜深了，赵燕青仍在自家的书房里备课。

李嘉齐的妈妈掏出衣兜里的手机，拨打了一个电话号码。

赵燕青的手机铃声响了。赵燕青下意识地看了看手表，脸上流露出不悦的表情，但她一看来电显示，按下了接听键。

李嘉齐的妈妈简单地向赵燕青说明了李嘉齐挨整并被班主任勒令回家反省的情况以及打此电话的目的。

赵燕青在电话那端劝慰道："学校对学生这样的惩戒手段不是针对你儿子一个人的，希望多理解！别着急，我马上就过去！"

李嘉齐的妈妈挂断了电话，继续开导李嘉齐。

半个小时后，赵燕青匆匆而来。

李嘉齐的爸妈仰视着她，满脸堆笑，说了几句客套话。

李嘉齐一看，是音乐老师赵燕青，他的脑袋立刻耷拉下去。由于彼此熟悉，所以直奔主题。

音乐老师和李嘉齐交流起来，她的话语有节奏、委婉动听。她从老师、班主任、家长的不同角度出发，谈观点，谈看法，动之以情，晓之以理。

李嘉齐和爸妈站在赵燕青的前边，专心听讲，频频点头。

赵燕青不停地打着手势讲解："你们遇上这样的班主任是你们全家人的福气！人家管咱就是爱护咱在乎咱，对不对？人家关心咱的学习就是关心咱的成长，对不对？所以，你们应该更加尊重人家才对！"

赵燕青对李嘉齐及其爸妈进行了一个小时的交流开导，说得他们口服心服。赵燕青从思想根源上剖析了李嘉齐和班主任周理论产生敌对情绪的原因，诚恳地指出了李嘉齐所犯的错误，让李嘉齐及其爸妈佩服得五体投地。

赵燕青看着李嘉齐及其爸妈心悦诚服的样子，高兴地说，"好了，我去找他的班主任，尽量不让他回家反省，看看人家给不给面子？"

大约过了一刻钟，赵燕青笑盈盈地走了过来，望着李嘉齐的父母，高兴地说："不错不错，他的班主任还是给了咱面子。"

周理论跟在赵燕青的身后，看了看李嘉齐的爸妈，也斜了李嘉齐一眼，满脸不悦地说："李嘉齐，你要记住你们音乐老师……不，你要记住你青姨刚才所说的话，先给我写一份深刻的检查！"随即，他递给李嘉齐一张纸、一支笔，边说边去了楼下的教室。

此刻，李嘉齐的妈妈由于长时间的站立已无法支撑，瘫坐在地。

赵燕青急忙从教师备课室里拽出一把椅子，让李嘉齐的妈妈坐下来。接着，她们又谈起了健康问题。

李嘉齐在楼道里"特设"的桌子上一趴，借着微弱的灯光写起了检查。

李嘉齐的爸爸站在楼道口，隔着窗玻璃，看着天上的星星发呆。赵燕青走过来，微笑着看了他一眼："不好意思，刚才有个同事打我电话，说有急事商量一下……放心，我去去就回！"

赵燕青离开了这里。

李嘉齐的爸妈索性倚在楼道里的墙上，等着李嘉齐写检查。

半个小时过去了，李嘉齐的检查写完了。

这时，李嘉齐他爸爸的手机收到了提示音，他一看手机荧屏，发现是周理论发过来的一条信息："我在二楼教室的前门口等着你！"

于是，他喊上妻子和李嘉齐一起向二楼走去。行走的过程中，他的妻子把放在兜里的几根火腿和几袋酸奶悄悄地递给了李嘉齐，李嘉齐像贼一样把这些东西藏在了衣袋里。

他们走到了二楼，走到李嘉齐所在的教室旁，发现周理论站在王红霞刚才罚站的地方，而王红霞已经离开了。

李嘉齐把检查交给了周理论。

周理论接过检查看了看，低语道："李嘉齐，今天晚上，你白发苍苍的父母带病为你而来，无论你这份检查写得深刻与否，我都会给你的父母留个情面，就看你今后的实际行动了，你可以回教室了。"他抬眼看了看李嘉齐的爸妈，勉强地说，"你们可以回家了！"

李嘉齐的爸爸一时语塞。

李嘉齐的妈妈急忙说："谢谢您！"

李嘉齐的爸爸扶着妻子走下楼梯，心中的滋味难以言表。他们路过一楼的一个教室门前，发现一个老师正在训斥三个女学生。老师的严厉面孔与学生们胆怯的样子形成了巨大的反差。

"哎呀……孩子们，在家长的面前你们是那样的放浪形骸，在老师的面前是如此的可怜无助。可悲的时代！"李嘉齐他爸爸的心中愤愤不平。

李嘉齐的爸妈久久地站立在校园的中央，望着大楼里亮如白昼一样的灯光无限惆怅，异口同声地说："儿啊，我们这样低三下四，到底为了什么呀？"

第十四章　师生争锋

【01

　　"扣呀，扣呀！真臭，看我的，大灌篮……"在课桌上埋头大睡的张鹰吃语连连，突然喊叫起来，他攥在手中的橡皮被他重重地砸在桌面上，弹起一尺来高。

　　全班同学的目光齐刷刷地聚集在张鹰的身上。

　　站在讲台上的班主任周理论正在全神贯注地进行着填鸭式的"满堂灌"，他的思路被这突如其来的喊叫声打断。他愤愤的目光寻视了半晌，最终落到了张鹰的身上。他悄悄地走下讲台，慢慢地来到张鹰的座位前，把手中那本厚厚的教案卷成了一个纸筒，对准张鹰的脑袋"啪啪啪"砸了三下，嘲弄地说："嗨——张鹰同学，醒醒，换完了尿布再睡！"

　　"哈哈哈哈……"

　　满堂大笑彻底破坏了张鹰的梦境，他从梦中的篮球场上回到了现实中。他下意识地摸了摸被周理论打疼的脑袋，看了看周理论的怒容，听着同学们得意忘形的笑声，回想着刚才的梦境，知道自己的吃语成了全班同学的笑柄，顿时一脸的尴尬，觉得无地自容。

　　周理论余怒未消地走回讲台，继续按教案施教，但思路已经被打乱。

　　同学们窃窃私语，悄悄地议论，严重地干扰了课堂秩序。

　　李嘉齐的座位就在张鹰的右边，他趁着混乱转过身去，眉飞色舞、幸灾乐祸地挖苦张鹰："恭喜呀鹰哥，你是全班最幸运的，老班的功力不错，帮你练成了铁脑壳！"

　　张鹰下意识地摸了摸脑袋，用异样的目光瞅着讲台上的周理论，骂道："好厉害的爪子！"他的情绪有些激动。

　　"喂——你搞错了，你不是被爪子所打，而是被书本卷成的筒子砸的！"李嘉齐乜斜了周理论一眼，对张鹰的话语进行着更正。

　　"张鹰—李嘉齐—你们两个给我乖乖地站起来！"

　　周理论听清楚了李嘉齐和张鹰的对话，眼睛里窜着火苗子，怒不可言，故意拉着长音，说："真是胆大妄为！瞧瞧你们的眉眼……瞧瞧你们的打扮，一个个从头到脚的名牌运动服，装模作样的觉得自己像个人物，其实……其实你们是跳蚤蹦到磨房里，冒充大个的驴；知了爬在鞭鞘上——光知道腾云驾雾，不知道生死在眼前。哼，算了算了！宰相肚子里能撑船，与你们怄气没意义，毛孩子不懂事，不跟你们一般见识！"

张鹰一站三道弯，瘪瘪愣愣的分明就是一个愣头青，一副七个不忿、八个不服的表情，不停地冲着周理论使白眼。

李嘉齐倒觉得十分可笑，心想："一句逆耳之言，就让你这个堂堂的班主任胡言乱语，还谈什么宰相肚里能撑船？瞧瞧你，什么眼神啊？还鸭子掉到猪圈里——臭拽！我一身的假冒伪劣，在你的眼里却成了名牌特优，你还真给我面子！可是，那些整天抄袭别人的作业，照猫画虎的三流学生，在你的眼里岂不成了优秀的学生、国家的栋梁？我的那乖乖，悲哀啊！悲哀！！"李嘉齐撇着嘴角，摇晃着脑袋，不知不觉中把"我的那乖乖，悲哀啊！悲哀！！"喊了出来。

"李嘉齐——说什么风凉话啊你？曜——今天是割了麦子砍豆秧——碰上硬茬儿了！瞧瞧你们七个不忿、八个不服的样子，有本事的话就把你们刚才说过的俏皮话再大声说一遍！横什么横，横也不敢跟蝎子对腱！"周理论把教案往讲台上一摔，吹胡子瞪眼地朝着张鹰和李嘉齐的座位走过来。

"我们不敢，你敢……"张鹰和李嘉齐小声地嘟囔。

"哈哈哈哈……"同学们的笑声瞬间充满了教室，在空气中迅速传播着、扩散着。

周理论的肚子，就像被一只高压打气筒不断充气的轮胎，随时都有爆裂的危险。

周理论一边挽胳膊捋袖子，一边向着李嘉齐和张鹰靠过去。

"哼！"李嘉齐把脸扭向一侧，对周理论不屑一顾。

"你刚才说得对，跳蚤蹦到磨房里，冒充大个的驴！我就不信了，你还敢当着同学们的面打我们呀！"张鹰高声叫嚷，眼睛瞪着周理论。

个别同学小声地嘀咕，对张鹰的话语添油加醋，同学们的笑声此起彼伏。

周理论突然收住脚步，转身回到了讲台上。他拿起教案，又习惯地卷成纸筒，"啪啪"地敲打着讲桌，怒吼道："肃静，肃静！"

教室里一下子变得鸦雀无声，周理论瞬间找回了自信和尊严。

"同学们，一个黑点儿毁了一匹布，两粒老鼠屎坏了一锅汤，一块臭肉弄得满锅里腥，一缸水被无端地搅浑了。大家说说，这堂课还让我怎么讲？"

"鹰哥，老班骂我们是老鼠屎、是臭肉！"李嘉齐回头瞅着张鹰，说，"少听驴子放屁，他不仁，我们就不义。"

张鹰气得发抖，额头上的青筋凸显，克制着自己的情绪说："少废话，我的耳朵还没有聋，我还不至于傻得连骂人的话都听不出来！但是，我们必须先忍着！"尽管李嘉齐火上浇油，但张鹰并没有丧失理智。

"李——嘉——齐，就数你的毛病多！你又在犯什么混呀？你一天挨八次训都到不了天黑，自己还屎壳郎带花臭美！甚至，你还大言不惭地说——我大错不犯，小错不断，难死校长，气死法院！你怎么不说气死公安呀？"周理论一板一眼地说着，觉得仍不解气，又用那个纸筒拍得讲桌啪啪响，气呼呼地说，"你忘记了你那个在公安局上班的爹，是怎样为你托关系求人情的吧？"

"李嘉齐犯了什么错了，老班这么作践他，就连他的老爸也不放过？老班也真够呛，打人不打脸，骂人不揭短，这连三岁的小孩儿都知道，难道他还不如三岁的小孩儿吗？"同学们窃窃私语。

"什么玩意儿呀周理论，他纯粹的是在糟蹋人！说人家那个在公安局上班的爹，难道人家还有别的爹吗？人家的爹在公安局上班怎么了？人家也没有依仗自己的老子呀！"

"真是的，拉拉簸萝驴动弹，什么玩意儿呀？"张鹰大声嘟囔起来。

"李——嘉——齐，张——鹰，你们两个简直是反了，竟敢辱骂老师！三中庙小，盛不下你们这么大的神儿，赶快背起书包滚蛋！"周理论咆哮起来。

这场面，让同学们觉得太刺激、太可笑了，但都压抑着，谁也不敢再笑出声来。

李嘉齐和张鹰交换着眼神，各自收拾各自的东西，然后背起书包，一前一后离开了教室。

【02

周理论走出教室，瞅着李嘉齐和张鹰的背影，感到了事态的严重性，他的怀里像揣着二十五只小老鼠——百爪挠心！虽然他们两个有过错，但是自己言辞过激，本来是小小的不快，却让自己搞成了如此僵局。是用这样的方式让他们走，还是用其他的方式把他们留？周理论骑虎难下，内心纠结。当张鹰和李嘉齐走下楼梯从周理论的视野里消失的时候，周理论再也沉不住气了，他掏出手机给门卫的李大爷打了一个电话。

门卫李大爷站在大门口，老花镜后面藏着一双洞察世事的眼睛。他瞅着李嘉齐和张鹰背着书包，神情沮丧地走过来，联想和周理论的电话内容，心中自然明白了一切。然而，他却明知故问："这会儿同学们都在上课，你们打算到哪里去？"

"我……肚子疼拉肚子，请假了回家去休息！"张鹰突然用手捂住肚子，龇牙咧嘴。

"我……奶奶病了，我也请假了，回家看看去！"李嘉齐撒谎道。

"你们是哪个班的？把班主任批准的请假条拿出来！"

"初三六班的怎么了？你要请假条？这……"张鹰一愣神，急忙放开捂肚子的手，挠挠头，说，"班主任口头允许的，没让写请假条呀！"

"是班主任口头允许的，没让写请假条呀！"李嘉齐和张鹰一唱一和，忽闪着大眼珠子，瞅着李大爷。

"不行！在上课的时间没有你们班主任批准的请假条我不能放你们走，这是咱们第三中学的规定。"李大爷突然一脸的严肃，话中充满了倔强。

"不行也得行！我不管他什么王八的屁股——龟腔（规定）！反正不是我们自己要走的，有什么办法你就使去吧，我们走定了。"张鹰的脸色很难看，说话的声音很难听。

"大爷，我实话告诉你吧，是老班撵我们回去的，我们不得不走哇！明说了吧，今天你给我们放行我们得走，不给我们放行我们也得走！"李嘉齐为张鹰摇旗呐喊，推波助澜。

"老班？什么老班？"李大爷的眉头拧成了一个大疙瘩，恍然大悟地说："哦——你们管班主任叫老班啊？就你们这个态度哪个老师愿意教你们呀？不把你们撵回去那才叫怪哩！学校花钱雇我在这里看大门，我就要负起这个责任。你们小小的年纪竟敢说狠话，竟敢说给你们放行你们得走，不放行你们也得走！你们走走试试？我也明说了吧，我只认假条不认人，你们想三言两语的从我这里蒙混过去，没门儿！"

"老班纯心耍我们，甭搭理他嘉齐，我们走我们的，看他能把我们怎么样？"张鹰翻滚着大眼珠子，边说边打开了小侧门，气呼呼地就往门外闯。

"站住，"李大爷伸手抓住了张鹰的胳膊，恼怒地说，"你嘴里不干不净，骂骂咧咧的还想走，你走走试试？"

"鹰哥，要不……"李嘉齐瞅了瞅回过头来满脸怒气的张鹰，看了看浑身发抖的李大爷，如受惊的小鹿，心怦怦直跳。他担心会发生什么不测，起了一身鸡皮疙瘩。

"胆小鬼，窝囊废！"张鹰怒视了李嘉齐一眼，突然扭回头去，疾步前行，拉得李大爷踉跄，几乎摔倒。

李大爷不得不松开手，但他两步冲到了张鹰的前面，转过身来，双手推了张鹰的胸脯一下子，气喘吁吁地说："小小的年纪就这么横，大了还不把老天捅个窟窿？今天，我就算豁了这条老命也不会让你离开学校，你要是非走不可的话，除非你把我打趴下！"

"鹰哥，"李嘉齐从张鹰的身后抱住了他，劝阻他说，"冷静点儿，别干蠢事儿，咱和人家看门的无怨无仇耍横干嘛？"

"大爷你消消气，别摔着。其实，张鹰不是冲着你来的。"李嘉齐松开张鹰，向前跨了一步，站在他们中间，用左手推着张鹰的肩膀，用右手扶着李大爷的胳膊。

"走吧，咱们先回去！"李嘉齐给张鹰使了个眼色，又扭头看了看李大爷，说，"咱们有话慢慢说，谁也别发火，我们年轻好冲动，您老别生气！"

"行了行了，今天就算你们走运，我不和你们计较了。"李大爷用手推开李嘉齐扶着他的那只手，双臂抱在胸前，仍心怀不满地说，"不过，我要提醒你们，像你们这样的熊脾气，将来一定会吃大亏的！"

张鹰转过身去，自觉地走进了大门口，他知道自己的行为不妥，暗暗自责。

李嘉齐和李大爷紧跟着张鹰，回到了传达室。

"说吧年轻人，是你们自己去补请假条啊，还是让我去告诉学校的领导，你们自己瞧着办吧？"此刻，李大爷已经心平气和。

"嘉齐，你去找老班吧，我不想搭理他！"张鹰的语气和表情都在证明，他的心里仍不平静。

"别找啦！你们认为学校是大车店呀——想来就来，想走就走！快下课了，你们俩到我的办公室里去写检查，否则的话，我要通知你们的家长来领你们。再不行，我建议校长开除你们的学籍。知趣儿的话就跟着我回去！"周理论突然出现在那里。

"傻小子，班主任给你们搭了台阶还不赶快下！"李大爷满脸堆笑地看着李嘉齐和张鹰，打圆场说，"嗨，周主任，咱们都是从这个岁数过来的，要手下留情啊！"

张鹰回头看了李大爷一眼，惭愧地说："对不起大爷，是我错怪您了！"他说话的声音虽然低，但是态度很诚恳。

"嘉齐，我最怕以德报怨的人，这是我的软肋！"张鹰偷偷地拽了李嘉齐一把，坚定地说，"既然班主任亲自来喊我们，那我们就跟他回去吧，是杀是剐随他便！"

"嗯！"李嘉齐情不自禁地点点头。

班主任看着他俩，双眸中带着亲切和宽容，古板的面容如沐春风。

李嘉齐和张鹰充分认识到了自身所犯错误的严重性，向周理论做了深刻的书面检查。而周理论接过他们的检查后连看都没看就撕了个稀巴烂，态度和蔼地说："你们写的检查我就不看了，就让实际行动来证明你们悔改的决心吧！"周理论的宽容出乎李嘉齐和张鹰的意料，他们对周理论充满了感激，高兴不已，满嘴的豪言壮语。

阴雨连绵了一个星期，同学们无论课上还是课间只得待在教室里。李嘉齐和张鹰心猿意马，隔着窗玻璃向篮球场遥望，被雨水打湿的篮球网在风中摇摆，他们的心随之飘荡，压抑和惆怅席卷而来。

上苍给李嘉齐和张鹰安排了一次绝好的反省机会，他们顺应天意，相互鼓励，极力收敛着自己飘摇不定的心绪。他们坚持认真听课，按时完成作业。同学们对他俩刮目相看，啧啧称赞。各科老师因势利导，对他们及时表扬，他们那颗浮躁的心，逐渐踏实起来。

然而，天刚刚放晴，李嘉齐和张鹰的心就立刻骚动起来。

大课间的下课铃声一响，周岩和孟祥岳的心就飞到了篮球场。老师的下课令刚一出口，他俩就摸出课桌下用衣服包裹的篮球，夺门而出。

顾吉哲猛然起身，疾步追赶孟祥岳，不小心碰掉了课桌上的铅笔盒发出"稀里哗啦"的声响，装在里面的铅笔、钢笔、尺子、圆规、三角板洒落了一地。顾吉哲置若罔闻全然不顾，紧紧地跟在孟祥岳的身后。

"我的那乖乖，"张鹰凑到李嘉齐的身边，用手指着疯跑的顾吉哲、周岩和孟祥岳，说，"你瞧瞧，那仨小子比我们两个还不着调，打篮球打得走火入魔了！"

李嘉齐腾地一下子站了起来，扭头向着教室的门口望去，已经看不到周岩、孟祥岳和顾吉哲的身影，难为情地说："鹰哥，咱可是向班主任打了保票的，让他们去疯吧，咱们还是不去为好！"

"不去我心里痒痒得难受哇！哎……不打就不打，咱听老班的话。可是，咱到篮球场外当观众，欣赏人家打球行了吧？这年头，死脑筋不行，遇事要学会变通！"张鹰伸手抓住了李嘉齐的手腕，不容置疑地说，"一会儿就要上课啦，还愣着干嘛，赶快走哇！"

"走就走，快撒手！"

李嘉齐和张鹰冲出教室，飞快地跑到了篮球场。

连续几天的雨水使露天篮球场泥泞不堪，周岩、孟祥岳和顾吉哲在上面一跑就摔跤，转眼间都摔成了泥猴子。

李嘉齐和张鹰看着他们既狼狈又滑稽的动作和表情，禁不住笑出了声。

"李嘉齐——你笑什么笑？你怂人大鼻子。遭到老班的训斥连篮球都不敢摸了，还好意思笑话我们！真是臭不要脸。要么你就过来打，要么你就滚到一边儿去，别站在这里看。"周岩阴阳怪气地看着李嘉齐，"砰"的一声将篮球砸到李嘉齐的怀里，在他的衣服上留下了一个大大的黄泥印记。随即，篮球从李嘉齐的身上弹到张鹰的肩膀上，泥糊糊湿漉漉的篮球，在他的肩膀上留下了一个印记。

"你把眼睛长到腱沟子里了，拿着个泥玩意儿往哪里砸呀？"张鹰抓住了篮球，气呼呼地看着周岩，说，"你要么给李嘉齐和我道歉，要么向我们服软，否则的话，我就把这个篮球弄烂！"

"别拿着自己忒当回事了！本来是一只狗熊，却要装起英雄来了。有本事去找老班理论去啊，到我们这里撒气干吗？被老班教训了一顿连篮球都不敢打了，却在我们面前耀武扬威的充光棍儿！什么玩意儿？"周岩不甘示弱地瞅了张鹰一眼，故意吐了一口唾沫，轻蔑地说，"你想在我们面前继续当大哥，就得有继续当大哥的本钱，就得跟弟兄们打成一片！就得给老班弄点颜色看看。哼，你连篮球都不敢打了，你还敢打人哪？"

张鹰把篮球放在了脚前，打算用力踢过去，突然想起了上次踢篮球的经历和教训，他迟疑了一下，随即把篮球拿在了手里，然后将它高高举起，用力向着周岩砸去。篮球不偏不倚，正巧击中了周岩的脑袋。周岩火冒三丈，嘟嘟囔囔，指手画脚地向着张鹰奔去。就在这时，孟祥岳和顾吉哲同时出击，一左一右撼住了周岩的双臂。

张鹰怒气冲冲地奔向周岩，被李嘉齐从身后拦腰抱住。

"周岩，好小子，算你有种。过了一个暑假倒长能耐了。过去你鹰哥长鹰哥短的天天挂在嘴上，原来是口蜜腹剑哪！你给我玩这一套，我不买你的账。不要紧，不就是打篮球吗？老子不想在这个鬼地方打，老子拍弄脏了衣裳。你要是真有种的话，就跟老子换个地方去打？你敢去吗？"

"愿意当老子，回家当去！天底下就没有我不敢去的地方，你也没长着三头六臂，有什么不敢的？我就不信那个邪，你还能把篮球打到天上去！"周岩不服气地吼道。

"你行你行算你行，可别嘴上逞英雄！我提议，让在场的陪我俩一起去，省得到时候你吓尿了没人为我俩作证！大话少说，马上行动，咱们两个谁要是半路上败下阵来谁就是孙子！"张鹰吹胡子瞪眼，咬牙切齿地冲着周岩叫喊。

"少啰嗦，我倒要看看你能搞出什么花样儿来！"周岩继续将军。

张鹰气呼呼地走在前面，不时地回头看看周岩、李嘉齐和孟祥岳，恐怕周岩中途变卦，恐怕李嘉齐和孟祥岳从中阻拦。

周岩和孟祥岳喊喊喳喳，猜测着张鹰的去向。李嘉齐不时地观察着张鹰和周岩的表情，不知道怎样做才能平息张鹰与周岩之间的纷争。

张鹰拐弯抹角地走在一排排教学楼之间，在最后那排教学楼的西侧停下来，神情诡秘地望着消防梯，乜斜了周岩一眼，满脸挂着高傲，鼻腔深处发出轻蔑的声音。

突然，上课的铃声响了。李嘉齐转身就往回里跑。

周岩和孟祥岳一左一右跟在李嘉齐的身后跑，想趁机溜掉。

"站住，"张鹰怒喝一声，见他们都收住了脚步，疾步走到他们的前面，脸上阴云密布，咬着牙说，"今天谁也不能逃跑，谁逃跑了谁就是専种！上课了正好，省的有人过来打扰。我还是那句话，谁要是不跟着我去打篮球，谁就是孙子！"

周岩和孟祥岳彼此交换着眼神，都无可奈何地转过身来，望着张鹰，情不自禁地摇了摇头，又点了点头。周岩小声地嘟囔："那当然了，上课了正好呀！谁怕谁呀！谁要是不去，谁就是孙子的孙子。"

李嘉齐万般无奈，转过身来，一声长叹，心烦意乱。

几只鸽子带着哨声从他们的头顶上空飞过，他们情不自禁地望了望天空，一抹白云挂在五层楼楼顶的上空。

"上去！"张鹰向周岩发号施令，表情严肃，字正腔圆，一板一眼，丝毫不给他讨价还价的空间。

周岩尴尬至极。

"我带着篮球没法上！"周岩借故耍赖，抬眼望了望楼顶，叹了一口气说，"到楼顶上干啥去？"

"到楼顶上打篮球，看看谁是好身手！不要明知故问，你以为我有闲工夫陪着你到楼顶上看风景啊？"张鹰的目光灼灼逼人。

"到楼顶上打篮球？开什么国际玩笑！我……上不去！"周岩看了看李嘉齐和孟祥岳，地说，"你们谁愿上去谁上去！"

"你刚才的大话是怎么说的？你想拉了杷杷坐回去啊？看来你是心甘情愿当孙子啦？你要是当着他们的面叫我三声爷爷，你就可以不上去了！"

周岩一时傻了眼，大气不敢喘。

张鹰望着呆若木鸡的周岩，冷不防地夺过周岩手中的篮球，胸有成竹地说："你说带着它没法上，我负责把它带上去行了吧？今天是骡子是马咱牵出来遛遛，甭想拿着那些弯弯理由当借口！"他的目光落到李嘉齐的身上，咄咄逼人地说，"嘉齐，你带头，我断后，今天谁不上去我就跟谁没完！"

"这……鹰哥，"李嘉齐望了张鹰一眼，又看了看周岩和孟祥岳，用手挠了挠头皮，迟疑了一下说："到楼顶上打篮球，简直是手榴弹擦屁股——玄乎！我有恐高症，我真的很怵头！"

"放屁，关键时候掉链子，你小子不是怵头，你小子纯粹的是在耍滑头！前不久，我看见你在学校的墙头上跑得嗖嗖的，你哪来的恐高症？你先上，不然的话别说我翻脸不认人！"

"好好好，我先上！"李嘉齐走到消防梯前面，伸手抓住攀手，纵身上了一个台阶，双脚蹬稳，双手抓牢，又上了一个台阶。然后，他回头看了张鹰一眼，小声地嘟囔，"怕小人不算无能！"

　　"你说什么嘉齐？有本事大声讲，别在背后做皇上！"张鹰的嗓音很高，情绪非常急躁。

　　"我说呀——看我们谁是英雄！"李嘉齐一边攀爬，一边说着违心话。

　　"你们听到了吗，李嘉齐说了，看我们谁是狗熊？"张鹰故意歪曲着李嘉齐的话语，注视着周岩和孟祥岳的反应。

　　"咱给吴桥的哥们拜过把子，爬这玩意儿岂不是张飞吃豆芽——小菜一碟！"孟祥岳瞅着李嘉齐矫健的身影，看了看张鹰叫板的表情，觉得眼前的阵势已经没了退路，只好硬着头皮调侃，说："向兔子学习，蹦也得蹦上去！"

　　"哈哈哈……你别搞笑了行不行？你真是猪鼻子插大葱装相（象）！兔子能干这活儿吗？你应该拜老猫为师，大哥！"李嘉齐一边攀爬，一边回头嚷嚷。

　　张鹰和周岩忍不住被李嘉齐和孟祥岳的话语逗乐了，气氛变得轻松活跃起来。

　　"上吧，我落不下！"张鹰瞅了瞅周岩，撩起背心，把篮球从底下塞进去，又从前胸把它转到后背上，然后把背心的下部装进裤子里，扎紧裤腰带，得意地叫嚷，"走哇，甭瞎琢磨，今天你是李双双哭丈夫——没希望了！"张鹰推了周岩一把，随即上了消防梯。

　　"哼，不就是到五楼顶上打篮球吗？就是到月球上去打我也不怵你！"周岩突然变了口气，换了架势，"呸、呸！"他象征性地往手心里吐了两口唾沫，纵身爬上了消防梯。

　　李嘉齐扭头看着身后的孟祥岳、周岩和张鹰，看着他们个个不服输的表情，心想："一场好戏就要上演了！"

　　李嘉齐、张鹰与孟祥岳、周岩之间的斗勇枢气，创造了在教学楼五楼的楼顶上打篮球的"壮举"，创造了雷江市高空打篮球的"奇迹"。然而，周岩为了逞一时之勇，忘记了自己患有恐高症，他在五楼顶心惊胆战地打了一会儿篮球之后，浑身哆嗦，四肢瘫软，无论如何不敢下楼了。这真是应了那句老话——上山容易，下山难。无奈之下，他站在楼顶上高喊："救命啊！"

　　周岩的呼救声惊动了校领导，惊动了全校的师生。然而，整个校园除了他们几个"英雄"之外，再无人敢沿着消防梯爬上五楼的楼顶上去"救人"。

　　在不得已的情况下，校领导叫来了雷江市的消防官兵，从消防车开进了第三中学，消防官兵架起云梯，周岩"得救"了。这件事迅速发酵，被社会各界传得沸沸扬扬，特别是在雷江市教育系统，产生了强烈的影响。为此，他们及其各自的家长都付出了惨痛的代价。校领导除了让他们每个人的家长交付五千元的保证金之外，他们都受到了留校察看处分，并且让他们每人停课反省一周。从此，他们在打篮球方面有所收敛。但是，他们那一颗颗年轻骚动的心，在压抑中膨胀，在收缩中反弹。

第十五章　少年情怀

阳春三月，草色烟光。空气中弥漫着泥土潮湿的味道和植物繁盛的芬芳。

李红芳欣赏着柳永的《蝶恋花》："伫倚危楼风细细，望极春愁，黯黯生天际。草色烟光残照里，无言谁会凭阑意。拟把疏狂图一醉，对酒当歌，强乐还无味。衣带渐宽终不悔，为伊消得人憔悴。"虽然她对这首词一知半解，但她抑制不住内心的兴奋和激动，她想起了楼门口那双脉脉含情的眼睛，想起了那个火热的少年张鹰。于是，李红芳在周末邀上张鹰游览了千顷洼。在竹林寺的一个角落里，张鹰亲吻了她。

"亲吻"，对爱情懵懂的少男少女来说是个既陌生又神秘的字眼。李红芳与王红霞、张冬梅说起这事的时候，脸上顿时飞上两片红霞，陶醉得像灿烂的桃花。然而，她的神情顷刻间忧郁起来。她说张鹰趁中午无人之际，在竹林寺迷宫的一隅从后面抱住了她。他的力气很大，紧紧地搂着她。他的热唇在她的脖颈间发出的青春气息，暖烘烘的，撩拨着她那颗蠢蠢欲动的心。在那个瞬间，张鹰的身体明显地震颤，这种震颤像一个无法控制的传染源，很快把她感染。她的浑身上下也开始震颤起来。当张鹰轻轻地把身体转过来，他的嘴唇将要吻上她的嘴唇时，她觉得自己的灵魂像纸片一般，被狂风吹上了天，奔向了月亮。她觉得心花怒放，美得像嫦娥仙子一样；她觉得心中似甘甜流淌，在幸福的海洋里徜徉。李红芳话说至此，不知何故突然话锋一转，她说，当张鹰的嘴唇即将挨上她的嘴唇时，她努力地躲闪着他，终于躲过了张鹰的热唇。这在张冬梅和王红霞看来，李红芳的说法是此地无银三百两，让她们大失所望。张冬梅和王红霞四目瞪着李红芳的嘴唇，竭力搜寻着上面的蛛丝马迹，不约而同地回想着李红芳以往嘴唇的模样，都想亲眼验证李红芳曾经被张鹰亲吻过的嘴唇和往常相比是否走了样？

就在这时，李红芳竟然用手掌捂住了自己的嘴唇。

张冬梅和王红霞非常遗憾，彼此相望，恨不得一起伸过手去，把李红芳捂着嘴唇的那只手拿开来。

李红芳瞅着张冬梅和王红霞迷茫而失望的眼睛，自觉地移开了那只手，沉默片刻之后发布了重磅消息。她说，后来他们找到了一片树荫，躺在了一块泛绿的草坪上，张鹰将整个身体覆盖在了她的身上，霸道而笨拙地夺走了她的初吻。

张冬梅听到这里，忍不住用右手的食指捅了捅李红芳的嘴唇，怯生生地问："能告诉我们吗，你们是怎样亲吻的？"

王红霞自以为是脱口而出："你没见过电视里青年男女亲吻的镜头吗？就是张鹰的嘴巴咬着李红芳的嘴巴，像两条撕咬在一起的疯狗，口水直流，让人恶心让人头晕！"

"你体会过呀？不懂装懂！"张冬梅不服气地白了王红霞一眼，瞅着李红芳说，"快说呀红芳，是舌尖抵着舌尖呀，还是舌头缠着舌头呀！"

李红芳得意地看了看王红霞，又瞅了瞅张冬梅，而后卖乖地说："既不像两条疯狗在撕咬，也不是两个青年男女在亲吻。确切地说，应该是两个青年男女在接吻！接吻——你们知道吗？就是两个人张开嘴巴，四唇贴紧，舌头缠着舌头，牙齿挨着牙齿。只有两个真心相爱的人，才会这样接吻！你们俩个，没有调查研究竟敢胡言乱语！"

张冬梅瞅了李红芳一眼，羞涩地说："果然是实践出真知，你是实践者自然你就有发言权呗！可是，你的描述让我感到恶心，我胃里的东西都快倒出来了。是谁发明的接吻呀？这么恶心的事情想想也就罢了，你们还真能做得出来。卫生常识告诉我们，不能随地吐痰。你想想，连随地吐痰都不允许，这嘴巴贴紧嘴巴不把细菌都弄到别人的嘴里去了吗？这不是传播疾病危害生命吗？这是人干的事儿吗？"

王红霞鄙视地看了张冬梅一眼，毫不掩饰对这个话题的兴趣，继续追问李红芳："冬梅是吃不到葡萄就说葡萄酸，甭理她。告诉我，究竟是用自己的舌尖抵住对方的舌尖，还是用自己的舌头缠着对方的舌头呀？红芳，你说话呀？你别卖关子了行吗？你自己尝到甜头就算完了，得与姐妹们分享分享才行啊！哼，小气鬼！"

"瞧瞧你们两个，一个假装正经，一个猴急猴急的！亲吻也罢，接吻也罢，不就是嘴巴挨着嘴巴，舌头挨着舌头呀！值得你们下这么大的功夫研究它呀？如果你们两个把这个功夫用在学习上去，你们的学习成绩不是更好了吗？一个个神经兮兮的，都快把我逼疯了。"

张冬梅看着王红霞兴奋的表情，望着李红芳忧伤的表情，动情地说："红霞，你就别再逼问红芳了，你看看她那一脸愁苦的模样？"

李红芳忧心忡忡地说："我害怕，我把初吻给了他，我怕怀上他的孩子，我怕他将来不要我了！"李红芳惶恐的眸子里流下了泪水。

"哭吧，你就哭吧！你除了接吻还干什么傻事了？你干嘛担心会怀上张鹰的孩子啊？坠入爱河的女人不是被别人的唾沫淹死就是被自己的眼泪淹死。"王红霞突然把脸拉得老长，语气变得强硬，并且故意加重了"女人"二字的语气。

此刻，王红霞心潮起伏，百感交集，她想："尽管我在爱情这个问题上反应不够灵敏，但是，自从我看见李嘉齐那天起，我就觉得我的世界与以往有所不同To 那是一种非常微妙的感觉。只要见到李嘉齐，我就会莫名其妙地感到压迫和晕眩，我终于找到了这种感觉的来源，就像兔子遇到了猎人，慌乱地东躲西藏，再寻机窥探枪口的方向。"

"我……还能做什么傻事呀？我和他接吻就羞死人了！"李红芳低声叽咕。

张冬梅没有答话，陷入了沉思，她想："这段时间以来，无论课上还是课下，无论课间操还是体育课，我总觉得有双眼睛在盯着我。虽然花季少女走到哪里都会吸引别人的眼球，但是这双眼睛与众不同。也许是我自作多情，也许是我内心的渴求——我希望被这双眼睛注视，被这双眼睛追踪，被这双眼睛仰望。这双眼睛长在了李嘉齐那棱角分明的脸上，那么炯炯有神，那么灼灼逼人。"她悄悄地问李红芳，"喜欢上一个人是什么感觉啊？"

李红芳悄悄地告诉张冬梅："喜欢上一个人就是每时每刻都想着那个人，躺着想站着想走路想，上课想下课想日也想夜也想，想得茶饭不思，就连做梦梦见的都是那个人的影子和与他有关的事情。怎么了？你也有心上人了？"

张冬梅心跳加速满脸通红却用力摇了摇头，故意拉着长音说："你以为人家都像你啊！——小小的年纪就谈情说爱，你这叫早恋你知道吗？"

然而，从此之后，张冬梅惊奇地发现自己上课下课总是想着李嘉齐，躺着坐着站着走路都想着李嘉齐，日也想他夜也想他，想得茶饭不思，就连做梦梦见的都是李嘉齐的影子和与他有关的事情。这让张冬梅感觉既尴尬又荒诞，雷江市大平原那么辽阔，她竟然失去了方向。她经常莫名其妙地抱怨自己，觉得自己不该想着李嘉齐，因为她发现了王红霞和她一样的秘密。

自从升入雷江市第三中学以来，王红霞每月修剪一次头发是雷打不动的，可是自从李嘉齐出现以后，王红霞就一改初衷，非要蓄起一头秀发来，并且退出了女子篮球队。这让张冬梅和李红芳既感到惊讶，又心如明镜，她们深知"女为悦己者容"的道理，都认为王红霞一定是心有所属了。

张冬梅和李红芳不谋而合地找到王红霞，心照不宣地追问她："你为什么要这样做，瞧瞧你现在的样子，你还是你吗？"

王红霞收起了以往的张扬，变得沉稳起来，和颜悦色地说："我本是个女孩子，不想做个假小子，过去癫狂的日子我过够了，我想做个温柔的女孩子。"

自从李嘉齐插到她们这个班，王红霞就完全变了一个人。过去，王红霞大大咧咧，像个"中性"人，不在乎别人在她背后的指指点点和议论。但是，自从李嘉齐出现之后，她变得矜持了，她很在乎李嘉齐对她的看法。在李嘉齐来此不久的一次女子篮球赛中，叫不上王红霞名字的李嘉齐在场外观摩，他突然发现王红霞带球撞了人，不假思索地用手指着"黄毛短寸"的王红霞高喊："假小子撞人了……"王红霞先是一愣，随即扔掉了手中的篮球，回头凝视着李嘉齐，足足看了一分钟。

李嘉齐清楚地看到，王红霞的眸子里溢出了泪水。

一向张扬霸道的王红霞，在感情方面却敏感脆弱，在与张冬梅的聊天中，她从张冬梅的眼神动作和只言片语中看出了破绽，她时常拿着张冬梅开涮："哎呦呦，瞧瞧瞧瞧，三日不见，面色暗淡，精神恍惚，两眼凹陷，又在想念李嘉齐了吧？啧啧，怎么还有一股子酸味儿？真是'为伊消得人憔悴，衣带渐宽终不悔呀厂"

心虚的张冬梅，每次听到王红霞的戏谑都会暴跳如雷："贼喊捉贼，神经病！李嘉齐算什么呀？我可不像你一样没出息，谁要多看他一眼你就跟谁急。像他那样的小男生，在大街上随便一抓就是一把，他有什么可稀罕的？"张冬梅的心里又急又恨，极力辩解和发泄，恨不得立刻斩断与李嘉齐的一切瓜葛。

张冬梅越急，王红霞越喜。王红霞看着张冬梅猴急的样子，心里甜丝丝的，说："对不起，我不像你那样虚伪，我的心里只有李嘉齐，我甘愿为他放弃全世界！"她眯着眼睛，聚焦在远方，仿佛李嘉齐正骑着一匹白马，穿越布满荆棘的玫瑰花丛向她奔来。她陶醉的神情表明，她完全沉浸在美妙的想象之中。

李红芳望着一脸委屈惆怅的张冬梅自言自语："完了冬梅，人家李嘉齐被蒙在鼓里，王红霞却完全陷在了单恋里，她既骄横又任性，现在说什么她也听不进去了。都说恋爱中的女孩子智商为零，她虽然是一厢情愿，却同样会被爱神牵着鼻子走，她会和我一样变得毫无主见，甚至与你我为敌。"

张冬梅听着李红芳的自言自语，莫名其妙地恨起李嘉齐来。在她看来，由于李嘉齐的出现，让她与王红霞之间的关系日益变得疏远。同时，她又为王红霞感到惋惜，她觉得王红霞为李嘉齐做出草率的决定，放弃打篮球的美好前程不值得。她觉得王红霞缺乏理智，分不清孰轻孰重。她不由得感叹年少轻狂！她思忖再三，终于鼓足勇气找到了李嘉齐，两人见了面，她却埋头不言。李嘉齐看着楚楚动人的张冬梅，不停地发问："你找我干啥？你为什么不说话？"张冬梅两颊红通通的，像盛开的鸡冠花。她踌躇了半天，从牙缝里挤出了一句话："你去劝劝王红霞吧，她为你不打篮球了。"

李嘉齐双手插在裤袋里，摇头晃脑地瞅着她，皮笑肉不笑，一脸的痞子样。

张冬梅不由得攥紧了拳头，愤愤的目光瞅着李嘉齐，咬着牙说："你怎么如此傲慢？你知道吗？我想揍你一拳。"

李嘉齐慢吞吞地说："原来你找我是为了王红霞啊！她爱咋的咋的，关我屁事。你想打我一拳是吗？往这儿打！"李嘉齐用右手拍了拍胸脯，一脸的坏笑，"随你便！"

"哼，你知道我打不疼你，所以才敢逗英雄！李嘉齐，直觉告诉我，王红霞对你咋样你的心里非常清楚，可你为什么这样熟视无睹？你为什么这样无情冷酷？"张冬梅终于忍不住出拳打在了李嘉齐的肩膀上，愤愤地说，"李嘉齐，你知道你有几斤几两吗？你别以为自己有什么了不起，人家可是副市长的千金，得罪了人家你会吃不了兜着走！"

李嘉齐瞅着张冬梅，突然火冒三丈，冷冷地吼道："我一直认为你最清纯，你怎么变得这样俗气？副市长有什么牛的，我不管他三七二十一，我偏要等于十五！就算她王红霞有和我交朋友的想法，也只是让你为她做红娘而已，她从来就没有找过我，你瞎搅和什么？"

李嘉齐的吼声把张冬梅的话茬镇压下去。

张冬梅转过身去，回头望了李嘉齐一眼，快步离开了。

就在张冬梅转身的瞬间，李嘉齐隐约看到了张冬梅的眼眶里荡漾的泪水，他突然觉得心像被针扎了一样刺痛……

李红芳和张鹰在盼望中迎来了礼拜天，他们再次相约游览千顷洼和竹林寺，他们毫不掩饰地享受着自己的幸福。

王红霞的心事在李嘉齐的彼岸开成了一朵艳丽的花朵。

张冬梅的心事隐没在百花丛中，宛如一朵淡紫的小兰花，隐隐约约，似有似无。

【02

杀害张鹰的奶奶和赵阿姨的那伙绑匪，在以李嘉齐的爸爸为组长的专案组的缉捕下终于落入了法网。随即，多年的几桩命案也相继告破，杀人越狱的黑社会老大被李嘉齐爸爸生擒活拿，跨省倒卖人口的犯罪团伙在李嘉齐爸爸的指挥下一举摧毁。一时间，李嘉齐爸爸的英雄事迹在广播、电视、报纸等新闻媒体的渲染下广泛传播。表彰慰问的各级领导，慕名造访的各界人士，送锦旗上门的受害人家属，在李嘉齐爸爸的单位和他的家里络绎不绝。表扬信，感谢信，恐吓信，雪片般地堆满了李嘉齐爸爸的办公桌。李嘉齐爸爸在雷江市名声大振，瞬间成了风云人物。然而，不知道从什么时候开始，他家的名烟名酒多了起来，他家的家具电器不断更新换代，奶奶手头上的零花钱多了起来，妈妈手指头上的戒指和脖子上的项链换得勤了，爸爸回家的时间更少了。也不知道从什么时候开始，妈妈的手里多了一串新房的钥匙，奶奶和妈妈在迎来送往中都学会了打麻将，她们都沉迷于牌局关心着自己的输赢，对李嘉齐的学习和身体关心得越来越少。李嘉齐在学校里受了老师的歧视和同学们的冷遇后除了张鹰和顾吉哲无处诉说。李嘉齐放学回家后经常发现家中空无一人，他时常感到落寞。李嘉齐在百无聊赖中经常翻弄出别人送给他爸爸的名酒名烟"独自品尝"，他慢慢地喝酒成瘾抽烟难戒。不仅如此，李嘉齐还偷偷地将一些名烟名酒拿到张鹰家里，邀上顾吉哲一起狂欢，实践着"有福同享"的诺言。

李嘉齐经常在张鹰的家里留宿，开始时遭到了奶奶和妈妈的强烈反对，后来她们就不约而同地默认了，再后来她们就不约而同地支持了。李嘉齐思前想后，觉得自己在妈妈和奶奶的生活中成了多余的。事实也是如此，李嘉齐每次在自家住宿时，都会约上哥们儿到家中玩游戏、看电视、一起玩耍。他这样做，极大地影响了奶奶和他妈妈与牌友之间的消遣，奶奶和妈妈因此牢骚满腹、喋喋不休，给他脸色看，由此，在祖孙与母子之间逐渐结怨。于是，李嘉齐长期到张鹰家里去过夜，乐不思返。

在张鹰家的大别墅里，面对无人问津的长夜，李嘉齐和张鹰时常感到寂寞难耐。为了打发时光，他们偷偷地阅读了《少年维特之烦恼》《青少年知识手册》《少女必读》等青春刊物，经常研究班上的女生，尤其把张冬梅、王红霞和李红芳她们这些学习成绩出色且容貌姣好的女生列入了研究重点。随着研究的不断深入，他们对她们都产生了莫名其妙的好感。然而，当李嘉齐和张鹰与张冬梅、王红霞和李红芳相遇之后，却故意板起面孔不理不睬，表情里故意带着玩世不恭的痞气和霸气。特别是在礼拜天或者放学后，在只有李嘉齐、张鹰和她仁相遇的时候，李嘉齐和张鹰的指尖间总是炫耀地夹着一支大中华牌儿香烟。李嘉齐清楚地感觉到，张冬梅看他的眼神与王红霞和李红芳看他的眼神截然不同，她的目光冷峻入骨，如初春的晨暮一样带着冷气，而这种冷气具有强烈的杀伤力，让李嘉齐感到惊心动魄。同时，李嘉齐也能感受到，那是张冬梅伪装出来的，是为了吸引他故意这样做的。

可是，在王国治的生日宴会上，李嘉齐见到了张冬梅，这让他感到有些意外。

张冬梅穿着黑色的皮夹克，戴着一顶花格的帽子，把一头秀发藏于其中。她身材高挑，胸部扁平，右手的食指与中指间夹着一支香烟，不时地将香烟的一头放进嘴里，手腕忽高忽低，烟火忽明忽暗，她不时地吐出烟圈，不知她是在独自赏玩，还是在故意挑衅他人，她的举止就像一个令人生厌的青春叛逆的男孩儿。

大包间里，王国治和狐朋狗友聚集在一起，李嘉齐和张冬梅也在其中。当他们四目相望的瞬间，都不由得愣怔了一下，随即就恢复了理智和平静。他们不谋而合，眼眸自然而淡漠地掠过彼此的脸颊，都装作互不相识。

席间，张冬梅漠视李嘉齐的存在，像往常一样与王国治的弟兄们喝酒猜拳，她输了就让对方亲她的脸蛋，她赢了就罚对方喝一杯衡水老白干。

大包间内，飘荡着佳肴的美味，散发着美酒的甘醇，燃烧着青春的烈焰，气氛非常热烈。李嘉齐轻蔑地看了看正在与张冬梅划拳的黑大个儿，乜斜了张冬梅一眼，拿腔拿调地说："嗨——哥们儿让一让，让我跟这个小兄弟划两拳！这小兄弟长得眉清目秀的，像个大妮儿一样，让人看了觉得眼馋！"李嘉齐的目光挑衅般地落在张冬梅的脸上。

张冬梅的两颊绯红，哑口无言，吭哧了两声。

"你让我让一让，你跟她划两拳？你他妈的算老几呀？你不睁开你的狗眼看看她是谁？她可是我大哥的妹子！"黑大个儿放肆地高声叫嚷，用鄙夷的目光瞅着李嘉齐，好像有个苍蝇落在了李嘉齐的脸上。

李嘉齐冷冷地看了黑大个儿一眼，站起身来，摆出一副趾高气扬的架势，用手指着黑大个儿的鼻子，骂道："这是谁家的疯狗没拴好啊，瞎叫唤！"

黑大个儿也不示弱，用手一拍桌子，噌地一下子站了起来。

正在旁边酒桌上喝酒的王国治听到了这边的争吵，回头看了看这边的动静，随即走到黑大个儿身边，不由分说就打了黑大个儿一拳，怒斥道："你吃了豹子胆了敢和他瞪眼？你吃了枪药了这么叫喊？你真是个有眼无珠的东西，你知道他是谁吗？"他讨好地看了李嘉齐一眼，奴颜婢膝地说："他是咱们市公安局刑警大队大名鼎鼎的李大队长的公子——我的救命恩人李嘉齐！"

"对不起李哥，我有眼不识泰山！"黑大个儿就像一条变色龙，嬉皮笑脸地望着李嘉齐，随即把他的大手伸过来，陪着笑脸说，"你大人不计小人过，失敬了大哥！"

"我的年龄比你小得多，大哥我可不敢当，更甭说让我当大人了！"李嘉齐对黑大个儿伸过来的大手无动于衷，扭过脸去看了王国治一眼，"别总把救命恩人挂在嘴上，那是小事一桩。"

"呵呵……我明白了！"黑大个儿用手指了头皮，似乎恍然大悟，一脸苦笑，"我曾无数次地听我大哥讲过他有个出生入死的兄弟叫李嘉齐，今日相见真是三生有幸啊！我早就听我大哥说过，你在半年前救过他的命。那次，我大哥开车逛市场，从车窗处吐出一口痰，没想到这口痰正巧落到了一个赤脸大汉的脸上，没想到的是这家伙恼羞成怒，竟然跑到身边的一家五金商店抄起一把铁锤，不由分说就把车窗玻璃砸了个粉碎。我大哥下车和他理论，他不仅蛮不讲理，而且还打电话叫来了一群帮凶！那伙儿痞子，个个手拿砍刀，个个凶神恶煞，想把我大哥给吃了。就在这千钧一发之际，你正好从那里路过。哈哈哈……不知道我大哥是怎么认识你的，他急中生智喊了你一声——嘉齐大哥，快来救我！巧得很，那帮痞子中也有人认识你，了解你的家庭背景，惧怕你爸爸的威名，尽管来势汹洶，却在转眼之间鸟兽散了。不然的话，即使我大哥死不了，也会被那帮人给废了。所以说，我大哥把你当成了救命恩人，你是当之无愧的！"

"是啊是啊，"王国治接过话茬儿，"那时嘉齐大哥是酒吧的业余驻唱歌手，他为人大气仗义。就因为那次他出手相救，我们俩才结下了不解之缘。我知道李嘉齐比我王国治小几岁，可我心甘情愿管他叫大哥。"王国治拍了拍黑大个儿的肩膀，"兄弟，我是什么样的人你还不清楚，有恩不报非君子。今天是大水冲了龙王庙一家人不认识一家人了。"王国治转脸看着李嘉齐，笑着说，"不好意思，我那边还有很多朋友，失陪了，酒后我请你到金海岸歌舞厅潇洒一回！"

张冬梅早就在她的堂姐那里听说过这个传说中的英雄人物，可是，直至今日她才看清了庐山真面目。原来这个英雄人物就是她的同学，就是她暗暗喜欢上的帅男。当李嘉齐的视线与张冬梅的视线交集的瞬间，张冬梅看到了李嘉齐的眸子里跳荡的烈焰。

酒足饭饱之后，李嘉齐无法拒绝王国治的邀请，就答应与他一起去金海岸歌舞厅。但李嘉齐向王国治提出了一个要求，打电话把张鹰叫过来一起娱乐。王国治欣然答应了。

昏暗的包厢内，暧昧的交响曲，张冬梅活力四射的青春气息，秀发上散发的芳香，汇集成诡异朦胧的气流，冲击着李嘉齐火热激荡的心房。从来没有跳过舞的李嘉齐，不顾张鹰、王国治的存在，竟然鬼使神差地向张冬梅发出了跳舞邀请。

张冬梅欣然答应了。

张冬梅那张布满红晕的脸庞，在暗淡的灯光下更加迷人，喧闹的音响中，李嘉齐无法听到张冬梅那颗异常的心跳。

李嘉齐的脚步总是跟不上音乐的节奏，三番五次地踩在张冬梅的脚面上0

"没关系，我教你！"张冬梅温柔地望着尴尬的李嘉齐，浅浅的笑着，眼神中透着真诚和温暖。

张冬梅突然问李嘉齐："你多大了？"

李嘉齐若有所思地回答："十六周岁了。"他不知道为什么自己要强调十六周岁。也许，他认为十六周岁应该是成年人了，而成人就可以抽烟喝酒跳舞不受谁的管束了。

"你不该到这种地方来，你不属于这种地方。"张冬梅关切地说。

"哦！那……你为什么要到这种地方来？"李嘉齐莫名其妙地反问了张冬梅一句。

"你会说一口流利的标准普通话，而且你的嗓音富有磁性，富有感染力。当你那动听的男中音萦绕在我的耳畔，就会带给我梦幻般的魔力，让我心生慌乱，让我的手心里渗出冷汗。嘉齐，我……喜欢上了你！"张冬梅凑近李嘉齐的耳朵，羞涩地低声细语，故意绕开了李嘉齐的话题。

李嘉齐的心突突地跳着，没做任何表态，下意识地侧过脸去，正好迎接了张鹰的目光。

张鹰坐在沙发的角落里，眼神凌厉漫不经心，像一头蛰伏于黑暗处的怪兽。他指尖间的香烟燃烧着，时明时暗，有节奏地映照着他那张充满阴郁的脸。

张冬梅瞅了张鹰一眼，立刻回过头来，低声问李嘉齐："张鹰多大了？"

李嘉齐不假思索地说："和我同岁啊！怎么了？"

"他不像是一个十六周岁的男孩子。"张冬梅说。

李嘉齐与张冬梅跳完了一曲，离开张冬梅，转身坐到沙发上。

张鹰感受着音乐的节奏，期待着舞曲的终了。李嘉齐刚离开张冬梅，张鹰就起身邀请张冬梅跳舞。

张冬梅呆若木鸡，在幽暗的灯光里迎接张鹰的目光，对张鹰的邀请没有回应。

张鹰自感受辱，一股无名之火在胸中燃烧，太阳穴上的青筋跳动着，但他迅速遏制住了自己的情绪，立刻坐到原地。

张冬梅乜斜了自讨没趣的张鹰一眼，随即坐到沙发上，心中感到十分惬意，暗暗自喜："李红芳，你在哪里呀？今天我终于教训了这个花花公子，终于替你出了一口气！"

但令张冬梅始料不及的是，张鹰迅速来到了她的身边，阴沉着脸说："你是否想让雷江市的妇孺都知道，你和王国治混在了一起？"

张冬梅深知王国治的为人，深知与王国治走得太近定会引火烧身，此刻，她觉得自己像美人蛇一样被人捏住了七寸，她乜斜着张鹰，心想："这家伙看上去道貌岸然，没想到他居然对我威逼利诱，不知道李红芳是怎么看上他的？"张冬梅不甘示弱地反问，"你想怎样？"

张鹰的嘴角处露出一丝坏笑，眉飞色舞地说："我没想怎么样？我只想告诉你，我喜欢上了你！"

张冬梅怀疑张鹰在揣测她，心像被泛滥的洪水冲坏了闸门——波澜起伏，她壮着胆子试探着问："你喜欢我又能怎样？你惹得起李红芳？"

"你不是李红芳，我不想对你怎么样？我只是喜欢你。再说了，你像根发育不良的绿豆芽，我能拿你怎么样？"张鹰瞅了身旁的李嘉齐一眼，一脸的坏笑，他分明是戏谑张冬梅，同时又是在捉弄李嘉齐。

张冬梅沉默了，心想："张鹰说我像根发育不良的绿豆芽，这不明明嫌我身体偏瘦，没有成熟女孩子的性感，让他看不上眼嘛？"她气急败坏，想对张鹰发起攻击，但她心乱如麻。

"张鹰，你在女孩子面前要什么威风？"李嘉齐攥紧拳头，咬紧嘴唇，恨不得挥拳揍他一顿，替张冬梅出一口气。

"气死我了！"张冬梅回到家里，在床前打转，然后对着熊猫抱枕狠狠地抽打，发泄着心中的不满，"打死你张鹰，你这个大坏蛋，我恨不得把你碎尸万段！打死你李嘉齐，你为什么不识抬举？"

李嘉齐躺在床上，辗转反侧，一闭上眼睛就看见张冬梅那无助而忧郁的眼神，他有生以来第一次失眠了。他索性坐了起来，打开台灯，掀起褥子的一角，拿出张冬梅送给他的那只精致的纸鹤，铺展开来，一行行秀丽的字迹映入眼帘：

那天，顾吉哲从我的宿舍里走后，整个女生宿舍楼里就剩下了我自己。那种空荡荡的感觉，让我既寂寞又害怕。就在这时，你来了，你不由分说突然从身后抱住了我，你说："张冬梅，你不要再折磨我了。你知道吗？我从看见你的那一时刻起我就喜欢上你了……"你的甜言蜜语顿时就把我的心摘了去。我紧张而又兴奋地被你抱在怀里，我忘记了躲避忘记了挣扎忘记了拒绝。就那样，我被你抱在怀里，听着你的心脏狂乱而强劲地跳动，听着自己的呼吸变得细如游丝。我知道自己的躲避是无力的挣扎无力的拒绝。你知道吗，你的怀抱，曾让我渴望了多少次，幻想了多么久？而那一刻，它就像一张网，把我网于其中。就在那个关键的时刻，王红霞鬼使神差地出现在那里，她站在我们的身后呼喊我的名字。我在慌乱之中想甩开你，可是已经来不及了。一切的一切，都被王红霞尽收眼底。不知道你发现了没有，王红霞失魂落魄地站在那里，脸色苍白，眼睛里凸现了一层雾水。我不知道是人意还是天意，不早不晚，王红霞恰恰在那个时间出现在那里。当时，我呼喊着她的名字，我心慌意乱，无力地辩解……几天之后，李红芳对我说："那天，王红霞突然找到我，咬牙切齿地说，'我恨死李嘉齐了，他跟我躲猫猫玩失踪，一点都不解风情！气死我了，张冬梅不念姐妹情分，明明知道我喜欢李嘉齐却与李嘉齐眉来眼去勾搭在一起！红芳，你不要用这样的目光看着我，我不是猜测，我更不会软弱，我非得坏了他们的好事不可！'王红霞离开我之后，就四处去找你和李嘉齐。我知道王红霞的脾气怪，她什么事情都能做出来，我担心你会发生意外，就让顾吉哲去你的宿舍捎信儿给你……可是，谁会知道，顾吉哲刚离开你，李嘉齐就找到了你？又有谁会知道，王红霞尾随着李嘉齐的踪迹追查到你的宿舍里。"

李嘉齐，现在我告诉你，我不管李红芳所说的话是真是假，也不管王红霞对你爱的火焰有多么高，我都不会再做出任何让步，我不能再继续欺骗自己，我是多么爱你！

嘉齐，你知道吗，本来我对你的爱是朦胧的，本来把"爱"字说出口来我还缺乏足够的勇气！可是，因为你的一个拥抱，让我的命运发生了转折……

温煦的阳光，透过泡桐树枝叶之间的缝隙射进玻璃窗，枝叶摇摆，它们的影子在李嘉齐的课桌上荡来荡去，令人目不暇接。

物理课上，李嘉齐用课本挡着脸，进入了梦乡。一场酣畅淋漓的篮球大赛在他的梦中上演，他神情激昂，手舞足蹈，梦语连连。

猛然间，物理老师走下讲台，边呼喊李嘉齐的名字边推搡他的肩膀。李嘉齐惊醒过来，揉了揉惺忪的眼睛，茫然无措地看着物理老师，一脸的狼狈相。

全班同学闻声而望，哄堂大笑。

"笑什么笑？有这么可笑吗？即使你们笑掉大牙，对他李嘉齐有用吗？李嘉齐同学已是老房檐了，早就不怕湘（臊）了。"一个高大的身躯突然出现在教室的门口。

同学们的笑声戛然而止。

李嘉齐感到纳闷，想回头一探究竟，却意外地看见了站在门口处极力压抑着笑容的班主任周理论。

"李嘉齐——你的家里出了大事了，就别在这里混天度日了，赶快回家看看去吧！"周理论的声音很大。

李嘉齐只觉得脑袋"嗡"的一声，瞬间大了一圈，自言自语："我是混天度日不假，可是，我的家里能出什么大事啊？我奶奶病了？我妈妈病了？我爸爸遭到坏人报复了？"他边胡思乱想，边惴惴不安地收拾好书包。

李嘉齐一走进家门，就看到了爸爸愤怒的面孔，他还未来得及说话，爸爸就抓住了他的胳膊，大声地吼道："告诉我，那些五粮液和大中华都跑到哪里去了？"

李嘉齐惊讶地望着爸爸扭曲的面孔，心想："这就是家里出的大事吗？"

"松手，你这个挨千刀的，你不去捉贼你吓唬我的孙子干吗？"奶奶急忙冲上来，双手拍打着李嘉齐他爸爸的手背，竭力保护着李嘉齐。

"算了吧嘉齐他爸，这段时间以来，在咱们家出出入入的人有多么多你是知道的，别冤枉了好人喜死贼呀！"李嘉齐的妈妈替李嘉齐打掩护。

"你们懂什么呀？妇人之仁！你们忘了吗，我是干什么的？我冤枉不了他，真是家贼难防啊！"李嘉齐的爸爸根本听不进母亲和妻子的劝告，盛怒难消，继续吼道，"你们知道那些烟酒值多少钱吗？按照我国的刑法，偷盗八百块钱就构成了犯罪，他拿走的那些烟酒起码价值一万块！如果追究他的刑事责任，起码让他蹲三年大狱！"

李嘉齐的奶奶和李嘉齐的妈妈听了李嘉齐他爸爸的一番话，都浑身瘫软了。她们异口同声地向李嘉齐发号施令："马上给你爸爸跪下，要勇敢地承认错误，要诚恳地赔礼道歉。"

　　"爸爸"李嘉齐扑通一下子跪倒在爸爸的面前，战战兢兢地说，"我错了，我一定会痛改前非的！"李嘉齐用乞求的眼神争取爸爸的宽恕。

　　李嘉齐的爸爸冷不防地给了他两个大嘴巴子，暴跳如雷地吼道："痛改前非当然可以，但是，你必须给我长点记性！"

　　李嘉齐他爸爸的"暴行"，激起了李嘉齐他奶奶和李嘉齐他妈妈的强烈反对，她们冲着李嘉齐的爸爸高声叫嚷："有理说理，干吗动手打人哪？再说了，嘉齐已经向你认错误了，批评批评教育教育不就得了？"

　　李嘉齐他爸爸的"暴行"，激起了李嘉齐的强烈反抗。

　　李嘉齐愤怒地站起身来，一字一句地说："世界这么大，你一个小小的刑警队队长算什么？别以为就你自己懂得法律。法律也有规定，偷亲不算偷，再说了，你那些东西也不是好好来的，说穿了是你受贿得来的。"

　　"滚——你给我滚得远远的！"李嘉齐的爸爸气得浑身发抖，右手急忙捂住了胸口。显然，李嘉齐的话像一把锋利的尖刀，深深地刺痛了他的心脏。

　　李嘉齐沉默了半晌突然歇斯底里地叫嚷："滚就滚，从今天起，我和你井水不犯河水！"李嘉齐夺门而出，迅速藏身于胡同的拐弯处。

　　李嘉齐的奶奶和李嘉齐的妈妈随即追出家门。

　　李嘉齐与奶奶、妈妈玩了一会儿"躲猫猫"，看着她们无功而返，莫名其妙地产生了失落感。他漫无目的地在大街小巷转来转去，一直转到夕阳西下。突然，一个念头涌上心头，他想把心中的不快向张冬梅倾诉。于是，他在晚自习课时返回了教学楼。

　　张冬梅坐在教室里，看着李嘉齐的座位，想入非非。

　　李嘉齐隔着教室的窗玻璃，寻视着教室内的情景，看到了无精打采的张冬梅，发现辅导老师不在，一个坏主意立即萌生。

　　李嘉齐躲在楼梯口的拐弯处，耐心地等到一个女生，他把编造好了的事由冠冕堂皇地告诉这个女生，再让这个女生去教室告诉张冬梅。他想，若不出意外，一定能把张冬梅诓出来。

　　李嘉齐眼睁睁地看着张冬梅走出教室的前门，径直地向着他站着的位置走来，他窃窃自喜，自言自语："她果然中计，谢天谢地！"

　　张冬梅走到楼梯口，瞅了李嘉齐一眼，故意嘲笑地说："咦……我一猜就知道是你让那个女生骗我的。小儿科，低级的谎言，竟然说我大舅在楼梯口等我，告诉你吧，我根本就没有舅舅。"

　　李嘉齐倚着墙壁看着张冬梅笑得合不拢嘴，像个调皮的孩子，美滋滋地说："你上自习课为啥无精打采？是不是因为我不在？对了，在王国治的生日宴会上，我听你的堂姐说，你打算在这个学期拿下班里的前三名！哼，让我看，像你现在的精神状态，'前'字恐怕要变成'后'字了！"

"哪个在为你无精打采了，自作多情！你甭诅咒我，实话告诉你李嘉齐，像咱这种人呀，的确有的地方不如别人，咱不是胸大脑残的那种人，咱就是天生的脑子好用，就算是天天上课睡觉也出不了班上的前十名，你信不信？哼，在我写给你的信中，坦白了我对你的感情，你却只字未回无动于衷！今晚竟想出这样的鬼点子来找我，是不是在别处吃了闭门羹？"张冬梅平静地说，"对了，你们家出了什么大事了？你是想告诉我吗？"

听到张冬梅的问话，李嘉齐突然紧张起来，有些结巴地说："你写信给我坦白什么了？哦……都怪张鹰那小子，他的突然出现，竟把我给你回信的思绪打乱。后来一忙活，竟把给你回信的事儿给忘了。对不起冬梅，是我太粗心了。不过，请你相信我，我什么事情也不会瞒着你的，我家里没出什么大事，只是丢了一些东西。明说了吧，我找你没有什么事儿，就是想让你闻一闻我身上的烟草味儿。"

张冬梅突然觉得，在李嘉齐说话的时候，空气中果然飘荡着淡淡的烟草味道。

"讨厌！"张冬梅故意把脸色一沉，挥起拳头朝着李嘉齐的肩膀打过来。

李嘉齐伸手捉住了张冬梅的手腕，用力将她的身体往自己的怀里拉了拉，似笑非笑地望着她的眼睛，他的笑态让她有种被捉弄的感觉。就在这时，张冬梅听见楼梯口外传来了脚步声，她急忙想把自己的手从李嘉齐的手中抽回去，可是，已经来不及了。张冬梅和李嘉齐都没有料到，这一幕，正被因为偷着打篮球而迟到自习课的张鹰逮了个正着。

张鹰的眼睛紧盯着张冬梅和李嘉齐，目光凌厉得像两把快刀，锋利而冰冷。他威严地从他俩的身边擦过去，身后却留下了酸溜溜的味道。

张冬梅瞅着张鹰的背影，心里在叽咕："看上去道貌岸然、一本正经，其实是个花花公子。他吃着锅里的还看着碗里的，竟敢当着李嘉齐的面儿调戏我，我非得瞅准机会向李红芳奏他一本不可？"

此刻，李嘉齐不知道张冬梅在想什么，也顾不上张冬梅在想什么，他拉着张冬梅的手就向着楼梯口外走去。

这突如其来的动作让张冬梅不知所措，她边挣脱边说："松手啊，你非让老师和同学们看见才如愿吗？"

李嘉齐下意识地松开了手。

张冬梅顺从地跟在了李嘉齐的身后，边走边说："今晚，虽然你用谎言骗了我，但我明白了你的良苦用心，那日，虽然由于你的粗心没有给我写回信，但我已经原谅你了！"

李嘉齐见张冬梅如此单纯善良，便决定按照心中的计划让她就范，他顺水推舟，说："跟着我走，到操场上去溜溜！"

张冬梅默默地点点头。

李嘉齐和张冬梅来到操场旁，在周围的草坪中闲逛。月光下，他俩突然发现，王东宁腋下夹着篮球离开操场，向着他们走来。

王东宁和李嘉齐一见面就一脸坏笑地问："哥们儿，她是谁呀？"

李嘉齐的下巴一扬，不假思索地说："我女朋友！"

张冬梅的心狂跳不已，羞得恨不得找个地缝钻进去，转身就开溜，却被李嘉齐拉住了手。

王东宁瞪着两只滴溜溜的大眼睛，把张冬梅从头到脚打量了一个遍，最后停留在她扁平的胸脯上，打着哈哈说："哥们儿，你怎么能拐骗幼女呢？"

张冬梅被他的话深深地刺痛了，她突然挽住李嘉齐的胳膊，盯着王东宁的脸，挑衅地说："是吗？你能拐骗到像我这样的幼女吗？我就乐意让他拐骗。"

李嘉齐和王东宁不谋而合地唏嘘了一声，随即都哈哈大笑起来。

张冬梅在他们的笑声中抖动着嘴角，笑而无声。

李嘉齐觉得张冬梅像个傻帽似的，中了他的圈套。过去，王红霞和李红芳曾经对他说过，张冬梅智商高但情商低，他曾摇头否认，然而，现实让他相信了她们的说法。

从此，张冬梅成了李嘉齐情感的俘虏，他俩的关系在张鹰那里成了不是秘密的秘密。

时下，李嘉齐他爸妈的手里早就不缺钱了，李嘉齐的手头也自然而然地富裕了起来。

在一个周六的中午，李嘉齐和张冬梅去了平原街上的聚鑫源酒店。餐桌上，李嘉齐很绅士地递过菜单问张冬梅想吃什么菜？并介绍了这里的牛肉丸子特有名，还有爆炒黄喉，加会烧鸡和驴肉。对于吃，张冬梅从不挑剔，她很顺从他的安排，点了几道菜。

"你太瘦，要多吃点好的，多增加一些营养，特别是要多喝些菌类汤。"李嘉齐翻着菜谱，看着汤类菜，皱着眉头看了好一阵子，然后抬起头对服务员说，"来个野菌笨鸡汤！"

合上菜谱，李嘉齐傻傻地看着张冬梅，嘴角洋溢着笑意，目光中洋溢着爱意。

"你以前经常来这里吗？"张冬梅好奇地打量着这个不起眼的饭店。

"我以前和顾玉双来过两次，刚才我已经说过了，这家的丸子很有名气，别看店面不怎么样，你吃了第一次，一定会想吃第二次。"

"顾玉双是谁？你为什么单独请人家吃饭？"张冬梅的语气中满是醋的味道。

"别急，吃完饭后我一定告诉你。"李嘉齐平静地说。

吃过午饭，李嘉齐送张冬梅回家，他告诉她说，我请顾玉双吃饭并没有别的意思，我觉得她长得很像我小学时的一个女同学，让我想起了那些像花朵一样纯洁的心事。可是，你俩的情况大不相同，她仅是我童年的伙伴儿，是我的异性哥们儿。而你不仅是我的异性哥们儿，还是我的女朋友。

在阳光明媚的楼道口，李嘉齐端详了张冬梅一会儿，突然用兄长般的口吻嘱咐道："你一定要好好学习，千万不要像我一样浪荡下去，千万要注意身体，千万不要再和王国治那些人混在一起，他们是一群乌合之众，虽然不敢说都是地痞流氓，但没有一个好东西，你若和他们那帮人待的时间长了，一定会被他们拉下水去的。我的苦口婆心，你明白吗？"

张冬梅顺从地点点头，她没有料到这就是李嘉齐请她吃饭的全部目的，但她的心里仍十分感激。在这个世界上，没有人跟她说过这样知心的话语，更没有人用这样温存的语调跟她这样说话。她的爸爸也不会谆谆告诫她，要好好学习，要注意身体！要谨慎交友！

李嘉齐转过身去，就此告别。

张冬梅感激地望着李嘉齐的背影，眼睛潮湿了。

李嘉齐知道，她对他的眷恋与不舍是在那一刹那产生的，像一根细细的丝线，连在了他俩之间。

张冬梅的嘴角抖了抖，她很想说："不要走，看着我，守着我，爱着我！"但是她一句话也没有说出来。

李嘉齐了解张冬梅，知道她想说什么，但让她说出那些话来是根本不可能的。他转过身来，深情而认真地望着她，诚恳地说："张冬梅，我等你，等你长大！"

李嘉齐的话语是那样轻柔，又是那样凝重，像一缕春风，吹绿了张冬梅的心房。

张冬梅顺从地点点头。

李嘉齐问自己："这是我对张冬梅的承诺吗？"那一刻，李嘉齐看到了从张冬梅的眼睛里滴落的晶莹的泪。

【04

初中生涯，张鹰和李嘉齐他们在打打闹闹中很快进入了尾声。同学们大都将未来的命运寄托在了继续上学上。张冬梅、王红霞和李红芳下一个目标是读省重点高中——雷江中学，她们凭借自身的实力无须为这一目标而担忧。而李嘉齐有一个声名显赫的爸爸，张鹰有一个财大气粗的爸爸，他俩虽然学习成绩平庸，但是，在"一切从实际出发，与时俱进"的时代，他俩对进入省重点高中雷江中学也充满了信心。唯独顾吉哲，因学习成绩的差和家庭生活的特殊性，而对自己的前途忧心忡忡。

紧张的中考之后就是漫长的暑期，他们都给自己放了长假，他们想在追逐童年的时光中得到身心的欢愉。

张冬梅，李红芳，王红霞几乎天天泡在一起。李嘉齐，张鹰，顾吉哲形影不离。他们没事就去游览千顷洼，就去竹林寺游玩。在那里，除了风声、雨声和歌声，除了阳光、植物和鱼虫，谁也窃听不到他们如花的心事。

李红芳对张鹰的爱情轰轰烈烈，如痴如醉；张鹰对李红芳的爱情却忽冷忽热，心猿意马。

张冬梅和李嘉齐之间的爱情适合张冬梅的个性与步调，缓慢而温存。他俩之间没有太多的争吵，也没有大喜大悲的跌宕剧情，完全没有张冬梅想象中的炽烈。在她看来，她是继承了爸爸的薄情因子，或许，她生来就是一个薄情寡义的人；或许，她还没有遇上真心相爱的人。正因如此，张冬梅才有了隐约的心事，这心事就像一条小溪，流淌着李嘉齐和张鹰两个人的名字。

不知出于对李红芳的爱护，还是出于对张鹰的报复，或者出于说不清道不明的情愫，张冬梅终于瞅准了单独与李红芳相处的机会，将那日张鹰调戏她、威胁她的事情告诉了李红芳。

李红芳感到了心痛，于是对张鹰心生芥蒂，故意疏远张鹰。

张鹰终于替自己找到了觊觎张冬梅的借口，只是念及与李嘉齐的兄弟之情才善罢甘休。

王红霞对张冬梅和李嘉齐之间的爱情不仅不予理解，而且痛恨张冬梅夺人之爱。在她看来，张冬梅原是为她和李嘉齐当红娘的，可是，张冬梅与《西厢记》中的红娘大相径庭，不仅对她梦中的白马王子捷足先登，而且丝毫不念及姐妹之情。

事实上，王红霞不是崔莺莺，李嘉齐也不是那张生，李嘉齐只钟情于张冬梅的青睐，对她王红霞的示爱却无动于衷。况且，王红霞心知肚明，张冬梅先于她青睐于李嘉齐，可是，她已深陷在对李嘉齐单恋的沼泽里。

蓄起长发的王红霞不仅富有青春少女的活力，而且越来越美丽，她眉若远山、面如桃花，那种美丽超凡脱俗、光彩照人。在王红霞的身上，你无论如何都无法体味，那是一个十六岁的女孩儿该拥有的美丽和成熟。这使得本想安慰王红霞的张冬梅和李红芳，都莫名其妙地产生了羡慕和嫉妒。

假如王红霞仗着她那拥有主管文卫的副市长身份的父亲，凭借她自己的学习成绩，她完全可以去省里最好的重点高中去就读。然而，当王红霞得知李嘉齐和张鹰要到雷江中学就读高中的消息后，立即决定和他们就读于同一所重点高中。

张冬梅意识到，王红霞已不顾及姐妹情面，公然向她宣战，而她只能兵来将挡水来土掩。

李红芳意识到，爱情不仅仅是天使，有时更像魔鬼，在爱情面前，兄弟会反g，姐妹会翻脸。

在那个夕阳如血的傍晚，王红霞搂着张冬梅和李红芳的脖子说："我是一个为爱而生的动物，为了爱我会不念友情，为了爱我会争风吃醋。虽然你俩各自成双成对，而我只是孑身一人，但是，为了我的心上人我会不择手段，我会翻脸不认人。不管你俩怎么看我，不管你俩怎么恨我，我已别无选择，我只有穷追不舍——"

张冬梅的心情糟糕透顶，时常处于矛盾之中，不知她出于何种目的，在与王红霞和李红芳的谈话中经常提到张鹰。她常说，张鹰是雷江中学准高中生中最英俊最霸气最牛的男孩儿。他抽烟喝酒打麻将，篮球街舞迪斯科，无所不能，遇到不平他拔刀相助，地痞流氓和混混儿都怕他三分。从某种角度说，张鹰真的很坏，不然，他怎么能降服那么多坏人。真的应验了那句老话，男孩不坏女孩不爱，喜欢张鹰的女孩够一个加强排。

王红霞接过张冬梅的话茬，说："哦，原来有这么多的女孩子喜欢张鹰啊？可是，我除了李嘉齐，谁也不搭理！"她在说这话的时候，双眼微眯，神情迷离，样子楚楚动人。

"王红霞自从过了十六岁生日以后，就变得越来越妩媚动人。"李红芳经常妒忌地对张冬梅说，"女大十八变越变越好看，在王红霞这个女人身上体现到了极致。"李红芳用女人来形容王红霞，言语中带着几分恶毒。

从此，关于张冬梅和张鹰之间的种种传闻，经常会通过王红霞的嘴巴传到李嘉齐的耳朵里。

从此，关于王红霞和张鹰之间的种种传闻，经常会通过张冬梅的嘴巴传到李红芳的耳朵里。

岁月如歌，世事无常，就在王红霞发出"对李嘉齐穷追不舍"的呐喊之后不到两个月的时间里，李红芳和张鹰的爱情变得索然无味；李嘉齐和张冬梅之间的关系变得若即若离。

从中考过后到高中开学前夕这段时间，张冬梅的心思复杂而多变。其实，张冬梅最怕别人提及的还是李嘉齐。她每次听到"李嘉齐"这三个字，就像一只在暴风骤雨中高飞折翅的小鸟，不由自主地向下坠去，这让张冬梅时常变得惊恐而茫然。她走在大街小巷，经常会把别人的身影当作李嘉齐，从而会心跳加速、头晕目眩。甚至，她在走路时会觉得，李嘉齐悄悄地跟在了她的身后，或者李嘉齐藏在某个角落里盯着她，她害怕她一不小心糟蹋了自己的形象。因此，她越来越注重自己的衣着打扮和举止言谈，她立志要成为真正的淑女，做一个君子好逑的窈窕淑女。

不知为什么，她竟然想起了顾吉哲。

将近两个月的时间了，她一次也没有见到过顾吉哲。然而，让她始料不及的是，顾吉哲竟让她在自己的家中见到了。

那个场面，让张冬梅感到愕然。

就在张冬梅想起顾吉哲的时候，她的传呼机上突然收到了爸爸发来的一条信息："家中有重要的事情安排，你早点回家。"她猜想，大概是爸爸向她坦白他和芬姨的婚事了。

芬姨是她爸爸的初恋。她爸爸在做皮草学徒工的时候认识了芬姨，虽然没有媒妁之言，但是他俩两情相悦，花前月下，私订终身。可是，芬姨的父亲是个大财主，坚决反对芬姨和一贫如洗又没有文化的张冬梅的爸爸在一起。然而，他们铁了心，一个非他不嫁，一个非她不娶。芬姨的爸爸为了阻止他们，竟然把张冬梅的爸爸给辞退了，并趁热打铁逼迫芬姨嫁给了一个为官人家的病弱男人。十多年前，张冬梅的爸爸在外地做生意巧遇芬姨，从芬姨那里得知她的丈夫因患肝癌早已撒手人寰。于是，张冬梅的爸爸与芬姨之间旧情复发、死灰复燃。

张冬梅的爸爸关于他自己和芬姨的那段情事，曾经简明扼要地向张冬梅以及张冬梅的弟弟说过，可是，她和弟弟对于这样的事早已漠不关心。她们经历了缺少父疼没有母爱的童年，都已经长大了。她们像伴随着风雨而拔节生长的竹子，已经有了足够的力量抵抗风雨，就算芬姨真的像传说中的后娘那样可怕，她们也有足够的勇气和能力保护自己。然而后来，根据她们的观察，芬姨不仅是个善良的女人，而且通情达理。听说芬姨和自己的独子一起生活，却从来没见她带着独子到张冬梅的家里蹭过饭。芬姨每次到张冬梅的家中来，只是给张冬梅姐弟俩做些可口的饭菜，天一黑就收拾完屋子回到自己的家里去了。芬姨不多话也不多事，所以，张冬梅姐弟俩就睁一只眼闭一只眼，和芬姨保持着不冷不热的关系。她们姐弟俩谁也搞不清楚，自己那花心的爸爸究竟让哪个女人当她们的后妈。

然而，令张冬梅始料未及的是，当她迈进家门时，她第一眼看到的竟是坐在客厅的沙发中年少英俊的顾吉哲。他是那么泰然自若地坐在那里，翻看着张冬梅的影集。张冬梅像遭到雷击一样，觉得整个身体快要燃烧了，脑袋嗡嗡作响，意识里一片空白，心脏的狂跳让她感到了窒息。

芬姨坐在顾吉哲的对面，瞅着有些发愣的张冬梅，满脸堆笑地说："冬梅，你回来了。"

顷刻间，张冬梅如梦方醒，顾吉哲就是芬姨的儿子。其实，芬姨早就向张冬梅暗示过——自己有个喜欢打篮球的儿子。可是，张冬梅连做梦都不会想到，芬姨所说的那个喜欢打篮球的儿子就是顾吉哲。

就在张冬梅猜测的时候，她的爸爸从卧室里走过来，用语言证明了这个事实。

这件事对张冬梅来说如当头一棒，迎面一击，一下子把她击蒙了。她想："我那暴发户的爸爸和我开了一个国际玩笑。他急急忙忙把我叫回来，直接向我和弟弟宣布他和芬姨领取了结婚证，已经是合法的夫妻关系，而且还买一送一的送给我们一个'见面礼'。他的架势根本就不是和我们姐弟俩商量，他只是向我们宣布这件事的结果。他这样做，就是强制性地送给我和弟弟一个后妈和一个毫无血缘关系的哥哥。"

这啼笑皆非的一幕，让张冬梅无可选择地将目光转向了顾吉哲。然而，她在他的脸上找不出惊讶与不适，找不出丝毫的尴尬。他很平静很从容很淡定，表情冷漠一如往昔，仿佛眼前这个家理所当然就是他的。她终于明白了，顾吉哲早已知道了事情的原委，而她却被蒙在鼓里。

这突如其来的现实让张冬梅无法面对，她想："芬姨是个沉静温婉通情达理的女人，爸爸是个冷漠好色的男人，虽然我对她谈不上有什么好感，但对她也没有丝毫的厌烦，虽然我和爸爸之间的感情浅淡，而且总有一天我会离他而去，但我也不希望将来爸爸一个人终了孤死。所以，芬姨照顾爸爸的后半生是最好的人选，所以，我可以接受芬姨。可是，顾吉哲让我无法接受，也不可以接受。"

当张冬梅的爸爸让她叫顾吉哲哥哥的时候，她瞅了一眼得意扬扬的顾吉哲，突然歇斯底里地狂吼："你给我滚！"

"你就不会说句人话吗？"张冬梅的爸爸厉声喝道。

"我凭什么叫他哥哥，我们既不是一个妈生的，也不是一个爸养活的。他算哪棵葱哪根蒜哪？"张冬梅用尖锐的声音反驳着。

"啪！"的一声响，张冬梅的爸爸扬手就给了张冬梅一记耳光。

张冬梅捂着被打得火辣辣的半张脸，瞅着这个虽然喜欢用拳头论事，却从来没有打过她的男人，既不屈服也不妥协。在她的记忆中，她爸爸从不顾及她和弟弟愿意不愿意，从不顾及她和弟弟的得意和失意，总是自作主张安排她和弟弟的一切。她开始憎恨爸爸的专制冷酷和蛮不讲理。

张冬梅突然觉得似磨盘压在了胸口，难受极了。她扪心自问："我的心里究竟在难过些什么呢？我歇斯底里的狂吼，究竟在愤怒些什么呢？也许，只是因为这件事来得太突然了。可是，为什么芬姨带来的是顾吉哲，而不是别人？"

芬姨走过去，挡在张冬梅的爸爸的身前，柔声细语地说："瞧你，闺女都这么大了，动什么武呀？你再着急，也得让孩子有个接受的过程吧！"

张冬梅恨恨地推开芬姨，走到顾吉哲的面前，咬牙切齿地说："以后，我不希望在我的家里见到你。"

顾吉哲漠然置之，一言不发。

张冬梅的爸爸听张冬梅这么一说，怒不可遏，再次将胳膊高高举起。

　　然而，当张冬梅她爸爸的第二个巴掌抡过来的时候，却被顾吉哲的身体挡住了，那一巴掌结结实实地落在了顾吉哲的脸上，那一声很响亮。顾吉哲的身体晃了晃，向左边迈了一步，随即稳稳地站在那里。

　　张冬梅狠狠地瞪了她的爸爸一眼，眼泪夺眶而出，然后一把推开顾吉哲，叫喊："滚开！我再也不想见到你们！"随即，她夺门而出。

第十六章　父母之爱

【01

自从芬姨嫁入张建国（张冬梅的父亲）的家门，张建国就像换了一个人，张冬梅和弟弟感受到了父爱和家庭的温馨。

8月20日，是雷江中学新生入学的日子。

清晨，细雨霏霏。

新生及其家长从四面八方向学校汇聚。

平原街上满是送孩子的车辆，拥挤不堪。后到的车辆在距离学校很远的地方就被迫停下来，横七竖八，狼藉一片。人们只好丢下车辆，手提肩扛着东西步行。

张建国全家出动，冒着稀里哗啦的小雨送张冬梅去上高中。学校处在平原街的东头，距离他们家足有两公里的路程。然而，张建国放弃自己的奥迪轿车，用塑料布包裹好张冬梅上学所用的物品，肩扛手拿，同芬姨和张冬梅姐弟沿街步行。或许，这倒充分体现了张建国的聪明，他们有空就钻，从后面走到了前面。

方圆几百里的人们，对雷江中学都刮目相看。"低进优出"的宣传广告漫天遍地。人们怀着无限的向往来到这里，把自己的子女送进这充满希望的摇篮里锻炼成长，百炼成钢。

虽然小雨不停地下着，但丝毫没有影响到人们的激情和对美好的憧憬。来自四面八方的家长护送着自己的子女，浩浩荡荡来到这里，绝大多数的人汗流浃背、两脚泥泞。尤其是从平原街到学校门口这段短短的不足五百米的路程，却让同学们及其家长感到太艰难、漫长了。

上午八点半左右，张冬梅和她的爸爸、弟弟以及芬姨随着人流走进了学校的大门。于是，高高的教学楼，气派的图书馆，壮观的体育场相继展现在他们的眼前。在雨水的冲刷下，花草树木翠绿清新。然而，张建国并没有心思欣赏这美妙的校景，他默默地忏悔自己过去对子女的冷漠，他带领着张冬梅去报到、交钱、领东西。校方早已把各项准备工作做得尽善尽美，所以，他们要办的一切手续都相当顺利。

张冬梅分在了高中一年级第二百五十八班，教室在四楼，宿舍在四号楼310

房间。

"走，我们一起到宿舍里去看看。"张建国不停地移动着肩膀上的被褥和包裹，以缓冲它们带来的压力。芬姨和张冬梅的弟弟拿着洗脸盆、香皂盒等小件东西伴随左右。张冬梅很受感动，她的脸上分不清是泪水还是雨水。他们奔走在牛毛细雨中，沿着院内的小路走到学校最南端的一栋高楼——高一女生宿舍楼。

他们上了三楼，很快就找到了张冬梅住的房间。其实，门口早就贴出了告示，他们进门后找到了张冬梅的床铺。

"嗨，这宿舍真是太拥挤了，"张建国小声地嘀咕，"一个小屋子，摆放了六张上下铺的铁床，要安排十二个学生入住，这其中的两张床还要并排放置，上来下去的真是太不方便了。嗨，冬梅还被分在了上铺，一路上我还在祷告，但愿我的女儿别分在上铺，不然她睡觉时会摔着，可是，到头来她偏偏分到了上铺。"张建国慈眉善目地看着张冬梅，说，"不过冬梅，上铺干净，这样反而更好，你不是爱干净吗？"张建国安慰着张冬梅。

芬姨站在床前指手画脚。张建国爬到了上铺，亲自动手把铺盖铺好。他侧目看着周围，喃喃自语："哎——瞧瞧这整个宿舍，都是孩子的母亲在给自己的孩子铺床，唯有我是个例外。"他发现十来个女孩子站在旁边看着他，搞不清她们脸上的笑容里藏起了多少猜想和秘密。于是，他开玩笑似的说："孩子们，瞧你们多幸福呀，有你们的妈妈亲自给你们安排，你们就等着现成的了！"

站在张冬梅周围的那些女孩子，听了张建国的这些话，脸上的笑容更夸张 To 张冬梅敏感地看到，她们的笑容是冲着芬姨来的，她分不清这笑容里是轻蔑还是嘲讽。

人多屋小热气大，张建国浑身冒汗，衣服很快就湿透了，他干脆脱掉上衣露出跨带背心，大大咧咧地看着那些女孩子和她们的母亲，自我解嘲地说："这男人做女人的事啊还真是笨手笨脚！"

他没想到，说者无意听者用心，芬姨不满地瞪了张建国一眼，愤愤地走出了宿舍。

他望着芬姨的背影，乜斜了张冬梅一眼，掩饰着内心突然升起的不快，继续铺床单、装被罩，挂蚊帐。他把床单拉平展扫干净，把被子叠成了豆腐块儿，瞅着周围的孩子家长故意调侃说："哪位需要我帮忙尽管说话，我可是免费服务啊！"

张冬梅的大眼珠子瞪着他，张冬梅的弟弟劝他少说话。

张建国干完了这些后坐在上铺上喘息了一会儿，他发现下铺是一位来自农村的母女，就主动和她们搭讪起来。那女孩儿的母亲说："我们不是雷江市的，我们是邢台的。我有三个女儿，来这里上学的是老小。我家三个女儿中就数这个女儿争气，她今年在我们全县中考时考了五百八十分进了前十名。我女儿是被雷江中学派去的老师们给'挖'了来的，不仅不跟我们要学费，还给我们提供资助。最近我们听说，像我女儿的分数要是在我们县里上高中不但不拿学费，还要给予两千元的奖励。不过，我们是慕名才让女儿来这里就读的。"

张建国听了那个孩子母亲的话，无奈地叹息了一声，说："你看看，原来抢生源、夺高手、汇英才，哪个学校也不例外！"

上午九点半，张冬梅接到通知要到教室去开会，张建国才恋恋不舍地离开学校。此时，他的心里空落落的，像丢了宝贝似的。他想，女儿跟着他生活了十六年，这些年，女儿缺少了母爱和父爱，尤其是自己对孩子的冷漠让她受了不少委屈。现在，女儿突然改变了在家吃住的学习方式，离开自己独立生活了，自己竟是如此不适应。

张建国站在学校门口，环视着学校的一切，他的心再也不能平静了。他又走上教学楼，来到女儿的教室旁，隔着楼道里的窗玻璃，把目光投向女儿，仔细地端详女儿。此时此刻，班主任老师已在讲台上开始了"训话"。他想，这大概就是高中"启蒙"教育吧！他发现张冬梅一张美丽的笑脸，他从女儿那平和的眼神中看到了孩子在成长，他自言自语："孩子有了自己的天空，做家长的应该放心了。"随即，他把心一横，缓缓地走下楼梯，慢慢地走出校园。

小雨还在下，张建国浑身上下湿漉漉的，他猛然感到自己一阵失落。

往事不堪回首。当年，张建国因多病，十岁时才上了离家八里地的乡办小学。开学那天，大雨滂沱，满路泥泞，他五十岁的老父亲硬是把他背到学校去报到。父亲那饱经沧桑的面容，那汗水交加的情景让他难以忘怀。现在，他偶尔想起来还想哭。就是那种情感和感受，激励着他时时有压力，事事要发奋，激励着他下决心苦读。然而，天不由人，家庭的贫困让他只读到小学二年级就辍学了。但他没有让自己的父亲失望，他一直坚持奋斗，终于成了腰缠万贯的企业家，报答了父亲。然而，他的父亲命薄，在苦难中早逝，给他留下了深深的遗憾。他想："如今，我成了女儿的父亲，女儿就像当年的我。她真的长大了，一米六五的个头，即使站在我的身边，也像个大姑娘了。但是，时代变了，女儿没有了当年我与父亲的那种情感。我也不希望她对我有那种卑微的情感，但我希望她有我那种自强不息的精神。"张建国用手背擦了擦脸上的雨水和泪水，不知道心中是苦还是甜，他想："当今社会，物质丰厚，生活富足，优越的家庭条件满足了孩子们的虚荣心，她们无忧无虑地生活。可是，在这个知识大爆炸的时代，社会竞争日益激烈，某些人为了成功不择手段，给孩子们的身心带来了深刻的影响甚至是摧残。为人父母者，哪个不望子成龙，哪个不望女成凤，可怜天下父母心。作为学生的家长，谁不千方百计地培养自己的孩子？谁不要求自己的孩子刻苦学习？谁不给自己的孩子施加压力？当今社会，家长不易，孩子更难。作为学生家长，都有溺爱孩子的弱点。在不知不觉中，把无限的爱给予了孩子，让孩子得到了足够的温暖，却让孩子从小就缺乏了到风口浪尖上去锻炼，导致长大后缺乏独立生活的本领，难成国家的栋梁之材！"

"看车，在琢磨什么呀建国？"张大鹏踩了刹车，从车上下来，握住了张建国的手。

"哎呀！——张工张老板！不好意思，我送女儿上学去了，刚从学校出来。看到了从几百里之外前来送孩子上学的学生家长，心中生出无限感慨，这不由得让我想起了送我上学时的父亲，你说奇怪不奇怪？"

"呵呵呵……不奇怪不奇怪，人生一代传一代。这不，我也是刚送我那不争气的儿子回来。听说，你家那宝贝女儿张冬梅和我家张鹰是同班同学，你家那宝贝女儿张冬梅学习成绩出类拔萃，可是，我那不争气的儿子升学考试分数不够，只有让咱这当爹的拿钱去凑喽！哈哈哈……不过，我们应该大胆地放手，让他们获得学习和生活的自由，我们应该给他们足够的个人空间，让他们快乐地成长，我们应该砸掉他们生活的蜜罐子，让他们到生活的风口浪尖上去锻炼。然而，话是这么说，我们却无法这样做。但愿他们都能尽快地适应高中的学习和生活，能顺利地度过眼前军事训练这一关……"

【02

紧张的高中生活让李嘉齐一时难以适应，他经常会莫名其妙地产生想回家的冲动。他在急切地期盼中终于迎来了假日，他以最快的速度收拾完东西，不顾张鹰等人的打篮球邀请，打的奔向家去。这些天来，家中捎来的物品和书信让他进一步感受到了父母和奶奶对他的担心和忧虑，他打算给他们一个惊喜。

然而，当李嘉齐到了家里发现家中空无一人。他心情不安地寻找着爸妈和奶奶。茶几上，爸爸常用的茶杯里茶水冒着热气，烟灰缸里烟屁股在冒着烟雾，他猜爸爸刚刚离开家门。他知道爸爸的工作没有准点儿，可是奶奶和妈妈去了哪里？他正想给爸爸打个电话问个究竟，突然发现了爸爸放在茶几上的日记，好奇地读了起来：

8月26日夜，细雨霏霏。

自从嘉齐进入了雷江中学，我、妻子和母亲那一颗牵挂的心就悬了起来，因为我们知道开学后的第一周是新生的军训周。过去，我曾亲自组织和目睹过高中新生接受军训时那种"可怜"的场景，如今，面对妻子和母亲的催问，我不敢告诉她们"严格训练，生活残酷"的实情。

对于像嘉齐一样从来没有住过校、在家里衣来伸手、饭来张口的孩子们，一下子进入紧张状态能否适应？作为孩子们的家长们，担忧是很正常的。可是，我是行伍出身，又是刑警队长，婆婆妈妈的会让他人笑话。然而，我的异常表现还是让同事们看出了破绽，他们劝我说："儿子去上学又不是去打仗，瞎担忧什么？一个小伙子家，有什么不能承受的？"这事没有摊到他们的身上他们才站着说话不腰疼，可怜天下父母心啊！

嘉齐一住校，家里还真的清静多了。可是，我们总觉得像少了些什么。嘉齐上初中时在家吃住，一家人吃饭的时间都围着他放学到家的时间而定，只要快到放学的时间了，他奶奶就隔窗远望，他妈妈就到街头迎接，我一有空就打电话询问，全家都期盼着那个熟悉的身影。嘉齐一进院门，他奶奶就开始摆上吃饭桌，等他进了屋洗完了手，他妈妈就把饭菜盛好了。他吃完饭后就一退六二五，跑进自己的屋里去学习、休息或者去干自己喜欢干的事情了，虽然紧张但是有规律。如今，我们清闲了，却都感到孤单了。

我不忙的时候静下心来就琢磨，虽然嘉齐平时喜欢打篮球，身体素质还算行，但是不知道他能否适应那高强度的军事训练，我真的想去看看。今天中午，妻子和母亲都在念叨，这两天一直在下小雨，不知道孩子们是否冒雨进行了军训？他们那些瘦弱的身躯能否承受得起残酷的训练？嘉齐在家里好睡懒觉，早晨没人叫他他就任性不起床，即使千呼万唤，他也得磨叽半天才能爬起来。他每次起晚了，我们都会给他留着早饭，凉了，我们就给他热热。在学校里，他若早晨不起床不去打饭吃有人管吗？他能吃下学校的饭食吗？他的被子自己会叠吗？他睡上铺会不会摔下来？他不会生病吧？嘉齐他妈和嘉齐他奶奶的种种猜测虽然有些神经质，但是，我们就这么一个宝贝疙瘩，真让我们牵肠挂肚啊！

嘉齐才离开我们住校几天的工夫，我们就对"度日如年"有了新的体会和认识。我们多么盼望着孩子放假回来啊！

记得嘉齐开学第三天的中午，我们正在吃饭的时候，家里的电话铃声响了起来，我急忙拿起电话听筒，里面传来亲切的说话声："爸爸，我是您的儿子嘉齐，您们想我了吗？我可想您们了。对了，那天您们送我的时候是不是又把那个床单顺手拿回家去了？"

我激动万分，冲着妻子和母亲高喊："是嘉齐打来的，你们把那个床单拿回来了？"

妻子放下碗筷，抢过我手里的电话听筒大声地说："是我把那个床单拿回家来了，怎么了？儿子你还好吗？"

"我没事妈，可是，我把学校里的床单给弄脏了，教官说必须换。对了，下午两点以前您们给我把床单送到学校的警卫室就行了，到时候由我们的班主任负责去拿。记住，一定把写着我名字的纸条放在里面，妈……我挂电话了。"

嘉齐的奶奶想接过电话听筒和嘉齐说说话，可是，一听嘉齐挂了电话立刻一脸的不快，老人家眼里噙着泪花埋怨："俺想问问俺那宝贝孙子受苦了吗？谁成想他这么快就把电话给挂了！"

我和妻子面面相觑，不谋而合地嘟囔："是啊！儿子挂了电话，我们想说的话也没来得及说，想问的事还没来得及问呢！"

我看了看手表，让妻子拿上嘉齐要的床单立即起程，赶往了学校。我们驱车来到了学校的大门口，妻子给门卫说了一大堆好话，试图想打动门卫和儿子见上一面，结果妻子的想法落空，我也很沮丧，我们只好把床单和随带的东西放到了警卫室，然后悻悻地离去。

回到家里，我和妻子就开始了分析与猜测，怎么才开学三天嘉齐就要换床单？他是不是紧张地尿了床？或许还是其他原因？难道他有了青春期反应？我们把该想的可能情况都想了，但我们终究不知道原因所在。我们互相开导对方，同时也在开导自己，反正孩子没什么大碍，否则他早就给我们说了。即使他自己不说，老师也早就跟我们说了。看来，嘉齐已经长大了，不需要我们的监护了。我们确实有些过虑了，我像他这么大的时候已经穿上军装去当兵。我佩服嘉齐那天和我们分别时说的那句话："放心吧爸妈，我已经快成年了，军训没什么可怕的，只要别的同学能受得了，我就能扛得住！"

是啊，儿子应该是好样的，我们应该相信他，他一定会照顾好自己的，不都说"强将手下无弱兵，老子英雄儿好汉嘛！"

然而，对儿子的担忧每时每刻存在着，因此，我每天都要关注着雷江中学校园网上的动态。虽然单位的电脑少，网络又时时不正常，加之工作繁忙，不能及时看到，但是同事们会告诉我，会把那些信息保存起来留给我看。从而使我了解到，学校里也是人文关怀教育，每天都会及时公布军训信息。这些有形的东西，使学生的家长总能得到一些慰藉。我特别关心学校的军训文字报道和宣传图片，想从那里面得到一些有关嘉齐的消息，求得心灵上的安慰。然而，在众多的单个学生的照片和班级集体合影中，我始终没有看到儿子的面容。看到班主任老师的姓名和手机号码，看到那么多家长的留言，我也蠢蠢欲动地想留言，但我最终控制住了自己的情绪，决定不骚扰孩子，不打扰老师，不影响教官，给学校一个清静的教育环境。

我也是从学生走到今天的，我深知每个高一新生都怀揣着希望和梦想，都想通过高中阶段的学习最终使自己鱼跃龙门或者破蛹成蝶，实现自己多年梦寐以求的夙愿。但是，每一种理想的实现都离不开坚持与奋斗，每一个梦想的成真都需要付出辛勤的汗水。因此，他们当中的每一个人都需要坚定的信念、顽强的毅力和健壮的体魄；都需要老师的鼓励和家长的支持；都需要加强锻炼和自身修养，增强承受挫折和失败的勇气。孩子们应该拥有一个发展成长的平台，雷江中学当之首选。我真诚地希望孩子们通过严格的军训、一流的教学来挑战自我，获得丰富的精神储备。我是从部队这所大熔炉里走出来的，我深信学校军训会给孩子们一个挥洒青春、彰显自我、挖掘潜力的舞台。我从那一张张幼稚、纯真、欢快而又充满汗水和泪痕的脸上，看到了孩子们的韧劲、耐力和坚强，我相信，他们一定会坚持到底，平安度过军训严酷的考验，迎来灿烂的明天。

昨天上午，我让同事老刘家的大儿子小强把有关我儿子军训的照片、图像等资料下载后制成了光盘，晚上拿回家来用DVD在电视机上播放，让妻子和老母亲观看，开始可把她们高兴坏了。看着看着，老母亲却烦了，一个劲地嘟囔："我都看了好几遍了，咋就没看见俺嘉齐呢？哎，老眼昏花了，不中用了！"

我让小强负责慢放、快进、放大特写。小强指着《新生军训纪实》中的第三张照片，定格在那里说："奶奶，这倒数第二个不就是你的嘉齐吗！"

老母亲揉了揉眼睛，继续寻找。

我和妻子与儿子的心灵相通、脉搏相同，我们从众多的面孔中一眼就看出了嘉齐的位置。我们端详了一下肯定地说，"是，他就是我们的儿子啊！"妻子高兴得合不拢嘴，可是，她随即又流下了眼泪。

我劝着母亲和妻子，继续看光盘。

整齐的列队，挺拔的身姿，顽强的毅力，团结的意识，彰显了学生们的精神面貌。慢步前行中，一名英姿飒爽的武警教官注视着学生，鼓舞着士气，使学生们无所畏惧，勇往直前。前排是女生，她们意气风发，挥动手臂，呼喊口号，步调一致地行进。后排是男生，我儿子站在第一位，他张着大嘴，高喊口号，阔步昂首，目视远方，目光炯炯有神。儿子是好样的，他跟随着前行的队伍，矫健英姿，朝气蓬勃，奋勇前进！

有一种伤痛叫作成长，我亲眼看到了儿子的成长，我很激动，我的妻子和老母亲都感到很幸福。

经历风雨，方能感受彩虹的美丽；承受困苦，方能深知坚强的必要；走过艰辛，方能体味生活的美好。我们期待儿子回家，详谈那动人难忘的军训生活，我将用我的日记记录和书写那美丽精彩的瞬间，与儿子和家人共赏，让我的心血和举动成为孩子成长过程中的宝贵财富和精神食粮。

【03

李嘉齐翻看着爸爸的日记，看到了那个刚强的男子汉背后的真实情感，看到了妈妈和奶奶对他超常的爱怜。爸爸的笔尖触动了他心灵中最敏感最柔软的地方，他的泪水奔涌而出，大颗大颗的泪珠滴落在纸上，留下了斑斑泪痕。

李嘉齐深知，仅凭他的中考成绩是绝对上不了雷江中学的，他有今天全靠他爸爸的"面子"，他感到羞愧难当，他的手在不停地颤抖。然而，一种窥知爸爸心灵的欲望驱使着他，让他情不自禁地翻到了日记的下一页：

8月30日，风轻云淡，天高气爽。

今天是雷江中学新生军训会操表演和总结大会的日子。据说，学校领导向各位学生家长发出了邀请函，欢迎各位学生家长届时参观。前天晚上嘉齐又打来电话，问我能否参加，我欣然答应：全家都去。

其实，当嘉齐在电话里问我能否参加的那一瞬间，一个念头就在我的脑海中闪现，我想，嘉齐步入雷江中学的大门，迎来了高中新生活，表面上看和其他同学没什么两样，可其实不一样，他的文化功底浅，为期十天的军训生活对他来说更是一关。况且，他是有生以来第一次独自离开家门这么长的时间，虽然有那么多的同学与他为伴，但他在情感上一定会感到孤独。所以，我立即决定，趁此机会去看看自己的儿子。我虽为刑警队队长，但我也是血肉之躯，我也有七情六欲。国家都提倡关心和爱护下一代的成长，自己关心自己的孩子既是应该的也是必须的。我相信，这是给嘉齐进行鼓励的好时机，我们在给他带去温暖和欢笑的同时，更要给他带去学习及生活的信心和力量。

今天吃过早饭，我先到单位安排了一下工作，然后背着照相机急忙返回家中，带上早已等急了的妻子和母亲快速地奔向学校。

学校门前的车队排成了长龙，让我感到学生家长们不仅来得多而且都先于我。当我走进学校的操场时，各个班级已经按照指挥员的要求进入了规定的区域。

这是标准化的体操场，东西窄、南北长，中间是高高的旗杆，上端的五星红旗迎风飘扬。整个操场上都站满了排列整齐的学生们，他们左右间隔均匀、前后距离相等，他们统一服装，统一标志。白色的上衣、深蓝色的裤子层次鲜明，"雷江中学"的标志耀眼夺目。在各个班级队列的后面，整齐地摆放着一排排、一列列"豆腐块"式的被褥，那是即将表演的整理内务的"道具"。

观礼台坐东朝西，中间位置是主席台，学校的各位领导按照会议组织者指定的位置落座，两边是家长们散乱的座位。偌大的观礼台上座无虚席，来自各地的学生家长都全神贯注地观看着学生们的精彩表演。

高音喇叭里传来威武雄壮的解放军进行曲，传来指挥员洪亮有力的号令声。

学生们队列整齐，步调一致，在教官的指挥下健步迈入表演区，走过主席台。他们表演列队变化和规定科目，高呼口号彰显士气，接受学校领导检阅。

学生家长们不时爆发出震耳欲聋的掌声。

我匆匆走上观礼台，妻子和母亲跟在我的身后。我站到最高位置上，举目观望，想在几千名学生中找到嘉齐的身影。好家伙，那场面真气派，好壮观！我看着学生们的表演，感到热血沸腾，仿佛一下子回到了火热的军营。我眼里闪动着泪花，我为孩子们而自豪，我为孩子们快乐和难过。在部队，战士们的口号是："流血、流汗不流泪，掉皮、掉肉不掉队！"而对于这些稚气未脱的孩子们来说，他们一定是流血、流汗也流泪了。十天的时间对于与这些孩子无关的人来说是何等的短暂，然而，这对于孩子来说、对于孩子们的家长来说，那是多么漫长啊！孩子们在这里脸晒黑了、人变瘦了，但是他们经受了洗礼和磨炼，他们的意志变得坚强了。特别是那些没有长时间离开过父母的孩子们，那种想家的滋味儿，那种思念父母亲人的煎熬，我是有过亲身经历和体会的。

学生们经过半个多小时的汇报表演，使学生家长们看到了他们军训的成果。学生家长们笑声不断，掌声一片。尤其是主持人那铿锵有力故意煽情的话语，让每一个学生家长都赞叹不已："雷江中学名不虚传，管理是一流的，孩子们都是好样的！"

此时，孩子们听到家长们发自内心的表扬和赞叹，一个个笑逐颜开，他们为自己付出的辛勤汗水换来的丰硕成果而自豪，稚嫩的脸上露出轻松和自信的微笑。

是啊，功夫不负有心人，他们所经受的艰苦磨炼将成为他们成长过程中的一笔巨大的财富。

学生汇报表演结束后，各方代表开始表态发言，气氛一下子变得紧张而庄重。学生们都盘腿坐在操场上，纹丝不动，洗耳恭听。

我急忙和妻子、母亲走下观礼台，去寻找我的儿子嘉齐。妻子拎个布兜兜，带着儿子要换的几件衣服和一些零食，母亲提着个水壶，我挎着照相机抓拍了她们手搭凉棚寻觅嘉齐的瞬间姿势。而后，我们站在学生队列的前面，向一列列学生扫视，寻找着我们心中的目标！可是，我的儿子究竟在哪里呢？

我们近距离地看着这些孩子们的脸和身体暴露的地方，一个个皮肤黝黑，尤其是前排的女孩子们，看不到她们的柔气和滋润的皮肤了，脸上显露的青春疙瘩痘使她们有一种沧桑感。母亲小声地嘟囔："怎么搞的，孩子们都像刚果人似的！"

但是，我从那些乌黑的头发，那些炯炯有神的目光里依然看到了青年人蓬勃的朝气。我从中间一列向两边寻找，终于在中间偏东第二排中找到了我的儿子嘉齐他稳稳地坐在那里。我从嘉齐的形态中可以断定，他早已发现我们在寻找他了，只是他在队列中怕违反纪律不敢声张罢了。当我们与嘉齐的距离在五十米左右时，他的目光告诉我们，他是那样地兴奋和激动。儿子面带微笑向我致意，我心领神会。我急忙把妻子和母亲拉到身边，让她们沿着我手指的方向望去，我兴奋地说："快看，那就是我们的嘉齐！"

妻子说："是他吗？我觉得不像啊！"

"是啊，俺孙子变黑了，变得难看了！"母亲说。

无论妻子和母亲怎样挥手表达自己的情感，嘉齐他都"视而不见"，稳如泰山，妻子和母亲好生埋怨。我知道，嘉齐那是在遵守纪律。他们现在是军事训练表演，军令如山，没有教官的命令，他是不会或者不敢挪动半步的。

将近一个小时过去了，学生们和嘉齐一样坐在那里，一动不动。这才叫"没有规矩，不成方圆"，我瞅着妻子和母亲，发自内心的赞叹！

当让学生代表上台领奖时，有的学生站了起来，伸了伸麻木的腿脚。在欢快的掌声中一些家长悲喜交加，热泪盈眶。

我发现此刻妻子和母亲什么都听不进去了，她们期待着总结大会立即结束，恨不得马上向前抓住嘉齐，好好地亲热亲热。

我拿起照相机，远远地对准嘉齐，调整好焦距，拍下了几个难忘的镜头。

将近十点半钟，队列表演、总结大会圆满结束。这时，高音喇叭里传来了学生家长们盼望的声音："全体学生回教室，学生家长可以到教室看望孩子，时间半小时！"

我急忙拽着妻子扶着母亲，向嘉齐的教室奔去。楼道里，学生以及学生家长，黑压压的一片，拥挤不堪。

我们好不容易来到儿子的教室门前，可是，班主任正在教室里讲话，接下来我们只好继续等待。

半支烟的工夫，儿子跑出了教室，我们见面时的那种感觉、那种感情，真的无法表达。我们激动而兴奋。妻子刚搂住儿子，母亲就把儿子抢到自己的怀里。儿子快乐地拉住我的手。儿子始终欢笑的面容，充满了阳光和朝气。

我们感觉儿子真的一下子变化了许多，一下子变大了。他说："我懂得你们的心情，我知道你们非常在乎我。可是，我没什么可说的，我都习惯了，一切都挺过来了，我一切都好！"

我看着儿子布满血丝的眼睛、满是疙瘩的脸蛋，心里真的不是个滋味儿。可是，他能说出这样的话来，让我们真的好感动。

我们体会到了儿子这十天来的煎熬。但这十来天让他发生着非常大的变化，自食其力观念的增强尤为突出。他在家里饭来张口、衣来伸手，而在学校只有"自己动手，才能丰衣足食。"他真的学会独立生活了！

我和嘉齐见面后想说的话实在太多了，但又不知道从哪里说起。就让妻子和母亲她们喋喋不休地去说吧！我还是用照相机说话吧！我们在楼道里不停地拍照，留下了难忘的记忆！

此时，班主任即将走进教室，儿子急忙走过去向班主任介绍："班主任，这是我爸、我妈和我奶奶，请您们一起合个影吧！"没等班主任表态，儿子已把班主任拽了过来，我急忙握住班主任的手，把相机交给了嘉齐，让他按下了快门儿，记录下了和这位年青班主任——李庆丰的合影留念。这是一位憨厚亲切的老师，年轻潇洒充满了活力。我们没有时间交流，照完合影后，李老师和我们寒暄了几句就走了。

呵呵，想起来也怪可笑的，嘉齐报到的那天，就是这位李老师，帮着我们领东西、搬东西，我却错误地认为他是嘉齐的同学，还喊了人家一声"孩子！"没想到他竟是嘉齐的班主任！

此时的楼道里是情感的海洋。父母和子女深情地交流，疼爱和怜惜、娇柔和倾诉汇集在了一起。一些母亲看到自己的孩子晒黑的脸庞泪流满面："孩子你受苦了！"一些女生见到自己的父母矫揉造作、击掌拥抱擦眼泪，喉声喉气地说："累死我了，苦死我了，想死你们了！"

是啊，人非草木孰能无情！锻炼孩子，说起来容易做起来难。尤其是那一对来自农村的父母，身着朴素的衣服，带着家乡的土特产，不善言谈却把最真挚的温暖送给了孩子。农村长大的孩子大多也都朴实无华，一个个表态说："放心吧，我会用好好地学习来报答父母的养育之恩的！"

那一幕幕感人的情景让我泪流满面。我急忙用手中的相机留作纪念，作为将来教育嘉齐的宝贵资料。

但是，我总的感觉儿子不是寿种。他虽然苦累，但呈现给我们的是快乐！儿子已真正走进了高中生的队伍中，他懂得了"铁的纪律是成功的基石，严格的校训是奋斗的风帆，飞快的节奏是翱翔的翅膀，不懈地努力定能登上成功的彼岸！"要想成为强者，就必须勇敢地面对一切困难。

【04

李嘉齐翻看着爸爸的日记，心里骤起波澜。他的心灵受到潮水般地冲击，把那种苦涩的东西冲出了眼圈。他擦掉激动的泪水，鼓足勇气，继续翻看下去：

9月5日，乌云密布，天热风轻。

今天早起后，我屈指一算，嘉齐进入高中已经半个月了。可是，他什么时候才能回家看看啊？正当我想念他的时候，他正好来电话了。

他说："爸爸，我终于可以回趟家了。不知道我奶奶和我妈想我了吗？要是不想我的话我就晚一会儿再回家！"

我说："兔崽子，怎么不问问我想你不想你呀？别说晚一会儿，就是晚半会儿也不行。我去接你啊，在校门口等着！"

我万万没想到，嘉齐却说："上初中的时候，爸爸见了我就皱眉头，我不回家你不就眼不见心不烦了吗？"

我说："你这个臭小子，给爸爸记仇啊？"

嘉齐说："放心吧老爸，我不会给你记仇的！我之所以这么说，是不想让你来接我，我是想自己回家去，给你们一个惊喜！"

虽然学校离家很近，但是，我决定开车去接嘉齐。

上午九点，我驱车到达学校附近，儿后步行走到学校门口，眨眼的工夫，就看见嘉齐走出了校园。他那急匆匆行走的样子，完全暴露了他回家的迫切心情。

见到嘉齐，我非常高兴。嘉齐经过半个月的高中锻炼，已经明显地懂事了。虽然脸晒黑了，但说话有礼貌、走路不晃荡了。特别是他穿着那身校服，很精神，很神气。

我们边走边谈学校的生活，我有意识地询问一些敏感的话题，嘉齐却认真地提醒我说："关于我校师生的真实学习与生活状况，你知道就行了，绝对不能写进你的小说。否则，就会影响我在学校的学习和生活。"

我理解嘉齐的心思，我也会尊重嘉齐的意愿。

半个月来，嘉齐在学校里接受了严格的军事训练——那是让他刻骨铭心的洗礼。

嘉齐说："高中的学习生活和初中相比有了天壤之别，实在是太严酷了。'绝对服从，加快节奏，贵在坚持'是这半个月来的主题。从纪律涣散到高度集中，从生活依靠父母到不断自强自立，从抵触到服从，从不适应到适应，循序渐进，是我人生中的一个里程碑！我终于走过来了。虽然我每前进一步，都走得是那样的艰难，也都付出了巨大的代价，有心血汗水的流淌，也有身心肉体的摧残，更有对父母牵肠挂肚的思念。但是，我已牢牢地记住了老师和教官的教导：'态度决定一切''细节决定成败''习惯成就人生'。现在，我可以骄傲地宣布，我已经成为时时讲究时间观念，处处能够独立生活的高中生了。"

是啊，嘉齐进入高中后，就要接受军事化管理。对他来说，时间就是胜利，纪律就是保证。我在学校门口等他的时候，听到其他的学生家长说："孩子们每天早晨五点半就起床，要在五分钟内把被子叠成豆腐块，洗漱完毕，下楼集合。孩子们能做到吗？"我想，我刚当兵的时候，对内务要求就很难做到，所以，我估计嘉齐也做不到。于是，我向嘉齐了解了这一情况。嘉齐笑着告诉我："他向其他同学学会了偷懒，找到了窍门儿，事先把被子叠成豆腐块儿，放在床上不敢碰。晚上睡觉时，拿出藏在柜子里的毛巾被盖上。这个季节，夜里盖一层薄薄的毛巾被，冷啊！不过，已经习惯了。至于洗漱嘛，没时间，只好免了。从开学那天起，半个月来我就没有刷过一次牙。贴身的裤头和袜子脱下来立即打包，更没有时间去洗了。"他举着包裹里的东西，故意调侃说："爸爸，这里面都是我的宝贝，是我孝敬我妈和我奶奶的。哈哈哈……这回你没意见了吧？"

我瞅着嘉齐举着的包裹，突然嗅到一股刺鼻的气息。我情不自禁地喊道："又脏又臭的东西，快把你的宝贝放到一边去！"

嘉齐把他带来的脏衣服放进了卫生间，转回身来继续对我说："教官对我们的要求非常严格，出早操连下雨天也不放过。早晨时间紧，我有时吃不上饭，就喝袋奶凑合凑合。在训练场上，我因夜间睡不好，早晨吃不好，不仅发困，而且头疼，甚至有时恶心。但是，没别的办法，我只有坚持、再坚持。有一次，我觉得实在坚持不了了，真想退缩啊！可是，看看别人，想想自己，咬紧牙关，结果还是坚持下来了。当然，在整个训练过程中，有不少同学没有坚持下来。有的是身体的原因，有的是精神的因素，有的是意志薄弱。他们退缩了，当了逃兵；有的还因此彻底退学了。"

嘉齐从小胃口就不好，凉的不敢吃，冷的不敢碰。可是，一进入高中，饭菜凉的也得吃，水是冷的也得喝。不然，就饿着、渴着。优越的条件没了，环境变了，只有适应了，适者生存嘛！

我也当过学生。当学生不容易，当老师就更不容易。我听嘉齐说，开学至今，他的班主任一直住在学校，一次也没有回过家。他可是上有老下有小的人哪，却坚持着和自己的学生同吃同训同活动。为了让学生们早点适应、尽快转变，老师们模范带头、积极引导，用耐心加爱心，对每一个学生都无微不至的关照、鼓励与支持。但是，在铁的纪律面前又必须严肃认真，坚决按校规办事。从校领导、年级主任、班主任，到任课老师，每天都在检查学生、考察学生，发现和纠正着学生们的缺失。而那些因为违纪受到处理的学生甚至学生家长，对此不理解。有的大闹学校，有的对老师人身攻击。老师和学校的领导因此受到压力和委屈，可是，他们向谁诉说呢？

据说今年招录的高中生，都是来自县内外的"精英"，按照成绩嘉齐自愧不如。由此可知，嘉齐要想出类拔萃，就必须付出百倍的努力。但是眼下，我们首先希望嘉齐尽快适应学校的生活，其次在他身体健康的前提下拼搏学习，提高成绩。呵呵，身体是革命的本钱嘛！如果身体垮了，学习再好也等于零啊！所以，我不想过多地强调嘉齐如何好好地学习。身处竞争激烈的环境，嘉齐的压力是可想而知的！

学习是紧张的，更是艰苦的，但更需要讲究学习方法。对嘉齐而言，必须彻底改变初中时期"走马观花"的学习习惯，才是解决问题的根本。但愿嘉齐早日进入良好的学习状态。

嘉齐的手里有一张全班同学的花名册。我在无意间看到了，班里的很多同学都有职务。班干部、课代表等，都有各自的职责。宿舍卫生、楼道卫生、黑板擦拭等都任务分解，责任到人。嘉齐是体育委员，我问他，怎么弄了这么个角色？嘉齐说，他是自告奋勇毛遂自荐得到的。嘉齐爱好体育，特别喜欢打篮球。也许，他是想借此实现自己的梦想吧？但愿嘉齐如愿以偿……

李嘉齐翻看着爸爸的日记，突然发现上面的泪痕，他终于发现了爸爸强大背后的柔弱。他自言自语："爸爸为了我，心成了水做的。可怜天下父母心！"

第十七章　教育之殇

岁月流逝无可奈何，人的蜕变离不开时光的力量。

一个月的时间很短暂，但对于李嘉齐的父母来说实在是太漫长了。他们在左等右盼中，终于迎来了雷江中学国庆节放假李嘉齐回家的日子。

一个月来，李嘉齐的爸妈从未和他见面，只是在电话里进行过一次交谈，这是李嘉齐长这么大离开父母最长的时间。因此，思念把他的父母折磨得更加苍老。李嘉齐的爸妈在接到李嘉齐打来的电话之后，想念、牵挂、渴望、痛惜，多种情绪交织在一起，他们恨不得马上就把自己日思夜想的宝贝儿子接回家，于是，他们驱车前往，于雷江中学放学前一个半小时就赶到了学校。

李嘉齐的父母走进李嘉齐居住的宿舍楼，楼道里干净整洁，但气味难闻。他们边走边用手舞动着鼻子前的空气，来到李嘉齐的宿舍。

然而此刻，李嘉齐并没有待在宿舍里，他的爸妈只好默默地等着他。

宿舍内并排放着六张上下铺的大铁床，一共住着十二个学生。宿舍内东西的放置整齐划一。床铺上整齐地摆放着"豆腐块"式的被子，床铺下整齐地放着洗脸盆和拖鞋。脸盆里放着折叠方正的毛巾和洗漱用品。紧挨北墙根的空地上放着十二个暖壶，暖壶的把手成四十五度角指向同一个方向。仔细一打量，有的暖壶的盖子上布满了浮土，是很长时间不使用的缘故。进门左右是两排活动的柜子，住在这个宿舍的学生每人拥有一个"储藏间"，用来储存自己的"隐私"。乍一看，宿舍内环境整洁，但是，待下来就会发现，一股臭脚丫子味儿非常刺鼻，令人作呕。李嘉齐的爸妈要不是为了等他，无论如何都无法接受这种"待遇"的。

与李嘉齐的父母差不多年龄的其他几个学生的家长，早在宿舍里忙活起来。他们一边帮着自己的孩子收拾东西，把一些需要带回家清洗的东西装入大包小包，一边和自己的孩子亲切地交谈，都对自己的孩子充满了怜惜和希望。

李嘉齐在教室里整理完课本，最后一个回到宿舍。

此时的李嘉齐，皮肤粗糙，脸庞消瘦，颧骨凸显，但说话很阳光，精神很饱满，笑容满面。

李嘉齐的爸妈不顾周围的学生及其学生家长在场，拽着李嘉齐的衣裳仔细地打量。李嘉齐的爸爸一阵心酸，咬着嘴唇摇了摇头。李嘉齐的妈妈眼窝子浅，泪流满面。

李嘉齐的爸妈帮着李嘉齐整理衣物，把那些需要洗涤的和用不着的东西统统装进了随身带来的包里。正当他们准备回家的时候，李嘉齐突然从床铺上褥子的下面拿出了三双脏袜子，递给了他的妈妈。那种霉变的臭味儿相当呛人，在场的学生家长们面面相觑，都觉得既可笑又可气。

李嘉齐与爸妈一起走出宿舍楼，他边走边笑着说："我一个星期没洗脚，半个月没刷牙，一个月没洗头了！"

这一个月，李嘉齐过得太艰苦了。但是，他说得是那样的轻松。他的爸妈听了他苦行僧似的生活，心如刀绞，几声叹息，埋头无语。

片刻之后，李嘉齐的爸妈异口同声、情不自禁地问道："怎么会这样？别的同学也这样吗？"

李嘉齐乐呵呵地说："时间太紧张了，其他的同学大都和我一个德行呗！我们每天就像拧紧了的发条一般，不停地旋转。我们每天早晨五点半准时起床，十分钟内要跑到楼外的操场上站好队。在这十分钟里，我们要完成穿衣、洗漱、小便、整理被褥等系列工作。有时铃声一响，我一愣神儿就会耽误两分钟，那些工序根本来不及完成，因此只好'偷懒'。"

"怎么个偷懒法？"爸爸是军人出身，明知故问。

"哈哈哈……就是睡觉不脱衣服——圆囹滚，床上的'豆腐块'放到一边不敢碰，从'储藏间'中拿出毛毯当被子，早晨起来塞到'储藏间'里——节省了整理被褥的时间；尽量不洗脸、不刷牙，觉得实在脏透了就用水划拉一把。总之，把这些不急的能放下的都放下，把解大小便这种内急之事办完了就阿弥陀佛了。也就是说，从早晨第一次响铃到第二次响铃这短短的十分钟的时间里，从床上爬起来后，简单地收拾一下'内务'，迅速排泄后，就要拿上昨天晚上准备好的学习资料快步跑到操场。而后，先背诵十分钟的课文，随即进行跑操。就这样，一天紧张的学习生活就开始了。如果跟不上这个节奏，就要受到'站军姿'的惩罚。

"每天的早操训练，都是打造'天下第一操'。按照军事化管理的规定，走步伐，呼口号，成建制地向前跑。一个班级一个'方阵'，班主任随班助威。全校的师生队伍很长很长，绵绵延延浩浩荡荡。年级部主任跟在整个队伍周围，监督各个班级、各个学生甚至班主任，发现不规范、有毛病的当场指出来，进行连坐式惩罚。一人有错，全班受辱，让出错的班级跑完学校规定的里程外再罚跑五千米，犯规的学生除跟随班级接受惩罚外再享受，'站军姿'的待遇。

"每天六点开始早自习，七点开始早餐，七点五十分开始第一节课，十一点五十分开始午餐，十二点四十分开始午休，十三点五十分开始上课，晚上六点开始晚餐，晚上七点开始晚自习，晚上十点下晚自习，晚上十点十分熄灯睡觉，至此一天的学习生活宣告结束。我们踏着这样的节奏，日复一日，周而复始。

"一天早晨，我们起床后，发现天空下起了大雨。随即，广播喇叭里传来宣传部部长富有磁性的声音：'各位同学请注意，今天下雨不出操，马上到教室里上自习。'同学们高兴极了，都向着各自的教学楼跑去。然而，风在刮，雨在下，同学们没有伞打，只好风雨兼程。等同学们到了教室一看，头发湿漉漉的，衣服湿漉漉的，鞋子湿透了。就这样，同学们坚持了一个上午，等到了吃午饭和午休时间，同学们淋湿的衣服已被自身的热量烘干。可是，把鞋子脱下来一看，脚丫子都泡白皱了。

"名义上一个来小时的午休，其实是同学们学习的时间。每天中午下课前，课代表都要下发'两套试卷'。吃饭后，同学们都坐到自己的床铺上开始做题。成绩特好特差在两头的同学都有时间睡上一觉，成绩一般的学生都是在紧张的做题中度过午休的。因为，成绩特好的同学做得快，有时间歇息；成绩特差的同学自暴自弃、干脆不做题。自尊心强一点的差生，为了应付老师，抄写成绩好的同学的作业，吃别人嚼过的馍。另外，在整个午休的时间里，既不能出宿舍也不能出动静，否则也会被罚站军姿。"

李嘉齐的爸爸越听越入神，连连夸赞："好，嘉齐你是好样的。坚持就是胜利，好钢就是这样锻造出来的嘛！"

李嘉齐的妈妈却满眼是泪，说："儿子你受苦了，那你告诉我，你在学校的生活咋样啊？"

李嘉齐自豪地告诉妈妈："放心吧，妈！我和我的老爸一样，生活节俭，从不浪费一分钱。我这一个月的伙食费，只花了一百元。我舍不得吃，舍不得穿，加上时间紧，有时顾不上打饭，凑合着吃点方便面。不过，要想吃的、喝的差不多的话，得花二三百元才行。因为学校的东西太贵了，一天没有十来块钱是吃不好喝不好的。比如，中午一碗大米饭、一份西红柿炒鸡蛋就要花三块钱，一份鱼香肉丝就要花五块钱，晚上一个烧饼要花五毛钱。我要是吃饱的话一顿饭能吃四五个烧饼，但我只买两个就凑合了……"

"都说再穷也不能穷教育，再苦也不能苦孩子。可是，我们嘉齐……生活得太可怜了……"李嘉齐的妈妈哽咽着，埋怨丈夫，"孩子随你这么抠门儿，大账不算算小账，累垮了身体何苦啊？我们再穷也得让嘉齐吃饱饭啊！何况，现在的我们已经不缺钱了！没必要在儿子面前伪装，让他继续抠门了！"

李嘉齐淡淡地一笑，接着说："一次打饭，我花了五毛钱买了两个馒头，却不小心掉在了地上。我二话没说，捡起来吹了吹上面的尘土照样吃了下去。有个同学讥笑我，'你是啬啬鬼托生的？'当时，我尴尬极了，恨不得找个地缝钻进去。接下来的一次，我花了五块钱买了一个加肉的烧饼，也不小心掉在了地上，可是，我连看都没看又花同样的钱买了一个干净的。

"我记得还有一次，我因打扫卫生打饭晚了，只好买了一碗凉饭和一些剩菜。可是，饭后，我的肚子疼得厉害。由于我的学习落后，午休时间不敢休息，坚持坐在马扎上继续写作业。然而，我一不留神，将稀屎拉在了裤裆里。我既尴尬又害怕，尴尬得无地自容，害怕得几乎要命。我担心被同学们看出破绽，遭到讥讽，留下笑柄。我只好装作没事人一样坐在原地，不敢走出宿舍去清理。好事的同学闻到了臭味儿后，立即发问，谁把稀屎拉到了裤裆里？我只好打岔说，别开玩笑了，是我放了一个哑屁。不管同学们信与不信，我都若无其事地坚守在原地，好不容易等到上课的铃声响了，同学们纷纷跑出宿舍奔向教室，我才趁机急忙跑到卫生间里，做了简单的处理……就这样，我上课迟到了一刻钟，我只好编瞎话对老师撒谎。幸亏我是体育委员，老师很信任我，我才敷衍过去。不然的话，又得被罚'站军姿'了。

"由于不停地闹肚子，体能消耗过大，我凭借毅力坚持了半天再也坚持不住了。第二天上语文课时，我打起了瞌睡，被老师发现。任课老师开始惩罚我，让我站着听课，并且要我站一周。后来一上语文课，语文老师就让我站起来听课。再后来，语文老师就让我到教室前面站着听课。一天三节语文课，我就这样无奈地站着。"

【02

李嘉齐回到了家里，充分享受了"美味佳肴"，充分体会了父爱母爱，充分感受了"自由鸟"的豪迈。随即，立刻收心，10月3日重返学校。

学校定于10月4日对全校新生进行月考，这是李嘉齐升入高中后参加的第一次"规模性"的考试。这次考试，年级班主任的目的十分明确，就是对新生进入高中之后一个多月的学习情况进行一次检验，届时不仅按照成绩分数排队公布，而且按照排队的情况"分槽喂养"。说白了，从此"以分论英雄"的序幕正式拉开了，接下来小考天天有，大考月月有。所以，每个新生、特别是李嘉齐，对这次考试非常重视。

李嘉齐清楚地记得，上初中的时候班主任就谆谆教导过："冰冻三尺非一日之寒，考试不能临时抱佛脚。考试分数就像一面镜子，既能照出学习的基础是否扎实，又能照出所下的功夫是否深厚。"过去，打篮球让他浪费了大量的时光，他是靠着爸爸的"面子"走进这所校门的。所以，入学以来，他学习刻苦，但是，最了解他的人还是他自己。因此，他对这次考试的成绩早已"未卜先知"。

学校很快贴出了成绩榜，正像李嘉齐预料的那样，他的成绩不咋样。

对这次考试，李嘉齐的爸妈比李嘉齐更看重，终于在痛苦的煎熬中等到了李嘉齐在年级中的成绩排名。

"我在全年级排名中位居第一千四百八十六名，成绩处于下游……"李嘉齐在电话那端不安地说。

李嘉齐的爸妈在电话这端得知这一消息后，心情却超常的平静。他们非常睿智而冷静地面对这一现实，不仅对李嘉齐没有冷言冷语，没有埋怨、指责和批评，而且肯定了李嘉齐的学习成绩，对他真诚地鼓励：千里之行始于足下，只要你坚持不懈地努力，一定会创造出人间奇迹！知道你的压力很大，但是，有压力是好事，没有压力才是坏事。压力变动力，动力变效益！

在学习成绩的好坏方面，李嘉齐的爸爸也承认智商高低的差异。但是，他告诫嘉齐："成功等于百分之九十九的勤奋，加上百分之一的天才。一时的分数高低算不了什么，只要发奋努力了，将来就不会有遗憾。但是，读书不能依靠死读书，一定要讲究学习方法。方法对了就会事半功倍，否则就会事倍功半……"

电话那端的李嘉齐向爸爸表态说："放心吧爸爸，虽然这里人才济济，虽然我的智商较低，但是，我已经牢记了您的教导，先说成人再说成材。眼下，我首先要树立良好的学习心态，奋起直追，勇往直前。不过，我也不会成为成绩和分数的奴隶，更不会被学习的压力压垮……"

然而，话好说，事难做。现实是残酷的，考试成绩一经公布，老师对每个同学的座位立即进行了调整，按照分数的高低从前排到后排依次拉开，李嘉齐由原来的中间位置被调到了后排，与此同时，对班级学生干部也进行了调整。不知何故，老师总算给李嘉齐留了一点面子，"体育委员"一职依然给他保留了下来。也许，班主任经过一个多月的考察，觉得他在体育方面，特别是在打篮球方面能够独树一帜，对同学们敢于大胆管理、认真负责，起码能够胜任这个岗位，从而量"才"而用；也许，体育班干部需要的是"四肢发达，头脑简单"，不需要用学习成绩作为衡量的标准；也许，"体育委员"一职无人接任，同学们愿意拥护他这样的"傻人"。

其实，李嘉齐是有野心的。在当今这个社会，人们除了崇拜金钱之外，就是崇拜"官位"了。尤其是在雷江一带，几千年董子文化的渗透和孔子思想的影响，那种只有当官才能光宗耀祖的封建意识根深蒂固。所以，李嘉齐拥有"体育委员"一职，一来能为班级做点贡献，二来能为同学们做点牺牲。但是，他更主要的还是想体会一下做"官"的感觉，过把当"官"的瘾。李嘉齐深深懂得，仅凭他的学习成绩，进入年级学生会是绝对没戏的。但是，凭着他自身的体育能力和他爸爸刑警队长职务的影响，进入年级学生会也是蛮有希望的。张鹰、张冬梅、王红霞、李红芳除了给李嘉齐呐喊助威之外，还利用一切机会给他做正面宣传，特别是王红霞，处处袒护他。班主任神通广大，了解了他的社会关系，了解了王红霞的家庭背景，开始对他"刮目相看"，在保留他班级学生干部的同时，积极地把他向年级学生会推荐。

李嘉齐在获得自信的同时，陡增了一些骄傲情绪。他感到，以往那种阴霾的天气，突然变得晴空万里。不久，学校给同学们制作了新校服，李嘉齐在拿到新校服的瞬间，就想臭美一番。于是，他向同学借了洗发膏和睹啫喱水，精心洗漱打扮后，趁大课间休息的时间到张鹰、王红霞和张冬梅经常出没的地方走访查看……

周六大扫除的时间到了，李嘉齐把换下来的脏衣服洗了洗，挂到了宿舍楼的阳台上。第二天，他觉得洗过的衣裳干了，就到阳台上去取，令他没想到的是，挂在那里的衣裳不翼而飞。他既懊恼又后悔，上哪里去找啊？他只好把电话打回家，把这件事告诉了爸妈。爸爸心平气和地劝导他："算了吧，别声张！若把高中生中隐藏着小偷的事情传播到社会上，一定会对你们学校带来恶劣的影响。丢了几件衣服只是小事一桩，权当你扶贫做贡献了！"

李嘉齐顺坡下驴，用爸爸的话语开导自己。

李嘉齐的妈妈抢过电话听筒，说："既然这样，那今后你在学校里就别再洗衣服了，你想办法把脏衣服捎到家里，我来帮你洗。"

电话那端的李嘉齐苦笑着回答："放心吧，妈，我记住了。我的衣裳脏了的话，我就凑合着穿它，总比丢了强嘛！"

其实，学校里丢衣服是经常发生的事情。对于丢衣服的学生来讲，既无法去说，也无法去找。因为校服都是一样的。不管是被别人拿错了，还是被"小偷"光顾了，你只有自认倒霉，只有把打落了的牙齿咽到肚子里。因为学校的老师只管考试成绩，学校的领导只管升学率，对于丢衣服之类的"小事"无人问津。

雷江中学在历年高考排名中，在全省一直名列前茅，特别是"天下第一操"在全国的知名度越来越高，来自全国各地慕名参观取经的人员络绎不绝，给同学们增加了额外的负担。特别是新生，打扫卫生的次数变多了，跑操的时间变长了。有时为了应付参观，同学们还要现场演练。同学们有的发怵，有的牢骚满腹！

电话那端的李嘉齐深有体会地说："有些老师却堂而皇之地说，'同学们不要畏难，这是对同学们意志的磨炼。'什么磨炼不磨炼，说句心里话，这是对同学们的'摧残'。一天早晨，我跑操时，鞋子跑掉了。可是队伍继续前行，我那只跑掉的鞋子被后面的同学们踢来踢去，成了同学们的乐趣。我光着脚坚持着、寻找着，最后费了九牛二虎之力才把它找到。虽然没有受到老师的惩罚，但那个难堪的场面让我无法言表……张冬梅安慰我不要难过，王红霞劝我别闷闷不乐。其实，我是比较阳光，比较开朗的。"

紧张而单调的学习生活，让李嘉齐时常感到抑郁，所以，他愿意听到父母的声音，一解心中的苦闷。他给父母打电话时经常嘻嘻哈哈，说一些与学习无关的闲话，愿意海阔天空地神侃。但是，他的父母只关心他能否吃好喝好学习好，对他在青春期遇到的其他问题不感兴趣。尤其是他爸爸经常岔开他的话题，反复教导他，要坚强地面对学习，勇敢地面对生活。不管千难万险，都要把学习成绩搞上去。

然而，对李嘉齐来讲，往家里打个电话成了最大的奢望。按照学校规定，他每次打电话都必须选择在晚自习以后。他每次有了打电话的念头，都是在焦急的等待中听到老师下达了"下课"的命令之后，迅速地离开教学楼，疾速地跑到宿舍楼，然后抢占电话机，在气喘吁吁中拨打家中的电话，遇上占线或者无人接听便是一脸的扫兴，电话接通了便兴奋不已讲个不停……可是，此时此刻，等候在电话机旁的其他同学早已急红了眼，不顾情面地催促他："快点快点……"

李嘉齐的爸爸在电话中告诫他："你一定要把学校当成家！要快乐学习！"李嘉齐对着电话听筒嘀咕："学校就是学校，怎么会是家啊？不科学的教育体制，简直就是暗无天日。超负荷的作息制度，教书不育人的残酷现实，没完没了的课外作业，真是令人煎熬生不如死！说什么'快乐学习'，其实就是一句谎言而已！"

李嘉齐的爸爸在电话那端急了："嘉齐，你胡说什么？"

李嘉齐马上改口说："哦，我没说什么，我是说啊……再坚持八天就能回家休息了！"

李嘉齐的爸爸在电话那端一声叹息，说："如此看来，你是在掐着手指算日子，时刻盼望着回家啊！"

【03

对李嘉齐来说，漫长的一个月总算又"熬"过去了，开学第二个月放假回家的时刻终于"盼"来了。

李嘉齐的爸妈得知李嘉齐回家的消息，仍激动不已。他们各自向单位请了假，又专程到校接他，并把他返校后需要的铺盖提前带给了他。

一见面，他的妈妈就上下打量他，又疼又气地说："你怎么还是那个可怜样儿，脸这么消瘦，头发结成了死缯，身上有股难闻的气味。唉，你又一个月没有洗头了吧？不过，精神状态还算凑合！"

李嘉齐告诉妈妈："这次不是一个月没洗头。上次放假我从家里返回到学校没几天就洗过一次头，而且还往头发上打了摩丝。衣裳也换洗过一次，还把换下来的衣裳洗了洗。可是，在挂晒的时候，衣裳却不翼而飞了。正是因为那次的臭美和'炫耀'，被班主任当成了不务正业的典型，大会'批'，小会'斗'，把我搞得狼狈至极。哈哈哈……我就像个妖精一样，被老师打回了原形。"

"被打回了原形不光彩，你怎么还能笑出来？"李嘉齐的妈妈感受着宿舍内其他同学及其家长的目光，没再言语。她默默地把李嘉齐需要清洗的床单、袜子、裤子、裤头等统统地装进了提包里。

李嘉齐的爸爸冲着李嘉齐的妈妈苦涩地笑了笑，随即离开了李嘉齐的宿舍。

李嘉齐跟随父母回到家后，与父母进行了交流。他的父母从他的嘴里进一步了解了高中生生活的艰苦情况。他的妈妈向他投去怜惜的目光。然而，他爸爸的眸子里缺少了以往的慈祥，反复强调："男人当自强，男人应担当。"

李嘉齐默默地点头，慢慢地诉说："这一个月来，几次考试，我的成绩都处于班级的下游，本班排在六十名以后。可是，我没有浪荡，也没有放弃，就是自己不争气。反正我对自己的要求也不高，坚持三年走到头，好赖有个大学上。实在不行，我就去当兵！"

李嘉齐的爸爸鼓励他："士气可鼓不可泄！你千万不能泄气，一定要咬紧牙关挺过去。"

李嘉齐却反驳说："爸爸，您曾经几次走进我们的学校，对我们的生存环境了如指掌，我们的压力来自'四面八方'，实在无法承受啊！"

李嘉齐的妈妈似乎没有听到儿子反驳的话，瞅着自己的丈夫，开口理论，语出惊人。她说："当今这个时代，是个拼爹的时代。高考在孩子们的一生当中只是关键的一步，后面的考试将更加残酷，既考孩子又考父母，就算孩子刻苦学习成绩优异，将来能考上个好大学，我们做父母的却苦于没有门路，他将来照样找不到称心如意的工作。所以，我们没有必要刻意地强迫孩子去学习。只要孩子努力了，有他自己满意的结果就算成功了。"

李嘉齐的爸爸点了点头，赞同了妻子的观点，他说："我国现有的教学模式和用人制度，是畸形社会发展的怪胎，是中国教育制度的弊端，是对绝大多数学生及其家长心灵的摧残！"

李嘉齐的父母各抒己见，他对父母的观点进行了评判，他明白了父母的良苦用心，做好了自己的安排和打算。

李嘉齐和张鹰相约去新华书店购买了高中复习资料，又一起去了理发店整了个时髦发型。

李嘉齐的妈妈给他做了手擀面，奶奶给他做了水煎包，爸爸给他买来了他最爱吃的烤红薯和坛子鸡。

李嘉齐吹着口哨大摇大摆地从外面回到家来，对为他操劳的爸妈和奶奶不理不睬，径直走到餐桌跟前，望着满桌子的美味佳肴馋涎欲滴。

"馋坏了吧兔崽子！"李嘉齐的奶奶把他手中的学习资料拿了过去，"你爸爸、你妈妈还有我，一家人都在为你忙活，你学习有功了，我们犒劳犒劳你，你就赶快吃吧！"

"哼……都是你奶奶和你爸爸把你惯的，你看到这些好吃的眼珠子都瞪直了，好像我们都不存在似的，不理不睬的！"李嘉齐的妈妈乐呵呵地说。

"打住！"李嘉齐的爸爸冲着妻子一摆手，看了李嘉齐一眼，"我可不惯着你啊，该吃就吃，该学习就学习，明白吗？"

"明白！"李嘉齐边说边拿起一只烧鸡腿塞进嘴里，狼吞虎咽、风卷残云一般。

李嘉齐放下碗筷就叫嚷："我浑身上下脏透了，必须马上洗个澡。"

妈妈和奶奶异口同声地说："现在不行，你爸爸刚往太阳能里注满了凉水，洗冷水澡会感冒的。"

"我年轻，不怕冷，没那么多的臭毛病。"李嘉齐不顾妈妈和奶奶的劝阻，从衣柜里拿出替换的干净衣裳就去了卫生间。

李嘉齐把干净衣裳挂在了衣架上，脱下身上的衣裤看了看，随手丢在一边。然后脱下内裤一看，整个裤裆都变黄了，臭烘烘的气息迎面袭来，他屏住呼吸摇了摇头，小声嘟囔："太寒碜人了！"他边说边拿起刚脱掉的衣裤，把它们夹杂在一起，团成球状，扔出门去，随即关上了房门，插上了门闩。他隔着门板向外喊："妈—我把脏衣服扔在外面了，赶快给我洗了啊！"

"知道了，"李嘉齐的妈妈从那边走过来，冲着卫生间的门高喊，"水冷就别硬撑着，当心着凉感冒！"

奶奶一边用电水壶烧热水一边唠叨："这个不听话的兔羔子，非得冻着不可。"

这时，李嘉齐被冷水冻得实在招架不住了，没洗完澡就穿上了衣裳。他一边用毛巾擦着湿漉漉的脑袋，一边穿着拖鞋走出了卫生间，他刚走进客厅，就接连打了几个喷嚏。

爸爸凑到他的身边，挖苦道："不听老人言，吃亏在眼前！"

李嘉齐充耳不闻，默不作声。

爸爸低头看着他的脚丫，调侃地说："你奶奶把热水给你烧好了，赶快洗洗你的香脚吧！对了，千万别把洗脚水倒掉啊，你的洗脚水可是上等的肥料，咱们老家那二亩地正等着施肥呢！"

李嘉齐的妈妈把李嘉齐脱下来的衣裤拿到卫生间，放到洗内衣的大盆里，她边洗边看，不停地自言自语："这孩子，是不是有病呀，怎么把内裤穿成了这个样子啊？"

奶奶给李嘉齐拿过洗脚盆，兑好冷热水，放好了马扎子，瞅着他放在盆子里的脏脚，捂着鼻子说："你有多长时间没洗脚了，可怜的孩子，这样会得病的，真让奶奶心疼啊！"

李嘉齐用毛巾擦脚的时候顺势向上挽起了秋裤脚，他的左腿不由得抖动了一下，一阵钻心的疼痛让他龇牙咧嘴。

李嘉齐的爸爸凑过来，细心地观察着他的腿脚，慈祥地问："怎么了？伤着了？"

李嘉齐瞅着迎门骨上正在流脓血的伤口，说："那次我挨了老师的批评，便偷偷地跑到篮球场上去发泄，不小心摔了一跤，一个小砖头正巧硌在我的迎门骨上，都半个多月了还是不见好。"

李嘉齐的爸爸皱了皱眉头，急忙拿出碘酒，又从自己的卧室里拿过来云南白药。

李嘉齐眯起眼睛瞅着爸爸，逞强地说："一点小伤，用不着小题大做！"

"放屁！"李嘉齐的爸爸先用碘酒给他清洗了伤口，而后给他敷上云南白药，嘱咐他说，"别再湿着、脏着这里了，记住了吗？不然的话，会感染细菌得败血症的！"

"哈哈哈……老爸危言耸听，有那么严重吗？"李嘉齐嘴上这么说，心里却热乎乎的。他克制着自己的情绪，不让感激的泪水流出眼眶。心想："奶奶、妈妈和爸爸，他们把所有的爱都给了我，我若不好好学习，我若没有生活的本领，我若不能勇敢地面对未来的一切挫折与不幸，我对得起他们吗？我还算是人吗？"

【04

李嘉齐返回了学校，父亲的叮嘱与母亲的唠叨，一直在他的耳畔回响；奶奶给他打洗脚水的场景，像电影一样在他的眼前播放。面对父亲的殷切期望；面对母亲讲述的残酷现实；面对能将冰雪融化的奶奶的亲情；面对老师的教诲；面对同学们的友谊；面对学习的枯燥与无味；面对校规校纪的限制与束缚；他的内心充满了矛盾和忧虑。为谁而学？为啥要学？学有何用？他扪心自问，正确的答案最终被错误的想法所否定。他感到，自己的心被数千条虫子啃噬着，自己的身体被上百个怪兽撕扯着。他无所适从，他将要崩溃了。

一天晚上，李嘉齐无精打采地上完了自习课，从教学楼返回宿舍楼的途中，他与张鹰相遇，他俩边走边互诉衷肠。李嘉齐发现，张鹰此刻的心情与他的心情惊人的相似。张鹰告诉李嘉齐，在这样的环境里，他成了牢中之囚、笼中困兽，他简直快要疯掉了。他俩惺惺相惜，秘密商定，凌晨一点钟搞一次"特别行动"。

李嘉齐一进宿舍就躺在了床上，熄灯号一响，就佯装进入了梦乡。

李嘉齐听着同学们此起彼伏的鼾声，闻着越来越令人窒息的气息，他一点困意也没有。他取出压在褥子底下的电子表，默默地瞅着，恨不得马上就到心中渴望的时间。

子夜一过，李嘉齐更加兴奋起来。透过窗帘，瞅着窗外的月光，他的想象长出了翅膀。张冬梅和王红霞的影子在他的脑海中挥之不去。他被她俩呼来唤去，心甘情愿地做了她俩的"奴隶"。

突然，李嘉齐觉得毛骨悚然，耳畔传来下铺同学磨牙的声音，紧接着，说梦话的、打梦拳的连续上演，哭的、笑的、骂人的、呱唧嘴的接踵而来……这种场面真切验证了母亲见解的正确。母亲曾经告诉过他："一个好汉子不敢守着三个成年人睡觉。"当时，李嘉齐听后哈哈大笑，眼下，他却要被这种混杂的声音和"打斗"的场面吓尿了。

李嘉齐不敢继续在床上躺着了，戴上手表立即下床。他悄悄地穿上运动鞋，猫步走出了宿舍，小心翼翼地关上了房门。

楼道里，灯火通明。他一看手表，时间尚早。于是，他溜进了厕所，排泄掉体内的废物之后，慢慢地走向操场……

等候在那里的张鹰，见李嘉齐在月光中走来，动情而开玩笑地说："月光扑朔迷离，你英俊而神秘！可惜，你和我是同类，你要是张冬梅或者王红霞该有多好哇！要是她们这会儿来了，我会忍不住冲上去对她们非礼！"

李嘉齐严肃地说："别拿着真话当假话说，一个李红芳还不够你享受的，你还吃一拿二眼观三，色字头上一把刀，当心被她们给吃了！"

张鹰认真地说："石榴裙下死，做鬼也风流。告诉你嘉齐，我和李红芳之间早已完了。我知道，你和张冬梅之间也早已没戏了，王红霞虽然对你表明了心意，但她还没有走进你的心里。所以，从今天起，我们两个对她们三个而言，都有了重新选择的权利……"

李嘉齐借着月光，瞅了张鹰一眼，打断了张鹰的话茬："少废话，把篮球带来了吗？"

"我是谁呀，你还用得着问吗？"张鹰边说边拍了拍手中的篮球。

李嘉齐顺势跑过去，一下子把篮球抱在怀里，做了个亲昵的动作，情不自禁地说："哥们儿，我可想死你了！"

"错了错了，"张鹰故意装作吃醋地说，"哥们儿在这里，你说错对象了。"

"哎——鹰哥，你把这宝贝藏在哪里了？"

"这个嘛，是绝密，我不能告诉你！"张鹰卖开了关子。

李嘉齐掂了掂手中的篮球，调皮地说："你们都是我的哥们儿，一个是会说话的哥们儿，一个是不会说话的哥们儿。对了，哥们儿，机会难得，我就不问那么多了，我们抓紧机会练练吧！"

"好嘞！不过，说话声音要小些，拍球的力度要小些，夜深人静的，有个动静就会传得很远，当心被老班抓个现行。"张鹰叮嘱他。

"快闭嘴——乌鸦嘴！"李嘉齐边嚷边把篮球砸在了张鹰的身上。

然而，张鹰的话不幸被言中了，他俩被班主任李庆丰抓了个现行。

他俩无话可说。

于是，班主任对他俩的惩罚开始了。

李庆丰就地取材，罚他俩沿着操场的跑道跑十圈。

偌大的操场，在这里曾经诞生了"天下第一操"。此时此刻，他俩要在这里接受入校后最严厉的惩罚。

尽管他俩打篮球打得已经很疲惫，但是，班主任的话就是圣旨，谁敢违抗啊！他俩咬紧牙关，跑完了一圈，又跑完一圈……就这样，他俩气喘吁吁地在这个"辽阔"的操场上，开始了艰难而又难堪的跋涉。

李嘉齐是班级的体育委员，在这个操场上曾留下过"辉煌"的瞬间。他曾经若干次走进它，漫步其中，健步如飞，潇洒自如，挥汗如雨。多少师生和他一样，把青春的汗水流淌在这里。这里让他感受颇多，有赞叹，有疼惜，有激情，有希冀。

至于一圈有多少米，十圈有多少千米，他和张鹰都说不清楚，他俩也从来没有计算过。但是，今天，他俩要"以步代尺"开始丈量了。他俩无可奈何地接受这种特殊的惩罚，对自身进行一次非常的"洗礼"。没人鼓掌，没人喝彩，没有观众，似乎也没人监督，空旷的操场上，清冷的月光给他俩披上了迷人的面纱。

半夜三更，他俩迈着越来越沉重的脚步，继续前行。他俩汗流浃背，喘息加重，步履缓慢，肚子隐隐作痛。但是，他俩不怨天尤人，他俩是自作自受。他俩只有坚持、再坚持。

跑不够十圈，他俩是不会也不敢停下来的。步幅小了不要紧，步速慢了不要紧，只要不停下来就行。其实，在他俩的内心深处，感谢班主任网开一面。但是，他俩更加明白，班主任是用这种惩罚的手段来考验他俩的毅力是否坚强，让他俩铭记学校钢铁般的纪律神圣不可侵犯。

张鹰和李嘉齐一前一后奔跑在操场上，李嘉齐垂头丧气默默地数着圈数。张鹰看着他窘迫的样子，回头鼓励他说："嘉齐，这次是我们犯了错，怪不得班主任心狠，我们一定要有勇气接受惩罚！打起精神来，像个男子汉！"

"是啊，虽然是遭受惩罚，但也要跑得像样。男人嘛，宁可站着死，不可跪着生！"李嘉齐一边琢磨着张鹰的话语，一边急促地喘气。他暗暗地鼓励自己，振作精神，加快步伐。他似乎觉得周身轻松了许多，于是向着第十圈的目标奋进！

十圈终于跑完了，他俩的体能也消耗殆尽了。他俩跟跟跄跄，走出操场……班主任李庆丰在不远处监督着他俩，见他俩走过来，低声说："由于你们这样的违纪行为是初犯，而且你们能够心甘情愿地接受惩罚，所以我就不向学校的领导汇报了。否则的话，你们就会有被学校除名的危险。但是，为了让你俩更加刻骨铭心，你们必须再接受一项惩罚……"

第二天，李嘉齐和张鹰腰酸腿疼、四肢瘫软，但他俩无条件地接受了班主任"设计"的在教室外罚站一节课的惩罚。

教室里，同学们都在按部就班地复习功课，老师们认真地进行辅导，而李嘉齐和张鹰无助地站在教室的门外，真是别有一番滋味在心头。一个来小时，他俩直挺挺地在楼道里站着。虽然没有人监督，但他俩能够"自觉"地站好。过往的老师，熟悉的面孔，不解的目光，难听的话语，让他俩感到了羞辱和难堪，让他俩感到失去了做人的尊严。

其实，李嘉齐和张鹰所受到的惩罚和某些同学比起来是小巫见大巫。稍加注意就会发现，楼道里经常有几十个学生被罚站，有的同学"面壁思过"一站就是一天，那才叫"绝世功夫"呢！有的同学犯了错，老师把家长叫到学校来，让家长和自己的孩子一起"赔罪"。学生家长被老师呼来唤去，却满脸陪笑，不敢有丝毫的抱怨。有的同学被老师停课，有的同学被学校除名，一切解释权都归学校所有。有的家长为了减轻对孩子的惩罚，甚至受辱下跪老师。那种场面，让学生及其家长苦不堪言。

绝大多数同学在受到惩罚之后，都觉得自己委屈，却又无处提及。尽管同学之间同病相怜，但是彼此劝解难如登天。于是乎，受到惩罚的同学便千方百计地向自己的父母倾诉，这样做的结果，会让一些"胡搅蛮缠"的家长找到责任老师理论，会引发学生家长与校方的矛盾。可是，他们不跟自己的父母诉苦，又能向谁去倾诉呢？有一个同学"无端"受到老师的惩罚之后，又受到了父母的不解和指责，那颗天真稚嫩的心无法承受所遭遇的一切，默默地选择了自我毁灭！

【05

高一新生文理科分班后，第一次考试的成绩张榜公布了。李嘉齐除了语文的分数在年级中名列前茅以外，其余各科的分数"惨不忍睹"。他的学科总成绩名列班级倒数第九名，年级倒数第一百八十六名。如此局面，让他狼狈不堪。然而，他又暗自庆幸，因为和他同病相怜的同学比比皆是。

为了查找原因，缓解同学们的思想压力，校领导决定，内外联手，加强沟通交流，使优秀学生受到鼓舞，使落后学生受到鞭策，学校定于 12 月 17 日上午召开高一年级学生家长会。

李嘉齐的父母一走进学校的教学楼，见到"老师模样"的就主动打招呼，他们唯恐怠慢了老师受到责怪。为了不耽误开会的时间，他们早早地来到李嘉齐所在的教室里，静静地等候在那里。李嘉齐的妈妈看了他的成绩单后，没有批评和挖苦，语重心长地对他传授学习的经验和方法。李嘉齐的爸爸看了他的成绩单后，先皱了皱眉头，而后拿起碳素笔在家长意见一栏里工笔正楷地写下了自己的意见："知耻后勇，发奋努力；百折不挠，成功在即！"

老爸老妈的厚爱，反让李嘉齐的心情更加沉重。面对父母的宽容，他的内心深处感到温暖与感动。

九点整，班主任李庆丰宣布"闭路电视电话会议"开始。

首先，教务处主任郑万福讲话。他从学校的现状与未来的发展，学生的成绩与学校发展的关联，学校和学生家长的管理是实现学校发展的保证等方面做了深刻的阐述，并向学生家长提出了三点建议：一是爱心有度，不要娇惯孩子；二是时刻保持理智与克制，当孩子叛逆或者出现了问题时，要保持冷静的头脑，杜绝感情冲动；三是永远掌握着自己孩子的脉搏，作为学生家长，要经常与老师保持联系。郑万福那铿锵有力的讲话声，叩击着每个学生及其家长的心灵。

紧接着，高一年级部主任高明那幽默、诙谐和富有哲理的话语，更加打动了学生及其家长的心。高明说，一是要对孩子尊重和理解，让他们承担必要的责任和义务；二是要理智地看待孩子成长中的问题，他们的世界观尚未成熟，因此对孩子的期望值不要过高，对孩子更不能苛求；三是不为失败寻找任何借口和理由，让孩子勇于为自己的错误埋单；四是弄清压力与动力的辩证关系，要学会运用"吸、压、爆、排"的机械原理，让快乐的激情卸掉内心的压力，要把沉重的思想包袱变成有的放矢的追求，从而把压力变成动力；五是勤奋是开启成功大门的金钥匙，学习最好的方法就是刻苦努力，最有效的措施就是坚持再坚持，只要努力奋斗坚持到底，就一定会开花结果；六是三年后高考的结果会有成败，但是，在起点和中途的考试只有暂时的分数高低之分，没有成败可言。现在，对同学们而言，不管是什么原因摔倒了，都要树立必胜的信心和勇气！对学生家长而言，除了在物质上满足自己的孩子之外，精神上的安慰、学习上的督促和指导尤为重要。

随后，班主任李庆丰引领全班同学集体宣誓，一起表态：一定要以优异的学习成绩报答白发苍苍的父母。

同学们声音洪亮，振臂高呼，热血沸腾，气氛十分活跃。李嘉齐的父母环顾四周，发现学生是那么真诚，有的甚至流下了激动的泪水。站在讲台上的校领导也哽咽着说："我也和在座的学生家长们年纪相当，我也是白发苍苍早为人父啊，但是，不知道我的儿子可否像同学们一样知道父母的那颗心？"

"放心吧老师！您的儿子他会懂得做父母的那颗心的！"李嘉齐的母亲突然站起来，"我把孩子交给您了，感谢您安排了这样一个非常有意义的活动，但愿并相信每个孩子都能有一颗感恩的心，都会争取更大的进步。"

李嘉齐他母亲的话音刚落，教室里就爆发出雷鸣般的掌声。

紧接着，两名学生家长代表发言，两名学生代表发言。他们站在不同的角度，理论联系实际，动之以情晓之以理，深刻阐述了召开学生家长会的必要性和提高学习成绩的重大意义。特别是来自邯郸的那个学生家长代表，他的发言让人感慨万千。他说，他的儿子这次考了年级第一名的好成绩，但是，这军功章里有儿子的一半，也有他们做家长的一半。作为家长，他们时刻关心着孩子的学习进步，时刻用爱心感召着儿子的快乐成长。开学不足四个半月，他已经来往雷江市十多趟了。每次，只要儿子和老师需要交流和沟通，他都会及时地出现在他们的面前。

这样的付出是多么可贵啊，不得不令人佩服！其结果，也是一份付出一份回报！

学生家长的发言，让李嘉齐深受感染，激动万分。坐在他前面的张冬梅热泪盈眶，有不少女生发出轻轻的啼哭声。

家长会圆满结束，家长们陆续走出教室。李嘉齐的父母却"赖"在李嘉齐的身边不想走。李嘉齐一问缘由，老爸老妈异口同声地说："把你考试的作文试卷拿过来让我们瞧瞧！"

李嘉齐随即从衣兜里掏出作文试卷，说："我的字写得不好，还是让我朗读一遍吧！"

"好的，我们也从儿子这里长些见识！"老爸老妈用欣赏的眼光看着他，无比自豪地说。

于是，李嘉齐展开试卷，忘情地朗读起来：

雷江市好风光！

这是一个假日的清晨，虽北风微寒，但阳光明媚。我跑步来到护城河的桥旁边，沿着河道两岸硬化好的路面，由北向南，由平原桥到胜利桥，由西岸穿越雷江大桥到东岸，环绕一周，边观赏市区最繁华路段的景象边锻炼身体，我要亲身领略沿途迷人的风采和变化带给人们的喜悦心情。

平原桥，垂直相交在护城河河道，巍然屹立在市区和平原街上的一座建筑奇葩，它是雷江市唯一一座钢索斜拉桥，高耸的钢索似一道彩虹，横跨东西、沟通两岸，壮丽而美观。桥下河水清澈，碧波荡漾。空旷整洁的坡面过道，由桥下穿过，使人们自由进入桥下，欣赏着水桥连片的景观。整个河道两岸的堤坡均由水泥花格砖砌成。靠近堤坡脚由水泥浆灌八楞石，筑成沿河道顺势而下的台阶道。人们可以从河岸路上下到台阶道上，更加近距离的接近护城河水面。站立在台阶道上，举目远眺，整个河道宽阔舒展，清水涟漪，尽收眼底，为美丽而年轻的城市增添了灵动的色彩，令人心旷神怡。

　　我行走在河岸上，错落有致的常青树沿河岸依次展开，无边无际。虽已是深秋，但枝绿叶茂，生意盎然。平坦整洁的公路上，来往行人络绎不绝。大人、孩童、夫妻、同事，男女老幼汇聚在这里，交流学习、加深友谊、放松思想、休闲身心、漫步畅游、欢声笑语……啊，护城河环境的改变深得人心。记得前年的夏天，平原桥附近还是臭气熏天的脏水沟，两岸是一望无垠的垃圾场。现在，两岸树木青青，桥下流水潺潺。生活富裕起来的人们，每天到这里转转，真是打心眼里高兴。一位牵着小狗遛弯的阿姨高兴地说："我们的城市像天堂，谁还旅游到苏杭？"她一语道破天机，说出了大家的心里话。

　　我一边走，一边看，一边听，沿着沿河弯曲的小路，不多时就来到了胜利路口，这里是市区的迎宾大道。雷江大桥上，行人、车辆川流不息。当年，雷江大桥的修建曾在全市建桥史上写下过绚丽的一页。此时的大桥经过修饰，更加庄重恢宏、大气磅礴。我站在桥下，南北相观，两岸相望，到处是鱼竿林立，这里是垂钓爱好者的天地。护城河河清鱼跃，引来众多的垂钓者。垂钓者或静坐、或站立，守望着水面上漂浮波动的浮标，体味着"愿者上钩"的乐趣，更感受着河道变化后的宁静与安详。

　　"河水变清了，河里的鱼虾变多了，到这里来钓鱼不仅是一种美的享受，更是一种意外的收获。"一位年轻朋友，举着钓上来的大鲤鱼高兴地说……

　　我沿着河边继续前行，迎面是施工的场景。这里机器轰鸣，数台挖掘机拉开阵势扫尾强攻……

　　在市委、市政府的坚强领导下，经过全市人民两年来的辛勤劳动，高标准、高质量、高效率地进行了河道清淤、堤防加固、河岸护砌、排污治理、堤岸绿化、管理设施等系列工程的建设。

　　我一路走来，人们的赞美声不绝于耳："河水清清，绿树成荫，人们有了休闲的好去处！""久闻不如一见，真是前后两重天。""谁能想到，昔日的臭水沟变成了今日的观赏带！"对雷江来说，她是承载了历史与文化的母亲河，人们不仅对她寄予了深切厚望，而且用自己的勤劳和智慧铸造着辉煌。如今的雷江市，城中有护城河，河中流水清澈，鱼虾成群；两岸花开四季，植物茂盛，虫鸣鸟唱，风景秀丽；城河相连，让人流连忘返。

　　李嘉齐的母亲听完了李嘉齐的朗读，激动地抱住了他，动情地说："儿子，你太有才了，妈妈爱你！"

李嘉齐的父亲一边点头，一边竖起了大拇指，鼓励他说："嘉齐啊，天生我材必有用，爸爸相信你的才能！你也要相信自己，考试分数固然重要，但不要特别强调分数第一，只要坚持不懈地努力学习，将来无论能否考入大学，你都会成长为社会的有用之才！"

第十八章　爱情洗牌

上高中以后，张冬梅的外向性格收敛了很多。那次，李嘉齐对她的谆谆告诫在她的内心深处掀起了涟漪，让她久久不能平静。张冬梅是个不轻易接受别人批评的人，但她接受了李嘉齐的批评。因为那一刻，张冬梅觉得，李嘉齐是她有生以来遇到的父母之外的最亲近的人。从那一刻起，张冬梅就立志做个淑女。现在，她已经学会了把锋芒藏进骨子里。

三个月前，张冬梅的堂姐和王国治在未来城租了一套三居室，同居了。堂姐把房间布置得简洁而温馨，客厅沙发的靠背垫既漂亮又柔软，是堂姐用彩色的毛线编织的，那沙发柔软而舒适，温暖得让人陶醉。

张冬梅打量着堂姐，不敢相信曾经飞扬跋扈，不可一世的女孩子，和眼前这个温婉的女子竟是同一个人，她更不敢相信堂姐具有治家的本领。

张冬梅自从那次挨了父亲的耳光之后，便寄宿在学校，放假也不愿意回家，没事就到堂姐的家里蹭饭吃。近段时间以来，堂姐的厨艺大增，这个曾经不识葱姜蒜的女人，居然买了《北方食谱大全》，并精心地把它放在厨房里醒目的位置，一有空闲就"按图索骥"，备料试验。

然而，张冬梅一个多月没有堂姐的消息了，她非常想念堂姐。

2006年招录的高一学生要分文理班了，老师让同学们回家和自己的家长商量，是学文还是学理。

张冬梅终于盼来了离校的机会。

张冬梅的堂姐和王国治去北京待了一个多月，她一回到雷江市，就邀请张冬梅去她的新居聚聚。

张冬梅和堂姐心有灵犀，她一离开校门，就拿出了私藏的手机，巧得很，她刚打开手机，一个熟悉的电话号码就打了进来。张冬梅接到堂姐的电话邀请欣喜若狂，立即打车前往。

一路上，张冬梅想，一年多来，王国治拉帮结派，打架斗殴，卖摇头丸，放高利贷，收保护费，鱼肉乡里，坏事做绝。但是，他对堂姐一往情深，所以，堂姐从来不认为王国治是个坏人。堂姐说过，生活中的女人，对男人的判断只有好坏之分，只要她自己钟爱的男人对她好，她就认定这个男人是个好人。反之，她就认定这个男人是个坏人。在爱情面前，女人胸大脑残，总是为爱感动被爱融化。

王国治的屁股后面经常跟着一帮小喽啰，对他俯首帖耳言听计从，他们为他收账催款，给他充当打手。他们无论年长年幼都尊称他为大哥，他喜欢做带头大哥，他更喜欢为所欲为。

堂姐对王国治的劣性有些耳闻，刚认识他的时候对他有些反感。可是，王国治对她一见钟情，为了向她示爱，他用修剪树杈的剪刀剪掉了自己的一个无名脚趾。这件事让堂姐觉得王国治很男人，并由此产生了好感。随着王国治的穷追不舍，堂姐便成了他的情感俘虏。现在，在堂姐的眼里，王国治就是她的避风港，就是她的保护神。在她看来，只要王国治一挥手，就能为她撑起一片天。

爱情，真的有这样的魔力吗？真的可以把魔鬼变成天使吗？

"未来城到了！"的哥催促张冬梅下车。

此刻，张冬梅的堂姐正在厨房里忙碌着。

坐在客厅的沙发上观看电视篮球赛的王国治，听到了门铃声，急忙走到门前，隔着猫眼一看，发现了张冬梅的笑脸。他马上打开防盗门，满面堆笑地说："来了冬梅，一个多月你没有吃到你姐做的饭菜了吧？"

张冬梅点点头，问："这些日子去北京了？"

"是的。对了，这次在北京返回的火车上，我碰见李嘉齐了，他还向我问起你呢！"

"是吗？他去北京干吗？他问什么了？"

"你猜！"

"我猜不出来！"

"想知道吗？"

"那当然了。"

"他去北京干什么我说不清楚，但是，他向我打听你必有其因，那就是他担心你仍然和我们这些混混混在一起！"

"呵呵呵……他有那么好心？他不会是狗拿耗子多管闲事吧？"

"口是心非，这个嘛你得去问他！别在门口站着了，快到屋里来说话！"张冬梅走进客厅，瞅了王国治一眼，说："堂姐呢？"

"她在厨房。"

"堂姐真勤快！"

"她啊？还不是为了迎接你吗？你快找她去说话吧！我还有事先出去一趟。"王国治边说边走出了家门。

堂姐从厨房里走出来，热情地拉住张冬梅的手，一起坐到沙发上。然后，她从茶几上拿过两个橘子，递给张冬梅一个，自己留下一个。她们边吃边聊了起来。

堂姐说："这次王国治去北京开了个酒吧，虽然不能大富大贵，但能多挣一些零花钱。为此，我更加赏识他，更加喜欢他。可是，酒吧开业不久，有个服装模特儿就经常出入酒吧找他，一来二往那个模特儿就爱上了他。王国治对情不专，换女友就像换衣服一样随便。但是，我不责怪他，也不恨他。不管他身边的女朋友换过多少个，我是他始终舍不得放弃的那个。再说了，那个模特儿真的很漂亮，像你的同学王红霞一样，是只性感的小猫咪。"堂姐双眼微眯，由衷地感叹，"我恨不得自己也变成一只性感的小猫咪。"

"男女之事，扑朔迷离。开头大都相似，却不知道结局。"堂姐的话，给张冬梅增添了想象力。像王国治这样的男人，会永远喜欢和臣服于像小猫咪一样的女人吗？他最终会臣服于什么样的女人呢？

堂姐侧目看了一眼挂在墙上的钟表，说："天不早了，我们有空再聊，我先下厨房，不然的话一会儿你姐夫回来了我还没把饭做好，他会埋怨我的。"堂姐边说边起身，快步走进了厨房。

张冬梅跟在堂姐的身后，讽刺她说："不得了了，不得了了，这样下去的话，堂姐就变成神厨了。不过……"

"不过什么？冬梅，你什么时候学会绕弯子了？"

"恕我直言，这样下去的话，你一定会被王国治给甩掉的你知道吗？"

"瞧你这张乌鸦嘴，怎么不会说句吉利话？你竟敢咒我，是不是找挨打呀？"沉溺在爱河的女人最爱听的是甜言蜜语，对别人的忠告良言是不会买账的。堂姐举起拳头，朝着张冬梅擂了过来。

张冬梅敏捷地躲过了堂姐的拳头，委屈地说："本来就是嘛！你自己不想想，当初王国治是怎么看上你的？他真的和你是一见钟情吗？你除了花容月貌和一副好身材吸引他之外，更主要的是你那又臭又坏的脾气把他给'镇住'了——这叫盐卤点豆腐一物降一物！而现在，你的容貌已大不如从前，而且要身段没了身段，你的脾气却来了个一百八十度的大转弯儿。你想想，这样下去，他还会顾及你吗？"

"是啊！忠言逆耳，我怎么这么笨呀？可是……"

张冬梅没等堂姐把"我没想过这么多"这句话说完，便拿了一只清蒸大闸蟹跑进了客厅。

这时，王国治领着几个小喽啰走进了家门。王国治的小喽啰们经常到堂姐家里混饭吃。时间一长，张冬梅和他们当中的一些人渐渐地熟悉起来。她和他们在一起无拘无束，说说笑笑打打闹闹，其乐融融，给她的感觉非常好、非常妙。

晚饭后，张冬梅和堂姐跟随王国治及其小喽啰们一起去了"金海岸"歌舞厅。刚走进包厢，王国治就警告他的小喽啰们："让你们一起过来，表明了我没有拿着你们当外人，但你们一定要懂规矩、守本分，不要对张冬梅心生邪念。不然的话，我会把你们活活地攥死的。"王国治做了一个夸张的动作。

"放心吧大哥，我们不敢！"小喽啰们异口同声地说。

"哼！不敢……"王国治冲着小喽啰们，把眼睛一瞪。

"放心吧大哥，我们不会那样做的！"小喽啰们补充说。

张冬梅看着小喽啰们的窘态，掩嘴想笑不敢笑出声来。

王国治和他的小喽啰们不停地递烟、吸烟，一个个吞云吐雾。烟雾在包厢内缭绕，搞得乌烟瘴气。

张冬梅感到呼吸困难，快要窒息了。她想走出包厢，到楼道里呼吸一下新鲜空气。

就在这时，张鹰推门而入。

暗淡的灯光下，张鹰嘴里叼着香烟，眼神冷漠而孤傲。他走进包厢后，径直坐在沙发上，对张冬梅不理不睬，很少与那些小喽啰说话，不时地与王国治低声细语举杯痛饮。小喽啰们热情地和他碰杯时，他也来者不拒，但从不主动出击。

直到曲了人散，张鹰一首歌也没有唱，一支舞也没有跳。

离开"金海岸"之后，张冬梅一直觉得张鹰的出现并非偶然，但她既没有向张鹰求证，也没有在王国治那里寻找答案。她从张鹰那双深不可测的眸子里，窥探了他心中的秘密。她知道，凡是能够成为心中秘密的东西，都会带给人们痛楚。因为痛楚，所以说难以启齿，故而问不出口。时间就这样悄然逝去，眨眼间到了冬季。

【02

张冬梅、王红霞和李红芳，自从进入雷江市第三中学那天起就拉钩盟誓："今后无论学习多么辛苦，无论工作和生活多么忙碌，每年的圣诞之夜都要在一起度过，谁若违约单身到老。"

一年一度的圣诞节又到了。张冬梅和李红芳的心情格外激动，她们渴望着夜幕的降临，渴望着与王红霞一起到校外的大自然中散散心。然而，在大课间自由活动时，王红霞找到她俩，神秘地说："红芳、冬梅，实在对不起，我遇上了难缠的事儿，今晚无法脱身，不能和你们一起过圣诞之夜了，你们俩要开开心心地玩耍，就别等着我了。"这是从初一到高一，王红霞第一次与张冬梅和李红芳失约。

晚自习时，张冬梅和李红芳躲在宿舍里化妆，把自己打扮成年轻女教师的模样，然后偷偷地从学校的大门口溜了出去。她们回望着越来越远的学校大门，心花怒放，洋洋得意，随手叫来了一辆的士，一起去逛市百货商场，一起去买圣诞礼物。

灰蒙蒙的天空，飘着大朵大朵的雪花，铺天盖地，落在屋顶、树梢和街道上，整个世界一片雪白。

李红芳从百货商场一出来，看着眼前的情景，惊讶地叫起来："冬梅，快看哪，下雪啦！"

"下雪好哇，我们又可以打雪仗啦！"张冬梅站在雪地里，仰着头，迎着飘洒的雪花，深深地吸了一口气。此刻，空气清新凛冽，让她的头脑异常清醒。

"李红芳！"此刻，不知道顾吉哲从哪个角落里冒了出来，站在李红芳的身旁，满脸高兴的模样。他在喊李红芳的名字的同时，做了一个亲昵的动作。

李红芳兴奋地应答着，眸子里放射出异样的光芒。

顾吉哲的说话声吸引了张冬梅，她循声望去，沉默了片刻，随即寻找借口与李红芳和顾吉哲分手。

张冬梅一个人漫无目的地沿着幸福路慢慢地走着。灯杆林立，灯影婆娑。清冷的路面，被皑皑的白雪披上了一层白纱。她望了望四周，没有发现一个行人，路面上只有她自己被路灯拉长的身影。她猛然间发现，自己是那样的寂寞与孤独，是那样地渺小与无助。

一路上，北风卷着雪花，在张冬梅的脸颊、眉上和唇间狂吻，那柔软微凉的雪花前赴后继，在她那温暖而富有弹性的肌肤上悄然融化，寒冷不断地向着她的体内渗入。她一半清醒，一半陶醉。

张冬梅走走停停，不时地伸出手臂，双手迎接那些飘落的雪花，内心充满了欢喜。

街道两旁的龙爪槐，生长出错落交织的枝丫，像无数双长长的手臂，它们相互纠缠着，渐渐地变白，在路灯的照耀下熠熠生辉，格外醒目。整条街道，像一条长长的时空隧道，蔓延到灰暗深处。

雪夜的世界是那样的静谧，是那样的神秘。

橘黄色的街灯下，张冬梅孤零零的一个人站在街道的中央，突然产生了跳舞旋转的冲动……

张冬梅疯够了、转累了，站在原地长长地吁了一口气。她想，李红芳和顾吉哲是什么时候走到一起的？是怎么走到一起的？在这样的平安之夜，在此时此刻，李红芳和顾吉哲在干什么呢？她们是否躲在幽暗的角落里深情地拥吻？堂姐和王国治在干什么呢？她们是否在与那帮小喽啰们厮混？王红霞在做什么呢？李嘉齐又在做什么呢？

就在这时，银铃般清脆的笑声从张冬梅的身后传来，打破了夜的宁静。张冬梅寻声望去，意外地发现了王红霞和李嘉齐的身影。

张冬梅的心里一阵狂跳，犹如一只小鹿撞击着胸怀。她想："圣诞老人真会和我开玩笑，这样的事情怎么偏偏让我撞见，难道王红霞所说的遇上了难缠的事儿就是与李嘉齐约会吗？"

就在这个瞬间，李嘉齐看清楚了张冬梅的脸，他回避着张冬梅的目光，极力想找个地方躲藏。可是，白茫茫的雪地上，哪里藏得下他的身影？

然而，王红霞落落大方地走近张冬梅，迅速地攥住了她的双手，望着她慌乱而茫然的眼神，假装嗔怪地说："孤单又可怜的小流浪猫，你怎么一个人在这里游戏？李红芳去了哪里？"

"哦……我是好孤单，可我可怜吗？你说李红芳啊？"张冬梅的目光落在不远处的李嘉齐身上，"半个小时前，我与她们分的手。"

"她们？"王红霞不解地问。

"是啊，李红芳和你一样，也是成双成对啊！"张冬梅的目光，固执地盯着李嘉齐不放。

李嘉齐双手插在裤口袋里，颤抖着右脚尖，吹着口哨，抬头看着远方。张冬梅看不清李嘉齐的脸庞，却看见他那双在幽暗中闪着光芒的眼睛。

"喂——"王红霞甜甜地喊了李嘉齐一声，"嘉齐，我们先送冬梅回家好吗？"

王红霞向张冬梅传递出幸福而甜蜜的信息，显然她忘记了张冬梅和李嘉齐之间的关系，张冬梅的心，却感到针刺般的疼痛。

李嘉齐听见王红霞在喊他，不情愿地凑了过去，瞅了张冬梅一眼，低声说："红霞，就让我和冬梅一起送你吧？你的家离着这里近，先把你送到家后，我再和冬梅一起回家。"

"你说什么？你和她一起回家？"王红霞情不自禁地用手指着张冬梅，"我没有听清楚，你能不能重复一遍。"

没等李嘉齐答话，张冬梅就接过了话茬儿，冲着王红霞说："你不要瞎琢磨，我和他之间早已没有任何关系了，因为他的家距离我的家很近，只是一起回家路上做个伴儿而已。"她随即又转过头去冲着李嘉齐轻声地说，"你别先送谁后送谁了，你就送红霞一个人回家行了，我一个人回家不害怕。"

"夜都这么深了，你一个女孩子家遇上地痞流氓怎么办哪？你说的不行，我必须送你回家。"李嘉齐的态度很坚决，语气很果断。

张冬梅充满感激地点点头。

王红霞却瞪了李嘉齐一眼，愤愤地说："我就不是个女孩子了吗？我若遇上地痞流氓了怎么办哪？"

李嘉齐不知所措，左右为难。

张冬梅听着王红霞的"哭诉"，无可奈何地叹了一口气，不由自主地伸手捅了李嘉齐的胳膊一下，低声说："算了吧，让我跟在你俩的身后走就行了。"

李嘉齐没有吭声，默默地点点头。

就这样，王红霞和李嘉齐在前面一起走，张冬梅跟在了他俩的身后。

王红霞和李嘉齐边走边说起了达尔文的物种起源，讨论起"先有鸡还是先有蛋"的问题。他俩的观点不一致，发生了争执。但是，李嘉齐心不在焉，每当王红霞欲强词夺理，他就改变观点。

跟在他俩身后的张冬梅根本没有听进去一句话。她的心里装着十五只吊桶七上八下，乱成了一团。她在琢磨："王红霞和李嘉齐究竟谁约的谁？究竟去了哪里？到底想做什么？究竟做了什么？他们恋爱了？发展到了什么程度了？他们牵手了吗？他们拥抱了吗？他们接吻了吗？天哪，我不能再想下去了，我不敢再想下去了，再想下去我就要疯掉了。"

一辆的士从张冬梅的眼前路过，她迅速地摆了摆手，拦住了它。她站在的士旁边，冲着前面的李嘉齐喊道："天气太冷了，我先回去了。"

李嘉齐心乱如麻，随口应答："前面路滑，要当心啊！"

王红霞看着的士离开，喜形于色。

张冬梅上了的士后，忍不住的泪水泛滥成河……

【03

那天的圣诞节之夜，张冬梅与王红霞、李嘉齐不期而遇之后，她虽然打了一辆的士，但她没有回家，也没有返回学校，而是偷偷地去了网吧。面对荧屏，她百无聊赖，一直流泪到天明。就在那个夜晚，她才清醒地意识到，李红芳彻底断绝了与张鹰之间的关系，与顾吉哲相爱在了一起；王红霞不仅把争夺李嘉齐的爱与她当面挑明，而且采取了实际行动。可是，一个残酷的现实让她无法逃避——她仍然爱着李嘉齐。然而，面对王红霞的霸道蛮横，面对王红霞和她之间的姐妹之情，面对李嘉齐态度的暧昧，她感到无所适从……

自从张冬梅进入雷江中学以来，芬姨几次到学校找过她。芬姨每次见到她，都是低声下气地央求她回家，芬姨声情并茂，有时声泪俱下。每每如此，她只好口头答应，却始终没有付诸行动。

寒假已经放了两天了，春节的气息日益渐浓。然而，张冬梅仍然一个人待在女生宿舍里。她有些想家了，特别是想念自己的弟弟张强。可是，在张冬梅的心里，依然记恨爸爸赏给她的那记耳光。她想，芬姨曾经三番五次地来到这里央求自己回家，自己却伤了芬姨的心。现在，没人搭理自己了，自己却想回家了。果真是那样，太没面子太伤自尊了，起码在顾吉哲面前颜面尽失。

就在张冬梅思前想后左右为难的时候，芬姨来到了她的身边，张强也来到了她的身边，她们都劝她赶快回家过年。

张冬梅见爸爸没来求她，心里感到特别委屈，伤心透了。她对弟弟张强直言不讳地说，"只要老爸开车来接我、并当面向我认错，我就跟着芬姨一起回家，否则的话，我就在学校过年了。"

芬姨见拗不过张冬梅，也觉得张冬梅的要求有些道理，便偷偷地用手机给张冬梅的爸爸发了一条信息。结果如张冬梅所愿，她的爸爸不仅亲自开车来校接她，而且真的向她当面道歉。虽然她爸爸的道歉有些勉强，而且是看在芬姨的面子上，但对张冬梅来说那是久旱逢甘露。

张冬梅坐上了爸爸驾驶的轿车。在回家的路上，芬姨和张强伴她左右，有说有笑，其乐融融。

张强见张冬梅的情绪好些了，便对她说："姐姐，我知道你这段时间在烦什么？你是在烦顾吉哲。我告诉你，顾吉哲没有你想得那么坏，他学习刻苦为人实在，他的数学成绩特别好，他经常帮助我补习功课……"张强的眸子里闪烁着崇拜的光芒。

张冬梅却不屑一顾地对张强说："你真烦人，顾吉哲给你什么好处了，你要帮他说话，你真是个没见过世面的孩子，被表面的现象迷惑了。"

张冬梅一进家门，迎面见到了顾吉哲，她们彼此看了一眼，都欲言又止，尴尬极了。她的内心很纠结，不知道是笑一笑还是淡然处之的好。自从圣诞节之夜，顾吉哲成了李红芳的男朋友，张冬梅就改变了对顾吉哲的态度，她想："自己和李红芳情同姐妹，既然他是李红芳的男朋友，自己就没有理由对他'恨之入骨'"

以往每年的寒假，李红芳都会来到张冬梅的家里小住几日。因此张冬梅觉得，今年的寒假里李红芳还会到她的家中来，她想："只要李红芳到我的家里来，我就跟李红芳把话挑明了——如今的顾吉哲已成了我的哥哥。"

顾吉哲和张强坐在客厅里的沙发上，边聊天边看电视。

张冬梅走进了自己的卧室里，整理了一下凌乱的思绪，随即拿出日记本写日记。

张冬梅从上初中一年级开始，就有了写日记的习惯。那时候，她在日记里记录了她和王红霞、李红芳三个人第一次见到张鹰和李嘉齐的场面，还有王红霞让她去问李嘉齐喜不喜欢她等那些幼稚可笑的事情。她的日记纯粹的是"记事"，记录着每天的天气情况和发生在自己身边的事情，没有评论和感想，其实就是一本流水账。而今天，她破天荒地把自己的想法写进了日记里。

然而，她无论如何也没有想到，她刚合上日记本，李红芳就来到了她的家。

张冬梅家的防盗门虚掩着，李红芳敲了敲门，门就开了，李红芳一走进客厅，发现顾吉哲坐在沙发的中央，而张冬梅的弟弟张强坐在沙发的边上，她对顾吉哲主人般的模样感到非常吃惊。

顾吉哲见李红芳敲门走进来，礼貌地站起来笑脸相迎。

李红芳对顾吉哲的礼貌相迎没有任何反应，却像一只受惊的小鹿，快步冲进张冬梅的卧室。

张冬梅看到李红芳像惊弓之鸟般闯进来，慌忙收起日记，问道："你这是慌什么呀，大白天的撞见鬼了吗？"

李红芳大口喘着粗气，胸脯剧烈地起伏，"嘭"的一声关上房门，红着脸说："答对了，加十分。我今天是真的见到鬼了，那个鬼就坐在你家客厅的沙发上看电视呢！"

张冬梅顿时明白了，一拍脑门儿，说："哦……你的意思是说在我这里看见顾吉哲了是吧？这没什么大惊小怪的，我告诉你，你就真相大白了！"

李红芳愣了半晌，问："你的生活变故？怎么变故了？快说啊冬梅，都闷死我了。"

于是，张冬梅把顾吉哲跟随母亲来到她的家中，她和顾吉哲之间"顺理成章"的成了兄妹关系简明扼要地述说了一遍。

李红芳半晌才把张冬梅和顾吉哲的关系明白过来，用手指着张冬梅的脑袋说："你真不够意思，这样的好事怎么不早告诉我啊？我要是早知道顾吉哲生活在这个家里，今天我就得多下些功夫打扮打扮了。对了冬梅，我漂亮吗？"

李红芳穿了一件黑色的裘皮大衣，样式很新颖，随高就低地裹在她的身上，凸显出她的臀部，把她丰满的胸部衬托得非常迷人。

女大十八变。转眼间，李红芳、王红霞和张冬梅已从豆蔻年华成长到碧玉之年。她们像蝴蝶一样发生着蜕变，个个出落得光彩照人。

张冬梅上下打量了李红芳许久，不停地夸奖："你的身材丰满，曲线完美，你的肌肤娇嫩，白里透亮，你的眸子乌黑粼粼闪光，你的樱桃小嘴楚楚动人，你太养眼太漂亮了，我真想亲你一口。"

李红芳推操了张冬梅一把，羞涩地看着她，心里甜滋滋地说："净瞎说！"

张冬梅认真地说："谁瞎说了？你真的很漂亮，我要是个男的非得和顾吉哲争个你死我活不可。"

"哈哈哈……是嘛！"李红芳走到穿衣镜前，用手拽着裘皮大衣的下摆，轻快地旋转了一圈。她左顾右盼，眉目传情，流光溢彩，楚楚动人。顷刻间，她觉得自己长成了美丽的公主，心中荡漾着幸福。她自恋地认为，无论自己走到哪里，都会令人驻足回眸。

"行了行了，别臭美了。"张冬梅站在李红芳的前面，挡住了穿衣镜，"男为知己者死，女为悦己者容！你光在这里臭美有啥用啊，还是让顾吉哲去欣赏吧！"

"瞧你说的，我这个样子的不至于让你嫉妒吧？妹妹啊，你知道吗？你比我可漂亮多了，我长这么大还没见过比你更漂亮的女孩子呢！"李红芳望着张冬梅的双眸，脸上洋溢着喜悦与兴奋。

"那边去……你管谁叫妹妹呀？咱俩和王红霞拜把子的时候我一不留神让你排在了我的前头，其实，说不定我比你早出生几个时辰呢？"张冬梅故意噘起了小嘴儿，夸张地举起拳头，说，"找打呀！"

"这不是明摆着的事情吗？你掰着手指头想想，你当然是我的妹妹了，我都快成了你嫂子了，你还不是我的妹妹啊？"李红芳急忙躲过张冬梅的拳头，洋洋得意地说。

"我呸！哈哈哈……我见过不要脸的，却没见过像你这样不要脸的！"张冬梅挖苦着李红芳，心中暗想，"顾吉哲就像个冰疙瘩，像他这样的男孩子是需要一团火才能弄热的，你自己拿着当宝贝吧，谁和你抢啊？"

"好了好了好了，他就在客厅里坐着，我们还是自重一些吧！"李红芳向门外瞟了一眼，低声说，"冬梅，无论你怎么夸奖我，我都会有自知之明，与你和王红霞相比我自惭形秽。王红霞就像赵薇那样妩媚，但她变化莫测难以琢磨，让人害怕令人迷惑；你就像小龙女那样，稚气纯真，超凡脱俗，傲气孤高，神圣不可侵犯！"

"别说了，"张冬梅打断了李红芳的话，眉飞色舞地说，"口是心非，净拿这些好听的话贿赂我，其实，我知道你的心里是怎么想的！"

"鬼丫头，当心被男人甩了。"

"哼，到时候还不知道谁甩谁呢？你以为世界上的女孩子都像你一样花痴啊！"

"你才花痴呢！"

两个人一起大笑起来……

　　腊月二十八的傍晚，王红霞邀请张冬梅、李红芳、顾吉哲、李嘉齐和张鹰，一起去富强路上的"四川火锅城"吃麻辣烫。顾吉哲懒洋洋地赖在沙发上看电视，不愿意买王红霞的账。可是，张强一听说要去吃麻辣烫，立刻鼓动顾吉哲前往，并嚷着要跟顾吉哲一起去。不知从什么时候开始，张强和顾吉哲的关系好得像一个人一样。顾吉哲见张强央求他，便答应了。

　　顾吉哲和张强、张冬梅和李红芳分别骑乘一辆摩托车，李嘉齐和张鹰各自骑着一辆摩托车，他们按着约定先到王红霞的居住地去接王红霞。王红霞见到他们，一扫往日的斯文，大大咧咧地跨上了李嘉齐的摩托车。他们七个人骑乘四辆摩托车，你追我赶，说说笑笑地来到了"四川火锅城"。

　　他们要了一个包间，围着热气腾腾的大圆桌坐下来，向店老板要了二斤锡盟羊肉和一些蔬菜，要了一些豆腐干、海带丝、小鱼丸、香肠和鸡脆骨，要了一瓶六十七度衡水老白干和几瓶太子奶……他们个个吃得热热乎乎，心满意足。特别是张鹰、李嘉齐和顾吉哲，他们不仅酒足饭饱，而且都有了微醉的感觉。

　　饭后，一向不喜欢看电影的王红霞，突然提出请大家去看一场喜剧电影。张冬梅和李红芳彼此看了看，心照不宣地欣然答应了。

　　半个小时之后，他们一行七人走进了电影院。昏暗的影院里，李红芳欣喜地与顾吉哲、张强坐在了一起。张鹰与李嘉齐坐在了一起，他俩各自瞅了一眼身边的空座，同时把目光转向了张冬梅。王红霞见状，急忙攥住了张冬梅的手，控制了张冬梅选择座位的自由，她却不失时机地与李嘉齐坐在了一起，而让张冬梅无可选择地坐到了她的身边去。

　　周星驰浪漫超俗的表演，让在场的观众不时爆发出阵阵笑声、掌声和口哨声。张冬梅借着屏幕上的光亮，看着李嘉齐孩童般天真灿烂的笑脸，不敢相信世上竟有这样一个迷人的男孩子。张冬梅距离李嘉齐是那样的近——她只要伸伸手，就能触摸到他的脸。然而，王红霞端坐在张冬梅和李嘉齐的中间，让张冬梅产生了咫尺天涯的压迫感。

　　王红霞不时地乜斜着张冬梅的眼睛，不时有一种醋意在心头涌动，她情不自禁地把自己的脑袋向着李嘉齐的肩膀靠过去。李嘉齐对视了一下张冬梅的目光，不知所措地迎合了王红霞的心意。

　　张冬梅借机挣脱了王红霞的控制，赌气与张鹰坐在了一起。

　　张鹰对张冬梅的这一举动求之不得，趁火打劫地拍了拍张冬梅的肩膀，做出一个亲昵的动作。其实，张鹰弄不清楚张冬梅是对他产生了好感，还是故意演戏给李嘉齐看。但是，张冬梅的这一举动，点燃了他对张冬梅爱的火焰，让他对张冬梅的追求变得勇敢。

张鹰的举动并未逃过王红霞的眼睛，一种莫名其妙的惆怅和妒忌在她的心里油然而生。她想："张冬梅啊张冬梅，你本是一个乡巴佬，是改革开放让你进了城，是你我有缘才结成了姐妹联盟，是我的光环让你风光无限，可是，你不念姐妹之情，我让你当红娘你却捷足先登，是你失礼在先，怪不得我以怨报怨。你什么地方比我好？为什么李嘉齐心甘情愿地成了你的爱情网中的猎物；为什么张鹰为了你和李红芳分道扬镳？你不要高兴得太早，我略施小计就会让你一个也得不到！"

李红芳和顾吉哲旁若无人地手牵着手，毫不掩饰自己的幸福和甜蜜……

深夜，电影散场了。李红芳她们按照相约时相反的顺序，一起先把王红霞送回家去。

王红霞的家居住在富强路南段的广厦小区，那里是全市有头有脸的达官贵人的居住地。

此刻，富强路上是那样地静谧，除了路灯那幽暗清冷的灯光外，四周一片黑暗。这条路上死气沉沉，看不到过往的行人。当张鹰、李嘉齐、顾吉哲、张冬梅他们的四辆摩托车唱着"交响曲"行进到这条路上时，立刻打破了这里的宁静。

他们行进在富强路上，四辆摩托"并驾齐驱"。坐在李嘉齐驾驶的摩托车后座的王红霞，不时地说着笑话，逗得李嘉齐、张鹰和顾吉哲笑得前仰后合，影响了他仨驾驶摩托车。三辆摩托车东摇西晃，吓得张冬梅和李红芳吱哇乱叫，随即又肆无忌惮地放声大笑。他们的笑声洋溢着青春的气息，在寂静的夜里传得很远很远……

这时，一辆的士从他们身后驶来，在他们的一侧减速、减速、再减速，的哥随即落下窗玻璃，大声地骂道："他妈的，简直就是一群神经病。"

他们和王红霞在一起总是快乐的。他们觉得王红霞天生就有一种制造快乐气氛的本能。

在这样寒冷的冬季，他们沉浸在幽暗的夜色中。张冬梅借着的士的灯光，看到那些白色的气体从李嘉齐的嘴里呼出来，她的心里突然升起一股隐约莫名的忧伤……

顾吉哲的卧室在张冬梅卧室的隔壁。

连续两个夜晚，张冬梅失眠了。她每次在入睡前，都能听见顾吉哲踢踢踏踏的脚步声从客厅传来，紧接着就是他开关卧室门的声音，随即就是他倒水的声音、放音乐的声音，或者是如雷鸣般的鼾声。有时，她在半夜里会听到隔壁屋子里椅子转动的声音，会听到顾吉哲拿放水杯的声音，会听到顾吉哲开门关门的声音，会听到卫生间的冲水声。

顾吉哲有时睡下了还会起床，在深夜外出。只要顾吉哲不回来，张冬梅就一直无法安睡，她在床上辗转反侧，时常会想："顾吉哲究竟去了哪里？他是不是和李红芳在一起？为什么夜这么深了还不见他回来？"

张冬梅又不由得想起了王红霞和李嘉齐，她默默地问自己，究竟为什么会对李红芳和王红霞产生一些妒忌？她一静下心来，就会听到墙上的挂钟滴答走动的声音。她时不时下意识地抬头看看墙上的挂钟，每一秒钟，每一分钟对张冬梅来说都是一种煎熬。张冬梅总是担心自己，就这样在懵懂之中慢慢地死去。

第十九章　爱情阳谋

除夕之夜，王红霞邀请张鹰、李嘉齐、李红芳、顾吉哲和张冬梅一起去火车站广场放烟花。

张强得知这一消息后，叫嚷着要跟着张冬梅一块儿去玩耍，他眨巴着眼睛对她说："人家都是成双成对的，你去给人家当电灯泡啊？再说了，爸爸和芬姨一起出去了，你把我丢在家里，多没劲多可怜呀！让我去了，我俩就都不孤单了。"

是啊，在这样的夜晚，张冬梅可不想让自己和弟弟可怜而孤单，她只好满足了弟弟的心愿。

可是，张强跟随张冬梅刚来到广场，就被他邂逅的同学"打劫"To

因为奶奶的"阻挠"而迟到的李嘉齐，匆忙赶到队伍里。

某些专家的预言正在应验，天气突然变暖，积雪开始融化，广场上到处是积水和烟花爆竹的空壳及碎屑。欢乐的人群和刺鼻的火药香，对张鹰他们产生了巨大的诱惑力，他们情不自禁地深入其中。

王红霞毫不避讳的在张冬梅和李红芳面前跟李嘉齐撒娇，非要李嘉齐给她点燃彩珠绳不可。李嘉齐见拗不过她，便一次点上两根，一根递给王红霞，另一根放在张冬梅的手里。

兴高采烈的张冬梅似乎忘记了王红霞的存在，不停地向李嘉齐抛媚眼。

王红霞佯装什么也没有看到，仍旧不停地向李嘉齐撒娇。

李嘉齐抽着烟，站在她们的身旁，不时将点燃的彩珠绳分发到王红霞和张冬梅的手上，不时地冲着有些妒忌的张鹰莞尔一笑。

李红芳缠着顾吉哲要彩珠绳，顾吉哲就从王红霞拿来的彩珠绳中抓上一把，再借李嘉齐手中的烟火一根一根的点燃，而后交给李红芳去取乐。

张鹰见状，从自己衣兜的烟盒中抽出一支烟向着顾吉哲递过去，瞅了李嘉齐一眼："你每次都向他借火用多麻烦呀，来来来，点上一颗！"

顾吉哲看了李红芳一眼，推掉了张鹰手中的烟，难为情地说："谢谢鹰哥，我戒烟了！"

"见色忘友！"张鹰心想，"我不要的衣服，你倒当成宝贝了！爱情这东西，真是一个谜！"

他们忘乎所以，疯狂地玩耍，一直玩到广场上只剩下他们六个人。这时，李嘉齐想起了奶奶的叮嘱，提出该往回里走了！于是，他们一边走，一边放烟花。突然，路边一家仍在营业的夜宵店映入他们的眼帘。

王红霞的眼睛一亮，马上嚷嚷："嘉齐，我饿了，我想进去吃点东西。"

李红芳听到王红霞的叫喊，立刻做出响应："是啊，吉哲，我也饿了，我也想进去吃点东西。"

顾吉哲马上移动了脚步，做出去夜宵店的动作。

张鹰情不自禁地看了张冬梅一眼，他的态度是模棱两可。

张冬梅却说："你们都去吧，我一个人先回去好了。"张冬梅望着夜色中王红霞和李红芳得意的表情，觉得自己是如此的多余和尴尬。

"别，要走我们就一块儿走！"张鹰边说边冲着张冬梅走了过来。

"对了，我来的时候就遭到了奶奶的强烈反对，奶奶见反对无效做出了妥协让步，奶奶说，'你去可以，但必须早些回家！'所以，若是张冬梅先走的话，我就与她一起走啊！"李嘉齐说话的时候，目光一直停留在张冬梅的脸上。

"玩得好好的，你们为什么要走啊？"站在顾吉哲身旁的王红霞冲着顾吉哲递了一个眼色。

顾吉哲趁势走到张鹰的身边，抓住张鹰和张冬梅的手腕，说："大过年的，我们在一起欢乐多么好哇！"随即，他又冲着李嘉齐喊道："这样的机会多难得啊，你就晚回去一会儿不行吗？"

张鹰、李嘉齐和张冬梅都不知道怎么办，只好跟着王红霞他们一起走进了夜宵店。

店老板是一个肥头大耳、慈眉目善的老头。此刻，夜宵店里没有生意可做，他正坐在店中央的椅子上，仰脸看电视。电视里的春节联欢晚会如火如荼，欢声笑语给夜宵店增添了无限生机。

店老板见王红霞他们推门走进来，便起身与他们打招呼："欢迎，欢迎！里边请，里边请！"

店老板瞅了王红霞一眼，说："你今天上午来过是吗？我觉得你很面熟啊！"

"我没来过，你认错人了。"王红霞急忙解释。她想："这老头的眼睛真够毒的。几天来，我一直琢磨着应对张冬梅，拿下李嘉齐的对策，当我的计划成竹在胸就决定利用一家饭店来完成。通过踩点，我终于发现，这家饭店是最好的场所。然而，我那见不得阳光的行动，害怕被张冬梅和李嘉齐发现，我那如意的算盘，害怕被店老板当面揭穿。所以，当我开始实施自己的计划，来此打探今晚的营业情况时，我特意女扮男装巧立名堂。现在，我不仅恢复了女孩儿模样，而且还特意化了妆，又是晚上，可是，眼前这个精明的老头硬是把我认了出来。"

张冬梅端详了一下笑逐颜开的店老板，好奇地问："老板，都大年三十了，人家都关门谢客了，您为什么还要做生意啊？"

店老板苦笑了一下，接过了张冬梅的话茬："不瞒你说，我是一人吃饱全家不饿，我喜欢人多，人多了热闹。所以，自从腊月二十三小年那天起，我就做好了打算，今年过年不关张了。刚才，广场上人山人海有说有笑、光彩夺目的焰火带给了我无限的欢乐，可是，当焰火散尽人们散去之后我的心里顿感空落落的。于是，我便回到店里打开电视看春节晚会。我边看节目边琢磨，多少年了，每年的除夕之夜都是我一个人过的，那种孤单与烦闷让我害怕让我憎恨。因此，我要开门纳客，我要等待有缘人上门。在我看来，凡是今晚来我这店里吃夜宵的人就是我的有缘人，就是陪我过年的人。因此，不论男女老幼，不论来人多少，都由我做东掏腰包！"

"今晚店老板请客！"他们几个面面相觑，个个心里美滋滋的。因为，这对他们这些平时无人请吃请喝的学生娃来说真是受宠若惊，求之不得。

店老板把他们领到一个圆桌前，上了几个拿手的好菜，随即从柜台里拿出两瓶极品好酒。这阵势，让李嘉齐、顾吉哲和张鹰都吓了一大跳。然而，王红霞却眉开眼笑地拿了个酒杯递过去，冲着张冬梅眨眨眼睛，得意地说："月亮跟着太阳走，我想沾光喝两口！"

店老板滔滔不绝地讲述自己的故事，他们边喝酒边洗耳恭听。

店老板是从北京来的。他刚来此地时，在美食街上开了个"北京烤鸭店"，生意红红火火，却由此遭到了灾祸。营业不久，三天两头的就有人来店里捣乱，不是砸碎门店的窗玻璃就是故意摔坏店里的桌椅。尽管如此，店里的生意几乎没有受到影响。可是，大约一年之后，突然有一天，二十几个剃光头戴墨镜的年轻人，每人手里拿着一根一米来长的硬木棒，直挺挺地站在店门口的两旁，凡有客人来此，那伙人就用木棒戳地，并大声叫嚷。就这样，连续一个礼拜之后，那伙人走了，店老板的烤鸭店却从此关门了。

后来，店老板和妻子开了一个火锅店，生意又红火起来。可是，那些害红眼病的人又找上门来。他们不是寻机往火锅里放苍蝇，就是往火锅里放壁虎，那些人隔三岔五地来，弄得店里的生意每况愈下，店老板和妻子感到十分窝火。

一天傍晚，那些家伙们又来了，他们要了火锅后，偷偷地在自己的火锅里放了一个蟑螂，于是和店老板的妻子发生了口角。没想到，他们非要店老板的妻子把火锅里的蟑螂吃了不可。店老板的妻子是个火暴脾气，一见对方如此刻薄，端起滚烫的火锅就往那伙人的身上泼，于是惹下了大祸。那伙人，顺势拿起藏在袖管里的钢管砸烂了冰箱和电视，店老板的妻子见状失去了理智，冲进厨房拿出一把切菜刀就想和那伙人拼命。那伙人见状，个个凶神恶煞钢管齐下，直打得店老板的妻子脑浆迸裂……

店老板偷偷地用手背擦了擦眼睛，他的眼眶变得通红。

李嘉齐沉默不语，感到特别压抑。

"老板，来来来，我借花献佛，敬您一杯！今晚是除夕之夜，那些不愉快的事情就别提了！"王红霞端起酒杯，打断了店老板的回忆。

"是啊，我都活了几十年了怎么还不如一个小姑娘懂事。这姑娘说的对，都是些陈年旧事了，我们不提那些令人扫兴的事情了。来来来，干杯！"店老板举起了酒杯，两滴清泪从他的眼眶里滑落下来，掉在了他的胸前。

【02

突然，店外传来"嘛嘛嘛嘛"的声音。张鹰、李嘉齐、顾吉哲、王红霞、张冬梅、李红芳纷纷跑到店外看个究竟——只见不远处有无数个礼花飞向天空。东边、西边、南边、北边都有礼花在升腾。瞧！那些礼花一个个散了开来，多美啊！有黄色的，有绿色的，有红色的，有紫色的，有蓝色的，有粉色的，虽然有的颜色不太显眼，可它十分留恋这美丽的夜空，宛如黑夜里一串串明亮的星星，顽皮地眨着眼睛。一道道光亮在空中划过，一个接着一个，实在美丽极了！礼花的声音，震得地动山摇，这些礼花好像在比谁飞得最高，谁的颜色最鲜艳。整个天空都被它们照得光亮异常，整个大地被它们照得亮如白昼。高楼大厦一会儿变黄，一会儿变绿，一会儿变红，一会儿变紫。

"啊！多么美丽的夜晚，多么美好的日子呀！"不知何时，店老板挤在了张鹰和李嘉齐的中间大发感叹，"礼花好看天气太冷，不如继续喝酒尽兴！"

于是，他们几个跟随店老板回到店中。

张鹰、李嘉齐端起酒杯，两人习惯性地喝了一大口。顾吉哲模仿着他俩的动作，也喝了一大口，却呛得一阵咳嗽、眼泪直流。

张冬梅和李红芳举起了酒杯，把杯中的烈酒一点点嘬进嘴里。

王红霞却一饮而尽。

"看来，这两个姑娘不经常喝酒，或者说不会喝酒，才这样一点点地嘬。这样，烈酒从口腔到咽喉，再从咽喉到食管，一路慢慢地燃烧下去，就像钝刀子割肉，让人倍受煎熬。"店老板环顾着他们，把目光从张冬梅和李红芳的身上移开，最后落到王红霞的身上，肯定地说，"倒不如像这个姑娘一样，一饮而尽，个人图个痛快，别人也觉得实在！"

王红霞被店老板的话鼓舞，她感到特别兴奋。不管张冬梅和李红芳如何劝阻，她照喝不误。几杯酒下到肚子里，她已醉意朦胧。

对某些人来说，醉酒有时是一种放任，有时是一种故意，有时是一种向往。因为，酒能遮丑。别说醉酒之人失态，即使醉酒之人做出一些出格的事情，也会博得人们的谅解。人们常说，醉酒不醉心。醉酒之人，可以在大脑支配"失控"的情况下为所欲为，可以借酒发挥，可以把憋在内心深处平时想说却不敢说的话一吐为快，可以把憋在内心深处平时想做却不敢做的事情做出来。

想让自己喝醉的人是很容易办到的，王红霞就这样故意让自己喝醉了，她是有备而来的。

张鹰虽胜酒力，但他不知道今晚酒的浓烈，他喝得猛了些，很快就喝得东倒西歪。

王红霞瞅着张鹰的窘态，像一只飞倦的蝴蝶扑进他的怀里。她面如桃花，醉眼迷蒙，痴笑着望着张鹰。那娇羞的样子，那棱角分明、性感迷人的嘴唇，那如玉般整洁的牙齿，那藏在黑洞般深邃的眸子底部的深情，怎能不让人为之动容？

张鹰对王红霞突然间旁若无人的"表演"搞得不知所措，他不由得豪情满怀春心荡漾，脸颊像红布一样滚烫滚烫。片刻，他如梦方醒，高高地举起自己的双手，既不敢把王红霞推出怀抱，又不敢把王红霞搂在怀里，他满脸尴尬地看着李嘉齐、顾吉哲、李红芳和张冬梅傻笑。

其实，李嘉齐也好，顾吉哲也罢，李红芳也好，都连续喝下了几杯六十七度的烈酒。此刻，他们都有些醉了。

然而，众人皆醉，唯有张冬梅独醒。那晚在电影院，王红霞当着张冬梅的面表达了对李嘉齐的爱恋，而李嘉齐让她无地自容万分难堪，当她做出回击王红霞、报复李嘉齐的决定后，就向早已递给她爱情橄榄枝的张鹰做出了回应。哪知道，王红霞竟然实施爱情阴谋，既想占有李嘉齐，又想取悦张鹰，她采取如此卑鄙的行动，就是想让张冬梅竹篮打水一场空。对张冬梅而言，王红霞的"表演"就像一把利刃扎进了她的心脏。张冬梅突然感到心痛，突然痛恨起自己来。她痛恨自己缺乏勇气，不能像王红霞那样纵情地喝个痛快，然后将自己的心思一股脑儿地表现出来；她痛恨自己丢掉机遇，不能像王红霞那样捧着自己心仪的男人的脸，动情地望，痴痴地笑，肆无忌惮地躺在他的怀里撒娇。

其实，张冬梅一直就是这样清醒，与生俱来的清醒。然而，清醒的人往往注定要比醉生梦死的人承受更多更深的痛苦。

此刻，李红芳也依偎在顾吉哲的怀里，两人情浓意浓，甜甜蜜蜜，如胶似漆。

李嘉齐一副似笑非笑的表情，掩饰着内心巨大的伤痛。他乜斜着倚在张鹰怀里的王红霞，暗暗地攥紧了拳头，强压住内心的愤怒。

张冬梅的目光逃避着一张张熟悉的面孔，落在店老板慈祥的脸上。她端起酒杯站起身来，对店老板说："借花献佛，晚辈敬您一杯。祝您福如东海，财源广进，心想事成，万事顺利。"

店老板虽然是"酒精"考验的"老将"，但是此时此刻，他被眼前的俊男靓女忘乎所以的爱情

感染，他不由得想起了自己已故的爱妻。他略有所思地与张冬梅碰了一下酒杯，突然吟诵起柳永的《雨霖铃》："寒蝉凄切，对长亭晚，骤雨初歇。都门帐饮无绪，留恋处，兰舟催发。执手相看泪眼，竟无语凝噎。念去去，千里烟波，暮霭沉沉楚天阔。多情自古伤离别，更那堪，冷落清秋节。今宵酒醒何处？杨柳岸，晓风残月。此去经年，应是良辰好景虚设。便纵有千种风情，更与何人说？"

张冬梅感受着店老板的满怀愁绪，念起了刚学过的歌词："红尘多可笑 / 痴情最无聊 / 目空一切也好 / 此生未了 / 心却已无所扰 / 只想换得半世逍遥 / 醒时对人笑 / 梦中全忘掉 / 叹天黑得太早 / 来生难料 / 爱恨一笔勾销 / 对酒当歌我只愿开心到老 7 风再冷不想逃 / 花再美也不想要 / 任我飘摇 / 天越高心越小 / 不问因果有多少 / 独自醉倒 / 今天哭明天笑 / 不求有人能明了 / 一身骄傲 / 歌在唱舞在跳 / 长夜漫漫不觉晓 / 将快乐寻找……"

张冬梅举杯仰脖，一饮而尽，放下酒杯苦笑道："今宵酒醒何处？谁在笑？谁在哭？"

李红芳觉得自己不胜酒力，恐怕自己酒后失态，没等到大家尽兴，拉着顾吉哲的胳膊就往店外走去。

张冬梅急忙起身，看着张鹰说："我送她们回去，我先走了。"

"你不能走——"张鹰立刻喝住张冬梅。

张冬梅停下脚步，怔怔地望着张鹰。

"你看她把自己喝成了什么样子了？我一个人弄不了她。冬梅，帮我送送她吧！"张鹰伸手抓住王红霞的胳膊，眼睛哀求着张冬梅。

夜深人静，街道上不见的哥的姐的踪影。张鹰和张冬梅两个人，只得扶着王红霞前行。

王红霞不停地嚷嚷："我没醉……张鹰，我没醉……冬梅，我没醉……李嘉齐他干什么去了？他这个王八蛋为什么不过来扶着我？"

张鹰回头看了看身后的李嘉齐一眼，不由得蹙起了眉头。

大年三十的路灯通宵亮着，给黧黑清冷的夜晚带了一丝光明和温暖。

夜越来越深了，白天融化的积雪现在结成了冰，道路很滑，张鹰和张冬梅搀扶着王红霞艰难地前行。王红霞烂醉如泥，几次滑倒在地，几次被张鹰和张冬梅扶起。

夜宵店距离街道大约三百米，王红霞刚步入街道就再次滑倒在地。她抬起头向身后瞅了瞅，看到李嘉齐模糊的身影，听着李嘉齐若即若离的脚步声，赖在地上不起。

"嘉齐，你能不能快走两步哇，过来扶她一把呀？"张鹰似乎看出了王红霞的心思，流露出急躁情绪。

"行！"李嘉齐边应答边向前跑了两步，"鹰哥，别急！"当李嘉齐跑到王红霞的身边时，由于脚下太滑导致身体摇摆，站立不稳。王红霞趁机推了李嘉齐一把，李嘉齐不由得跌倒在王红霞的身旁，他心生慌乱十分尴尬。王红霞含情脉脉地望着李嘉齐，喃喃地说，"嘉齐……其实……我喜欢的是你！我的心思你知道吗？"

李嘉齐紧张极了，他一骨碌爬起来，目光飞快地掠过张鹰和张冬梅的脸颊，迟疑了一下，皱了皱眉头，伸手去拉王红霞，低声说："你在瞎说什么呀？你喝多了！"

王红霞顺势站起来，突然抱住了李嘉齐，抱得很紧很紧。

李嘉齐觉得喘不过气来，一阵挣扎。

"别乱动，"王红霞把头埋在李嘉齐的肩膀上，喃喃地说："我是喝多了，但我醉人不醉心，我没有瞎说。嘉齐，我是怎样的爱你，你知道吗？我的生命里不能没有你，就算我求你了，你答应我好吗？就算你是铁石心肠，你说一句喜欢我的话就这么难吗？"

李嘉齐被王红霞再次突如其来的示爱搞得不知所措，目瞪口呆。突然，王红霞踮起脚尖，恨恨地吻住了李嘉齐的双唇。

这种场面，让张冬梅的脑袋"轰"的一声大了好几圈，她一边擦着眼泪，一边愤怒地跑开。

这时，一辆轿车迎面驶来，与张冬梅擦肩而过。

"张冬梅——你想找死吗？"张鹰咆哮着，紧追张冬梅，气急败坏地呼喊。

"苍天啊，大地啊，我求求你了，你就开开恩吧，让我的心停止跳动好吗？"张冬梅突然感到铺天盖地的痛苦席卷而来，她在心灵深处疯狂地呼喊："为什么？为什么？为什么会是这样的结果？"

李嘉齐猛然用力推开王红霞，只听她"哎哟"了一声，随即摔倒在地。

张冬梅快被心中的怒火焚烧了，她正在承受着巨大的痛苦与折磨。她已顾不了身后的许多，继续向前面飞快地跑着。

李嘉齐疾步冲到张冬梅的跟前，刚想开口解释，张鹰却抓住了张冬梅的左手腕。

"放手，你想干什么？"张冬梅挣扎着，凶巴巴地叫喊着，像只竖起了毛发的母兽，迸发着火焰的双眸怒视着张鹰，挥起右手打在了张鹰的脸上，恨恨地说，"你差一点被她迷惑了你知道吗？你赶快醒醒吧！你看到了吗？你听到了吗？她是属于你的吗？"

"你竟敢出手打我？你简直是疯了。"张鹰松开了抓着张冬梅的那只手，双手捂住自己火辣辣痛楚楚的脸，无奈地说，"可是，她……是你最好的朋友，你得负责把她弄回家去啊！"张鹰极力克制着自己的情绪。

张冬梅避开了张鹰的眼神。她无法接受张鹰那种孤傲、冷峻和清醒的目光。

李嘉齐凑到张冬梅的跟前，劝道："鹰哥说得对，王红霞是你最好的朋友，你得负责把她弄回家去呀！"

"滚！你们一个个凭什么都来教训我？你们不是都喜欢她吗？你们不是都爱她吗？你们不都是她的男朋友吗？"张冬梅猛然推了李嘉齐一把，把他推了一个"特别是你，你不是刚刚还亲吻了她吗？是你要负责把她送回家去，而不是我张冬梅！"

"张冬梅，你怎么如此强词夺理，你怎么突然变得不可理喻？张冬梅，你在吃醋吗？张冬梅，你在嫉妒吗？张冬梅，你怎么这么傻？你怎么这么没有定力啊？张冬梅，你为什么要流这些可笑的眼泪？"张鹰推了张冬梅一把，像只暴怒的雄狮狂吼道，"对于一个烂醉如泥的人的话你也信以为真吗？她当着大家的面儿拿我开心，难道我的心里就好受吗？"

张冬梅的意识里一片空白，无言以对。

"我喜欢她了吗？我爱上她了吗？我亲吻她了吗？我是她的男朋友吗？"张鹰以排山倒海之势，冲着张冬梅怒吼。

张冬梅顿时冷静下来，她瞅着李嘉齐和张鹰，叹了一口气，说："好吧，我和你们一起把她送回家去！"

张鹰和李嘉齐同时转身，向着王红霞站立的地方走去。

张冬梅木讷地跟在他们的身后。她开始埋怨自己，她埋怨自己给张鹰的那记耳光；她埋怨自己对李嘉齐乱发脾气；她埋怨自己雷霆般的醋意和妒忌；她更埋怨自己在李嘉齐和张鹰面前暴露了少女的情怀。

就在这时，王红霞突然侧卧在地上，嘴里仍不停地嘟囔："嘉齐……你怎么能丢下我不管哪？你的心怎么就这么狠哪？我……为你放弃了太多太多，我的远大理想因为遇上了你而变成了泡沫。可是，我不后悔，我从来也没有后悔过。为了你，我押上了我的全部赌注。嘉齐——你知道吗？"

数九寒天，冰天雪地，李嘉齐那颗心被王红霞彻底融化了，他不顾一切地把王红霞抱在了怀里。

对张冬梅来说，究竟是李嘉齐重要还是张鹰重要，直到现在她才弄明白。她的心隐隐作痛，她想："王红霞呀王红霞，算你厉害算你狠。你无论清醒还是酒醉，你无论清楚还是糊涂，你总能握住一个筹码，你不管最后是输还是赢，你总有足够的理由和力量击败自己的对手。"

此时此刻，一向桀骜不驯的张鹰，看着痛苦万分、呆若木鸡的张冬梅，却像顺从的羔羊。

张冬梅决心考验并戏弄一下张鹰，故意让李嘉齐把王红霞放在了张鹰的脊背上。

王红霞不时地说着醉话，但句句话离不开她心仪的李嘉齐，再也没有提到过她曾经说过的喜欢的张鹰的名字。张鹰那颗心像被鞭子抽打着，他忍着心痛，阴沉着脸，沉默无言。

李嘉齐和张冬梅并肩行走在张鹰的身后，他被王红霞的醉话搞得惴惴不安。他看了张冬梅一眼，突然问道："冬梅，难道你就一点也不相信王红霞的这些话是醉话吗？你对她的醉话就那么在乎？"

"李嘉齐，你这不是明知故问吗？你是个男人，你永远也不懂得我们女孩子的心！"张冬梅一声叹息，语气很沉重。

李嘉齐觉得张冬梅的话里有话，急不可待地反问道："张冬梅，你说我是个男人？你说这话是什么意思？你凭什么说我是个男人？你见我什么时候变成男人了？我明确告诉你，我现在仍然是个男孩儿而不是男人你明白吗？"

"是就是，不是就不是，瞧你这样子也不像个男人！"张冬梅被李嘉齐的窘态逗笑了。

李嘉齐瞅着张冬梅得意的样子，也忍不住笑了起来。

然而，张鹰听到李嘉齐的笑声恼羞成怒，他歇斯底里地叫喊："李嘉齐——你过来——你来背王红霞，这是你的活却让我代你受过，这种玩傻小子的活儿我不干了！"

【04

午夜的钟声将要敲响了，人们吃更岁饺子的时间到了。

远处传来沉闷的开天雷声，像是发自张鹰心中的呐喊。

近处不断的鞭炮声，快把张冬梅的心脏撕碎了。

王红霞借着酒劲对张鹰和李嘉齐两个人同时示爱，让张鹰和李嘉齐在尴尬之余心生芥蒂，把张冬梅心中刚刚升起的爱的火焰熄灭了。

王红霞的相貌倾国倾城，家庭条件优越，具有机智勇敢的个性。因此，在征服男人方面，张冬梅无法与王红霞抗衡，张冬梅知难而退了。

张冬梅一想起王红霞倒在张鹰怀里的场面，一想起王红霞亲吻李嘉齐的场景，她就迷惑不解，她就醋意横生。

王红霞的话语不时地回响在张冬梅的耳畔："张冬梅，我奉劝你，你还是自己放弃吧！你永远也不会争过我的。只要我愿意，张鹰和李嘉齐都不会离我而去。但是，就目前而言，我还没有那么贪婪。我这样对你说吧，目前最让我放不下的是李嘉齐，因为我为他放弃了太多太多。我放弃了喜爱的篮球，我放弃了喜爱的文艺，我放弃了当学生干部，我放弃了远大的理想与抱负，我放弃了理应属于自己的辉煌的前途。张冬梅，你能像我一样做到这些吗？"

"我不仅能做得到，而且比你做得更好，因为我比你更喜欢李嘉齐，我比你更尊重张鹰。"张冬梅的心里这样想，但她不想再与王红霞对抗，面对咄咄逼人的王红霞，她甘拜下风，她痛苦地瑟缩在角落里，对李嘉齐和张鹰的仰望就此止息。

初一一大早，顾吉哲燃放的鞭炮声打断了张冬梅的思绪，她穿衣起床，无精打采地走到院子里，看了一眼兴高采烈的顾吉哲，突然打算找个地方逃避。

大年初一刚过，张冬梅就住进了雷江中学的宿舍里。宿舍里空荡荡的，她感到无聊至极。时而隔着窗玻璃看看天上的云卷云舒，时而躺在床上翻看琼瑶的小说《情深深雨蒙蒙》，时而嗑瓜子喝白开水，时而独自一人"拆牛槽"，时而看着初升的太阳呆呆发愣，时而望着宿舍里的光斑慢慢地延展。

大年初四的早晨，张冬梅正在走廊的尽头看着窗外的太阳，顾吉哲突然出现在她的身旁。顾吉哲不吭不响，只用那深邃乌亮的眸子深情地望着她，仿佛要看到地老天荒。

张冬梅目不斜视，若无其事地继续看着窗外的太阳。

顾吉哲终于憋不住了，用手背碰了张冬梅的胳膊一下，用他那低沉沙哑富有磁性的嗓音问道："你是在躲我吗？你究竟想躲到什么时候啊？"

顾吉哲的气息在空气中扩散着，撞击着张冬梅波澜起伏的胸怀。

张冬梅看了顾吉哲一眼，她隐约感觉到，顾吉哲的话语击中了她的痛处，她却反问顾吉哲："痴人说梦，我躲你干吗？"

"我是痴人说梦，那你为什么不回家？"

"我不用你管，反正不是因为你！"张冬梅铁嘴钢牙，为自己扎起高高的篱笆。

在她看来，顾吉哲是她面前的另一片海，如果不是他和她之间的"兄妹"关系，她觉得这片海也会铺天盖地地向她袭来，无可选择的把她吞没。

"少废话，你到底回不回家？"顾吉哲拉了张冬梅一把，注视着她的眼睛。

张冬梅低下了高贵的头颅，逃避着顾吉哲的目光，心想："在我感情的船儿无处靠岸的时候，在我的伤口正在滴血的时候，你真的不应该出现在我的面前，你更不应该用那双迷人的双眼看着我。你的眼睛就像无底的海洋，你会轻而易举地让我疯狂！顾吉哲，你知道吗？"

"张冬梅，你别瞎琢磨了，强子都快想死你了，他特意让我来求你，你就回家吧！如果你仅仅是为了躲避我，那我宁愿离家出走在外漂泊。"

"顾吉哲，你给我听好了，回不回家是我的事！是否离家出走在外漂泊是你的事！你不要用这种语气和我说话！顾吉哲，你也太自以为是了吧？我的所思所想你知道吗？我的生活习惯你了解吗？自从我失去了母亲之后，我就习惯了安静无扰没有纷争的生活，我从来就不喜欢到人多的地方凑热闹，我这样做是在躲避你吗？你走进那个钢筋水泥制作的大笼子也有很长时间了，你应该早就观察到了，我爸爸根本就不在乎我的存在与否！"

"张冬梅，你不能总让这种悲观的情绪缠绕着你。过去也许像你说得那样，可是现在不一样了。现在你有了一个完整的家，你有爸有妈，还有弟弟和哥哥。"

"是吗？我怎么不晓得？我只知道我有一个对我缺乏爱心和不负责任的爸爸，我有一个幼稚天真的弟弟，至于妈妈嘛那只是你的妈妈，跟我有什么关系？至于哥哥嘛，我从来没有过，哪个承认你是我的哥哥了？"张冬梅的语气很冷漠。

"张冬梅，你为什么这么心胸狭隘？你为什么说话这么刻薄？你是一个正处于青春期的女孩子，你不应该过这种憋屈的生活。如果因为我和我妈的出现给你带来了苦恼和怨恨的话，那我从今以后再也不回那个家了。"顾吉哲一边说着，一边给张冬梅收拾书包和课本。

在张冬梅的印象中，顾吉哲是个胆小懦弱的男孩子。可是，他今天的话语竟然如此果敢。她不敢相信这样的言辞能从顾吉哲的嘴里说出来。她想："过去，是我不太了解他，还是在他的身上暗藏着不轻易被人发现的另一面？"

"别一个人在宿舍里住着了，跟我回家好吗？冬梅，你知道吗？你这种天马行空独来独往的做法让我太伤脑筋了。你这般任性会让我情不自禁地猜想，倘若你一个人在这里感到寂寞了，你会不会去找王国治他们那帮混蛋一起鬼混？"

张冬梅在看到顾吉哲给她收拾书包和课本的那一刻突然改变了主意，她想跟他回家去。可是，当她听到顾吉哲后面的言辞时她再次改变了主意，她猛然扑过去，边和顾吉哲争夺书包边歇斯底里地叫嚷："顾吉哲，你的嘴上到底有没有把门的？你说出话来怎么这么刻薄？我问你，什么叫鬼混？你哪只眼睛看见我和王国治他们鬼混了？就算我和他们鬼混了，那又如何？你算哪棵葱哪棵蒜哪？你管得着吗？"

"一个女孩子家的，这么大声地嚷嚷合适吗？我不是哪棵葱哪棵蒜，我是你的哥哥，我怎么就管不着你了？"顾吉哲气急败坏地朝着张冬梅怒吼，他一松手，张冬梅晃了个趔趄。"砰"的一声！书包甩在墙上，随即落在地上。

"就算你是我的哥哥又怎么样？我们的关系不过如此！"张冬梅立刻意识到，所有的念头只是自己心里疯长的野草，到头来又是徒劳，"我说过了，我不用你管！你走吧，别让我看见！"张冬梅用力把顾吉哲推出门去！

第二十章　疯言疯语

【01

春节期间，家家喜气洋洋，户户张灯结彩；大街小巷人山人海，男女老少脸上挂着笑容；亲戚朋友们见了面，大家都说着"恭喜恭喜，发财发财"的吉利话；青年人和孩子们更是兴奋，更觉有趣。虽然天寒地冻，但他们在家里或者到外面去玩儿，都有着和往日不相同的情趣。

然而，大年初二刚刚过去，李嘉齐就被老师留下的作业和父母的规劝在家里。

在李嘉齐的卧室里，到处摆放着从学校带回来的各科老师留下的作业。李嘉齐在琢磨："名曰放假，其实老师们让我们一日都不得清闲。此时此刻，我不得不佩服老师们的敬业和聪明。我们'假而不休'，老师们也跟着辛苦忙碌。老师们把留给我们的作业都印制成了'片子'，不仅简单明了，指标量化，而且还能从卖给我们的大量的'片子'中得到丰厚的'回报'。哪科老师都说自己的学科重要，我们却经常胡子眉毛一把抓，顾此失彼，望'片子'兴叹。"

李嘉齐虽然待在家里，却照样忙得顾不上洗澡。自从他回到家里以后，他的家中就出现了一种异味儿——臭脚丫子味儿，那种味道儿简直无法形容，全家人都讨厌这种味道。奶奶经常开窗换气，试图将它消除掉。妈妈经常逼着他洗脚、换鞋袜，但是，效果不大，味道依旧。由于他在学校里习惯了这种味道，所以经常和奶奶、妈妈强词夺理："比我们学校宿舍里的味道强多了，不碍事的，熏熏增加免疫力，熏熏更健康。反正我自己住一间卧室，我关紧屋门熏我自己还不行嘛？"

妈妈和奶奶为了李嘉齐的学习，每天都强忍着那种味道在家里守候着他。爸爸一回到家里，也不停地围着他转。

李嘉齐既羞愧又无奈，只好按部就班地完成老师们布置的作业，而且每完成一个学科都需要爸爸的签字认可才行。

其实，每个学科的作业"片子"的内容都是千篇一律。老师们的制胜法宝就是"题海战术"，妈妈的口头禅就是"熟能生巧"。然而，像李嘉齐这样学习成绩较差的学生，在各自家长的授意下更给老师们"分槽喂养"的做法提供了合适的借口和理由。于是，他每天下午四点前都雷打不动地向班主任电话汇报作业的进展情况，自觉接受老师的"远程"监督。

李嘉齐在爸爸、妈妈和奶奶"车轮战"式的开导后，越来越懂得了在目前这个社会里学习的重要性。他只好每天坚守在自己的卧室里，写啊、算啊、记呀、背呀，完成着各科老师布置的作业。无论效果如何，他必须保证学习的时间，起码给监督他的父母和奶奶一个满意的交代。

春节期间的电视节目精彩绝伦，各式各样的网络游戏刺激无比，张鹰、顾吉哲等约他去玩耍的电话诱惑不断。他不管内心有多么浮躁，但在表面上必须耐得住寂寞，必须咬紧牙关挺住。然而，他每一次思想的波动，每一次情绪的变化，都逃不过多年从教的妈妈的眼睛。妈妈谆谆告诫他："不要被花花绿绿的世界消磨了意志，不要被与学习无关的东西左右了思想。书山有路勤为径，学海无涯苦作舟。要想在学习上取得进步，要想取得一辈子的成功，要想将来生活幸福，只有坚持、坚持、再坚持。要记住，吃的苦中苦，能做人上人。"

有时候，李嘉齐会被妈妈的苦口婆心感动，也会讨好妈妈，口是心非地说："高中就这么三年，学校的领导和班主任都说让我们快乐地学习。放心吧妈妈，再苦再累我也会坚持到底的。"可是，他在心里对自己说，"哼，快乐学习，鬼才相信。"

其实，李嘉齐的妈妈非常理解李嘉齐，也非常可怜她自己，逢人便说："上高中的孩子们实在太不容易了。可是，他们不容易，我们做大人的也跟着遭罪啊！家里有个高中生，一刻也甭想消停。"

李嘉齐每天生活在家里，父母和他之间的交流自然方便了许多。每次吃饭时，闲谈必不可少。特别是爸爸，非常关心他的心理健康。爸爸通过和他聊天，了解了高中校园的生活，关注年度的高考走势。李嘉齐的许多思想认识问题，都可以在爸爸那里得到答案，家庭关系因此变得更加融洽。

一天晚饭后，李嘉齐的爸爸见他很高兴，就问他："嘉齐啊，在家里好哇还是在学校里好哇？在你们同学之间发生过什么奇闻逸事啊？"

"当然在家里好了！"李嘉齐情不自禁地对爸爸说，"在校如同笼中鸟，时时刻刻被束缚着。在家里虽然也要学习，但是，我是翻身农奴把歌唱啊！在家里，一日三餐我都有可口的饭菜，我想吃什么，我想什么时候吃，奶奶和妈妈就会给我做什么，就会按时给我做；我吃得香甜，吃得痛快；在家里一觉睡到大天亮，睡得美，睡得香。在学校里爱吃不爱吃都是那样的饭食，我经常是饥一顿饱一顿的瞎凑合；在学校不到晚上十点半不能入睡，早晨五点半就得急匆匆地起床，真是两眼一睁忙到熄灯，从早到晚累得要命。我经常困得魂不附体，有时在课堂上，老师全神贯注地讲课，我却脑袋一套拉睡着了。"

李嘉齐的爸爸听了他的叙述，流露出怜悯的眼神。李嘉齐停顿片刻，他的爸爸继续追问："告诉我，在你们同学中间，发生过奇闻异事吗？"

"发生过，"李嘉齐对爸爸说，"在男生厕所里的墙壁上和大便池的周围，我经常会看到喷溅的血迹。我每次看到这些，就会心生慌乱，就会心生疑虑。"

李嘉齐的爸爸听到这里，一丝痛苦的表情在他的脸上闪过，随即，他帮助李嘉齐分析，他说："嘉齐啊，你看到的那些没有什么稀奇的，你不应该担心害怕。在我看来，那些血迹，一定是有痔疮的男生大便时留下的痕迹。你略加思考就会明白，同学们一天到晚在教室里坐着不活动，大肠蠕动减慢，有的同学家庭经济条件差，在学校里舍不得吃蔬菜，只吃点馒头咸菜糊弄自己的肠胃，又经常顾不上喝水，大便干燥，肛门变形，生出痔疮，如厕出血就在所难免了。所以，你千万别步那些同学的后尘哪！你要多吃蔬菜，勤洗下身，每天晚上躺在床上要做提肛运动……"

李嘉齐望着爸爸慈祥的眼睛，在内心深处发出由衷地感叹："我曾记恨爸爸的威严，岂知父爱如山！"

李嘉齐的爸爸把李嘉齐告诉他的发生在同学们身上的稀罕事告诉了妻子和母亲。

于是，李嘉齐的妈妈在一旁唠叨："如此说来，我们在羡慕今天的孩子们是幸福的一代的同时，更应该认识到他们更是可悲的一代！他们的天真烂漫和生活的乐趣，全部被学校的管理制度，特别是家庭和社会带给他们的压力抹杀掉了。他们的学习单调而枯燥，他们痛苦而无奈。他们为了顺利走过高考独木桥，付出了无数的艰辛，甚至是一辈子的快乐。那天，我们几个同事在一起唠嗑，听说有的孩子小小的年纪就患上了抑郁症，更有甚者选择了自杀。太可怕了。"

李嘉齐的奶奶接过了话茬儿："是啊，嘉齐曾经和我说过，他们这些学习成绩落后的学生根本就没有人格与尊严，经常遭到老师的侮辱与体罚。我这当奶奶的听了感到心都碎了，但是没有更好的办法去劝慰他，只能对他说，'嘉齐呀，摆在你面前的只有一条路，那就是要忍住！只有先当孙子，以后才能再当爷爷！'可我真的想不明白，作为人民的教师，当人民把孩子托付给他们的时候，他们想到了没有，假如他们自己的孩子犯了错误，他们会舍得让自己的孩子站上半天、一天，甚至是一个礼拜吗？真是造孽啊！"

李嘉齐的爸爸听了妻子和妈妈的谈话，凑了过去，说："孩子贪玩是他们的天性。你发现我们的嘉齐了吗？他每天总是要找个理由，抽出时间下楼，走出院子要一要。他活泼好动，潇洒机灵，心地善良，说话文明，他有许多长处和优点，可惜，就是学习成绩差了点。正因为这些，嘉齐在同学和家长面前总是觉得低人一等，总是满面愁容。可恶的教育制度，把青少年的身心摧残得可不轻啊！如今，学校以升学率高低论好坏，老师以升学率高低论英雄，社会的悲哀，世道的不平！"

【02

从正月初八开学那天起，李嘉齐和张鹰就屈指算天数，盘算着放假回家的日子。一个月总算熬过来了，他们终于盼到了二月初八这一天。

与此同时，数千个学生的家长都怀着迫不及待的心情，期待着这个时刻的到来。他们排除一切干扰，放下一切工作，推开一切琐事，亲自迎接各自家中的"小皇帝""小公主"！

上午八点半还不到，学校门前就排起了长长的车队，把学校门前近八百米长的道路堵塞得水泄不通，场面十分壮观。经济条件好的学生家长，驾驶着自家小轿车，悠闲自得地夹杂在接孩子们的大军之中，把接孩子当成了一种精神享受！而那些骑着摩托车、电动车、人力三轮车甚至是自行车的学生家长们，此时此刻，只能推着自己的"坐骑"，汗流浃背地在轿车的缝隙里穿梭。当前行受阻时，他们只好停下脚步，在这乍暖还寒的初春里，尴尬地擦拭着逐渐冷却的汗水，望着轿车内潇洒得意的面孔一声叹息！

上午九点整，下课的铃声终于响了，同学们个个像长了"飞毛腿"，急速地奔向自己的宿舍，麻利地收拾自己的东西，继而去迎接自己的父母。

紧闭的学校大门打开了。不论乘着何种交通工具来的学生家长，都徒步走向学校的大门口，蜂拥而入，潮水般地涌进学校，再向各自的孩子居住的宿舍的方向走去。学生家长们的眸子里都闪烁着激动的光芒，脚步是那样的匆忙，恨不得马上见到孩子的心情都写在了脸上。

宿舍楼的门口处，拥挤不堪。此刻，几百个学生和成倍数量的学生家长们，在同一时间走入同一栋宿舍楼的同一个出入口，而且有来有往，每个人都是手提肩扛。那场景，一定会让你顿生无限感慨。

李嘉齐的爸妈站在操场的一隅，以惊讶的目光观看着这道独特的"风景"。

李嘉齐的爸爸对李嘉齐的妈妈说："我们的家距离这里近，我们不着急去跟人家挤，我们先在这里待一会儿，等人家走得差不多了我们再进去接嘉齐！"

李嘉齐的妈妈点了点头。她看着出出入入的同学们，发出一声叹息，低声对丈夫说："这些孩子们真够可怜的。虽然这些孩子正值青春妙龄，虽然都有着阳光般的笑容，但是，他们当中绝大多数都是'眼镜'，绝大多数都是面黄肌瘦绿豆芽一般。我观察了很长一段时间，很少看见丰满的身材和红晕的脸蛋，这些孩子们的生活状况和精神状态由此可见一斑。特别是他们个个抱着成摞的书本和卷子，这一定是他们回家后的作业。这些孩子们的眼睛里大都充满着血丝，步履是那样的疲惫。"李嘉齐的妈妈摇了摇头，一声叹息，继续说，"这种畸形的教育模式，就是变态的社会生出的怪胎，不正确的社会价值观，不良的教育目标追求，在残酷地摧残着年轻的一代。与其说是他们的悲哀，倒不如说是我们做家长的悲哀，或者说是整个社会的悲哀！然而，我们只有叹息，只有无奈。"

李嘉齐左等右盼不见爸妈的影子，就拿着自己的物品，跟着浩浩荡荡的人群来到了宿舍楼的门口。

李嘉齐的爸爸见到李嘉齐后二话没说就抢着拿他手里拿的东西，李嘉齐的妈妈走上前去抚摸他的头顶，喃喃地说："瞧你的头发，都打成死缙了，想必一个月没有洗头了吧？"

李嘉齐笑而不答，面对妈妈慈祥的目光他感到十分愧疚。他这副狼狈相不是因为学习紧张所致，而是他偷打篮球的缘故。他望着两鬓染霜的妈妈，心里"咯喳"一下子，一种复杂的情绪油然升起，热乎乎的液体顷刻间涌满了眼眶。

"瞧你们娘儿俩，还是回家亲热吧！"李嘉齐的爸爸有些醋意地催促李嘉齐，"快走哇嘉齐，还愣着干什么？"

"嗯！"李嘉齐突然想起了一件重要的事情，急忙对爸妈说，"我把东西落在了宿舍里，您们不要远离，我去去就回！"

"去吧去吧！"李嘉齐的妈妈冲着李嘉齐一乐，说，"不要做广告了！"妈妈的幽默使李嘉齐一下子想起了电视中的广告词"去去就回！"

心情急迫的李嘉齐恨不得飞回自己的宿舍里，恐怕他落下的东西被同宿舍的同学拿了去。当他跑到宿舍的门口时，值日生正想锁门。他气喘吁吁地嚷道："别锁门儿哪，我落下东西了。"没等值日生应声，他又继续大声地喊道："你走吧，锁门的事儿你甭管了。"

可是，李嘉齐万万没有想到，当他走进宿舍，爬上上铺，撩开褥子，专心致志地去拿压在那里的东西时，门口处突然传来他爸爸的说话声："嘉齐，你鬼鬼祟祟的干嘛哪？慢着点儿，当心摔着！"

李嘉齐急忙把那东西攥在手里，迅速从上铺跳到了地板上，急忙说："放心吧爸爸，我是体育健将，摔不着的。"他边说边把手里的东西塞进了裤兜里。

"嘉齐，把那东西拿出来吧，别跟我打哑谜了！"爸爸的目光紧紧地盯着他的裤兜，说话的语气根本没有商量的余地。

李嘉齐只好乖乖地把藏在裤兜里的东西交到了爸爸的手里。

爸爸接过李嘉齐递给他的东西一看，发现是一只精巧的小纸鹤，不假思索地说："是女生给你的吧？谈恋爱了？"

"嗯！"李嘉齐点了点头，随即又摇了摇头，立刻辩解说，"是女生给我的不假，但是，我还不知道里面的内容啊！"

爸爸低头不语，好像在想："学校，这么严格的管理，你们处在这样紧张的学习环境里，仍不能锁住一颗颗狂热、骚动、怀春的心。作为你们的家长，我们不应该只关心你们的学习成绩，更应该关心你们身体的发育和心理的成熟……"爸爸愣了片刻，突然把那只小纸鹤还给了李嘉齐，表情严肃地说："要好自为之，千万不要走火入魔害人害己，千万不要因此影响了学习。"

李嘉齐在接过那只小纸鹤的同时，深深地感激爸爸的英明和伟大。然而，他还是无法控制自己的好奇，央求说："爸爸，您就好人做到底吧，让我看完了再走行吗？"

"你越来越放肆了，"爸爸强压着心中的怒火，突然失口，"别得寸进尺啊！看吧看吧，别磨磨叽叽的！看完了马上跟我回家！"

李嘉齐的爸爸急归急，总算网开一面。

李嘉齐高兴地对爸爸说："Yes！"

李嘉齐的爸爸关上宿舍的门，骂骂咧咧地走远了。

此刻，宿舍里只剩下李嘉齐一个人，他大胆地躺在床铺上，展开了那只小纸鹤，端庄的字迹立刻映入他的眼帘：

嘉齐，寒假终于快结束了，我们终于快见面了，在这半个多月的时间中你还好吗？那晚，我喝多了酒，在张冬梅和张鹰面前吐露了心声，在你的面前丢了丑。其实，自从你转学来的那一天，我和张冬梅、李红芳站在楼梯口看见你的第一眼起，你的身影就深深地刻在了我的脑海里，也就是从那一时刻起，我就想给你写信了，可是，我一直没有提笔的勇气。

虽然我们在同一个班级，但是男女有别，虽然有人说我像个假小子，但我毕竟是个真女生。所以，尽管我想接近你，却不知如何接近。那日，你在十字路口等车上学，我乘坐我爸爸的轿车打此路过，上帝给我们安排了一次近距离接触的机会，也更加坚定了我接近你的信心。

嘉齐，我是你的篮球粉丝。那天，你在不经意间用篮球砸了我的脑袋，我出言不逊、气急败坏。这在你看来，一定觉得我们之间弄得很"生分"。然而，在我看来，这是我们的缘分。也就是从那一时刻起，我就把你当成了我梦中的白马王子，当成了我的情哥哥。

嘉齐，既然你是我的情哥哥，那我就要天天让你开心。我真诚地奉劝你，别跟张鹰在一起沾染抽烟喝酒的恶习，你要在刻苦学习的同时努力学习打篮球的本领。我相信，你一定能够实现自己的篮球梦，成为像姚明一样的明星。即使不能如愿，只要有我的陪伴，你的前程一定辉煌灿烂。等着我……等我五年，我一定会给你一个幸福的明天！

嘉齐，请你记住，我一直在默默地为你祝福。我幸福着你的幸福，我痛苦着你的痛苦。假如你遇到不快，我愿听你倾诉。你高兴时可以不对我笑，你忧伤时可以对着我哭……

嘉齐，你知道吗？时至今日，我才鼓起勇气把这封信写完并交给你，这只纸鹤在我的胸口已经存放了两年多了，它带着我的情思带着我的体热，你千万不要辜负我！

夜深了，就用下面的诗句作为这封信的结束语吧：

你有王者风范，

我有红心一颗。

共谋霞光万道，

送你一路情歌。

"王红霞呀王红霞，收起你的花言巧语吧！无论你的情诗多么含蓄多么多情，也遮不住你为人的阴险狡诈！也挡不住众人雪亮的眼睛。你要阴谋使诡计，伤害起自己的姐妹张冬梅来，真是处心积虑。你用醉酒做掩盖，在众目睽睽之下同时向张鹰和我示爱，司马昭之心路人皆知。你厚颜无耻、居心叵测、做事不计后果。在大庭广众之下，该做的不该做的你都做了，你还让人转给我这封信干什么？"李嘉齐越想越气愤，随手将那封信撕了个粉碎……

李嘉齐回到家里，擦桌子、拖地板、择菜、洗碗，家务活儿抢着干。奶奶和爸妈看到他的变化，个个笑逐颜开。

妈妈眉飞色舞地说："真是新年新气象，咱们的嘉齐经过了一个春节，又经过开学后这一个月的锻炼，思想稳定了，成绩提高了，知道疼人了，我们有希望了。"

于是，一家人其乐融融。奶奶拿出看家的本领，给李嘉齐安排一日三餐。爸爸主动拿出钱来，让李嘉齐逛商场去书店，鼓励他买新衣服、买零食、买参考书……

转眼又到了开学的时间，李嘉齐的爸妈又用警车把李嘉齐送到了学校的大门口。当李嘉齐提着大包小包走进校园的时候，他爸妈的脸上都写满了惆怅，异口同声地说："儿子，下次回家就是四·五了，再下次就是五·四了，你一定要照顾好自己，啊！……"

李嘉齐高兴地回答："您们就等着我的好消息吧！您们就放心吧！"然而，他爸妈的身影刚从校门口消失，他就把带去的东西交给女生看管，偷偷地溜出了校门儿。

他是多么留恋外面自由的天空啊！

【03

2007年3月21日上午九点，随着一声发令枪响，雷江市春分长跑运动会在人民广场拉开帷幕，来自市区的三千名体育爱好者和在校学生代表，一同参加了全程五公里的比赛。

李嘉齐和张鹰等五十名的学生，作为雷江中学的代表参加了这一"慢跑行进"活动。

本次长跑活动由市体育局、教育局、总工会、团市委和市妇联主办，雷江市"夏威夷"房地产开发公司赞助举行，路线为：人民广场—中华大街—人民路—红旗大街—幸福路—体育大街—体育休闲广场。

参赛者分为方队组和竞赛组，李嘉齐他们参加的是方队组。

李嘉齐的爸爸作为学生家长代表，怀着极其复杂的心情，带着妻子、母亲的嘱托，参加了这次比赛活动。他一路上给李嘉齐和张鹰他们加油、助威、鼓励、安慰。

寒冷的天气让他们颤抖，欢快的场景让他们感动，这次长跑比赛的经历让他们刻骨铭心。他们在哀叹自己被学校"推荐"的同时，把这次运动会当作一次负重奋进的洗礼。

一个星期之前，《雷江晚报》刊登出了举行春分长跑运动会的消息，雷江中学接到了上级部门的正式通知。李嘉齐的班主任李庆丰向全体同学宣布了这一《通知》的精神及要求，阐述了上级领导和有关部门举办这次活动的目的和意义。班主任在台上讲，李嘉齐在台下琢磨，如此说来，市区的每个学校一定会派出学生代表参加比赛。

班主任宣布结果，"不幸"被李嘉齐言中了。

班主任说："按照上级的要求和有关部门的规定，我们学校要组织一个五十人的参赛方队。考虑到我们班的实际情况，学校领导仅仅给我们班里两个名额，机会难得啊！所以，我们一定要把同学们当中的体育尖子挑选出来，推荐出去，一定要为我们的班级和学校争得荣誉。"

根据班主任的提名和同学们的投票推荐，李嘉齐和张鹰作为班里学习最差、体育最好的学生，理所当然地被选中并推荐入围，真是"光荣而耻辱"啊！

学校领导按照"见第一就争，见红旗就扛"的治学方针，要求所有被推荐参赛的同学，每天要抽出两小时的时间参加集中培训，培训一直持续了一个礼拜。这使得那些学习成绩本来就落后的学生，在学习上更加落后，在老师和同学们面前更无"尊严"可言。

在参赛的前一天，李嘉齐把这一"殊荣"打电话告诉了爸爸。爸爸在电话里听完了他的叙述之后，沉默了足足有三分钟。他深知，这种沉默对爸爸来说是思想斗争的过程，他深知，此时此刻，爸爸的心在滴血、肺在炸疼。

李嘉齐的爸爸经过"漫长"的沉默之后，在电话里对他说："嘉齐呀，其实这也没什么！你每天失去两小时的学习时间，不是总共才一个礼拜吗？这加起来充其量也就是一个昼夜的时间。你早起会儿，晚睡会儿，或者放假以后少玩会儿，是完全可以补回来的。况且，学习成绩的好赖也不在乎那一时半会儿！班主任和同学们推荐你参加这次活动，是对你的信任，这起码有三个好处：一是见见世面，二是得到锻炼，三是放松心情，这不是一举多得坏事变好事吗？通过这次活动，你一定要培养自己的意志力。希望你在这次活动后要在学习上提高效率，要激发自己刻苦学习的勇气！爸爸相信你，一定会在学习上加把劲的！对了，我告诉你嘉齐，届时我会作为学生家长代表亲临现场，给你呐喊助威……"

李嘉齐的爸爸对李嘉齐的鼓励和开导，在李嘉齐的心里荡起阵阵涟漪，李嘉齐进一步认识了参加这次活动的重大意义。然而，李嘉齐矛盾的心情无以言表，拿着电话听筒沉默着。

李嘉齐的爸爸在电话那端继续说："嘉齐，要像个男子汉，要拿得起放得下，既然学校已经确定了让你参加这次比赛，你就不要在是否会影响自己的学习上多费脑筋了。儿子，不要再伤感了，我期待着在'春分'万人长跑比赛中看到你矫健的身影。你一定要牢记，你的健康成长才是我们最大的幸福！"

21日这天，李嘉齐的爸爸吃过早饭，拿上照相机，骑着自行车就奔向人民广场。此时刚到八点，已是车流如潮、人声鼎沸。一个由老年人组成的鼓乐队不停地敲打，为四面八方云集的参赛人员摇旗呐喊，助威造势，好不热闹。

学生代表队在张副校长的带领下，乘大巴第一个赶到了人民广场。

李嘉齐隔着大巴的窗玻璃，看到爸爸站在距离雷江中学的大巴车的不远处，四周环顾，那样子好像在说："我儿子在哪里？"

同学们走下大巴，虽然个个穿得单薄，不御风寒，但是大家豪情满怀，情绪激昂。

李嘉齐知道爸爸在找寻他，但他顾及学校的纪律，不敢贸然走过去。

张副校长一看手表，觉得时间还早，就把同学们带到了人民广场对过的"夏威夷"售楼部暂避风寒。

这时，正在售楼部打算买新房的张大鹏无意中看到了他的儿子张鹰，就把张鹰叫到了一边，他们父子进行了短暂的交谈。

张大鹏见张鹰阳光灿烂，精神饱满，说："看到你这个样子，爸爸就不用再担心了。"随即，张大鹏对张鹰进行了一番鼓励和煽情，他要求张鹰坚强和发奋。最后，他拍着张鹰的肩膀说："小子，你一定要记住，不要像爸爸这样没有出息。爸爸最大的成功是有了钱，爸爸最大的失败也是有了钱。爸爸因为钱这个东西弄得众叛亲离，现在爸爸穷得只剩下钱了。对你而言，只有好好学习，提高成绩，才是唯一改变命运的有效途径！"

一向心硬的张鹰，此时此刻频频点头，眼圈通红。

李嘉齐的爸爸站在高台上，远远地望着李嘉齐。

李嘉齐站在最前排，瞅着爸爸的眼眸不由得心头一热，举牌子的双手有些颤抖，他想腾出一只手来，向着远处的爸爸挥挥手，可就在这时，领导宣布比赛开始，随即传来枪响的号令。

同学们是最能焕发出青春激情的，他们脱掉外套，搭在胳膊上，露出内衣服装上的"广告"，开始了长跑。

参赛"大军"浩浩荡荡，警车开道，红旗招展，你追我赶，呼声震天。沿途的百姓驻足观望，喜气洋洋。各路媒体记者跟随在长长的队伍中，有的现场采访，有的跟踪录像，有的寻找目标，有的即兴报道，宣传的气氛非常浓厚，成了一道亮丽的风景。

李嘉齐的爸爸骑着自行车跟随着队伍，疾行快停，再疾行快停，他想用自己的镜头记录下李嘉齐的瞬间。但映入相机镜头的是那些"宏伟壮观"的场面，他想拍下"万花丛中一点红"的心愿未能达成。

然而，李嘉齐、张鹰和同学们在人群中，总能看到李嘉齐那两鬓斑白的父亲的身影。李嘉齐的父亲骑着自行车，胸前挂着照相机，汗流浃背地迎着寒风，跟随着"大军"奋勇前进。

李嘉齐、张鹰和同学们深受鼓舞，他们的方队在奔跑的途中，团结一心，形神不散，他们跑在了方队的最前面……

上午十点，雷江中学的学生代表方队首先进入体育休闲广场，集体亮相。

此时此刻，李嘉齐的妈妈早已给李嘉齐带来了穿的、吃的、喝的，耐心地在休闲广场等候。

李嘉齐他们进入广场后，随行的学校记者就让他们摆造型，摄影留念。由于李嘉齐发现妈妈在对他左顾右盼，注意力分散，留下的只是侧脸。

这时，李嘉齐的爸爸也出现在李嘉齐所在的队伍的前面。李嘉齐的爸妈不时地用眼睛和他"说话"，而他不敢回答，他暗暗地告诉自己："在没有听到解散的命令之前，我绝对不能离开自己的队伍。"

不多时，其他学校的学生方队陆续到达了体育休闲广场，张副校长终于下达了临时解散的口令就这样，李嘉齐与爸妈有了短时间的小聚。李嘉齐穿上妈妈带来的衣服，吃着最爱吃的零食，喝着最爱喝的饮料，一种幸福的感觉涌上心头。

　　就在这时，张副校长下达了集合的口令，李嘉齐告别了父母，走进了队伍，上了大巴。

　　李嘉齐的爸妈望着雷江中学的大巴依依不舍，大巴启动的瞬间，他的妈妈突然高喊："儿啊，你一定要发奋，你一定要努力啊！你唯有好好地学习，长大了才有出息。"

　　李嘉齐打开窗玻璃，把脑袋探到窗外，他望着妈妈，听着妈妈的嘱托，他心潮起伏、百感交集，他不知道怎样回答妈妈，心中涌上一个念头："我要努力学习，我要百倍地努力……"突然，他又问自己，"难道真的只有好好学习，长大了才有出息吗？难道我们这一代仅仅是为了学习而生的吗？"

　　李嘉齐回到学校以后，心情久久不能平静。他的妈妈以及张鹰的爸爸的话语一直在他的耳畔回响。他百思不得其解，他失去了人生坐标，他迷失了自己前行的方向。他不由得对自己说："记得爸妈曾经告诉过我，爸妈上学的时候经常批判'学而优则仕'，可是，为什么轮回到他们的下一代却要提倡'学而优则仕'了呢？"

　　李嘉齐心中的问题尚无答案，新的不快又接踵而来。他因为参加这次大赛而成了班级的"名人"。一旦课堂上的问题他不能理解，一旦课后的作业他不能完成，各科老师的冷嘲热讽就会席卷而来。仿佛间，他成了"四肢发达，头脑简单"的代名词，他陷入深深的痛苦之中不能自拔。是继续"混"下去，还是辍学回家？他感到惘然了。

【04

　　张冬梅仍在逃避着自己现在的家庭，而芬姨隔三岔五地到学校给张冬梅送一些她喜欢吃的零食和该换洗的衣物，借此与张冬梅联络感情，并时常发出让张冬梅回家看看的邀请。张冬梅总是以功课太多为由，婉言谢绝芬姨的请求。

　　一次，芬姨对张冬梅的拒绝忍无可忍了，眼圈一热，泪水夺眶而出，委屈地说："你不想回家的原因，是因为我和顾吉哲的存在吧？"

　　张冬梅咬着唇摇摇头，喃喃地说："你们都没有错，错在我自己，是我没有直面顾吉哲的勇气。"张冬梅的心情十分复杂。一段时间以来，面对她一见倾心却被王红霞横刀夺爱的李嘉齐，面对抛弃李红芳而转身追求她的张鹰，她觉得自己无所适从，她的情感不仅在李嘉齐和张鹰之间徘徊，而且顾吉哲的影子有时竟鬼使神差地出现在她的脑海。可是，李红芳正在和顾吉哲热恋，这又让她产生了对顾吉哲的逃避与无奈。

4月10日，学校放假。上午九点，学校的大门一打开，浩浩荡荡的学生家长就潮水般地涌进学校，奔向学生宿舍，急迫地去迎接自己长时间未能见到的孩子，站在大门外等候的芬姨沉不住气了。她猜想，不思回家的张冬梅此刻一定还在教室里。于是，她不顾知情人在背后的议论和指点，奔向张冬梅所在的教室。

芬姨隔着楼道里低矮的窗玻璃看到，在那狭窄而堆满书籍的课桌旁仍有十来个学生在忙碌。有的在挑选课本装书包，有的边抄写边查看学习资料，有的在研究学习中遇到的难题。

赵彩霞老师坐在讲台一旁的椅子上，不知道她是在监督学生学习，还是在埋头沉思？不知道她是在考虑如何提高学生的学习成绩，还是在承受着归心似箭般回家的煎熬。不管她在干什么，也不管她在想什么，她让芬姨感觉到，她的精神状态不太好。

芬姨轻轻地从后门走进教室，她发现张冬梅的座位由原来的正数第二排调整到倒数第五排的边沿上，她的心里顿时七上八下的。不用问，芬姨就知道张冬梅的学习成绩下降了。因为，学生的座位排序是按照阶段性考试的分数由高到低、由前到后依次排列的。

正在做作业的张冬梅，见到芬姨走近，表情十分尴尬。

芬姨悄悄地凑到张冬梅的耳旁，低声说："你的座位怎么越来越往后了？"张冬梅焦急地摆了摆手，示意芬姨不要说话。

可是，芬姨的说话声惊扰了赵彩霞，赵彩霞抬起头来看了一眼，木然的表情中露出一丝微笑。

芬姨发现了赵彩霞脸上的变化，冲着张冬梅说："正好你们的赵老师在，我过去和她交流一下。"

张冬梅见芬姨边说边向讲台的方向移动了脚步，她一把扯住了芬姨的衣角，说："别去，昨晚赵老师才狠狠地尅了我一顿！"

芬姨没有被张冬梅的哀求左右，突然把嗓音提高了一些，说："那我就更有必要和赵老师交流一下了。你的学习成绩下降，赵老师肯定会对你批评教育。"芬姨边说边向着赵彩霞走过去。

芬姨和赵彩霞聊了起来，开门见山，直问张冬梅的表现。

赵彩霞告诉芬姨："张冬梅头脑聪明又机灵，也肯用功，学习成绩曾一直遥遥领先。可是最近，她有些精神恍惚，上课时总是魂不守舍，她很有可能遇上了感情问题，你一定要正确地教育和引导她。不然的话，一个能考上名牌大学的好苗子，很可能就这样废了！"

"是吗？"芬姨尴尬而疑惑地说，"我枉为孩子的家长，却不了解孩子的思想。

不过……"

赵彩霞皱了皱眉头，显得有些不耐烦。

芬姨犹豫了一下继续说："赵老师，我不是替俺家冬梅开脱，其实冬梅这个孩子很明事理、很懂事的。但她毕竟年龄还小，自我控制能力差，有时情绪变化大。她食宿在学校，您陪她的时间要比我们做家长的陪她的时间多得多。因此，不论她在学习上，还是她在个人成长上，还请您严加管理，多多费心。拜托了！"

赵彩霞是一个来自农村，刚刚步入社会初为人师的年轻姑娘，她耐着性子听完了芬姨的唠叨，随便找了个借口告辞了。

芬姨本能地把赵彩霞送到了教室外，随即，八九个学生走出了教室。

此刻，教室里只剩下张冬梅一个人。

刚才，因为芬姨和赵彩霞她们的谈话直接关系到张冬梅，所以，张冬梅的注意力都集中在芬姨和赵彩霞身上。现在，她发现赵彩霞和芬姨相继走出教室，教室里空荡荡的，她顿感害怕，立即挎上整理好的书包，心不在焉地插上教室的后门，从前门走出了教室，随手带上了教室的门。

"坏了……"张冬梅自言自语。

"怎么了？"当赵彩霞的身影从芬姨的视野里消失的瞬间，芬姨扭过头来问张冬梅，"是不是落下东西把门锁上了却没有钥匙？"

"不是，"张冬梅下意识地瞅了瞅挂在门上的锁，喃喃地说，"是我忘记了教室前门的暗锁钥匙被值日生弄丢了，班主任已把前门的暗锁换成了明锁，而我却把暗锁给锁上了，开学以后老师和同学们咋办呀？"

芬姨望着难为情的张冬梅，劝慰她说："别着急，我们一起想想办法。冬梅啊，你有集体主义观念，你能够为他人着想，这让我刮目相看、十分赞赏！"

芬姨想了片刻，用力推了推挨着楼道的窗户，发现都严严实实地关着，窗户上的玻璃也都完好无损，便苦笑道："你说怎么办呀冬梅？我没辙了。"

"呵呵……"张冬梅突然轻松地一笑，随即说，"我有办法了，你过来，帮我把后门撞开就行了！"

"你撞开后门管什么用啊？你能撞得开吗？"芬姨没有理解张冬梅的意思。

"没问题，后门是用插销别住的，"张冬梅很有信心地说，"这个办法一定管用！"

芬姨怀着不解和忐忑不安的心情，开始了撞门行动。可是，她用肩膀撞了两下，门却安然无恙。

"起来吧，看我的！"张冬梅站在门前看了看，后退了一步，然后用足了力气，用肩膀冲着门的中央狠狠地撞去，只听得"咔嚓"一声，门开了。张冬梅却在惯性的作用下冲进了教室，摔倒在地上。

芬姨急忙跑过去，拉了张冬梅一把，问道："伤着了没有？"

张冬梅一骨碌爬起来，没有答话，却放声大笑起来。

芬姨愣了一下，随即也大声笑了起来，边笑边说："还是年轻人利索，要是我这把老骨头啊早就摔坏了。"

张冬梅忍住了笑声，走过去，摸了摸被她撞得有些变形的插销，回头望着芬姨说："真幸运，没撞坏，修修还能用！"

芬姨瞅着张冬梅一脸得意的样子，随声说："能用就好，能用就好！"

张冬梅把挂在前门上的锁拿了过来，用锁身砸了砸松动的插销，再用锁身砸了砸稍微弯曲的插销，插销随即直了。她把后门关上，打开前门，与芬姨一起走出教室，带上前门，最后用那把明锁锁好前门后才放心地离开。

她们走过宽阔明亮的教学楼，穿过丛花盛开的校园走廊，穿过标准规范的体育操场，向着张冬梅的宿舍走去。

一路上，芬姨不停地打量着张冬梅，发现她的脸庞越来越消瘦了，她心疼地问："告诉我，昨晚究竟为什么挨了赵老师的剋？"

"芬姨，"张冬梅看了她一眼，"等到了宿舍我再告诉你行吗？"

芬姨点点头。

此刻，宿舍里的同学们都走了。张冬梅边整理着厚厚的被子，边对芬姨说："就是这床被子惹的祸。最近学校查得紧，它给我带来了很多麻烦。前天早晨，我因为小解后直接去出操没时间整理被子，结果被赵老师检查内务时发现了。于是，在那天下午的自习课上我就受了惩罚。赵老师让我抱着被子，在操场上练习了一个多钟头。后来，我发现赵老师还没有放过我的意思，我就赌气把被子抱回了宿舍，塞进了柜子里。倒霉的是，又赶上年级部负责人的联查，一下子又捅了马蜂窝。她们发现了我藏被子的行为后，首先通报了我们班，继而批评了主管内务卫生的赵老师，并扣了赵老师的管理分。因为赵老师的管理分是和奖金挂钩的，所以赵老师就把满肚子的委屈发泄到了我身上。我觉得她们是小题大做，因此感到十分委屈。我被赵老师剋了一个晚上，我就哭了一个晚上。不过，第二天早晨起来，赵老师又向我道歉，说批评得重了些！"

"一个女孩子，怎么连个被子都不会叠啊？"芬姨既心疼又埋怨，无奈地说。

"还不是因为芬姨你怕背上莫须有的罪名，把给我做的被子做成了面包的缘故啊！尽管我长着一双巧手，却不能把那厚厚的被子叠成豆腐块儿。不过，我是一人做事一人当，我可没有把你供出来啊！"张冬梅调皮地笑了。

"鬼丫头，"芬姨用手指戳了张冬梅的额头一下，"冬梅，你上高中以来站过'军姿'吗？"

"没有。我没犯过大错误，够不上那个'级别'，连在教室里被罚站都没有过！"张冬梅瞅了芬姨一眼，"不过，老师体罚学生站'军姿'的事情在我们学校曾经'蔚然成风'，最'火爆'的一次曾让五十多名学生到楼顶上集体站'军姿'。那场面，不仅'壮观'，更是'奇观'！那里视野开阔，空气清爽，无人打扰，是反思的好地方。虽然这是严重的惩罚方式，但是老师们还是很人性化的。被惩罚的学生，可以去解手，可以去吃饭……正因如此，有的男生顽疾不改，被罚'成瘾'。当这个办法失效的时候，老师们自然有更高的处罚手段，那就是把学生开回家去。仅我们一个班级，就曾经一天把六个学生开回家去了！"

张冬梅见芬姨埋头不语，问道："芬姨你在听吗？"

"我当然在听！"芬姨高声说。

"不过，现在好多了，校长召开了专门的会议，明令不让同学们到楼顶上站'军姿'了。其主要原因是怕学生跳楼，发生恶性事件，到时候校方担当不起。但是，对付个别刁顽的学生，如果非用站'军姿'的办法不可的话，老师们可以在教室里进行。这种现象，学校领导仍然默许。因为这样既能起到杀一儆百的作用，又能不影响被处罚的学生听课，同时，还能避免意外的事情发生，可谓一举多得！"

张冬梅滔滔不绝地说着，芬姨频频点头，芬姨感到很欣慰，因为，她对张冬梅锲而不舍的关心终于有了结果，张冬梅的心结打开了，她们彼此的关系融洽了。

"天气变暖了，我把这床给你惹祸的被子带回家吧！"芬姨抱起被子，笑着对张冬梅说，"记住冬梅，凡事也要多从自身找原因。退一步说，你可以对某个老师产生不满情绪，但不能因此而反感那个老师所教的课目，否则的话，就会得不偿失，你明白吗？"

张冬梅点了点头。

她们边说边走出宿舍，走出校园。一片阳光照在她们的脸上，与她们的笑容柔和在一起，那么灿烂那么迷人。

【05

日月如梭，光阴荏苒，转眼就到了一年一度的高考时间。全民动员，消除噪声，创造一流的高考环境，成为全市上下共同关注的焦点。

雷江中学内外，气氛异常热烈。色彩斑斓的迎接高考的标语张贴在校园，巨幅宣传条幅悬挂在教学楼的顶端，教学楼前花团锦簇，迎宾道上彩旗招展，安全保障措施得力，庄严肃穆与温馨相伴。学校大门口左右两侧，巨大的电子屏幕滚动播放着往届考入名牌大学的考生名单，滚动播放着他们英姿飒爽的身影和灿烂迷人的笑脸。被名牌大学录取的考生介绍着自己的座右铭和成功感言，他们欢声不绝、笑语不断，在应届考生的心目中产生了强烈的震撼；他们孜孜不倦的追求与奋力拼搏的精神，在广大师生中传为美谈。往届"成功"的考生就是身边的榜样，各科老师的鼓励奏响了"战斗"的号角，广大应届考生深受鼓舞摩拳擦掌。

然而，在通往考场的各个路口，都有保安人员严把死守。雷江中学门前八百米长的道路上拉起了一道道警戒线，无关人员被拒之门外，关注参加高考的学生家长们望之兴叹。考生们在考场内全力拼搏、争分夺秒，考生家长们在考场外焦急地等待、痛苦地煎熬。一些学生家长为了打发时间，对一年一度的高考大发议论、侃侃而谈。

学生家长甲说："高三的孩子们在最后冲刺的一个月里，经受的是魔鬼般的训练。他们每隔两天就要参加一次模拟考试，练习一套考试卷子就如同闯过一道鬼门关。一些意志薄弱的孩子败下阵来，畏缩不前；一些对前途丧失信心和斗志的孩子谈考色变。就在高考的前三天，一个平时学习成绩相当优秀的高三男生突然患了抑郁症，十二年的努力付之东流，真令人心痛啊！在这个'独木桥'上竞争的社会大环境中，孩子们的成长是多么不容易啊！无奈的时代，无奈的老师，无奈的家长，无奈的孩子。"

学生家长乙说："高考是每一位莘莘学子的重大人生转折点，既为十二年的教育画上了句号，又为将来的功成名就启动了开关。然而，这个句号是否圆满，这个开关能否开启，只有分数能'一锤定音'。考场如战场，胜者为王败者为寇，可悲可叹！"

学生家长丙说："高中三年对孩子们来说，犹如逐渐拧紧的发条。这种紧张和磨难对孩子们来说，在高考之前的最后一个月达到了身体所能承受的极限。所以，有的孩子承受不了半途而废；有的孩子竭尽全力闯过一路关隘，在最后时刻却把发条紧断。学习的紧张无法言表，来自社会上四面八方的压力更让他们苦不堪言。因为我们的社会，把高考看得太重太重！为了它，多少人忙碌，多少人辛苦？为了它，几人流泪，几人欢颜！"

学生家长丁说："让我们仔细地想想，如今的高考究竟在考什么？这种考试是否合理？是否理性？考文化知识固然重要，而考学生能力比考文化知识应该更重要。考能力，主要考记忆能力、理解能力、分析能力、判断能力、适应能力、控制能力以及创造能力等等。一个人的能力体现在多个方面，又往往受到局限。如果一个人具备了良好的心理素质和积极向上的心态，以不变应万变，用创造性的思维让自己的潜能得到淋漓尽致的发挥，那么这个人就一定能够取得成功。反之，即使一个人学习的能力很强，但是心理素质很差，到头来也是败将一个。其实，高考考的是心理素质和能力素质的综合。通过刚才几个学生家长的议论，我们不难发现一个带有共性的问题，那就是一些本来平时学习成绩非常出色的学生，面对考场上的诸多不适应，却产生了紧张心理，造成了心理压力，最终使得连连丢分，走人败笔！这种心理素质差的学生，往往一出考场就恍然大悟，但已追悔莫及！反之，有些在平时考试中或者在老师的眼里成绩平平的学生，却因为有着极好的心理素质，面对高考的'重压'却能沉着应战，各个击破，最终往往取得出人预料的结果。可是，当学习成绩优秀的学生在大学的门外徘徊，人们往往报之以遗憾！而那些平时成绩一般，却奇迹般地被名牌大学选中的学生，人们往往说他们侥幸。而事实是不是这个样子呢？相信我们这些过来的人自有答案……今年是我国恢复高考制度的三十周年，三十年来，学校、家庭和社会都在积极关注着每年的高考。我们可以说，高考考的不只是学生对文化知识的理解能力和掌握运用能力，而是一种高层次的综合素质。解决那些看似优秀的学生而被高等学府拒之门外的最好办法，就是要加强考生的素质教育，注重提高能力，首先教育和帮助学生学会调整自己的心态，除了日常保证学习质量之外，还要学会考试，更要学会做人做事，以健康的心态和积极的情绪安排和适应学习与生活，不应该由于紧张、慌张和草率而错过自身成功和发展的机会，一切凭借能力——依靠健康的心态去战胜困难、摆脱麻烦。高考是如此，生活乃至人生更应如此。"

学生家长戊说："无论你们怎样说，今后的高考还会继续下去，而且高考的形势会越来越严峻，孩子们的竞争会越来越激烈。我认为，高考既是考文化知识，更是考能力和心理素质。我不知道你们是否知道自己孩子的心理素质如何？而我对自己的孩子，很长时间一无所知却盲目乐观。"

高考成绩尚未公布，雷江中学就未卜先知，开始了铺天盖地地宣传。"重磅出击，赢响二〇〇七"的横幅大标语悬挂在市区的主要街道，醒目的"大型广告彩车"招摇过市，宣传口号响声震天——"创造了高考新奇迹""取得了全省第一的好成绩"用词极其雷人！

学校里更是"盛况空前"。校长、老师、高一和高二的学生们欢呼雀跃，振臂高呼，整个学校都沸腾了。庆功会、祝贺会、新闻发布会，会会欢腾……

一个学生家长如是说："雷江市教育界此时就像癫狂了的病人，到处口吐狂言，疯言疯语占据了当地所有的宣传媒体，让人无可信服，又让人不得不服。都说是'全省第一'，可是，拿什么标准来衡量？难道教育界没有统一的衡量高考成绩的标准嘛？考上了多少多少，都在自我炫耀！谁知道有多少人参加了考试？谁知道暗地里拉来了多少外地的学生？又有谁知道有多少往届的复习生鱼目混珠参加了考试？"

一个与校长有矛盾的老师私下里说："学校里高三学生的人数是高级秘密！一般教师员工是很难弄清楚的！看似一场'胜利'，其实就是一场'数字游戏'！况且，每年都从雷江市走出若干大学生，毕业后又有几人回到原籍工作？贫穷落后的雷江市光为全国做贡献了，有限的优秀教育资源光为全省代培学生了，而我们自己的孩子却享受不到，甚至要额外地花出巨额费用才能得到高中教育。与此同时，学校'一手搞宣传，一手挖生源'。这种现象恶性循环。中考刚结束两天，雷江中学就开始秘密招生了——使出种种手段把各地的尖子生笼络到此。而此时，绝大多数考生和学生家长们还被蒙在鼓里！我的一个同学在县城任教，他痛心地说，"上面把尖子生都挖走了，我们向谁要成绩啊？不公平啊！到处都在宣传今年的高考又'创历史新高'，果真如此吗？鬼才知道！"

第二十一章　寻死觅活

一年一度的暑假又到了。

暑假期间，张冬梅去了堂姐新开的刨冰店帮忙。每天上午，张冬梅都与堂姐相伴去水果店采购各种水果，午休后，张冬梅就在堂姐的刨冰店里做好晚上营业的各项准备工作。自从张冬梅去了堂姐的刨冰店帮忙之后，堂姐的生意每晚都红红火火，堂姐经常数钱到深夜，时常偷偷地笑。

在张冬梅的心里荡起了层层涟漪。张冬梅之所以这样做，是想通过劳动让自己忘记王红霞横刀夺爱公然追求李嘉齐的不快，忘记一些伤痛。她想通过这种方式过完暑假，让自己彻底忘掉李嘉齐，彻底摆脱张鹰。

张冬梅很快就学会做刨冰了。她的做法和传统的做法有所不同，传统的做法是将冰块刨成雪花，淋上蜂蜜或糖浆，再配以各种水果丁或其他配料而成，这种做法制成的刨冰吃起来口感细腻，入口即化，消暑降温效果特佳，多吃不会有饱胀感。张冬梅的做法富有创造性，她是将加了冰糖和蜂蜜的冰块捣成冰泥，再将些许果汁和些许冰牛奶倒入其中，然后把大块新鲜的水果切成各种漂亮的图案放在杯子里，再放入一两片柠檬和一两颗红樱桃，一碗诱色可餐的刨冰就制作完成了。

"刨冰来啦——您的，荔枝的；您的，西瓜的；您的，芒果的；您的，酸梅的……"张冬梅宛如花间蝴蝶一般穿梭在客人之间，总是微笑着，用甜美的嗓音招呼着前来吃刨冰的客人。

刨冰店的生意特别火爆，张冬梅的堂姐眉开眼笑。一天深夜，当客人散去，堂姐算过当天的盈利后高兴地拿出两张百元钞票塞到张冬梅的手里，说："冬梅，这是我的一点心意，你用它买点自己喜欢的东西吧！对了，你知道我们刨冰店的生意为什么这么红火吗？"

张冬梅见推辞不掉，只好收起堂姐递给她的钞票，然后耸耸肩，将双手一摊，心不在焉地说："感谢姐姐的美意。不过，你说的问题好像和我没关系，我是自愿到你这里义务帮忙的，只要我在你这里能够填饱肚皮，再学会制作刨冰的手艺就足矣。"

堂姐眯着眼睛瞅着张冬梅，乐呵呵地说："真是个机灵鬼！"

张冬梅最开心的就是全心全意地做刨冰，最得意的就是看着堂姐每晚数钱时的表情。她觉得，只有自己不停地干活，才没有时间去胡思乱想。

这天上午，张冬梅又和堂姐一起去水果店采购水果。张冬梅走在大街上，迎来了小伙子们青睐的目光，迎来了年轻姑娘妒忌的目光，迎来了中年男女赞赏的目光。

张冬梅的堂姐停下脚步，对张冬梅上下打量，笑眯眯地说："你小的时候，长得瘦得像柴火棒，活生生的一个丑小鸭。可是，女大十八变，你真是越变越好看，越来越漂亮了，你真的长成白天鹅了。"

"嘎嘎嘎，丑小鸭！"张冬梅做了一个鬼脸，明知故问，"过去，我真的那么丑吗？"

"丑吗？"张冬梅的堂姐认真地说："单眼皮，细长眼，黄头发，额头宽，脸型长，下巴尖，瘦高个，胸脯扁……不过，自从你进入初中之后，再也没有人说你丑了。我记得那年寒假的一天下午，一伙男孩子到你家去玩耍，一个调皮的小男孩儿发现了你家摆在堂屋中镜框里的你上小学五年级时的一张照片，不知他是出于好奇还是另有目的，他踩着凳子嬉皮笑脸地取下那个镜框，可他只看了一眼你的照片就把那个镜框递到其他男孩子的手上。那样子让人觉得，他根本就不想再多看你的那张照片一眼。在场的那些男孩子，看了你的那张照片后都毫不掩饰内心的嘲笑。当时我正和婶子说话，瞧着他们那边热闹的场面就凑了过去，我怕他们把那个镜框弄坏了，就把那个镜框抢在手里。可是，当我看了你的照片后忍不住笑出声来，我万万没有料到，我的笑声引起了那群男孩子的哄堂大笑。由此可见，你小时候的相貌是多么'惊人'啊！然而，瞧瞧你现在的样子，谁还敢说那张照片就是小时候的你呀！"

"哎呀，那时的我就那么丑哇？都丑到了'惊人'的程度？"张冬梅有些嘲讽地说，"姐姐的词汇真丰富啊，可你能否告诉我，我当时'惊人'的样子是否挺吓人的？"

"我言过其实了，行了吗？得理不让人的丫头片子！"堂姐笑着说。

"姐姐，爱美之心人皆有之，你刚才夸奖我，说我从丑小鸭变成了白天鹅，我的心里美滋滋的，我哪里得理不让人了？可是，即使我真的成了白天鹅，这跟你的刨冰店的生意兴隆有关系吗？"张冬梅被堂姐刚才的话搞得一头雾水。

"当然有关系啦，你是大美女嘛！不瞒你说，不少客人都是冲着你的美貌来的，你以为是你创作的刨冰好吃啊？完全不是那么回事儿。其实，你做的刨冰难吃死了！"堂姐做了一个呕吐的动作，随即拿过一碗张冬梅做的酸梅刨冰递给她，说，"大美女，你不是孤芳自赏嘛，那你就自己品尝吧！"

张冬梅尝了一口，酸得打了个哆嗦，眼泪也流了出来。她愣了半晌，说："原来是这个样子啊！"

堂姐看着张冬梅滑稽的样子，向张冬梅抛了一个媚眼，说："妹妹，你哭什么？不要难过，到月底姐姐会奖给你一个大红包的！"

"要是真的像姐姐说的那样，我不是成了出卖色相了吗？"张冬梅苦笑着，"也许姐姐是故意拿我开涮。管她呢，反正我这样做既不违背法律也不违背道德，倘若某些人真的是冲着我的长相来的，那也是死人欠账——活该！"

张冬梅的满不在乎，使得堂姐的刨冰店火爆依旧。

然而，张冬梅的"行踪"终于被王红霞发现了。

一段时间以来，李红芳和顾吉哲东躲西藏地过起了"小夫妻"生活，分别远离了以王红霞和张鹰各自"为首"的小团伙。自从张鹰和李嘉齐被王红霞"捉弄"之后，他们之间相互猜忌、若即若离，不约而同地断绝了与王红霞的联系。

一天晚上，寂寞难当、空虚无聊的王红霞为打发时光，压起了马路。当她步行至平原街西头时，无意间发现了霓虹灯下的"刨冰店"。

"什么是刨冰？"王红霞好奇地走到了刨冰店的门口，她想走进去探个究竟。就在这时，她看到了腰系围裙，手端托盘的张冬梅，正在乐此不疲地给客人送刨冰呢！

王红霞悄悄地凑过去，趁着张冬梅放下托盘转身的工夫，猝不及防从身后将她搂在了怀里。

张冬梅被吓得哎呀了一声，心脏狂跳不已。她下意识地挣脱了王红霞的怀抱，怒冲冲地喊道："谁呀，你想干吗？"她转过身来，惊讶地望着王红霞，禁不住笑出声来，她边笑边用拳头轻轻地敲打着王红霞的肩膀，半嗔半怒说，"原来是你呀！我还以为遇上色狼了呢！你吓死我了！"

王红霞笑了几声，突然板起面孔，疑惑地瞅着张冬梅问道："你为什么要出来打工？是缺钱花吗？"

"不是！"张冬梅摇了摇头。

"那是为啥？"

"不为啥，我姐缺少人手。"

"是这样啊，那我就不打扰你了！"

两天后的一个傍晚，王红霞死缠烂打的约上了李嘉齐，一起来到了张冬梅堂姐的刨冰店里。

李嘉齐完全被蒙在鼓里，当他发现张冬梅在那里时，后悔自己中了王红霞的

"奸计"。

张冬梅故意对李嘉齐视而不见，把王红霞拉到一边，悄悄地说："刨冰好吃又好做，你要是想学做刨冰我负责，咱是绝对不留后手，保证不收费的！呵呵……"张冬梅笑得很甜蜜，显得幸福而满足，这让王红霞既感到惊奇又觉得尴尬。

"是吗？这是你做的刨冰啊？"李嘉齐端着一碗刨冰凑了过来，盯着张冬梅说，"我说谁有这等本事，怪不得这么难吃！"李嘉齐夸张地做了个呕吐的姿势。

"切——"张冬梅白了李嘉齐一眼，随即走开了。

不知道为什么，张冬梅只要面对李嘉齐，大脑总是瞬间空白，心脏总会揪成一团。李嘉齐的到来，让张冬梅尴尬起来，她情不自禁地选择了躲开。

又过了两天一个中午，李嘉齐独自出现在张冬梅堂姐的"刨冰店"门口。他推了推门，发现门反锁着，便站在那里呼喊张冬梅的名字。

阳光灼热，沿街的梧桐树却染绿了"刨冰店"的门窗。

张冬梅躺在床上午休，被门外的喊叫声唤醒。她一骨碌爬起来，随即起身下床，睡眼惺忪地从房间里走了出来。

窗外的阳光，让张冬梅的眼睛许久不能适应。

李嘉齐那乌黑发亮的眸子深情地望着张冬梅。张冬梅揉了揉眼睛，终于看清了李嘉齐的面孔，她想立刻躲开他，但已经来不及了。李嘉齐不由分说，一把拽住了张冬梅的手腕，质问："告诉我，你为什么这样作践自己？你为什么总要躲着我？我大老远来见你，难道你连一句温暖的话都不想说吗？"

"李嘉齐，别闹了。请你自重，不然的话，我喊人了！"

"少拿这样的话来吓唬我，我已经不是小孩子了。"李嘉齐说着，手像钳子一样把张冬梅的手腕攥得更紧了。

"放开我，"张冬梅恼怒地吼了一声，"你把我弄疼了！"

"谁在说话？冬梅，是你吗？"堂姐快步向着向店门口走来。

李嘉齐听到张冬梅的堂姐的说话声立即松开了手，望了望张冬梅精致的五官，转身跑开了。

【02

自从李嘉齐在刨冰店被张冬梅的堂姐"吓跑"之后，张冬梅一直没有见过李嘉齐的影子。

王红霞也好像从人间蒸发了一样。自从王红霞和李嘉齐一起来过刨冰店之后，王红霞既没有给张冬梅打过电话，也没有来刨冰店里找过她。

张冬梅一忙完手头上的活计，那些杂乱无章的思绪就会萦绕在她的脑际："这个暑期，李红芳和顾吉哲一定是去争分夺秒的去恋爱了；王红霞和李嘉齐是否也忙着去恋爱了？张鹰在忙什么呢？"

张鹰应爸爸之约去了千里之外的上海。此刻，他在返回的列车上，思考着与张冬梅一样的问题："这个暑期，李红芳和顾吉哲一定是去争分夺秒的去恋爱了；王红霞和李嘉齐是否也忙着去恋爱了？"所不同的是，他在问自己，"张冬梅在忙什么呢？"

开学的日期逐渐临近，天气依然高温不下。李红芳和顾吉哲黏糊得要命，分秒必争，毫不顾忌旁人的眼睛。王红霞在大街上无意间看到了他俩卿卿我我的样子，感到很肉麻。

暑假的最后一天，张冬梅回到了家里。她收拾完了开学时需要携带的物品，独自坐在梳妆台前梳理打扮，那天发生在她宿舍的一幕幕映入她的眼帘。

那天，顾吉哲从张冬梅的宿舍里走后，整个女生宿舍大楼里就剩下了张冬梅一个人。那种空荡荡的感觉，让她既寂寞又害怕。就在这时，李嘉齐来了，他见了张冬梅二话没说突然从身后抱住了她。他温热的嘴唇贴着她的耳朵说："张冬梅，你不要再折磨我了。你知道吗？自从我看见你的那一时刻起我就喜欢上了你。"他的话一下子把她那颗心摘了去。她被他抱在怀里，她忘记了挣扎，忘记了躲避，忘记了拒绝。就这样，她被他死死地抱在怀里，她听着他的心脏狂乱而强劲的跳动，听着自己的呼吸变得细若游丝。她鬼使神差地对他说："你知道吗？你的怀抱曾经让我渴望了许多次，幻想了那么久？此时此刻，你就像一张网，把我网于其中。"

"冬梅——"就在这时，随着一声呼喊，王红霞鬼使神差地出现在他们面前，她慌乱地想甩开李嘉齐，可是，已经来不及了，一切的一切，让王红霞尽收眼底。王红霞失魂落魄、呆若木鸡地站在那里，脸色苍白，眼睛里凸现了一层雾水……

自从王红霞见到了张冬梅被李嘉齐拥抱的那一幕，张冬梅的中枢神经就瞬间发生了短路，脑海里成了一团浆糊。等张冬梅清醒过来之后，她突然觉得自己像犯下了弥天大罪，无法面对曾经求过她当红娘的王红霞。之后，她唯一的想法，就是如何改正这个"错误"。张冬梅为了改正这个"错误"，她想了许多办法，但是，她的努力全部落空。就在她千方百计地努力改正这个"错误"的时候，王红霞却因心生妒忌借酒壮胆公然叫板，给张冬梅造成了尴尬局面。本来对张冬梅有所降温的李嘉齐，在看清了王红霞的本来面目之后，对张冬梅的好感如潮水般再次袭来。尽管王红霞死死地纠缠他，但他对张冬梅的爱恋有增无减。在张冬梅看来，尽管王红霞心胸狭隘、做事偏激，但她对李嘉齐的爱恋真心实意。

张冬梅正在琢磨如何跟王红霞解释清楚曾经发生在自己和李嘉齐之间的那段感情，如何向王红霞表明自己毅然离开李嘉齐的决心，成全王红霞的爱情。突然，一个电话打到了她家。

张冬梅拿起电话听筒，那端传来李红芳的哭声。张冬梅的心里猛地一揪，突然涌上一个念头，开口便问："是顾吉哲欺负你了吗？红芳，你哭什么呀？你为什么这么伤心？究竟发生了什么事情？"

"冬梅啊……王红霞她……自杀了……"电话那端传来更加悲痛的哭声。张冬梅突然感到一只磨盘压在了胸口，她觉得自己快要窒息了，她木讷地沉默了片刻，电话听筒从手心里滑落。她喃喃自语："这太意外了，这太意外了。王红霞自杀了，这怎么可能啊？那个美丽无比、高傲自负、爱出风头的女孩儿；那个热爱篮球、热爱文艺、热情活泼的女孩儿，她怎能做出如此偏激的事情？她为什么要选择轻生？"

一个个不解之谜在张冬梅的脑海里画上一个个大大的问号，她一只手抓起茶几上的纸巾擦拭眼泪，另一只手抓起滑落的电话听筒大声地嚷嚷："李红芳……王红霞她人在什么地方？"

"她在人民医院急救室，我在这里等着你……"电话那端，似乎有人喊了李红芳一声，李红芳立刻把电话挂断了。

张冬梅的脑海里乱糟糟的，她不顾一切地跑出去，恨不得长翅膀飞到医院，但对她来说，最快的交通工具就是"打的"。可是，她举目望去，满大街连个"的士"的影子都看不见。万般无奈，她只好返回到家中，边推起放在储藏间的电动自行车边嘟囔："王红霞这个蠢货，真是为爱而生的动物！小小的年龄，就把自己人生的全部押在了爱情上。可是，爱情就像手掌心的水晶球，稍有不慎就会摔个粉身碎骨！"

张冬梅对王红霞心生埋怨，骑着电动自行车飞速地来到了市人民医院。

张冬梅在人民医院急救室的走廊里见到了李红芳，两人一见面，李红芳又泪流满面。李红芳是个不轻易流露内心悲喜的姑娘，现在却哭成了泪人。她的眼睛红肿，让张冬梅好生心疼。张冬梅一下子抱住她，一只手轻轻地拍着她的肩膀，安慰说："别太伤心了，王红霞怎么样了？"

"正在抢救呢！我们赶快过去吧！"李红芳难过地说。

张冬梅拍着她的肩膀，不停地安慰着她，说："放心吧红芳，我有一种预感，王红霞吉人天相，一定会闯过这一关的！"

王红霞躺在病床上，面色苍白，她紧闭着双眼，似睡非睡，微张着双唇，呼吸时轻时重。她吃了大量的安眠药，已经被医生清洗了胃，但还没有醒过来，正在打点滴治疗。

张冬梅紧跟在李红芳的身后，来到急救室的门口。她一手拿着慰问品，瞅着眼前的王红霞，右手捂住了嘴巴，屏住了呼吸。

王红霞的爸妈站在王红霞的床前，回头望了门口一眼，礼貌地向张冬梅打着招呼：“是冬梅吧？把你也给惊动了！”

张冬梅含泪点了点头。

站在门内的李嘉齐、顾吉哲和张鹰，自觉地躲到一旁，让张冬梅和李红芳过来。

王红霞的母亲接过了张冬梅手中的慰问品，放在了不碍事的地方。张冬梅擦了擦眼睛，瞅着王红霞憔悴的面容，心想：“眼前这个躺在床上不省人事的姑娘，就是那个叽叽喳喳、灿若桃花的王红霞吗？太可怕了，难道是我阻碍了她的恋爱？难道我是罪魁祸首？”

张冬梅战战兢兢地握住了王红霞的右手，王红霞那弯曲微凉的手指，在张冬梅的手心里动了两下。

张冬梅泪眼婆娑地瞅了瞅王红霞的爸妈，激动地说：“叔叔、阿姨，王红霞的手指动了！”

“是吗？”王红霞的爸妈、李红芳、李嘉齐、顾吉哲和张鹰齐刷刷地向着王红霞的病床围拢过来。

“红霞……你醒醒……你睁开眼睛看看我呀，我是张冬梅啊！我和红芳一起看你来了。”张冬梅摇了摇头，哭泣着说，“对不起红霞，实在对不起！都是我不好，都是我的错！红霞……只要你好好地活着，我向你保证，从此我一定远离李嘉齐……”

张冬梅的泪水滴落在王红霞的手背上，，唤醒了本来就似睡非睡的王红霞。

王红霞慢慢地睁开了眼睛，木讷地转动着脖颈，瞅了瞅在场的每一个人，最后把目光落在张冬梅的脸上，迷惘的眼神刹那间变得阴冷，铆足了力气喊道：“你来干什么？这种结果不是你想要的吗？我不想看到你！你给我滚出去！”她猛地一下子从床上坐起来，声嘶力竭地向着张冬梅吼叫，“滚哪！”随即，她的眼泪瀑布般飞泻而下。

王红霞的情绪彻底失去了控制。医生和护士闻声都跑了过来，轮番对她安慰，但都无济于事。

张冬梅想解释，可是，她刚想张嘴，王红霞又狂躁地喊起来：“从现在起，我们势不两立；从现在起，我们各奔东西；从现在起，我们一刀两断，老死不相往来；从现在起，你走你的阳关道，我走我的独木桥！我的话说完了，滚吧！”王红霞的眼睛里迸发出愤怒的火焰，字字句句都像一把锋利的尖刀，深深地扎进了张冬梅的心脏。

突然，王红霞打着点滴的那只手抓起垫在手掌下的纸卷，猝不及防地投向张冬梅，在输液管的牵引下，液体瓶子连同挂杆一起向张冬梅砸过去。

张冬梅一侧身，输液瓶子掉在了地板上，玻璃瓶子的碎裂声尖锐刺耳，把藏在张冬梅心底的话语分崩瓦解了。

王红霞的爸妈看着疯狂的女儿和无助的张冬梅，无所适从，左右为难。

胆小怕事的李红芳，吓得两腿打哆嗦，她一边保护着张冬梅，一边把张冬梅往门外推。

张冬梅有口难辩、进退维谷，面对和死神擦肩而过的王红霞，她不得不选择容忍，她不得不走出病房。

李红芳不清楚在王红霞和张冬梅之间究竟发生了什么事情，但她能从张冬梅的眼睛里看出端倪，张冬梅十分委屈。李红芳紧紧跟在张冬梅的身后，不停地追问："冬梅，你和王红霞到底怎么了？"

张冬梅沉默不语。她回想着王红霞那张苍白而扭曲的面孔，回想着王红霞河东狮吼般的喊声，她心乱如麻、瘫软如泥，她感到自己没了半点说话的力气，靠在走廊的墙上小憩……

李红芳让顾吉哲把张冬梅骑来的那辆电动自行车骑回了家，她搀扶着张冬梅一起走出了医院。

张冬梅下意识地望了望天空，灰蒙蒙的阴霾席卷而来。

【03

在这个暑期里，由于李嘉齐、张鹰和顾吉哲各有各的心思，所以，他们不再像往年的暑期那样天天黏糊在一起，日日为篮球疯狂了。当他们得知学兄学姐们纷纷被大学录取的消息后，对自己的前途和未来都感到了迷茫，在父母的期盼和长辈的勉励中，他们迎来了内心发怵的高二生活。

一升入高二就要重新分班，这就面临着全面调整、重新"洗牌"。高一时的任课老师，同班同学，以及一起生活的舍友，都要重新排列组合。这就意味着，一个全新的学习和生活环境需要他们去面对、去接受。由于他们在高一时的学习成绩都在班级的后十名，所以他们都成了"螫声遐迩"的后进生。他们像足球一样被老师们踢来踢去，又像烫手的山芋一样让年级主任们头疼。尽管父母开导他们，通过分班调整可以"从零开始""重整旗鼓"。可是，在"强手如林"的省重点中学里，在老师们鄙视的目光里，他们肩负的压力和痛苦只有他们自己清楚，他们糟糕的心情和沉重的思想包袱只有他们默默地去承受。

升入高二一个月后，王红霞的身体恢复如初。因为她爸爸的地位和影响，王红霞一路绿灯地进入了张冬梅所在的"甲等"班级。

那场劫难并没有让王红霞变得消沉下去，反而让她变得奋发向上活力四射。王红霞依然容光焕发、神采奕奕，她和张冬梅之间的关系表面上和好如初，依然有说有笑。

一次，王红霞笑着对张冬梅说："李嘉齐曾经多次向我表白，他只拿你当作自己的妹妹，从来就没有把你当作过自己的心上人……其实，李嘉齐不向我表白，我也相信你和李嘉齐之间没有发生过什么。退一步说，即使你们之间发生过什么我也不会在乎的，毕竟都已经成为过去的事了。我告诉你张冬梅，现在，我和李嘉齐的关系非常好，我们已经正式恋爱了。对于往事，我们谁也不允许再提了好吗？"

王红霞为爱殉情、癫狂的举动，在张冬梅的心中留下了不可磨灭的阴影。此时此刻，张冬梅微微点头，默不作声，她的善良、胆怯和对王红霞的同情被王红霞利用，她失败在王红霞精心编织的谎言中。

王红霞的精力充沛，她每次上课的时候都会聚精会神地听讲，都会按时完成老师留下的作业。而在下课以后，她在做好课间休息和体育活动之余，不失时机地向张冬梅讲述她和李嘉齐之间的"秘密"。

"冬梅，李嘉齐牵我的手了。"她像出水芙蓉，更像羞答答的玫瑰。

"冬梅，昨天晚上自习课以后，我和李嘉齐跑到食堂的一隅，在黑暗中偷偷地接吻了。原来接吻真的像书上描述的那样甜蜜醉人、让人心智迷离……不过，我能感觉到，他是情场上的老手了。因为他告诉我，接吻时不能紧闭着双唇，要启开牙齿，然后把舌头伸进对方的嘴里，相互配合，彼此吸嗦……"

王红霞把自己对李嘉齐的意淫描述得淋漓尽致。

张冬梅不停地点点头，脸却羞涩得像块红布，心却像断了线的风筝一样飘离，情不自禁地想起自己与李嘉齐的点点滴滴。

如今，王红霞的脸上已经云淡风轻了，张冬梅希望王红霞那颗曾经受过创伤的心也能像她的脸上一样。

然而，那只是张冬梅的一厢情愿，而王红霞写在脸上的一切，都是她刻意的伪装。尽管张冬梅不计前嫌，真心实意地对她好，但是她仍在计较，她计较李嘉齐凝视张冬梅时的那种眼神，她计较李嘉齐追求张冬梅时的那种匆忙，她更计较张冬梅和李嘉齐之间有过肢体的接触。她暗暗发誓，一定和张冬梅争个你高我低，一定要跟张冬梅不停地较量。她三番五次地在张冬梅面前讲述李嘉齐对她如何如何，故意挑拨张冬梅和李嘉齐的关系，以达到让张冬梅主动彻底地放弃李嘉齐的目的。她坚持不懈的努力，是希望自己处处比张冬梅优秀，吸引李嘉齐，以便更有利地把李嘉齐弄到手。

王红霞是一个为爱而生的女孩子，爱情可以摧毁她的意志，也可以重塑她的声威，一切的动力源泉都是因为她心中有爱。

这种爱让王红霞忘乎所以；这种爱让王红霞朝气蓬勃。这种爱让李嘉齐做了俘虏；这种爱让李嘉齐身陷沼泽。

高二的功课沉重而繁杂，各门学科的测试卷子雪花一样席卷而来。

王红霞学习更加用功，对李嘉齐也更加用情。她和李嘉齐约定，每周写给对方一封信，每两周见一次面。王红霞每次都实践和兑现着自己的诺言，而且每次都告诉张冬梅她和李嘉齐之间通信的内容和见面的结果。

张冬梅从来没有见过王红霞对待学习的态度如此严肃认真，从来没有见过王红霞对待李嘉齐的态度如此重视严守，她的内心深处不免升起一丝酸楚。她不想在学习上输给王红霞，她更不想把李嘉齐拱手相让。可是她常常心猿意马，有时，她的心就像离弦的箭，恨不得马上飞到李嘉齐的身边。

可是，当张冬梅真的见到李嘉齐时，面对李嘉齐的左右为难，她却苦苦地哀求李嘉齐，让他舍她而去与王红霞保持联系。她说："现在的王红霞外甜内苦，表里不一。所以，一定要让王红霞找回，快乐，重拾信心，否则的话，我会一辈子内疚的。"

为此，张冬梅在每次考试时都故意丢掉几分，恐怕挫伤王红霞的自尊和信心。而王红霞却经常拿着比张冬梅高几分的卷子去找张冬梅炫耀，她的嘴角上经常挂着胜利的微笑，得意扬扬地对张冬梅说："冬梅，加油啊！"

"好的，我们一起加油！"张冬梅看着王红霞此时的表情，她真心实意地希望王红霞彻底地忘掉那些伤痛，她真心实意地希望王红霞发自内心地快乐。

然而，王红霞真的变了，变得让张冬梅感到陌生和害怕。因为，张冬梅发现王红霞已经不再眷恋爱情，她在某些时候是那样地坚强与冷静，甚至是冷漠，她可以为了心中的目标而心无旁骛，不顾一切地向前冲刺。

高二的学习在不停地考试，考试再考试中接近了尾声。

张冬梅觉得很累很累，不知道为什么，她突然想起了张鹰，一个晚饭后的"时间空挡"她找到了张鹰，向张鹰倾诉苦闷与彷徨……

苦苦期待的月休日终于到来了，王红霞约了张冬梅和李红芳，并让张鹰约了李嘉齐和顾吉哲，他们一行六人去了金海岸歌舞厅。

由于张鹰、李嘉齐和顾吉哲很久没有打篮球了，所以他们很少接受阳光的沐浴和春风的洗礼。李嘉齐猛然发现，许久不见的顾吉哲，肤色白了许多，人也胖了许多，顾吉哲出落得比从前更加英俊潇洒。他笑的时候，碎玉般的牙齿总会闪着耀眼的光芒。他对李红芳一如既往，当他们在包厢里的沙发上坐下来，向服务生要了饮品之后，他大献殷勤把其中的一份递到了李红芳的手里。

张冬梅对顾吉哲仍心存芥蒂，当着大家伙儿的面给顾吉哲出难题："顾吉哲，我问你，如果李红芳和芬姨同时掉到河里，你先救谁呀？"

顾吉哲不假思索地脱口而出："先救李红芳呗！"

张冬梅立刻指着他的鼻子破口大骂："你真是大逆不孝！"看着张冬梅生气

的样子，张鹰、李嘉齐、王红霞对顾吉哲群起而攻之。

顾吉哲尴尬地"嘿嘿"一乐，丝毫不在意大家伙儿对他的指责，突然把李红芳搂在怀里。此刻，李红芳笑逐颜开，绯红的两腮显现出幸福的酒窝。

顾吉哲和李红芳肆无忌惮的亲密之举，让张冬梅、王红霞、张鹰和李嘉齐既羡慕又嫉妒。于是，他们几个人合伙，矛头一致指向李红芳，说她像个唯唯诺诺的小媳妇。

李红芳从小生活在幸福和谐的家庭环境中，她的父母恩爱有加，尊老爱幼。由于长期经受父母的教育和熏陶，她修养好脾性好，她就像一颗经过精心雕琢的碧玉。

然而，不知道为什么，张冬梅看着李红芳乖巧猫咪般的样子，她的心里却有一种隐隐作疼的感觉。她想："这样的女孩子，能经得起生活中一朵微小浪花的冲击吗？人的一生，不应该是一帆风顺的……也许，这是我的妒忌心在作怪吧？"张冬梅从幼年时起，不幸福的家庭生活给她留下了巨大的阴影，让她对美好的事物总有一种莫名其妙的抵触。

也许这种抵触对张冬梅来说是一种清醒的表现，而这种清醒源于她非同寻常的生活经历。在张冬梅的记忆中，她不像别人家的孩子一样，在父母的膝下承欢。在张冬梅的记忆中，她看到的是家庭暴力，是亲人的死亡，是骨肉的相残。张冬梅的心灵因为过早地经历了残酷世事的侵袭，因此，她比同龄人看问题看得深刻，比同龄人更加敏感、成熟和坚强。

【04

在金海岸歌舞厅的包厢里，张鹰、李嘉齐、顾吉哲、王红霞、张冬梅和李红芳，他们一边听着邓丽君的爱情歌曲，一边玩骰子喝酒大比拼。如果仅仅是唱歌跳舞这样的活动，那么王红霞、张冬梅和李红芳就应该是主角，而李嘉齐、顾吉哲和张鹰就应该是配角。可是，加入了拼酒的内容，他们三个男生就占了上风。然而，王红霞并不甘示弱，她不仅打扮得光彩照人，而且在喝酒上也咄咄逼人。她像白炽灯一样置身于张冬梅和李红芳中间，两束火辣辣的目光不时在李嘉齐和张鹰以及顾吉哲的脸上撩拨着，她那种众星捧月般的感觉明显地写在了脸上。这样的境况，令张冬梅和李红芳备受冷落。于是，她俩悄悄地进入了私人话题。

李红芳乜斜了王红霞一眼，对着张冬梅开玩笑说："冬梅啊，在我们三个人当中只有你是剩女了。不过，听说追你的人都够了一个加强连了，难道那么多的人都不对你的眼吗？你是心有所属吧？"

"胡说什么呀？你以为都像你一样早熟呀！"张冬梅被李红芳看透了心底的

秘密，她两颊绯红、一阵心慌，不由得侧过脸想藏起自己的目光。然而，就在这一瞬间，她的目光正好与张鹰的目光相遇。

张鹰和王红霞坐在一起，右手拿着啤酒杯，身体靠在沙发背上。那姿势那眼神儿，就像一具雕像，仿佛在幽暗中看了张冬梅几个世纪。

"他究竟看了我多久了？"张冬梅有意避开张鹰的目光，低下头，两眼望着玻璃杯中荡漾的啤酒发呆。

李红芳故意用胳膊肘碰了她一下，关心地问："咋了？"

"没事儿，"张冬梅喝干了杯中的啤酒，心不在焉地说，"红芳，给我倒上。"

张冬梅一抬头，突然发现张鹰深情地唱起那英的《白天不懂夜的黑》："我们之间没有延伸的关系 / 没有相互占有的权利 / 只在黎明混着夜色时 / 才有浅浅重叠的片刻 / 白天和黑夜只交替没交换 / 无法想象对方的世界 / 我们仍坚持各自等在原地 / 把彼此站成两个世界 / 你永远不懂我伤悲 / 像白天不懂夜的黑 / 白天不懂夜的黑 / 像永恒燃烧的太阳 / 不懂那月亮的盈缺 / 你永远不懂我伤悲 / 像白天不懂夜的黑 / 不懂那星星为何会坠跌……"

张冬梅偷偷地看着张鹰唱歌时的神态，无意中听到王红霞找李嘉齐拼酒。张冬梅想："如果这辈子不让王红霞去当社会活动家，那真是浪费了她的天赋。"

王红霞是活跃气氛的高手，也是搅局的能手。她生来就有掌控一切的能力，也有毁灭一切的本领。

可是，王红霞只要上了他们六个人的酒桌，每次都是不醉不归。李嘉齐听着张鹰唱的歌曲，看着张冬梅慌乱的样子，逐渐失去了喝酒的兴趣。可是，王红霞突然提出来"猜火柴棍儿"，谁猜输了就自罚啤酒一杯，不然就如实回答对方提出的问题。

王红霞的目标很明确，而且明显带有挑战性和攻击性。

"既然从一开始就选择了隐忍，那么就应该继续坚持不去琢磨不去追究才是。"这种念头刚从张冬梅的脑海里闪过，她突然改变了主意，"可是，是可忍，孰不可忍！"于是，她接受了王红霞的挑战。

王红霞总是找张冬梅"猜火柴棍儿"，针对性很强，而张冬梅一败涂地。

王红霞每次赢了张冬梅，都会仰起下巴，眯起眼睛，妩媚地笑着，挑衅张冬梅："你是愿意喝酒呢？还是愿意回答我提出的问题呢？"

张冬梅知道王红霞的问题一定会让她在大伙面前出丑，所以她索性选择喝酒。

王红霞步步紧逼。

张冬梅步步为营。

若是张冬梅输了，只要她手里的酒杯中偶有啤酒残留，王红霞定会不依不饶。

很快，李红芳就闻到了她们之间酝酿已久的火药味儿，她急忙抓住正在给张冬梅倒酒的王红霞的手腕，几乎哀求地说："红霞，请你高抬贵手，别这样闹了行吗？难道你上次醉酒的滋味儿还没有尝够吗？"

"少废话，此一时彼一时。再说了，这次喝醉的人一定不是我王红霞。"

"红芳，谢谢你的好意。不过，今天我就算豁出命来也要奉陪到底！"张冬梅知道王红霞是不到最后绝不罢手的角色，而此刻她等的就是这样一个机会。她从接受王红霞的挑战开始，就决定破釜沉舟，然后借着酒劲儿，彻底吐出压抑在胸中的恶气。

张冬梅究竟喝了多少杯酒，连她自己也记不清了。她觉得实在无法坚持了，就让李红芳陪着她去洗手间，采取用手指头抠嗓子的办法解决了暂时的问题。可是，她吐酒后，回来继续和王红霞"猜火柴棍儿"，喝多了接着吐。如此反复数次。她瞅着在一旁叹息的李红芳，心想："张冬梅啊张冬梅，你要多傻就有多傻，你这样做究竟为了啥？"

张鹰的眉头拧成了一个疙瘩，怒吼道："王红霞，你疯够了吗？难道你真的不知道这样喝下去会喝死人的吗？"他夺过张冬梅手中的酒杯，投向墙壁摔了个粉碎，那些黄色的液体迅速溶进地毯里。

"我没醉，一点儿也没醉，"张冬梅似乎很理智地说，"张鹰，你不要管，这伙人就数着我的命贱。痛快，真的很痛快……张鹰，你算哪棵葱哪棵蒜？我的事不用你管！"

"听到了吧，简直就是狗拿耗子……"王红霞继续端着酒杯，冲着张鹰阴阳怪气地说，"你怎么了？心疼了是吗？"

"王红霞，你太过分了，没有像你这样欺负人的。"张鹰瞅了一眼倒在沙发上的张冬梅，夺过王红霞手里的酒杯投向墙壁，"起来张冬梅，你能不能长点出息？走，我送你回家。"他边说边去拉张冬梅的胳膊。

张冬梅用力甩开了张鹰，随即站起身来，冲着王红霞义正词严地说："王红霞，你到底想问什么？反正酒我是不喝了，你有问题我回答！"她的话音刚落，眼泪就流了下来。

对王红霞的所作所为，张冬梅觉得很憋屈。张冬梅一直以为发生在她和王红霞之间的"恩怨"早已烟消云散了。不管张冬梅如何地想念自己爱的那个人，但她知道王红霞的所思所想，在她看来，王红霞是和她一起长大的最好的朋友，是她和李红芳的大姐大，她们情同手足，只要王红霞幸福了，她就心安理得了。所以，她选择了退让，选择了隐忍，选择了成全。然而，王红霞被畸形的爱情冲昏了头脑，她太忘乎所以，她太咄咄逼人，她太令人难堪了。

一旦爱情发生了畸形，就会有魔鬼住在心中。

王红霞的心中堆积了太多的秘密，那是一种阴暗而邪恶的东西。王红霞的面容在张冬梅的眼前模糊起来，当年那个心如水晶般澄清透明的女孩儿不见了。

王红霞的笑容变得稀奇古怪，那笑容是从她的嘴角处逐渐消失下去的。在那旋转的五彩缤纷的激光灯下，王红霞那张美丽的脸庞，被一个个圆形的光斑和一条条蓝色的光线刻画得狰狞而恐怖。

现在的王红霞，彻底打破了留在张冬梅心中的美好印象。

在李嘉齐的眼里，王红霞和张冬梅都变得越来越陌生。

顾吉哲在一旁冷冷地看着王红霞，很想过去揍扁了她。

李红芳有些惶恐不安地说："红霞，冬梅，我们不玩了，回家好吗？"

"红芳，我明白你的善意，但是，有些话今天不说出来，我的心里憋得难受，估计王红霞的心情也和我的心情一样。如果我俩不把藏在心里的话挑明了，晚上我俩谁也睡不着觉。红芳，我俩之间的事情就让我俩自己来处理吧，你和顾吉哲先回去行吗？"她瞅了李嘉齐和张鹰一眼，提高了嗓门说，"还有你李嘉齐，还有你张鹰，这是我和王红霞之间的事情，不关你们的事，你们可以离开这里了。"

然而，他们谁也没有离开的意思，气氛就这样僵持下去。过了半晌，张冬梅说："王红霞，你用尽心机把李嘉齐从我的身边抢去，你满意了吧？事到如今，你却想问我是不是又喜欢上了张鹰？我的答案是肯定的，我不会再成全你吃着碗里的还占着锅里的美梦！今天我明确地告诉你，过去我喜欢过李嘉齐，从我第一次见到他时我就喜欢上了他。这种喜欢，从与他偶遇被他相救的那天一直到现在，我一刻也没有停止过。而且，李嘉齐也一直爱着我。然而，你编造谎言，从中作梗，不念友情，横刀夺爱，你以殉情的方式赢得了我的同情，李嘉齐和我一样，年少无知，心地善良，在你的威逼利诱下，在我的竭力督促下，最终妥协让步，顺从了你的心愿。你深爱李嘉齐那是你的权利，李嘉齐选择了你那是他的权利，你们相爱在一起，我为你们祝福。可是，你却恩将仇报，对我重新选择爱情横加指责！明明是你取得了不该取得的结果，还要在我和张鹰之间过问这么多？你为什么一定要问个两败俱伤的结果？神盒被你打开了，你看到的不是天使，而是恶魔。我的答案就像一把双刃剑，伤了你也害了我。不过，今天你想问的我都回答了。这个答案是我的肺腑之言，你该满足了吧？"

强烈的占有欲让王红霞的灵魂发生了扭曲，面对李嘉齐和张鹰她无法取舍，她不仅想鱼和熊掌同时兼得，而且更想让张冬梅竹篮打水白忙活。然而，这些想法她无法说出口来，她气急败坏。

张冬梅不想再去面对王红霞突然扭曲的面孔，害怕看见张鹰眼里似是而非的嘲讽。她想立刻离开这里。可是，她觉得天旋地转，两腿不听使唤，身子东倒西歪，不争气的眼泪又流了下来。

"张冬梅,我送你回家。"张鹰跑过来扶住了张冬梅,转过头说,"李红芳,顾吉哲,还有你——嘉齐,你们就把王红霞送回家吧,她也喝多了。"

"张鹰,你……"张冬梅一甩胳膊,想摆脱张鹰有力的大手。

"什么都不许说了!"张鹰温柔而有力地阻止了张冬梅。

此刻,张鹰的眼神像波澜起伏的海洋,让张冬梅突然产生了投身大海的冲动。

刚走出包厢的门,张鹰就狂吻了张冬梅。张冬梅像遭到了雷击似的,直挺挺地站在那里,脑子里一片空白,心一下子坠到了海底。瞬间,她的意识恢复,王红霞的话语在她的耳畔回响:"冬梅,昨天晚上自习课以后,我和李嘉齐跑到食堂的一隅,在黑暗中偷偷地接吻了。原来接吻真的像书上描述的那样甜蜜醉人,让人心智迷离……不过,我能感觉得到,他是情场上的老手了……"

面对张鹰的诱惑,回想着王红霞的话语,张冬梅突然意识到,曾经和李红芳恋爱过的张鹰也是个情场上的老手,他与李红芳好过之后断然离她而去,我是否会成为第二个李红芳也被他戏耍呢?

可是,张鹰的双手那么有力,像钳子似的将张冬梅的左手腕紧紧地攥着。张冬梅突然恼怒起来,她猛地将张鹰推开,张冬梅对着张鹰,大喊大叫:"浑蛋,流氓,你有什么资格吻我?"

张鹰深情地看着张冬梅,说:"也许我没有资格,可是我管不住自己的心"他突然抱住了张冬梅,随即他那柔软而饱满的两片唇像花瓣一样扑落到张冬梅的唇上。

张冬梅心乱如麻,张鹰的爱将她彻底融化……

【05

张鹰和张冬梅从金海岸歌舞厅出来之后,并没有回家。他们在夜色中散步,体验朦胧中的美。他们围着雷江市火车站广场的外围,走了一圈又一圈。

张鹰指着第一次在这里见到张冬梅时的那个位置问:"你还记得那次我们在这里相遇的情景吗?"

张冬梅双手一摊,耸了耸肩,阴阳怪气儿地说,"我不曾记得有什么不期而遇?"

张鹰借着月光盯着张冬梅的眼睛,动情地说:"你知道你最打动我的心的是什么吗?是你看我漫不经心的那种眼神儿。你的眼神儿就像天罗地网,而我就像一只家雀,一不留神就成了你的网中之物。"

"你一定是自投罗网吧?"张冬梅闻着张鹰身上越来越清晰的气息,听着张鹰的甜言蜜语，她不知不觉地陶醉了。

张鹰因为欢喜而兴奋得晕眩，他侧着脸，目光不肯离开张冬梅的视线，他想：她就是我默默地爱了许久的女孩儿吗？我一直以为她是一块坚冰，永远不会被融化。然而，在这个炎炎的夏夜，我用世界上最动情最炽热的字眼向她诉说着对她的爱恋，终于把她感化了。

张冬梅在想：我突然爱上张鹰真是一个谜，他是我生命中的一个传奇！在今后的岁月里，我弄不清张鹰还有多少美妙的话语，感人的故事和动人的情话能继续撩拨起我的芳心，能继续让我热血沸腾。但我坚信，张鹰一定会用他的情怀来感动我，来震撼我，来揉碎我，直到我在他的怀抱里慢慢老去！

张鹰陪着张冬梅在广场上已经数不清走了多少圈，他觉得自己的双腿软弱无力了，他望着走在他身旁的意犹未尽的张冬梅脱口而出："我好累呀！"

张鹰的话一说出口马上既后悔又担忧，心想：糟糕，我怎么会说出这样的话来？我的话会不会正中她的下怀？她会不会顺水推舟地说——你累了是吗？那我们回家吧！今晚有她陪着，我真的不想回家睡觉，我只想和她待在一起，分分秒秒。

"你以为我是铁打的，我就不知道累呀？"张冬梅撒娇地说。

张鹰突然蹲下身子，两手撑着地面。

张冬梅惊奇地看着张鹰，担心地问："你怎么了？"

张鹰扭过头看着张冬梅，笑着说："上来吧，我背着你走哇！"

张冬梅先是一愣，继而跃到张鹰的脊背上，双手紧紧地抓住了他的肩膀。

"搂住我的脖子，我们要腾云驾雾了。"张鹰背着张冬梅狂跑了一会儿，随即往九龙塔的塔顶上爬去。

张冬梅把脸紧紧地贴在张鹰的背上，隔着薄薄的衬衣，她闻到了他身上散发的汗水和烟草混合的气息，听到了他强劲有力的心跳。

他们站在了九龙塔的顶端，夏夜的凌晨是那样的清凉。他们仰望着暗蓝色的天际，璀璨的星星仿佛就挂在他们的头顶，触手可及。

然而，这么多明亮的星星，张鹰并不想要，张鹰想要的只有张冬梅。

张冬梅静静地依偎在张鹰的身旁，投给张鹰深情的目光。

在张鹰的眼里，全世界的女孩儿只有张冬梅最美丽，尤其是她那双会说话的大眼睛，羞得天上的星星无地自容。

这天晚上，张鹰和张冬梅相爱了。他们觉得，在冥冥之中一定会为彼此的相爱付出惨痛的代价。可是，他们能抵挡住爱的诱惑吗？

开学了，张冬梅一踏进学校的大门就疯狂地想告诉所有的人——我恋爱了！早有恋爱经验的李红芳看出了张冬梅的心思，善意地制止了她的"疯狂！"然而，张冬梅就像着了魔一样，她在上课时偷偷地笑；她在自习时偷偷地笑；她在走路时偷偷地笑；她在吃饭时偷偷地笑；她在洗漱时偷偷地笑；她在如厕时偷偷地笑；她在洗澡时偷偷地笑；她在睡梦里偷偷地笑……

张冬梅会找出一切机会缠着张鹰，她会一遍又一遍发问："你实话告诉我，你到底是什么时候开始喜欢我的？"

张鹰瞅着张冬梅，夸张地摇摇头。"不记得了，"他故作深沉，假装认真地说，"我说过喜欢你吗？"

张冬梅佯装生气地说："讨厌！"随即转身便走。

张鹰急忙跑上来，挡在张冬梅的面前，一脸坏笑地说："大概……也许……差不多，就是在我们小学毕业的那个暑假，从我们第一次在火车站广场上偶见的时候吧！"

张冬梅一遍一遍地问，张鹰不厌其烦地答。他们就像两个傻子，更像一对疯子。

在张鹰面前，张冬梅时而温柔如溪流，时而娇横如狂风，时而缠绵如秋雨，时而沉静如初雪。

在张冬梅面前，张鹰不再飞扬跋扈，变得体贴温柔。

然而，那晚王红霞的表现在李嘉齐的心里掀起了波澜，李嘉齐悔恨自己的软弱，经不起王红霞的百般纠缠；李嘉齐悔恨自己定力不够，终被王红霞的殉情之举就范；李嘉齐悔恨自己轻信谗言，轻易折断了张冬梅射中他的丘比特之箭！李嘉齐与王红霞之间的关系由此变得越来越疏远。

当这一切被王红霞察觉之后，王红霞恨得咬牙切齿，王红霞气得将要发疯，王红霞在众目睽睽之下把张鹰喊出了教室，歇斯底里地质问："你为什么要背叛我？"

张鹰瞪了王红霞一眼，回敬道："我从来就没有爱过你，哪里来的背叛？既然你提出这个问题，那我倒要问你，你究竟爱我还是爱李嘉齐？你不要自以为是，我不可能像李嘉齐那样被你呼来唤去！"

王红霞大声地嚷嚷："我怎么自以为是了？我什么时候爱过李嘉齐了？"

"有理不在声高！你爱不爱李嘉齐你自己心知肚明。要想人不知除非己莫为，我永远也忘不了那晚你酒后吐露的真言！"

"放屁！"王红霞随手掴了张鹰一记耳光，让张鹰猝不及防，愤怒地说，"你不要为自己的花心找借口，我不是你任意宰割的羔羊！"

"女人，真是麻烦……"张鹰用手摸着自己火辣辣的脸，转身走开了。

然而，令张鹰万万没想到的是，他刚走了几步，迎面碰上了张冬梅，忙喊："冬梅，你……"

"哼……"张冬梅望了望王红霞，又看了看张鹰，疑惑地说，"你们……鬼鬼祟祟地在干嘛？"

　　"没干嘛！你在跟踪我？女人，真是麻烦透了！"张鹰回头看了张冬梅一眼，嘟囔着远去了。

第二十二章　校园血案

【01

　　张鹰时时躲避着王红霞，也故意躲避着张冬梅，他学习的心思再也收不回来了，破罐子破摔。老师们对他彻底失望，放任自流，他的学习成绩更是一落千丈，跻身大学功成名就的理想一点点破灭。

　　张鹰觉得无聊透顶，他在百无聊赖中想到了他钟爱的篮球，于是，篮球又成了他最好的伙伴。

　　李嘉齐虽然挣扎出爱情的旋涡，但是，他也经常被王红霞和张冬梅的"冷热"左右，他也因此陷入了莫名其妙的痛苦之中。本来，李嘉齐在班级里就是后十名的学生，处在失意与彷徨中的李嘉齐，对学习更没有了兴趣。从此，李嘉齐的父母渐渐地对他失去了信心，老师对他更"不感兴趣"。

　　李嘉齐和张鹰互诉苦衷，彼此的想法一拍即合，他俩开始逃避学习，逃避感情，他俩把心中的愤懑都发泄到了篮球上。班主任和校领导经常听到他俩打篮球最后厌学的情况反映，但是，对于他们这种死猪不怕开水烫的学生，学校领导采取了暧昧的态度。即使他们抱着篮球被学校领导撞见，学校领导也会睁一只眼闭一只眼，即使是对他俩批评和规劝，也如蜻蜓点水一般。

　　在他俩的影响和带动下，打篮球的队伍不断地"发展壮大"。因为学习不努力，成绩不突出而"舅舅不喜，姥姥不爱"的王东宁等十几名学生，很快加入到了张鹰和李嘉齐发起的打篮球的队伍中。

　　他们人多势众，打篮球蔚然成风，让班主任和学校领导非常头疼。班主任和学校领导不得不出面干预他们的"行动"。他们的篮球被老师们发现一个没收一个。张鹰悄悄地把篮球藏在了宿舍楼里一个废弃楼梯的最底端，藏在了他自以为最安全的地方。

　　一天，在大课间时，张鹰和李嘉齐等几个同学约定，凌晨之后借着月光去篮球场上"疯狂疯狂"。

　　他们像特务一样，鬼鬼祟祟地在约定的时间到达约定的地点对暗号接头。凌晨一点，李嘉齐等相继来到约定的地方，唯有张鹰迟迟未到。他们感到纳闷儿，正在相互打听，只见张鹰气呼呼地从那边跑过来，他边跑边喊："谁动了我的篮球？谁动了我的篮球啊？"

"小声点，别让老班和学校的头头听见！"有人提醒张鹰。

"管他呢！告诉我，你们谁动了我的篮球？"张鹰暴怒不已，狂躁不安。

"别着急啊鹰哥，"李嘉齐凑过去，劝解着他，"放篮球的地方不就你自己知道吗？是不是天黑没看到啊？要不，我帮你去找找？"

"不用找了……"张鹰说话的声音像从牙缝里挤出来的一样，含混不清地说，"嘉齐，给你打火机，看看我的脑袋碰破了没有？"

"怎么了鹰哥？碰着脑袋了？"李嘉齐接过张鹰递给他的打火机，打着了。火光迅速照亮了同学们惊讶的面孔，七嘴八舌地说，"哎呀，你的脑袋流血了，怎么碰的？快到校医那里去看看吧？"

"没关系，"张鹰强忍着疼痛，说，"不用了，是我自找的。"

李嘉齐明白了张鹰发怒的真正原因，安慰他说："鹰哥，我送你去校医那里包扎一下，打个破伤风针吧？"

就在张鹰犹豫的时候，远处传来拍打篮球的声音。

"嘉齐，仔细地听听，那边是不是有打篮球的响声？"张鹰循声走去，他已无法控制自己的情绪。

李嘉齐等人跟着张鹰来到了篮球场，只见王东宁等人正在兴致勃勃地奋战在篮球场上。

"谁动了我的篮球？"张鹰一声怒吼。

王东宁他们视而不见，继续打得热火朝天。

"谁动了我的篮球？"张鹰摸了摸仍在隐隐作痛的脑袋，气儿不打一处来，"到底谁动了我的篮球哇？怎么不吭声啊？谁动了我的篮球！"

"你爹动了。"王东宁抱着篮球跑过来，反击道。

王东宁话音未落就将篮球砸在了张鹰受伤的脑袋上。张鹰像暴怒的雄狮："嘉齐，上，哥们儿，上……"他边说边和王东宁扭打在一起。

王东宁边打边喊："是哥们儿的给我上，狠狠地打他们，看他们拿什么来牛！"他们双方混战在一起。

几天前，篮球场周围的院墙刚刚维修过，地上散落着一些建筑垃圾，张鹰趁乱抓起地上的一块砖头正想砸向王东宁的脑袋时，王东宁突然掏出随身携带的水果刀，向着张鹰的腹部刺了下去……

李嘉齐一看张鹰倒在血泊之中，抓起张鹰扔掉的砖头，朝着王东宁的脑袋用力地砸去……

张鹰因失血过多休克了，王东宁因脑部受伤昏迷了。同学们拨打了120急救电话，一刻钟后，一辆救护车驶入了校园，同学们七手八脚地把张鹰和王东宁抬上了救护车，送进了市人民医院。

学校保安闻讯后赶到事发现场，迅速查明情况，立即把李嘉齐押送到了城关派出所。

王东宁受了轻微伤，很快就离开了医院。然而，因篮球引发的纷争，制造了校园血案，王东宁因涉嫌故意伤害罪受到了法律追究，李嘉齐因为为张鹰两肋插刀，离开了他心爱的校园。

张鹰因失血过多生命垂危，在这千钧一发之际，张大鹏心急火燎地赶到了医院。然而，医院的血库中一时没有了张鹰所需的血型，张大鹏便自告奋勇要求给张鹰输血，可是，苍天弄人，血型配对的结果让张大鹏如五雷轰顶——他们的血型不匹配！站在医学的角度而言，张大鹏和张鹰之间不存在父子关系！张鹰的身世瞬间成谜，然而，张大鹏经过短暂的思想斗争之后，不仅把张鹰的身世之谜埋藏在了心底，而且千方百计，不惜重金为张鹰找到了血型匹配的献血者。

张鹰终于得救了。

在张鹰住院治疗期间，张冬梅日夜守护在张鹰的身边，给张鹰端屎端尿、喂水喂饭，给张鹰带了无尽的温暖。

康复之后的张鹰，很快忘记了身体的伤痛，再次投身到他钟爱的篮球和爱情之中。

【02

爱情是什么？在张鹰看来，爱情是让人急得发疯又让人美得要命的"东西"。在这个炎热多雨的八月，张鹰和张冬梅的爱情就像枝头上绽放的最艳丽的花朵。他们卿卿我我，不肯离开片刻。

张鹰家的藏美在每天早晨六点钟，都会准时把睡梦中的张鹰闹醒，而他每次醒来后心情都会非常激动和高兴。他听到藏美的叫声就像听到了起床号，他睁开惺忪的眼睛，迅速起床，马上到大门洞子里去取张冬梅塞进门缝的纸条，上面写道："老地方见，不见不散！"仅仅八个字，字字却有着非凡的魔力，立刻把张鹰的魂魄勾了去。

张鹰以军事化的速度洗漱完毕，然后着一袭白衫，大步流星地走到胡同口，倚着那棵粗壮的大杨树等待着张冬梅的到来。而张冬梅时常躲在胡同的拐角处，看着在枝叶间渗进的阳光里焦急地低头看手表的张鹰，她先是偷偷地笑，随即像机警的小兔一样跑到张鹰跟前，趁无人之机，伏在他的臂膀上，狠狠地亲他的脸蛋一口。然后，张鹰就会揽她入怀，嗅嗅她身上散发的美妙气息。两个人一起陶醉，一起欢喜。

张冬梅以为爱情就是这样，每天在无尽的快乐与甜蜜中度过，虽然有时也会发生小的争吵，可每次争吵过后，两个人会爱得更加浓烈更加紧密，恨不得分分秒秒都粘在一起。

在大人面前，他们装作若无其事的样子，可是，那些背着大人暗地里交换的缠绵不休的眼神，是那么甜蜜，像根植在彼此心底深处的花朵，含蓄而又热烈地绽放着。

张冬梅与张鹰在一起，总是觉得时间过得飞快。

在爱情的世界里，张冬梅忘乎所以。然而，她不懂得爱情其实是一朵特别需要呵护的娇美的花朵，越是甜蜜的爱情，越容易在暴风骤雨袭来时夭折。

这天一大早，张鹰一如既往地收到了张冬梅的纸条，一如既往地依着胡同口的大杨树等着张冬梅。然而，就在张冬梅偷偷地跑过去将要亲吻他的时候，放在他裤兜里的手机铃响了。张鹰敏感地把手伸进了裤兜，用力地把它抓在了手里。

张冬梅听出是手机发出的信息提示音，就开玩笑地说："快把手机拿给我瞧瞧，是谁给你发的信息，这么早？"

张鹰的脸色突然变了，支支吾吾地说："不……知道，可能是天气预报。冬……梅，你先回家等着我吧！回头我再联系你……"他边说边向着自家的方向跑去。

张冬梅瞅着张鹰跑进家门，心想："他一定是回家拿什么东西，或者是急着去厕所。他一定很快就会回来的。"然而，他却迟迟未归。

张冬梅只好回家等张鹰。她坐在客厅的沙发上，看着墙上的挂钟，秒针的每一次响动都会触及到她那敏感而多疑的神经，她突然担心张鹰会有什么不测的事情发生，这是她恋爱以来，第一次感到莫名其妙的恐慌。

时间像长了翅膀一样飞逝，然而，此时此刻，一分一秒对张冬梅来说却是世纪般的漫长。她家二十平方米的客厅，成了禁锢她的牢笼，她如困兽般狂躁不安，坐卧不宁。对她而言，持续的等待就是一种痛苦的煎熬，她来到张鹰的家门口，撼响了门铃。

院子里传来藏獒的叫声。

半晌，一个中年妇女从院子里走出来，瞅了瞅张冬梅，问："找谁呀，闺女？"

"哦——阿姨，我找张鹰，他在家吗？"

"你是张冬梅吧？自从我来的那天起张鹰就提及过你的名字，一直到现在都快三个月了，张鹰每天都会提及你的名字。刚才，张鹰一边念叨着你的名字，一边急匆匆地离开了家门，但不知他去了哪里？"中年妇女瞅着张冬梅痛苦而疑惑的眼神，热情地说，"对了，我是张鹰受伤之后他爸爸请来的保姆，你喊我红姨就行。现在，他家里除了我没有别人，你不如到屋里来等他，闺女！"

"嗯。"张冬梅点了点头，强作笑脸说，"谢谢红姨！"张冬梅心想，据我所知，自从张鹰的奶奶和赵阿姨被绑架杀害之后，张鹰有李嘉齐的陪伴一直没有再找保姆，由此可见，眼前这个保姆一定是在李嘉齐被学校开除之后请来的。

红姨一边训斥着笼子中的藏美，一边把正在走神的张冬梅让进了客厅。

张冬梅坐在沙发上，边回应着红姨的搭讪，边胡思乱想。她担心张鹰被王国治叫了去替王国治"打抱不平"；她担心会有某种不测的事情在张鹰的身上发生。她知道，王国治的生活圈子里鱼龙混杂，不三不四的女人经常陪伴着他。而张鹰桀骜不驯，喜欢惹是生非，她担心张鹰会因为一些鸡毛蒜皮的小事和别人发生口角乃至争斗！突然间，她又想起了不久前发生在学校的那场血案，她不由得吓出了一身冷汗。

张冬梅越想越后怕，索性掏出手机给堂姐打了一个电话。堂姐问她有什么事？她却支支吾吾嘘寒问暖，东扯葫芦西扯瓢地扯了半晌，才把话题扯到了王国治身上。

张冬梅问堂姐："你自己在家啊，姐夫没有陪你啊？"

堂姐回答："不是我自己在家，但你姐夫还睡得像死猪一样！"

张冬梅继续问："你在干吗，张鹰没去找姐夫吧？"

"我在做早餐，张鹰没有来过这里呀！"堂姐反问道，"怎么了冬梅，你和张鹰闹别扭了？"

"那他能去哪里呀？！"张冬梅失魂落魄地挂掉了电话，随即想给张鹰发个信息，问问他究竟去了哪里。可是，她的自尊心一次次告诫她，这个信息不能轻易发。张冬梅的手与心激烈地斗争着，她的手指无数次抚过手机上的按键，她的心却无数次迫使她停止了操作。

张冬梅满脑子的矛盾，面对红姨的搭讪心不在焉，埋头不语。她坐在沙发上，双手抱着膝盖，两眼痴痴的发呆。仿佛间，她所有的疑虑都变成了画面，不时地在她的眼前展现。最终，张冬梅未能战胜自己，给张鹰发了一条信息。然而，让张冬梅始料不及的是，手机接受信息的声响居然从大背头电视机的上方传来。机灵而敏感的张冬梅立刻起身，找到了张鹰的手机。她拿起手机，心中狂跳不已。她忍不住翻看着手机里的来往信息和电话号码，终于发现了在她刚发的信息之前打进的那个未接电话号码。她一看来电时间，这个电话号码正是她和张鹰方才约会时打入的。

张冬梅翻弄了一下张鹰的手机，瞅了一眼红姨，焦急地问："红姨，张鹰在离开家之前打电话了吗？用手机打的还是用座机打的？"

"哦……别急闺女，让我想想。"红姨看了张冬梅一眼，"打了，他是用座机打的。"红姨用手指了指那边的座机。

"哦，红姨，座机有来电显示吗？"

"有，是我来了之后才安上的。"

"谢谢红姨！"张冬梅边说边翻看了座机上最后打出的那个电话号码，发现与张鹰手机上的那个未接电话号码相同，她就用座机重拨了那个号码，片刻，一个公鸭嗓儿的阿姨在电话那端问道："你找谁呀？"

央求那位阿姨回忆一下，在一个小时之前，什么样的人用过她的电话？

电话那端的阿姨沉默了半晌说："好像是一个喝得酒气熏天的姑娘打过电话。可是，那个姑娘只是拨通了一个电话号码并没有说话就挂断了。后来，她就在我这里等着，很快就有人把电话打了过来。究竟是什么人打来的我就说不清楚了，好像是个男的。我只记得那个姑娘接电话的时候连哭带嚷，她让打过电话来的那个男的马上过来接她，不然的话她就爬到九龙塔上去寻死。我之所以记得这么清楚，是因为那个姑娘挂掉电话之后不停地呕吐。我可怜那个孩子，还用卫生纸帮她擦拭身上的呕吐物。后来，一个男孩子急匆匆地来了，把那个姑娘带走了。"

"阿姨，请你告诉我，您说的那个姑娘长得什么样子？那个男孩儿长得什么样子？"张冬梅的心似乎要从喉咙里跳出来。

"哦……让我想想，对了，那个姑娘披头散发的、高高的、瘦瘦的、模样挺俊的；那个男孩子嘛……对了，那个男孩子大高个、大眼睛、高鼻梁……对了，我想起来了，那个男孩子和那个大姑娘一见面好像喊了她的名字，我忘了他喊她什么霞了……"

"王——红——霞！"张冬梅从牙缝里挤出了三个字。

张冬梅挂掉了电话，气得瑟瑟发抖。她自言自语道："一定是王红霞在挖我的墙角，一定是王红霞为了达到自己不可告人的目的而挖空心思不择手段！"她木然地念叨着，泪水滴落在胸前。

红姨是过来人，一眼就看透了张冬梅的心思，劝解她。

张冬梅根本听不进红姨的劝告，脑子里乱糟糟的，她回忆着自己和张鹰之间的一切，想象着张鹰和王红霞可能发生的一切。

【03

张冬梅回到家，仍是满脑子的想象，她茶饭不思，夜不能寐，她闭不上眼睛，也流不出眼泪。黎明前，她索性起床，走出卧室，来到了客厅。她双手抱膝蜷缩在沙发里，像雕塑一样一动不动地看着透过窗帘的曙光，一点点照亮客厅。

早晨六点，张冬梅听见了鸟儿在院子里的梧桐树上叽叽喳喳的叫声。

芬姨起床了，走出卧室，蓦然间看到了坐在客厅里的张冬梅，吓了一大跳，情不自禁地喊道："谁呀？在这里干吗？"

"是我，芬姨。"张冬梅说，"我睡不着了，在这里待了一会儿。"

芬姨看了张冬梅一眼，摇了摇头，随即转身进了厨房。

这时，门铃响了。

张冬梅急忙走出客厅，来到院子，吓飞了梧桐树上的小鸟。

张冬梅打开了大门，看着站在门前的张鹰，他两眼通红，满脸疲惫，小胡茬子露了出来。然而，他依旧是那样帅气，他那张有些颓废有些落寞有些沧桑的脸，曾被张冬梅抚摸过。可是，此时此刻，他明明就站在张冬梅的面前，却让张冬梅感到那么陌生那么遥远。

"你怎么这么早就起来了？"他的声音有些沙哑，可眼睛仍熠熠生辉。

"答案在你那里，你应该问你自己。我问你，你为什么也这么早就起来了？"张冬梅恨恨地说着，走回了客厅。

张鹰跟在了张冬梅的身后。

张冬梅既没有责骂他，也没有用沙发垫子去砸他。这一夜的煎熬，让张冬梅曾想过用 N 种方法和 Y 种方式来折磨他，来报复他。可是，面对如此狼狈不堪的张鹰，张冬梅不但下不了狠心，反而说："瞧你那疲惫不堪的样子，坐下吧！"

"张冬梅，你的眼睛全是血丝，你是不是整夜没睡？"张鹰坐在了张冬梅的对面，点上了一支烟。

张冬梅深情地望着他，期待着他开口说话，期待着他告诉她，这一天一夜他去了哪里？究竟和谁在一起？做了什么事？

芬姨做好了早餐走出了厨房，来到了客厅，惊讶地看着他俩，问："张鹰，你今天怎么起得这么早啊？过来吃早点吧！"。

"谢谢阿姨，我不饿！"张鹰站了起来，说，"您们吃吧！"

"我不吃了，一会儿您和张强、顾吉哲去吃吧！"张冬梅觉得自己没有半点胃口，她猛地一起身，突然感到一阵晕眩。她努力站稳了脚跟，然后一步步朝着楼上走去。

她回到了自己的卧室，随即从里面反锁上了屋门。

"瞧瞧这些孩子，一个个的都怎么了？"芬姨嘟囔，"强子和哲子不知道到哪里疯去了，做好了早点也没有人吃。"

张鹰跟着张冬梅上了楼，然而，面对紧闭的房门，张鹰无奈而返……

张冬梅从来不知道爱情会这样伤人，会这样折磨人。她被爱情折磨得头疼欲裂，她想好好地睡上一觉。

张冬梅感冒了，昏昏沉沉地睡了一整天。其间，她醒来若干次，她一想起张鹰，脑袋就由浑浑噩噩的晕眩变成一种尖锐而深刻的疼痛，然后，她在疼痛中迷迷糊糊地睡去，再从一阵模糊的疼痛中醒来，然后，再迷迷糊糊地睡去。

傍晚时分，张冬梅在一阵急促的敲门声中惊醒。

她从门缝里往外一瞧，发现是张鹰。张鹰的白衬衫依然是那么耀眼，小胡子仍然没有刮，眼睛的血丝像渔网一样密集，他的眼神很痛苦。

"活该，"张冬梅在心里对自己说，"纵然你是万劫不复，你也休想感动了我张冬梅。"

"人是铁，饭是钢，一顿不吃饿得慌。你先下去吃饭吧，吃完了饭以后，你到我家胡同里的那棵杨树旁去找我，我在那里等你。"张鹰用手推了一下房门，从门缝里朝里面说。

"不用等我，我不会去的。"张冬梅有气无力地说着，随即关上了房门，瘫倒在床上。

"咚咚咚……"张鹰的心里急得要命，疯狂地用力敲门。

窗外风声大作，树枝摇曳。张冬梅喃喃自语，低声地哀求着："我心中的神啊，我求求你了，求求你驱赶走缠绕在我心中的痛苦和那个覆盖在我整个生命中的影子吧！不然的话，我会死掉的呀！"

张冬梅的手机响了，张冬梅抓过来一看，是张鹰的手机号码，她断然地摁下了拒听键。

片刻，张鹰从门的缝隙塞进去一张纸条：冬梅，不管你出来与否，我都会在那棵杨树下等你，我会一直等下去，哪怕等到地老天荒，请你给我一个向你解释的机会。

张冬梅躺在床上，鼻子不通气，脑袋昏沉沉的。她索性从床上爬起来，站在窗前，看着窗外阴沉灰暗的天空，闪电随意地出现在天空的某一个位置，像一道道美丽而明艳的伤口。

雷声滚滚，像她心中不平的呐喊。

然而，当张冬梅听到院子里铁门合上的响声，她的心猛地一沉，心想：是张鹰出去了吗？他真的离我而去了吗？他要在那棵杨树下等我吗？他是否还记得避雷的常识？可是，他让我这么伤心欲绝，我还要不要听他的解释？

可是，思绪迷乱中的张冬梅又睡了过去。这一觉她睡得很深沉，醒来时已经是午夜了，外面是哗哗的雨声，张冬梅突然想起了张鹰的纸条，不由得骂道："这个蠢货！"张冬梅知道他是什么样的傻事都能做出来的人。

张冬梅爬起来，脱掉裙子，换上裤子，拿着雨伞跑出了家门……

在张鹰家的胡同口，张鹰直挺挺地站在那棵杨树底下，雨水从天空落在杨树冠上，又从枝叶间滴落在他的头发上，然后顺着他的发丝滴落在他的身上，他浑身上下淋得像落汤鸡一样。

他一动不动地站在那里，两只眼睛深情地望着张冬梅。

风声，雨声，雷声，瞬间从耳边消失了。

张冬梅看着张鹰的脸，那种悲喜交加的表情，那双写满了爱却被痛苦灼烧着的眼睛，让张冬梅感觉到除了爱还是爱，她还需要他解释什么呢？

"张鹰——"张冬梅轻轻地呼唤，"你怎么这么傻呀？"一颗自以为坚强得如堡垒般的心就这样土崩瓦解了。她觉得她这一辈子，再也逃不开张鹰的"魔掌"了。

张鹰冲过去，一把抱住了张冬梅，在张冬梅的耳边喃喃低语："冬梅，你好狠心哪，我以为你不会来了。"

张鹰的身体有些颤抖。

已到立秋时分了，夜里的风已经有了秋的寒意。况且，张鹰已经站在雨中淋了六七个小时的雨，他全身上下没有一丝干的地方。

"傻瓜，我们回去吧？"张冬梅的心也颤抖着，心裂般地痛着。

"我不回去，我想让你多陪我一会儿，我希望分分秒秒都和你待在一起。"他抱着张冬梅不想松手。

"还是回去吧，来日方长，你回去换件衣裳，不然的话，你会感冒的。"张冬梅柔声细语。

"我不回去，我怕一关上房门，就再也见不到你了。"他温柔而倔犟地说。

"不会的，你回家去睡一觉，明天就会看到我的。"张冬梅说。

"不，我想抱着你一起睡，冬梅……"

"你是不是昨天晚上抱着王红霞一起睡的？"张冬梅终于忍不住心中的疑惑，问出了压抑在心中的问题。

张冬梅明显地感到张鹰的身体强烈地颤抖了一下，狂躁地说："不是这样的，是她喝醉了，醉得一塌糊涂，是我送她去医院打了点滴把时间耽误了。"

"你纵然有一千个理由，张鹰，你都不应该伤害我。"张冬梅抱怨地说。

"对不起，冬梅，我以后绝对不会了。"

深陷在爱情之中的人，在自己深爱的人面前流露出来的那种骨子里的温柔，会让一颗冰冷的心重新燃烧。

"嗯！那我就原谅你这一次，仅此一次！"张冬梅心中的怨气被张鹰的柔情蜜意消除殆尽。

"明天我们去旅游吧，我们去大佛寺。听说那里可以求神拜佛，我想求菩萨保佑相爱到老。"张鹰的声音那么温柔,这个坚冰一样的男孩儿,却用他的柔情感化了张冬梅,温暖了张冬梅。

【04

天亮了,却依然大雨滂沱。

张鹰因昨夜淋雨着凉,浑身酸痛不已,赖在床上不想起来。但是,当他想起自己昨晚对张冬梅的承诺,想起他们的旅行计划,禁不住坐了起来,拿起手机给张冬梅打了一个电话。他问张冬梅是否还在生他的气,在干什么?

张冬梅在电话里告诉张鹰,她独自上街逛商场,买了两条毛巾,两支牙刷和一个牙膏,买了两双旅游鞋,买了一些水果和即食食品。因为她平生第一次出远门旅游,所以不知道哪些东西旅馆里有,不知道途中带些什么东西合适。

张冬梅从商场里出来后,发现雨依旧下着,街上的行人和车辆很少。

突然,她看见一身红装的王红霞从对面走来,她想避开,可是已经来不及了,于是,她们就站在路旁寒暄了几句。张冬梅已经有将近一个月没有见过王红霞了,她瘦了许多,眼睛微凹,但黑色的瞳孔依然透明清澈,只是让张冬梅隐约感到里面暗藏着一些难以觉察的东西。

王红霞红红的嘴唇,几乎和身上的衣服一样的颜色,一说话就露出珍珠般的牙齿,她的笑容依然那么好看,可是,她的笑似乎有些牵强。然而,不管那天她背着张冬梅做了什么事,在张冬梅的心里却存着一丝内疚。因为,在张冬梅看来,留在张鹰身边的人应该是王红霞,却由于除夕之夜的醉酒而阴差阳错地颠覆了一切。

张冬梅平静而真诚地问王红霞:"你最近过得还好吗?"

"还好,还没有到阎王爷那里去报到!"王红霞的语气咄咄逼人,她在故意刺激张冬梅。在她看来,张冬梅知道自己亏欠她,所以,张冬梅在她面前注定了因底气不足而心虚。

张冬梅热脸碰了个冷屁股,她想马上告别王红霞。她一侧身,看见张鹰打着雨伞,从那边走过来。

雨哗哗地下着,风刮雨斜,像千万条线抽打在柏油路上,溅起层层白色的小"浪花"。

张冬梅听着有序的节奏,激动的目光穿过雨帘,望着身着白衬衫的张鹰,她忽然觉得世界是那样地静谧与安宁,仿佛周围的一切都不复存在,没有高耸入云的建筑群,没有愤愤不平醋意横生的王红霞,没有偶尔过往的车辆和行人,只有她和张鹰存在于这广袤辽阔的平原上。

在张冬梅的眼里，张鹰就是她的整个世界。

张鹰走近张冬梅，深情地望着张冬梅，他旁若无人似的埋怨她，说："你真是个傻瓜，我放下电话后就担心你忘记了带雨伞，结果还是让我猜中了。"

张鹰对王红霞视而不见，没有多看她一眼。

张冬梅不敢看王红霞的眼睛，但是，她完全可以想象到王红霞的表情。

张冬梅垂下眼睑，匆匆地和王红霞说了声再见。

一路上，张鹰一直给张冬梅撑着雨伞，讲述着他们这次旅行的计划……

晚上，他们坐上了通往正定大佛寺的长途客车。在车上，他们两个人依偎在一起，他们听到了彼此的呼吸和心跳。黑暗中，他们小心翼翼地伸出手，紧紧地攥在了一起……

抵达正定汽车站是凌晨三点半。此时的小城，雨过天晴，宁静恬淡，空气凉爽清新，飘荡着植物甜美的芳香。街道两旁，古朴的建筑和高大的树木沉默凝立，成排的路灯亮如白昼，在潮湿的街道上闪烁着清幽的光芒。

张鹰和张冬梅的到来，打破了夜的宁静。

一路的颠簸让他们感到很疲惫，但是，他们既激动又兴奋。

街道两旁，镶嵌在酒店旅馆"招牌"上的霓虹灯闪烁着耀眼的光芒，吸引着他们的目光。他们走了一家又一家，却一直没有找到空置的客房。他们毫不气馁，在费了一番周折之后，终于找到了一家有空房的"如家"旅馆。老板娘眯着一双小眼睛，仔细地打量了一番，诡秘地说："我们这里只剩下一个标间了，条件不错，内有卫生间，可以洗澡的。不过，你们不想住在一起的话就到别处去看看，反正也快天明了。"

"我们住在这里可以吗？"张冬梅征求着张鹰的意见，心无杂念，目光坦然。

"怎么不可以？"张鹰大大咧咧，目光透彻，心中坦然。

他们走进房间一看，空间很小，摆设陈旧，两张单人床，一张写字台和一台电视机，把房间里挤得满满当当。但是，墙壁粉刷雪白，床铺被亮白的床单覆盖着，看上去很清洁。他们随即决定了入住。

张鹰拿出身份证，办理了手续。

张冬梅选择了靠卫生间的那张床。

她洗了一个热水澡，之后，和衣躺在床上。

正在看电视剧情爱故事的张鹰瞅了瞅张冬梅，有些捉弄地问："为什么要和衣而睡？难道你害怕我把你强奸了不成吗？"

"我不为别的什么，我只是因为羞涩。我知道你不会违背我的意愿欺负我，所以与你独处一室我并不害怕。但是，我必须向你说明白，我长这么大以来，从来没有跟哪个男人共处过一室，从来没有在哪个男人面前宽衣解带，能和你在一起，虽然我无数次地幻想过，渴望过，憧憬过，可是，真的和你在一起了，我却不知道如何面对……"这样的场面真的让张冬梅感到万分尴尬，特别是，电视里男女情爱的场面，让她心生慌乱。

她躺在床上，胡思乱想，辗转反侧，难以入睡。她让张鹰关上电视机，催促张鹰快去洗澡睡觉。

卫生间传来的潺潺的流水声像一首催眠曲，张冬梅很快地睡去。她在迷迷糊糊中，觉得有两片柔软温热的东西在她的额头上如蜻蜓点水般的掠过。她努力地抬起沉重的眼皮，看到有个人影在眼前晃动，可是，她又觉得像是在做梦，她翻了一个身，又沉沉地睡去……

张冬梅一直睡到上午九点多才醒，她睁开眼睛，看见张鹰坐在对面的床上安静地注视着她。在她看来，那目光很祥和，很温暖，充满着爱恋，那姿态就像一个千年的雕塑。

在他看来，张冬梅就是他沉睡了千年的公主，终于被他的深情唤醒。此时此刻，他觉得张冬梅成了他前世今生的纠缠与牵挂，这种纠缠与牵挂在他的灵魂里滋生出无限暗淡的忧伤。

"你真像头小懒猪，你怎么睡得这么香，我都把你强奸了难道你还不知道吗？呵呵呵……快起来吧，刚才老板娘来过了，叫我们去吃饭呢！"

张冬梅下意识地看了看自己完好的衣裤，坐起来，娇嗔地捶了张鹰一拳："你敢？你要是那样做了，我会把你送进监狱的。"她边说边下了床，然后梳洗打扮。

之后，她和他一起牵着手，大大方方地走下楼。

老板娘是一个和善热情的中年妇女，见他们走过来就笑脸相迎打招呼，关心地问张冬梅："睡好了吗？"

张冬梅笑着点了点头。

老板娘又笑着问了一句："看样子，你们还是学生吧？"

张冬梅的脸红得像熟透了的苹果，羞怯地说："我们是兄妹！"她在心里埋怨自己，"为什么要向人家撒谎，在我们雷江市，十七八岁谈恋爱绝对不算早恋了。可是，我总有一种见不得人的感觉。"

张鹰听着张冬梅的谎话，觉得非常可笑，但是，他笑不出来，因为他突然产生了一种做贼的感觉。

张冬梅吃过饭之后，站在旅馆的后门口，发现老板娘在自己的小院子里种满了鸡冠花和夜来香。这时，天空又下起了小雨，雨无情地打在那些娇艳的花朵上，每一瓣细嫩的花瓣都滚动着晶莹的雨珠。

姹紫嫣红，暗香浮动。

细心的老板娘瞅着呆呆的张冬梅，特意提醒她说："闺女，你们是要去大佛寺的吧？这个点儿该去了。对了，里面有个和尚，抽签看姻缘看得可准了。你们不想去看看吗？"

"谢谢阿姨，我们这就去！"张冬梅的心里狂跳着，拉着张鹰的手离开了旅馆。

第二十三章　偷食禁果

【01

在去正定大佛寺的路上，张冬梅对张鹰说："如果明年我们考不上大学，我们也开一个像'如家'那样的旅馆。你当董事长，我当老板娘。但是，我们不仅要像那个老板娘那样，在旅馆院内种鸡冠花和夜来香，我们还要种玫瑰和蔷薇。不论是从此过路的鸳鸯，还是懵懂青涩的恋人，只要让我们看到那一张张疲惫沧桑的脸，只要让我们闻到他们身上风尘仆仆的味道，我们就用最热情最周到的服务给他们接风洗尘……"

张鹰拉着张冬梅的手，边走边点头，眼睛不时地瞅着张冬梅，嘴角洋溢着坏坏的笑意。他说："遵命，反正我上大学是没戏了，到时候，你能否当上老板娘就看你的了。"

他们来到了售票处，买了门票后，首先游览了正门外的一座高大的琉璃照壁，随即沿着宽敞的柏油路往寺庙内走去。

小雨依旧下着，张鹰一只手搂着张冬梅的腰，一只手为张冬梅撑着雨伞，他们的身体挨得很近。

寺庙周围绿树成荫，滴嗒的雨水把树叶冲洗得青翠。远处传来两只小鸟的鸣叫，声音婉转哀伤，在雨中你呼我应，声音清脆空灵，像一对久别重逢的恋人，互诉相思之苦。

"如果将来我们分开了，你会想我吗？"张冬梅的问题有些突兀。

张鹰先愣了一下，随即回答道："如果将来我们分开了，我会每时每刻都想着你的！"

"哼，甜言蜜语，我才不让你想着呢！"张冬梅口是心非，其实，她是多么希望自己心爱的男孩儿，就这样搂着她柔软的腰肢，一刻也不分离呀！

在这个阴雨连绵的初秋，张冬梅依偎在张鹰的身旁，仿佛听到了爱情的苗儿在他的胸中拔节的声音，仿佛看到了绽放在他心底的幸福花朵。

"都说'海阔凭鱼跃，天高任鸟飞'，难道自己十几年的苦读就是为了当一个老板娘吗？难道为了爱，仅仅为了爱，我就荒废了自己的学业，毁掉自己的大好前程吗？"张冬梅的心里突然矛盾起来，她苦笑了笑，摇了摇头，心想：可是，张鹰的学习成绩明摆着，他是进不了大学的校门的。当她想到自己真实的理想与追求，一种劳燕分飞各奔西东的可怕的现实仿佛就在眼前，她想：明年的这个时候，我和张鹰之间就恐怕要成为"一种相思，两处闲愁了。"

顿时，淡淡的忧伤冲破那层层雨雾，穿入张冬梅的胸膛。她不寒而栗，沉默不语。

张鹰拽着张冬梅，依次参观了寺内的天王殿、摩尼殿、牌楼门戒坛、慈氏阁、转轮藏阁、康熙乾隆二御碑亭……

她没有心情再看前面的风景，拽住张鹰的胳膊，一刻也不想离开他。她问自己："那些飘逸在寺庙中的雨雾，那些苍老无知无觉的树木，它们懂得爱情吗？它们懂得分离的痛苦吗？"

而张鹰听着旁边的导游讲："隆兴寺大悲阁内的铜铸千手观音，被称为'正定大菩萨'，与沧州狮子、定州塔、赵州大石桥并称为'河北四宝'，这是中国保存至今最高大的古代铜铸佛教造像……"张鹰的兴趣很浓。于是，他连哄带劝地和张冬梅一起来到了大悲阁。

在大悲阁，他们遇上了旅馆老板娘说的那个算卦极其灵验的和尚。按照和尚的要求，张冬梅跪在庄严肃穆的佛祖脚下，先虔诚地磕了三个头，而后乜斜了张鹰一眼，随即在心中默默地祈祷："万能的佛祖啊，请你赐给我身边这个男人智慧吧，让他超凡脱俗，让他对学习产生兴趣，让他和我考上同一所大学，让他和我结为恩爱的夫妻，让我们今生今世永不分离。"

张鹰也按照和尚的要求，给佛祖磕头，在佛祖面前许愿。

随后，他们开始摇签。

然而，令他们匪夷所思的是，他们先后摇落到地上的卦签，却是相同的下下签。于是，那个和尚分别递给他们一张印制的黄色的纸签，并念念有词：泪湿阑干花著露，愁到眉峰碧聚。此恨平分取，更无言语空相觑。断雨残云无意绪，寂寞朝朝暮暮。今夜山深处，断魂分付潮回去。

"……断雨残云无意绪，寂寞朝朝暮暮……"张冬梅把手里攥着的那张纸签念了一遍又一遍，她想，这不是北宋毛滂的词作——《惜分飞·泪湿阑干花著露》吗？可是，她的思绪全乱，又气又恼。她站在寺庙里，瞪着沉默不语的佛祖，喃喃自语："究竟我做错了什么？为什么要把这样的卦签赐给我？"

"你发什么愣啊？这有什么好琢磨的？"张鹰默念着自己手里的挂签，"……断雨残云无意绪，寂寞朝朝暮暮……"他揣摩出了张冬梅的心思，不由分说，抓起张冬梅的手腕拉着她就来到了寺庙旁的看台上。随即，他松开张冬梅的手腕，把自己那只手中的卦签拿在张冬梅的面前，满不在乎地说："我就不信邪，你就放心吧，人有十年旺，神鬼不敢傍！把你的卦签给我！"还没等张冬梅反应过来，他就把张冬梅手里的卦签拿了过去，三下五除二，他把两张卦签一起撕了个粉碎，攥在手心里，然后，把胳膊伸到栏杆外张开手掌，于是，那些黄色的小纸片就像花瓣一样洒落在风雨里，盘旋着坠去。

"你……"张冬梅瞪着大眼睛，疑惑地瞅着张鹰。

他将了将张冬梅被风吹乱了的头发，说："这些东西你也相信，你实在是太天真太幼稚了。如果一个卦签就能决定我们的命运，那么，我们的人生还有什么意义？抽到不称心的卦签，不往坏的方面去想，什么事情也不会发生；如果你非要往不利的方面去琢磨，那就会成为一块心病。卦由他生，命由己定！只要我们真心在一起，谁又能将我们分离？"

张冬梅努力地莞尔一笑，瞅着张鹰板起的面孔，说："此话有些道理，如果一个概率只有几十分之一的下下签，就决定了我们的命运，那也未免太荒唐可笑了……"

然而，不管张鹰如何安慰张冬梅，也不管张冬梅想怎样说服自己，那两张下下签却在冥冥之中为他们的爱情添上了一丝悲凉和沉重。

风雨大作，树木摇曳。整个大佛寺沉浸在一片浓郁的灰暗之中。天气突然变得寒冷，张冬梅觉得自己快被冻僵了。她双手抱着双肩，听着风声雨声，望着眼前的佛像，心思悠远，几次红了眼眶，却强忍着不让泪水流出来。

张鹰把张冬梅搂在怀里，把温暖传递给她，认真地说："冬梅，不要相信什么神算，那只不过是我们用手抖落出来的一个卦签，而那个和尚鼓舌如簧，故弄玄虚，假仁假义地把卦签上的内容复制给我们，企图让我们花钱破解，以达到骗取钱财的目的。我们要相信自己，要用自己的聪明和智慧去戳破他的谎言。"

"你是强词夺理，自欺欺人？"张冬梅仍然听不进张鹰的劝解，不解地问，"你可否给我心服口服的解释？你说说，那么多不同的卦签，为什么我俩抖出来的却是同一个下下签？"

"这个……完全是一种巧合！不要瞎琢磨了，走，我们拍照去，开心点！"张鹰笑得阳光般灿烂，可是，在张冬梅的眼里，她分明看到了他眼中的一丝忧郁……

他们逛完了大佛寺，天色将要黑下来。张鹰对张冬梅说："今天已经没有返程的客车了，我们就在这里多住一个晚上吧，也许，明天就会晴天，我们再去别的地方转转看看。"

张冬梅点了点头，又摇了摇头，她的心里很矛盾。她知道返程已经是不可能了，所以，她只好点了点头。然而，明天再去转转看看，她已经兴趣全无，所以，她又摇了摇头。

张冬梅和张鹰再次住进了"如家"旅馆，所不同的是，张冬梅住进了昨晚住的那个房间，而张鹰住进了与张冬梅隔壁的房间。

张冬梅对那两张下下签一直耿耿于怀，她恨菩萨，恨佛祖，更恨那和尚。她弄不清是神灵的点化，还是和尚在捣鬼。她把自己关在房间里，吃不下饭也喝不下水。张鹰喊她吃晚饭，她装作没听见。张鹰就使劲敲她房间的门，一直敲得隔壁房间的客人向他提出抗议，张冬梅对张鹰仍不搭理。

张鹰无奈返回到自己的房间里，写了一张纸条，从张冬梅居住的房间的门底下塞了进去：如果你这样折腾下去，那两张该死的下下签早晚会应验的。你知道吗？真心相爱的人是所向披靡的，现在，我们要做的是联起手来，齐心协力地推翻它。

张冬梅看完了纸条，一边擦眼泪一边打开了房门。

张鹰一走进房间，张冬梅就紧紧地抱住了他，动情地说："张鹰，你说得对，只要我们真心相爱，死也无憾。春宵一刻值千金，我们何必为那两张见鬼的下下签而空耗宝贵的时间？"

"嗯……冬梅，今晚我想和你睡在一起，你同意吗？"张鹰的呼吸变得粗犷。

张冬梅心如鹿撞，两颊通红。

"冬梅，你不要担心，我保证不会做出让你伤心的事情！"他的话语很真挚，落地有声。

"看在佛祖的面子上，就答应你这一回吧！不过，你要像昨晚那样，说话算数。"张冬梅装得很勉强，其实，她的心里很甜蜜。她多想争取时间的分分秒秒，和张鹰如胶似漆地粘在一起。

他们关上灯，相拥而卧。

窗外秋虫低鸣，月影朦胧，风吹花开，暗香浮动。他们拥抱着彼此，纠缠着彼此。充满渴求的手，在燥热不安中蠢蠢欲动；充满青春活力的气息，洋溢在梦幻般的夜色里，荷尔蒙在他们的身体里迅速产生，使他们彼此产生了巨大的引力和强烈的诱惑，他们清晰地听到了彼此急促的呼吸和强烈的心跳。

他们的双唇紧贴在一起，他们的身体交织在一起。在他们的内心深处，充满着对神秘无知世界的探索。

张冬梅身体的某处开始融化，在这潮湿温暖的秋夜，什么才能浇灭她身体里的烈火？

张鹰突然覆盖在张冬梅的身上，他狂吻着她。张冬梅承受着他暴风骤雨般的亲吻，一颗勃发的心充满了恐惧与渴望。

"对不起，冬梅，我还是回到自己的房间去睡吧！"张鹰突然推开了张冬梅，从床上跳了下去。他整理了一下自己蓬乱的头发，张冬梅却突然发现，他的头发虽然有些长有些凌乱，但他很有个性非常性感。

张冬梅慌乱地整理着自己凌乱的衣服，却隐隐约约感到有些失落。

张鹰突然拉开了窗帘。

月亮钻出云层，露出了皎洁的面孔。

房间里亮如白昼。

没有扣好衬衫扣子的张鹰，让张冬梅看到了那片光洁而性感的胸膛，又让她产生了急迫的向往。

"张鹰——别走！"

张冬梅第一次把藏在自己内心的渴望喊了出来，在张鹰面前，她不想再隐藏着自己的感情了。她明白，只要明天返回家去，他们就必须装作若无其事，再也不能牵手不能亲吻不能情意绵绵地相依相偎。所以，她需要他留下来陪她，她渴望他留下来陪她。

他留下来了。

这一夜，张冬梅把自己全部交给了张鹰。张冬梅完成了从女孩儿到女人的转变。

张冬梅成了张鹰的女人。

他捧着张冬梅的脸，一往情深地说："张冬梅，你听着，我这一辈子只会爱你一个人，所以，我也只许你爱我一个人。"

"是什么滴落在胸前，濡湿一片？"张冬梅瞅着张鹰的眼睛，心疼地说，"我的张鹰，你怎么流泪了？"

"爱情真是自私的！"张冬梅扑哧一笑，泪水却挂满了两腮。

张鹰不知道那是张冬梅幸福的泪水，皱了皱眉头，信誓旦旦地打着保票说："张冬梅，你放心，我一定不会让你后悔的。"

张冬梅哭着笑，笑着哭，她埋头不语，紧紧地抱着张鹰，她的眼睛看着窗外，不知道什么时候，月亮的周围布满了星星……

【02

进入高三以来，同学们的学习一天比一天紧张。可是，张鹰和张冬梅已经完全被爱冲昏了头。不管学习多么紧张，不管作业多么沉重，他们坚持每天写给对方一份情书，每天约会一次。哪怕完不成作业遭到老师的批评，哪怕频繁地接触被老师们抓了"现行"，他们全然不顾。

李红芳和顾吉哲行为诡秘，在老师和同学面前不留半点痕迹。

然而，有关"爱"的话题，在张冬梅和李红芳之间是完全公开的。在大课间时，张冬梅会把自己和张鹰之间的"秘密"悄悄地告诉给李红芳；李红芳会把自己和顾吉哲之间的"秘密"悄悄地告诉给张冬梅。她们经常会拿着对方的秘密当武器，相互搞些恶作剧。

王红霞辍学了。

王红霞没有告诉张冬梅辍学的真正原因，但是，张冬梅知道，在她和王红霞之间，早已在彼此的心里结成了最隐秘、最痛的伤疤。所以，她们在分离之后，彼此既没有写过一封信，也没有通过一次电话。

女孩儿之间的友情本来就弱不禁风，何况有了张鹰和李嘉齐的介入，她们之间关系的破裂就完全在情理之中了。

可是，李红芳在张冬梅面前会偶尔会提起王红霞，她说，最近的王红霞像变了一个人似的。张冬梅只是听着，却从来不打听王红霞的境况。

而李红芳和王红霞在电话里提到张冬梅时，王红霞要么转移话题，要么表现出厌烦的情绪。

在王红霞看来，张冬梅就是她肉中的刺，就是她心中的伤，一触碰就感到疼痛。

国庆节长假，张冬梅的爸爸和芬姨、张强一起乘飞机到海南旅游观光。

顾吉哲和李红芳去了他们约定的地方——南京。

张鹰去了上海和他的爸爸小聚。

张冬梅独自在家，无聊地打发着时光。

李嘉齐自从为张鹰两肋插刀被学校驱逐出校门之后，开始时在家里上网，涉猎天下奇闻逸事，他这样打发时光既感到"充实"，又能学到一些"知识"。可是，爸妈因为他的"深居简出"时常感到心里发"堵"。于是，爸妈经常对他发泄无名之火，由此，他和爸妈之间经常发生矛盾冲突。他为了寻求"自由"，经常出入网吧，时常夜不归宿。慢慢地，爸妈对他彻底的失去了信心，他不回家爸妈也不再找他。就这样，他在不知不觉中混迹于社会，经常和王国治等人待在一起。可是，在接下来的漫长的几个月里，张鹰似乎忘记了他的存在，一次也没有约见过他。他觉得张鹰过河拆桥，忘恩负义，心中的屈辱感油然升起。不知从何时起，他把心中的屈辱转化成对张鹰的恨意。他窃窃自语："张鹰，既然你不仁，就别怪我不义。"当他在王国治和张冬梅的堂姐那里知道了张鹰和张冬梅之间打得火热以及张鹰出行的情况之后，他绞尽脑汁，一个报复计划成熟于胸。

10月2日下午，李嘉齐得知张冬梅一个人在家后，就来到了她的家中。

他与张冬梅一见面，就是一顿神侃。之后，张冬梅去了洗手间。

李嘉齐立即起身，拿起放在墙角处的暖瓶迅速走到厨房里，将暖瓶里的热水倒出去半许，再加满自来水。而后，他把暖瓶放回了原处，偷偷地拧松了暖瓶的底座……

张冬梅从洗手间回到了客厅。

坐在沙发上的李嘉齐,目光在客厅里搜寻,问道:"有开水吗?我有些口渴。"

"有!不好意思,光顾说话了,我忘记给你沏茶了。"张冬梅边说边找来一个干净的茶杯,往里面放了少许茶叶,然后向着放暖瓶的地方走去。

李嘉齐急忙上前拦住了张冬梅,顺手拿过了张冬梅手中的茶杯,满怀感激地说:"不客气,让我自己来吧!"

就在这时,客厅里的座机铃响了。张冬梅看了座机一眼,回头对李嘉齐说:"对不起,我去接个电话!暖壶在那边,劳你自己倒吧!"

张冬梅拿起电话听筒,电话那端传来张鹰焦躁的声音:"就你一个人在家吗?你在干嘛迟迟不接电话?"

张冬梅不假思索地说:"没干什么呀!"

电话那端的张鹰有些怪异地问道:"想我了吗?"

张冬梅没有答话,回头望了李嘉齐一眼,脸唰的一下子红了。

"在大佛寺的那天晚上,我中了你的蛊毒,让我体无完肤,深入骨髓,已经无药可治了!"电话那端的张鹰调皮而认真地说,"冬梅,我想你想得不行不行的!"

李嘉齐发现张冬梅在专心致志地和张鹰通电话,就伸手抓住暖瓶的提手猛地用力一提,壶胆顺势撞掉暖瓶的底托,"砰"的一声砸在地板上,壶胆粉身碎骨,水花四溢,一片狼藉。

李嘉齐一声大叫,随即纵身一跳。

"妈呀!"张冬梅情不自禁地一声尖叫。她看了一眼地板上的壶胆碎片,马上意识到,里面的开水一定烫伤了李嘉齐的脚,她来不及和张鹰道别就挂断了电话。

张冬梅急忙冲进厨房,端来一盆凉水,不由分说就泼在了李嘉齐的小腿、脚脖子和脚面上。她一边瞅着李嘉齐痛苦的表情,一边说:"滚烫的开水钻进了你的裤子和鞋袜,落在了你的脚面上,一定会把你烫个够呛,你赶快把裤子和鞋袜脱下来,我给你找条裤子,拿双拖鞋换上!"

"这……家里就我们两个,孤男寡女的不合适吧?"

"都啥时候了你的心还这么脏?"张冬梅剜了李嘉齐一眼,"你就在这里脱吧,我去找裤子和拖鞋!"

片刻,张冬梅拿着一条长裤和一双拖鞋走过来,扔在沙发上,说:"这是顾吉哲的,你换上好了!"张冬梅边说边躲进了卧室。

李嘉齐本想借机制造一些"故事",再悄悄地用他随身携带的"偷拍设备"

留下音像资料，然后再把音像资料寄给张鹰。他之所以想这样做，就是想羞辱张鹰以解心头之恨，继而挑拨张鹰和张冬梅的关系，最后达到和张冬梅和好的目的。然而，张冬梅的善举让他改变了主意。

"很疼吗？"张冬梅估摸着李嘉齐已经换好了衣服，便从卧室里走出来，看着发愣的李嘉齐关心地问。

"不要紧！"李嘉齐故意皱着眉头，把换下来的裤子和鞋子放在了地板上。

张冬梅望着李嘉齐痛苦的表情，关心地说："我陪你去医院看看吧？"

"那……好吧！"李嘉齐对自己的"伤情"心中有数，但是，他为了不破坏自己曾经留给张冬梅的"美好印象"，决心继续把"戏"演下去。

就这样，张冬梅陪同李嘉齐一起打的去了市人民医院，急诊室的医生对李嘉齐"烫伤"的地方进行了检查，并询问了烫伤的经过。

张冬梅抢着回答："因壶胆脱落掉在地板上摔坏了，盛在里面的开水全部浇在了他的脚脖子和脚面上。"

医生望着李嘉齐，拍了拍他的肩膀，有些调侃地说："只是红肿，并无大碍。这个季节，穿得如此单薄，你却躲过了这场灾祸，真是个奇迹，小伙子真棒！"医生边说边给他开了一些专治烫伤的药膏，并嘱咐他说，"回去后一定要往伤处多涂抹几遍啊！"

李嘉齐和张冬梅直到傍晚才回到张冬梅的家里，他俩一进家门就听到了电话铃声，他们走进客厅后，电话铃声仍然顽强地响着。

张冬梅看了李嘉齐一眼，迅速拿起了电话听筒，就在这时，电话那端却把电话挂断了。

李嘉齐下意识地看了看穿在自己身上的顾吉哲的裤子和鞋子，尴尬地笑了笑，说："冬梅，请你把我的裤子和鞋子拿给我，麻烦你再回避一下！"

张冬梅想留李嘉齐吃晚饭，李嘉齐却因心中愧疚婉言谢绝了。

张冬梅刚把李嘉齐送到大门外，又听到客厅里的电话座机的铃声响了起来，她急忙跑回客厅，急忙抓起电话听筒"喂——"了一声，却发现电话那端又把电话挂断了。

张冬梅关掉了电视机，刚想美美地睡上一觉，客厅的座机铃声再次响了起来。

张冬梅刚拿起电话听筒，电话那端的张鹰就劈头盖脸地问道："张冬梅，你老实告诉我，你究竟干了些什么？"还没等张冬梅解释，电话那端的张鹰就先声夺人，不耐烦地说，"你信誓旦旦地告诉我，家里只有你一个人，可是，我分明听到了一个男人叫喊的声音！你能否告诉我，那个男人是谁？"电话那端，张鹰的语气中充满了怀疑和猜忌。

张冬梅开始时谎称是电视节目里发出来的声音，但在张鹰的再三逼问下，她不得已才对张鹰说："是李嘉齐来家里坐了一会儿，不小心被暖壶里的开水烫伤了，我送他去了一趟医院，所以没有在家。"

张鹰阴冷而狂躁地吼叫："是吗？原来是这小子在捣鼓事儿啊！他早不去晚不去，为什么偏偏瞅准了你的家人全都不在家的时候去？为什么偏偏选在我来上海的时候去？他一个大活人怎么会被暖壶里的开水烫伤？他和你究竟干了些什么勾当？你送他去医院为什么要偷偷摸摸？为什么不给我打个电话说明情况？"

"我怎么知道这么多为什么？反正不是我把他约了来的。你小肚鸡肠，什么人你也提防，你们不是好兄弟嘛，难道你对他也不放心吗？你问我他怎么会被暖壶里的开水烫伤了？我告诉你，是我家的那个壶底脱落了，壶胆掉在了地板上摔碎了，所以，他才被里面滚烫的开水烫伤了，你听明白了吗？……"张冬梅快被气疯了。

"张冬梅，我告诉你，此一时彼一时，现在的李嘉齐已完全不是过去的那个李嘉齐了，过去的那个李嘉齐曾为我两肋插刀，愿为我肝脑涂地，的确是我的好兄弟。可是，自从他为了帮我打架被学校开除之后，因为我对他的关心少了一些，他就开始对我心生怨恨。特别是我俩相恋之后，他就醋意横生，大骂我背信弃义，决心与我为敌。想当初，他经常挂在嘴边上的一句话是'兄弟如手足，女人如衣服'，可是现在，他重色轻友，不念兄弟之情。现在的李嘉齐，已不是个好东西，他这次到你家去，一定是黄鼠狼给鸡拜年——没安好心！……冬梅啊，我不是不相信你的话，可我就是纳了闷了，难道你连给我打个电话的时间都没有吗？"

"张鹰，你不要这么刻薄好不好？他和我好过，是你挖了他的墙角，难道你就一点儿也不觉得羞愧吗？张鹰，你简直就是一个混蛋……不是我没有时间，而是因为我们着急去医院，我忘记带手机了。"张冬梅觉得自己像个被审讯的犯人，渐渐地失去了耐心，变得狂躁起来。

"你们……"张鹰还想继续追问下去。

"是我们，怎么了？你在怀疑什么？"张冬梅以攻为守。

"不是我怀疑什么，是你的做法让我怀疑！"电话那端的张鹰仍强词夺理。

"不做亏心事，不怕鬼敲门，反正我没有说瞎话，随你怎么去想吧！明天我去参加节目排练，后天我去参加文化馆组织的文艺汇演，你往家里打电话还是白打，你明白了吧？"张冬梅的心被张鹰伤透了，她没等张鹰做出回应就挂断了电话。

【03

张冬梅正在文化馆彩排，突然，她的手机铃响了起来，她从衣兜里取出手机一看来电显示，张鹰的手机号码映入了她的眼帘，她既兴奋又气愤，立刻冲着她身旁的李红芳打了个手势。

李红芳心领神会地凑到张冬梅的跟前。

张冬梅瞅了瞅参加彩排的其他姐妹，把嘴巴贴到李红芳的耳旁，悄悄地说："是张鹰打来的，你替我接这个电话，告诉他，张冬梅把手机放在演播室了，不知道她人去了什么地方。"

李红芳接过手机，据下了接听键，同时打开了免提键，按照张冬梅的授意，把张冬梅的话语复述了一遍。

电话那端的张鹰焦急地问道："她什么时候回来呀？"

张冬梅一边侧耳听着手机里传来的熟悉而焦急的声音，一边继续打手势，让李红芳告诉电话那端的张鹰："不知道！"

尽管李红芳不知道张冬梅的意图，但她认真地完成了张冬梅的"请托"。

"那好吧，我一会儿再打！"电话那端的张鹰悻悻地挂断了电话。

过了大约一刻钟，张冬梅的手机铃又响了起来。张冬梅取出衣兜里的手机一看来电显示，还是张鹰的手机号码。任凭铃声顽强地响着，她假装听不见，她得意地听着焦急的铃声，心中感到阵阵欢喜——那是被一个男人时刻惦记的欢喜。

可是接下来，张冬梅的手机铃再也不响了，直到她彩排结束，她的手机铃再也没有响过。张冬梅隐隐感到失落，紧接着又胡思乱想起来：我这样做是不是太过分了？我是不是把他惹恼了？他是一个非常帅气的男孩子，一定会有很多的女孩子仰慕他暗恋他，他会不会因为不开心而和别的女孩子约会去了？张冬梅越琢磨越恐慌不安，一时变得沉默寡言。她低头摆弄着手机，不敢再把它放进衣兜里，恐怕听不到张鹰打来的电话，看不到张鹰发来的消息。此时此刻，张冬梅已不是单纯的沉默，而是一种等待的煎熬。

李红芳看着张冬梅失魂落魄的样子，终于忍不住了，愤愤地说："自作自受，活该、活该！"

"是啊，我这样做是何苦哇？我把自己的快乐建立在对方的痛苦之上，到头来却落得黯然神伤。爱情是个谜，损人又害己！"

张冬梅待在自家的客厅里，打开电视机却无心顾及，随即把它关闭。片刻之后，她拿起手机，给张鹰发了一条信息："彩排完了，我已回家！"

时间在一分一秒地过去，张冬梅丝毫不敢离开自己的手机，但她一直没有收到张鹰的信息。

于是，张冬梅的眼睛紧紧地盯着客厅里的电话座机，她那纤细而脆弱的神经绷得紧紧的。张冬梅心知肚明，刚才张鹰打来的电话一定是向她道歉的，可她故意捉弄了张鹰，冷落了张鹰。她默默地自责起来：是我晕了头，是我自作自受！

转念，她又为自己担心起来：他一定是看破了我的小人心机，他一定是厌倦了我。他一定是厌倦了我的固执，厌倦了我的冷漠，厌倦了我的自作聪明，厌倦了我的冷酷无情。他厌倦了我的一切。

夜越来越深，张冬梅似睡非睡似醒非醒，她隐隐约约感觉张鹰来到她的家中。她一骨碌爬起来，看了看窗外，几颗星星向她眨着眼睛，她恍然大悟，原来自己是在做梦。可是，她更加思念张鹰，她拿起手机连续给张鹰发了10条信息，让他速回电话，可是，张鹰始终没有回电话。她在痛苦地煎熬中盼到了天明，她鼓起勇气把电话打到张鹰的家里，红姨在电话中告诉她，不知道张鹰去了哪里。张冬梅暗暗叫苦："我们的关系完了，我们的关系一定完了，我们的关系再也回不到从前了……"张冬梅觉得自己随时随地会变成一缕烟雾，消失在空气里。她默默自语，"果真能够那样，那该多好哇！所有的痛苦和烦恼就一起蒸发了。"

10月4日下午，张冬梅和李红芳一起在电影院参加市文化馆组织的节目汇演，李红芳发现张冬梅魂不守舍，就再三叮嘱她："千万别这样无精打采的，倘若说错台词，做错动作那就麻烦大了！"

"我就四句台词，怎么会说错呢？动作跟着节拍顺其自然，更不会做错的，你就别婆婆妈妈的了。"张冬梅苦笑着说，"不过，万一我说错了做错了，你一定要提醒我帮助我及时救场啊，救场如救火你知道吗？"

可是，张鹰的风趣幽默，张鹰的阳光灿烂，张鹰的迷人笑脸，张鹰的夺魂眼神，张冬梅历历在目，张冬梅满脑子都是张鹰的影子。

"从现在起，我今生今世只爱你一个人，冬梅，相信我！"张鹰的话回响在张冬梅的耳畔。

"难道他的诺言轻如晨露，这么快就化作云烟了吗？"张冬梅的心里乱麻一团。

张冬梅是怎样演完那个节目的，她记不清楚也说不明白。她在李红芳的提醒下木然地走下舞台，来到后台的化妆室。

张冬梅坐在凳子上，木然地对着镜子卸妆。

这时，李红芳调皮地对她说："冬梅，有个帅哥在那边等着你，说要给你献花呢！"

张冬梅平淡地点点头，说："谢谢！"

一阵脚步声从门外传来，张冬梅下意识地回头望了望，只见张鹰捧着一束红玫瑰，站在了她的身后。

张冬梅愣愣地看着张鹰，舍不得眨一下眼睛，心想："我不是在做梦吧？这是真的吗？可这青天白日的还会有假吗？在这个时候出现在我面前的白马王子，不是我的张鹰还会有谁呢？"然而，此刻的张鹰无精打采，眼睛里布满了血丝，疲倦写在了脸上，露出的胡子茬儿显得有些猥琐，衣裤起了皱褶，周身散发着烟草和汗水混合的气息，这一切向张冬梅表明——那是张鹰长途跋涉、日夜兼程、一路风尘造成的。这让张冬梅十分心疼，万分感动。

张冬梅再也无法掩饰自己的情感，泪水像断了线的珍珠滑落在胸前。

张冬梅转过身来，狠狠地咬住了张鹰那只拿花的手背，而张鹰却用满怀的感激迎接张冬梅施予的疼痛，真是周瑜打黄盖——一个愿打，一个愿挨！

张鹰的另一只手拍打着张冬梅的肩膀，笑容满面地说："好了好了，咬一下解解恨就行了，这么多双眼睛看着咱们呢，你就不怕人家笑话吗？你还真的下得了口，你是属狗的啊！"

"让人家去看吧，有什么可怕的。我就是属狗的，咬死你……"张冬梅松开了张鹰的手腕，猛地抱住了张鹰的腰。

张鹰把那束红玫瑰丢在地上，趁势把张冬梅揽在怀里。

玫瑰的花香四溢，他俩的情意浓浓。

周围一片喝彩声。

张冬梅心花怒放，幸福和甜蜜溢于言表。她趴在张鹰的肩膀上，悄悄地说，"张鹰，你让我好感动……"

散场后，李红芳和顾吉哲邀请张冬梅和张鹰共进晚餐。

在充斥着油烟味的小包间里，他们四个人围着火锅，点着自己平常最爱吃的食物。

张冬梅满心欢喜，痴痴地看着张鹰，虽然只有几天不见，她却感到经历了漫长的别离。

"别看了，花痴！真的一日不见如隔三秋啊？"李红芳伸出右手，在张冬梅的眼前晃了晃。

"真烦人，"张冬梅打了李红芳的手背一下，睨了李红芳旁边的顾吉哲一眼，感激而埋怨地说："你们是好心邀请，可我们哪有心思享受啊！真是饱汉子不知道饿汉子饥！"

此刻，张冬梅多么想找个僻静的地方，躺在张鹰的怀里撒娇，多么想和张鹰来一次马拉松式的长吻啊！她和张鹰之间有太多的话要说，即使说一个晚上也说不完哪！

其实，李红芳早就看出了张冬梅的心思，却故意揣着明白装糊涂，冲着张冬梅挤眉弄眼地说："民以食为天，就算天大的事也没有吃饭要紧哪！何况你们……"李红芳吐吐舌头，故意卖起关子来。

张冬梅心领神会地点点头，撇撇嘴。

顾吉哲却傻乎乎地追问："他们怎么回事？"

张冬梅笑着，说："什么怎么回事？你问问张鹰不就明白了吗？"张冬梅并不想当众把张鹰"打翻醋坛子"的老底儿道破，只是想让张鹰自己"招来"。

张鹰很豪爽，他把自己吃了李嘉齐的醋的事弄了个竹筒倒豆子——全部抖落出来，惹得顾吉哲和李红芳捧腹大笑。

张鹰要了一瓶衡水老白干，在这个仲秋之夜，他想醉生梦死一次。

张冬梅的右手和张鹰的左手时不时地在桌子底下搋一搋，时不时地彼此脉脉含情地看对方一眼，时不时地彼此发出扑哧的笑声，时不时地彼此流露出醉人而甜蜜的笑容。

席间，顾吉哲陪着张鹰去了 WC，李红芳发出一声叹息，她仔细端详着张冬梅的脸，一双大眼睛瞪得很圆，狡黠地说："老实交代，你是用什么办法把张鹰弄回来的？简直眼红死我了。你说他去上海陪他老爸度假去了，要知道从上海到雷江市一千多公里啊，他是日夜兼程提前赶过来的吧？冬梅，你真幸福！苍天啊，大地啊，你也赐予我这样的一个男孩子吧！他这么帅气这么深情又这么浪漫……冬梅啊，你这是几辈子修来的福哇？"李红芳的眸子里洋溢着羡慕和嫉妒。

"哼，你吃着碗里的还看着锅里的，当心顾吉哲回来抽你大嘴巴子！"张冬梅对李红芳嗤之以鼻，认真地说，"红芳，这种想法可要不得，感情不能当儿戏！我曾经对你说过，由于我的父母感情不和致使我的家庭失去温暖，我的童年是何等的惨淡，我曾经对你说过，自从我懂事开始我就失去了母亲缺少了父爱，我就像一棵小草被世人忽略了存在，现在我告诉你，因为张鹰和王红霞的出现，让我游弋在友谊与爱情的边沿，挣扎在道德与良知的泥潭！"

酒足饭饱之后，顾吉哲送李红芳回家，而张冬梅站在橘黄色的街灯下，依偎在张鹰的身边，眼睛不眨地看着他。张冬梅害怕，一闭上眼睛就再也看不到张鹰了。

张鹰一直开心地笑着，眼睛里洋溢着幸福与满足。

张鹰的左手牵着张冬梅的右手，沿着城市的街道漫天目的地走着。此时此刻，张冬梅却默默无语。张鹰没来的时候，她觉得有千言万语要对张鹰说，可张鹰就在她的眼前了，她却不知道从何处说起。

"起风了，"张鹰站在那里，突然转过身来对张冬梅说，"等一下！"随即，他伸出右手给张冬梅理了理被风吹乱的头发，一往情深地看着她。他和张冬梅面对面，几乎脸贴着脸。他那棱角分明的唇十分性感，让张冬梅怦然心动。猛然间，张冬梅用左手搂住了张鹰的腰，顺势踮起脚尖用自己的红唇压住了张鹰的双唇……

一个月前，张鹰家的藏獒被人投毒杀死了，张鹰给他的爱犬购置了华丽的棺椁，为他的爱犬举行了隆重的葬礼。他把它安置在距离他奶奶的坟莹百米处的一个路口，让它时刻警惕并捉拿这里的魅魅魍魉，保护着他奶奶圣洁的灵魂。

此刻，红姨早已入睡。张鹰和张冬梅来到了张鹰的别墅，如入无人之地般地走进了豪华浴室。浴室里洁净而温馨，鸳鸯浴池华丽而浪漫，潺潺的流水声奏起欢快的音符，不断升腾的热气蔓延开来如团团迷雾，给格调优雅的小屋披上了梦幻般的色彩。他们脱光了衣服，羞怯又好奇地欣赏着彼此的身体，散发着青春气息的身体饱满而丰盈，他们的手指小心翼翼地沿着对方肌肤的曲线游走。张冬梅拿起张鹰的右手腕，看了看被她咬的伤口，轻柔地问道："还痛吗？"

张鹰垂着头，温情地看着张冬梅，许久，他摇摇头，说："有你陪伴在我的身边我痛快极了，'痛快'一词儿的含义就是痛且快乐。"

"哼，你就会甜言蜜语，你就会油嘴滑舌！"张冬梅动情地说。

"瞎说，"他一下子把张冬梅搂在怀里，贴着她的耳朵坏坏地说，"我还会别的呢！"

美妙的环境唤醒了他们的燥热和冲动，温热的水流像一条条小溪，带领着他们游向神秘的领域……

【04

国庆节就这样过去了。一开学，张冬梅和张鹰就眼巴巴地期盼着放假。一放假，他们就往家跑，恐怕错过分分秒秒。回到家后，他们会穷尽所能逃过大人的眼睛，寻找一切机会黏糊在一起，哪怕在大门洞子里短暂的相遇，他们也会飞快地牵牵手，吻吻对方的额头，随即像两只惊慌失措的小鹿，飞快地散去。

然而，随着时间的推移，爱情在李红芳和顾吉哲那里，已经失去了当初的快乐和甜蜜。

寒假期间，张冬梅和李红芳见了几次面。李红芳告诉张冬梅，她和顾吉哲谈了两年半恋爱，但是，为了实现上大学的夙愿，他们三个多月未约见，饱受了相思之苦。岂知，爱情是一个最不靠谱的"东西"，最经不起时间和距离的考验，"百日未见"竟让顾吉哲移情别恋，李红芳和顾吉哲的感情已到濒临破裂的边缘。在张冬梅看来，李红芳和顾吉哲之间的爱恋是在平淡之中让彼此感受了爱的甘甜。然而，在漫长的人生征途中，李红芳和顾吉哲之间的爱恋，如潮水般汹涌而来，又如退潮般迅速离去。李红芳不仅没有成为弄潮儿，反而品尝了海水苦涩的味道。

李红芳永远也无法忘记那个死亡的空间——那间长形的室内，一体的白色，白墙白床，白色的空调挂机，白色的沙发罩盖住了白色的床式沙发，一张白漆的木椅旁放着一张白色的小茶几，一个白色的痰盂放在床头的一侧，白色的床安放在靠窗的地方。她裸露着下体躺在那张床上，被"白大褂"任意地探测与玩赏。她聆听着"白大褂"尖锐的评论与挖苦，任由"白大褂"将那冰冷坚硬的器具深入下体，撕心裂肺的疼痛滚滚而来，殷红的鲜血玷污了这里的洁白，一堆模糊的血肉被无情地丢弃在痰盂内……就这样，她亲自将那个未知性别的生命送向了死亡！

李红芳向张冬梅讲述了堕胎的经历，讲述了自己经历的劫难和创伤。在李红芳看来，为所爱的人做出牺牲理所应该，可是，这种牺牲最终演变成徒劳。

然而，张冬梅并没有看出李红芳流露出多少悲哀。

那天晚上，她们两个人单独见了一次面。在友谊饭店，李红芳要了高碑店豆腐丝、麻辣鸭脖、红烧羊肉、酸辣海带丝，还要了一包石家庄牌香烟和蓝带啤酒。

李红芳学会了抽烟，而且姿势很娴熟。

对于她和顾吉哲之间的那段罗曼蒂克史以及后来不同寻常的经历，她说得很平淡，像祥林嫂述说着别人的故事一般。

李红芳说，其实，她早在国庆节期间就发现了顾吉哲的变化。在七天的长假里，他们一起去了南京。可是，就在这短短的七天内，顾吉哲天天魂不守舍，两次莫名其妙"失踪"。李红芳看着顾吉哲的变化，对他细心地观察，隐约感受到了另一个女孩儿的存在。在李红芳的再三追问下，顾吉哲不得不说出与他们"同行"的那个女孩儿的名字。以前，顾吉哲和李红芳在每个周末都会想办法见面。可是，自从南京之行以后，顾吉哲总是说周末要和李嘉齐以及张鹰一起打篮球，所以，不能再和李红芳见面了。顾吉哲哪里知道，女人对爱情最敏感，他的异常表现，李红芳一目了然。但是，李红芳是个隐忍的女孩，她想，虽然他们在一起时，顾吉哲对她关心备至，经常送给她小礼物，但是，总有一天，男人会看透里面的风景，总有一天，顾吉哲会移情别恋。

可是，只要顾吉哲不提出分手，李红芳也不会主动提出分手的。她以为自己有足够的耐心能够忍受，她以为爱情就是一场滴水穿石的过程。

国庆节长假的最后一天，他们一起坐火车离开南京。在南京站，她看到了一个女孩儿，穿着白色的裙子，站在一个角落里，安静又幽怨地看着他们。这时，顾吉哲牵着李红芳的手放松了，只是放松了，没有完全放开李红芳。他低着头，没有理睬那个女孩儿，牵着李红芳的手上了一辆的士。可是，敏感的李红芳骗不了她自己，顾吉哲那只放松了的手，那微妙的一瞬间，就在冥冥之中说明了一切。

初冬的一个周末的早晨，她去了顾吉哲那里，顾吉哲在市郊租了一间房子，以前的每个周末，他们俩在那里度过，一起做饭看书做爱，像一对小夫妻。

她拿钥匙开门时，发现门反锁着。她敲了敲门，里面有动静却没有人答应。她立即明白了。她站在门外喊："你今天不开门，我就不离开这里。"

这样僵持了一个多小时，门终于开了。她第一眼就看到坐在床上的那个女孩子，正是她在南京火车站见到的那个女孩子。

"我好冷，顾吉哲。"李红芳抱着自己的双肩，可怜兮兮地看着顾吉哲，"你能抱抱我吗？"

顾吉哲抱住了李红芳，可李红芳至今也弄不明白，顾吉哲在那个时候为什么还要去抱她，明明和另外一个女孩子缠绵了一夜，那垃圾桶里的卫生纸，那满屋子的腥臊味儿和女孩子愤怒的表情早已说明了一切。

她没正眼瞧那个女孩子，两只眼睛死死地盯着那张床，她想起自己也在那张床上躺过，如百合一样，在上面悄然绽放过，现在又有另外一个女孩子在上面躺过，双人床三人用，真是对爱情的讥讽。

"我好饿，顾吉哲，我早早地赶到这里还没有吃东西，你这里还有什么可以吃的吗？"李红芳娇嗔地说。

"我去给你做油炸馒头片。"顾吉哲还是那样温存，对于那个女孩子，他置若罔闻，不予理睬。他只是心虚，毕竟李红芳在他的心里的地位已经和妻子的位置差不多了。何况李红芳不吵不闹，但他隐约感觉到，在这种平静的下面酝酿着一种风暴的来临。

顾吉哲就在这个房间里给李红芳做油炸馒头片。自始至终，那个女孩儿像一个充气娃娃摆放在那里，没有言语。

顾吉哲把做好的油炸馒头片盛到碗里，拿了一双筷子，递到李红芳的面前，赔罪似的说："快趁热吃吧！"

"我不，我要你喂我吃！"李红芳摇了摇头，依然撒娇着说。

"好吧！"顾吉哲无奈地笑了笑，用筷子夹住一块馒头片，送到李红芳的嘴里。

李红芳把馒头片叼进嘴里，没有咀嚼，像含着一只五味瓶儿，那种滋味难以言表，但她始终笑着，笑容是那样的僵硬。此时此刻，她的心在疼痛中早已催化成一块坚硬的石头。

那个女孩子终于起身，打掉了顾吉哲手中的碗筷，摔碎了放在桌子上的两只盛满方便面的碗，冲着顾吉哲大声地叫喊："你算个什么东西？"然后哭泣着掩面而去。

这是一场闹剧，李红芳是这场闹剧的总导演。她以为自己会哭会闹会哀求顾吉哲只爱她自己，可是，此时此刻，她流不出半滴眼泪，也没有闹的力气，更没有哀求的动力。她不是个坚强的女孩子，但是，眼前这个男人让她学会了坚强。

李红芳看着一地的狼藉，看着尴尬的顾吉哲说："我今天最想做的一件事就是烧掉这张床，把我曾经在这张床上躺过的痕迹彻底灭掉。"说话间，她拿起桌子上的打火机，触动了开关，打火机立刻升起高高的火焰。

顾吉哲惊恐万状，伸手迅速将李红芳手中的打火机打落在地板上，用脚把它踩了个粉碎！

李红芳转身走出了顾吉哲租住的房子，顾吉哲在她的后面追赶着，她不想理睬他，也不想听他的解释。她想："碎了的碗捡起来还能修补好，可改变不了它曾经碎裂过的事实。修补的工艺即使再好，也会留下裂缝。我不需要一只修补过的碗，那些修补过的痕迹永远暗藏着另外一个女孩子的影子。"

李红芳吐了一口烟雾，继续说："我的爱情就这样完了，也许一辈子就这样完了，他耗掉了我所有的热情和激情，我必须主动放弃，我不能听天由命！"

烟雾在张冬梅的面前缭绕，张冬梅看不清李红芳的表情，却能感觉到李红芳的忧伤和绝望。

【05】

2009年5月1日，王红霞的爸爸因涉嫌贪污受贿罪被检察院刑事拘留。

张冬梅和李红芳去看王红霞时，王红霞一家已经搬出了市委家属院，安置在城乡接合部的一栋老式筒子楼里。这座楼是20世纪80年代的建筑物，清一色的红砖到顶，没有经过任何粉饰，它周围的绿化带名存实亡，杂草丛生，荒芜萧条。

张冬梅将近八个月没有见过王红霞了，张冬梅经常想念王红霞，却因为张鹰和李嘉齐的存在让她和王红霞之间横生罅隙，纵然想她也不愿意见到她。然而，飞逝的时间胜过灵丹妙药，王红霞留给她的伤口早已结痂愈合了。她见到王红霞时，发现王红霞瘦了，个子显得更高挑了。高二时，她身高1.7米，现在已经1.75米了。尽管她的家里发生了变故，但她的眸子仍然清澈明亮，她的神情愈发楚楚动人。在她的骨子里，仍然透着咄咄逼人的傲气。

李红芳曾对张冬梅说过，自从张鹰和张冬梅好上以后，自从李嘉齐被学校开除以后，王红霞再也没有找过男朋友。虽然追求她的男孩子无数，但再无人打动过她的芳心，也许在她的心里，始终留着李嘉齐或者张鹰的位置。

张冬梅和李红芳与王红霞见面之后，王红霞并没有谈及自己的家事，而是谈起了自己的人生理想。她说，马上就要高考了，可她失去了高考的资格，错失了上大学深造的机会，即使来年能够复习重新迎接高考，她也不想继续复习了，她想去当空姐或者去当模特儿。

张冬梅知道王红霞的理想意味着什么，但她埋头不语，她不知道如何安慰王红霞。如果李嘉齐不为张鹰"两肋插刀"，就不会被学校开除学籍；如果李嘉齐继续在校学习，如果张鹰没有选择张冬梅，王红霞就一定不会选择辍学，而且一定是各学科优异的高中生，指日便可实现自己的大学梦。然而，人生误入歧途一步，身后便是沧海横绝。

王红霞有意疏远着张冬梅，她不问张鹰的事，也不问李嘉齐的事，多了几分寒暄和客套。但她与李红芳却无话不谈，她们谈了很多话题。那个晚上，在李红芳的鼓动下，王红霞抽了她人生的第一支烟，她被呛得眼泪直流，却丝毫不想放手，她想把家庭遭遇的不幸和自己以往的不快都化作云烟，随风散去。

她们三人分别时，王红霞最终忍不住问了张冬梅一句："你们还好吗？"

"我们还好，"张冬梅真诚地说，"你自己也要好好的！"

"我会的！"王红霞冲着张冬梅莞尔一笑，转身走进了黑暗之中。

"不要怨天尤人，"李红芳站在王红霞的背后，意味深长地高声说，"这是你们的劫数！记得我爸爸说过——人生全由命，半点不由人。也许，冥冥之中每个人都要接受命运之神的安排！"

短暂的相聚之后，她们又各奔东西。

张冬梅和张鹰的爱恋还是浓烈如初，他们每天都会偷偷地用手机给对方发信息，每个周末都会偷偷地上网聊天，网络拉近了他们之间的距离，网络那端的张鹰是那样的豪情满怀，是那样的坏，他什么样的豪言壮语都说的出来，什么动听的情话都说的出来。网络这端的张冬梅，看着那些滚烫的字眼，脸上红云翻飞，热血沸腾。张鹰的甜言蜜语滔滔不绝，张冬梅的心中汹潮澎湃！

学校不少男生把丘比特之箭射向张冬梅，张冬梅却心如磐石，从未心动过，慢慢地，那些男生都知道张冬梅是一枚盛开在云端的花朵，可望而不可即，对张冬梅渐渐地失去了信心和勇气。

高考结束后，张冬梅在等待大学录取通知书的日子里爱上了服装设计。在那细碎安静的时光里，那些原本没有生命的柔软的布料经过她的想象、构思、设计、裁剪、缝制、熨烫，一件件"艺术品"在她的手里诞生，并赋予它们生命和灵性。

当然，张冬梅所能做的只是她在外面的成衣店里看到的一些式样，经过她的改良，加入她的思想，那些时尚的艺术品便让她爱不释手。

当李红芳等人向张冬梅跟潮的时候，张冬梅的兴趣又转向织毛衣了。

其实，张冬梅在九岁那年就学会织毛衣了。那是她妈妈死后的第二年，张冬梅用自己的压岁钱买了一种时兴的大红毛线，她向大婶大姐们求援，经历了千难万难，终于给自己织就了一件毛衣穿。那件毛衣样子笨拙，没有图案，她却美滋滋地穿着它去了校园，甚至兴奋地在同学们面前谝一谝。

老师和同学们都说张冬梅早熟——失去母爱缺少父爱的孩子怎会不早熟呢？张冬梅自从学会织毛衣后，就经常给自己和弟弟织毛衣，张冬梅很迷恋孩提时代编织毛衣的那段时光。在安静、祥和、细碎的忙碌中，一针一针地编织着自己的爱心，一针一针地编织着自己的心事，一针一针地编织着自己的梦想。

如今的张冬梅可以上网查阅大量的手工编织毛衣的资料，以丰富自己的想象力，可以随心所欲地利用这段闲暇的时光织毛衣。然而，眼下她所做的这一切不是为了她自己，也不是为了她弟弟，而是为给她的心上人张鹰织毛衣。毛线针又小又尖，一不留神就把她的手指戳破了，可她心里想着张鹰穿着她编织的毛衣的样子，她的血液里流淌着幸福和甜蜜。然而，不知为什么，她有时会莫名其妙地想起李嘉齐。

张冬梅和李嘉齐已经将近一年没有见过面了。

李嘉齐在经历了失学的痛苦之后，曾经徘徊在人生迷茫与堕落的十字路口。在父母和奶奶不断的叹息和开导下，他重新选定了自己的人生坐标。他痛下决心，在父亲的支持和帮助下离开了令他伤心令他迷茫几乎堕落的雷江市，在北京某地经营起自己的酒吧。

一天，张冬梅到堂姐家串门聊天，无意中从王国治的嘴里知道了李嘉齐的QQ号码。张冬梅回到家里后，打开电脑，加了李嘉齐的QQ号。从此，她与李嘉齐取得了联系。可是，李嘉齐不经常上网，但经常会给她留言。李嘉齐在留言中述说了他所经营的酒吧的收入情况，以及到他的酒吧里来过的那些影视明星和歌星的姓名；述说了北京日益严重的雾霾，令他大开眼界的世界公园，以及全世界独一无二的故宫；述说了他用他爸爸的钱购置了高配的帕萨特轿车，并想利用这部轿车载着张冬梅一起游览香山的风景。

这天晚上，李嘉齐和张冬梅终于在网上"碰"到了一起，他们高兴地聊天。电脑那端的李嘉齐说："我最近要回家一趟，看看我的小女友有没有成长，是不是比以前更加漂亮？"

电脑这边的张冬梅边笑边说："别屎壳郎戴花臭美了，你曾经的小女友早已名花有主了！"

"是吗？不是说好了你要和我在一起的吗？"电脑那边的李嘉齐故作惊讶，语调夸张地说。

　　电脑这边的张冬梅感受着李嘉齐的幽默，停顿了片刻，说："世事变迁，沧海变良田，往事不堪回首，就让我们一起忘记过去的那些事吧！不过，嘉齐，我真的想你了，你赶快回来看看我吧！"

　　李嘉齐感受着张冬梅的细腻与温暖，马上表态说："那你一定等着我，我很快就会回去看你的！"

第二十四章　致命晚宴

【01

　　客厅里的光线洒落在挂历上。

　　张冬梅数着挂历上的日期，继续等待着大学录取通知书的到来，这样的等待对张冬梅来说，无疑是一种痛苦折磨。

　　电视里上演着都市青春励志电视剧《我的青春谁做主》。

　　张冬梅为了打发无聊而漫长的等待时光，为了送给她的心上人张鹰一份温暖和惊喜，她边看电视剧边织毛衣。她就像等待丈夫迟归的贤惠妻子，温婉动人。

　　就在这时，张冬梅接到了张鹰打来的电话，张鹰在电话那端激动而认真地说："媳妇……我不想再这样偷偷摸摸的了，我们已经高中毕业了，我们都长大成人了，我们应该正常而阳光的相恋，我想在每个夜里都与你相拥而眠。我想把我们的关系向我们的家长挑明了，无论他们同意与否，我们必须坚持我们的打算！"

　　张冬梅在电话这端说："等高考有了结果再说吧！我爸爸脾气大，万一闹僵了，万一我高考落榜了，我的日子就难过了。"

　　张鹰在电话那端边点头边说："冬梅，你还记得去年国庆节期间你参加市文化馆组织的节目汇演时，我匆忙从上海赶回来时的那种狼狈相吗？当时，你一定会认为我是为了我们的爱情而千里迢迢来到你的身边，所以你高兴和激动得泪流满面。其实，你只知其一不知其二。为了不改变我在你心中的完美地位，为了让你在糊涂中得到幸福，这么长时间以来，我一直在隐瞒着一个事实真相。现在，我不得不告诉你，我和我爸爸的关系在我去上海那次就彻底闹僵了，我们之间的父子情分早就完蛋了。现在除了在住房、保姆和经济上我还没有摆脱掉他的勇气，在感情上我们已经彻底生分了。我爸爸对我的态度相当冷漠，那种冷漠不是能用'形同陌路'这样的词汇来形容的。换句话说，他对我不仅冷眼相观，而且十分反感。所以，我们之间的事情我不敢也不想和他挑明了。前天他给我的手机上发来一条信息，说要回家待上一段时间，处理一下家产，再和我进行最后一次谈判！反正你那里也有他的联系电话，实在不行你就联系他。冬梅啊，你别看我在人前咋咋呼呼，其实我的内心非常孤独，所以，我才越来越离不开你。至于高考的结果，用不着等到揭榜的那一天，我早就知道自己高考的结果了。我若是能被大学录取了，人家那些刻苦学习的一定会喝药上吊的。所以，我才盘算着和你一起谋划我们下一步的共同生活。既然你这样说，那我们就只有走一步看一步了！"

张冬梅把手机紧贴耳朵，用心地听着，揣测着张鹰的心思，喃喃地问道："张鹰……你和你爸爸彻底闹僵了，怎么会这样啊？你听我说……我知道你的心里一定非常难过！可是，为什么你不早把这些告诉我？为什么有了困难你一个人扛着？事到如今，你为什么还要闪烁其词？告诉我，你究竟还有什么事情瞒着我？"

电话那端的张鹰半晌不语，最后鼓起勇气说："冬梅啊，你是天底下最大的傻瓜，这么长时间以来你就丝毫没有发现我的异常吗？表面上我处处逞强，背地里我却郁郁寡欢，我沉浸在无限的痛苦之中不能自拔，这些你知道吗？现在我只想告诉你一句话，张大鹏不是我的亲爸爸！谁能告诉我——我究竟是谁？谁能帮助我揭开我的身世之谜呀？那天，王东宁用刀子刺破了我的脾脏，我因失血过多导致昏迷，住院后急需输血救治，然而，医院里却没有与我的血型相匹配的血浆，我爸爸，不，张大鹏闻讯赶来，他为了挽救我的生命自告奋勇，非要把他的鲜血输给我不成，可是，结果令人尴尬，我们的血型不相匹配，由此，张大鹏对我的身世产生了怀疑。虽然当时他并没有拿到亲子鉴定的结果，但就是从那一时刻起，我的生活发生了改变！我知道，这样的事情对我爸爸……不……对张大鹏来说也是致命的一击。然而，开始时他选择了沉默，他把痛苦偷偷地埋藏在了心底。可是，这对已过不惑之年又无其他子女的张大鹏又怎能甘心哪？所以，他一直在千方百计地想揭开我的身世之谜。在去年国庆节长假期间，他和宫会生那个'狐狸精'经常在我的背后窃窃私语、指指点点。我曾经无数次换位思考过，所以我就一直忍着。可是后来，因为生活琐事，我们发生了严重争执，彼此大动干戈，终于引爆了张大鹏久藏于心中的愤懑情绪，他那种无法控制的情绪最终转化成暴风骤雨，他把自己多年来对我的所有不满，对我妈妈的种种偏见一股脑儿地发泄了出来，我们的父子关系彻底决裂！现在，我成了孤苦伶仃的人。如果我的生命里失去了你，我不知道自己能否还有继续生活下去的勇气！冬梅啊，现在，我把该说的和不该说的都告诉给你了，何去何从你自己选择吧？你问我还有什么事情瞒着你？这就是我的全部答案！就这样吧！"张鹰挂断了电话。

这段时间以来，张冬梅处在迷茫和猜想之中，心情久久不能平静！

2009年的高考成绩终于揭榜了，一切都尘埃落定。李红芳和顾吉哲接到了大学录取通知书，欣喜若狂，张鹰和张冬梅名落孙山，心情沮丧。

李嘉齐在北京的生意，做得风生水起。

王红霞辍学后开始了北漂，现在在模特儿行当中初露锋芒，后在"亚洲小姐选拔赛"中脱颖而出，成为国色天香。

各种消息像风一样疯跑，它们无孔不入，快速至极，撩拨着各种人的情绪。张鹰、李嘉齐、顾吉哲、王红霞、张冬梅、李红芳，他们在不同的地方聆听着不同的消息，都在暗中关注着彼此的命运。

由于张冬梅的存在，让李嘉齐最终选择了离开王红霞；由于张冬梅的存在，让张鹰与王红霞之间的爱情成为永远不可能。

王红霞时刻在想：哪个男子不钟情？哪个女子不怀春？可是，为什么李嘉齐和张鹰都会喜欢上张冬梅这样出身的人？她百思不得其解，于是，羡慕嫉妒恨。她在除夕之夜的诡计，偷鸡不成反蚀把米，她对张冬梅的陷害之心始终不肯放弃。然而，残酷的现实让她学会了隐忍，让她学会了放长线钓大鱼，她在爸爸受到法律制裁之后，不仅很快走出了阴霾，而且她的心情一天天好了起来。她不仅不接受命运之神的安排，而且千方百计地影响和改变着别人的命运。

张冬梅高考落榜之后，在家中深居简出，以泪洗面。

张鹰百无聊赖，更加加重了对打篮球的依赖。他与张大鹏闹僵，与李嘉齐反目，没有张冬梅陪伴的日子里，与顾吉哲打得火热，他俩除了闲逛就在篮球场上消磨时光。

李嘉齐与张冬梅在 QQ 约定，从北京回到了雷江市，回到了自己的家中。

李嘉齐到家后屁股还没有坐热，就急忙给张冬梅打了电话，邀请她在桃源饺子城共进晚餐。张冬梅欣然答应了，但她突然觉得自己单独与李嘉齐相聚有些欠妥，便决定约上李红芳一同前往。可是，当她打通了李红芳的手机之后，李红芳在电话那端解释说："对不起冬梅，王红霞和我相约在先，我无法脱身，非常遗憾，非常抱歉！"

李嘉齐回到雷江市并邀请张冬梅共进晚餐之事，张冬梅没有告诉张鹰，原因有两点：一是张冬梅知道李嘉齐和张鹰之间已有隔阂；二是张冬梅知道张鹰是个醋坛子。

就在这天傍晚，王国治打电话邀请张鹰一同饮酒。无巧不成书，王国治选中的地方也是桃源饺子城，选中了大排档，他喜欢在那样的地方张扬自己的个性，以便结识更多道上的朋友。

张鹰接到王国治的电话时，正在篮球场的外围小憩，当他答应了王国治之后，突然产生了让张冬梅陪伴一起赴宴的念头。于是，他腋下夹着篮球，打了一辆的士，兴冲冲地来到张冬梅的家中。当他见到张冬梅后不问青红皂白，抓着张冬梅的手腕就往门外走。

张冬梅想与张鹰作一番解释，说一些理由，拒绝跟张鹰一起走。可是，话到嘴边又咽了回去。

王国治和张冬梅的堂姐按着照约定的时间提前十分钟来到了桃源饺子城，在大排档里占好了席位。

王国治刚让服务生拿来菜谱，张鹰就左手端着篮球，右手牵着张冬梅的手跨进了桃源饺子城的门口。王国治和张冬梅的堂姐看到他俩的举止都感到十分惊讶，王国治几乎跑步冲到张鹰的跟前，狠狠地打了张鹰的左肩一拳，嬉笑着骂道："你小子竟敢在我的面前牵着冬梅的手，真是癞蛤蟆吃到了天鹅肉！"

张鹰把左手中的篮球重重地扔在一边，瞅着弹出去的篮球说："一边玩儿去！"随即，他悠闲而笃定地看了张冬梅一眼，转身把左手放在了张冬梅的肩膀上，故意调侃说："我们之间的事你有没有经过你姐夫大人的批准？你没有经过你堂姐的同意就敢和我私订终身？"

张冬梅羞涩地从张鹰的手臂里逃出来，坐到她堂姐的身边，随即得到了她堂姐的不断赞美。

王国治一抬头，发现一个久别的朋友正在那边的酒桌上喝酒，于是，他喊上张鹰到那个酒桌上去敬酒。

这时，李嘉齐走了进来。李嘉齐留着时尚的黄发，棱角分明的脸上彰显着锐气，朝气蓬勃，英俊潇洒。他上身着一袭白衫，下身着学生蓝牛仔裤，足蹬一双前卫名牌运动鞋。他高大清瘦，神采奕奕，精神焕发。

李嘉齐看见张冬梅后，快步走过去拉住了张冬梅的手。

张冬梅站了起来，李嘉齐从上到下从下，到上地打量着她，然后用一种夸张的语气说："哎呀……我的小女朋友，真是女大十八变，三日不见当刮目相看！你果真出落得比白天鹅还要漂亮啊！"李嘉齐边说边在张冬梅的身边坐下来，端详着张冬梅的面容。

在橘黄色的灯光下，李嘉齐的眼神露出锋芒，让张冬梅的面颊顿感灼热。张冬梅没有坐下，她的目光飞快地躲闪开来，慌乱地寻找着张鹰的身影。

张鹰走过来，一眼就发现了坐在张冬梅身旁的李嘉齐，他有些敌意地喊道："李嘉齐——这一年多你小子去了哪里？你真是个幽灵，来无踪去无影！"

张冬梅看了看向这边走来的张鹰，瞅了瞅坐在自己左边的堂姐和右边的李嘉齐，说："李嘉齐，你说错了，这才是我的小男朋友！"

李嘉齐瞅了张鹰一眼，站了起来，主动地向张鹰伸过手去，自我解嘲地说："我怎么会把这茬给忘了？你还好吗张鹰？对不起，你的小女朋友实在太迷人了，所以——"李嘉齐自圆其说，"不由得让我想起了我和她之间的过去。呵呵……过去不代表现在，更不代表未来，过去就是过去，过去的就叫它过去吧！"过去的李嘉齐是个顾全大局重情重义的男孩子，现在的他变得圆滑而世故，平和而幽默，他成熟了许多。

"不要解释这么多了，我知道，过去的时光难忘怀！"张鹰走近李嘉齐，刚伸出手去迎接李嘉齐的手，突然看见王红霞、李红芳和两个帅气的男人走进了桃源饺子城的门口。

王红霞一走进门口就冲着张鹰大喊了一声："张鹰——"，但她看到张鹰身旁的李嘉齐和张冬梅时并没有走向张鹰，而是拽着李红芳的胳膊奔向张鹰左边的酒桌，并示意她身边的两个男人和她一起奔向张鹰左边的酒桌。

张冬梅愕然地看了王红霞一眼，几个月不见，王红霞变了，浪漫风情的卷发，俊秀的脸蛋，性感的身材，迷人的连衣裙，完美得让人尖叫。

王红霞一行四人在张鹰左边的酒桌周围一一落座。王红霞向服务生点了菜肴和酒水，不大会儿工夫美味佳肴和酒水就上了酒桌。

张鹰牵着张冬梅的手来到王红霞所在的那桌席。李红芳看了张冬梅一眼，表示这就是刚才在电话中所说的王红霞约她在先的原因。王红霞跟张鹰逐一介绍她身边的两个男人：一个是广告公司的经理——她的上司吕志坚，另一个是司机小董。

张鹰示意张冬梅在王红霞这桌席上坐一会儿，叙叙旧。于是，张冬梅挨着李红芳坐下来，张鹰挨着王红霞坐下来。他们寒暄了几句，王红霞点燃了一支烟，随即向服务员要了一瓶红酒，然后慵懒地靠在椅子上。她说她自从离开学校之后就成了"北漂"大军中的一员，开始时四处流浪，后来做了人体模特儿，再后来在一家服装公司做模特儿，不久前参加了亚洲小姐选拔赛得了个亚军，现在在一家广告公司当经理助理。

张冬梅听着听着，心中不由得泛起点点酸楚。张冬梅心想，若不是王红霞的爸爸出了事而使得家道中落；若不是王红霞除夕之夜的"表演"让张鹰看透了她的嘴脸彻底站在了自己的身边；若不是李嘉齐为张鹰"两肋插刀"而失学让王红霞失恋，王红霞的人生不应该是这样的。现在的王红霞，也许在旁人的眼里风光无限，可是，韶华易逝人易老，总有一天王红霞也逃脱不掉朱颜辞镜花辞树的那一天！倘若果真到了那一天，她是否会后悔自己当初的选择呢？

李红芳觉得有些冷场，瞅了张鹰一眼，忙打听他和张冬梅的近况，问道："你们俩的关系挺好的吧？"

张鹰听着李红芳的问话，更加抓紧了张冬梅的手，秀他们的恩爱。张冬梅微微挣扎着想离开张鹰的束缚，但她的嫩手被张鹰那只强有力的大手紧紧地攥着，她的手越来越有一种酸疼的感觉，但她只得在张鹰的身边坚持着，不仅不能喊疼，还要装出满脸的笑容。

"我们……挺好的！"张冬梅乜斜了王红霞一眼，点了点头，又摇了摇头。

此时此刻，她非常在乎王红霞的感受，她害怕伤害到王红霞，不知道如何回答。

张鹰象征性地向王红霞身边的两个男人分别敬了一杯酒，之后，瞅了王红霞一眼，说："我们那边还有朋友，你们慢慢喝，失陪了。"

张鹰刚想起身，王红霞一把拉住了他的胳膊。王红霞瞅了张鹰一眼，妖媚地笑着说："别告诉我你们形影不离，我看你是小家子气！难道你害怕与我同来的哥们儿把你的漂亮女友抢了去吗？你去你的吧，我正好跟冬梅说说话，你不知道我们姐妹情深，凑到一起不容易吗？"

张鹰看了张冬梅一眼，松开了一直攥着张冬梅手腕的那只手。张冬梅朝他会心地一笑，她知道他担心她喝多了。

王红霞给张冬梅斟满了一杯酒。

张冬梅刚想说话，王红霞抢先一步笑着说："冬梅，不必多言，都在酒里面。我们好久没有在一起喝酒了，来，我们干了这杯酒。"

张冬梅微笑着点点头，举杯喝干了那杯酒。

紧接着就是第二杯、第三杯……

张冬梅趁王红霞与吕志坚低头交谈之际起身去了洗手间，当张冬梅走出洗手间时，发现王红霞在洗手盆前弯着腰，照着洗手盆上方的镜子细心补妆。

"你没喝多吧，冬梅？"王红霞从镜子里发现了张冬梅，回头看了张冬梅一眼。

张冬梅看着镜子里的自己那张微醺泛红的面容，微笑着摇了摇头。

"冬梅，有一件事我一直想告诉你，"她用睫毛器抚弄了一下睫毛，又涂了涂口红，轻描淡写地说，"你想知道去年暑假的那一天，张鹰和我做了什么吗？"

张冬梅瞪着大眼珠子，疑惑地看着王红霞，问："哪一天哪？"

王红霞不紧不慢地补充说："就是你等了张鹰一天一夜，张鹰却一直没有回家的那天……"

"我不在乎你们做了什么？他回不回家与我何干？"张冬梅的嘴上这么说，心却像被抓伤了一样疼得要命。

"是吗？你真的不在乎吗？那……我就如实相告了。"王红霞乜斜了张冬梅一眼，唇角处扬起一丝诡异的笑容，"那天晚上，他上了我的床！他那方面很棒很棒！！"

张冬梅的脑袋"嗡"的一声作响，如遭重棒一击，差点晕了过去。

王红霞边浪笑，边扭着水蛇腰离开了张冬梅。

张冬梅失魂落魄，脚踩棉花团似的回到王国治和张鹰的身边，端起酒杯就喝干了……

张鹰瞅了瞅从那边走过来的王红霞，看到了王红霞步履形态中的得意和挂在脸上的嘲笑。他回过头来，看着张冬梅不安的眼神，心中陡然生出一丝慌乱。他想，这样的眼神对张冬梅来说分明就是不安，仿佛暗藏在他身上的秘密已经被张冬梅看穿。那么，究竟是什么秘密被张冬梅看穿了呢？张鹰越琢磨心中越不安，他的眼神也随之不安起来。

张冬梅想，张鹰为什么要流露出这样的眼神？难道王红霞所说的那些话都是真的？无疑在张冬梅的伤口上又撒了一把盐！

李嘉齐看出了张冬梅的异样，低声问张冬梅："你怎么了？"

"没什么！"张冬梅茫然地摇着头说。

张鹰再次抓住了张冬梅的手，轻声地问："你到底怎么了？"

张冬梅使劲地甩着肩膀，冰冷地说："不要碰我——我嫌你脏！"

张冬梅像刺猬一样，一遇到危险就本能地调动起全身的尖刺，然后全力搏击她的对手。

"冬梅，你必须跟我说清楚，你究竟怎么了？否则的话，我会胡思乱想的！"张鹰的太阳穴处青筋暴出，虎目圆睁，高声叫喊，焦灼不安，这更让张冬梅感觉张鹰和王红霞之间有过见不得人的勾当，张鹰却用这样的方式故意隐瞒和伪装。

众目睽睽之下，张冬梅不愿把心中的想法说出口，尤其当着堂姐和王国治的面，张冬梅更不想与张鹰争吵她竭尽全力把心中的怨气忍下去。

王红霞端着酒杯摇曳生姿地走过来，她看了一眼对她冷眼相观的李嘉齐，瞅了一眼对张冬梅无限怜惜的张鹰，心中的不满和妒忌油然而生。然而，她却不显山不露水，笑吟吟地举起酒杯，说："各位各位，张冬梅是我最好的姐妹，今天我借花献佛，祝各位财源滚滚，前程似锦！特别是冬梅和张鹰你们两个，高考虽然落榜了，但失学不要失志，你们一定要忘记我的过去，你们一定要好好的，一定要坚强！"她望着张冬梅和张鹰，目光慈祥而真挚，她说话的语气温柔而真诚，可是，她那个样子让张冬梅感到她在故意伪装。忽然间，张冬梅想起了母亲生前说过的话："越是漂亮迷人的女人，心肠往往越歹毒越凶狠！"王红霞外表妩媚，内藏奸诈，她就像一只狐狸精，外表摄人魂魄，其实心怀叵测！

王红霞告别张鹰所在的那桌席，转身离去。张鹰瞅着王红霞的背影，回想着那天王红霞威逼他的话，他越想越生气，随即弯腰拿起放在脚边的篮球向着王红霞的后背恨恨地砸去。

篮球反弹回来，在几张桌席上弹来弹去，砸翻了不少盘子和碗筷，弄得一片狼藉。

王红霞无法继续伪装清纯，失口大骂了张鹰。

张鹰在王红霞的漫骂声中，情绪彻底地失控了，他冲到王红霞面前，抬手就是两记响亮的耳光。

吕志坚见王红霞遭到张鹰的奚落和打骂，蠢蠢欲动，欲打抱不平。

遭到张鹰羞辱的王红霞歇斯底里，大声呼喊吕志坚和司机，让他们出面教训张鹰，帮她出出这口气。

张鹰恼羞成怒，拽住王红霞的双手就往门外拖去……

王红霞大声尖叫起来，大排档里所有人的目光齐刷刷地集中在她和张鹰的身上，一时间，人们不知道发生了什么事情，有的在议论，有的在打听。

吕志坚和司机每人拿了一个酒瓶子，气势汹汹地向着张鹰冲了过去。

李嘉齐和王国治眼看大事不妙，彼此递了个眼神，也随之冲了过去。

李红芳和张冬梅的堂姐看到了事态的严重性，一人拿着一个啤酒瓶子冲了过去。

张鹰、王国治、李嘉齐、李红芳、张冬梅的堂姐与王红霞、吕志坚、司机双方追赶纠缠，混战成一片。张冬梅的心里乱成了一团，有种大难临头的预感。刚才，王红霞送给张冬梅的那块心病在张冬梅的心里暗暗地疯长。眼下，张鹰的疯狂举动更加让张冬梅感到心痛。在她看来，目前的场面已完全失控，没有人能够拦得住张鹰。张冬梅躲到一旁，掏出手机，拨打了张大鹏的手机。她想，如果张大鹏在外地，就让张大鹏在电话里制止张鹰；如果张大鹏在雷江市，就让张大鹏出面调停。张冬梅拨打了张大鹏的电话，随即把手机装入衣兜，参与打斗之中……

【02

那次，张鹰脾脏大出血生命垂危，在手术过程中急需输血。谁知，医院的血库中一时缺少张鹰所需的血型，张大鹏在情急之下毛遂自荐，要亲自为张鹰献血以挽救张鹰的生命……谁知，天意弄人，张大鹏献血不成却暴露了非亲生父亲的身份！这样的结果，让张大鹏感到五雷轰顶。然而，他自欺欺人地认为，医院之所以对他说他和张鹰的血液不相容，是因为医院不想破坏亲属不能为亲属输血的规定；他自欺欺人地认为，医院因操作不当导致了误判，从而给他带来了尴尬的局面。面对生命垂危的张鹰，他把巨大的疑惑和痛苦埋藏在了心底。然而，随着时间的推移，他心中的疑惑每日剧增，于是，他鼓起勇气最终做出了运用科学手段排除或者肯定心中怀疑的决定，但他迟迟没有实施行动。八九个月以来，张大鹏仍和过去一样，通过银行向张鹰提供生活和雇佣保姆的费用，而张鹰却没有给他打过一次问候的电话。张鹰就像一匹脱缰的野马，音讯皆无，又像一只断了线的风筝，飞向了属于他自己的天空。张大鹏越想越恨，越想越怕，在宫会生的反复唠叨下，终于向生物鉴定机构递交了他和张鹰的毛发。

此时此刻，张大鹏驾驶着宝马轿车后排座上坐着宫会生，驶出了京九高速出口，驶入了雷江市，向着桃源饺子城驶来。张大鹏怀里揣着亲子鉴定书，心中五味杂陈。他在感叹自己人生失败的同时，谋划着如何用法律程序与张鹰讨要"说法"的安排。就在这时，他接到了张冬梅打给他的电话。

空旷的桃源饺子城停车场，没有灯光，天空中几只瘦弱的星星散发着幽暗清冷的光芒。张鹰、王国治、李嘉齐、吕志坚、司机，几个男人扭打在了一起。张鹰打红了眼，场面混乱不堪。

王红霞六神无主地叫骂与哭喊，声音颤抖地谩骂着张鹰。

张冬梅听着王红霞的叫骂，拿着啤酒瓶子就想冲进去打她。可是，那几个男人的混战，引来了许多人驻足围观。围观的人们只是围观，没有一个人过去劝阻。

张大鹏刚把宝马轿车停在桃源饺子城的停车场就听到了王红霞和张冬梅声嘶力竭地呼喊张鹰的名字，于是，推开车门下了车，鬼使神差地向着这边走过来。

坐在宝马轿车后排座的宫会生劝阻张大鹏无效，只好下了车，跟在了张大鹏的后面。

张大鹏边走边呼喊张鹰的名字。突然，围观的人群中分开了一条缝隙，张大鹏从人群外面挤了进去，不一会儿，张大鹏一只手拧着张鹰的耳朵把他拉到了围观的人群中央，嘴里不停地叫骂："狗娘养的，我倒了八辈子血霉了遇上你这样一个白眼狼……"另一只手狠狠地掴了张鹰几记耳光。

王国治几乎咆哮着冲着人群喊道："滚滚滚，有什么好瞧的？没见过爷俩干仗的吗？"

围观的人群瞬间如鸟兽散，离开这里不远处，又仨一伙俩一团地聚在一起，议论纷纷，窃窃私语。

"老东西，我知道你这次来的目的。别人欺负我你不但不帮我，而且要做别人的帮凶！我叫你打？我叫你骂？"张鹰从裤兜里拔出一把弹簧刀，恶狠狠地向着张大鹏的胸部刺去……

月光下，张冬梅、李红芳和王红霞，朦胧之中看见有个人躺在了地上，而张鹰手中的那把弹簧刀寒光闪闪，刀尖上滴淌着暗红色的血珠。

刚才还混战在一起的王国治、李嘉齐、吕志坚和司机瞬间傻了眼，急忙向张大鹏倒地的地方靠过去。

宫会生不停地呼喊着张大鹏的名字，疯狂地向躺在地上的张大鹏扑了上去，边哭边说："大鹏……你怎么了大鹏？别吓唬我呀大鹏！"

张大鹏摆了摆手，示意宫会生附耳过去。

宫会生将耳朵贴近张大鹏的耳朵，心提到了嗓子眼儿。

张大鹏拼尽全力从自己的上衣兜里取出那份被鲜血浸染的亲子鉴定书，用微弱而颤抖的声音断断续续地说："我不行了……张鹰是个苦命的孩子……他……虽然不是我的种……但是他的母亲是无辜的……他……更是无辜的……我们……毕竟父子一场……一切都是天意……不要因为我的离去再制造另一个人间悲剧……看在他妈妈的份上……你……要想尽一切办法救救他呀！拜……托了！"张大鹏将手中的亲子鉴定书举了举，脑袋一歪停止了呼吸。

"啊……"宫会生接过张大鹏手中的亲子鉴定书，声嘶力竭的一声长叹，随即意识一片空白。

刹那间，世界万籁俱寂，时间凝固在那里。

张冬梅的大脑里一片空白，王红霞大喊了一声："张鹰——，快跑！"

张鹰一个箭步冲出去，随即把手中的弹簧刀扔在了桃源饺子城和相邻建筑的缝隙里，惊慌失措地冲进了黑暗之中。

张冬梅两腿一软，瘫软在地上。她茫然地看着眼前发生的一切，不敢相信眼前的这一切。她想："一场晚宴怎么会演变成一场悲剧？是不是我喝醉了产生了幻觉？是不是我睡着了做了一场噩梦？是的，我在做梦！张鹰怎么会杀人呢？而且杀了自己的父亲！对啊，不管张鹰对张大鹏有怎样的误解，张大鹏对张鹰毕竟有养育之恩哪！即使张鹰对张大鹏心存怨恨，但他无论如何也不应该去杀人啊？他说过的，他生命中的每一分每一秒只属于我，因为我的存在，他的心才会有力地跳动。他怎么可能会杀人呢？难道他连我的感受也不顾及了吗？"

"张冬梅，都怪你，都是你惹的祸，好端端的，你给张鹰的爸爸打什么电话？"王红霞歇斯底里地嚎叫着，"你这个祸害精，光耍小聪明，你以为你偷偷地给张鹰他爸爸打了电话别人不知道吗？现在闹出了人命，傻了吧？"

"你喊什么喊？唯恐天下不乱？哪有你说得这么邪乎！"宫会生站起来，随手把亲子鉴定书放进了衣兜，说："连日来，张鹰他爸爸日夜忙碌不得休息，现在遇上张鹰打架斗殴，张鹰他爸爸劝说张鹰却被张鹰推了个跟头，张鹰他爸爸肯定是急火攻心晕了过去！"宫会生冲着吕志坚喊道："没你们的事儿了，你们该干吗干吗去吧！"

吕志坚和司机趁机离开了。

王国治、李嘉齐琢磨着宫会生的话语，不知如何是好。

宫会生冲着王国治、李嘉齐喊道："你们两个就别愣着了，都过来搭把手啊！"宫会生瞅了一眼躺在地上的张大鹏，踌躇了一下，说："赶快把他弄到我身上，我背他到那边休息休息！"

李红芳、王红霞、张冬梅及其堂姐向宫会生走了两步，宫会生急忙喊道："你们过来干什么？你们几个赶快去桃源饺子城的三楼上找个吃饭的雅间，我要把张鹰他爸背上楼去让他休息休息，然后我们一起吃点东西！"

李红芳、王红霞和张冬梅在前边走，张冬梅的堂姐跟在她们的身后。张冬梅的堂姐顺手捡起张鹰扔在那里的篮球后，与李红芳、王红霞和张冬梅一起去了三楼……

第二十五章　投怀送抱

【01

张冬梅早恋了，高考落榜了，张强在外惹是生非了，这些消息传到了张建国的耳朵里。张建国怒不可遏，对张冬梅和张强暴跳如雷："我这一辈子为你们两个付出了太多太多，我连做梦都盼着你们成凤成龙，可让我万万没想到的是，从小学习成绩优异的闺女却因早恋而榜上无名，从小听话的儿子却学会了吊儿郎当玩世不恭。这样的结果，不仅让我在街坊邻居和亲戚朋友面前抬不起头来，而且让我做了一个赔本的买卖。"

但张冬梅看来，她爸爸所谓的"为她们姐弟两个付出了太多太多"这句话非常刻薄。为人父者，抚养和教育好自己的子女是份内之事，是义不容辞的责任，养子不教父之过。

张冬梅憎恨她爸爸的刻薄，忍不住跟她爸爸吵了一架。她用手指着爸爸的鼻子叫嚷："在你的眼里，有钱能使鬼推磨，有钱可以解决一切问题。你以为你给了我吃住，你以为你给了我零钱花，我就应该对你感恩戴德吗？你想错了，我不仅需要一个给予我足够物质条件的爸爸，我更需要一个体谅和教化我道德高尚的精神富足的爸爸！"

"我看你是轧棉厂里着火一烧包！你没考上大学埋怨自己的老子啊？你拉不出屎来怨茅厕啊？你有什么资格和我叫嚷？你简直就是一个白眼狼！"张冬梅的爸爸抬手就给了张冬梅两记响亮的耳光。

张冬梅觉得整个世界都失去了颜色。突然，她想起了身陷囹圄却不可原谅的张鹰，无论如何，她觉得都无法原谅张鹰了。在她看来，张鹰不仅对她不够忠诚，而且已成为杀害父亲的凶手。张冬梅可以原谅张鹰的鲁莽和对父亲的绝情，但她不能原谅张鹰和王红霞之间有任何瓜葛。

张冬梅感到万念俱灰。

李嘉齐返回北京不久，张冬梅负气去了北京，去了李嘉齐的酒吧。她一见到李嘉齐就哭哭啼啼，说："我高考落榜了，我和爸爸闹僵了，张鹰他出事了，我和王红霞、李红芳的姐妹联盟解体了，我已无处可去！"

李嘉齐弄不清张冬梅前来的真实目的，迟疑了一下，试探性地说："你若不嫌弃我这里的条件差，就在我这里当个收银员吧！我知道，这样的工作不是你想要的，不过没关系，我可以帮你找一份你喜欢的工作。"

张冬梅佯装不高兴地说："实话告诉你吧，这样的工作我真的不喜欢！可你也不能以给我在别处找工作为名撵我走哇？其实，我并没有想过在你这里找份工作来做，我只想在你这里落落脚解解闷！"

"既然这样，那就请你自便好了！"李嘉齐猜不透张冬梅的心思，只好给张冬梅安排住处，一日三餐好酒好菜，对张冬梅热情款待。

三天后，张冬梅突然对李嘉齐说："本来我想在你这里玩上几天就走的，没想到，我一下子迷恋上了你调制的鸡尾酒。只有它才能带给我温暖而微醺的感觉，让我期待新的一天的到来。我希望自己每天从梦中醒来的时候呼吸不再那么沉重，变得轻轻松松，让我忘掉张鹰。"

李嘉齐叹了一口气，如释重负地说："我明白了你的心思，但愿你如愿以偿。切记，时间能够冲淡一切，时间能够改变一切，你要相信时间的力量。"

果然被李嘉齐言中了，张冬梅渐渐地觉得张鹰的名字离她越来越远，同时，张冬梅更加明白，她以后的人生就是用来忘记张鹰，她有一辈子的时间来忘记。

李嘉齐是个很有女人缘的人，他的酒吧里时常出现一些身份不明的女孩子，大都漂亮，装扮性感。李嘉齐有时陪她们喝酒猜拳，有时陪她们热舞一曲，他风流倜傥，对谈情说爱套路门清。他周身散发着迷人的气息，他优雅而摄人魂魄的微笑，时常让张冬梅想入非非。

一次，李嘉齐驾驶着自己的爱车带着张冬梅去兜风，夜深人静时，他把爱车驾驶到香山脚下。他们望着密密麻麻的树林，看着天窗外头顶上方的星空，仿佛走进了世外桃源。李嘉齐停稳车，从后备厢里取出罐装啤酒，他们边喝边聊。李嘉齐开玩笑地说："真希望你喝醉了，那样我就可以乘虚而入了。"

张冬梅轻声地笑着，既不点头，也不摇头，更不回答。

张冬梅在不知不觉中喝得烂醉如泥。

李嘉齐把张冬梅抱上车。他在开车返程的过程中，不时地回头看看张冬梅醉酒后的模样，一股莫名其妙的感觉涌上心头。经过一段时间的颠簸，李嘉齐把车开到他居住的小区停车处，回头看了看已经入睡的张冬梅，然后把她抱下来，抱到了他的家中。

李嘉齐经过将近一年的磨砺，变得成熟而有耐心，变得豪爽而健谈。他口若悬河地跟张冬梅谈起他来到北京后交过的女朋友。他似乎有很多女朋友，有空姐，有模特儿，有歌手，有舞女，也有三级演员。他对每一个女朋友的生活细节都记得非常清楚，比如和谁去过哪些地方，在哪里说过哪些话，哪个女孩子喜欢吃什么味道的冰淇淋，哪个女孩子喜欢吃什么口味儿的披萨饼，等等。当张冬梅提出要李嘉齐带她去某处兜风时，他会说那个地方我不能带你去，因为我和某某去过那里。

张冬梅总是微笑着说："没关系，我不介意！"

在张冬梅看来，李嘉齐是个率真而幸福的男孩子，现在他的身边虽然看不到女孩子围绕，但他把记忆里的女孩子描述得拥挤而热闹。他若不是自吹自擂，就是别有用心地告诉张冬梅，爱情不需要一棵树上吊死，每个人都会用新欢替代旧爱。他的谈吐平静而沉稳，每一段情感故事的开始与结束入情入理无懈可击，犹如一双双手抚慰着张冬梅的伤口。

李嘉齐对张冬梅与众不同的关心，让敏感的张冬梅深有体会，但她没有勇气和决心再接受一段新的感情，也不想与李嘉齐重温旧梦。

张鹰是张冬梅的致命伤，张冬梅在李嘉齐面前从不提起张鹰，李嘉齐也从不提起张鹰。张鹰成了一个被他们用心收藏起来的水晶瓶，一旦翻腾出来，稍有不慎就会把它打破，碎裂的声音会立刻刺进他们的心房。

越是这样，张冬梅越发难受，像磨盘压在了胸口，尽管她竭力摆脱，却摆脱不掉又找不到压力的出口。渐渐地，她喜欢用酒精麻痹自己，她想一醉解千愁。

一次，张冬梅主动与来李嘉齐酒吧的男孩子对饮，李嘉齐对张冬梅用这样的方法作践自己十分反感，他毫不留情地赶走了他的客人，随即与张冬梅发生了激烈的争吵，他夺过张冬梅手中的酒杯摔了个粉碎，大骂张冬梅自甘堕落。

张冬梅随即反驳："我的痛苦你不知道，我的堕落与你何干？"此后，张冬梅三六九地喝酒，她渴望用酒精来麻痹与遗忘自己的伤痛。但是，她知道这麻痹只是短暂的，酒醒后心中的伤痛不仅丝毫不会减轻，反而会越来越重。麻痹与遗忘在暗中和她的灵魂较量，像流淌在她血液中的魔咒无法化解。

张冬梅的心里反反复复想念的那个人，挥之不去，撵之不走，像自己的影子一样纠缠着她，快要把她逼疯了。

李嘉齐一次次对张冬梅叫嚷："要不你回你的雷江，要不你就到我的家里待着去，我不能眼睁睁地看着你堕落下去。"

张冬梅也和李嘉齐叫嚷："你干嘛对我这么凶？嫌我在你的酒吧里碍眼，我待在你的家里总算行了吧？"

李嘉齐点点头，低声说："当然可以！"

李嘉齐把张冬梅送回家，独自返回到酒吧。

张冬梅一个人待在李嘉齐的家里，边欣赏着豪华的家具和现代化的房间装修边琢磨：原来的李嘉齐和我一样是个乡巴佬，充其量有一个当刑警队长的爹，可他哪来这么多钱在北京这个天子脚下开酒吧、买豪宅呢？听张鹰说过，李嘉齐在上初中时家境比较贫寒，可在短短几年的时间内他的老爸凭借什么道行迅速暴富起来了呢？

张冬梅在不知不觉中又想到了张鹰，心中的不快像潮水般袭来，她想立刻找到麻醉自己的"灵丹妙药"。于是，她在李嘉齐的家里到处找酒，可她找遍每一个房间的每一个角落，也没有找到一滴酒，就连咖啡也没有找到。这让张冬梅又气又恼，暗暗地骂道："李嘉齐，你这个可恶的东西，你竟然把家中的酒全部藏了起来。是你存心和我过不去，别埋怨我去别处找刺激！"

张冬梅去了楼下沿街的一家新开业的酒吧，她独自坐在一个角落里，看不到外面的风景。她的内心世界长满了野草，只剩下残垣断壁的沧桑和凄凉，她来不及收拾，也无心无力去收拾。她向服务生要了一瓶长城干红葡萄酒和一盒香烟。她大口大口地吐着烟雾，她大口大口地喝着酒，就这样行云流水般让自己喝了个酩酊大醉

她醉得很厉害，醉得不记得了李嘉齐的家所在的方向，她又哭又唱，最终睡在了餐桌旁的木椅上。

心中惴惴不安的李嘉齐，不到打烊的时间就关门停业从酒吧回到了家中。李嘉齐回家后不见张冬梅的踪影，拨打张冬梅的电话无人接听。李嘉齐心生慌乱，到处寻找张冬梅，连续找了十几家酒吧，费了九牛二虎之力，终于在凌晨两点多才找到了张冬梅的下落。他发现张冬梅靠在餐桌旁的椅子上打鼾，两个女服务员围着她指指点点，焦急地打转转。他急忙冲到她的面前，二话没说，横抱着她走出了酒吧，向着轿车停放的地方走去。当他用遥控器开启车门，正准备将张冬梅弄上轿车之时，张冬梅醉醺醺地睁开双眼看了看李嘉齐的脸，随即用手去抚摸他的脸。李嘉齐头一歪，躲过去了，神情顿时冷若冰霜，一下子把张冬梅放在了地上。

李嘉齐把张冬梅背回家中，推开浴室的门，轻轻地把张冬梅放在了地板上，随即拿起花洒把水流放到最大，对着张冬梅的脸上、头上、身上一阵狂浇。张冬梅打了个激灵，立即坐起身来，伸手去夺李嘉齐手中的花洒，和李嘉齐扭打在了一起。然而，张冬梅哪里是李嘉齐的对手，不大会儿工夫，李嘉齐就把张冬梅按倒在地板上，一只手死死地据住张冬梅的双手，另一只手继续

用花洒往张冬梅的身上喷洒着冷水。张冬梅像匹难以驯服的野马，连踹带喊，她踹着李嘉齐的前胸，骂他混蛋王八蛋。不多时，张冬梅就筋疲力尽，疲惫地侧过脸去，躲着李嘉齐直面而来的花洒雨，对李嘉齐的疯狂举动陡然生出几分怨恨。

李嘉齐突然把手中的花洒扔在一旁，蹲下身子，深深地看着张冬梅的眼睛，随即用右手拨弄开覆盖在张冬梅脸上的湿漉漉的头发，再用双手捧住张冬梅那张湿漉漉的脸，用情地亲吻着张冬梅的双唇，继而将自己的舌头嵌入张冬梅的口中，张冬梅冷不防地咬住了李嘉齐的舌头。李嘉齐来不及躲闪，也不想躲闪。李嘉齐疼痛地皱起了眉头，任由张冬梅紧紧地咬着它，他一动不动。他的唾液缓缓地汇集在张冬梅的舌苔上，张冬梅无可奈何地放开了李嘉齐的舌头。

李嘉齐顺势抽出舌头，整个人覆盖在张冬梅的身上，死死地压制着张冬梅不停动弹的四肢，炽热的双唇倔倔而又粗暴地寻着张冬梅的唇瓣。他的双腿死死地夹住张冬梅的双腿，他欠了一下上身，他的右手毫不留情地解开了张冬梅的衣扣。此时此刻，他是那样强大，他像强盗一样掠夺着张冬梅的身体，张冬梅无处躲藏，也不想躲藏，张冬梅觉得自己已被李嘉齐的力量征服。

张冬梅感受着眼前熟悉而陌生的一切，不想直视李嘉齐的眼睛，侧过脸去看雪白的墙壁，平静着自己波澜起伏的心。在张冬梅的内心深处，是那样地计较王红霞和张鹰对她的背叛，王红霞背叛了她们的友情，张鹰背叛了他们的爱情。王红霞对张冬梅的友情背叛，张冬梅有时觉得情有可原，因为在对待李嘉齐的爱情问题上，王红霞一直误会她，王红霞一直认为做她红娘的张冬梅背叛了她，王红霞以牙还牙选择报复也在"情理之中"；至于张鹰对她的背叛，张冬梅觉得张鹰首先背叛了李红芳，继而又背叛了她，张鹰见一个爱一个本身就是一个花花公子，所以，无论如何她都不能原谅张鹰。此时此刻，在张冬梅失魂落魄的心里终于找到了平衡——她终于报复了张鹰。

"张冬梅，你恨我吗？"李嘉齐把头埋在张冬梅的胸间，喃喃地问道。

张冬梅叹息了一声，说："既然生米已经煮成熟饭，恨又有什么用！"

"可我知道，你已经不爱我了！"李嘉齐直截了当地说。

"是的，我不爱你了，但我也不恨你了。"张冬梅的回答异常平静。

李嘉齐也叹息了一声，说："你变了。"

"嗯！"张冬梅木然地回应李嘉齐。

"看着我，冬梅。实话告诉你吧，之前我给你所说的我来北京后交往的那些女友都是我胡编乱造出来的，是我故意拿来开导你的。刚才，我对你的行为是粗暴了些，但是，我对你是认真的，从今往后，你的一切都由我来负责，不管你曾经遇到过什么伤害，我会用我的全部热情和一颗滚烫的心给你抚平创伤。"李嘉齐扳过张冬梅的脸，"请你相信我！"

张冬梅看见水流从李嘉齐的额头和鼻尖上滴淌下来，样子怪怪的扑朔迷离。她想：这个擅于周旋在女孩子中的男孩子，的确有着不寻常的修炼。但她摇了摇头说，"不需要，谁也不能抚平我的伤口，除了我自己。"她停顿了片刻接着说，"我们的关系也不过如此，寂寞中的一个伴儿，身体的伴而已。我的身体是自由的，我不属于你也不属于其他任何人。"

"你曾经爱过我，我也曾经爱过你，是张鹰和王红霞横刀夺爱，让我们彼此分离。现在，过去的就让它过去，我要你爱上我，你就必须爱上我，以后你的人生只能属于我。"李嘉齐无法忍受张冬梅的无情，霸道地用手抚弄着张冬梅的脸，眼睛里燃烧着愤怒的火焰。张冬梅感到他是那样的陌生——残酷与绝望扭曲了心灵。

"那你只能是一厢情愿，你只能是我寂寞时的一个伴儿而已，我们的灵魂有着不同的归宿。"张冬梅摇着头说，"都说朋友妻不可欺，你是朋友妻不客气！你这样做对得起张鹰吗？"

李嘉齐冷笑了一声，说道："少在我的面前提起他！我为他两肋插刀被学校除了名，他却忘恩负义把你从我的身边抢了去！"

"够了，你们都不是什么好东西！我不是你们的私有财产，你们少在我的身上浪费心机！"张冬梅怒吼道。

从此，他们就像两个寂寞的伴侣——只是两个寂寞的伴侣，只是各求所需。张冬梅时常因为那一次的开始而感到后悔，但在寂寞的夜里她又会鬼使神差和李嘉齐纠缠在一起。对她而言，有时寂寞比死亡更加可怕，它会在她失眠的夜里如五马分尸般将她撕碎。

在这样的境况中，张冬梅知道自己渐渐地会习以为常，渐渐地会习惯李嘉齐的胸膛，渐渐会遗忘张鹰、遗忘过去、遗忘曾经的自己。

【02

这年的八月，北京一直暴雨不断。
张冬梅决定一个人去一趟正定大佛寺。
李嘉齐决定陪张冬梅一起去。
张冬梅冷静地看着李嘉齐痴情的眼睛，丝毫不肯改变自己的初衷，李嘉齐无可奈何，他知道对张冬梅的决定只能服从。

李嘉齐开车送张冬梅去了首都火车站，一路上他们沉默无言。

轿车行驶到火车站广场停了下来，他们走下了轿车。李嘉齐望着张冬梅，犹豫了半晌，说："冬梅，无论如何，你不要和别的男人在一起。"

张冬梅淡淡地笑了笑，点了点头。

李嘉齐琢磨，张冬梅不会那样做的，是我瞎操心了。我相信，张冬梅还不至于堕落到那种地步。

"我虽然往你的银行卡上打了足够的钱，够你玩上一段时间，但我希望你早点回来！"李嘉齐用力地抱了抱张冬梅，然后忧伤地看着张冬梅。这两天，他不得休息又没有刮胡须，看上去疲惫而苍老。

张冬梅点点头，提着行李箱，头也不回地穿过安检，走进候车室。

天一直下着雨，灰蒙蒙的天空，迷蒙蒙的世界，不由得让人心生迷乱。那年的八月犹如眼下的八月，风雨连天，没有任何停止的迹象。那时，张冬梅的眼中只有张鹰，任由风雨飘摇，张冬梅充耳不闻。

张冬梅从石家庄火车站走出来，转乘了去正定大佛寺的客车，晚上七点抵达了正定县城。

晚七点的正定县城，到处灯红酒绿，这是个被商业化的旅游小城，再也找不回它最初的宁静。

张冬梅费了一番周折，找到了当年的那个"如家"旅馆。老板娘眯着一双小眼睛看了她半晌，微笑着点点头，仿佛还记得她当年的模样。尽管时光流逝，老板娘风韵犹存。张冬梅看到她的微笑，想起了她和张鹰前来投宿的那一幕，心中不由得升起一丝酸楚。

命运的安排是如此巧合，当年她与张鹰住过的那个标间正好空着，她毫不犹豫地选择了它。她走进房间将自己疲累的身躯放倒在张鹰躺过的床上，刚闭上眼睛，张鹰的影子就在她的脑海里晃动。在这张床上睡过成百上千的人，但张冬梅只知道张鹰的名字。在张冬梅的生命中，在张冬梅的呼吸里，张鹰占据了她的全部。

张冬梅起身冲了个热水澡，发际上流淌的水滴与她的眼泪混合着，滑进她的嘴里，让她尝到了咸涩的滋味儿。张冬梅很久没有流过眼泪了，此刻，内心的悲伤撕裂着她，她的眼泪如潺潺的小溪。

她用吹风机吹干了头发，然后躺在自己曾经躺过的那张床上，往事历历在目，像风驰电掣的火车，碾过她敏感的神经。她面对着雪白的墙壁，一夜没有合上眼睛。

张冬梅还是那样执着地爱着张鹰——尽管爱得无能为力，爱得虚弱苍白。张冬梅打算重温大佛寺之后去探视一下张鹰，可她一直无法原谅他。

第二天，张冬梅吃过早点，沿着当年与张鹰一起走过的那条路，一个人撑着雨伞向山顶上走去。

路上随处可见青年伴侣，男孩子撑起雨伞，遮住了女孩子头顶上方的雨，女孩子幸福地握着男孩子的手，小鸟依人般把头靠在男孩子的肩膀上。他们相依相偎，眸子望着眸子，悄悄地说着情话，幸福而甜蜜。偶见告别的小情侣，有的相拥而泣，难分难离；有的一步三回眸，顾盼流连。

张冬梅望着此情此景，肝肠寸断，举步维艰。她走着走着，突然发现几个善男信女在雨中顶礼膜拜地前行。一个老妇人的额头磕破了，渗出的鲜血与雨水混合成淡红色的液体流淌在她的脚下。她不由得停下了脚步，心想：菩萨真的能普度众生吗？这世上的困苦之人如此虔诚与笃信，山上的诸多菩萨们有感知吗？即使只是善男信女的坚定信念，相信也能感动我们的苍天。我不是善男信女，我冒雨而来是为了感动苍天，成全我与张鹰他日相遇吗？不，我和张鹰之间的一切已经成为过去，成为历史。我爱过他也恨过他，至今仍然放不下他，但我无法原谅他。是他亲手打坏了水晶鞋，毁掉了我的爱情童话，是他大逆不道杀害了自己的父亲，必遭万人唾骂，实属天理难容。那我的到来，又是为了什么呢？是来追忆往事？是想重温旧梦？唉，我无法阻挡自己的任性，我从来只想跟着自己的感觉走！

张冬梅像第一次来时那样，端跪于神像前，久久地默默地跪着，只是这样跪着，她没有抽签和许愿，她想把自己跪成一座雕像。此刻，张冬梅的灵魂已无处安放，她的心里早已成了一座空城。

晚上，她仍然住进了那个"如家"旅馆，仍然住进了和张鹰一起住过的那个房间。

她觉得头昏眼花，四肢瘫软，好像感染了风寒。她躺在床上，打开了关闭了一天多的手机，看到了李嘉齐发给她的若干条信息——字字关心，句句思念，这让张冬梅感到了温暖。

张冬梅忍受着身体的不适，回复了李嘉齐三个字：我很好。可是，令她始料不及的是，李嘉齐的电话很快就打了过来，他在电话那端焦急地说："从昨天下午三点多我就打你的手机，你的手机一直处于关机状态，给你发了那么多信息，你一个信息也不回，我担心你出了什么事，我急忙从北京赶了过来。可是，我几乎问遍了这里的大小酒店旅馆，也没有发现你登记的姓名，我都快急疯了。你究竟在哪里住着啊？赶快告诉我，我马上过去陪陪你！"

张冬梅无力地说："我住在一个叫如家的小旅馆里……"

李嘉齐没等张冬梅把话说完就挂掉了电话。随即，他打的让的哥帮他找到了张冬梅居住的那家旅馆。

二十分钟过后，李嘉齐敲响了张冬梅居住的房门。

张冬梅和衣躺在床上，盖着被子仍不停地打着寒颤。她两眼流泪，鼻子塞堵，嘴唇皲裂，面色潮红，嗓子里又苦又涩，她浑身上下疼痛难忍，像被鞭子抽打过的一样。

李嘉齐和张冬梅一见面，立刻看出了张冬梅的异样，下意识地叫嚷："你怎么了？是不是生病了？"他用手背在张冬梅的额头上探试了一下，觉得她的额头滚烫。于是，他掀开盖在张冬梅身上的被子，把张冬梅抱在了怀里。

张冬梅绵软无力地靠在了李嘉齐的胸口，感觉着他的温暖和温柔，听着他强劲有力的心跳，好像听着幸福的音符。

李嘉齐把张冬梅送进了县医院的急诊室。

医生给张冬梅打上了吊瓶，李嘉齐在张冬梅的身旁守护着她。他握着她的手，感受着她纤细而滑润的手指温度，默默地看着她痛苦而甜蜜的面容，她安详地瞅着他的眼睛，感受着他的温暖。不一会儿，张冬梅就睡着了。

李嘉齐容憔悴，胡茬儿微露，但他目光炯炯有神。他一夜没有合眼，他的目光一刻也没有离开过张冬梅的脸庞。

张冬梅从美梦中醒来，问李嘉齐什么时间，李嘉齐告诉他，天快明了。

张冬梅侧脸看着窗外，东方露出了鱼肚白，几个瘦小的星星挂在天上，向她述说着天气的情况。

李嘉齐的目光从窗外回到张冬梅的脸上，和颜悦色地说："冬梅，外面风停雨停了，你的身体好些了吗？你的心情平静些了吗？既然我们走到了一起，那我就直说了吧！我明白了你此行的目的，你必须把他忘记，你必须忘掉过去，否则的话，你会把自己整垮的。"

李嘉齐特意从北京赶过来，是想帮助张冬梅驱散心中的阴霾，他想用自己火一样的热情将张冬梅心中的冰山融化。

张冬梅扭过脸来，欠了欠身子，努力地点点头。她想：李嘉齐言之有理，这样下去，我迟早会垮掉的。我让自己堕落了那么久，我不能再让自己继续堕落下去了，堕落让我的伤痛不但没有得到丝毫的解脱，反而让我更加迷茫。

李嘉齐扶着张冬梅的肩膀，说："躺下吧！风雨过去了，你一定会看到人生的彩虹！"

张冬梅躺下来，虚弱地说："那你就许我一个永远吧！让你一生永远呵护我，让我不再流浪不再有其他任何幻想。"

李嘉齐将嘴巴贴在张冬梅的耳旁，轻声但坚定地说："我永远做你的保护神，我永远和你在一起，我永远爱你永远不离开你！"

他们从医院出来之后，在张冬梅的坚持下又回到了"如家"旅馆。张冬梅决定在这里多住上一个晚上，她想再用最后一个晚上擦掉张鹰在这里留给她生命里的所有痕迹。

面对张冬梅的坚持，李嘉齐再次做出了妥协与让步。

张冬梅还是住进了那个房间，李嘉齐住进了张冬梅隔壁的房间。她辗转反侧，久久难以入睡。她对着洁白的墙壁回忆了与张鹰的过去，自言自语："从今日起，我的人生将与我的初衷背道而驰了。"

次日，张冬梅和李嘉齐去了雷江市看守所，探视了正在等待判决的张鹰。

张冬梅和李嘉齐两个多月没有见过张鹰了。张鹰又黑又瘦，留着光头，一说话露出洁白的牙齿，显得有些滑稽。张鹰身上的茉莉香和烟草味儿没有了，他身上的年少轻狂和青涩因为那场劫数而荡然无存。仿佛一夜之间，他迅速老去。

张冬梅的心好像被尖刀刺入了一样，剧烈的疼痛潮水般袭来。

"你……"张鹰的目光留恋地移开了张冬梅那张痛苦而扭曲的脸，看了李嘉齐一眼，说："你们还好吗？"

"还好——"张冬梅的嗓音沙哑，喉咙里像塞上了棉花。

张鹰感觉到了张冬梅的异样，焦急地问道："你生病了？"。

张冬梅点点头，眼睛湿润了。

"嘉齐，拜托你照顾好冬梅。"张鹰无助地看着李嘉齐，故作轻松地说。

可是，眼前的一切逃不过张冬梅的眼睛，她心知肚明，不管张鹰与王红霞做了什么，张鹰的心里依然只有她，张鹰日思夜想的只有她。然而，张冬梅更加明白，她和张鹰的关系再也回不到从前了。

张冬梅沉默不语，她没有告诉张鹰她刚从正定大佛寺回来，她担心只要打开话头，她就会喋喋不休。

张鹰和李嘉齐都三缄其口，沉默起来。

空气凝固了。

短暂的会见时间很快就到了最后一秒，看守人员催促道："时间到了！"

张冬梅将要转身，张鹰突然大声说："冬梅，相逢不用忙归去，明日黄花蝶也愁！冬梅，你要好好的，是我对不起你！"

张冬梅木然地点点头，又摇了摇头，低声说了三个字："我会的！"

张冬梅与张鹰含泪告别，她边走边回头，就在她沉重的脚步迈出看守所大门的瞬间，突然感到了张鹰未来的不测和自己对爱情的茫然。

第二十六章　庭审调查

阴雨绵绵了一个星期，时值雷江大平原的雨季。

雷江市中级人民法院门前的街道上，车辆川流不息。

上午八点四十分，李嘉齐和顾吉哲肩并肩，打着雨伞，一起走进雷江市中级人民法院的法庭。

这间法庭的面积不太大，但它给庄严肃穆人的印象。正面的法官席上方悬挂着中华人民共和国国徽，左侧是公诉人席，右侧是辩护人席，正对法官席的是被告人席和旁听席。

此刻，法官和检察官还没有到，旁听席上已坐满了人。李嘉齐和顾吉哲怯生生地寻视着旁听席，发现多数是同学及其家长。他俩寻视了一遍旁听席，在前排的中间看到了张冬梅和李红芳。

张冬梅和李红芳边窃窃私语，边回头望着法庭的门口，律师李建功腋下夹着公文包，昂首阔步地走来。

李建功走到辩护人席坐下，从公文包里取出有关材料摆放在桌子上。

检察官、法官和书记员先后走进法庭。两名男检察官一老一少，老的五十岁左右，少的三十岁左右。法官有三名，清一色的男性。书记员是一位年轻漂亮的姑娘，大眼有神，眉目传情，让张冬梅和李红芳的眼前一亮。

李建功起身和审判长米金贵打了个招呼，米金贵笑道："李律师，今天的被告财产过亿，受理这样的案子费用一定很高吧？"

李建功笑了笑，说："非也，代理今天的案子我分文不取！"

"哈哈哈……在律师这个行当中，你是我敬重的为数不多的人之一，看来你是要搞法律援助喽！你想为你的当事人辩无罪嘛？请恕我直言，站在道德的层面来讲，这个案子的社会影响极大，弄不好会让你灰头土脸的。"

"不瞒您讲，给这起弑父案件的当事人出庭辩护，我还真有点儿紧张。"

"紧张说明了你认真的态度。我倒希望所有的律师都能有你这样的态度！"米金贵一侧身，一伸手，"来，我先给你介绍介绍，这两位是我们庭的审判员，你见过的，老王和小佟。这位是刘英豪检察官，这位是叶长龙检察官。"

李建功与各位握手问候之后，说："我是新手上路，请各位多多关照！"

刘检察官说："哪里哪里！据我所知，你是'人大'毕业的法学博士，学富五车。我是大兵转业的，虽然与你是一行的，但我学业不精，当然了，知耻才能后勇！"

米金贵对李建功说："老刘转业到检察院已经十几年了，多次参加过正规的专业培训，虽然现在在未成年人刑事检察处工作，每年的公诉案子不多，但他具有丰富的阅历和实战经验，早就成了公诉专家。我们这位年轻的叶检察官是中国政法大学毕业的高才生。哎，今天的审判有点儿意思。李律师是'人大'的，叶检察官是'法大'的，刘检察官是大兵转业的，我倒要看看，究竟是'人大'还是'法大'？这秀才遇上兵，不知道有理说清说不清！哈哈哈……"

刘检察官想了想，认真地说："要在中国的过去，那当然是'人大'了！"

李律师也很认真地说："但从现在来看，应该是，法大'！""

"二位已经开始辩论啦！"米金贵审判长看了一眼旁听席，又看了看手表，"今天来旁听的人不少，这个庭可一定得开好。目前，新的《刑事诉讼法》虽然尚未颁布实施，但我有个想法，已经得到了法院领导的鼓励与支持，我们就来个大胆尝试，学习英美法系的那种抗辩式诉讼。今天的庭审，我就请你们唱主角。你们有什么问题都可以问，有什么话都可以说，充分辩论，只要不吵架就行。"

上午九点整，三名法官在国徽下正襟危坐，审判长米金贵庄严地宣布开庭，依法公开审理张鹰弑父一案。

两名法警把被告人张鹰从旁门带进来，走到被告席，身带刑具的张鹰，面无表情地站在那里。

米金贵审判长首先询问了被告人的姓名、年龄等基本情况以及何时被捕和是否收到了起诉书等问题，然后宣布了合议庭组成人员、书记员、公诉人和辩护人的姓名，告知了被告人的申请回避权、自行辩护权、询问证人权、申请取证权和最后陈述权。审判长确认被告人知悉自己的上述权利并且没有回避请求之后，又补充说，如果辩护方申请通知新的证人到庭，或者调取新的物证书证，或者重新进行勘验鉴定，那要由法庭决定是否同意。

米审判长宣布开始法庭调查之后，首先让公诉人宣读《起诉书》。

刘检察官站起来，宣读了起诉书。在起诉书中，公诉方指控的基本犯罪事实是：被告人张鹰用水果刀逼迫父亲张大鹏，并将其从三楼的窗户推下楼，结果造成了被害人张大鹏的死亡。公诉人认为，被告人的行为违反了《刑法》第二百三十二条关于故意杀人罪的规定，依法应当追究刑事责任。

然后，审判长让被告人陈述事实经过，强调要如实陈述，并告知，按照我国《刑事诉讼法》第四十六条的规定，只有被告人供述，没有其他证据的，不能认定被告人有罪并处以刑罚；没有被告人供述，证据确实充分的，可以认定被告人有罪并处以刑罚。被告人能否实事求是地交代犯罪事实，法庭在量刑时会加以考虑。

然而，张鹰当庭翻供，反复强调自己没有杀人动机。他简要陈述了父亲坠楼死亡的事情经过，他说由于自己的鲁莽导致了父亲的死亡。

审判长核实了现场那把水果刀的来历，弄清了那把水果刀的来历，以及张鹰与张冬梅、李红芳用于切西瓜的细节问题，并确认被告人对案卷中的讯问笔录没有异议之后，让王法官摘要宣读了证人张冬梅、李红芳的询问笔录，出示了张大鹏死亡的现场勘查笔录、法医尸检报告和相关照片。

审判长确认被告人听清楚了上述证据的内容且无异议之后，让公诉人对被告人发问。

【02

窗外的大雨在张鹰心灵的河床冲出了千沟万壑，冲刷着根植在他那年青血管里疯长的野草，一种坠入深渊的恐惧感，一种落入荒凉的凄楚感，在他的心头上蔓延。他隐约感到，自己种下的罪恶之因，即将带给他万劫不复的恶果。

旁听席上出现了一些骚动，有的交头接耳，有的东张西望，有的窃窃私语，有的发出唏嘘之声。

审判长用威严的神情和锋利的目光震慑着骚动的人们，高声喊道："肃静！肃静！"

旁听席迅速恢复了平静。

刘检察官站起身来，语气平和地问道："被告人张鹰，按照你解释的意思去理解，你父亲的死亡是因为他自己坠楼造成的，与你的行为无关是吗？"

张鹰犹豫了一下，说："也不能这么说。在我与他争夺篮球的时候，他的身体一下子失去了平衡，不慎掉下楼去，我确实没有故意把他推下楼去的。"

"在场的目击证人都证明了，你父亲张大鹏的死亡与你有关。而且，你在这之前的多次供述中，一直都说是你害死了自己的父亲，难道证人和你都说了假话不成？难道你还另有隐情？儿子杀父，天理难容。现在，你不但不承认自己的罪行，却突然翻供，道德何在？良心何在？"

"证人的证言只是证明了我父亲的死亡与我有关，并没证明我故意杀人哪！在这之前我之所以那样说，是因为我的父亲毕竟因为我的莽撞而死亡，站在道德的层面上讲，我会被千夫所指。我的父亲把我养大成人，我却把我的父亲送进了地狱之门，我的良心不安，我觉得自己苟且地活着，不仅无脸见人，而且十分痛苦。这件事发生之后，直到开庭审判之前的这段时间里，我一直越不过心中的那道坎儿，我想得到法律的严惩，我想一死了之！可是，我突然觉得，即使我到九泉之下与我的父亲陪葬，我的身后照样会留下千古骂名。所以，我要当庭把事实澄清。"

"那我问你，你恨不恨你的父亲张大鹏？"刘检察官严肃地问道。

"我不恨他。"

"那你爱他？"

"嗯……我爱他！"

"张鹰，我希望你能说实话。我再问你，那天晚上在饭店里，你和你父亲发生争执的时候，你是否拿起了随身携带的水果刀逼迫你父亲，而且说过'我看你是来找死的'之类的话？"

"水果刀不是我随身带的，是我向服务员借的切西瓜用的……其余的我记不清了。"

"那你对侦查人员说过的话都是真的吗？"

"我说的不都是真话。"

"侦查人员讯问的时候打你了吗？"

"没有。"

"没有刑讯逼供吧？"

"没有。"

"既然如此，那你这次为什么不说真话？"

"我……以前说的是假话，而这次说的是真话。"

"这是庄严的法庭，由不得你百般抵赖、肆意折腾！"刘检察官看了米审判长一眼，犹豫了一下说，"审判长，我没有问题了。"

刘检察官坐下之后，米审判长让辩护人发问。

李律师站起身来，说："张鹰，请你再讲述一遍那天晚上你父亲坠楼的经过。"

张鹰说："那天晚上，我正和张冬梅、李红芳一起在饭店里吃饭，我爸爸突然闯了进来。他进屋以后，二话没说就抓住了我的脖领子，一下子就把我从椅子上拽到了地上，顺手就打了我两记耳光，边打边说要打死我。情急之下，我顺手拿起了放在餐桌上的水果刀，放了一句狠话，并恶狠狠地瞪着我爸爸。于是，我爸爸被我的目光逼得撒了手，后退了几步。就在这时，他突然发现了我放在饭桌旁边的篮球。在他看来，我的学习成绩差、责任心和进取心不强，都是因为我痴迷篮球的缘故。他怒不可遏地把篮球抓在手里，然后推开一扇窗户想把篮球扔下楼去。而我自从上初中一年级起就把篮球看得比我的生命还要重，我心中的怒火刹那间窜到了脑门儿，于是，我不顾一切地冲过去，想把我爸爸手中的篮球夺过来。可是，鬼使神差，就在我们争执的过程中，我爸爸抱着篮球跳到了窗外

李律师插问道："你当时距离你父亲有多远？和你一起吃饭的那两个人大概都在什么位置？"

"当时，我想跑过去把我爸爸手里的篮球夺过来，可是，在我和我爸爸之间隔着饭桌和椅子，情急之中，我抓起了放在餐桌上的水果刀，绕过桌椅后，一边说着狠话，一边下意识地胡乱比画。我本想吓唬一下我爸爸，没想到悲剧就这样发生了……由于我当时有些丧失理智，行为有些粗狂，吓得站在我旁边的张冬梅和李红芳四处乱躲、哇哇大叫。就在这时，张冬梅碰倒了我身前的椅子，我被重重地绊了一跤，摔倒在地，我手里的刀子甩了出去。当我爬起来时，我爸爸已从敞开的窗户上头朝下坠下楼去……"张鹰一边说，一边用手背擦拭着眼泪。

"那你在被椅子绊倒的过程中，你手中的水果刀伤到了你父亲没有？"

"可能伤到了，我不知道。"

"在你父亲坠楼的瞬间，你的身体接触到你爸爸的身体了吗？"

"好像没有接触到，我记不清楚了。"

"那……好吧！"李建功似乎还想问什么，但是没有发问。他转身对法官说："审判长，我没有问题了。不过，我请法庭传唤证人王红霞出庭作证。"

米审判长点头表示同意，然后让法警去传唤在候审室等候的王红霞出庭作证。

王红霞走进法庭，在法警的指引下坐到证人席上。她看了看李建功和刘英豪，又看了看旁听席上的李红芳、张冬梅、顾吉哲和李嘉齐，然后把目光停留在法官席上。

米审判长询问了王红霞的姓名、职业等基本情况之后，告诉她要如实提供证

言，故意作伪证或隐匿罪证要负法律责任。

王红霞很认真地念了一遍书面证言。

然后，米审判长看着两名检察官说："关于王红霞的证言，我们在开庭之前也讨论过。有人认为王红霞的证言和本案没有关联性。但是，为了充分保障被告方行使辩护权，我们还是尊重了辩护人的意见，允许王红霞出庭作证。至于她讲的那些事情和这起案件之间究竟有没有关联性，一会儿法庭辩论的时候，你们可以充分发表意见。现在，公诉人有没有问题要向证人发问？"

"有。"刘检察官站起身来，"王红霞，你怎么知道张鹰的身世？"

王红霞想了想，说："我和张鹰是同学，是无话不谈的好朋友。一天傍晚，我和张鹰共进晚餐，张鹰喝多了酒，口无遮拦，随口道出了自己的身世。"

"张鹰是否知道你已经知道了他的身世？"

"这个……"

"请你如实回答。"

"我想，他是知道的。可是，我答应过他，我会替他保密的。如果不发生这样的悲剧的话，我会把这件事烂在肚子里。可是，现在他出了事，虽说不是他的责任，是张大鹏自己的责任，但我也不想再替他保守这个秘密了，因为这个秘密很快就被公开了。我觉得，张鹰走到今天的这一步，是误入了别人设下的圈套。"

"倘若王红霞所说的情况属实，那么就进一步证明了被告人张鹰在知道了自己的身世之后，知道了张大鹏不是自己的生父，所以，当他心中的仇恨不能抑制时就痛下了杀手。"刘检察官说，"对了，你刚才说被告误入了别人设下的圈套，什么圈套？"

"这……是你的有罪推理。至于什么圈套我三言两语也说不清楚，得问李律师。"

"你的这些话都是李律师教给你的吧？千万不要听人教唆和摆布，一定要尊重客观事实，否则救人不成反害人！"

"不是，我没有听别人的教唆和摆布，这是我自己想要说的话。"

刘检察官摇了摇头，没有再说话。

米审判长问辩护人有没有问题要问。

李建功起身问道："王红霞，你什么时候听说当事人把他的父亲杀害了？"

"就是……就是他出事的第二天。"

"谁告诉你的？"

　　王红霞看了旁听席上的张冬梅一眼，说："是张冬梅，是她亲口告诉我，她亲眼见到了张鹰杀害了自己的父亲！"

　　张冬梅的脑袋里"嗡"的一声，全身的血液顷刻间流进了大脑，心想：明明是你王红霞参与了出谋划策并与我约定好了的，共同保守张鹰杀父的秘密，事到临头你却借题发挥，继续耍阴谋使诡计，置我于不仁不义不法之境地！你本性难改，可恶至极！她涨红着脸站起来大声喊道："她胡说八道，她血口喷人！"

　　米审判长瞅了张冬梅一眼，看了看再次骚乱的旁听席，怒斥道："法庭之地，不许撒野！请肃静！请肃静！！"

　　张冬梅不屑地看了米审判长一眼，委屈地坐下来。

　　李建功继续向王红霞发问："你听了张冬梅的话后第一反应是什么？"

　　王红霞得意地回答："你是问我的感觉嘛？我不相信张冬梅的说辞，我相信张鹰是无辜的！"

　　"为什么？"

　　"因为张鹰不可能杀人。他不是那种人。他聪明伶俐，心地善良，乐于助人，特别喜欢小动物。一次，我老家来人时带了十几只麻雀，我把它们送给张鹰想油炸着吃。可是，他说，它们都是活蹦乱跳的生命，就让我来养活它们吧！可他哪里知道，麻雀那玩意儿气性大不吃食儿，几天之后就死光光了。他和我见了面之后，谈起那些死去的麻雀难过极了。他连麻雀都舍不得杀掉，他根本就不可能去杀人！如果说那是意外，倒还有可能。"

　　"谢谢证人，我没有问题了。"李建功看了米审判长一眼。

　　李建功坐下之后，米审判长说道："证人刚才讲的话属于品格证据。目前，我们国家的法律对于品格证据的使用没有明确规定，但是从法理上讲，法官不能直接用品格证据来证明被告人是否实施了犯罪的事实。对于这个证据，公诉人和辩护人在法庭辩论的时候也可以发表意见。"

　　张冬梅听完了王红霞的证言之后认为："王红霞的言辞虽然有损于张鹰对我的信任，而且向司法人员透露了我有作伪证的嫌疑，但她仍在为张鹰的无罪辩护作积极地努力！"于是，她心中的怨气随即烟消云散了。

【03

　　窗外的雨点叩击着法庭的窗玻璃，刺耳的响声敲打着刘检察官的心，张鹰的突然翻供以及背后的隐情在他的心头上升起滚滚乌云。

刘检察官向法官举手示意要发言，经审判长同意之后，他再次站起身来，问道："王红霞，你说被告人张鹰心地善良，这我可以不反对。但我想问你，他很聪明，为什么学习成绩不行？"

王红霞看了一眼张鹰，皱着眉头说："他这个人虽然聪明，但他过于贪玩儿篮球，在学习上还有点儿马虎，所以考试成绩不太好。"

"你的意思是说，他做事儿的时候容易疏忽大意？"

"有点儿。"

"那好，你说他不可能去杀人，说的是不可能故意去杀人，但是，现在我若是说，他因为粗心大意而过失致人死亡，你认为有可能吗？"

"过失致人死亡，不也是杀人吗？"

"这不一样。过失致人死亡，是说当事人没有杀人的故意，但是由于他的疏忽大意，导致了被害人的死亡。"

"您说的这些法律术语，我不太懂，还是问李律师吧。"

"看来，李律师事前没有教你怎么回答我的这个问题吧？"

王红霞没有说话，她红润的两颊已经冒出了汗珠。

刘检察官坐下了，审判长允许证人退庭。王红霞如释重负地走下证人席。在法庭门口，她回头看了一眼张冬梅和李红芳。

审判长宣布法庭调查阶段结束，进入法庭辩论阶段。他请双方先就故意杀人的指控发表意见，首先请公诉人进行陈述。

刘检察官站起来，胸有成竹地说道："在开庭的时候，我已经全面陈述了我们的起诉意见，我只想再做一些补充说明。说他故意杀人，我们认为，就目前公安机关提供的证据来看，虽然被告人的行为不太典型，但是，因为有他自己的供述，有目击证人的书证，有尸检报告和那份染血的亲子鉴定书（复印件），所以还是可以认定的。"

刘检察官坐下之后，米审判长首先问被告人是否自行辩护。张鹰一直低垂着头，听到法官的问话，忙把头抬起来，有些不知所措地把目光投向李建功。法官又问了一遍，张鹰才茫然地摇了摇头。

米审判长让书记员记下被告人的表态之后，让辩护人发表辩护意见。此时，法庭里的人都把目光集中到李建功的身上。

李建功站起来，向法官们鞠了一躬，然后语气平缓地说道："各位法官，我认为起诉书中指控的故意杀人罪是不能成立的。"

李建功的开场白在法庭里引起一小阵骚动，他等人们安静下来后，继续说：

"刚才当事人张鹰的说法具有较高的可信度，或者说，他的解释具有较强的合理性，特别是考虑到他的性格特点，刚才在询问证人王红霞的时候，公诉人指出被告人具有疏忽大意的性格特点。我赞成这一判断。正是因为当事人有这样的性格特点，所以他才没有考虑到和被害人在开启的窗户前争夺篮球会导致严重的后果。当他被身前的椅子绊了一跤之后，失手将被害人推下了楼。张冬梅和李红芳的证言也证明了这一点。也许，后者的证言是想证明我的当事人无罪，但是，由于她们法律知识浅薄却帮了当事人一个倒忙，也许是她们故意为之，这也许就是王红霞所说的那个圈套。至于那个所谓的圈套是什么，还需相关部门继续调查。以上所有证人的证言均不能排除的当事人的杀人故意。因此，要推翻对当事人故意杀人罪的指控，必须传唤第二个证人——当事人的继母宫会生出庭作证，然后我再从我的当事人的身世说起。"

米审判长点头表示同意，法警传唤在候审室等候的宫会生出庭作证。

宫会生走进法庭，在法警的指引下坐到证人席上。她看了看李建功和刘检察官，又看了看旁听席上的李红芳、张冬梅、顾吉哲和李嘉齐，然后把目光停留在法官席上。

米审判长询问了宫会生的姓名、职业等基本情况之后，告诉她要如实提供证言，故意作伪证或隐匿罪证要负法律责任。

宫会生认真地点了点头，随即从手包里拿出染血的亲子鉴定书念了一遍，从而证实了张大鹏不是张鹰的亲生父亲，然后把它交给了米审判长。

米审判长和其他两名法官交流了一下意见，然后让法警把宫会生带离了法庭。

李律师见三位法官都饶有兴趣地看着他，脸上露出了满意的微笑。他说："本来这是一个家庭的隐私问题，但由于案情的需要，我不得不解开谜底作为事实证据。根据我的调查，得知张鹰从幼时起就生活在父母常年争吵的环境里，他和母亲经常承受着来自他父亲的家庭暴力，从而在他的潜意识里形成了一种认识逻辑，他的母亲是无辜而柔弱的，遭遇却是十分可怜的。在这种情况下，他的母亲把全部的爱给了他。所以，他对母亲充满了感激，对父亲充满了敌意。当他发现他的父亲有了外遇之后，他对父亲的怨恨日益加剧。当他的母亲自杀身亡之后，他的父亲公然把第三者娶到家里，成了他的继母，这让他的心灵蒙羞，这让他愤恨至极。从而，他把憎恨的种子深深地埋藏在心里。假如按着这样的逻辑去推理，公诉方所指控的他故意杀人罪的罪名成立。然而，不久前，当事人意外受伤，在他需要输血时，他的父亲毫不畏惧、挺身而出，可是，输血前的化验结果却排除了他们之间的血缘关系，这种结果给他们带来了致命的打击，把他们引入了十分尴尬的境地。而这一切的发生，错不在他的母亲，是因为多年前的一个夜晚，一个蒙面歹徒强暴了他的母亲，从而制造了这样的罪恶与不幸。那个歹徒犯下的罪恶让张大鹏蒙羞。就是从那时起，张大鹏对惨遭不幸的妻子耿耿于怀，夫妻之间的裂痕由此而生。他们小吵天天有，大吵三六九，心生芥蒂，同床异梦。尽管对张鹰的身世张大鹏从来没有怀疑过，但最终演变成一场家庭分崩的悲剧。"

一道闪电划破了灰暗的天空，一声炸雷滚滚而来。

张鹰一激灵，下意识地看了看窗外的，他仿佛觉得，那道划破天空的闪电瞬间撕裂了他的青春；那滚滚轰鸣的雷声是他的父亲张大鹏发自灵魂的呐喊。

【04

法庭外，雨点更稠了，雨声更响了。

米审判长看了看李建功，皱着眉头大声说："我提醒辩护人注意，你发表意见的时间不要太长，这里不是你演讲的地方！"

李律师意识到自己过分投入，忙说："对不起！"

米审判长插言道："辩护人，请你说简单点儿！"

李建功点了点头："好的。根据我了解的情况分析，张鹰自从知道了自己的身世后，反而对张大鹏的宽容和养育之恩充满了感激。所以，他不可能恩将仇报，况且，根据证人王红霞提供的情况看，那晚张大鹏的出现并非偶然，而是误入了别人设下的圈套，当然，这个圈套不是当事人张鹰设计的，而是张冬梅为了实现自己的爱情而精心设计的！至于李红芳，她是为了某种隐情，与张冬梅一起做了伪证。"

张冬梅和李红芳的心中不由得一惊，彼此交换了一下眼神，故作镇静。

法庭里一阵骚动，米审判长立即让法警维持秩序。

待人们安静下来之后，李律师继续说："张冬梅和李红芳为什么要作伪证？我想张冬梅是因为爱情，而李红芳是为了友情。"

米审判长问道："这与本案有什么关系？"

李律师说："还是让我替她们解释吧！"

法庭里非常安静，人们似乎都在等待着。

李律师看了一眼旁听席，回过头来面向法官继续说："张冬梅、王红霞和李红芳从小学就是同学，进入初中之后，张鹰、李嘉齐、顾吉哲又走进她们的视野。这个案子涉及他们之间的感情纠葛和是非恩怨，不是三言两语就能说清楚的。简单地说，张冬梅认为张鹰背叛了她的爱情，因此，她想借张鹰的父亲张大鹏之手报复张鹰。她了解张大鹏的脾气秉性，倘若张大鹏知道张鹰玩弄异性、游戏人生，一定会对张鹰粗暴教育、拳脚并用；她更知道张鹰的桀骜不驯，一定会对张大鹏的暴力行为进行反击，从而让张鹰陷入不仁不义千夫所指的境地。于是，张冬梅把张鹰的种种劣迹暗地里告诉了张大鹏，在征得张大鹏的同意后，张冬梅与李红芳合谋安排了一场'鸿门宴'。由于张大鹏和张鹰话不投机，从而引发了张大鹏和张鹰父子的打斗，导致了张大鹏意外死亡的结局。因此，我的当事人张鹰根本不是故意杀人犯，也不是过失杀人犯，而是一起由张冬梅精心策划的为爱情复仇之阴谋的受害者！综上所述，我认为，针对张鹰的故意杀人罪的罪名指控是不能成立的！"

李律师的一席话，让张冬梅气炸胸中肺，咬碎口中牙，心中暗骂：流氓恶棍，市井无赖，混淆是非，颠倒黑白！她恨不得立刻冲上前去掴他几记耳光，但是，为张鹰辩护无罪是她求之不得的结果，因此，她遏制着自己脾气没有发作，心想：好一个王红霞，你这条歹毒的美女蛇，竟然用如此恶毒的手段加害于我！我喜欢李嘉齐，你千方百计把李嘉齐从我的手里抢过去；我喜欢张鹰，你又千方百计从中作梗；张鹰身陷囹圄，在我万分痛苦之际，你却暗施毒计借此毁坏我的名誉，以实现你见不得人的目的。不过，你别太自信了，李律师一定不会相信你的鬼话，只是将计就计罢了，况且，检察官们也不是那么简单的，你的胡言乱语能奈我何？只要你的证言对张鹰有利，我就不会和你计较的！

米审判长见李律师坐下后，看了看两位法官，然后对刘检察官说："对于辩护人的陈述，公诉人还有什么意见吗？"

刘检察官慢慢地站起身来，态度诚恳地说道："应该说，李律师确实很有水平，是我见过的最认真负责的辩护律师。然而，李律师的辩护意见主要依据是推理，缺少证据。我只举两个例子来进行说明：第一，李律师仅仅根据张鹰的当庭翻供，就把张冬梅和李红芳的证言当作伪证，这恐怕还缺乏证据。至于你所说的张冬梅策划的那场'鸿门宴'，听起来感到有些荒诞。况且，我们在案件调查中发现张鹰的上学年龄与实际年龄不符，已有证据证明，案发时张鹰的实际年龄尚不满十八周岁，符合刑罚从轻的司法解释和规定。当然，这件事情还要等公安机关的侦查人员补充调查核实之后才能得出结论。第二，李律师仅仅根据王红霞和宫会生提供的一些故事情节，就得出张鹰没有杀人动机的结论，不仅缺乏证据，而且过于草率。我们办案，最重要的就是证据，认定案件事实必须依靠确实充分的证据。"

李律师征得审判长同意之后，站起身来说："我赞成公诉人的说法，我得出的上述结论主要依靠推理，缺少充分的证据。不过，我想提请公诉人注意，按照刑事诉讼中证明责任的分配原理，公诉方应该承担证明被告人有罪的责任，而且，公诉方的证明应该达到'案件事实清楚，证据确实充分'的标准。被告方一般不承担证明责任，被告人既没有证明自己有罪的责任，也没有证明自己无罪的责任。只要被告方能够对公诉方的事实主张提出合理怀疑，法庭就应该宣判被告人无罪，因为这是刑事诉讼中无罪推定原则的基本要求。

刘检察官刚刚坐下又站了起来，大声驳斥道："辩护人不愧是法学博士，真有学问，说出话来咄咄逼人。但是，我们不需要学术探讨，我们必须按照法律的规定进行诉讼。被告人有罪就是有罪，无罪就是无罪。我们既不能搞有罪推定，也不能搞无罪推定，我们要实事求是。"

李建功坐下来继续说："据我所知，目前全国检察机关正在组织学习新的《刑事诉讼法》，而确立无罪推定的原则正是新的形势所需要的。"

刘检察官也没有坐下："你说的意思我明白，但是，我们必须遵守现行的法律规定。"

李律师把目光转向法官和审判长，说："为了查明以上事实，我请法庭传唤张冬梅和李红芳出庭作证。我希望法庭能够采取有效措施，保证这两位关键证人出庭作证。"

"我们会考虑辩护人这一请求的。"

这时，旁听席上传来了张冬梅的哭泣声和李红芳的叹息声，张冬梅边哭边说："报告法官，我和李红芳早已向检察院出具了书面证言，我们不想出庭作证。可是现在，我们被律师冤枉了，我们也不得不解释几句。作为张鹰特别好的同学，我们不愿相信张鹰是故意杀害父亲的凶手，我们更不会为了一己私利强加给张鹰无须有的罪名，因此，我们不可能作伪证。我们的证言，只是道出了当时见到的实情，结果就摆在那里，正如张鹰刚才所说的那样，他在与父亲争夺篮球的过程中，失手把父亲推下楼去。"

刘检察官看了张冬梅一眼，说："这是庄严的法庭，法律面前容不得戏言！尸检报告就摆在这里，我问你，死者身上那致命的刀伤是怎么来的？你能告诉我们吗？"

张冬梅小声地嘀咕："刚才，张鹰已经说过了，他本想拿起水果刀吓唬他的父亲一下，可他不小心被绊了一跤，刀子顺势被甩了出去！即使他父亲的刀伤是他造成的，他也不是故意的！"

刘检察官看了李红芳一眼，厉声道："李红芳，案发时你也在现场，当时的情况和她说的一样吗？切记，说谎话是要负法律责任的！"

李红芳点点头，低声回答："是的！"

米审判长瞅了张冬梅一眼，又看了看李红芳，让这两个涉世未深的女孩子心里一阵发慌。他随即看了看手表，又与两名法官小声商量了几句，然后郑重宣布："由于时间关系，现在休庭，庭外调查后，本法庭择日继续开庭审理此案。"

人们陆续走出了法庭。

张冬梅、李红芳、李嘉齐、顾吉哲凑在一起，低声议论、窃窃私语。

张冬梅对李红芳说："张鹰究竟做了什么，那个律师的心里一定明镜似的，他却鼓舌如簧非把黑的说成白的，一定是收了宫会生的钱财的结果。可是，法律岂能是儿戏，他非要给张鹰弄个无罪判决，我看他是精明过了火，他一定会弄巧成拙的！"

李红芳点点头，又摇了摇头，说："宫会生不是一直痛恨张鹰对她大不敬吗？她为什么会给律师钱财挽救张鹰啊？"

李嘉齐接过了话茬说："这道理明摆着，表面上看宫会生是在挽救张鹰，实际上她是在自救。若不是她的出现，张鹰和张大鹏能反目成仇吗？即使张鹰真的故意杀死了张大鹏而泄愤，由于张鹰长期遭受家庭暴力，那晚的情况又事出有因，张鹰也判不了死刑。何况，张鹰尚且不到十八周岁的年龄，属于未成年人，刑法会从轻处罚，他更判不了死刑。既然张鹰判不了死刑，某些人就会看在他那万贯家产的情分上，过不了三年五载就会设法把他从监狱里弄出来，倘若到时候张鹰知道身为继母的宫会生见死不救的话，他会放过宫会生吗？宫会生比猴子还精明，她能不做这个顺水人情？"

顾吉哲瞅了李嘉齐一眼，摇了摇头，说："你说的不对吧？张鹰可是我俩的带头大哥啊！我们多大了？案发时他怎么会不满十八周岁呢？"

这时，一直躲在他们身后"偷听"的刘英豪和叶长龙检察官凑了过来，刘英豪冲着顾吉哲乐呵呵地说："小伙子，还是让我来给你解释心中的疑问吧！"

张冬梅、李红芳、李嘉齐、顾吉哲听到身后的说话声，看了看刘英豪和叶长龙，把他俩围在了当中，七嘴八舌地说："您们是公平和正义的化身，我们特别崇拜您们。您们秉持仗义之剑降妖除顽，张鹰的生死存亡全都由您们说了算。检察官大大，求您们救救张鹰吧！"

刘英豪检察官环顾着眼前几个大孩子愁苦的面容，点了点头，说："好吧，我和叶检察官答应你们的请求，但是，我们个人说了不算数，我们要尊重法律，我们要严格按照法律办事。法律规定了宽严相济的原则，我们就让事实来说话吧！为了不枉不纵，为了彰显法律的公平公正，我想就张鹰个人以及案发时的详细情况对你们进行一次调查，请你们积极配合我们行吗？

张冬梅、李红芳、李嘉齐、顾吉哲异口同声地说："行！"

"那先这样，下午两点，我在办公室里等着你们，不见不散啊！"

第二十七章　检察官救赎

【01

　　张冬梅、李红芳、李嘉齐、顾吉哲来到了刘英豪检察官的办公室，刘英豪检察官坐在了办公室里的沙发上，他环顾着一张张稚气未脱、面无血色、汗水流淌的脸，说："孩子们，我要提醒你们，这是我的办公室，不是在法庭，不要如此紧张！"他又瞅了顾吉哲一眼，笑道，"没想到你们是徐庶进曹营言不发！我又不是老虎，不吃人的。这样吧，我先不说话，请大家畅所欲言，谈一谈你们和张鹰之间的故事，行不行啊？"

　　"行！"

　　办公室的气氛活跃起来，张冬梅、李红芳、李嘉齐、顾吉哲，一个个侃侃而谈，他们从"篮球惹祸"一直讲到"校园血案"……

　　天色越来越黑，越来越黑，黑夜来临。

　　一道闪电划破夜空，给刘英豪检察官的办公室带来了瞬间的光明，接下来却是无底的黑暗。

　　李红芳谈兴正浓，一不留神就谈到了那次晚宴上的事情。

　　刘英豪打开室内的照明灯，目光落在了李红芳的脸上，说："我用了这么长的时间听完了你们一起成长的经历，接下来就到了张鹰行凶杀父的话题，继续讲下去啊？怎么不讲了？哦——我明白了，接下来的话题一定关系着你们之间共同保守的秘密！法律无情人有情，我会根据案件的实情建议法官做出合理定性，最大限度地帮助张鹰和相关人员减轻刑罚。你们若是想明白了的话，就继续说说那次'致命晚宴'吧！"

　　李红芳突然意识到自己说漏了嘴，想改变话题已经来不及了。

　　张冬梅、李嘉齐、顾吉哲纷纷向李红芳投去埋怨的目光。

　　刘英豪点上了一支烟，一边吐着烟雾，一边在办公室内踱步，突然，他站在窗前，注视着窗外。

　　窗外，雷声滚滚，风声阵阵，乌云密集，大雨滂沱。

窗内，鸦雀无声，心跳怦怦，面面相觑，气氛紧张。

刘英豪两眉紧锁，表情严肃，自言自语："如此说来，张鹰不就是杀害他父亲的凶手吗？可是，张鹰为什么突然翻供？公安机关为什么找不到强有力的证据加以证明？所有的证人证言为什么都有利于张鹰？难道有人在故意为张鹰开脱吗？或许，我们掉进了某些人设计的陷阱……"刘英豪锐利的目光落在张冬梅、李红芳、李嘉齐和顾吉哲的脸上，"你们再仔细想想，或者你们在一起商量商量，你们是否能把共同保守的'秘密'如实对我讲？"

张冬梅揣摩着刘英豪的话语，环顾着李红芳、李嘉齐和顾吉哲，心潮起伏，压抑在胸中的"秘密"不知道究竟该讲不该讲，大脑中做着激烈的思想斗争。

刘英豪观察着一张张熟悉而陌生的面孔，语调和蔼地继续说："我知道，过去，你们和张鹰都是好朋友，你们和张鹰都是有缘人，而从今天起，我和你们也都是好朋友，我和你们也都是有缘人哪！在我们的社会生活中，人人都会有朋友，人人离不开朋友，可是，朋友是什么？朋友就是彼此有交情的人，彼此要好的人。友情是一种最纯洁、高尚、朴素、平凡的感情，也是最浪漫、动人、坚实、永恒的情感。人可以没有爱情，但不可以没有友情，人一旦没有了友情，生活就会失去悦耳的和音，就会变得死水一潭。大千世界，红尘滚滚，友情无处不在，芸芸众生、茫茫人海中，它伴随在你左右，萦绕在你身边，和你共度一生。朋友能够彼此遇到，能够走到一起，彼此相互认识，相互了解，相互走近。今天，我有幸和你们在一起促膝相谈，我们在不同经历中，能够彼此相遇、相聚、相逢，可以说是一种缘分。那么，缘分在哪里呢？缘分在人来人往、聚散分离的人生旅途中，在各自不同的生命轨迹上。缘分不是时刻都会有的，应该珍惜得来不易的缘分。朋友相处是一种相互认可，相互仰慕，相互欣赏，相互感知的过程。对方的优点、长处、亮点、美感，都会映在你脑海，尽收眼底。哪怕是朋友一点点的帮助和鼓励，也会成为你向上的能量，成为你终身受益的动力和源泉。朋友的智慧、知识、能力、激情，是吸引你靠近的磁力和力量，同时你的一切，也是朋友认识和感知你的过程。朋友就是彼此一种心灵的感应，是一种心照不宣的感悟。你的举手投足，一颦一笑，一言一行，哪怕是一个眼神、一个动作、一个背影、一个回眸，朋友都会心领神会，不需要彼此的解释，不需要更多的语言，不需要刻意地张扬，都会心心相印心心相通，那是一种最温柔、最惬意、最畅快、最美好的意境。朋友就是漫漫人生路上的彼此相扶、相承、相伴、相佐，是你烦闷时送上的绵绵细语或大吼大叫，寂寞时的欢歌笑语或款款情意，快乐时的如痴如醉或痛快淋漓，得意时的善意的一盆凉水。在倾诉和聆听中感知朋友深情，在交流和接触中不断握手和感激。风雨人生路，朋友可以为你挡风寒，为你分忧愁为你解除痛苦和困难。朋友时时会伸出友谊之手，是你登高时的一把扶梯，是你受伤时的一剂良药，是你饥渴时的一碗白水，是你过河时的一叶扁舟，是金钱买不来，命令吓不倒的，只有真心才能够换来的，最难能可贵。朋友是彼此的牵挂，彼此的思念，彼此的关心，彼此的依靠。思念，就像是一条不尽的河流，像一片温柔轻拂的流云，像一朵幽香阵阵的花蕊，像一曲余音袅袅的洞箫。她有时也是一种淡淡的回忆、淡淡的品茗、淡淡的共鸣。朋友，就像是夜空里的星星和月亮彼此光照，彼此鼓励，彼此相望；朋友，就是镶嵌在默默的关爱中，不一定要日日相见，却是永存的心心相通，朋友不必虚意逢迎，有时点点头就会意了对方的意图，有时候摆摆手就能遥相辉映。然而，你们的朋友张鹰，因为做了伤天害理的事情被关进了牢笼，你们却倾斜了心中的那只天平。你们思念他想念他我完全理解，你们千方百计地保护他我也完全理解，但是，朋友绝不是为对方两肋插刀以身试法，绝对不是为对方逃避罪责而去怂恿、包庇。倘若那样的话，就亵渎了朋友的真正含义，到头来只会害人害己！现在，我不妨把话挑明 T，我觉得张鹰一案大有隐情！倘若你们为了朋友而做了违背法律和道德的事情，作为朋友，我会无私地提供帮助，作为检察官，我会积极地为你们提供援助。孩子们，把藏在你们心中的秘密道出来吧！"

张冬梅点了点头，随即娓娓道来。

【02

那晚九点半，宫会生拨打了 110 报警电话，说其丈夫不慎从桃源饺子城三楼的窗户处坠下楼去，不幸身亡。

110 的公安干警接到报案后立即行动，迅速赶往事发地点，进行了现场勘验，发现张大鹏的确停止了呼吸和心跳，但他们不仅发现了张大鹏与地面接触时导致的头骨开放性损伤，身体多处骨折，而且发现了其左胸的刀伤。由此可见，张大鹏坠楼致死的说法存在疑点，不排除他杀的可能性。案情重大而复杂，他们立即请求刑警和法医火速介入调查。此时此刻，宫会生、王红霞、李红芳、李嘉齐、张冬梅及其堂姐等，早已清理了张大鹏留在第一现场的血迹以及留下的所有痕迹，制定了攻守同盟。所有参与此案的干警，无论如何也想不到，他们已经步入了宫会生、王红霞等人设计的圈套。

夜越来越深了，张冬梅躲在床上蜷缩着，刚才发生的一切历历在目，她一合上眼睛脑海里就浮现出张大鹏惨死的面容，胆怯和负罪感折磨得她一直无法入眠。她想尽了千万个理由，却无法为张鹰杀害张大鹏找到合理的借口。张鹰跑了，他能逃脱掉法律和道德的追究吗？宫会生所谋划的这一切，能蒙住公安干警、检察官和法官的眼睛吗？

张冬梅竖起耳朵分辨街上的脚步声，她害怕又希望张鹰躲到她的家中。这么多年来，在凌乱的脚步声中，她很容易分辨出哪个是张鹰发出的声响，特别是在夜深人静的晚上。张冬梅一直在等待着那个熟悉的脚步声到来，她无数次走到院子里，月冷星稀，一片朦胧，仿佛在某处的角落里暗藏着魑魅魑魅。张冬梅的心在等待张鹰的孤寂与不安中经历着一场万劫不复的煎熬。

张冬梅欲哭无泪，疯狂地想着张鹰。夜这么黑，突然又下起了牛毛细雨，张鹰究竟藏在了哪里？眼下他在做什么呢？心灵的感应告诉张冬梅，张鹰也在时时刻刻想着她。

张冬梅已经顾不了那么多，她深夜去了张鹰的别墅，她按照事前编好的说辞，隔着大门向红姨说明了来意。红姨告诉她，张鹰没有回家，给她打开了大门，并把她礼让到了家中。张冬梅去了张鹰居住的卧室看了半晌，她的手一点点地抚摸着张鹰的那张床，感受着张鹰的气息。在这间卧室里，处处飘荡着淡淡的茉莉花香，茉莉花香是张鹰的最爱。

张冬梅突然想起了一件事，回到自己的家中，走进卧室，从床上拿起了手机。果然不出所料，手机显示屏上显示着张鹰打给她的未接电话，张冬梅立刻把电话打了回去，然而，电话那端一直没人接听。

就在这时，警察敲响了张冬梅家的大门，来到了张冬梅的家中。警察搜查了每个房间，没有发现张鹰的踪影，却不想无功而返。

张冬梅的爸爸和芬姨惊恐而迷茫地看着眼前的情景，无助地看着张冬梅被警察带出了家门。

张冬梅被警察带到了刑警大队的询问室，开始录口供。

警察问张冬梅，你和张鹰是什么关系？

张冬梅抬起头来，坚定地说："我们是情侣关系——这是张冬梅的心中唯一而坚定的信念。尽管在张冬梅的恋爱史上，李嘉齐排在了第一位，但是，张鹰才是张冬梅第一个真正意义上的男人。因此，在张冬梅的潜意识里，不管张鹰做了什么，不管她和张鹰之间会是怎样的结果，张鹰将是她感情世界里真正意义上的第一个男人。

接下来，不管警察们提出怎样的问题，张冬梅始终哆嗦着重复着一个答案："张鹰没有杀人，张鹰不可能杀人，张大鹏是掉下楼摔死的！"

尽管坐在张冬梅对面的那些警察们表情越来越严肃，语气越来越不耐烦，但是张冬梅一直反反复复地回答着相同的话语。此时的张冬梅只能重复着这些话，在她的思想意识里，除了这样的话语再也说不出别的答案了。张冬梅觉得自己就像死了一样，抑或说已经死了。

自从张冬梅被警察带出家门之后，芬姨就一直抹泪不语，张冬梅的爸爸一直骂个不停。他骂张鹰捅了马蜂窝，他骂芬姨是个扫把星，他骂张冬梅不安分守己，他骂警察是一群神经病。他毫无意义的谩骂，让人感到了这个男人特有的啰嗦与无助，让人感到了这个男人的衰老与无能。

天蒙蒙亮时，张冬梅从刑警队走出来。虽然是夏日的凌晨，但因细雨霏霏，街上行人寥寥，一阵狂风大作，全世界都处在一种可怕的摇撼之中。

穿着单薄的张冬梅突然觉得是那样的冷，冷像潮水般袭来，漫过张冬梅的胸口和头顶，她在感受了沉闷之后突然觉得十分清醒。

躲在黑暗之中的张鹰，望着黑洞洞的涵洞顶，听着摇曳声，觉得自己就像一艘处在黑暗之中渐渐地沉没在大海里的航船！张冬梅是他唯一的救命稻草，除此之外，他人生的航船已经无处停靠。于是，他反复拨打张冬梅的手机，每次拨打张冬梅的手机，心里总是抱着一线希望。

张冬梅用手掌一拍脑门儿，自言自语道："我知道张鹰藏在哪儿了。他一定在平原街，是的，是平原街，他一定是在那个地方。过去，我们在校外的每次约会都在平原街东头的小渠旁，那个能挡风避雨躲开世人眼睛的涵洞里，他一定是在那儿等了我整整一个晚上。"

张冬梅骑着电动车向着那个地方飞奔而去，张鹰果然在那个涵洞里静坐着避雨，像一具雕像。他的指尖间夹着一根未燃尽的香烟，在他的脚下丢下了数十只烟蒂。

"我的张鹰……这回你可闯了大祸了，你把老天捅了个大窟窿啊！"张冬梅站在他的跟前，看着他的身影，觉得自己快要窒息了。张冬梅慢慢地朝着他走过去，伸出手，抚摸着他的头。张鹰一惊，抬起头来瞅着张冬梅愁苦的面容。

"我的张鹰，怎么你一夜之间老了这么多？"张冬梅泪眼模糊地看着张鹰，张鹰的张脸在张冬梅的视线中变得遥远而朦胧。

张鹰腾地一下子站起来，双手捧着张冬梅的脸，深情地看着，怜惜地看着，他的眼里满是愧疚，他感到一阵心痛。在他看来，从今日起，眼前的人就会因为他的罪孽离他而去，眼前的这张美丽动人的脸庞，这双会说话的大眼睛，将永远成为他生命中的记忆。

张鹰的双手离开了张冬梅的那张脸，反复擦拭着张冬梅脸上的泪水。张冬梅不断流出的眼泪告诉她自己，她还活着。

"告诉我，你没有杀害张大鹏，这一切都不是真的！请你告诉我呀！"张冬梅突然抱住了张鹰。

"，，对不起一冬梅，这一切都是真的，是我亲手杀死了我的父亲！我该死，我必须以死向我的父亲谢罪！"张鹰的泪水在他的脸上哗哗地流淌，像奔腾的洪水冲击着他罪恶的心房。

张冬梅伸手捂住了张鹰的嘴巴，说："不要胡说！虽然你划了你爸爸一刀，但是，那不是你故意而为，虽然你爸爸死了，但是，你爸爸不是你杀死的，事情的经过是这样的……"张冬梅把她和宫会生、王红霞、李红芳、李嘉齐等商定的攻守同盟的内容向张鹰述说了一遍，他的继母宫会生让张冬梅转告张鹰，她会为张鹰聘请雷江市最有威望的律师为张鹰辩护，一定会让张鹰逃过这场劫难。

"假如警察最终查明，你爸爸的真正死因是你用那把切西瓜用的水果刀刺中了他的左胸，伤及了心脏所致，那你必须承认你的过失。然而，你的继母说，过失致人死亡也是要承担法律责任的。所以，为了减轻你的罪行，你必须去公安局自首，为了减轻你的罪行，你必须按照刚才我说的那样的经过去描述。张鹰，生死攸关，你知道自己该怎么做了吗？"

张鹰无力地点了点头……

张鹰侧着脸看着张冬梅，目光中流露出绝望的神情，卑微地哀求着，说："冬梅，请允许我跟你说完了这句话再走行吗？"

"有话快说，属于我们的时间已经不多了，"张冬梅有些哽咽地说，"警察已经布下了天罗地网，他们很快就会找到这个地方。"

张鹰无力地点点头，说："冬梅，我知道昨天晚上王红霞跟你说了什么，你们说那些话的时候我就在隔壁的厕所里，你们之间的谈话内容我听得一清二楚，王红霞没有撒谎，我与你不辞而别的那天是和王红霞在一起度过的，她不仅把第一次给了我，而且还为我流掉了一个孩子！是我对不起你，是我不配拥有你，请你记恨我吧！请你忘了我吧！"

张冬梅感到五雷轰顶，眼前一阵发黑，一屁股坐在地上。王红霞故意泄露的"秘密"——在张冬梅的心里不愿相信、尽力摆脱的问题，却在张鹰的嘴里得到了验证，这对于张冬梅来说实在太残酷了。张冬梅从来以为张鹰是个为她而坚守一切的男人，因此，她视张鹰为自己的生命。然而，张鹰的轻率刹那间摧毁了她心中那座气势恢弘的堡垒。

"你在骗我，我不相信！既然你和王红霞之间有过真爱，那你昨晚为什么要用篮球砸她？为什么当众扇她耳光羞辱她？你为什么会如此恨她？"张冬梅站起身来，泪水肆虐横流。

张鹰保持了沉默，之后就去投案自首了……

张冬梅呆坐在小渠旁，任凭风吹雨打，她无处诉说心中的忧伤。她不知坐了多久，风停了雨息了，太阳透过云层，露出一抹微光，刺得她的眼睛痒痒的。

这时，王红霞和李红芳来到了张冬梅的身边。张冬梅已无法控制对王红霞的成见，当着李红芳的面质问王红霞："你看着我的眼睛告诉我，你和张鹰是否真的有过那一晚上？"

王红霞瞅了张冬梅一眼，点了一支烟，漫不经心地说："是啊！你不相信？苍天弄人，就那一晚上，我却为他流掉了一个孩子！"

张冬梅的心里五味杂陈，身体瑟瑟发抖，目瞪口呆地望着王红霞，痛苦如波涛一样汹涌袭来，一波接一波地冲击着她的大脑，说："王红霞呀王红霞，你怎么这么傻？你受了如此的重创，却一直守口如瓶。而我瞎了眼睛认不清张鹰，我不仅对你心存芥蒂，而且对你耿耿于怀。红霞，是我错怪你了。"

然而，王红霞并没有直视张冬梅的眼睛，她很忧伤，表情因痛苦而扭曲着……

张冬梅上大学的梦想破灭了，爱情的小舟颠覆了，青年人的朝气蓬勃在她的身上荡然无存，她整日整日把自己困在家中，不想出门。她以这种方式而存在，让她的爸爸更加烦恼，她的爸爸一有时间就在家里发飙。芬姨总是躲在一旁偷偷地哭泣。张强逐渐到了青春叛逆期，开始逃避这样的家庭，整日沉浸在网吧里。

李嘉齐因不断接受警方的调查而延迟了返京的时间。一天傍晚，他把张冬梅约到了"据点酒吧"。张冬梅想强装笑颜，可她无论如何也无法调动面部的肌肉，那种尴尬的表情比哭还要难看。李嘉齐端详着张冬梅那憔悴的面容，爱怜地说："你不要强迫自己，太难过的时候你就放声大哭，太高兴了就要放声大笑。从今天起，我就是你的蓝颜知己，你想笑就笑，你想哭就哭，千万别难为了自己！"

张冬梅很感激李嘉齐，在张冬梅的潜意识里，李嘉齐就像她的家人，甚至比她的家人还要亲。

"据点酒吧"是李嘉齐的同学经营的，他借花献佛亲手为张冬梅调制了一杯鸡尾酒。

张冬梅目睹着那渐次绚丽的颜色，她明白了它的寓意，她懂得了李嘉齐的良苦用心。她端起酒杯抿了一口，入口微酸，入喉微甜，酸中有甜，甜中有酸。她想："人生何尝不是如此，人生有酸也有甜，酸甜苦辣都尝遍！我不能就此消沉下去，我相信自己的明天一定会好起来！"

李嘉齐看到在张冬梅的灵魂深处，对生活的希望已慢慢地点燃，他高兴地点了点头……

【03

刘英豪检察官的眼泪默默地落满了两腮，他为眼前几个孩子的命运而担忧。他看了看张冬梅稚嫩的脸庞，碰撞着张冬梅求助的目光，环顾着李红芳、李嘉齐的面部表情，语重心长地说："孩子们，你们都有一颗无比善良的心，可是，你们为了友情触犯了法律，你们为了爱情铸成了大错！你们必须为自己的过错负责！走吧孩子们，我送你们到公安机关去自首吧！"

张冬梅、李红芳、李嘉齐，他们三个你看着我我看着你，突然间都沉静下来，坐在原地纹丝不动，心中充满了疑虑。

"孩子们，我知道你们在担心什么，你们一定在担心对张鹰的量刑问题。不瞒你们讲，这正是我们检察官们所关心的问题。然而，就张鹰的情况而言，要想说清楚法律对张鹰的量刑的轻重，就必须弄清楚张鹰的实际年龄，换句话说，张鹰的实际年龄将对他的量刑产生着巨大作用，所以，就让我先解释一下张鹰的年龄吧！在你们的思想认识里，或者，在办理此案的公安干警的思想认识里，都认为张鹰的年龄在案发时已经年满十八周岁，就连张鹰自己都觉得毫无争议。不论是学籍年龄还是户籍年龄，张鹰都是 1981 年 6 月 6 日生人，都有据可查。可是，事实上不是这样。张鹰出生后，他的父母由于忙于生意，没有及时给他上户口。张鹰的奶奶含辛茹苦一个人把他抚养，而他的生身父母满世界乱转，对他的抚养和管教根本顾不上。根据张鹰现在的邻居白阿姨提供的情况，张鹰和她的外孙女都是生于 1982 年的 7 月 26 日，这一天，正是农历六月初六，为图吉利，张鹰的母亲和奶奶在世时为张鹰过生日都是选择在阴历的六月六日。可是，张鹰小的时候比白阿姨的外孙女和同龄的孩子长得高大，又特别淘气，这让独自看管他的奶奶感到十分吃力。于是，在白阿姨的劝说下，张鹰的奶奶为张鹰虚报了年龄，过早地把张鹰交给了学校。就这样，张鹰的学籍年龄就变成了 1981 年的 6 月 6 日。可是，张鹰一直没有户口，直到人口普查时，户籍干警才按照张鹰的学籍年龄进行了补录。现在，张鹰的父母和奶奶都不在了，只有白阿姨一个人能为他证明。为了法律的严肃性，为了保障张鹰的合法权益，我们进行了大量地走访、调查、取证，最终在白阿姨提供的那家妇幼保健院的接生档案中发现了张鹰的出生证明：张鹰出生于 1982 年 7 月 26 日（农历六月六日）。而案发时间是 2000 年的 7 月 11 日，这就不难看出，案发时，张鹰的实际年龄还不满十八周岁。所以，作为未成年，法律对他的量刑标准会有所不同！可是，你们几个已都是成年人，你们触犯了法律能否减轻处罚，要看你们的认罪态度和悔罪表现，话已至此，你们该怎么办？"

张冬梅和李嘉齐面面相觑，又悲又喜。

李红芳和顾吉哲忘记了彼此的芥蒂，拥抱在了一起。

片刻，李红芳挣脱了顾吉哲的怀抱，望着刘英豪严肃而亲切的面容，哭着说："您是想亲手把我们送进监狱吗？把我们送到那个鬼地方去，我们这一辈子不就完了吗？"

刘英豪检察官瞅了张冬梅一眼，意味深长地说："孩子，话可不能这样说，人非圣贤孰能无过，你们还年轻，将来的路还很长。眼下，对你们而言，只有坦白自首，自觉接受法律和道德的拷问，才能减轻或者免予刑事处罚。但是，你们必须打下人生的烙印，补上法制教育这一课！孩子们，你们务必记住，人生的路，总有几道沟坎；生活的味，总有几分苦涩。有些事，无能为力，就顺其自然；有些人，不能强求，就一笑了之；有些路，躲避不开，就义无反顾。没有阳光，学会享受风雨的清凉；没有鲜花，学会感受泥土的芬芳。想要的多了，是负累；奢望少了，会满意。微笑的眼睛，才能看见美丽的风景；简单心境，才能拥有快乐心情。阅尽人生百态，还是诚实最好；阅尽生活坎坷，还是真诚最美。生活就是一面镜子，于其中，或是善良诚实，或是奸诈虚伪，不同的人，有着不同的情态；生活就似一部书，于其间，或是真诚相待，或是虚情假意，不同的人，留下不同的记录。经年的风雨，流年的漂泊，即使很苦、很累，但我们依然坚信诚实最美。人，必须学会忍耐。忍耐是一生的修行，过程是痛苦的，结果是美妙的；不论是逆境，顺境都要忍，肚量能容事，善意会化解，就会雨过天晴。忍耐是一种以退为进的生存智慧；忍耐不是软弱，也不是逃避，而是一种自我的超越。吃亏能养德，忍耐能养心。每个人都有一个福袋，你往里装什么，就会得到什么，每个人都有一面镜子，你对它做什么表情，它就会回报你什么表情。看人如看己，责人先问心，他人是己心的一面镜子，世人是自己的一个比照。孩子们，你们务必记住，生命是一场匆匆，人生是一场轮回。钱没了，痛苦；爱没T，伤心；名没了，遗憾；利没了，怨恨。很多时候，我们都在为得而喜，为失而悲。细数人生几十载，匆匆忙忙。人的一生，莫过于一撮一撒之间。生命莫过于一场路过，看淡得失，来了热情拥抱，好好珍惜；走了不去遗憾，好好祝福。人的一生，什么都不属于你的，你不过是使用者而已。如果想开、看开、放开，还会痛苦吗？

"孩子们，你们要擦亮眼睛，要学会辨别是非的本领，要有做人起码的道德与良知。勿以小恶弃人大美，勿以小怨忘人大恩。张鹰的父亲张大鹏虽然有时打骂张鹰，但是，他对张鹰的养育之恩是多么大的恩情啊？人只要做事就会犯错，不要因为别人的一点小过失，一点道德上的小瑕疵，一点小恩怨，就全盘否定别人的好，忘记别人的恩情。《礼记》上说，'好而知其恶，恶而知其美者，天下鲜矣。'意思是喜爱一个人而知道其缺点，厌恶而知道其优点。这就是告诫我们，在待人接物的时候，一定不要太感情用事，一定要客观、公正地看待别人的缺点和不足。所以，你们应该明白，在张大鹏死亡这件事情上，张鹰是存在着严重的过失，不，是在犯罪，你们故意破坏证据、包庇犯罪嫌疑人，你们助纣为虐，犯下了不可饶恕的错误，必须接受法律的惩处！究竟何去何从，你们自选吧？"

李红芳、李嘉齐去公安机关投案自首了。

张冬梅及其堂姐去公安机关投案自首了。

宫会生、王红霞去公安机关投案自首了。

顾吉哲因闹肚子没有参加那次晚宴，侥幸躲过了一劫。

在刘英豪检察官的鼎力帮助下，依据刑法中宽严相济的原则，公安机关鉴于李红芳、李嘉齐、张冬梅、王红霞他们的年龄和所犯下的罪行，为他们办理了取保候审手续，但接下来等待他们的将是法院的判决！

第二十八章　爱情较量

【01

　　张冬梅、李红芳、李嘉齐和王红霞自首坦白，让办案干警很快摸清了张大鹏死亡的来龙去脉。但是，张鹰拒不交代杀害张大鹏所用的弹簧刀的去向，这一关键证据的缺失，让办案人员再度陷入迷茫！

　　就这样，张鹰一直被关押在雷江市看守所，不断接受办案干警的讯问……

　　那次，张冬梅与李嘉齐特意从大佛寺赶回到雷江市看守所，看望了张鹰，他们告别张鹰之后，来到了王红霞的家门前，撼响了门铃。王红霞的妈妈从猫眼里向外看了看，隔着厚厚的防盗门冷漠地说："你们是来找王红霞的吧？昨天她从北京回来了，但我不知道她回来干什么，只在家里住了一个晚上，没有和我说上几句话，今天一大早连个招呼都没打就匆忙走了。你们若有是非找她不可的话，就到北京去找她吧！"

　　"我们从北京回来了，王红霞却返回北京了，真是阴差阳错！"张冬梅喃喃自语，回眸看了看身后的李嘉齐，转身离开了王红霞的家门。

　　此时此刻，张冬梅就像一片随波逐流的树叶，不知何去何从，在李嘉齐的再三请求下与李嘉齐一起返回到了北京。

　　张鹰的背叛和银铛入狱，让张冬梅心灰意冷，万念俱灭。她委身于李嘉齐是出于对张鹰的报复，可令她始料不及的是，李嘉齐对她极度宽容无比关爱，给了她一个安全宁静的避风港。她需要这样的避风港，可以让她蜷缩其中，念及着她和张鹰曾经的点滴，想象着自己的前世今生。张冬梅暗暗下定了决心，将自己的今生交给李嘉齐。

　　张冬梅戒了酒，努力开始积极向上的生活，与李嘉齐齐心协力经营着酒吧。她每天早晨起床后，先做好早餐，然后去打扫房间，给阳台上的盆景浇水施肥，或者整理和洗衣服。吃罢早饭后，他会在阳光充裕的房间里给远在西安交大上大学的李红芳写信。晚上，她和李嘉齐一起去酒吧上班。李嘉齐一直保持着外张内敛的个性，抑或现在更加沉静了。他从不和别的女孩子打情骂俏，这让张冬梅对他满意。

酒吧的服务员开始称呼张冬梅叫老板娘，起初张冬梅脸红心跳，慢慢的习以为常。

北京四季分明，地处我国政治经济文化中心。那里的气候条件很适合张冬梅，春季鸟语花香，夏季植物疯长。特别是世界公园里，中西文化碰撞，稀奇动物齐聚，异国风情尽展眼底，生命的蓬勃和万物的生机让张冬梅乐不思蜀。

秋天来了，张冬梅眷恋着清风和落叶。

李嘉齐给张冬梅的感觉是从容宁静的，他的宁静包容着她的不羁与任性。张冬梅就像大海中的一叶孤舟，在风浪中漂泊了太久，终于找到了一个安身立足的港口，这港口让张冬梅眷恋着。

张冬梅终于有了一种尘埃落定的感觉。

一天傍晚，王红霞挽着一个三十岁上下的男人突然来到李嘉齐的酒吧。

张冬梅和王红霞的这次见面有些意外，但他们彼此都没有喜出望外，因为，这么长时间以来，他们知道彼此都在北京漂着，但他们都没有去寻找过对方。

夜色里，浓妆艳抹的王红霞就像一盏聚光灯，她一出现就吸引了在座的所有人的眼睛。张冬梅觉得周围的空气被王红霞逼退下去，人们的目光齐刷刷地聚集在她的身上。张冬梅心想："真是三日不见当刮目相看，王红霞变了，她的变化太大了，变化得让我难以辨认了。"

王红霞觉得眼前的张冬梅和八个月前（张鹰出事那天）的张冬梅相比基本上没有变化，她没有感到丝毫的陌生感和距离感，便主动向张冬梅介绍了她身边的这个高富帅男人，这个高富帅男人名不虚传，是一家服装公司的副总裁。明眼人不难看出，王红霞与这个男人的关系非同一般，王红霞用雷江话直言不讳地告诉张冬梅，身边的这个高富帅男人正在追求她。

张冬梅频频点头，王红霞的美艳与大方，王红霞的目光与磁场，令张冬梅不敢直视。王红霞贴着密而长的眼睫毛，不停地冲着张冬梅眨着眼睛，优雅地笑着。然而，在王红霞的笑容里似乎包含着某些内容，眼前的王红霞完全找不到当年那个明眸皓齿、笑态可掬的甜美女孩儿的影子了。

王红霞脱去单薄的风衣，里面穿着宝蓝色露背连衣裙，她的背部不仅白皙光滑，而且线条流畅优美，会让人莫名其妙地产生上前摸上一把的冲动。张冬梅在琢磨："这个时刻，酒吧里所有的男人一定会被眼前这样的美眉所吸引，甚至会馋涎欲滴。"

王红霞璀璨眩目，如明星般令人瞩目。

张冬梅为王红霞和她男友每人调制了一杯鸡尾酒。

王红霞坐在吧台的高脚椅上，点燃了一支细长的香烟。她抽烟的姿势典雅优美，眼神在袅袅升起的烟雾中透出丝丝神秘。

张冬梅和王红霞之间已经失去了谈天说地的兴趣，话题直接而务实。王红霞对张冬梅说："冬梅，你是知道我的，过去，我是从来不相信'命运'的，可是现在，我真的向'命运'低头了。冥冥之中，有一双看不见的大手在操纵着我们的一切。自从我辍学之后，我爸爸就出了那事儿。不快的事情接踵而至，就像一把把盐撒在了我的伤口。我在百无聊赖中感受了生活带来的忧伤，于是，我就在网吧里彷徨。迷茫之中，我在网上结识了一家模特儿公司的老板，在她如簧之舌的鼓动下我来到了北京，开始了我的模特儿生涯。我和绝大多数的'北漂'一样，求职之路并不平坦。我做过人体模特儿，摆过地摊当过销售员。如今的我，发展得不错，在拿了'亚洲小姐选拔赛'的亚军之后，人气迅速飙升，不仅在各地服装走秀表演中经常现身，而且收入非常可观。前不久，我接了一家化妆品公司的销售广告，广告收入超过了六位数。五一之前，我在意大利还有几场时装走秀表演。现在正值春天，在这个万紫千红的季节，各种邀请络绎不绝……"王红霞的语气看似漫不经心，却时时流露出自己的优越感。

张冬梅没有告诉王红霞，张冬梅和李嘉齐的关系正在升温中。所以，王红霞认为张冬梅只是在李嘉齐的酒吧里打工。王红霞环顾了一下酒吧的格调，夸赞酒吧的装修高雅时尚，经营模式适合现在年轻人的口味和消费理念，赞美李嘉齐的经营能力强。由于她非常了解李嘉齐的过去，于是在她的心里陡然间产生了一个疑问，李嘉齐的资金来源成了不解之谜。

这时，李嘉齐走了过来，手里拿着一个新款精美的坤包。

张冬梅知道这是李嘉齐带给她的礼物，面带喜色地对埋头深思的王红霞说："李嘉齐来了！"

王红霞回眸看了李嘉齐一眼，有些醋意地盯着李嘉齐手里的坤包，调侃地说："果不其言，兔子走红运城墙挡不住！李总出手不凡让我不枉此行，小女子只好笑纳了！"

李嘉齐不知如何回答王红霞的调侃，憋出了一脑门子汗，犹豫了片刻说："一见面你就拿我开涮，像你这样的高级名模哪能看上咱这土包子手里的货色啊？"

王红霞把嘴角一撇，微微一笑，伸出嫩白的手，拿过李嘉齐手中的坤包瞧了瞧，娇媚道："我还不至于看不出个眉眼高低，瞧把你吓得这副模样！不过，咱有言在先啊，这一次你就送给冬梅好了，下一次可别忘了给我买一个啊！"

"就这么说定了，我帮他想着，不会忘的！"张冬梅接过王红霞手中的坤包，边欣赏边调侃。

李嘉齐笑而不语，笑得有些牵强。

"上个月，我又回了雷江市一趟，去看守所看了看张鹰。他人瘦了许多，也没有从前精神了。"王红霞吐了一口烟雾，轻描淡写地说。

张冬梅的目光飞快地扫过李嘉齐的脸，定格在王红霞的脸上。

李嘉齐转脸看了一眼从门口走进来的客人，对王红霞的话装聋作哑。

"是吗？你要是不提他的话，我差不多快把他忘掉了。"张冬梅的目光从王红霞的脸上转移到李嘉齐的脸上，故作轻松地笑着。

"嗯……不过，有些东西'忘记'要比'牢记'难得多。"王红霞的话里有话。

张冬梅听出了弦外之音，脸色开始晴转阴，半晌不语。

与王红霞一起来的那位"高富帅"躲在一隅不停地接打电话，不时地向王红霞这边张望。

王红霞心领神会地站起身来，看了一眼张冬梅和李嘉齐，说："和我同来的那个人有点急事让我去做，我该走了！"随即，王红霞俯下身来贴着张冬梅的耳朵说："没想到李嘉齐发展得这么好，你的运气真不错，我有些羡慕嫉妒恨了。"

李嘉齐礼貌地对王红霞说："以后你一个人来的话，酒水全免了。"

张冬梅白了李嘉齐一眼，转身去送王红霞……

窗外的天空飘着细碎的雨丝，空气潮湿而清新。

酒吧里的音响重复播放着张学友的歌《雨夜的浪漫》：留恋雨夜幕雨中一角 / 延续我要送你归家的路 / 夜静的街中 / 歌声中 / 是一个个热吻 / 谁令到我心加速跳动 / 甜丝丝溢自你的嘴角 / 忘掉了以往痛苦的失落 / 浪漫呼吸中 / 漆黑中 / 就只有你共我 / 从没有这刻的冲动 / 喜悦眼泪 / 你热力似火 / 享受现在 / 这滴下雨水 / 多么多么需要你 / 长夜里 / 不可分开痴痴醉 / 跳进伞里看 / 夜雨洒下去 / 留恋雨夜幕雨中一角 / 延续我要送你归家的路 / 夜静的街中 / 歌声中 / 是一个个热吻 / 谁令到我心加速跳动 / 甜丝丝溢自你的嘴角 / 忘掉了以往痛苦的失落 / 浪漫呼吸中 / 漆黑中 / 就只有你共我 / 从没有这刻的冲动 / 喜悦眼泪 / 你热力似火 / 享受现在 / 这滴下雨水 / 多么多么需要你 / 长夜里 / 不可分开痴痴醉 / 跳进伞里看 / 夜雨洒下去 / 喜悦眼泪 / 你热力似火 / 享受现在 / 这滴下雨水 / 多么多么需要你 / 长夜里 / 不可分开痴痴醉 / 跳进伞里看夜雨洒下去

张冬梅打开一扇玻璃窗，靠在窗前，把脑袋探出窗外，微闭着眼睛，身体享受着雨丝飘落在脸上的微凉柔软的感觉，内心承受着张学友歌曲的冲击。

"在想他？"李嘉齐把王红霞送到车上，返回到张冬梅的身旁。

"想谁呀？！"张冬梅把探到窗外的脑袋缩了回来，目视着李嘉齐的眼睛。

"还有谁呀？张鹰呗！"李嘉齐回避着张冬梅的目光，从衣兜里取出一支香烟，用打火机点上，用力吸了一口，吐出一个怪圈。

"我没有，"张冬梅伸手扑打着弥漫在眼前的烟圈，说，"想他干吗？"

"你想与不想我是看不到的，我只能凭感觉，我觉得你在想他！其实这倒没什么，想他也在情理之中嘛！"李嘉齐语气平和，言语轻松。然而，张冬梅却觉得李嘉齐的话软中带硬，句句带刺，字里行间透着酸意与凌厉。

"我真的没有想他，信不信由你！"张冬梅的语气有些强硬。

"反正我走不进你的思想！"李嘉齐掐掉了燃烧的烟头，嗓音有些疲惫，充满着无奈。

"我没有想他！我再重复一遍，我没有想他！！"张冬梅继续瞅着李嘉齐的眼睛，"你根本就不相信这样的话，再做多少解释也是白搭！"

窗外的雨丝突然稠密起来，拍打着窗玻璃发出阵阵声响。

他们之间突然静默下来，好像有什么东西像游丝般的在他们之间穿梭着。

张冬梅在想：王红霞的出现看似偶然实则必然，之前，她曾经觊觎我和李嘉齐之间的爱情，当她用尽手段得到李嘉齐之后苍天却不护佑她，阴差阳错李嘉齐最终离她而去，之后，我成了张鹰眼中的猎物，成了张鹰爱情的俘虏，她又觊觎我和张鹰之间的爱情，现在，张鹰银铛入狱而且背叛了我，我刚重新开始自己的生活，她又开始觊觎我和李嘉齐之间的'爱情'，她就是我的克星，她轻而易举就可以毁灭掉我即将到手的一切。"

李嘉齐突然攥住了张冬梅的手腕，诚恳地说："我知道你在想谁了，你在想王红霞，是因为王红霞的不请自来，是因为我那句话的不情之请，你担心日后王红霞会成为我们酒吧的常客！你担心她今后会干扰到你我的生活！"

张冬梅点点头："是的嘉齐，刚才那一刻，我真的没有想张鹰，我想到了王红霞，我在想你对王红霞的热情和邀请王红霞的那句话！"

李嘉齐慌忙解释说："你想多了冬梅。北京的很多酒吧都是这样经营的，请一些漂亮时髦的女孩子坐台'走秀'，招揽生意。这些女孩子大都从晚上十点到凌晨两点在吧台前喝一杯酒水，有说有笑地卖弄一下风情，其余的什么也不需要去做，她们得到的报酬比普通的服务生要高出许多。道理很简单，酒吧里常有漂亮时髦的女孩子出入，自然会有男人们流连忘返，由此带动整个酒吧的消费。有了梧桐树，才有凤凰来吗！"

"哼，真是巧舌如簧。既然你这样说，那我就原谅你了！"张冬梅柔情似水，语调和蔼可亲。但是，张冬梅的内心深处却暗暗地自责，她想，"那一刻我是没有想张鹰，可是，在那一刻之前和那一刻之后呢？我何时停止过对张鹰的想念与怨恨哪！李嘉齐，我对不起你！！"

【02

女人的第六感觉往往会神奇般的应验。张冬梅对王红霞的行为预感异常准确。

自从那次王红霞携男友来到李嘉齐的酒吧之后，王红霞就经常以种种借口和理由来到李嘉齐的酒吧找李嘉齐叙话。与之前所不同的是，她每次前来都是只身一人。上次随她而来的男友，就像她随意抽过的一支烟，无意中喝过的一杯茶，她再也没有提及过他。

张冬梅早已看透了王红霞的心思，有时会直言不讳地问她："你不是常说忙得不可开交吗？怎么又有空过来了？"

王红霞不慌不忙地回答："最近难得一段轻闲的日子，在北京，我只认识你和李嘉齐，我不来这里还能去哪里？"

王红霞的语气咄咄逼人，张冬梅经常会被她反问得哑口无言。

王红霞是活在风口浪尖上的女孩儿，明白自己需要什么样的生活，更明白自己应该有什么样的人生目标。她不仅年轻漂亮，而且腰缠万贯，因此她非常自信，她不用动声动色，只需一个媚眼，就会让男人们趋之若鹜地掉进她设计的华丽陷阱。

然而，一次，当王红霞听到服务生们称呼张冬梅老板娘时，她再也沉不住气了，她急忙问起张冬梅和李嘉齐的关系。

张冬梅把自己从雷江出来以后的情况跟王红霞讲述了一遍，故意隐去了去雷江市看守所看望张鹰的那一段。

"张鹰去了他不应该去的地方！"王红霞一声叹息，继续说，"不过，冬梅，你身边的男孩子总是个个出色，这让我好生嫉妒。现在的我，"王红霞拍着自己的胸口，凄然笑道，"在你的眼里，仿佛我什么都拥有了，不应该再与你争什么了，其实我这里空得很哪！"

张鹰始终是张冬梅胸口的一道伤疤，而王红霞竟然毫不留情地揭开了这道伤疤。对于王红霞的宣言不讳，张冬梅无法坦然面对，张冬梅的心，无法舒展。张冬梅却笑着说："你是这山望着那山高，你拥有的，我没有啊！"

"你不要得了便宜还卖乖，若不然我们就把彼此拥有的拿出来换一换，我可以拿出我的一切来换你现在的生活，包括李嘉齐，你愿意吗？"王红霞逢酒必醉，这次又开始酒话连篇了。

张冬梅万万没有想到，王红霞会说出这样的话来——王红霞要拿自己的一切来换张冬梅的李嘉齐。从什么时候开始李嘉齐又成了王红霞心中的目标了？张冬梅不解地瞪着王红霞的眼睛，她想把这里面暗藏的一切全部看清。可是，她想：看明白了一切又能怎样呢？对一个强盗讲理有用吗？王红霞第一次来到酒吧与李嘉齐和我握手告别时，我就从王红霞的眸子里捕捉到了一种信息——王红霞又开始觊觎我身边的李嘉齐了。这种信息一闪即逝，我把这种信息当成了第六感觉，还自我解嘲地埋怨自己——太神经质了！

"你在琢磨什么呀冬梅？我可没有想过再跟你去争李嘉齐啊，我只是跟你开个玩笑而已，你却信以为真了！可是……冬梅，我万万没有想到，你这么快就遗忘了张鹰。现在，我突然觉得，你的心比我的心狠，你对待男孩子比我薄情。除此之外，你哪一点比我强了？虽然我家道中落，但我的出身比你好；虽然你我都眉清目秀，但我比你婀娜多姿；虽然你我都聪明无比，但我比你更有智慧。可是，为什么男孩子们偏偏都会喜欢上你！"

　　"你这是说的什么话？不要喝了王红霞！"张冬梅拿走了王红霞手中的酒杯。

　　"我说的是大实话。张冬梅，我不需要你来教训我，你就让我喝吧！"王红霞醉眼朦胧地瞅着张冬梅，固执地拿走了张冬梅手中的酒杯，"我长这么大以来，你是我最妒忌的女孩子，尽管我来到北京以后，每天都会在我的身边见到那么多比我有气质有头脑的女孩子，但我从来没有妒忌过她们，唯有见了你，唯有见了你与张鹰或者与李嘉齐在一起，我便会醋意大发，我就会不顾一切地妒忌你。面对男孩子们如影随形地跟定你，我就会莫名其妙地产生心如刀割的痛感！但我弄不明白，你究竟用了怎样的魔法让男孩子们为你着迷为你赴汤蹈火都在所不惜。所以，我会放下我手头的工作，我会放弃发财的商机，忍不住三番五次地来看你，来向你学习！"

　　"呵呵呵……"张冬梅突然笑道，"我真没有想到，这么多年来，我一直小看了我自己，我真没有想到我会有如此大的魅力！王红霞，我问你，你费尽心思看出了什么来了？我对待男孩子比你薄情，你还来学习什么？"

　　"张冬梅，你不要高兴得太早，你千万不要高估了你自己！"王红霞抿了一口酒，"我当然看出来了，你普通而平凡，你平凡且平庸，你没有理想抱负，你没有宏图大志，你没有人生坐标，你不知道你自己需要什么，你是脚蹬西瓜皮滑到哪里算哪里！但是，你的运气比我好，有张鹰的理解与体谅，有李嘉齐为你鸣锣开道，你不需要任何努力，你就能坐享其成。请你告诉我，除此之外，你还有什么值得我去妒忌的？"

　　"不错……"张冬梅环顾了一下从四面八方向这边云集的目光，强压住心中的怒火，低声劝慰王红霞，"我是没有什么值得可以让你去妒忌的。正如你所说的那样，我普通而平凡，我平凡且平庸，我没有理想抱负，我没有宏图大志，我没有人生坐标，我不知道我自己需要什么，我是脚蹬西瓜皮滑到哪里算哪里！既然我处处不如你，那你为什么还要自寻烦恼？"张冬梅突然觉得自己是那样的卑微，卑微得如一粒微尘。她想：王红霞说的没错，为什么上帝会让两个男孩子同时死心塌地地爱上我？而我在张鹰承受牢狱之灾的时候，这么迅速地让李嘉齐取而代之！我觉得自己是那样的可悲与可耻，我觉得我犯下了不可饶恕的罪恶！

　　张冬梅在琢磨，王红霞却趴在吧台上睡着了。在王红霞的潜意识里，张冬梅一直是她心中的一道伤疤，历史弥新，深邃不见底。即使到老，也无法抹掉张冬梅带给她最初的疼痛。

张冬梅看了一眼最后一位客人，准备打烊回家，但不知道把王红霞送到哪里去。

就在这时，两天不见的李嘉齐垂头丧气地走到张冬梅的跟前，他眉头紧蹙，脸色异常难看。

在张冬梅的眼里，李嘉齐虽然年青稚嫩，但他是一个地地道道的商人，在商客面前，李嘉齐给人一种明快锋利的感觉，但在张冬梅面前，李嘉齐有时如婴孩儿般脆弱。

张冬梅爱怜地问李嘉齐："你怎么一副这样的模样？到底遇上了啥情况？"

李嘉齐突然攥住了张冬梅的双手，泪流满面地说："冬梅，我爸爸因为贪污受贿、挪用公款、滥用职权等罪名被检察院批捕了……现在，我妈妈和我奶奶在家里都乱成一锅粥了……这个酒吧，还有咱们在这里的那个家都是我爸爸出资弄的。冬梅啊……我爸爸这辈子算完啦……我们的酒吧和这里的家很快就会被检察院查封扣押的，我们的生意做不成了，我们该怎么办哪？"

王红霞睡醒后已是凌晨两点了，她看着失魂落魄的李嘉齐百感交集，满腹的话语不知从何说起。

李嘉齐冲着王红霞摆了摆手，示意她不要起来。他说："你接着睡吧，什么也不必说。自从张鹰银铛入狱之后，残酷的现实又给我上了严肃的一课，让我突然间明白了一些做人的道理，有些事情从一开始就是一场劫数！"

【03

由于李嘉齐对他爸爸为他在北京开设酒吧、购买单元楼和轿车的资金来源并不知情，所以他并没有卷入他爸爸的案件之中。然而，在长达近两年的时间里，他在北京所做的一切努力由此全部清零。

张冬梅知道李嘉齐把经营酒吧的盈利大都用在了投入上，手里并没有多少积蓄，所以，她主动要求李嘉齐暂且租住在地下室里。这样做的目的，一是尽最大可能地为李嘉齐的妈妈和奶奶多节省一些生活经费；二是等待时机东山再起。

在张冬梅的极力劝说下，李嘉齐终于鼓起了重打锣鼓另开张的勇气。

王红霞拿着一张转让酒吧的"特大喜讯"传单找到了李嘉齐，当着张冬梅的面主动提出了由她出资接转那家酒吧与李嘉齐共同经营的构想，李嘉齐有些震惊，不知如何适从。

王红霞离开后，李嘉齐沉默不语，愁眉不展。李嘉齐不停地抽烟，不停地挠着头皮，让人感到他很困惑很苦恼。

张冬梅问李嘉齐，为什么这么苦恼？

李嘉齐回答："我既不想与王红霞一起合作，又不想让亲戚朋友看我的笑话。我不喜欢王红霞这个人，所以我不想采纳她的意见。冥冥之中，我有一种预感，王红霞的出现，会给你我带来巨大的危险。可是，在北京这个鬼地方我们举目无亲，除了她再也没有更合适的人来帮助我们了。当然了，王国治在北京的城乡接合部也开了一个酒吧，可是，王国治是个痞子之流，我不想与他同流合污啊！"

李嘉齐并非缺乏主见，而是他的意志开始了动摇。他一方面提防着王红霞的为人，一方面为王红霞的提议感到兴奋。

张冬梅安慰李嘉齐，王红霞不是母老虎，虽然王红霞的目的性很强，但也没有什么可怕的。

在张冬梅的极力劝说和王红霞提供资金的情况下，李嘉齐最终鼓足了勇气，几经周折，盘下了一家酒吧。面对仍有疑虑的李嘉齐，张冬梅再三地鼓励："这家酒吧的位置相当不错，只要经营得好很快就会带来丰厚的利润回报！"

夜深了，李嘉齐信心百倍地对暂住在地下室的张冬梅说："你是我的原动力，我想努力让你过上最好的生活。我有两个三年计划，我要用第一个三年计划实现我的资产的原始积累，在北京买一套真正属于我们的三居室，然后我们就结婚。第二个三年计划，就是让你生两个健康活泼的小宝宝，让你我尽情地享受天伦之乐。我是男子汉，我要为我们的将来闯出一片广阔的天地！我要让你的笑容变得阳光般灿烂！"

李嘉齐如愿以偿了，张冬梅却闷闷不乐，因为，张冬梅的心里非常明白，李嘉齐面对家庭的变故没有倒下，而且能在如此短暂的时间内盘下那个酒吧，完全得益于王红霞。张冬梅听着李嘉齐对她的倾心相诉，感受着李嘉齐对她的真情付出，她感到十分愧疚。在张冬梅看来，她不仅没有能力与李嘉齐风雨同舟，而且她给予李嘉齐的爱心实在是微不足道。

王红霞比张冬梅更了解男孩子，自从李嘉齐采纳了王红霞的意见，王红霞就成了李嘉齐和张冬梅"家"中的常客，她无不得意地对张冬梅说："你知道男孩子怎样才能感到骄傲和自豪吗？他的骄傲和自豪在很大程度上取决于他能给予他喜欢的或者喜欢他的女孩子多少？李嘉齐这样的男孩子生来就是做大事的，你若不千方百计地让他去闯荡，你若不千方百计地让他混出个人模狗样，他永远都不会甘心！总有一天，他会怨你阻止了他飞翔的翅膀。"

然而，李嘉齐新盘的酒吧还没有开张，张冬梅就接到了弟弟张强打来的电话。

张强在电话那端急切地告诉张冬梅："爸爸在山西大同私自开采的煤矿遇上了塌方，事故造成了十余人的伤亡。爸爸因此被警察抓走了，芬姨突发心梗住院了……"

张冬梅乘火车于第一时间返回到了雷江市。

6月的雷江，酷夏难耐。

张冬梅来到雷江市人民医院已经是凌晨一点多了，晚风习习，张冬梅在病房里见到了大半年未曾谋面的张强和芬姨。张强的变化让张冬梅感到惊讶，火红色的头发在脑后扎成了马尾辫，成排的耳洞里镶嵌着扎眼的耳钉，黑色的T恤衫上印着白色的骷髅图案，白色的牛仔裤上故意剪了几个不规则的窟窿，他举手投足间活生生就是一个小痞子。芬姨两眼紧闭，躺在抢救室里的病床上听不到呼吸，她面色如灰，发鬓如霜，脸上的皱纹既深又长，无情的岁月蚕食了她原有的丰肌与华姿，变得瘦骨嶙峋。倘若看不到那盖在白色床单下的胸脯在微弱起伏，会让人觉得躺在床上的是一具尸体！

就在那一刻，张冬梅心中的愧疚排山倒海般地袭来。她在灵魂深处埋怨自己："都怪我，只顾了寻求自己的欢乐，没有照顾好弟弟，没有照顾好芬姨，没有照顾好爸爸。张鹰身陷囹圄，而我遇事逃脱。我本以为自己才是无辜的受害者，我有足够的理由离开所有伤害过我的人。现在看来，是我错了，是我太自私了！"

张冬梅拉着芬姨那形容枯槁的手，热泪不停地滴落。

张强站在门口处不停地抽烟，冷漠地看了张冬梅一眼。

烟雾在病房里弥漫，呛得芬姨一阵咳嗽。

张冬梅汪着两眼泪水，回头看了张强一眼，有些责备地问道："你是什么时候学会抽烟的？你不知道芬姨怕呛医生不让抽烟吗？"

"我早就学会了，"张强乜斜了张冬梅一眼，继续吸了一口烟，"你没看见我躲在门口抽吗？不碍事的！"

"弄灭了它，别给脸不要脸！"张冬梅厉声制止着张强。

张强不服气地把烟蒂压在雪白的墙上，狠狠地按灭了，气呼呼地说："这样行了吧？刚回来就找茬儿！"

张冬梅从鼻腔深处哼了一声，没有搭腔。

张强依然站在门口处，尽管他搜肠刮肚，却一时找不到与张冬梅交流的话头。

张冬梅在琢磨：眼前这个流里流气的愣头青就是我的弟弟吗？我从小悉心呵护与照顾的弟弟竟然长成了这个样子了啊！虽然我们共同遭遇了家庭的不幸，但我们有过相依为命的童年哪！究竟是什么让我们变得如此的遥远和陌生啊？

张冬梅用手背擦拭了一下眼泪，小心翼翼地问道："弟弟，你过得还好吗？"

"你都看到了，就这熊样儿！"张强玩世不恭地说。

"看样子，你是不念书了？"

"我还念得下去吗？你独自去了北京再也不管我了，爸爸以开煤矿为名去了山西大同，一去一两个月不回家，矿上一出纰漏就回到家里借酒撒疯，不是拿着我出气，就是掀桌子砸板凳，气得芬姨经常生病。芬姨一病就卧床不起，我时常除了给自己弄口饭吃还得照顾芬姨。这样的家庭环境，早就让我失去了念书的兴趣！"

"哼，这就是你不念书的理由吗？"张冬梅站起身来，愤愤地瞅着张强。

"有什么理由不理由的？理由就是我不想念了行了吧？像你像张鹰，念到最后连个大学都没有考上？到头来，一个去坐牢，一个去流浪！"

"你不要和我们比，我们的选择是身不由己。像我们这样的命运，谁也不想要的！"张冬梅为自己申辩着。

"我不管它什么命运不命运？我现在过得很轻松很自由，我觉得这样很好，这就是我的选择，我为我自己活着，按照我自己的心所指引的方向活着，我可以为所欲为！"

张冬梅惊讶地看着眼前这个比她高出多半头的大男孩儿，不敢相信眼前这个男孩儿就是那个曾经乖巧顺从聪明懂事的男孩儿。时间和岁月，剥夺了她原有的一切。

"你放弃了你自己……"张冬梅悲哀地说着。

"我承认，可是你……你放弃的不仅是你自己，而是整个世界。你一走了之，却让所有的亲人过得不顺心不如意。你知道你像什么吗？你就像只缩头乌龟！张鹰如果不是因为你打了那个电话叫来他爸爸他就不会去坐牢。而你……非但不等张鹰出来，不去安慰他，你却一个人跑到北京去向另一个男人投怀送抱，你不觉得你很可耻吗？"

"你放屁！在张鹰身上所发生的一切，你真正了解了多少？对于你不十分了解的事实，你根本就没有发言权！"张冬梅想阻止张强继续说下去。

"是啊，我不了解，我看到的却是事实。我知道爸爸因为你的离家出走而闷闷不乐；我知道爸爸为躲避世人的流言蜚语而躲到了山西做生意；我知道爸爸为了排遣非法开矿带来的忧愁而整日喝酒；我知道爸爸因为酒后操作机器失误酿成了滔天大祸沦为阶下囚……"张强向着张冬梅走了两步，停了下来，看了看躺在床上的芬姨，压低了嗓门儿，"我们走到今天的地步，你有着不可推卸的责任！"

张强咄咄逼人，张冬梅哑口无言。张冬梅心想：张强的指责没有错。是我太自私了，是我做事没有考虑过后果。我万万没有想到，由于我的决定和盲动，给别人带来了这么大的痛苦与不幸！张鹰的背叛，是因为在他的身边有王红霞这样的人死死地纠缠……对了，李嘉齐没有说错，王红霞阴魂不散，始终是潜伏在我身边的最大的危险。王红霞会趁我回来之机，把目光紧紧地瞄准李嘉齐。对不起张鹰，尽管在爱情上你背叛了我，但责任不能全部怪到你的头上！对于你对爱情的背叛，我已经原谅了你！我会亲自把我对你的原谅告诉你的！可是，你应该认真反省自己的罪过，自觉接受法律的裁决！

第二十九章　最终判决

【01

　　善念由爱而起；罪恶由爱而生。只有惩恶扬善，才能彰显正义。

　　张鹰"弑父"一案的第一次庭审无果，经过庭审调查，案情发生了重大改变。于是，按照法律规定，检察院责成公安机关补充侦查。公安机关刑侦部门排除种种干扰，调整侦查方向，扩大侦查范围，经过近一年的查遗补漏、排除非法证据，重新固定证据，终于还原了事实真相，迎来了第二次庭审的顺利开庭。

　　大雨覆盖着整个雷江市。

　　马路上积满雨水，高楼林立的大街上人影寥寥，在行人的目光里，满眼都是雨。

　　法庭内，宫会生以及被宫会生收买的饭店服务员、王红霞、张冬梅、李红芳、李嘉齐、王国治以及张冬梅的堂姐与张鹰一起站在了被告席上，旁听席上座无虚席，旁听者的样貌、装束、神情各异。

　　窗外的雨声刺耳，庭内的静默揪心。

　　三名法官在国徽下正襟危坐。上午九点整，审判长米金贵态度庄严地宣布开庭。

　　米审判长首先询问了被告人的姓名、年龄等基本情况以及何时被逮捕和是否收到了起诉书等问题，然后宣布了合议庭组成人员、书记员、公诉人和辩护人的姓名，告知了被告人的申请回避权、自行辩护权、询问证人权、申请取证权和最后陈述权。审判长确认被告人知悉自己的上述权利并且没有回避请求之后，又补充说，如果辩护方申请通知新的证人到庭，或者调取新的物证书证，或者重新进行勘验鉴定，那要由法庭决定是否同意。

　　米审判长宣布开始法庭调查之后，首先让公诉人宣读起诉书。

　　刘英豪检察官站起来，照本宣科地宣读了起诉书。在起诉书中，公诉方指控的基本犯罪事实是：被告人张鹰用随身携带的弹簧刀刺中了父亲张大鹏的左胸，结果造成了被害人张大鹏的死亡。公诉人认为，被告人的行为违反了《刑法》第二百三十二条关于故意杀人罪的规定，依法应当追究刑事责任。但是，鉴于张鹰案发时属于未成年人，建议法庭按照法律规定对张鹰从轻处罚。公诉方指控被告人宫会生以及被宫会生收买的饭店服务员、王红霞、张冬梅、李红芳、李嘉齐、王国治等故意破坏伪造证据、包庇被告人张鹰……公诉人认为，被告人的行为违反了《刑法》第三百零七条、第三百一十条关于故意破坏伪造证据、包庇罪的规定，依法应当追究刑事责任。

然后，米审判长让被告人陈述事实经过，强调要如实陈述，并告知，按照我国《刑事诉讼法》第四十六条的规定，只有被告人供述，没有其他证据的，不能认定被告人有罪和处以刑罚；没有被告人供述，证据确实充分的，可以认定被告人有罪和处以刑罚。被告人能否实事求是地交代犯罪事实，法庭在量刑时会加以考虑。

米审判长核实了现场那把弹簧刀的来历，确认被告人听清了上述证据的内容且无异议之后，让公诉人对被告人发问。

刘英豪看了被告席上的张鹰一眼："上次你撒了谎，事实已经证明，谎话丝毫掩盖不了你的罪行。奉劝你仔细认真地想一想，你要详细地叙述一下当时发生的情况。"

张鹰乜斜了同在被告席上的张冬梅和王红霞一眼，无助地咽了一口吐沫，有些结巴地说："那天傍晚……王国治与他的妻子邀请我到桃园饺子城的大排档喝酒叙旧，因为他的妻子是我女朋友张冬梅的堂姐，于是，我就邀请了我的女朋友张冬梅一起前往……没想到，我的同学李嘉齐、李红芳、王红霞以及与王红霞在一起的吕志坚和司机像从天而降一样相继出现在那里……我喜恨交加，多种情绪交织在了一起。我之所以这样说，是因为李嘉齐和王红霞都在北京打拼，不知道他们为什么会突然同时降临？……在这之前，王红霞一直暗恋李嘉齐，曾让张冬梅为她当红娘追求过李嘉齐，可是，她并不知道，李嘉齐曾因英雄救美而让张冬梅对他一见倾心，李嘉齐也喜欢上了张冬梅，于是，张冬梅和李嘉齐之间开始了一场轰轰烈烈的爱恋。王红霞出于对张冬梅的嫉妒，出于对李嘉齐的暗恋，她散布谣言、挑拨离间，从而导致张冬梅和李嘉齐之间感情破裂。而我，趁火打劫，背叛了与李红芳之间的爱情，背叛了与李嘉齐之间的友情，赢得了张冬梅的芳心。而王红霞，一直暗恋李嘉齐，曾为李嘉齐自杀过，赢得过张冬梅和李嘉齐的同情，张冬梅把李嘉齐拱手相让，李嘉齐不得不委身于她……从某种意义上说，我和李嘉齐是情敌，王红霞和张冬梅是情敌。王红霞、张冬梅、李红芳从读小学一年级时就在一起，她们一起成长，一起见证了藏在彼此心中的如花的秘密。而我和李嘉齐，从上初中二年级开始就成了莫逆之交，共同的篮球爱好让我们结下了深厚的友谊……我们一起疯狂，一起梦想，一起失落，一起彷徨，一起努力，一起奋起，一起恋爱，一起顽皮。为了爱，我们藏起了棱角，为了爱，我们变得英勇无敌……他曾为我两肋插刀，用砖头把我的同学王东宁打成了轻微伤，被学校开除了学籍！由此，李嘉齐借此远离了王红霞，王红霞因此辍学了。李嘉齐和王红霞各奔东西，而我和张冬梅却甜甜蜜蜜。王红霞对张冬梅的羡慕嫉妒恨有增无减，在那次晚宴上，她故意编造并向张冬梅泄露了她和我之间的秘密，以求达到离间我和张冬梅之间的关系的目的。正所谓隔壁有耳，王红霞说给张冬梅的一席话被正在隔壁小便的我听了个清清楚楚，于是，我一怒之下用篮球砸了王红霞……接下来发生的事情我不想多说了。真是天意弄人，爱让我们支离破碎，爱让我们各奔东西，爱让我失手沦为阶下囚，爱让我们都站在了被告席！"

刘英豪冲着张鹰一摆手，说："你不要避重就轻，这里不是你吟诗抒情的地方！你先仔细地想一想，你究竟是失手还是故意，等我们问完了张冬梅、王红霞、李红芳和李嘉齐，你再回答我们的问题。"

张冬梅、王红霞、李红芳和李嘉齐的目光不约而同地集中到刘英豪的身上，祈求中夹杂着几分胆怯。

张鹰有些失神地站在被告席上。但是，他的身板始终挺直，囚服保持着整洁，可以令人感觉到，他在日常生活中是一个非常注意个人仪表，清高冷傲的人，他似乎在暗示在场的每一个人，他不曾为自己的罪过后悔过。

法官老王瞅了张冬梅一眼，问道："张鹰所说的那日傍晚邀请你一起到桃园饺子城去吃饭属实吗？他用什么方式邀请的你？"

张冬梅瞅了王法官一眼，低声回答："属实。那天傍晚，张鹰腋下夹着篮球风风火火地来到我的家中，二话没说拽着我的胳膊就往门外走。因为我有约在先，当时我就急了眼，我边挣扎边问他，干嘛？他说，一起到桃园饺子城去吃饭，王国治和我的堂姐约了他。"

王法官盯着张冬梅追问："你刚才说过，你有约在先对吗？你约了谁？"

张冬梅犹豫了一下回答："我约了李嘉齐，还有李红芳！"

法官小佟冷不丁地问了一句："你约了李嘉齐？这怎么可能？难道你不知道他远在北京吗？难道你不知道他和你的现男友是情敌吗？"

张冬梅的嗓音突然提高了几个分贝，回答："没错，是我约了李嘉齐。我知道他远在北京，可是我们经常上网聊天，一直保持着联系。至于他和张鹰之间的情敌关系，我当然知道，可是……张鹰他对不起我！"

米金贵看了欲言又止的张冬梅一眼："接着说！"

张冬梅的眼泪流了出来，伤心地说："张鹰离开李红芳和我好上之后，却暗中和王红霞有来往……自从王红霞暗示我张鹰和她有来往之后，我感到十分懊恼、郁郁寡欢。一次偶然的机会，我在我堂姐那里知道了李嘉齐的QQ号码，于是，我们就取得了联系……李嘉齐对我的主动联系非常欢喜，从此甜言蜜语不绝于耳，并主动提出从北京赶回来与我见上一面，我竟鬼使神差地答应了。可是，很长时间过去了，他一直没有兑现自己的诺言。不知为什么如此的巧合，那天下午他突然打电话告诉我，他已回到了雷江市，晚上要在桃园饺子城与我聚一聚……尽管张鹰有负于我，但我觉得单独和李嘉齐见面有些不妥，于是，我就打电话约了李红芳。可是，电话那端的李红芳告诉我，她已经有约了。当她与王红霞一起出现在我的面前的时候，我感到十分惊讶！现在终于明白了，是我中了王红霞的圈套……"

王法官看了李红芳一眼，问道："张冬梅所说的那晚打电话邀请你吃饭的事儿属实吗？"

李红芳瞅了王法官一眼，点了点头："属实！"

王法官看了神情沮丧的李红芳一眼，追问道："那你是怎么与远在北京的王红霞相约在桃园饺子城就餐的呢？"

李红芳不假思索地说："情况是这样的。那天下午，我突然心血来潮，一边翻弄着大学录取通知书，一边痴痴地笑。就在这时，王红霞突然打来电话，告诉我她刚到家，让我到她家中见见面，说说话。由于我们好长时间没有见面了，彼此十分想念，我就欣然答应了。当我打的到了王红霞的家之后，发现客厅里还有与王红霞一起来的两个客人。我感到有些尴尬，进退两难。就在这时，张冬梅拨打了我的手机，坐在我身旁的王红霞看到了来电显示，于是，王红霞示意我按下免提键。当电话那端的张冬梅邀请我一起到桃园饺子城去吃饭时，王红霞用手势命令我拒绝了张冬梅的约请……"

王法官的目光落到王红霞的身上："李红芳所说的属实吗？难道你那天从北京回到雷江市纯属巧合吗？"

王红霞不慌不忙地回答："属实。不过，那天我从北京回来是要找李嘉齐的。我在北京漂泊了一年，罪没少受，收获满满。在爱情上，我却一无所获。我做了一年的北漂之后，银行卡上的数字超过了六位数，可谓小有所成。可是，在夜深人静的时候，我独自望着天花板，寂寞和孤独一起袭上心头，我有一肚子的话语无处倾诉。一次偶然的机会，我从一个服装模特儿那里知道了李嘉齐的下落。我深知，李嘉齐曾为了张鹰而两肋插刀，被学校除名后极度彷徨。可是后来，他几经努力，不仅在北京站稳脚跟，而且打拼出一片天地。所以，我敬佩李嘉齐的为人和能力，便寻求机会接近李嘉齐。那天一大早，我与我的上司吕志坚和董师傅在李嘉齐的酒吧附近见了一个客户，之后，我便到李嘉齐的酒吧去找他。我万万没有想到，我后脚刚到，他前脚已启程返回雷江了。他的员工向我说明情况后，我愣了好半晌。由于与他相见心切，我便立即做出马上去见他的决定。于是，我便向我的上司吕志坚说出了自己的想法。我的上司吕志坚不仅同意我的想法，而且愿意与我同去看看我家乡的风景。于是，董师傅驾车，我们一行三人回到了雷江市。到家之后，我突然觉得自己的举动有些冒失，满世界的公然寻找李嘉齐有失女孩子的矜持。于是，我便约上了我的闺蜜李红芳，想让她出面帮我去找李嘉齐。天赐良机，李红芳刚到我的家中就接到了张冬梅打来的电话，电话那端的张冬梅告诉她，李嘉齐约她到饺子城共进晚餐，让李红芳前去作陪。于是，我就顺水推舟地做好了打算。"

【02

雨点击打着窗玻璃发出的阵阵响声，牵动了张鹰的神经，张鹰情不自禁地向窗外看了看。

刘英豪看了张鹰一眼，说："张鹰，现在该你回答我刚才的问题了，你想清楚了吗？你的父亲张大鹏命丧你的刀下，你究竟是失手还是故意？你是怎样杀死他的？"

张鹰镇定自若地回答："我想清楚了。当时，我在情急之下把弹簧刀刺向了我的爸爸，我不是失手，我是故意的……因为……"张鹰的情绪突然激动起来，一时语塞。

李建功突然站起来，冲着张鹰摆了摆手，说："我当事人要讲述的事实有些残酷，它关系着一个家庭的秘密，因此当事人难以启齿。还是让我替当事人来讲述这个秘密吧！"

宫会生和张鹰吃惊的目光一起定格在了李建功的脸上。

李建功的目光和她们的目光对峙了一下，瞬间转到米金贵的脸上，继续说："二十年前的一个晚上，张大鹏出差回来，兴冲冲地推开卧室门一看，顿时傻了眼，只见一个体型彪悍的男人把他的结发妻子死死地抱在怀里，他们赤身裸体地抱在了一起！你们试想，一个你最最心爱的女人——她是你的女人，突然间，你看见她被一个与你毫不相干的男人抱在怀里，而且她像抱着你一样紧紧地抱着那个男人，那你是什么样的感觉？你一定会觉得瞬间掉进了地狱！你一定会觉得，这一辈子，你彻底完了！作为一个男人，你永远也抬不起头！那是多么绝望！张大鹏暴跳如雷，挥拳打向那个男人。那个男人用力推开了张大鹏的结发妻子，然后进行了反击，他们扭打在一起。混乱中，张大鹏抓破了那个男人的脖子，那个男人把张大鹏推倒在梳妆台上，张大鹏的两手向后扶在台面上，突然，他的右手按住了一把匕首，于是他就抓起了那把匕首，刺向那个男人。那个男人躲过刀锋，用肘部向着张大鹏的手腕用力一磕，匕首落在了地上，随即被那个男人抓在了手里，架在了张大鹏的脖子上。张大鹏被那个男人逼迫得跪在地上，眼睁睁地看着那个男人穿好衣服,拿着匕首逃离了现场。在那个男人转身离去的瞬间,张大鹏才意识到那个男人用面罩遮住了脸面。"

窗外的大雨仍在不停地下着,如泣如诉。

李建功停顿了片刻继续说:"事实完全不像张大鹏看到的那样,那把匕首是那个男人图谋不轨强行入室时带入现场的,而他的结发妻子是在那个男人用匕首的逼迫下被那个男人强暴的。从此,张大鹏和他结发妻子之间争吵不休,不幸像乌云一样笼罩在他们的头上!九个多月之后,张鹰出世了,张大鹏在初尝为人父的幸福和兴奋之余增添了几分猜忌。这种猜忌像井喷一样一发而不可收,随之蔓延到张鹰的身上。当张大鹏的情绪失控时,张大鹏的结发妻子就会饱尝他赠与的一顿拳脚。随着张鹰的不断长大,张鹰也会经常受到来自张大鹏的打骂。慢慢地,张大鹏的结发妻子心中的那份愧疚荡然无存,夫妻关系处于冷战之中。张大鹏开始移情别恋,张鹰的母亲整日以泪洗面,最终患上了抑郁症自杀身亡,在张鹰幼小的心灵里蒙上了不可磨灭的阴影,张鹰开始厌恶甚至是憎恨张大鹏,生活处在了水深火热之中。"

刘英豪做了一个手势,打断了李建功的话语:"李律师的口才真是不错,可惜这里不是演讲的地方。关于这些动听的故事,暂且不说它的真假,你说了这么多对这个案子有用吗?难道这些就是张鹰杀害他的父亲张大鹏的理由吗?"

李建功得意地说:"故事的精彩部分还在后头呢?刘检察官不想听下去了吗?至于这个故事是否与这个案子有关联,是否算一个理由,等我讲完了再做评判!"

刘英豪举手说:"我反对!"

米金贵看了刘英豪一眼,说:"反对无效!"随即,他向李建功打了一个手势,说,"接着说。"

李建功用舌头舔了舔干燥的嘴唇,继续说:"客观地说,张大鹏在把张鹰抚养成人的过程中,有纠结也有甜蜜,有苦恼也有幸福,有矛盾也有斗争,有成功也有失败。作为父亲他尽到了养的责任——站在我们面前的张鹰用他那高大健硕的身躯已经证明了。但是,在育人方面他放任自流,他是失败的——站在被告席上的张鹰正在用他的犯罪事实证明着。张鹰对张大鹏的养育之恩是感恩戴德的,张鹰对张大鹏的经常打骂是无比痛恨的。他们对彼此爱恨交加,这种情绪一直延续到事发。有着十七八年父子情分的张大鹏和张鹰,在张鹰意外受伤造成脾破裂大出血之后,在张大鹏决定为张鹰输血之时,有关数据残酷地排除了他们血缘上的父子关系,张大鹏多年的猜忌终于得到了验证,命运给已过不惑之年的张大鹏开了一个致命的玩笑,张大鹏与张鹰的感情世界彻底崩塌。然而,面对昏迷之中的张鹰,张大鹏把这个天大的秘密埋藏在了心底。接下来的日子,若不是张鹰的所作所为让张大鹏彻底失望,张大鹏一定会吞下这枚苦果,把这个秘密永久地烂在肚子里。然而，残酷的现实摆在那里，在张大鹏看来，张鹰不是他的余生所依。所以，他痛下决心，怀揣亲子鉴定书特意从上海赶到了雷江市，打算与张鹰办理断绝父子关系的法律手续！悲剧就这样鬼使神差地发生了，至于张鹰是如何杀害张大鹏的，还是让他自己讲吧！"

张鹰的眼泪流了下来，不知他是用眼泪洗刷他的罪孽与耻辱，还是用眼泪融化他心中冰封已久的悔恨。他无比虔诚地说："我有罪，我罪不可赦。那时那刻，虽然我是一次歇斯底里的发作，但我的父亲张大鹏惨死在了我的刀下……"

米金贵看了一眼站在被告席上的宫会生："刚才李律师和张鹰所说的是否属实？"

宫会生稍微迟疑了一下，说："属实，完全属实。"

李建功看了宫会生一眼，说："据我所知，受害人倒地时你在现场，受害人是什么表现？他是否不再动弹了？他没有叫喊，对吗？"

宫会生眼睛迷茫地看了李建功一眼，说："是……"

刘英豪有些着急地举手说："我反对！我反对李律师的诱导！"

米金贵瞅了刘英豪一眼，说："反对有效！"

李建功有些尴尬地笑了笑，说："我的问题暂时完了。"

刘英豪看了宫会生一眼，说："那把弹簧刀，是你买的吗？"

宫会生回答："是。"

刘英豪出示了凶器，说："是不是这一把？"

法警把凶器递到到宫会生的面前，她看了后点了点头，说"是这把……"刘英豪冷峻的双眼紧盯着宫会生说："你还记得，张鹰是怎么出的刀吗？"宫会生说："记不太清了……当时在停车场，晚上的光线有些黑暗，我只见被张大鹏掴了大嘴巴子的张鹰，在身上摸了摸，用力向前一伸手，张大鹏就倒了下去。"宫会生边说边做了一个动作。

刘英豪的目光继续盯着宫会生："你再重复一下。"

宫会生重复了一下刚才出手的动作："就这样儿。"

刘英豪说："张鹰是这样出刀的……你看清了。"

李建功举手说："公诉人是在利用宫会生模糊的记忆引导证词，我反对！"米金贵："反对无效！"

刘英豪突然提高了嗓门儿："你和张鹰的母子关系怎样？"

宫会生犹豫了一下："还好……一般。"

刘英豪说："究竟是怎样？你能说说吗？"

宫会生乜斜了张鹰一眼："张鹰不是我身上掉下来的肉，我对他始终疼不到心里去。但是，作为继母，我害怕左邻右舍说三道四，所以，我尽量地讨好张鹰，有时甚至是巴结张鹰。但他始终不买我的账，不领我的情。我们的关系基本上是井水不犯河水……"

刘英豪突然插话："我明白了。那天，受害人倒地的时候当时并没有死，他只挨了一刀，我想他应该有些挣扎，对吗？"

宫会生说："他不动了。"

刘英豪说："是死了吗？"

宫会生说："当时没有死。"

刘英豪说："他倒地后，你们没有进行任何施救，对吗？"

宫会生说："没有，因为他对我完成了一个托付后就死了。我们没有来得及抢救。"

刘英豪说："他对你有什么托付，他和你说了些什么？"

宫会生说："张大鹏拼尽全力从自己的上衣兜里取出那份被鲜血浸染的亲子鉴定书，用微弱而颤抖的声音断断续续地对我说，'我不行了……张鹰是个苦命的孩子……他……虽然不是我的种……但是他的母亲是无辜的……他……更是无辜的……我们……毕竟父子一场……一切都是天意……不要因为我的离去再制造另一个人间悲剧……看在他妈妈的份上……你……要想尽一切办法救救他呀！拜……托了！！，张大鹏将手中的亲子鉴定书举了举，脑袋一歪停止了呼吸……后面的情况我早就交代过了，买通饭店服务员、故意破坏伪造证据、制造第二现场都是我指使别人干的，把张大鹏的尸体从三楼的窗口推下楼去也是我一个人干的，还需要再重复一遍吗？"

刘英豪说："不用了。现在回到案发当天，我来说一遍，你看看是否忘掉了什么。前面似乎都没问题。你和你的丈夫正在赶往雷江的路上，正下高速的时候接到了张冬梅的电话，于是，你们就来到了案发现场。"

宫会生说："对。"

刘英豪说："你和你的丈夫看到了张鹰他们的打斗，没错吧？"

宫会生说："对。"

刘英豪说："你曾说过，你和张鹰的关系一般，那你为什么还要千方百计地包庇他呢？仅仅是因为接受了张大鹏的临终请托吗？"

宫会生说："不是。因为，在我跟了张大鹏之后，在他们父子之间发生矛盾时张大鹏对张鹰施暴的过程中，我扮演过煽风点火、助纣为虐的角色，我的良心遭受过谴责……当然了，也不排除我的私心。我想过，张大鹏已经去了，我已无力回天。可是，面对他数以亿计的家产，我不想就此放弃，面对司法的腐败，我不敢相信张鹰落入法网得到严惩，面对如此强悍的张鹰，我不敢与张鹰过招，我害怕他秋后和我算账……"

刘英豪说：“无论被告人怎么辩解，令人痛心的事情毕竟发生了！我们无法准确地认识这起案件发展的全过程是怎样的，但结果很清楚，细节被永远埋藏在当事人的心中，我们是没有权利要求她讲出来的，我们对被告人的定罪量刑靠的是证据，不是某个人的臆测分析和不合理的推断……根据受害人的刀口位置判断，只有突袭才可能造成这样的伤口，突袭意味着主动出击，且刀伤很深，足见杀人者欲置被害者于死地的决心……根据合理的推理和现场留下的迹象判断，案发现场当时的情况，所谓的打斗，是不存在的。根据微量物质转换定律可以证明，如果两个物体有过接触，必然会留下微量物质转换的痕迹。可是，没有证据显示，他们两人有过身体的接触……“

中午休息时间，刘英豪和叶长龙站在客厅里说话，这时他看见李建功打着雨伞从外面走进来，他离开叶长龙向李建功走过去。他们在相隔一米的距离时，站住，彼此目视着。

刘英豪对李建功说：“看来这是命运的安排，咱们又兵戎相见了。”

李建功礼貌地笑了笑，说：“这是我的荣幸。”

刘英豪问李建功：“是好事还是坏事？”

李建功回答说：“每个人的判断不同……这要看结果。可是，我的当事人被你榨得很干净！”

刘英豪自信地说：“你和我有着同样的权利。”

李建功笑着说：“你觉得，这次你能赢吗？”

刘英豪更加自信地说：“运气不会总在你那边，它刚刚向我露出了笑脸。”

李建功一字一句地说：“命运的脸，就是孩子的脸，说变就变。”

刘英豪呵呵一笑，目送着李建功走进了法庭。

【03

法庭内，继续开庭。

李建功在发言，他说，“从某种意义上说，人们所看到的事实从来都不是客观的，因为每个人都有他希望的事实，每个人只看到他需要的事实，人性是复杂的！当然，事实只有一种。可是，什么才是真正的事实呢？正因为人性是复杂的，所以任何表面的现象，任何轻易地判断都不是准确的。历史已经告诉我们，正常的推理，往往与事实正相反。纵观历史上那些励精图治的皇帝，哪个不曾做过疯狂的杀戮、忠奸不辨良莠不分的事情，这在逻辑上是不成立的。一个在大人的眼里非常听话的孩子，在替妈妈打醋的路上去抢了银行，这在逻辑上也是不成立的。那些所谓的历史学家们凭借自己的主观臆断，已经犯下了许多错误！

我们凭借着自己的经验和看似天衣无缝的逻辑推理，也错误地认识了很多事情！错误，每时每刻都在发生，而且是在被大家认为是最为正确的事情上！当今社会，各种诱惑，让绝大多数人变得急功近利。结论，被轻易地得出；判断，令人吃惊的草率；经验，成了制胜的法宝。那些千年不解之谜，大都有了结果！追星逐臭，寡廉鲜耻，私欲膨胀，急功近利，达到了令人发指的程度！不求甚解，敷衍塞责，唯利是从，唯我独尊，使得我们每个人都患下了难以治愈的时代病！当然也包括我自己。"

窗外的雨仍在哗哗地下着。

法庭内，李建功继续发言。

"有仇恨，不一定就有预谋，也不一定就会故意杀人。想想我们心中最恨的人是谁？也许，在我们每个人的心中都有一个最憎恶的人。让仇恨的人消失，是人的本能。可是，这是否就意味着我们每个人都有过杀人的动机？难道因为一次偶然的机缘巧合，或者因为与之有关联的人的存在，或者因为与消失的生命体有孽缘的人恰巧出现，就形成了一个二者有因果关系的必然链条？这岂不是滑天下之大稽？所谓的动机之说本身就是个虚无缥缈的东西。当'我要弄死你'这个意念没有被付诸实施时，它只不过是一句梦话而已；当一件事情与这样的梦话偶然发生关联的时候，我们是把这样的梦话当作现实去验证它不是梦话，还是去证明它不过是一句梦话呢？证明非常关键，这容不得任何主观臆断，而在动机之说的引导下，往往当事者会轻易地把'动机'和'证明'连在一起，这时，他会全然不顾'证明'是否牢靠而有意义。试想，如果没有'动机'，即使再明显的证据，你会相信'故意'吗？既定结果就会重新定义过程！重新定义过程就会重新定义开始！事实就是这样被改变的！"

米金贵看了慷慨陈词的李建功一眼，高声警告说："请你注意发言的语气！"

李建功冲着米金贵点了点头。

坐在刘英豪身边的叶长龙检察官，悄悄地对着刘英豪的耳朵说："好厉害的主！"

刘英豪低声说："他是不那么好对付，可我有思想准备。"

李建功瞅了刘英豪和叶长龙一眼，故意提高了嗓音："我经历过太多类似这样的事情，缘起和结果中间的链条本不牢固，有着太多的可能性，有人却按着有罪推定的逻辑得出结论。譬如，一把粘有被害者血迹的菜刀在房主家中的厨房里被找到，因此就断定房主就是菜刀的使用者，从而断定房主就是杀人者！这岂不给陷害者留下了可乘之机？谁能肯定说真正的杀人者不会把杀人用过的菜刀栽赃到房主的头上？或者房主也许曾经使用过这把菜刀，但是，怎样才能证明上面的血迹与房主有关？房主和厨房里的菜刀之间没有必然的联系，是我们用自己的想象填补了空白，而想象和逻辑推理都是有缺陷的……"

米金贵冲着李建功说："你究竟想说什么？"

李建功继续说："从本案来说，我们应该庆幸所谓的事实与推理的偶然巧合！应该庆幸我的当事人的坦白，是的，我做了，我是故意的！从人类出现到现在还没有一种真正科学的办法能全程证明一个人是有罪还是无罪，是重罪还是轻罪。现有的一切侦查手段都不能还原事实的真相，只是按着办案者的逻辑和案情本身的表象做一个涂鸦而已，这就像当今的医生对待癌症患者的治疗一样，在没有弄清它的发病原理的情况下就采取一切治疗手段进行治疗，即使偶有治愈者，也是一种办法与结果的机缘巧合。事实上，绝大多数的治疗手段都是对真正治疗手段的替代！所以，使得癌症患者无药可治！因为，替代，终究是替代，它不是事实本身！"

听众席上掌声一片。

刘英豪和叶长龙面面相觑。

"梆！"伴着敲响的法锤声，米金贵高喊："肃静，请肃静。"

硕大的雨点敲打着窗玻璃，窗外的大雨还没有任何停止的迹象。

城市的一些道路，已经被雨水淹没冲垮……

法庭内，李建功继续发言，"我相信我的当事人的叙述是受了某些人的诱导。第一次开庭时，我的当事人否认了杀人的事实，第二次开庭他当庭承认自己故意杀了人。那么，他究竟是不是故意杀人呢？前面我已经讲了很多了，许多被事实证明了的东西未必就是真正的事实。关于他随身携带的那把弹簧刀，是他的继母宫会生一次偶然的机会捡回家的，而我的当事人把它携带在身上，是在打篮球饥困时切西瓜用的，我走访了几十个目击证人，收集了大量的书证材料。况且，那晚，被害人张大鹏的突然出现也在我当事人的预料之外，他们的相遇纯属偶然。所谓杀人动机一说，又从何谈起呢？被害人张大鹏也有他自己的过错，在张鹰身陷感情的旋涡不能自拔，在遭人追打的情况下，张大鹏不问青红皂白就给了他几个耳光，这如同火上浇油使得我的当事人丧失理智，歇斯底里地将随身携带的弹簧刀插入了张大鹏的身体。在光线昏暗迅速出击的情况下，恰巧伤到了被害人的要害部位，造成了被害人的死亡，这也许就是所谓的宿命！我们宁愿相信这是他的宿命！人，是无法抗拒命运的。但是人应该可以把握怎样做人，我要说的正是这方面——我了解我的当事人，他不仅是一个诚实的人，也是一个敢于自我承认错误、一个敢于担当的人。我们每个人在一生中难免会犯错误，甚至会犯罪。譬如，张鹰的养父张大鹏误会了张鹰的母亲，背叛了自己的结发妻子；王红霞的父亲背叛了自己的事业，背离了党的宗旨，大肆收受贿赂，沦为人民的罪人；李嘉齐的父亲曾是赫赫有名的刑警队长，曾与形形色色的犯罪分子交锋过，刀尖上舔血，侦破过许多大案要案，立下了赫赫战功，却在金钱的腐蚀和拉拢面前最终背叛了自己神圣的职业，与走私犯罪分子同流合污，沦为阶下囚；张冬梅的父亲因为贫穷三十多岁才成家，然而，当他发迹之后眼里除了金钱只有女人，背叛了与自己同甘共苦的结发妻子，害得结发妻子自杀身亡，不仅如此，还非法开采煤矿塌方造成了严重的人员伤亡，受到了法律追究。就在我们身边，这样的例子数不胜数。要知道事情有时候是不以人的意志为转移的，各种突发的情况，各种不确定的因素，都可能导致人们做出犯罪的行为，我希望大家还是把我的当事人当平常人去看待，他不是魔鬼——他只是碰到魔鬼的人！他也许就是在座的你、我、他！两次开庭，在座的各位基本上了解了我的当事人的为人，事实真相已经不难确定，它要比填补空白式的推理应该更接近真实。证人的证言和检方的论断已经得出同一结论：我的当事人不是故意杀人，是在情急之下伤害对方致死！"

刘英豪插话说："我们有足够而充分的证据，难道定张鹰故意杀人不能被确定？"

李建功有些兴奋地说："固然，掌握和牢固证据是我们判断案情的唯一有效的手段和途径，但残酷的现实告诉我们，有罪的判无罪，无罪的判有罪，或重罪轻判，或轻罪重判，这样的案例并不鲜见。这难道是法律出了问题吗？非也，这是游戏规则使然！想一想吧，在很多情况下我们是否在玩着一场正负对碰的游戏？谁填入的格子多谁就能取胜。然而，我们清楚地知道，没有被填入的格子仅仅是因为我们不知道或者没有看到而已！当法律蜕化为彻底的游戏的时候，它的尊严与公正何在？这是否还是制定法律的初衷？"

旁听席上鸦雀无声。

李建功继续说："综上所述，该是我们介入良知的时候了！良知绝不是为我的当事人开脱，良知可以使法律更加接近真实的作用；良知可以作用于我们更加接近实质的正义，而不是表面上的正义。一般人看来，表面上的正义就是杀人偿命，以牙还牙，以恶制恶，以暴制暴，但是当我们对被告的量刑发表意见时，不仅要考虑从轻的法定情节，而且要考虑酌定情节！根据疑罪从无的原则，根据已掌握的情况和不能被认定的事实得出结论，张鹰杀死张大鹏应属于过失伤害致死，这一点请法庭采纳。"

刘英豪目视李建功的愤然情绪，站起来说："他分明是在狡辩，我抗议！狡辩改变不了事实，道理决定不了法理！"。

米金贵瞅了瞅刘英豪，又看了张鹰一眼："被告，我再问你最后一句，你还有什么要说的吗？"

张鹰流下了眼泪，说："是我在情急之下故意把弹簧刀刺向了我爸爸，可是，由此导致了我爸爸的死亡是我没有想到的！"

米金贵犹豫了片刻："合议庭人员留下，现在休庭十分钟……"

法槌落定。张鹰以故意伤害致人死亡罪被判处有期徒刑五年；宫会生以故意包庇罪被判处有期徒刑一年；王红霞、张冬梅、李红芳、李嘉齐等免于刑事处罚。

第三十章 脱蛹成蝶

【01】

时间如白驹过隙，一晃四年多过去了。四年多来，张冬梅、王红霞、李红芳、李嘉齐四人，不仅每个人都收到了刘英豪检察官寄到的案例解析型著作一《碎在卷宗里的玫瑰》，而且经常受到刘英豪和叶长龙检察官的电话帮教，使她们经常接受法律教育和洗礼，让她们时时刻刻警醒自己，让她们自觉绷紧了"远离是非，远离犯罪"这根弦。

2013 年的雨季过了，冬天却到来了。

张冬梅得知爸爸去世的噩耗，急忙从北京赶回到雷江市的家中。芬姨仍旧躺在床上，伸出一只瘦骨嶙峋的手覆盖在张冬梅的手掌上，想说什么欲言又止，泣不成声……

张冬梅办完了爸爸的丧事后，返回北京前的那个晚上，去了一趟堂姐家。堂姐正在甜蜜地哄着一个十个月大小的女婴，女婴的长相极像王国治。

王国治不在家，堂姐的胖脸上洋溢着幸福的笑容。

张冬梅礼貌性地问了一句："姐夫没在家啊？"

堂姐撇了撇嘴，回答："他呀，如今成了房地产开发商，一天到晚的忙呀忙，他根本就顾不了家。"

"可是，你看上去并没有什么抱怨啊！"张冬梅说。

"有什么好抱怨的，男人嘛，都流连外面的世界，何况，现在提倡依法治国，自从张鹰出事让我们受到牵连之后，经过司法人员的帮教，你姐夫浪子回头就像换了一个人，由过去的匪里匪气变成了谦谦君子。至于过去他干的那些龌龊之事，他不仅金盆洗手了，而且与他身边的那些狐朋狗友也断绝了来往。所以，只要他务正业，只要他每天记得回家，只要他每天对我说一遍我爱你我就知足了。至于他在外面是否去找异性朋友，我就睁一只眼闭一只眼，权当什么也没有看见，何必要往死里追究，何必要问个清楚究竟呢？"

"是啊，堂姐说的对，女人太聪明了就会活得很累，真的不如糊涂一些。计较得太多，受累的往往是自己。"张冬梅劝解着自己，和堂姐东拉西扯了一会儿，又情不自禁地扯到了张鹰。

"那时候，你和张鹰在一起，就像金童和玉女，看着你们天造地设的一对，心里总是羡慕得不得了。人生，如果没有这些变数，那该多好哇！"堂姐的语气中充满着遗憾。

"不过，李嘉齐也不错。你虽然不像爱张鹰那样爱他，但他是你的初恋，他比张鹰更懂得爱你。"堂姐转移了话题。

张冬梅勉强地笑了笑，用手捏捏女婴粉嘟嘟胖乎乎的小手，女婴显然被打扰了，她不耐烦地扭动着五官，做出了一个想哭的表情。

"你们也老大不小了，也生一个孩子吧！有了自己的孩子，就会把所有的精力和时间转移到孩子的身上，那样就不会胡思乱想了，生活就会稳定得多，当然了，生活中的热闹也会增添许多。"堂姐瞅着张冬梅喜爱孩子的眼神，情不自禁地说。

张冬梅瞅着堂姐一脸的满足劲儿，心想："眼前这个曾经喝酒闹事嚣张任性的刁蛮公主，已被和谐、富足、安定的生活感化得恬淡而知足。往昔的一切，已沉寂在记忆的深处。人生都是单程票，我已无法回到从前。但是，不知道要经历多少，我的内心才能得到平静从容；不知道要经过多久，我的脸上才能绽放出如此满足的幸福笑容……"

张冬梅从堂姐家里走出来，夜已阑珊，华灯初上。她绕道从湖城路上走过，城市的变化日新月异，所有的街道焕然一新，眼前的高楼大厦，触目所及，灯火辉煌，湖城路两旁种满了玉兰树，在这寒冷的冬天，永不败落的玉兰树，给这座城市带来了温暖与生机。

"人生真滑稽，我一不小心就中了王红霞挑拨离间的奸计。王红霞捏造的张鹰上了她的床，她为张鹰流过孩子的'事实'，明明是无稽之谈，为什么入狱后的张鹰却要逆来顺受顺水推舟呢？我曾经那么笃信张鹰和王红霞之间有过见不得人的事情发生，结果是我被人蒙蔽了眼睛，冤枉了张鹰。现在，我终于明白了，这一切都源于张鹰对我的爱恋，他将计就计心甘情愿地让我离开了他这个'罪犯'，而我临阵脱逃心甘情愿地投入到李嘉齐的怀抱。我和张鹰之间，是否也会像这玉兰树一样，即使在冬季里也会变得温暖而有生机呢？"张冬梅边走边琢磨，"四年半前的那个夜晚，张鹰躲藏的那个涵洞再也看不见了，大道两旁的建筑新颖而恢宏。我只能凭借记忆中大概的位置找到他当晚所在的地方，回忆他在黑夜的风雨中瑟缩发抖的身影。如今，我在凛冽的寒风中伫立，只能凭吊那场不再复来的往事……"张冬梅吸了一口冷空气，睁开眼睛望着阴冷的天空。这时，一对情侣瑟缩着身躯走过她的身旁，年轻的女孩子睁着黑白分明的眼睛，好奇地回头看了张冬梅很多次。恋爱中的人啊，你一定要好好地珍惜在一起时的分分秒秒。世事易变迁，今晚牵着的手，说不定天明就会离散。

不是有爱，就可以一生一世在一起

长途汽车在国道上疾速地行驶，公路两旁高大的白杨树逆行而下，残留在枝丫上的树叶经不起凛冽寒风的侵袭，在空中旋转着不情愿地坠地。

张冬梅凝视着窗外，回想着弟弟张强在电话中哭泣的声音，回想着爸爸在监狱中惨死的场景，她的心快要碎了。尽管车窗外冷风嗖嗖，但是，车窗内的气息将要让她窒息。她不顾旁坐之人的反对，强行打开了一扇车窗玻璃，侧脸对着窗外，胸口感到隐隐作痛。在一路的颠簸中，这样的姿势她保持了许久。灰色的天空，苍茫的大地，让张冬梅觉得自己开始老去。仿佛间，她觉得思想变得迟钝，神情变得木然。

张冬梅、王红霞、李红芳和李嘉齐等在受到法律的惩处之后，各奔前程，纷纷与命运抗争。李嘉齐的奶奶，在儿子银铛入狱、孙子被法律追究的双重打击下一命归西。

张鹰在铁窗内已经度过了四年半的时光，张鹰的影子时常幽灵般地出现在张冬梅的脑际。

雷江市的冬天，一贯的冷灰调。这些天来，张冬梅生活在这种灰冷中，心被冰冻了，人像死去了。此时此刻，当长途汽车接近张鹰所在的监狱的时刻，张冬梅的心里却像燃烧了一把火。

张冬梅有很多的话想对张鹰说，张冬梅想告诉张鹰，她早已原谅了他，张冬梅想告诉张鹰，她从来没有忘记过他，张冬梅想告诉张鹰，过尽千帆皆不是，斜晖脉脉水悠悠。

然而，当张冬梅的跨进监狱时，看守告诉张冬梅，张鹰已于半月前提前释放了。这种既好又坏的消息让张冬梅感到窒息，张冬梅觉得头晕目眩，瘫坐在地。

"喂……你没事吧？"一个看守走近她，关心地问。

张冬梅双手捂着脸，指缝间淌着泪水，笑着站起身来，对看守说："谢谢，我没事！"

张鹰被提前释放出狱了，这样的消息对专程前来看望他的张冬梅来说真是喜忧参半。张冬梅问遍了监狱的所有看守人员，没有一个人能够告诉她出狱后的张鹰去了哪里。她想："张鹰是怀着怎样的一种心情，封锁了自己出狱的消息？他到底去了哪里？茫茫人海，他一定不想再见到那些曾经熟识的面孔。他是否担心过，那些昔日的知己密友会当面揭他的伤疤？曾经孤高冷傲的他，是否有足够的勇气将自己的丑陋展现在众人面前？他的人生，曾与常人背道而驰，是否会重新踏入辉煌的起点？"

张冬梅神情恍惚，坐上了返回北京的长途汽车。

天空飘着牛毛细雨。这是一条新修的高速公路，宽阔，干净，潮湿的地面上飘落着枯黄的树叶，被行驶的车轮碾压、卷起、带走。

　　长途汽车渐渐地远离了张冬梅和张鹰生活过的雷江市，在这座城市里，有张冬梅无法面对的过去；有张冬梅一直深爱的人；有张冬梅想要摒弃的记忆；有张冬梅无法逃避的现实。这座城市是张冬梅生命中的一座废城。张冬梅把二十岁以前的自己所做的全部事情都丢弃在这座废城里。张冬梅以为她真的丢弃了，可是，她一想到那里还有张鹰，还有她那虽已成大但羽翼未满的弟弟张强和病恢恍的芬姨，她那颗坚硬的心立刻柔软下来。千回百转，张冬梅依然放不下这里。

　　有些东西，日子久了，便会混杂在流淌的血液之中，成为生命中不可丢弃的东西，不是你想遗忘就可以遗忘的。

　　长途汽车在高速公路上疾驰着。冰冷的雨水打在车窗玻璃上，产生了迷蒙的雾气。张冬梅注视着窗外，眼前的一切都变得不再真实，雨刷器发出阵阵响声，那些雨珠在窗玻璃上急促地滑过，然后碎裂飞去……

　　张冬梅索性把脑袋缩回到车内，关上窗玻璃，歪着脑袋，靠在那里，迷迷瞪瞪地睡着了……

　　张冬梅远远地看见一个身穿白衫的英俊青年男子，站在路边打着雨伞频频地向司机招手。

　　长途汽车缓缓地停了下来。

　　"咔嚓"一声，后车门开了，那位青年男子边收伞边上了长途汽车。

　　这一刻，张冬梅听到自己的心跳戛然而止。那位青年男子的那张活脱脱的棱角分明的脸，是让她一生都无法遗忘的脸，在众目睽睽之下如此真实地出现在她的面前，出现在她万念俱灰的这一时刻。

　　那位年轻男子一上车就看见了她，用力甩了甩头，甩掉了上车时落在发际上的雨滴，这微凉的雨滴带着他的体温刚好落在了张冬梅的脸上。张冬梅惊讶地看了看那位青年男子。

　　许久，张冬梅哽咽着说出两个字："张鹰——"

　　张鹰笑了，眉目间闪烁着光芒。他伸出手，用手背擦拭着张冬梅脸上的泪水，说："傻丫头，哭什么呀？我不是好好的吗？"

　　张冬梅不敢相信眼前这个青年男子真的是张鹰，她觉得自己像做梦。她顺势抓住了张鹰的手，脉脉含情地望着他。

　　张鹰一直微笑着，那笑容一如往昔。在那整洁如陶瓷般的牙齿间，散发着淡淡的柠檬的清香和烟草混合的气息。张冬梅握住他的那只手越握越紧，他微微蹙了蹙眉头，继续笑着。

　　"是你吗张鹰？我不是在做梦吧？"张冬梅痴痴地看着张鹰的眼睛，无法让视线离开他那英俊明朗的面孔，虽然在他的脸上留下了些许岁月的沧桑，但当年的稚嫩已经变得成熟，更加让人耐看着迷。

"傻瓜，怎么会是做梦呢？真的是我呀！"张鹰拿起张冬梅的手放在他的脸上，抚摸着他微露的胡茬儿，他的声音温和而安详，让张冬梅变得轻松而快乐。在张冬梅的心间，那只一直飞翔的小鸟终于收敛起翅膀，停歇下来。

张冬梅痴痴地凝望着张鹰，恐怕他这一秒还在她的视野里，下一秒却无影无踪。可是，张冬梅觉得浑身疲惫，上下眼睑黏合在一起无法睁开，只有那颗心感觉到了轻松。张冬梅有些撒娇地对张鹰说："你知道我找你找得好辛苦吗？"

张鹰用弯曲的右手食指刮了一下张冬梅的鼻子，转过肩膀说："你疲惫了的话，就靠在我的肩膀上休息一会儿吧！"

张鹰的肩膀温暖而宽厚，张冬梅把头靠在张鹰的肩膀上，那种熟悉的气息让她安心地睡着了。她不知睡了多久，仿佛间汽车在逐渐地减速，有人在摇晃她的肩膀，告诉她要下车了。她努力地想睁开眼睛看个究竟，可是，无论如何她也睁不开眼。

"冬梅，我要下车了，我们就此诀别了，以后各自的人生旅程，我们要各自去完成，请你多保重！"张鹰的面部肌肉扭曲着，说不清是哭还是笑，他漆黑的眸子里写满了离愁与不舍。

张冬梅感到心慌意乱，这瞬间的相见相离，让张冬梅无所适从。她狠狠地抓住张鹰的胳膊，泪流满面地哀求张鹰不要抛下她，她泪眼婆娑地说："以前的我太任性了，我不该在你最需要我的时候离你而去，是我伤害了你。不过，来日方长，今后无论让我当牛还是做马，我将会用我生命的全部对你补偿。"

长途汽车停了下来。张鹰一边摇头一边用力掰开张冬梅的手指，说："放手吧，请你自重！我四年多的牢狱生活是被你所赠，你对我的伤害已深入骨髓，我是不会原谅你的。"张鹰突然板起面孔，目光嗔怒凝重，方才的微笑柔情已化作了风。

司机和乘客不耐烦地催促张鹰，说："你到底下不下车？怎么婆婆妈妈的？快点下车呀！"

张鹰不顾一切地挣脱了张冬梅的挽留，头也不回地朝着车门口走去……

"张鹰——等等——"张鹰下了车，在张冬梅的目光里远去。张冬梅的那颗心怦然一声炸裂开来，她大声呼喊着张鹰的名字。张冬梅在自己伤心凄厉的叫喊声中惊醒过来，她捂着心如刀割的胸口，看着四周云集过来的疑惑和嘲笑的目光，很久，她才从梦境中回过神来。她用手掌拍了一下自己的脑门，自言自语："原来是一场梦啊！一个人存心要躲起来，是任何人也无法找到的。此刻，张鹰一定躲到了世界的某个角落，过着不愿被打扰的生活。世界曾经摒弃了他，如今，他做了世界的背叛者。"

傍晚时分，长途汽车驶入了张冬梅的目的地。

【02

张冬梅没有提前通知李嘉齐她返回北京的日期。在雷江市的半个月里，张冬梅关掉了手机，一次也没有跟李嘉齐联系过。张冬梅突然觉得，自己的心坚如磐石。

这次漫长的旅途，张冬梅认真地整理了一下自己纷乱的思绪。她不得不承认，在她的内心世界里，有些东西正在改变，有些东西已成了模糊的思绪。

张冬梅猜想，此刻，也许李嘉齐的妈妈已经住在了她们在北京新购买的三居室里，她知道李嘉齐的妈妈此行的目的，可她还没有做好"丑媳妇早晚见婆婆"的心理准备，她想暂且到王红霞在北京的新居躲一躲。

张冬梅打的去了王红霞居住的小区，站在小区的街道对面，就能看到她的卧房的灯光，这说明了，王红霞还没有入睡。于是，张冬梅拨通了王红霞的手机："喂——红霞……我回来了，我想在你那里住一个晚上……"

电话那端的王红霞迟疑了半响，然后说："回来的够晚的，那……你过来吧！"

张冬梅听出了王红霞的万分不情愿。她知道，王红霞一定不会当面拒绝，但也难以真诚相待。

张冬梅反而有些犹豫了，她想："的确够晚的了，她的房间里或许还有别人。我暂且不想回到我和李嘉齐的那个家，我可以去住酒店啊，为什么一定要去打扰王红霞。可是，我有一肚子的话想找个人说说，不管这个人是朋友还是敌人。这么长时间以来，我承受了太多，我就像一只超载前行的客船，一路的风吹浪打落得千疮百孔，如果不找个地方停泊修整，就会沉没在茫茫的大海之中。"

张冬梅正在踌躇之际，突然看到李嘉齐的那辆三菱越野飞快地驶出了王红霞居住的小区的大门口。原来，王红霞的房间里真的还有别人，不，那个人不是别人而是李嘉齐。

张冬梅手中的行李箱，重重地掉在了地上。在她的身上，忽然有一股火焰从脚底向上蔓延，忽然又有一股冷水从头上往下浇灌。她想："我怎么给忘了，王红霞本来就是一个为了达到目的而不择手段的人，她一定会不择手段地夺走我的一切！"

张冬梅想笑又想哭，心中上演着啼笑皆非的一幕。她想："王红霞的做法算是帮了我的大忙了，我有什么好难过的，我应该笑才对啊！难道不是吗？我早就想离开李嘉齐了，那团在我脑海里已经模糊的思绪就是让我在考虑以何种方式离开李嘉齐，而不至于让他受伤太深而已。他们这样做，现在，我倒可以安然地离开他了。"

在张冬梅的心里又掠过一丝难过："王红霞为什么一定要这样做，为什么李嘉齐不能抗拒王红霞的诱惑？是不是所有的男人都无法抗拒一个女人的诱惑？"

张冬梅想了很多，最后决定不去王红霞的新居，暂且不回她和李嘉齐的家里。

张冬梅住进了东来顺酒店，她站在酒店的最高处，观望着城市的灯火。北京，真美，美得艳丽而眩目，可是，在它繁华的外表下是一颗冰冷异常的心，这种冰冷完全彻底地侵入了张冬梅的骨子里。

我为什么这样孤独，孤独就像一只庞大的野兽，在我的身体里茁壮成长，强大到快要把我支离破碎！张冬梅在想："或许，这种孤独自从我离开张鹰之后，已经与我如影随行了。我从来就是一个孤独的行者，没有一个真正可以交流内心的人。"

王红霞接到张冬梅的电话之后一直在等待张冬梅到来，张冬梅迟迟不去，她多次打电话与张冬梅联系，可是，张冬梅的手机一直无法接通。

也许，王红霞已经洞悉到了什么；也许，王红霞把她所洞悉到的东西已经告诉给李嘉齐了。张冬梅关掉了手机，但她无法安睡，反复在琢磨：李嘉齐知道我已返回到北京了吗？那个在我十六岁时就说等着我长大的男子，那个许诺给我一生一世的男子，就这样轻易地背叛了他的誓言吗？

曙光透进了张冬梅居住的房间，张冬梅一直站在窗前，没有移动开半步。

街道上的车辆川流不息，行人熙熙攘攘，这座城市在沉睡中醒来了。

张冬梅打开了手机，里面有很多的信息留言，全是王红霞的。她想："看样子，王红霞向李嘉齐隐瞒了我已返回北京的消息。或许，王红霞还在酝酿着什么，想用更多的时间更牢固地占住李嘉齐的人生空间。王红霞同意我去她那里留宿，一定是知道我会有很多的话要跟她倾诉。她习惯了不动声色地剖析我，以便研究下一步的对策。不，不，不，我不会这样让她得逞的。我绝不能再忍让了。对李嘉齐，对王红霞，对每一个背叛我的人，我都不会再忍让下去了。"

张冬梅退了房，打的去了北京站。她查看了一下列车时刻表，一个小时后，有一列路过雷江市的火车刚好驶进北京站。

张冬梅打通了李嘉齐的手机："喂——嘉齐，再过一个多小时我就到达北京站了，你来接我行吗？"

李嘉齐满口答应了。

一个小时后，李嘉齐身着皮夹克、穿着牛仔裤出现在张冬梅的面前。他的胡须刮得很干净，显得容光焕发。看上去，他的精神状况很好。几年来，他的睡眠总是很少，但是，他每天只要睡上三四个小时，精神就会变得很抖擞，他是那种精力极其充沛的人。

李嘉齐见到张冬梅后，坏坏地咧着嘴笑了笑。随即，笑容慢慢地收敛，变得怜爱起来。

张冬梅在大庭广众之下，第一次拥抱了李嘉齐，她把头埋在他的胸前，喃喃地说："嘉齐，我很想你！"

李嘉齐因为张冬梅的主动而感到意外，张冬梅的拥抱让他手足无措却十分感动。他有些慌乱吻了吻张冬梅的额头，提起了行李箱，拉着张冬梅的手就走。

张冬梅的手一直被李嘉齐的手攥着，她感到他的手心很温暖，好像有汗水浸出来，有些潮湿，这种感觉让张冬梅觉得十分陌生。

张冬梅疲惫不堪，上下眼皮直打架，她很想美美地睡上一觉。可是，她情不自禁地对李嘉齐质问道："你是做了亏心事儿了吧，怎么手心里竟然吓出了汗呀？"

李嘉齐像只竖起尖刺的刺猬，充满质疑地反问道："我正想问你呢，你却猪八戒败阵倒打一耙！这么多天来，我打你的手机打不通，你一天到晚关着机，打你家的座机一直无人接听。你是不是还在想着那个人哪？"

"那个人是哪个人呀？"张冬梅明知故问。

五年多来，李嘉齐从不愿意直接提起张鹰的名字，表面上他对张鹰是那样的不屑，骨子里却一直耿耿于怀。

"少废话，你明知故问！"李嘉齐心里郁积已久的火山，终于爆发了。

张冬梅的心情也差到了极点，她猛不丁地把手从李嘉齐的手里挣脱出来，只身走在前面，愤愤地说："不可理喻！"

"，，张冬梅—你回来脚还没站稳就和我嚷嚷起来了，多伤感情啊！我们能不能不吵啊？我妈一踏入咱家的门就急着见未来儿媳，可我一直无法与你取得联系，我只好去了王红霞那里，让王红霞装作给我妈打了一个电话……"李嘉齐追上来，拉住了张冬梅的手，低声哀求着，说，"别胡思乱想了，我没有做出格的事，更没有背叛你！"

张冬梅一听"王红霞"这三个字，难受得快要窒息，但她迅速整理好自己的心绪："好吧，我听你的，嘉齐。今天，让我先找个旅馆好好地休息一天，明天，我一定会容光焕发地出现在你妈面前。"

第二天早晨，张冬梅起床后把自己打扮得既体面又光鲜，然后，她在附近的花店里买了一束康乃馨，等待着李嘉齐来接她。

李嘉齐驱车来到张冬梅下榻的旅馆，看着张冬梅精心准备的样子非常满意。

张冬梅一想到要见未来的婆婆，到了自己的家门口却像个客人一样，小心翼翼地脱掉了鞋子，穿上自己亲手买的拖鞋，轻手轻脚地走进客厅。

当张冬梅映入李嘉齐的妈妈的眼帘时，李嘉齐的妈妈首先看见的是张冬梅手中的那束花，便有些抱怨地说："买花干吗呀，这得浪费多少钱哪！"

"妈……这是冬梅的一片心意嘛！"李嘉齐笑着解围，接过花束。

"你呀，在北京挣个钱容易吗？这既不能吃又不能穿的东西，不是白白浪费了吗？"李嘉齐的妈妈不悦地白了李嘉齐一眼。

"李嘉齐的妈妈真厉害，一见面就给了我一个下马威。"张冬梅在想，"我怎样做才能让李嘉齐的妈妈高兴呢？"

李嘉齐去厨房做水果盘去了。

张冬梅中规中矩地坐在沙发上，双手不知道放在哪儿才显得端庄0

张冬梅和李嘉齐的妈妈两个人坐在客厅里，气氛莫名其妙的紧张而尴尬。

张冬梅想打破室内的沉寂，努力寻找着话题。她说："对不起阿姨，我不知道您早就来了。我这次急着回雷江，是因为……"张冬梅的话题到了嘴边上却又迟疑起来。

"你家里出了什么事了？"未等张冬梅把话说完，李嘉齐的妈妈就警惕地问道。

"我爸爸不在了……"

"这还了得？打发你爸爸得花多少钱哪？"李嘉齐的妈妈再一次打断了张冬梅的话茬儿，嗓音变得又尖又细，眼神里闪现出一道锋利的光芒。

张冬梅突然哑口了，看样子，张冬梅的诚实回答让李嘉齐的妈妈深感不安。当然，她的不安不是对张冬梅家人的死亡不安，而是担心她的宝贝儿子为此多花了"冤枉"钱。显然，她认定了张冬梅所花的每一分钱都是来自他的儿子。张冬梅没有工作，没有生存的能力。张冬梅是一棵依附和纠缠在他儿子身上的藤蔓。

"妈——"李嘉齐在厨房里听到了妈妈的话语，端着水果盘就走了出来，低声喝住了妈妈。

"冬梅虽然把她的爸爸打发了，但冬梅的心情一直不好，您老就别再往她的伤口上撒盐了。"李嘉齐瞅了张冬梅一眼，说，"来，都吃点水果吧！"

"你——"李嘉齐的妈妈像被什么东西噎住了喉咙，气得满脸通红，赌气地把身体转向了一边，"你爸爸进了监狱不管俺了，你却儿大不由娘了！"

张冬梅坐在那里，双手的十指在膝盖上用力地绞动着。

李嘉齐没有接妈妈的话茬，却冲着张冬梅努努嘴，示意张冬梅给他的妈妈递上水果。

张冬梅的心里十分窝火，恨不得把水果盘掀翻在地。然而，她是从小受着传统教育长大的孩子，懂得尊老爱幼的道理。张冬梅用牙签插了一块火龙果，递给李嘉齐的妈妈，说："阿姨，别生气了，吃块水果吧！"张冬梅强颜欢笑着，"我家里的事情解决得很好，我爸爸已入土为安了……现在，我弟弟张强已学好变乖了，他成了我们那个地方小有名气的理发师，已有足够的能力养活芬姨。"

李嘉齐的妈妈毕竟是教师出身，做事情掌握着分寸，她看了张冬梅一眼，给了张冬梅一个下台阶，伸手接过了张冬梅递给她的火龙果。

在李嘉齐的妈妈将信将疑的目光中，张冬梅的心里生出了千万根刺，伤口密密麻麻。

张冬梅离开李嘉齐的妈妈之后，对李嘉齐说："那场面你都看到了，我在你妈妈的眼里，就是缠绕在你身上的藤蔓，我丝毫没有做人的尊严。就目前而言，因为我的经济不独立，我无法与你的妈妈生活在一起，所以，我必须离开那个家，离开你的酒吧，去闯出一片真正属于我自己的天地。从今往后，我要有我自己的人生追求。"

李嘉齐对张冬梅这突如其来的决定搞蒙了，他极力反对。但是，他的反对是无效的。

李嘉齐瞅着心意已决的张冬梅，无奈地问道："你执意这样做，能给我一个合理的解释吗？"

"你妈妈看不起我，我不想在你妈那锋利的目光下委曲求全过日子。"张冬梅坚定地回答。

"可是，在你的心里，王红霞一直对你虎视眈眈，你若主动离开酒吧，结果会很严重的。"李嘉齐故意刺激张冬梅。

"王红霞不就是股东之一吗？你们可以分开管理啊！如果她坚持不离开那里，你就请个酒吧经理！"张冬梅毫不退让。

"那你决定了？在这么短的时间里，你就有了决定？"李嘉齐在猜想张冬梅回到雷江后究竟发生了什么情况。

"是的，我决定了。我还这么年轻，我不愿意像根依附在你这棵大树上的藤蔓，我应该有自己的人生理想和价值追求。"张冬梅的语气十分坚决。

李嘉齐的眼睛牢牢地盯着张冬梅的眼睛："你让我觉得你又回到了四年半前，你不羁和冷酷得像匹野马，又让我无法掌控了。"

李嘉齐的语气隐约透着担忧和哀伤，或许，他感觉到，张冬梅在用这样的方式离他而去……

【03

在北京找份理想的工作不容易，但是，如果把起点定得低一些就不成问题。

很快，张冬梅找到了一家房地产公司，做起了销售工作。销售，对公司的员工来说是一种挑战，对于不善言辞的张冬梅来说更是一种挑战。

公司销售经理叫赵丽丹，是一个三十岁刚出头的干练女人。她穿金戴银，婀娜多姿，那张精心打扮过的脸蛋玲珑剔透，常给人一种冷漠的妖艳与强悍，鹰一样犀利明亮的眼睛总是漫不经心地扫过办公室里的每一张面孔，她常会出其不意地用手指向某个人，说："请到我的办公室来一趟，我有话要对你讲。"

张冬梅进公司后的第一个月，学习楼盘销售知识，熟记相关资料。一个月后，张冬梅便与赵丽丹一起去拜访客户，了解客户情况，跟进和服务客户。

张冬梅跟她去见的第一个客户是一个皮草大亨。

去之前，赵丽丹把那位皮草大亨的基本情况跟张冬梅讲了一遍，这是她一直在跟进的一个大客户。随着房地产热的不断升温，市场竞争越来越激烈，那位皮草大亨已经透露过，他对自己的皮草办事处附近的一个楼盘也十分感兴趣，这无疑对她们的销售来说是一个巨大的潜在危机。

赵丽丹把那位皮草大亨的情况介绍了一半，突然问张冬梅："你能喝酒吗？"

"能喝一点点。"张冬梅不假思索地说。

赵丽丹点了点头，又摇了摇头，说："酒量是练出来的！"

她们来到那位皮草大亨的办事处时，对方已经在那里等候多时了。

令张冬梅没有想到的是，在那间富丽堂皇的办公室里，坐着一胖一瘦两个男人。

赵丽丹大方得体地向对方介绍了张冬梅的情况，继而向张冬梅介绍了对方的情况：胖的是南老板，瘦的是胡老板。

胡老板四十来岁，穿着精致的白色暗格子上衣，下摆扎进了带跨带的西裤里，戴着金丝眼镜，显得斯文而沉稳。鼻翼两侧有两道深深的法令纹，透露着他过去的沧桑。

南老板是一个三十多岁的男人，身材高大，皮肤白皙，嘴角上挂着一丝笑意，一双小眼睛，直勾勾地盯着女人，让人觉得又精又色。张冬梅与他一见面，就莫名其妙地产生了反感。

一听他们油腔滑调、海阔天空的神侃，就知道他们是世故的人。南老板能说会道，口若悬河，他用普通话谈生意，用家乡话说笑话，偶尔还来句英文。他对这三种话的运用游刃有余，营造的气氛轻松而诙谐，完全没有张冬梅想象中的那样紧张。连平日里在办公室不苟言笑的赵丽丹也一反常态，表现出让张冬梅从未见过的热情与活泼。

寒暄了一阵之后，赵丽丹打电话在附近的酒楼里订了一个雅间，他们换了个"说话"的地方。

几杯酒下肚，南老板借着酒劲儿讲起了荤段子。

张冬梅如坠云里雾里，不知所措地看着赵丽丹。

赵丽丹觉察到了张冬梅的不悦，她的脚在桌子底下搞了个小动作，踢了张冬梅的脚一下，随即用眼神暗示张冬梅从长计议。

在李嘉齐的酒吧里，张冬梅从来没有接触过南老板这样的人，那些前来寻欢作乐的人，只是端着酒杯与钟意的"猎物"优雅地谈吐、调情，从来没有过听过这么粗俗的语句。

"想什么呢张小姐，喝酒啊！今天我们是第一次见面，买楼的事情我替你想着呢！来，我们两个干一个！"南老板举起了酒杯。

张冬梅窝了一肚子的火，一举杯一仰头就把酒杯中的酒喝干了，她恨不得让自己喝个酩酊大醉，然后指着眼前的大色鬼骂他个狗血喷头。

他们连续喝了几杯酒，张冬梅有些醉意了。南老板的小眼睛越来越放肆地盯着张冬梅的脸，心中打着如意算盘，说："张小姐真豪爽，我喜欢，来，我们俩再干它一个！"南老板边笑边用右手给张冬梅的杯中斟满酒，左手却落在张冬梅的肩膀上，趁机揉捏了一下。

张冬梅厌恶地瞪了南老板一眼，伸手把他的左手推开了，厉声道："喝酒就好好地喝，想吃豆腐啊，回家找你妹子去。"张冬梅的话中带刺儿。

"张小姐啊——你说喝酒是吧？真正的喝酒你得这样喝，"南老板对张冬梅骂人的话装聋作哑，他边说边倒掉了他和张冬梅的茶杯里的茶水，然后拿起酒瓶子就把那两个茶杯里倒满了酒，挑衅地说，"你敢吗？"

"这可是六十七度的酒哇，南老板，你就别为难小张了，她刚出来工作，没见过世面，多有得罪，请多多包涵。来，我陪你喝行吗？"赵丽丹夺过了张冬梅手中的茶杯，陪着笑脸。

"张小姐，做房地产销售，是一门非常有学问的功课，你刚踏入这一行，还要多向你们的赵经理学习！你以为陪着顾客吃顿饭，随便喝两杯酒就能把客户拿下来吗？你错啦！如果你没有攻关技巧的话，你只能用你自己的身体陪睡了。就你的模样儿而言，说不定还有可能把客户拿下来的！"南老板边说边哈哈大笑，他笑张冬梅是个雏儿！

张冬梅的嘴唇嚅动了几下，想骂的话没有骂出口。她气愤至极，忍不住将南老板眼前的那杯酒泼到了他的脸上，她终于破口大骂："无耻，流氓！"

【04

张冬梅回到公司之后，她的心情沮丧到了极点。她以为那个单一定被她弄黄了，每天在办公室里，总是低头不语，不敢直视赵丽丹那张严肃的脸。张冬梅想，她很快就会被炒鱿鱼的。

一个礼拜过去了，赵丽丹悄悄地对张冬梅说："南老板约我们过去吃个饭，他特意提出，希望能与你再次相见。能不能挽回局面，一切都看你的了。如果你不缺钱用，那我就劝你别在这一行里干下去了。我看见过你的男友开车来我们公司接过你，你的自身条件不错，你让他养着要比你出来打拼舒服得多。如果你真想自己独立自主，那该忍的你就忍了吧！我们做的就是服务行业，你服务不到家，别人就会择优而选。"赵丽丹意味深长地看了张冬梅一眼，说，"在当今这个社会，你用不着装清高！"

赵丽丹的那些话与其说是讽刺，不如说是刺激。张冬梅回想着李嘉齐的妈妈刀子一样的眼神，回想着芬姨和张强仍然过着十分窘迫的生活，她怎能这样轻易地放弃呢？但她义正词严地对赵丽丹说："对公司造成的损失，我会尽自己的最大努力去挽回，但是，我有自己的做人原则，任何人休想突破我做人的底线。"

晚上，张冬梅乘坐赵丽丹驾驶的沃尔沃，一同去了"天上人间"。在包房里，张冬梅又见到了南老板。灯光虽然昏暗，但遮挡不住张冬梅那张美丽而尴尬的脸。不知何故，南老板的个性收敛了许多，低声地说笑，仿佛那天的不快从未发生过。

"对不起南老板，那天我喝高了。"张冬梅硬着头皮，心不甘情不愿地道歉。

"没关系。那天我失态了，还请你多海涵！"南老板一副大人不计小人过的豁达与开明。

"南老板就是南老板，我这颗忐忑不安的心总算可以放下了。不过，南老板，今天，可不能让我们白来一趟啊，这单你可要给我们签了啊！"赵丽丹把嫩手搁在南老板的肩膀上，在他的耳边低声说。

赵丽丹的领口非常低，她稍微侧身，酥胸就会半露。迷人的夜色中，配上她那双会说话的迷人的眼睛，简直成了一只勾人魂魄的妖精，略施风骚，就会让男人们蠢蠢欲动。

张冬梅听公司的同事说过，赵丽丹是两年前与老公离婚后只身来到北京的。她是个有故事的女人，公司里早就传得沸沸扬扬。赵丽丹只有大专文凭，人不漂亮也不年轻，可她不仅能在北京站稳脚跟，住进了面积不菲的公寓，而且出入有自己的沃尔沃轿车。她有什么能耐？她所拥有的一切都是用自己的身体换来的。之前，这些流言蜚语，张冬梅从未轻信过，然而，此时此刻，在她看来，关于赵丽丹的传言不仅仅是传说。

这次，南老板只顾和赵丽丹卿卿我我，不再劝张冬梅喝酒了。

张冬梅一想着如何把话题言归正传，就感到忐忑不安。

"你很像我曾经好过的一个女孩子。"南老板突然冲着张冬梅说，"所以，我对你必须规规矩矩。"

张冬梅笑了笑，心想：都什么年代了，还用这样老掉了牙的对白方式，不会来些新鲜的吗？

南老板见张冬梅低头不语，继续说："你非常聪明，我由衷地赞叹。你们不仅人长得一模一样，而且脾气性格也是一样的冷傲清高。第一次见到你时，我就想起了她，想起了我的初恋，想起了与她共同度过的那些美好的时光。其实，我有很长的一段日子没有想过她了……"

"你没有向她袒露过你的胸怀吗？"张冬梅终于忍不住，答话了。

"一件事物太美好，你总是担心破坏了它！况且，那时的我只是一门心思想挣钱。可是，等我有了积蓄，下定了决心向她坦白的时候，她已经找到了心仪的男人。"南老板自嘲地笑着说，"劝君莫惜金缕衣，劝君惜取少年时。"

"花开堪折直须折，莫待无花空折枝。"张冬梅接了下两句。

赵丽丹用眼神提示张冬梅，向南老板提出签合同的事。

张冬梅想着那天的不欢而散，心里觉得没有底，心情突然紧张起来，她想用不停地喝酒来掩饰自己的紧张。

"那天，我已经知道了你严守的底线，放心吧张小姐，我对你不会有非分之想的，你紧张什么？"

"你怎么知道我紧张了？"张冬梅的话一说出口，突然意识到自己冒了傻气。

"毫不客气地说，你瞒不过我的眼睛，我对心理学是颇有研究的。如果一个人在极短时间里不停地重复着同一个动作，那么就表明了这个人的内心深处一定存在着不安和紧张的情绪，是你自己的重复动作露出了破绽，你一杯接一杯地喝酒，把酒当水喝，因此，我知道你在紧张了。"南老板饶有兴趣地看着张冬梅。

张冬梅对自己的失态感到窘迫，她有些不好意思地笑了笑，心里生出几许慌乱。她长这么大没有求过别人，现在求人家买下自己公司的楼，真不知道如何开口。

"你是不是想跟我谈签订售楼合同的事？"南老板看透了张冬梅的心思。

"是的，南老板，我不想因为我的冒失让公司蒙受损失。"张冬梅嗫嚅着说。

"哦，你这样想问题也有几分道理！"南老板含笑看着张冬梅，"看上去，你还是个孩子。我跟你这样说吧，如果这次我仍不与你们公司签订合同，也不是你所谓的冒失造成的。我作为一个商人，我首先考虑的是让自己的利益最大化，关于你们公司的楼盘，在你们来之前我们已经反复研究过多次了，如果仅看每平方米的价格，你们的楼盘就没有优势了。但是，从地理位置和质量方面统筹考虑，购买你们公司的楼房已经没有争议了！"南老板对视着张冬梅半信半疑的目光，认真地说，"我那天酒后失态，不，是酒后乱性。今天，我没有多喝酒，我的头脑非常清醒，我是不会和你这样善良且道德高尚的女孩子开玩笑的。经研究，我们的皮草公司为我们驻京办事处的员工们每人买一处一百平方米靠上的单元楼，直接说了吧，仅此一次，我们就会与你们签订购买十套单元楼的合同。"

这些天来，张冬梅白天在公司，晚上忙应酬，忙完之后就住在公司的单身公寓，一直没有见过李嘉齐。

这天傍晚，李嘉齐买了些水果和玫瑰，驱车到张冬梅上班的公司楼下去等她。

他们一见面，李嘉齐开门见山地说："我希望你辞去这个工作，从公寓里搬出来住。"

张冬梅摇了摇头："目前我是不会的！"

"那请你上车，我们先把它们放到你的房间里，然后再一起去吃个饭总算可以吧？"没等张冬梅同意，李嘉齐就把张冬梅拽到了他的轿车的副驾驶上。

张冬梅用钥匙打开了公寓的房门，李嘉齐下意识地环顾了一下周围的情况，跟在张冬梅的身后走进了房间，随即把手中的水果和玫瑰放到了桌子上，迎面抱住了张冬梅，继而对张冬梅的吻铺天盖地地袭来。张冬梅本能地抵触了一下，身体向着后面的窗户靠过去。张冬梅的这一举动，触动了李嘉齐敏感的神经。

李嘉齐像触电一样放开了张冬梅，冷静地看着张冬梅，撇了撇嘴说："你变了！"

就在李嘉齐狂吻张冬梅的那一瞬间，张冬梅从李嘉齐的身上嗅到了玫瑰的味道，让张冬梅产生了想吐的冲动。

"我没有变，是你想的太多了，嘉齐！"张冬梅的心里虽然感到委屈，但是她极力克制着自己的情绪，双手绕住了李嘉齐的脖子，主动亲吻了李嘉齐。可是，她的胃里翻江倒海般，她不得不推开了他，冲进了洗手间，呕吐起来。

"你生病了？"李嘉齐很紧张。

"不清楚，这段时间总是感觉胃里不舒服。"张冬梅从洗手间里走出来，边走边说，"我们去吃饭吧！"

"你瘦多了，工作压力是不是太大了？如果工作压力太大的话，还是回到我的酒吧好了。我听从了你的意见，雇用了一个大堂经理，但他完全不是我想象的那个样子。"李嘉齐说，"对了，我把你在公司拿了30万元大奖的事情告诉了我妈，我妈高兴极了，她不仅逢人便说她的儿媳有本事有出息，而且让我转告你，那天的事她错了，她不该拿话刺激你。我妈同时让我转告你，她没有半点恶意，只是对你用了一个激将法而已！现在，我妈天天盼着你回家去呢！"

"人瘦了点精神，现在的人不都在减肥吗？我倒是省事儿了。我的工作很顺利，昨天又谈成了一笔大生意。我们的部门经理说了，一定会再给我一笔可观的提成的！这段时间以来，我也想了很多，我大概是误解了你和王红霞，也误解了你妈妈的良苦用心了。我也看出来了，你妈妈是个善良的老人，刀子嘴豆腐心。至于你妈妈的态度如何，我是不会计较的。放心吧嘉齐，我会对你妈妈，不，对咱妈好起来的！"张冬梅突然停下了脚步，返回到洗手间，又不停地呕吐起来。

李嘉齐看着张冬梅的背影，突然意识到了什么，有些怜惜地跟在了张冬梅的身后。

他们去了篡街，走进了一家龙虾餐馆，边吃边聊。

张冬梅向李嘉齐问酒吧的经营情况，自然也问到了王红霞。

李嘉齐淡淡地回答："王红霞白天大都忙着演出，只有晚上有空时才会去酒吧里看一看。昨天她突然打电话对我说，看到我的生意风生水起，已经不需要她的入股资金了，她决定把她的股资撤了去，首先从我的生意圈里消失，然后从我的生活圈里消失，今后再也不干扰我的生活了。对了，之前，她还经常在我面前夸奖你聪明能干，说你比她懂事儿，说我和你是天造地设的一对儿！她还说，经过司法人员的说服教育和几年的自我反省，她认识到，张鹰铸就的大错她无论如何是逃脱不了干系的，是她的狭隘和自私害了张鹰，害了我们每一个人！"

张冬梅惊讶地望着李嘉齐，说："王红霞真是这样说的？如此说来，张鹰犯下的罪过，我也有着不可推卸的责任。我和王红霞为你争风吃醋，张鹰却成了间接的受害者，真是城门失火殃及池鱼呀！张鹰虽然身材高大，但他肩膀稚嫩；经济上他虽然富足，但他精神上缺钙。特殊的家庭环境，特殊的个人身世，特殊的生活遭遇，压得他喘不过气来，而我对他的误会却成了压倒骆驼的最后一根稻草！"

饭吃了一半，张冬梅又感到了胃中不适。张冬梅再次跑到洗手间呕吐起来，她抬头看了看镜子中自己的那张脸，那是一张苍白失血的脸，眼睛空洞无神。难道这些天来自己只顾了忙工作，没有好好吃饭也没有好好休息造成的？看来，我应该向王红霞讨教一下化妆的本领了。"

李嘉齐倚在洗手间外面的墙上，听着里面的动静，耐心地等张冬梅走出了洗手间。

"你没事吧？"李嘉齐看着面色发黄的张冬梅，搀扶着她的胳膊说。

张冬梅摇了摇头。

"去医院看看吧！"

"不用了！"张冬梅摇了摇头，又点了点头，"既然王红霞能够悔过，我也就不计前嫌了，从今往后，我一定要变得心胸宽广、无私大度起来。要不，你给王红霞打个电话让她陪我去医院看看吧！从雷江回来，我还一直没有见过她呢！"

"就别打扰王红霞了，还是让我陪你去吧！"李嘉齐犹豫了一下，"你从雷江市返回的那天，不是给王红霞打过电话吗？"

"你是怎么知道的？"张冬梅脱口而出，"那你为什么一直瞒着我？"

"其实，那天你给王红霞打电话的时候，我就站在她的身旁，是我主动去见她的，我见她的目的就是让她在电话里假装你，对我妈妈演一出戏！至于演什么戏，那天你和我妈见面的时候我已经告诉你了。我在她的房间里待了不到一刻钟，你的电话就打了过来。随即，我就离开了那里。为什么我要瞒着你，还需要我说出答案吗？你是怎样的一个大醋坛子，难道你自己不知道吗？"

"嘉齐……你……你真坏！你假装没事人一样去车站接我，原来你是揣着明白装糊涂啊！"张冬梅攥紧拳头正想捶打李嘉齐，她的手机铃突然响了起来。

张冬梅瞅了一眼显示屏上陌生的电话号码，犹豫了一下，摁下了接听键。

"喂——是冬梅吗？猜猜我是谁？我来到北京了……"

张冬梅一愣，突然惊呼起来："李红芳——天哪，你终于出现了，你是什么时候来到北京的啊？"张冬梅感到无比兴奋。

"苟富贵勿相忘，这是我们儿时的梦想。呵呵呵——你发财了却没有忘了我，你的良心大大的好哇！"李红芳无法掩饰满心的欢喜，"我今晚六点半下的飞机，王红霞开车接我了，我们在一起呢！对了，你在哪里啊？我们去找你啊！"

"你这个坏家伙，来北京也不提前告诉我，我在篁街的一家餐馆里，你们赶快过来吧！我都想死你们了。别磨叨，一会儿电话联系！"张冬梅喜极而泣。

"我没有提前告诉你，不就是想给你一个惊喜嘛！小心眼儿，一会儿见了收拾你！"李红芳笑着挂断了电话。

李嘉齐听说王红霞和李红芳要过来，安排了一个包间，点了十几道菜。他亲昵地抚摸张冬梅的头发说："今天晚上的时间就留给你们三个大美女了，你们三个闺蜜肯定会有说不完的话。张鹰和顾吉哲都不在，若让我陪着你们三个人，我会感到不自在！请你转告李红芳，改天我再宴请她！"

他是不想拈花惹草，还是狡猾得滴水不漏？张冬梅看着李嘉齐那张轮廓分明的脸，心中一种悲凉，"每当我想起他的轿车出现在王红霞的居所时，我就会觉得自己活在一种深深的悲凉之中。当你知道了一个人的秘密，而且这个秘密事关你，你却能够在那个人的面前做作若无其事的样子，你会感到多么心痛和压抑？假如这个人，能够把秘密完全封锁在自己的内心世界里，这个人的城府究竟有多么深？"忽然，她转念一想：都说疑能生鬼，可我又犯了疑心病。就在刚才，李嘉齐不是把那些被我看作秘密的东西都告诉给我了吗？是我错怪他了！

在李红芳和王红霞到来之前，李嘉齐离开张冬梅而去。

张冬梅与李红芳一见面，就忘乎所以的与李红芳拥抱在一起，嗅到了李红芳身上散发的那种熟悉的气息，一下子把张冬梅的思绪引向了往昔纯美的岁月。

李红芳对张冬梅说："自从与顾吉哲分手之后，我再也没有谈过恋爱，每天都是安安静静地上课，直到大学毕业。可是，在我大学毕业之后到银行工作的当天，顾吉哲就千里迢迢地来找我，手捧九十九朵玫瑰，当众向我下跪，表示痛改前非，被我婉言拒绝了。从那时起，我按时上下班，按时轮休，虽然没有新的恋情，但结识了一帮新的朋友，天天数着花花绿绿的钞票，看着顾客眉飞色舞的笑脸，为顾客解除着心中的烦恼，过着单调但不乏味的生活……"

她们三个争先恐后地打开了话匣子，一起追忆少年的往事，一起追忆那些陈年旧事。她们情不自禁地提及张鹰，提及顾吉哲，提及李嘉齐……虽然他们是她们不言而喻的伤口，但她们的伤口早已被流逝的岁月抚平。她们毫无顾忌地向彼此展露着那些丑陋的伤疤，述说着那些令人啼笑皆非的故事。她们流着眼泪笑着，笑着擦拭着眼泪。

　　席间，她们约定，从此刻起与烟酒绝缘，以茶代酒。饭饱之后，她们的话更多了起来。

　　"岁月悠悠，眨眼之间青春就离我们而去了，那些似水流年的往事都一去不复返了。"王红霞把身体往椅子里靠了靠，手里拿着一支香烟在鼻子上嗅了嗅，微眯起双眼，喃喃自语，"再闻它最后一次吧！今后必须戒掉它了，不然的话，就连张鹰也瞧不起我了！"王红霞用力将那支香烟揉得粉碎。

　　"红霞，你有张鹰的消息了？"张冬梅和李红芳异口同声地问道。

　　橘黄色的灯光下照着王红霞那张年轻美丽的脸，她的眼睛里多了些许沧桑与风尘。她腾地一下子站了起来，用手指着张冬梅和李红芳说："如此看来，你俩也都在惦记着他呀？虽说人生不能重来，但过去的时光难忘怀！"

　　"赶快说，张鹰他人在哪里？"张冬梅突然提高了嗓门儿，显然有些沉不住气。

　　"赶快讲，你和张鹰之间暗藏着什么秘密？"李红芳夸张地打着手势，样子很滑稽。

　　"我和张鹰之间还能有什么秘密，蓝颜知己而已！"王红霞边说边笑，突然拿起放在餐桌上的手机，拨通了一个电话号码，对着手机神秘地说，"你们别再和我们藏猫猫了，我这边有人快急死了，你们马上过来吧！"

　　张冬梅和李红芳大眼瞪小眼，彼此看了一眼，继而把目光转向王红霞，嗔怒地说："王红霞，你老实讲，你究竟在搞什么名堂？"

　　王红霞笑得上气不接下气，她平静下来后得意地说："我在给张鹰打电话啊！好了好了，不开玩笑了，我告诉给你们吧！在张鹰被提前释放的前一个月，我去监狱探望过他。见面之后，我就把我们几个这四年多来的发展变化情况，一股脑儿地告诉给了他。当他从了解了张冬梅和李嘉齐之间的情况后沉默了半晌，心情复杂地看着我说，'由于我悔过自新、积极改造，监狱的看守告诉我，我会提前半年被释放的。可是，我剥夺了我父亲的生命，我犯下了不可饶恕的罪过！我曾千万次地拷问过我的良心，我是一辈子也不会原谅自己的。几年的铁窗生活让我懂得了许多做人的道理。做人必须从善如流，疾恶如仇。做人要学会换位思考，不能狭隘自私。出狱之后，我坚决不会重蹈覆辙，坚决不去打扰张冬梅和李嘉齐的幸福生活。我要痛改前非，自强不息，用自己勤劳的双手创造一片属于自己的新天地！红霞，你对我的友情我是不会忘记的，正因如此，我才要求你一定要远离李嘉齐，千万不要靠破坏别人的幸福来满足自己的私欲。请你告诉我你和顾吉哲的手机号码，等我干出一番事业、创出一片业绩，我会主动联系你的！'对不起冬梅，过去我深深地伤害过你，但是，司法人员的帮教改变了我，张鹰的现身说法教育了我。自从我和张鹰那次见面之后，我就不断地告诫自己，我把'从善如流，疾恶如仇'当成了自己的座右铭。返回北京后，我便彻底打消了报复你的念头，彻底消除了自己的私心杂念，我决心放下自己的虚荣和贪心，活出一个全新的自己。后来，张鹰给我打来了电话，他说他出狱后首先去了他爸爸张大鹏的墓地进行了忏悔，然后去了深圳，去了顾吉哲个人筹建的玻璃钢复合材料工程公司。在深圳，他远离了知情人的是非白眼，找到了自己处身立业的岗位。时隔不久，他再次打电话告诉我，让我有机会转告李红芳，就说顾吉哲一直在等着她！也许是上帝的有意安排，前几天，李红芳突然给我打来电话，说要到北京找我和张冬梅叙旧。于是，我就偷偷地打电话将这个大快人心的消息告诉给了张鹰、顾吉哲和李嘉齐！于是，才有了我们今天的欢聚！"

张鹰、顾吉哲在李嘉齐的引领下来到了张冬梅、王红霞和李红芳面前，他们一见面有说有笑，过去的所有不快早已一笔勾销，他们一起缅怀过去，一起展望未来。顾吉哲向大家宣布了一个重磅消息，张鹰在深圳成立了篮球俱乐部，开辟了生活的新天地。

张鹰从背包里取出5本他刚出版的带着墨香的长篇小说《摇摇晃晃的青春》，发给王红霞、张冬梅、李红芳、李嘉齐、顾吉哲每人一本，充满喜悦地说："这是一部描写青春罅隙的现实主义作品，我们都是这部小说中的主人公，大家看看吧，看我们怎样虚度了青春年华，看我们怎样度过了人生的雨季，看我们哪些值得留恋，看我们怎样迎来了蜂飞蝶恋、万紫千红的春天……"

张冬梅辞掉了房地产销售工作，回到了李嘉齐的身边，决心与李嘉齐携手干好他们的事业。可是，她的呕吐情况越发频繁了，在李嘉齐的妈妈的催促下，李嘉齐陪同张冬梅去医院做了检查，医生告诉张冬梅，她怀孕了。

张冬梅迅速把这个特大喜讯打电话告诉了弟弟张强和芬姨，芬姨的病奇迹般的痊愈了。

2014年的5月1日这天，飞龙大酒店热闹非凡，李嘉齐和张冬梅成婚，举行了隆重的庆典。

宫会生被特邀做证婚人，与李嘉齐的妈妈、张强和芬姨一起坐在了娘亲席上，成了座上宾。

李红芳挽着顾吉哲的手臂，出席、见证了李嘉齐和张冬梅的婚礼……

是夜，王红霞用手机给张冬梅发了一份9999元的新婚贺礼，并附言道：对不起冬梅，由于我在广州刚开张的"红霞服装公司"千头万绪，不能前去参加你们的婚礼，深表歉意，谅解为盼！但愿我们的友谊天长地久！！

张冬梅倚在床头拜读张鹰写的长篇小说《摇摇晃晃的青春》，李嘉齐将一杯蜜水放在了他身边的床头柜上，示意她趁热快喝，她的周身洋溢着幸福和甜蜜。当她听到手机微信提示音后，放下手中的小说，顺手拿起放在床头柜上的手机看了一下显示屏，情不自禁地笑了笑，随即给王红霞回复了一个笑脸和一个鬼脸，并附言道：贺礼照单全收，替小宝谢谢他姨！此等深明大义，此等深情厚谊，我将没齿难忘，铭记心底！切记，工作再忙，也要尽快让我吃上你的喜糖！

张冬梅再次拿起《摇摇晃晃的青春》，翻看着：改革开放之初，张鹰的爸爸辞职后下海经商，呕心沥血拼杀二十年，获得了上亿资产。

可是，由于时运不济，张鹰的爸爸却像水一样脆弱，风一样散去。

英国诗人纪伯伦说，你的儿女，其实不是你的儿女。他们是生命对于自身渴望而诞生的孩子。他们借助你来到这世界，却非因你而来，他们在你身旁，却并不属于你。

"爸爸，你若在天有灵，是否还在在乎我并非你的亲生？是否还在为自己养育了不孝之子而悔恨交加？张鹰在张大鹏的墓碑前深深鞠躬，默默自语，爸爸，请您宽恕我的大逆不道，请恕我直言，您虽然做了我的刀下之鬼，但我为您受到了法律的严厉惩罚！痛定思痛，罪责主要在我，可您也难逃其责！养育的最终目的，是为了让孩子成为他自己想成为的人，而不是成为你的复制品、附属品。你可以帮他一把，但最好的办法，不是托他去摘天上的星星，而是教育他自立自强，学会制作梯子，学会攀爬的技巧，学会即使遇到艰难困阻也绝不后退，学会自己慢慢地爬高，接触天空，手可摘星辰。那一刻的他们，才有真正的耀眼人生。

"为人父者，最重要的，从来不是给子孙留下多少财产，而是留下自己曾经在这个世界拼搏过的传奇。当你留下你的故事，你的孩子就会接着它在另一个领域发出自己的光芒。

"爸爸，您走了，继母携带您挣来的巨款改嫁了，您给我留下了整个雷江市最好、最大的房子，然而，房子不是最重要的不动产，给孩子见世面的机会才是；房子不是最重要的不动产，教会孩子在平凡的生活中真正像个人一地的活着才是。心理学家霍妮说：'人与人之间，最大的差距，不是地位、贫富、学历或者美丑，而是价值观。'

"房子、车子、金钱财富固然重要，固然能够为孩子带来保障，但这是暂时的，却并非永恒的，并非适用于绝大部分普通人。而真正的精彩，却往往发生在普通人之间。

"爸爸，我会通过您我的故事，奉劝天下的父母，不要再执念于要留下多少物质财富给你的孩子，它们不是最重要的，教会孩子们多见世面，有一颗拼搏向上的心，懂得诗意地栖息于大地，学会在平凡生活中挺直腰杆，远远比房子，重要的多。"

父母最应该留给孩子的不动产，从来不是房子，而是那些独特的品质……

"冬梅，蜜水都凉了，赶快喝呀！"李嘉齐手里拿着一个快递走到床前。

张冬梅端起水杯一饮而尽，放下水杯，瞅了李嘉齐一眼，问："手里拿的什么呀？"

"对不起冬梅，是张鹰写给你的一封信，连日来忙忙活活，让我给忙忘了！"李嘉齐边说边把快递递到张冬梅的手里。

张冬梅展开信笺，一行行秀丽的笔迹映入眼帘。

冬梅你好：

好久不见，窗外响起了风声和雨声，风声若有若无，雨声细细小小零零碎碎。我想在这样的夜晚，与你促膝相谈。

我静静地站在窗前，瞅着通往雷江市的夜晚，聆听着窗外的风声雨声。夜已深沉，屋内黑暗，我却没有开灯，我怕光明令我的精神分散，于是，我闭上了双眼——倾听。雨落在不同的地方，发出质感不同的声响，或实或空，或轻或重，落在心上，潮湿了我的思绪。

窗外的细雨伴着树叶呢喃着醉人的情话，风抚过花瓣，花蕊轻轻颤动，我听到了花开的喜悦。风很轻很柔，带着淡淡的花香从窗扇的缝隙中钻进屋子。小草顶着雨水，那痛并快乐的拔节声也传到了我的耳朵里。

我打开了玻璃窗，北风突然变得轻狂，风铃骤响，清脆悠长，摇落了我的感伤，碎了一地的暗香。我极目远望，夜色朦胧了楼群，细雨滋润了花草，清风拂面而来，今夜是多么美好！我用心感受天籁之声，我用心感受你此刻的心情。

今夜，无伤亦无荡。

细雨曾经是你叙说的情思，清风曾经是你给我的温存，暗香里曾经弥漫着你的疼惜，此刻，我的心中却风轻云淡。就这样吧，祝你安好！

人生只有单程票，我不该死死地攥着它的衣角，更不该为难昨日的你！昨日，将永远成为过去！我曾经被海草拖向深深的海底，我已经摆脱了那些可恶的东西，我要浮出水面，我要呼吸新鲜空气。

所有的一切，自从发生的那一刻起就已宣告离去。所以，有些事不必纠缠，有些人只需淡淡想起，如能做到，足矣！

佛家说过，因为前世你曾对人有过赠衣之恩，所以今生，他会来了却与你的一段尘缘。而今，缘尽人散，如此而已。

我爱过你，被你爱过，今生再没有什么遗憾！你是出水芙蓉，媚态妖娆；我在岸上照水，低头便是渴望。我十分珍惜与你共度的那段时光，我非常感谢上苍赐给我的那份情怀。

然而，岁月无情，事不由己，我对你的眷恋和依依，早已从心壁上被剥离，早已落进时光的旋涡之中，成为宇宙间最坚硬的化石。从此，咫尺天涯两茫茫，绝了心念便是百年。

我一定会像蝉那样，即使脱层皮也要飞起来。我知道，每一次蜕变都会疼痛；每一次蜕变都是生命的一次洗礼。是你，让我的灵魂温暖；是你，让我的生命丰满；我一定会走出昨夜的黑暗，我一定能够告别悲伤的昨天，破蛹成蝶，迎接光辉灿烂的明天！

后　记

　　《摇摇晃晃的青春》这部描写青春舞隙和青少年犯罪的长篇小说，从动笔到脱稿历经七年整，这期间，自己十几次易稿，现在终于付梓了。然而，我的心中波澜起伏，久久不能平静。这样说，并非因为我对这个"晚产儿"情有独钟，而是书中的故事真实地再现了一群花季少年的喜怒哀乐爱恨情仇，那些和我的儿女有相同年龄和经历的少男少女所走过的摇摇晃晃的青春路程，深深地触及了我的灵魂，让我深深感受到了挽救他们的责任。

　　我是农民的儿子，当过二十年的兵，走过了十七年的从检察生涯，但我这一生注定了是与书结缘的。对我来说，读书与写书是一种爱好、一种乐趣、一种责任、一种生活方式。我的工作是繁忙而紧张的，读书与写书几乎占据了我工作之余的全部时间。我先后出版了反映冀东南农村生活变迁的长篇小说《老鸽村》，反映冀东南全民抗战军事题材的长篇小说《斥候兵传奇》，反映反腐题材的长篇小说《花为谁红》。一百多万字的出版作品倾注了我的大量心血，但职业的敏感让我捕捉到了"少年犯"们走过的心路历程，于是，创作一部反映青少年犯罪的长篇小说的想法开始萌动。

　　在依法治国的今天，《摇摇晃晃的青春》中的主人公最终都有了良好的归宿，让我感到欣慰！

　　青少年是祖国的未来。对青少年教育关乎着一个民族的兴衰。但愿这部拙作的问世，能唤醒青少年的自强、自立、自爱与自尊，能唤醒为父为母者的良知与责任。

　　由于笔者能力有限，文字水平欠缺在所难免，恳请读者朋友给予批评指正。

　　在本书问世之际，感谢河北省枣强县检察院赵子良检察长的鼎力支持！感谢河北省恒润集团董事长兼总经理、河北省检察院人民监督员、衡水市人大代表宋建国先生的大力相助！没有他们对青少年成长的关心，对文学的倾心，对作者的倾情，本书难以问世。

感谢志士同人、文朋好友的热切关心和支持！

感谢我的妻子和我的家人的全力支持！

信章旗

2018 年 1 月于枣强